BASTEI
LÜBBE

Von Shirl Henke sind außerdem bei Bastei Lübbe Taschenbücher lieferbar:

18 672 Das Liebesritual
18 690 Wilde Kaktusblüte
18 696 Stürmische Mondblume

Über die Autorin:

Shirl Henke hat sich nach einer 15-jährigen Tätigkeit als Universitätsdozentin für Geschichte ganz der Schriftstellerei gewidmet. Sie hat einen Sohn und lebt mit ihrem Mann und zwei verwöhnten Katern in St. Louis, USA. In den Vereinigten Staaten hat sie schon zahlreiche erfolgreiche Romane veröffentlicht. Wenn Sie mehr über die Autorin und ihre Bücher erfahren möchten, können Sie ihre amerikanische Homepage unter www.shirlhenke.com besuchen.
Süße Blüte der Nacht ist der dritte Teil einer texanischen Trilogie, deren erste beiden Teile, *Wilde Kaktusblüte* und *Stürmische Mondblume*, ebenfalls bei Bastei Lübbe Taschenbücher erschienen sind.

SHIRL HENKE

Süße Blüte der Nacht

Ins Deutsche übertragen von
Elke Herms-Guttzeit

Roman

BASTEI
LÜBBE

BASTEI LÜBBE TASCHENBUCH
Band 18 702

1. Auflage: April 2006

Vollständige Taschenbuchausgabe

Bastei Lübbe Taschenbücher in der Verlagsgruppe Lübbe

Deutsche Erstveröffentlichung
Titel der amerikanischen Originalausgabe: *Night Flower*

Published by Arrangement with R & F Associates.
Dieses Werk wurde vermittelt durch die Literarische Agentur
Thomas Schlück GmbH, 30827 Garbsen.

Titelillustration: Gadino/Agentur Thomas Schlück GmbH
Einbandgestaltung: Nele Schütz Design
Satz: SatzKonzept, Düsseldorf
Druck und Verarbeitung: Nørhaven Paperback
Printed in Denmark
ISBN 3-404-18702-4
ISBN-13: 978-3-404-18702-7

In Liebe und Dankbarkeit Matthew C. Henke gewidmet,
der immer Verständnis dafür hat,
dass »Mom« nicht gestört werden darf,
wenn sie schreibt.

Danksagung

Die Titel für unserc Texas-Trilogie fielen zuerst meiner Mitarbeiterin Carol J. Reynard ein. Viele Jahre als Floristin hatten ihr die nötigen Hintergrundkenntnisse für die Auswahl der Blumen verschafft, die unsere texanischen Heldinnen symbolisieren sollten. Mit der Kaktusblume und der Mondblume hatten wir keine Probleme. Ganz anders war es mit der Nachtblume in diesem dritten Buch. Die ausschließlich nachts blühende Cereus (die eigentlich nur in Südamerika heimisch ist) war ganz offensichtlich nicht geeignet. Nach vielen Nachforschungen entdeckte Carol die Nachtschlüsselblume, deren zarte goldene Blüten dem texanischen Boden entsprießen und die das ideale Symbol für Melanies Kühnheit und Schönheit abgab.

Wir schulden einer ganzen Reihe von Personen Dank für ihre Freundlichkeit und ihren praktischen Rat bei der Vorbereitung des Manuskripts. Wieder einmal waren die Öffentliche Bibliothek von Youngstown und die Maag Bibliothek der Youngstown Staatsuniversität entscheidende Quellen. Mrs. Hildegard Schnuttgen, die Leiterin der Nachschlagebibliothek, erwies sich als wertvolle Hilfe und unermüdliche Arbeitskraft, wenn es galt, die seltsamen Werke aufzutreiben, die wir immer für unsere Nachforschungen zu benötigen scheinen. J. Myler, Bibliothekar der Öffentlichen Bibliothek von San Antonio, lieferte uns die ersten Spuren für Lokalzeitungen dieser Stadt. Besonderen Dank schulden wir dem Bücherfreund und vormaligen Zeitungsreporter Dr. Taylor Alderman, Ph. D., dessen fachmännischer Rat uns die Geheimnisse der Washingtoner Handpresse erschloss und uns eine Beschreibung der Arbeit eines kleinstädtischen Zeitungsmannes gab, welcher zugleich Herausgeber, Reporter und Setzer war.

Unsere erste Grundidee für die Geschichte von Lee und Melanie hatten wir in einer kurzen Inhaltsangabe mit kühnen, wenn auch unsicheren Pinselstrichen entworfen und unserer Lektorin, Mary Elizabeth Allen, gegeben. In einem sehr langen und produktiven Gespräch mit ihr am runden Tisch in New York wurden die Motivationen unserer Protagonisten genauer gefasst, und dabei wurde Pater Gus aus der Taufe gehoben. Für die Hinweise, die den Hintergrund des jungen Priesters bildeten, und für die Gründe, weshalb er »nach Texas gegangen« war, sind wir Father Daniel Venglarik, Ph. D., und der Diözese von Youngstown zu Dank verpflichtet.

Die Handlung des Romans *Night Flower/Süße Blüte der Nacht* verlagert sich von Texas in das Apachenland der Vierzigerjahre des neunzehnten Jahrhunderts und wieder zurück nach San Antonio ins Jahr 1852. Was Lees Waffen und die einer ganzen Reihe anderer Figuren angeht, so sind wir wieder einmal unserem Freund und Waffenexperten, Dr. Carmine V. DelliQuadri, Jr., D. O., zu Dank verpflichtet.

Prolog

Die Prärie im südlichen Texas, 1830

Der Rauch brannte ihm in den Augen, obwohl er sie ganz fest zugedrückt hatte. Vergeblich versuchte er, die bitteren, beißenden Tränen zurückzuhalten. Er konnte die Schreie der plündernden Komantschen hören, während sie wild um die noch schwelenden und qualmenden Ruinen herumritten.

Zusammengekauert lag der sechsjährige Leandro Velásquez hinter einem modrigen Hanfsack in einer Ecke des Rübenkellers. Beim Angriff der Komantschen war seine Mutter in das Ranchgebäude gerannt gekommen und hatte ihn an sich gerissen, während er vom Fenster aus auf die herannahenden Wilden gestarrt hatte: grausam aussehende Krieger mit Furcht erregenden Bisonhörnern und geschwärzten Gesichtern. Ihre kleinen, drahtigen Pferde waren mit Federn geschmückt und trugen leichte »Sättel« aus ungegerbtem Leder. Während er einen Kriegsschrei ausstieß und gleichzeitig schoss, ließ sich einer der Krieger zur Seite fallen und hing nur noch mit einem Bein in dem ledernen Band, das um den Bauch des Pferdes geschlungen war. So konnte er das Pferd als Schutzschild benutzen und gleichzeitig einen Hagel von Pfeilen unter dem Hals des Pferdes hervorschießen. Die *vaqueros*, die Cowboys, erwiderten das Feuer, bis der letzte von ihnen niedergemacht war. Niemand hatte einen Angriff erwartet, und schon gar nicht den einer so großen und gut bewaffneten Horde.

Dolores Velásquez hatte ihren Sohn angewiesen, sich ganz still zu verhalten und auf keinen Fall aus seinem Versteck hervorzukommen. Dann war sie davongehuscht, auf der Suche nach seinen älteren Geschwistern Tomás und Josefina.

Lee hatte entsetzliche Angst. Wo war sein Vater? Zwar wollte er seiner Mutter gehorchen, doch der Rauch in dem dunklen Keller erstickte ihn beinahe. Da hörte er Josefina schreien. Es war ein spitzer und durchdringender Aufschrei, dem wenig später eine Reihe kleiner Schreie und schließlich leises Wimmern folgten.

Sein Entsetzen und seine Verzweiflung waren so groß, dass er alle Furcht vergaß und die wacklige Treppe hinaufeilte. Hustend und schluchzend fiel er zu Boden, nachdem er die Falltür über dem Rübenkeller geöffnet hatte.

Um ihn herum erfüllte dicker Qualm die Luft. Weil es tagelang geregnet hatte und das Dach völlig nass war, schwelte das Feuer nur, statt sich in Flammen auszubreiten. Er kroch über den Fußboden, bis seine Hand einen Körper berührte: Es war sein fünfzehn Jahre alter Bruder Tomás, dessen Kopf in grotesker Weise verdreht war. Der Junge war von einem Pfeil getötet und dann skalpiert worden. Gnädigerweise verbarg der Rauch den schrecklichen Zustand der Leiche vor dem schreienden Lee.

Der Sechsjährige versuchte, Tomás hochzuheben. Doch er schaffte es nicht. Als er Josefinas herzzerreißendes Stöhnen hörte, kroch Lee auf ein Fenster zu. Während der Hufschlag der Komantschen-Pferde in der Ferne verhallte, rieb er sich die Augen mit den kleinen, schmutzverschmierten Fäusten und versuchte, mehr von der Umgebung zu erkennen. Die Krieger mit den geschwärzten Gesichtern verschwanden hinter den Hügeln und ließen ein Blutbad zurück.

Benommen stolperte der Junge aus dem Haus, wobei er an den Leichen zweier *vaqueros* vorbeikam, die für seinen Vater gearbeitet hatten. Er lief zu Josefina. Doch als er neben ihr zu Boden sank, war sie bereits tot. Ihr glänzendes rabenschwarzes Haar war brutal abgeschnitten worden, um den Skalpstab eines Kriegers zu schmücken.

Entsetzt wandte er sich ab, als ihm noch etwas Schrecklicheres in die Augen sprang. Die Arme schützend ausgebreitet, lag seine Mutter über seinem Vater und hielt ihn im Tod fest umklammert. Der Hals seines Vaters war von einem Pfeil durchbohrt, und beide Eltern waren skalpiert und verstümmelt. Lee warf sich auf die Toten und schrie so lange, bis seine Kehle wund war und er keinen Laut mehr von sich geben konnte. Reglos lag er da, ohnmächtig vor Erschöpfung und Schrecken.

So fanden ihn am nächsten Morgen Will Slade und die Bürgerwehr.

St. Louis, 1838

Der Dachboden war staubig und voller Spinnweben. Doch das gab dem Mädchen erst recht das Gefühl, dass in den großen Koffern und Kisten, die von einer Schmutzschicht überzogen waren, geheime Schätze verborgen sein mussten. Ungeduldig wischte es sich eine klebrige Spinnwebe aus dem Haar und kniete vor einer verzierten Ledertruhe nieder, die sehr alt aussah. Kein Zweifel, dies musste einst der kostbare Besitz einer großen Dame gewesen sein, da war Melanie sich sicher.

Mit Mühe löste sie die Lederriemen, die um die Truhe geschlungen waren, und schlug dann den Deckel zurück. Mit einem kleinen Freudenschrei zog sie ein Kleid aus Wildleder hervor. Es war schlicht und wunderschön. An den Säumen und Rändern war es mit unzähligen, bunten Glitzerperlen besetzt. Als sie das Kleid in die Höhe hob, um es aus der Nähe zu betrachten, löste sich ein in Leder gebundenes Buch aus den Falten und fiel auf den staubigen Boden zu ihren Füßen.

Sie legte das Kleid über die Truhe und griff nach dem Buch. Als sie es aufschlug, knisterten die vergilbten Seiten, als sträubten sie sich dagegen, geöffnet zu werden. Die Handschrift war sauber und klein, die Buchstaben dicht zusammengedrängt. Sie nahm das Buch mit hinüber zu einem der Gaubenfenster hinter einem Stapel Kisten. Das helle Licht der Morgensonne fiel auf die Seiten des Tagebuchs. Der erste Eintrag stammte aus dem Jahr 1750.

Das Licht verdunkelte sich bereits, als das Mädchen die Stimme von *Grandmère* hörte. »Wo bist du denn, Kind?«

Melanie konnte die Schritte ihrer Großmutter auf dem Gang hören, während diese auf der Suche nach ihrer Enkelin einen Raum nach dem anderen im zweiten Stockwerk ihres Sandsteinhauses durchsuchte. Mit klopfendem Herzen und vor Angst, etwas Verbotenes getan zu haben, blieb Melanie reglos stehen.

»Melanie, bist du etwa auf dem schmutzigen Dachboden? Wie hast du nur die Tür aufbekommen?« Die Stufen knarrten, als Marie Duval die Treppe heraufkam.

»Ich ... ich bin hier, *Grandmère*«, antwortete Melanie. Als dunkler Umriss hob sie sich gegen das Licht des Gaubenfensters ab.

Erleichtert seufzte Marie auf. »Hattie sollte doch auf dich aufpassen, solange ich fort war. Sie hat mir gesagt, dass du dein Frühstück nicht gegessen hast, und ich habe gedacht ...« Sie stockte, als sie die offene Truhe und das kostbare Kleid erspähte, das über dem Rand hing. Dann ging ihr Blick zurück zu der hübschen Achtjährigen, die das Tagebuch fest umklammert hielt. »Was hast du hier gemacht, Melanie?«

»Ich habe über deine *Grandmère* und deinen *Grandpère* gelesen ... und wie sie sich getroffen haben«, bekannte Melanie. »Bist du mir jetzt böse?«

Lächelnd breitete Marie Duval die Arme aus. Melanie lief schnell um die Stapel von Kisten und Kästen herum und warf sich ihrer Großmutter in die Arme.

»Dann kennst du jetzt ein Stück aus der Flickendecke, die unser Leben ausmacht.« Seufzend strich Marie über das glänzende schwarze Haar des Kindes. »Ich hatte mir eigentlich gewünscht, diese Unterhaltung erst später mit dir zu führen, wenn du älter bist. Doch nun hast du mir die Entscheidung abgenommen. Komm, Hattie soll uns Tee kochen, und dann erzähle ich dir alles über Sweet Rain und Simon Duval.«

Mit angezogenen Beinen saß Melanie wenig später auf dem Rand des Sessels im Wohnzimmer und schlürfte ihren Tee, während sie der Geschichte ihrer Großmutter lauschte. Marie Duval erzählte, wie ihr Großvater, ein französischer Trapper, die Tochter eines Häuptlings der Cherokee getroffen und geheiratet hatte.

»Ist unser Cherokeeblut der Grund, warum wir nicht mit Papa in New Orleans leben können?«, fragte Melanie.

Marie schüttelte den Kopf. »Nein, Schatz. Die Familie deines Vaters weiß nicht einmal, dass wir indianisches Blut in den Adern haben.« Traurig fügte sie hinzu: »Männer aus der Gesellschaftsschicht deines Vaters heiraten niemals Frauen unserer Herkunft.« Unsicher, wie sie das erklären sollte, zögerte Marie. »Du weißt, dass Hattie vollblütige Afrikanerin ist, *non?*«

»*Oui, Grandmère,* aber Hattie ist doch eine Dienerin, eine Sklavin. Was hat das mit Papa und uns zu tun?«

»In unseren Adern fließt auch afrikanisches Blut, *petite.* Natürlich sehr viel weniger. Meine Urgroßmutter stammte aus Afrika.«

»Aber wir sind keine Sklaven!«

»*Non,* natürlich nicht, *petite.* Wir sind Farbige, die frei sind«, erklärte Marie stolz. »Meine *Grandmère* Sophie war eine schwarze Sklavin, die sich ihre Freilassungspapiere verdiente. Und jetzt leben wir in einem schönen Haus und haben selbst Diener.«

»Dann ist es also unser afrikanisches Blut, das uns daran hindert, mit Papa in New Orleans zu leben«, meinte Melanie leise.

Während Marie beobachtete, wie das Kind diese grausame, schmerzliche Tatsache zu verarbeiten suchte, wallte grenzenloses Mitleid in ihr auf. Doch erst die nächsten Worte des Mädchens versetzten ihr wirklich einen Schock.

»Jetzt verstehe ich, was mit der Lady mit dem Silberhaar in *Mères* Haus los war. *Mère* hat sich mit ihr gestritten, bis Papa hereinkam und sie hinausbeförderte. Papa war sehr zornig. Wenn er *Mère* wegen ihres afrikanischen Blutes nicht heiraten konnte, hat er wahrscheinlich die weiße Lady zur Frau genommen. *Sie* will nicht, dass wir dort wohnen«, setzte Melanie traurig hinzu.

Marie Duval war selbst eine *placée,* eine Mätresse, gewesen. Genau wie ihre Mutter. Und jetzt war Lily, Maries Tochter, die Mätresse eines reichen kreolischen Gentleman namens Rafael Flamenco. Er war Melanies Vater. Melanie würde sich glücklich schätzen können, wenn sie später einmal einen so großzügigen Liebhaber bekam.

Tröstend nahm Marie die Duval-Tochter der vierten Generation in die Arme und ließ sie weinen.

Kapitel 1

Mexico City, Dezember 1845

Die hoch gewachsene, schlanke Gestalt des Mannes hob sich von den bleigefassten Fensterscheiben der Bibliothek ab. Er las so konzentriert in einem Brief, dass er weder ein Auge für die wunderschönen Fuchsien und den Lavendel hatte, die im Licht der untergehenden Sonne leuchteten, noch für die leicht schäbige männliche Eleganz des Zimmers. An allen vier Wänden reichten die Regale vom Boden bis zur Decke und waren mit Büchern gefüllt, die Onkel Alfonso genau katalogisiert hatte. Gegenüber dem großen Kamin an der Nordwand stand ein dunkles Ledersofa. Weiche Polstersessel luden ein, es sich mit einem Buch bequem zu machen. Gediegene Eichentische waren mit Manuskripten und Schreibutensilien übersät.

Mehr als drei Jahre hatte Leandro Angel Velásquez in dieser vornehmen Atmosphäre kultivierter Gelehrsamkeit verbracht. Damals hatte ihn der ältere Bruder seines Vaters eingeladen, die Universität von Mexico City besuchen. Wenn Onkel Alfonsos Frau und sein Sohn nicht gestorben wären, hätte ich San Antonio niemals verlassen, ging es Leandro durch den Sinn.

Nun wurde er nach Texas zurückgerufen. Vor seinem geistigen Auge erschienen die welligen Hügel und sprudelnden Quellen seiner Heimat. Was für ein Unterschied bestand zwischen den rauen, stürmischen Prärien im Süden des mittleren Texas und der Weltstadt Mexico City! Die Stadt lag auf einer Hochebene mit angenehmen, wenn auch tropischen Temperaturen.

Ich hätte auch Dulcia nie getroffen, dachte Lee. Noch immer konnte er sich genau an den Augenblick erinnern, als er sie zum ersten Mal gesehen hatte. Während ihrer Weihnachtsferien hatte er das zarte Mädchen kennen gelernt, dessen innere Schönheit die zierliche, hübsche Gestalt zum Leuchten brachte. Das kastanienbraune Haar schimmerte und glänzte, und es fiel ihr in weichen Wellen über den Rücken. Da sie erst fünfzehn war und noch zur Schule ging, war es ihr nicht erlaubt, das Haar in einer komplizierten, mit Kämmen gehaltenen Hochfrisur zu tragen. Helle blaue Augen und ein leicht geschwungener Mund hatten ihn schüchtern angelächelt, als er auf sie zugegangen war.

»Du musst Dulcia sein.« Er hatte ihr sein gewinnendes Lächeln geschenkt. »Ein schöner Name für eine so schöne junge Dame.«

»Und du musst der Sohn von Onkel Alejandro aus Texas sein«, hatte sie geantwortet. »Onkel Alfonso hält sehr viel von dir.« Sie wagte es nicht, den Blick zu heben.

Als er sich verbeugte, merkte er mit Wohlgefallen, dass ihre Schüchternheit echt war. Unschuldig und ohne Falsch, wirkte sie so erfrischend wie ein Frühlingsregen.

»Ich ... ich sollte eigentlich nicht mit dir allein hier sein. Meine *duena* ist in der Kirche, und ich bin nur hinausgegangen, um frische Luft zu schnappen«, sagte sie zögernd, schon verlegen durch die bloße Erwähnung der guten Sitten.

Lee lächelte wieder. Diesmal ernst. »Du brauchst keine Angst zu haben. Wir sind beide Mündel von Onkel Alfonso und miteinander verwandt. Deshalb bin ich mir ziemlich sicher, dass wir nicht gegen die guten Sitten verstoßen.«

Dulcia hatte den Kopf geschüttelt. »Du bist sein Neffe, während ich nur die Tochter eines entfernten Cousins bin. Ich fürchte, unsere Verwandtschaft ist nicht allzu eng.« Einen Augenblick später errötete sie über die unbeabsichtigte Andeutung.

Lee konnte sich nicht zurückhalten. Vorsichtig ergriff er ihre Hand und hauchte einen keuschen Kuss darauf. »Dann darf ich vielleicht die kühne Hoffnung hegen, dass wir beide engere … Freunde werden könnten?« Den Rest ließ er ungesagt. Doch so schnell sie konnte, floh Dulcia in die Kirche zu ihrer *duena*.

In der Folgezeit war Lee Zeuge geworden, wie sie zu einer heiteren und schönen jungen Frau von siebzehn Jahren herangewachsen war. Als sie die Schule bei den Nonnen abgeschlossen hatte und nach Hause zurückkam, ging auch seine Studienzeit an der Universität ihrem Ende entgegen. Er hatte große, ehrgeizige Pläne und drängte darauf, seinen Platz im Leben einzunehmen. Dabei wollte er seine Jugendliebe an seiner Seite haben.

Am Anfang hatte Dulcia sich zurückhaltend, aber empfänglich für sein Werben gezeigt und mit bewunderndem Blick aus ihren großen Augen den Geschichten zugehört, die er über sein reiches und wildes Heimatland erzählt hatte. Im letzten Sommer hatten sie mit Onkel Alfonsos Segen geheiratet. Nach ihrer Rückkehr aus den Flitterwochen war Lee das Zeugnis des Abschlussexamens an der Universität überreicht worden. Nun hoffte er eigentlich auf ein Jahr, in dem sich ihre Ehe festigen konnte. Mit dem plötzlichen Einbruch der Außenwelt in sein privates Glück rechnete er nicht. Doch die Ereignisse machten seine Pläne zunichte. Texas und seine Freunde riefen ihn.

»Hast du Heimweh?« Leise betrat sein Onkel die Bibliothek und stellte die Frage, obwohl er die Antwort schon kannte. Über all die Jahre hinweg hatte sein Neffe ununterbrochen mit seinen Freunden in Texas in Briefkontakt gestanden.

»Charlee fragt, ob ich nicht zum Geburtstag des kleinen Will im Juni nach Hause kommen kann. Er wird schon drei Jahre, und ich habe ihn noch kein einziges Mal gesehen«, erwiderte Lee, noch immer in Gedanken versunken.

Der alte grauhaarige Mann nickte. »Und Texas ist noch immer deine Heimat? Ich hatte gehofft, du würdest nach deiner Hochzeit mit Dulcia hier heimisch werden«, bekannte er mit trauriger Stimme.

Lee legte den Brief auf den zerkratzten Eichentisch, ging durch das Zimmer auf seinen Onkel zu und nahm dessen blasse Hand mit den dicken, hervorstehenden Adern in seine kräftige und braun gebrannte Rechte. Er führte den alten Mann zu einem Sessel und zog für sich selbst auch einen heran. »Texas wird immer meine Heimat bleiben«, meinte er. Dann fügte er mit sanfter, leiser Stimme hinzu: »Aber ein Teil von mir wird die Zeit hier in dankbarer Erinnerung behalten. Du bist so gut zu mir gewesen und hast mich so viel gelehrt! Für deine Freundlichkeit und Hilfsbereitschaft werde ich dir niemals angemessen danken können.«

Die blauen Augen seines Onkels zwinkerten verschmitzt. »Und ich habe dich einer Enkelin eines meiner Cousins zweiten Grades vorgestellt ... das allergrößte Geschenk, das ich dir machen konnte. Bedenke nur einmal, was gewesen wäre, wenn du nicht nach Mexiko gekommen wärst: Du hättest niemals mein Mündel kennen gelernt und eine so ideale Ehefrau bekommen.«

Lee lächelte breit. »Dafür bin ich dir besonders dankbar. Und auch wenn du deinen Schabernack mit mir treiben willst, Recht hast du: Sie ist wirklich eine Mustergattin.«

Alfonsos Gesichtsausdruck wurde ernst. »Glaubst du, dass eine im Kloster erzogene, zarte junge Dame wie Dulcia in deinem wilden Texas glücklich werden kann?«

Lee erhob sich seufzend und begann, unruhig auf und ab zu gehen. »Das weiß ich nicht, Onkel.«

»Hast du deine Pläne mit ihr besprochen?«, hakte Alfonso nach.

»Ja. Vor unserer Heirat habe ich ihr gesagt, dass ich nach San

Antonio zurückgehen müsse, weil alle Menschen, mit denen ich aufgewachsen bin, dort leben: Jim, Charlee und Asa. Will Slade hat mich zu sich genommen, als meine Eltern …«

»… ermordet wurden«, vollendete der Onkel den Satz, den auszusprechen Lee so schwer fiel. »Hast du mit Dulcia jemals über die Gründe gesprochen, warum du bei einer anglo-amerikanischen Familie aufgewachsen bist?«

»Das ist nicht fair. Komantschen-Überfälle gibt es so gut wie überhaupt keine mehr. Außerdem war Will Slades Frau eine Sandoval. Und Jim ist ein halber *Tejano.* Ich bin auch *Tejano* und kein echter Mexikaner. Das heißt allerdings nicht, dass ich dich nicht liebe oder mein mexikanisches Erbe gering schätze. Dein eigener Bruder hatte sich dafür entschieden, ein *Tejano* zu werden, als er emigrierte. Und ich wurde als einer geboren.«

»Alejandro war jung und voller Ideale«, murmelte Alfonso traurig. Seine sanfte Gelehrtenseele war noch immer entsetzt über den barbarischen Mord an seinem jüngeren Bruder und dessen Frau. »Und nun willst du seinen Traum vom großen Rinder-Imperium in der Wildnis verwirklichen«, fügte er mit einem wehmütigen Lächeln hinzu. »Vergiss nicht, dass dein Vater in einen Staat der mexikanischen Republik ging. In deiner Jugend hast du erlebt, wie das Land durch eine große Umwälzung anglo-amerikanisch wurde. Sehr bald wird es ein Staat der Vereinigten Staaten von Amerika sein. Das habe ich schon lange kommen sehen, Leandro.« Der alte Mann schwieg eine Weile, bevor er weitersprach.

»John Slidell, der von Präsident Polks mit allen Vollmachten ausgestattet wurde, ist von unserem Präsidenten Herrera nicht anerkannt worden. Das war dumm. Immerzu fordert die Kriegstreiberfraktion im Yankee-Kongress, dass Truppen an unsere nördlichen Grenzen verlegt werden. Im letzten Sommer haben die Amerikaner General Taylor mit einer Armee nach Corpus Christi geschickt. Der Wunsch unserer Führer und der Yankee-Führer wird in Erfüllung gehen. Es wird Krieg geben, Leandro. Einen Krieg, den Mexiko nicht gewinnen kann. Wenn die Mexikaner und die Yankees miteinander Krieg führen, was wird dann mit den *Tejanos* geschehen?«

»Sie werden zwischen zwei Stühlen sitzen«, gab Lee bekümmert zu. »Aber umso wichtiger ist es für mich, in Texas zu sein. Jim Slade und eine ganze Menge anderer *Tejano*-Rancher befinden sich in der gleichen Situation. Wir müssen uns zusammenschließen und unser Land verteidigen ... In Texas muss ich mir meine Existenz aufbauen, Onkel Alfonso.«

Der Alte erhob sich und legte die dünnen Arme auf die breiten Schultern des jungen Mannes. »Dann musst du deine Frau darauf vorbereiten, dass ihr aufbrecht, solange ihr noch unbehelligt reisen könnt. Sobald der Krieg ausgebrochen ist, wird das Reisen gefährlich werden, insbesondere dann, wenn Schiffe der amerikanischen Marine im Golf kreuzen.«

Lee nickte zustimmend, traurig darüber, dass er mit seinem Onkel uneins war. Denn Onkel Alfonso war für ihn weit mehr als nur ein Verwandter. Er war ihm ein Lehrer und Freund. Lee gefiel es ganz und gar nicht, den gebrechlichen alten Mann zu verlassen, der allein war, nachdem vor vier Jahren der Rest seiner Familie während einer Gelbfieberepidemie gestorben war. Da er Alfonsos Mündel geheiratet hatte, nahm er dem alten Mann auch noch Dulcia weg.

»So schnell möchte ich gar nicht abreisen, Onkel. Es hat noch Zeit. Vielleicht ...«

»Nein. Ich war auch einmal jung. Selbst jetzt bin ich noch nicht so alt, dass ich mich nicht an die Ungeduld der Jugend erinnern könnte. Wenn du bei mir bleibst und der Krieg dich daran hindern wird zu gehen, kann dich das viele Jahre kosten. Aber ich weiß, dass uns deine Yankees besiegen werden.«

»Sie sind nicht *meine* Yankees, nur weil ich ein paar Yankees als Freunde habe. War Santa Anna *dein* Präsident, nur weil du Mexikaner bist?«, gab Lee zurück. »Es gibt Gutes und Schätzenswertes in beiden Ländern.«

»Du meinst wohl, du könntest eine Brücke zwischen beiden schlagen? Nun ja, vielleicht könntest du es wirklich«, räumte Alfonso ein. Auf dem schmalen Gesicht spiegelten sich Lebhaftigkeit und Wärme. »Doch jetzt musst du mit Dulcia sprechen.«

»Woran denkst du, Dulcia? Schwelgst du in Tagträumen über Leandro?«

In Luz Rodrigues' dunkle Augen trat ein lustiges Funkeln, als sie die Röte auf den Wangen ihrer Freundin bemerkte. Die beiden Frauen, die in Juan Rodrigues' Kutsche saßen, hatten gerade einen Einkaufsbummel hinter sich und befanden sich auf der Heimfahrt zum Haus der Velásquez'.

»Wenn ich einen so jungen und gut aussehenden Mann hätte wie du, würde ich mich auch in Tagträumen ergehen«, meinte Luz, um Dulcias Verlegenheit zu überspielen. Wenn sie doch bloß nicht so schrecklich schüchtern wäre!

»Glaubst du wirklich, dass er gut aussieht? Ich ... ich meine, besser als Juan?« Noch immer war Dulcias zarte porzellanfarbene Haut vor Scham gerötet.

Luz' Lachen klang glockenhell. »Aber natürlich! Juan ist doch schon vierzig Jahre alt. Oh ja, er ist ein sehr vornehmer Mann, auch wenn er um die Hüften herum langsam etwas füllig wird. Doch er ist reich, und meine Eltern waren hellauf begeistert, als die Ehe mit ihm zu Stande kam. Oh, ich hätte mir so sehr gewünscht, in derselben Lage zu sein wie du: mir meinen Mann selbst wählen zu können. Dein Vormund hat dich mehr geliebt als jeder Vater, den ich kenne.«

»Außerdem war er noch äußerst großzügig, als er eine entfernt verwandte Waise bei sich aufnahm und ihr die allerbeste Erziehung zuteil werden ließ«, fügte Dulcia hinzu.

Luz ließ ein taktloses Räuspern hören, um ihre Abscheu kundzutun. »Diese Klosterschule mag bei besonders strengen Eltern in hohem Ansehen stehen, aber ich habe jeden Augenblick gehasst, den ich dort zubringen musste. Verheiratet zu sein, selbst mit Juan, ist allemal besser, als seine Zeit bei den Nonnen zu verbringen.«

»Mir hat es bei ihnen gefallen. Manchmal ... oh, Luz, manchmal bin ich mir gar nicht sicher, ob es mir überhaupt gefällt, verheiratet zu sein.« Dulcia wandte den Blick ab. Sie war hin- und hergerissen zwischen dem Wunsch, sich ihrer älteren, erfahrenen Freundin anzuvertrauen, und der peinlichen Verlegenheit, in die sie dieses anstößige Thema versetzte.

Luz' Gesichtsausdruck wurde weich. Sie ergriff Dulcias Hand und drückte sie. »Du warst doch einverstanden, Leandro zu heiraten. Er ist ein stattlicher junger Mann aus einer angesehenen Familie, mit einem Wort: ein Gentleman. Auch wenn die Familie Velásquez nicht zu den Reichsten gehört, ist sie doch so wohlhabend, dass Leandro dir jeden Wunsch erfüllen kann. Erst heute hast du dir drei neue Kleider bestellt.«

»Oh, das meine ich nicht. Er ist immer nett und großzügig mir gegenüber. Ich denke nur, dass ich vielleicht bei einem älteren Ehemann nicht immer ... du weißt schon ... mich nicht so häufig fügen müsste, gehorchen, mich ihm unterwerfen, mich ... dieser Sache unterziehen.« Verlegen barg sie das Gesicht in der Kapuze ihres Pelzumhangs.

Luz nickte. Endlich verstand sie, was ihre Freundin bedrückte. »Dein *Tejano* ist wie ein wilder Hengst im Bett. Die machen es kurz und sind schnell befriedigt. Es dauert nie besonders lange. Mit der Zeit wird er es lernen, auf dich Rücksicht zu nehmen und langsamer zu Werke zu gehen.«

Erschrocken wich Dulcia zurück. »Oh, Himmel, nein! Das will ich doch nicht hoffen! Ich meine … Er nimmt sich jetzt schon alle Zeit der Welt, wenn er mich auszieht und überall berührt. Ich habe mich bemüht, den Rat der guten Nonnen zu beherzigen: Ich habe versucht, ihn zufrieden zu stellen. Er ist mein Ehemann, und ich liebe ihn. Es ist meine Pflicht, doch ich bete, dass ich bald schwanger werde. Dann kann ich ihn bitten, mich nicht andauernd …«

Luz sah den Kummer ihrer siebzehnjährigen Freundin und hätte um sie beide weinen können. Dulcia hatte einen jungen, kraftvollen Liebhaber zum Mann, dem es offensichtlich darum ging, seiner Frau Freude und Lust zu bereiten. Sie hingegen war an einen dicken, alten Mann gebunden, dessen Interesse an der Liebe zweitrangig war. Er war immer derjenige, der schnell fertig werden wollte, um schlafen zu können! Schade, dass wir nicht tauschen können, Kleines!, dachte sie traurig, während die Kutsche in der Abenddämmerung durch die verlassenen Straßen rumpelte.

»Wie kommst du denn auf die Idee, dass wir jetzt hier weggehen könnten! Das ist doch unmöglich, so schlecht, wie es Onkel Alfonso zurzeit geht. Wir können nicht fortgehen und ihn im Stich lassen. Oh, Leandro! Seit ich das Kloster verlassen habe, fühle ich mich hier zu Hause.« Flehentlich rang Dulcia die schlanken Hände.

Lee sah in ihr bleiches, bestürztes Gesicht. Wie es ihm vor diesem Abschied graute! Er wusste, wie hart es für sie sein würde. Er nahm sie in die Arme und versicherte leise: »Wir werden uns in Texas ein neues Zuhause aufbauen, Dulcia. Es ist dort wunderschön, das habe ich dir doch schon erzählt. Das Land meiner Eltern wartet auf uns. Dort habe ich meine Wurzeln, dort gehöre ich hin.«

Sie erstarrte und begann zu schluchzen. »Deine Wurzeln sind in Mexiko, wo deine Eltern geboren wurden, und nicht in einem fremden Land, das von den Yankees eingenommen wird.«

Lee fuhr fort, über ihre glänzenden kastanienbraunen Locken zu streichen. »Aber Dulcia! Schon eine Woche vor unserer Hochzeit haben wir darüber gesprochen. Du hast gewusst, dass ich nach Texas zurückgehen muss, weil ich dort Land besitze. Mit dem Geld, das uns Onkel Alfonso gegeben hat, können wir uns dort eine blühende Ranch aufbauen.«

»Aber du hast nie gesagt, dass wir schon so bald aufbrechen müssten«, stieß sie unter Schluchzern hervor.

»Wenn es nach mir gegangen wäre, hätte ich noch gewartet. Ich weiß, dass Onkel Alfonso gebrechlich und auf sich gestellt ist. Er wird dich, seine kleine Prinzessin, sehr vermissen.« Lee lächelte und blickte in ihr Engelsgesicht, das so verletzlich und wunderschön aussah. Sie ist noch ein Kind, das gerade eben die Klosterschule verlassen hat, dachte er. Er zwang sich dazu, auf ihre Ängste und Befürchtungen Rücksicht zu nehmen. »Leider können wir unsere Abreise nicht länger hinausschieben, Liebling. Onkel Alfonso war derjenige, der mich gedrängt hat zu gehen, solange wir noch ein Schiff bekommen.«

»Was willst du damit sagen?« Sie sah ihn aus großen, tränennassen Augen an.

Lee legte ihr den Arm um die Schulter und führte sie zu dem breiten Bett in dem geräumigen Schlafzimmer. Im Kamin knisterte ein Feuer, und er ging hinüber, um es zu schüren. Während er sich niederkniete und die Scheite auf dem Kaminbock umdrehte, erklärte er ihr so schonend wie möglich: »Ich weiß, es wird dich schockieren, aber wahrscheinlich wird es Krieg geben zwischen Mexiko und den Vereinigten Staaten. Wenn dieser Fall eintritt, wird der ganze Golf unter Kriegsrecht gestellt, und Schiffsreisen werden kaum noch stattfinden. Denn selbst wenn wir ein neutrales englisches oder französisches Schiff nähmen, könnten wir unter Beschuss geraten.«

Als sie einen leisen Schreckenslaut ausstieß, stand er rasch auf und ging zu ihr hinüber. »Es wird alles gut gehen. Wenn wir jetzt abreisen, wird niemand auf uns schießen, Prinzessin. Und ganz tief im Herzen von Texas, wo meine Ranch liegt, wird uns der Krieg nicht erreichen. Wenn wir jedoch noch lange zögern, werden wir vielleicht für viele Jahre nicht weggehen können. Gerade heute habe ich wieder einen Brief von Charlee Slade erhalten. Sie wünscht sich so sehr, dich kennen zu lernen, und lädt uns zum dritten Geburtstag ihres Sohnes ein.«

Dulcia rümpfte die Nase. »Ich bin noch immer der Meinung, dass ›Charlee‹ ein schrecklicher Name für eine Dame ist. Aber ich möchte deine Freunde wirklich sehr gern kennen lernen – die Menschen, die dich aufgezogen haben«, fügte sie schnell hinzu.

»Du wirst Charlee, Jim und Asa mögen. Selbst Weevils schließt man nach einiger Zeit ins Herz.« Seine schwarzen Augen funkelten, als er sich die geliebten Gesichter der einzigen Angehörigen vorstellte, die er gehabt hatte, ehe Onkel Alfonso seinen Aufenthaltsort ausfindig gemacht hatte.

Resigniert seufzte Dulcia auf: »Nun gut«, gab sie zögernd nach. »Dann werde ich morgen mit dem Packen beginnen. Wenn Onkel Alfonso und du der Meinung seid, ist es wohl das Beste.«

»Oh, mein Liebling, es wird ein ganz neues Abenteuer für uns. So gut wie zweite Flitterwochen.« Er setzte sich aufs Bett, ergriff ihre Hände, hob sie an die Lippen und küsste sie. »Apropos Flitterwochen. Es will mir scheinen, als wären wir immer noch mittendrin ...«

Zärtlich küsste er ihre Lippen und legte dann eine warme Spur feuchter Küsse an ihrem Hals entlang nach unten. Als er ihr blaues Gewand zur Seite schob, entblößte er eine elfenbeinweiße Schulter und konnte ihre festen, jungen Brüste unter der dünnen Seide des Nachtgewands hervorlugen sehen. Seine Hand umfasste die kleinen Hügel, und sein Daumen strich zärtlich über die Brustspitze. Dulcia leistete zwar keinen Widerstand, aber sie reagierte auch nicht. Während er ihr das durchsichtige Nachtgewand abstreifte und ihren schlanken Körper mit den zarten Rundungen enthüllte, saß sie ruhig da. Sie bewegte die Arme entsprechend seiner unausgesprochenen Anweisungen und ließ ihn die Ärmel herunterziehen und den Gürtel aufknüpfen. Als er seine Aufmerksamkeit wieder ihren Brüsten zuwandte und zärtlich die Brustwarzen streichelte, blieben sie schlaff und unerregt.

Seufzend hob er langsam die Hände und glitt mit den Fingern durch ihr glänzendes kastanienbraunes Haar. Sanft hielt er ihren Kopf fest und küsste sie. Er hoffte, sie dazu zu bringen, dass sie ihren Mund öffnete. Ich muss ganz langsam vorgehen. Sie kommt gerade aus dem Nonnenkloster und ist eine scheue und zurückhaltende junge Dame, sagte er sich. Mit gedämpftem Stöhnen legte er sie mit dem Rücken auf das Bett. Dann stand er auf, ging zum Kandelaber hinüber und blies die Kerzen aus. Nun lag der Raum im Dunklen, was für Dulcia sehr viel angenehmer war. Nur ein kleiner Streifen Mondlicht erhellte Lees Weg zurück zum Bett. Rasch zog er die Kleider aus und legte sich neben sie.

Dulcia hielt die Augen fest geschlossen. Es war ihr, als stürbe jedes Mal ein kleines Stück von ihr, wenn er sie leicht und zärtlich an ihren intimsten Stellen berührte. Mit einem stummen Stoßgebet zur heiligen Jungfrau zwang sie sich, stillzuhalten, ihre Gliedmaßen zu entspannen und ihm seinen Willen zu lassen. Sie tat ihre Pflicht als Ehefrau. Hatte Schwester Faith ihr nicht genau das gesagt?

Als Lee spürte, wie sie sich fügte, nahm er ihre schlaffe

Ergebenheit in die Situation für die Erwiderung seiner Liebe. Er legte sich auf sie und spreizte ihre Beine. Dann drang er langsam und hart vor Erregung in sie ein. Widerstrebend ließ sie es geschehen. Dulcia war nicht feucht und machte keine einzige leidenschaftliche Bewegung unter ihm wie die *putas* damals in San Antonio oder die noch raffinierteren Damen der Nacht, die er in Mexico City aufgesucht hatte.

Doch ihr gehörte seine Liebe. Sie war seine Braut, noch immer rein, unschuldig und jungfräulich zart. Er hielt sich zurück, streichelte ihren Körper mit seinem und versuchte so, ihre Hemmungen zu überwinden, die sie im Kloster erworben hatte. Schließlich spürte er, wie er sich dem Höhepunkt näherte.

Dulcias Arme, die bisher nur lose um seinen Hals gelegen hatten, schlangen sich fester um ihn, während er kurz vor dem Höhepunkt stand. Als er ihn schließlich erreichte und schwer atmend auf ihr zusammenbrach, flüsterte er heiser: »Ich liebe dich, Dulcia, meine Frau.«

Sie zeigte keine weitere Reaktion, hielt jedoch seinen schweißgebadeten Körper an sich gepresst und streichelte seinen Rücken, während sie an ihm vorbei auf das reflektierende Mondlicht an der Decke starrte.

»Onkel Alfonso, ich habe solche Angst! Texas ist ein wildes, schreckliches Land ohne Kultur. Wahrscheinlich gibt es dort keine Schneiderinnen, keine Theater, keine Bälle und auch keine Sinfoniekonzerte. Nur wilde Rothäute und ungehobelte Yankees!« Am folgenden Morgen lief Dulcia in der Bibliothek auf und ab und hoffte, ihren Vormund davon zu überzeugen, dass er Lee von seinem Plan, heimzukehren, abbrachte.

Der alte Mann fasste sie an den Schultern und drückte sie in einen Sessel am Fenster. »Hör mir bitte einmal zu, mein Kind, meine kleine Prinzessin! Ich verstehe sehr gut, wie du dich fühlst, und ich weiß, dass es so aussieht, als würdest du in eine fremde und bedrohliche Welt aufbrechen, doch bedenke auch Folgendes.« In seine blauen Augen trat ein Funkeln, als er sich mit dem Zeigefinger an die Schläfe tippte. »Bisher hat Lee all diese Annehmlichkeiten genossen, die du eben erwähnt hast. Er hat in den höchsten intellektuellen Kreisen verkehrt und Spanisch gesprochen. Doch immerzu hatte er diesen Traum – wenn du so willst, ist es das Vermächtnis meines wilden jüngeren Bruders: Texas. Bevor er nicht dorthin zurückgekehrt ist, wird er diesen Traum nicht aufgeben. Erst dann wird er erkennen, wo seine wahre Heimat liegt. Texas wird für ihn nicht mehr sein als ein Land voller Leute, mit denen er nichts mehr gemeinsam hat. Er muss jetzt dorthin zurückgehen, um sich selbst davon zu überzeugen. Würden wir ihn zum Bleiben überreden, hätten wir nur einen Pyrrhus-Sieg errungen. Er würde weiter von Texas träumen.«

»Ich gehe mit ihm nach Texas, damit er erkennt, wie es jetzt aussieht? Du meinst, dann wird er dort nicht bleiben wollen?« In Dulcias Augen blitzte Verstehen auf.

»Bring ihn nach Hause zurück, Dulcia. Nach Hause zu mir, in seine Heimat Mexiko.«

Kapitel 2

Galveston Harbor, Januar 1846

Die Bucht ist vor sechzig Jahren nach einem spanischen Vizekönig benannt worden. Er hieß Don Bernardo de Gálvez«, erklärte Lee seiner Frau. Sie standen an Deck des britischen Dampfschiffs *Roter Löwe,* das sie in der vergangenen Woche bei rauem, stürmischem Wetter in Veracruz bestiegen hatten. Dulcia hatte stark unter der Seekrankheit, dem *mal de mer,* gelitten. Als das Schiff angelegt hatte, hatte sich der Himmel glücklicherweise aufgehellt, und es war wärmer geworden. Lee hoffte, seine verzagte junge Frau aufzuheitern und mit einer kurzen Geschichtslektion ablenken zu können, während er ihr den Haupthafen von Texas zeigte.

»Ich erkenne die Stadt kaum wieder, so sehr ist sie gewachsen. Sieh dir all die Schiffe in den Werften an, Dulcia!«

»Bitte, Leandro, nimm das Wort Schiff nicht mehr in den Mund«, bat Dulcia.« Der Anblick der im Wasser auf und ab schaukelnden Mastbäume ließ ihren geschwächten Magen aufs Neue rebellieren. »Wie froh werde ich sein, wenn ich meinen Fuß auf festen Boden setzen kann!«

Schützend legte Lee ihr den Arm um die Schultern. »Bald wird es dir wieder gut gehen. Allerdings fürchte ich, dass der ›feste Boden‹ nur lockerer Sand sein wird. Ich werde dich den Strand hinauftragen, damit du keinen Sand in die Schuhe bekommst«, erklärte er galant und sah ihr in die blauen Augen. Auf diese Weise entlockte er ihr das erste Lächeln an diesem Morgen.

Plötzlich kam ihm die Erinnerung an lebhafte Augen in der Farbe von Goldmünzen, an ein Kind mit Schmollmund und

Sand in den Schuhen. Es war die Erinnerung an Rafe Flemings Tochter. Er hatte sie vor vier Jahren in Galveston getroffen, und diese Begegnung hatte tief greifende Folgen gehabt. Diese fauchende, wilde Range hätte ich niemals getragen, das steht fest, dachte er mit einem Anflug von Wehmut.

Als hätte Dulcia seine Gedanken gelesen, unterbrach sie seinen Tagtraum. »Du bist schon einmal hier gewesen, nicht wahr, Leandro?«

Vor Schuldgefühl errötend, antwortete er: »Erst zwei Mal – als ich vor drei Jahren Texas verließ und nach Mexiko ging, und ein Mal zuvor, als mich Jim Slade nach Galveston schickte, um Zuchtstuten abzuholen. Galveston ist eine aufstrebende Hafenstadt, aber wir werden nur eine Nacht hier verbringen. Morgen werde ich das Dampfschiff buchen, das uns den Fluss hinauf nach Houston bringt.«

»Ist ganz Texas so flach und weit wie das Land hier?«, fragte Dulcia zaghaft. Sie schirmte die Augen mit der Hand gegen das überraschend helle Licht ab, das sich auf dem Wasser widerspiegelte. Dieses Land machte einen primitiven und bedrohlichen Eindruck auf sie. Doch sie blieb ruhig, indem sie sich die Ermahnungen ihres Onkels ins Gedächtnis rief.

Lee lachte. »Als ich die Golfebene zum ersten Mal sah, konnte ich nicht glauben, dass ein Land überhaupt so flach sein kann. Je näher wir meiner Heimat kommen, desto mehr verändert sich die Landschaft. In San Antonio sieht es schon ganz anders aus. Das kannst du mir glauben.«

»Ist es noch sehr weit? In den letzten beiden Wochen bin ich weiter gereist als in meinem ganzen Leben.« Dulcias Stimme klang müde.

»Wenn wir in Houston sind und ich die Dinge für die Reise regle, kannst du dich ein paar Tage ausruhen. Ich fürchte, es sind noch etwa zweihundert Meilen. Doch im Inneren des Landes ist das Wetter im Winter trockener. Wenn wir erst einmal das Meer hinter uns haben, wirst du dich prächtig fühlen, mein kleiner Liebling.« Er küsste sie auf die Nasenspitze.

Warum sorge ich mich so um ihre zarte Gesundheit? Und warum fühle ich mich so schuldig, dass ich sie hierher gebracht habe? Schon vor hundert Jahren haben mexikanische Frauen dabei geholfen, dieses Land zu kolonialisieren. Und sie waren kerngesund!

»Du hast Recht, was das Meer betrifft. Ich könnte niemals zur See fahren, doch ich werde versuchen, eine gute *Tejana* zu werden, Liebling«, erwiderte Dulcia mit einem so unsicheren Lächeln, dass seine Besorgnis noch wuchs.

An Land angekommen, traf Lee Anordnungen bezüglich ihres Gepäcks und führte seine Frau vom Kai fort. Ihm fiel das Hotel ein, in dem er und Melanie Fleming übernachtet hatten. Es lag am Wasser, war sauber und ordentlich und verfügte über eine sehr gute Speisekarte. Die Stadt war größer geworden und bot bedeutend mehr Unterkunftsmöglichkeiten; er entschied sich jedoch trotzdem für das ihm bekannte, gemütliche Hotel.

Während sie über die knarrenden Holzplanken gingen, rümpfte Dulcia die Nase. Sie zog ein duftiges Spitzentaschentuch hervor und hüstelte damenhaft. »Was riecht denn hier so übel?«

Lee kannte den Geruch, den der Wind heranwehte. »Das sind Pouldoodies.« Lachend verzog er das Gesicht. »Das sind Austern. Eine besondere texanische Delikatesse, der man wirklich kaum widerstehen kann. Noch schlimmer ist der Geruch bei Hitze!«

Am Ende des langen Kais hatten sich einige Männer versammelt. Lee und Dulcia kamen an einem kleinen Segelschiff vorbei, das nicht weit vom Ufer entfernt vertäut war. »Ich erklär ihn jetzt für tot. Hat sich 'n Hals ganz glatt durchgebrochen, als er hier letzt'n Abend von 'ner Kaimauer gehauen wurde«, verkündete ein Mann mit lauter Stimme einer Gruppe Männer an Deck des Schiffes.

»Soll'n wir den ganzen Tag hier bleiben, Curley?«, warf ein anderer ein. »Wir wissen ja nich', wer Watkins umgelegt hat, und ich und Allen sind ja die Einzigen, die Zeugen sein könnten.«

Der lange Kerl mit dem schwarzen Kraushaar und dem gekräuselten Bart antwortete: »Jawoll. Hank Watkins is' von der Hand – oder eher der Faust – von 'nem Unbekannten oder mehreren Unbekannten ums Leben gekommen. Die Anhörung is' hiermit beendet! Abel, besorg dir 'n paar Schwarze, die dir beim Begräbnis helfen.« Mit diesen Worten ergriff der Mann ein schmutziges graues Stück Leinen und warf es ruhig und gelassen über die Leiche, die auf dem Boden des Bootes lag.

Es gab keinen anderen Weg, auf dem Lee Dulcia vom Kai hätte wegbringen können. Sie mussten an der grässlichen Szene vorbei, die sich auf dem Boot abspielte. Vor Schreck waren Dulcias Augen weit aufgerissen. So gut es ging, schützte Lee sie vor dem Anblick der grotesk daliegenden Leiche und eilte mit ihr an den Schaulustigen vorüber, die bei der »amtlichen Leichenschau« Mund und Augen aufsperrten.

»Wird auf diese Weise in Texas der Gerechtigkeit Genüge getan? Gibt es hier keine Gesetze, keine Gerichte?« Dulcia sah aus, als würde sie gleich in Ohnmacht fallen.

»Ich fürchte, das Rechtssystem ist noch in vieler Hinsicht ziemlich primitiv, insbesondere wenn es um Händel unter Seeleuten geht. Soweit ich aber durch meine Lektüre weiß, laufen solche ›Prozesse‹ in allen Häfen von Liverpool bis Veracruz auf die gleiche Weise ab«, antwortete Lee sanft. Eifrig bemüht, ihre Gedanken von dieser widerwärtigen ersten Bekanntschaft mit Texas abzulenken, hob Lee Dulcia wie versprochen hoch und trug sie über den Strand. Erfreut lachte sie auf.

Am Abend ließen sie sich das Essen aufs Zimmer bringen. Doch Dulcia aß nur sehr wenig von dem ausgezeichneten

Mahl. Sie schob den Reis und den frischen Fisch auf ihrem Teller hin und her. Tatsächlich war Texas genau so haarsträubend, wie sie es befürchtet hatte. Ungewaschene, vulgäre Anglos lärmten Kautabak kauend in der Gegend herum, und die Straßen waren mit üblen braunen Flecken bedeckt, die von ihrer Ekel erregenden Gewohnheit zeugten. Ja, Dulcia hatte sogar einen Mann im Gespräch mit einer Frau gesehen – als Dame hätte sie die Frau nicht gerade bezeichnen mögen –, und die ganze Zeit über hatte der Mann sich mit einem Taschenmesser die Zähne gereinigt!

»Bist du immer noch krank, Liebes?« Mit Bestürzung bemerkte Lee ihren fehlenden Appetit und die Blässe in ihrem Gesicht.

»Oh, nein. Ich bin nicht mehr seekrank. Der Heiligen Jungfrau sei Dank!«, versicherte sie. »Ich bin nur aufgeregt und übermüdet. Alles, was ich brauche, ist ein richtiges Bett auf festem Grund und Boden, damit ich eine Nacht durchschlafen kann.« Im Stillen fügte sie flehentlich hinzu: Möge die Jungfrau Maria mir heute eine Nacht gewähren, ohne dass ich eheliche Pflichten erfüllen muss! Sie hegte die heimliche Hoffnung, schwanger zu sein, was auch ihr starkes *mal du mer* erklären würde. Außerdem würde sie das sehr bald ganz von ihren ehelichen Pflichten entbinden.

Dulcia lächelte Lee tapfer an und griff nach seiner kräftigen, starken Hand. Wie beruhigend sie sich anfühlte! Ich liebe dich wirklich, Leandro, und ich werde mich bemühen. Doch jetzt bin ich müde, unglaublich müde …

Bluebonnet-Ranch

»Sie müssten eigentlich jeden Augenblick eintreffen, Charlee. Ich kann es kaum erwarten, Lees Frau kennen zu lernen«, sagte Jim Slade. Er schlenderte vom Waschgestell durch die Küche auf den Tisch zu, wo er seine Frau umarmte. Hoch gewachsen, schlank, hellblond und mit entschlossenem Gesichtsausdruck, überragte er seine kleine Frau um einiges.

Charlee Slade schnaubte. »Frau! Ein siebzehnjähriges Mädchen aus einer Klosterschule! Ehrlich gesagt, Jim, ich konnte es gar nicht glauben, dass er so etwas Verrücktes tun würde. Aber er ist ja auch erst zweiundzwanzig.« Sie versetzte der großen Kugel Brotteig, die sie die ganze Zeit geknetet hatte, einen letzten Schlag und richtete sich auf, wobei sie die Hände in die Hüften stemmte.

Als sie sich erschöpft nach hinten bog, fuhr Jim ihr mit der Hand über den Rücken und begann, sie zu massieren. »Hast du wieder Rückenschmerzen, Katzenauge?«, fragte er. »Du solltest diese Arbeit anderen überlassen. Lena kann das Brot backen, bis der kleine Racker geboren ist.« Er legte seine Hand auf Charlees wohl gerundeten Leib und begann, ihn zärtlich zu streicheln.

Charlee schüttelte den Kopf, und ihr langes hellbraunes Haar schimmerte im Sonnenlicht des Spätnachmittags. »Ich habe einfach zu viel Energie. Ich kann nicht irgendwo untätig herumsitzen.«

»Es hätte gereicht, dich Lees wegen zu sorgen«, entgegnete Jim verständnisvoll. »Seit wir seinen Brief erhalten haben, in dem er uns seine Rückkehr ankündigte, bist du so aufgeregt wie Will, als ich ihm das Pony geschenkt habe. Aber seis drum! Warum ist Lee mit seinen zweiundzwanzig Jahren eigentlich zu jung, um zu heiraten? Du warst doch bei unserer Hochzeit auch erst achtzehn.«

Sie drehte sich in seinen Armen um und erwiderte streitlustig: »Ich war beinahe neunzehn, und außerdem sind Frauen früher reif und vernünftiger als Männer. Du warst sechsundzwanzig. Wenn du mit zweiundzwanzig geheiratet hättest, wärst du schließlich an so jemandem wie deiner alten Liebschaft Tomasina Carver hängen geblieben.«

In gespieltem Erschrecken verzog Jim das Gesicht. »Nun ja, ich habe eben auf dich gewartet. Sei also dankbar, Frau. Wie auch immer: Du bist nicht deswegen so empört, weil er mit zweiundzwanzig geheiratet hat, sondern weil du es nicht aus der Nähe miterleben konntest.«

»Aber sie stammt aus einer alten, vornehmen mexikanischen Familie, während Lee ein *Tejano* ist.«

»Wer sagt denn, dass man eine *Tejana* zur Frau nehmen muss?«, meinte Jim lächelnd. »*Er* ist nun einmal derjenige, der sie ausgewählt hat, Charlee, nicht wir.«

»Das ist mir schon klar«, seufzte sie. »Hoffentlich wird sie sich hier einleben! Ich wünsche mir so sehr, dass er bleibt und seinen großen Traum verwirklicht.«

»Dass er die Ranch seiner Eltern wieder aufbaut?«, hakte Jim nach. »Ja, ich glaube, das hat er immer gewollt. Doch du musst auch bedenken, Katzenauge, dass er beinahe vier Jahre an der Universität von Mexico City studiert hat, während er bei seinem Onkel lebte. Der achtzehnjährige texanische Junge, der von hier fortging, hat sich vielleicht ein klein wenig verändert und ist bei seiner Rückkehr reifer geworden. Vielleicht auch ein wenig spanischer.«

Mit einem besorgten Gesichtsausdruck, der ihre hellen grünen Augen dunkler schimmern ließ, nickte Charlee. »Das befürchte ich.«

Als am nächsten Morgen ein Bote ankam, der sie davon unterrichtete, dass Lee und Dulcia am Nachmittag in San Antonio ankommen würden, konnte Jim seine Frau nicht davon abbringen, sofort in die Stadt zu fahren. »Ich habe das Essen schon vorbereitet, und Lena kann ein Auge auf alles haben, damit Weevils keinen allzu großen Schaden anrichtet«, beharrte sie.

»Du könntest der jungen Dame« – Jim deutete auf ihren Bauch – »und deinem Rücken vielleicht ein wenig Ruhe gönnen und es mir überlassen, Lee und seine Frau abzuholen.«

»Wer sagt eigentlich, dass es ein Mädchen wird? Nun, wie dem auch sei, ich muss Dulcia mit gutem Beispiel vorangehen und ihr zeigen, aus welchem Holz wir texanischen Frauen geschnitzt sind.«

»Genau das habe ich befürchtet«, murmelte Jim.

Als Lee aus der Kutsche stieg, sah er sich kurz nach allen Seiten um. Es war der wachsame Blick des Mannes aus der Prärie, der schnell jede Einzelheit registrierte. Dann half er seiner mit Staub bedeckten und erschöpften Frau vorsichtig aus dem primitiven hölzernen Gefährt. Die Sonne strahlte vom Himmel, und die Luft war trocken und frisch. Es war ein typischer Tag Ende Januar, genau die richtige Begrüßung für sie. Gott sei Dank wehte noch keiner dieser kalten Nordwinde! Er musste Dulcia so schnell wie möglich zur Bluebonnet-Ranch bringen, bevor ihnen sonst noch etwas zustieß!

Lee sah hinüber auf die alte *cabildo*-Uhr an der Kirche San Fernando und lauschte auf das Rauschen der hohen Zypressen und die wilden Flüche eines Yankee-Fuhrmanns, der seine Maultiere antrieb. In diesem Augenblick wusste er, dass er wieder zu Hause war. Er beobachtete, wie Dulcia ihren Blick über die große Fläche des Platzes gleiten ließ, hinüber zu der einzigartigen architektonischen Mischung aus Adobe-Ziegelgebäuden und in angelsächsischem Stil gebauten Häusern. Rund um die Plaza dominierten noch immer die aus Kalkstein errichteten Gebäude aus spanischer Zeit. »Ist es nicht wunderbar? Atme nur ein Mal die Luft tief ein, Dulcia! Hier gibt es keinen Gestank nach faulen Austern und Werften.«

Eine frische, leichte Brise spielte mit Dulcias Haube, während sie sich etwas benommen umsah. »Es ist sehr malerisch, Leandro. Viel größer. Hier sieht es aus wie in Mexico City. Ganz anders als in den anderen Städten, durch die wir gekommen sind«, antwortete sie vorsichtig.

»Sieh mal! Da kommen Jim und Charlee. Und der kleine Junge muss Will sein!« Aufgeregt deutete Lee mit dem Zeigefinger über den Platz auf einen hoch gewachsenen, blonden Mann, der geschmeidig wie eine Raubkatze von einer offenen Kutsche heruntersprang.

Dulcia musterte den rauen Grenzer prüfend und stellte fest, dass er bis auf den verblüffenden Unterschied von Teint, Haarfarbe und Kleidung ihrem Mann ähnlich war. Lee wirkte in seinem Wollanzug und den dazu passenden glänzenden Stiefeln sehr elegant. Doch an seinem Gürtel trug er jetzt Waffen, die sie ängstigten. Jim, in grob gesponnenem Hemd und Wildlederhosen, war gleichfalls mit einem Furcht erregenden Arsenal an Handfeuerwaffen ausgestattet.

Bei ihrem Aufbruch in Houston hatte Lee darauf bestanden, auf der Reise ins Landesinnere Waffen zu tragen. Mit jedem neuen Tag der Reise schien er immer weniger der stattliche junge Gelehrte zu sein, den sie geheiratet hatte, sondern sich mehr und mehr in einen *Tejano* zu verwandeln, der aufmerksam, ruhig und beinahe gefährlich wirkte. Der Mann, der jetzt auf sie zukam, war älter und härter als Lee, doch aus demselben Holz geschnitzt, und zwar durch und durch: Die Ähnlichkeit reichte von dem strahlenden Lächeln bis zu dem fehlerfreien Spanisch, mit dem er sie begrüßte.

»Mrs. Velásquez, Dulcia, ich bin entzückt, endlich Lees Frau kennen zu lernen, nachdem er in seinen Briefen immer wieder von deiner strahlenden Schönheit geschwärmt hat.« Galant küsste er ihr die Hand und wandte sich dann seiner Frau und seinem Sohn zu, um sie vorzustellen.

Der Junge, eine kleinere Kopie seines Vaters, trat von einem

Fuß auf den anderen und sah sie aus großen Augen an. Und dann die Frau! Endlich lernte Dulcia Lees Spielkameradin aus Kindertagen kennen. Charlee war so klein wie sie, feinknochig und schlank, mit weit auseinander stehenden grünen Augen und einer Fülle hellbraunen widerspenstigen Haares, das in vielen Schattierungen glänzte. Ihr Gesicht war keineswegs von klassischer Schönheit, aber lebendig und von so großer Lebensfreude und Begeisterung erfüllt, dass es Dulcia beinahe überwältigte, vor allem in dem Augenblick, als die junge Frau die Arme ausstreckte und sie an sich drückte, als wären sie Schwestern.

Als sie Lee auf dieselbe Art und Weise begrüßte, war Dulcia bestürzt, denn es war deutlich zu sehen, dass Charlee schwanger war. Offensichtlich kümmerte sie ihr Zustand überhaupt nicht. Und Lee verhielt sich ebenso unbekümmert, denn er warf sie praktisch in die Luft und witzelte freudestrahlend darüber, wie dick sie während seiner Abwesenheit geworden sei!

»Wann ist mit dem glücklichen Ereignis zu rechnen, *chica?«*, wollte er wissen, als er sie wieder auf den Boden stellte.

»In ungefähr vier Monaten. Vielleicht auch früher. Da habe ich noch genügend Zeit, um bei den Feierlichkeiten in Austin dabei zu sein«, gab Charlee zurück.

Hilflos zuckte Jim mit den Schultern, und ein Lächeln ging über seine harten Züge. »Siehst du, womit Will und ich zu kämpfen haben?«

Lee wandte seine Aufmerksamkeit dem Jungen zu, der bei seinem Vater auf dem Arm saß und den fröhlichen Trubel des Wiedersehens beobachtete. »Du bist also William August Slade, ja?«

Als er Englisch zu sprechen begann, konnte Dulcia nicht alle Wörter verstehen, doch Lees Verhalten und die Art, wie der Junge reagierte, ließ sie die Bedeutung erahnen. Das ernste, verwirrte Gesicht des Jungen hellte sich auf. Als er sich lächelnd in Lees Arme warf, konnte sie eine ganze Reihe schön gewachsener Milchzähne erkennen.

»Ich bin dein Onkel Lee, und das hier« – er wandte sich seiner Frau zu – »ist deine Tante Dulcia.« Dann sprach er wieder Spanisch: »Hoffen wir, dass wir bald ein paar kleine Cousins für dich haben, mit denen du spielen kannst.« Er zwinkerte Charlee zu, die hell auflachte und zu Dulcia hinübersah, die tief errötete.

Jim, der die Verlegenheit des jungen Mädchens spürte, warf ein: »Wir haben noch viel zu viel zu erledigen, um hier auf der Straße herumstehen zu können. Charlee, du könntest doch Dulcia schon zum Wagen bringen, während Lee und ich uns um das Gepäck kümmern.«

Charlee nickte und streckte die Arme nach dem kräftigen, kleinen Jungen aus. Wie selbstverständlich wechselte Will aus Lees Armen zu seiner Mutter, die ihn trotz der Schwangerschaft mühelos hochhob.

Charlee wandte sich auf Spanisch an Dulcia: »Fahren wir doch mit dem Wagen zu der Stelle, an der der Fuhrmann euer Gepäck abgeladen hat«, schlug sie vor. »Oh, mein Gott, du hast bestimmt so wunderschöne Kleider mitgebracht, dass Deborahs Augen vor Neid so grün werden wie meine«, bemerkte Charlee lachend. Für einen Augenblick schien sie so jung und unbeschwert zu sein wie Dulcias Schulfreundinnen.

»Deborah?«, wiederholte Dulcia unsicher. Lee hatte von so vielen Leuten in Texas erzählt, dass ihr der Kopf von all den Namen schwirrte.

»Deborah ist meine beste Freundin, und sie ist eine wirkliche Lady aus Boston, die schöne Dinge liebt. Ihr hat einmal meine Pension gehört. Jetzt lebt sie mit ihrem Mann und den

Kindern auf einer großen Ranch einige hundert Meilen nördlich von hier in einer ziemlich abgelegenen Gegend.«

Soweit Dulcia es beurteilen konnte, war ganz Texas eine abgelegene Gegend, doch sie war zu sehr von der anderen Neuigkeit überrascht, die Charlee nebenbei geäußert hatte, um darüber nachdenken zu können. »Du betreibst ein Geschäft – eine Pension?« Damen arbeiteten doch nicht! Zumindest nicht in Mexiko. War das in Texas anders?

Lächelnd musterte Charlee das verwirrt und müde aussehende junge Mädchen. »Ich habe Deborah die Pension abgekauft, als Rafe und sie vor drei Jahren San Antonio verlassen haben. Aber dann haben Jim und ich geheiratet. Es war zu umständlich, die Pension von der Ranch aus zu betreiben. Deshalb habe ich jemanden angestellt, der das für mich erledigt. Ich bin oft genug in der Stadt, um hin und wieder nach dem Rechten zu sehen. Irgendwie gefällt es mir. Ich glaube, ich habe es gern, selbst über etwas bestimmen zu können. Ich kann mir vorstellen, Dulcia, dass dir, die du aus Mexiko kommst, die Frauen in Texas fremd erscheinen müssen. Aber Texas gehört zu den wenigen Ländern auf der Welt, in denen eine Frau auch außerhalb der Ehe Eigentumsrechte hat.«

Dulcias blaue Augen weiteten sich vor Erstaunen. »Aber ... aber wenn du deinen Ehemann liebst, wozu brauchst du dann Gesetze oder Gerichte, die dir das Recht auf Eigentum zugestehen?«, wollte sie verwirrt wissen.

»Weil ich mein Eigentum selbst erworben habe. Genau wie auch Deborah. Oh, bitte versteh mich nicht falsch! Wir brauchen keinen Schutz vor unseren Ehemännern«, fügte Charlee mit einem schalkhaften Lächeln hinzu, das ihr kleines Gesicht erhellte, »aber einige andere Frauen schon. Wenn ein Mann durch Gesetze geschützt wird, können auch Frauen dies für sich beanspruchen.«

»Ich nehme an, dass es Fälle gibt ...« Vor Unsicherheit

wurde Dulcias Stimme wieder leiser, als sie den großen Kutschwagen erreichten, vor den zwei mächtige kastanienbraune Pferde gespannt waren. Mühelos setzte Charlee den kleinen Will auf den Sitz und stieg dann selbst hinauf, ohne auf ihren gerundeten Bauch besonders Rücksicht zu nehmen.

Als sie Dulcia die Hand entgegenstreckte, um ihr hinaufzuhelfen, errötete die jüngere Frau gekränkt. »Danke, das schaffe ich auch allein. Ich möchte dich in deinem jetzigen Zustand nicht besonders belasten.« Das Mädchen hob vorsichtig die Röcke und kletterte langsam über die großen Speichen des Rades. Charlee musste lachen.

Trotz ihrer Demütigung nagte die Neugier an Dulcia, zumal sie den Verdacht hegte, dass auch sie schwanger war. »Hast du keine Angst, weil der Wagen so holpert?«

Charlee schlug mit den Zügeln und lachte hell auf. »Das kann nicht schaden. Ich reite noch immer mein Pferd Patchwork, obwohl Jim darauf achtet, dass ich eine langsame Gangart wähle.«

»Ja, schon, aber wie schaffst du es, dich richtig auf den Damensattel zu setzen?«, fragte Dulcia beinahe ehrfürchtig.

»Das ist ganz einfach. Ich reite auf einem ganz normalen Sattel.« Charlee wurde klar, wie viel Lees Kindfrau noch über Texas lernen musste. Deshalb wartete sie ein paar Augenblicke länger, damit sich Dulcia über die Tragweite des Gesagten klar wurde. Dann fuhr sie fort: »Am neunzehnten Februar findet in Austin ein großes Fest statt. Jim und ich werden Will mitnehmen. Es ist ein historisches Ereignis, das ich um nichts in der Welt versäumen möchte: Die Republik Texas wird offiziell zum einundzwanzigsten Staat der Vereinigten Staaten erklärt!«

»Du willst diese lange Reise auf dich nehmen, um in deinem Zustand an einer öffentlichen Zeremonie teilzunehmen? Ich meine … ich … ich hätte Angst davor. Bei uns in Mexiko würde so etwas nie erlaubt!«, fügte Dulcia hastig hinzu und hoffte, Lees Freundin nicht beleidigt zu haben.

Charlee legte ihre kleine, kräftige Hand auf Dulcias zarte Hand. »Du bist jetzt in Texas, Dulcia, und mit einem *Tejano* verheiratet«, erinnerte sie sanft. »Du musst nun neue Verhaltensweisen lernen. Einige davon werden dir ziemlich unkonventionell vorkommen.«

Ehe Dulcia darauf antworten konnte, hielten sie an der Stelle, wo die beiden Männer eine ungeheure Ansammlung von Kisten und Koffern sortierten.

»Der hier ist wirklich zu schwer, um Seidenkleider enthalten zu können«, bemerkte Jim und lud sich einen ledernen Handkoffer auf die Schulter.

»Das sind Bücher. Onkel Alfonso war besorgt, mein Geist könnte in der texanischen Wildnis träge werden, wenn er nicht genügend Nahrung bekommt«, erwiderte Lee lachend.

»So wie man ohne Wasser in der Wüste verdurstet, was?«, gab Jim ironisch zurück. Er erinnerte sich noch sehr gut daran, wie Lee als Kind die umfangreiche Bibliothek auf Bluebonnet genutzt hatte.

Mühelos wechselten die beiden Männer und Charlee in ihrer Unterhaltung vom Englischen ins Spanische, während sie den Wagen beluden, und nahmen damit auf Dulcia Rücksicht, die nur sehr wenig Englisch verstand. Als sie aus der Stadt herausfuhren, bot Charlee dem verängstigt wirkenden Mädchen ihre Hilfe an:

»Als ich aus Missouri hierher kam, hat mir Lee Spanisch beigebracht. Das Mindeste, was ich ihm als Dank zurückgeben kann, ist, dass ich seiner Frau Englisch beibringe.«

Dankbar erwiderte Dulcia Charlees Lächeln. Doch im Innersten betete sie darum, nicht so lange in Texas bleiben zu müssen, bis sie die Sprache beherrschte.

Austin, Texas, 19. Februar 1846

»Hoffentlich kommen wir nicht zu spät, Joe«, sagte Melanie Fleming. Sie stieß ihrem Pferd in die Flanken, damit es schneller lief, und ließ ihre Blicke über die Ausläufer der Hauptstadt schweifen.

»Hätten wir den komischen Siedlern nicht bei ihrem gebrochenen Wagenrad geholfen, hätten wir nicht so viel Zeit verloren. Dann wär'n wir jetzt nicht zu spät«, brummte Adam, ihr neunjähriger Bruder, ungeduldig.

»Das waren keine *komischen* Siedler«, wies Melanie ihn zurecht.

»Leute, die in Schwierigkeiten geraten, haben ein Recht auf Hilfe. Das ist ein ungeschriebenes texanisches Gesetz, du Grünschnabel. Das müsstest du doch wissen«, wandte sich Joe De Villiers, ein Halbblut von schlanker Gestalt, an seinen Schützling, der neben ihm ritt. »Wenn wir Pech haben, sind bei unserer Ankunft gerade alle Reden beendet.«

»Dann sind wir ja eben rechtzeitig da, um zu sehen, wie die Flagge gehisst wird«, erwiderte Adam aufgeregt. »Ich wünschte, Mama und Papa hätten mitkommen können – und Lucia auch.«

Joe De Villiers lächelte. »Deine Leute haben Wichtigeres zu tun, als dabei zu sein, wenn sich die Republik der Union anschließt.«

»Das versteh ich nicht. Wie kann das denn wichtiger sein, noch so ein komisches Baby zu bekommen? Wir haben doch schon so ein ... äh, ich meine, wir haben doch schon Caleb«, antwortete Adam. Ein missmutiger Ausdruck breitete sich auf dem dunklen, fein geschnittenen Gesicht aus, als er seinen drei Jahre alten Bruder erwähnte.

Melanie lächelte ihn ermutigend an. »Vielleicht bekommst du ja diesmal eine kleine Schwester«, meinte sie verschmitzt.

»Was? Ich hab doch schon eine große! Wer braucht denn zwei von eurer Sorte? Ihr verbündet euch doch nur gegen Caleb und mich und geht gemeinsam auf uns los. Außerdem haben Lucia und Joe schon ein Mädchen. Dann sind einfach zu viele Mädchen auf unserer Ranch.«

»Da irrst du dich, *mon ami*«, widersprach Joe. »Lucia und ich wünschen uns ein ganzes Dutzend Töchter. Es wird gar nicht mehr so lange dauern, dann bist du ganz glücklich, dass es so viele weibliche Wesen um dich herum gibt. Warte nur noch ein Weilchen!«

Kichernd schob sich Melanie eine widerspenstige Strähne des ebenholzschwarzen Haares aus der Stirn, während sie beobachtete, wie sich ihr Bruder verlegen im Sattel wand. In den Jahren, die sie nun schon bei ihrem Vater und ihrer Stiefmutter lebte, hatte sie sich von der kleinen, trotzigen und verängstigten Tochter Lily Duvals und Rafael Flamencos in Melanie Fleming verwandelt. Aus ihr war ein lachendes, sorgloses sechzehnjähriges Mädchen von einzigartiger Schönheit und großem Selbstvertrauen geworden.

Als Rafael nach Texas gekommen war, um seine Frau, die ihm davongelaufen war, zurückzugewinnen, war er Rancher geworden und hatte sich eine neue Existenz aufgebaut. Hier war er als Rafe Fleming bekannt, der zusammen mit dem Cherokee Joe De Villiers Besitzer von Renaciemento war, der größten Ranch im nördlichen Texas. Mit viel Liebe und Verständnis hatten Deborah und er sich der Tochter seiner ehemaligen Mätresse zugewandt. Nachdem vor drei Jahren ihre Großmutter gestorben war, hatte Melanie ganz allein dagestanden. Geborgen im Schoße der Familie Fleming, waren Melanies seelische Wunden aus der Kindheit verheilt.

Der heutige sonnige Tag versprach, aufregend zu werden. Texas stand kurz davor, der achtundzwanzigste Staat der

Union zu werden, und sie würde Anson Jones, den Präsidenten der Republik, sehen, der die Regierungsgeschäfte an den ersten Gouverneur des Staates, J. Pinckney Henderson, übergab. Die alten Freunde ihrer Mutter, Charlee und Jim Slade, würden ebenfalls da sein. Melanie konnte es kaum erwarten!

Bei der Gründung im Jahre 1839 war die Hauptstadt Austin nichts weiter gewesen als ein vorgeschobener Posten an der Grenze zum Komantschen-Gebiet mit knapp neunzig Seelen. Jetzt, nach einem beinah siebenjährigen Streit zwischen Houston und Austin, war die Entscheidung gefallen: Für alle Zeiten sollte die Hauptstadt an den Ufern des Colorado River liegen. Nach und nach wichen die für das texanische Grenzgebiet typischen Blockhütten mit ihren flachen Veranden hübschen Holzhäusern und Gebäuden mit säulenverzierten Fassaden. Die Bevölkerung, die inzwischen auf über sechshundert Menschen angewachsen war, bereitete sich darauf vor, die Regierungsgeschäfte zu übernehmen, und überließ den Handel weitgehend der Konkurrentin am Buffalo Bayou.

»Hier ist es tatsächlich ganz anders als in San Antonio«, meinte Joe, während er und seine Schützlinge die Blicke über die langen, ordentlichen Straßen und die Architektur der Yankees schweifen ließen.

»Viele Leute sind wegen der Festlichkeiten hergekommen. Hoffentlich finden wir die Slades!«, entgegnete Melanie, während sie die Massen beobachtete, die sich um das Kapitol drängten. Männer in Gehröcken mit hohen Hüten, die wie Ofenrohre aussahen, schlenderten zwischen lachenden Fuhrmännern in zerrissenen Hosen herum, während hart aussehende, in Wildleder gekleidete Männer aus den Bergen sich auf ihre langen Gewehre stützten und das Geschehen prüfend verfolgten. Dort, wo sich die Farmer neben ihren Wagen ein behelfsmäßiges Lager aufgeschlagen hatten, rannten Hunde und Kinder wild durcheinander. Alle waren gekommen, um das Ende der einen und den Beginn einer neuen Epoche mitzuerleben.

»Fahren wir doch bei Miss Evans' Pension vorbei und sehen nach, ob die Slades schon angekommen sind«, schlug Joe vor. Die Pension war ein bekannter Treffpunkt für angesehene Farmer und ihre Familien.

»Oh, ich möchte mir die Geiger ansehen. Guck mal da, Mellie!« Adam deutete über die Straße, wo eine Gruppe Männer ihre Geigen und Banjos stimmte. »Ich wette, dass der olle Sam genau diese Straße entlangkommt!«

»*Mr.* Houstons neuer Titel lautet: Senator der Vereinigten Staaten, hörst du, Adam! Also nenn ihn nie wieder den ›ollen Sam‹. Das schickt sich nicht für einen neunjährigen Jungen«, schalt Melanie ihren Bruder. Insgeheim hoffte sie selbst, einen Blick auf den Kriegshelden werfen zu können, der zwei Mal Präsident der Republik gewesen war. Deborah und Charlee hatten ihn kennen gelernt und ihr von seinem Witz und seiner galanten Art erzählt. Gut befreundet war er außerdem mit Jim Slade, der während der Schlacht von San Jacinto unter ihm gedient hatte.

»Ihr bleibt jetzt hier und ruht euch aus, während ich nach den Slades suche. Und macht euch bloß nicht auf und davon, wie 'n paar dumme Mustangs! Habt ihr mich verstanden?«, ermahnte Joe die beiden.

Melanie und Adam stiegen ab und winkten Joe nach, während sie das Spektakel um sich herum betrachteten. Die meiste Zeit des Jahres lebten die beiden Flemings im nördlichen Zentraltexas. Daher erlebten sie das bunte Treiben in der Stadt als angenehme Unterbrechung ihrer täglichen Routine auf der Ranch.

»He! Mellie, da ist Billie Bledsoe. Ich hab gewusst, dass er mit seiner Familie hier ist. Ich habs einfach gewusst!« Mit diesen Worten schoss Adam über die Straße und verschwand in dem Gewühl von Pferden und Fußgängern. Melanie folgte ihm auf den Fersen.

»Adam! Komm sofort zurück! Du hast doch gehört, was Joe gesagt hat«, schrie sie. Sie raffte die Röcke und lief dem blitzschnellen Kobold nach. Im Gespräch mit seinem Freund von der Nachbarranch, stand er lachend auf der anderen Seite der Straße.

Eifrig bemüht, ihren Schützling wieder einzufangen, stieß sie in schnellem Lauf mit einem Fremden zusammen, ehe sie abbremsen konnte. Ihr stockte der Atem, sie fiel nach hinten, wurde jedoch von zwei starken Armen aufgefangen. Peinlich berührt, hob Melanie das gerötete Gesicht und wollte sich entschuldigen. Doch die Worte blieben ihr im Hals stecken. Staunend riss sie die Augen auf. »Du!«

Lee kniff die schwarzen Augen zu schmalen Schlitzen zusammen, während er das hübsche Ding prüfend ansah, das sich gegen ihn drängte. Sie war zwar klein, doch gut gebaut. Das dünne gelbe Seidenhemd ließ einen vollen Busen erkennen, der sich vom schnellen Laufen heftig hob und senkte. Die Taille war so schmal, dass er sie mit beiden Händen umfassen konnte. Unter dem geschlitzten ledernen Reitkleid, das er nur als skandalös bezeichnen konnte, zeichnete sich die verführerische Rundung ihrer Hüften ab. Es war ein teures Kleidungsstück, aber er hätte seiner Ehefrau niemals erlaubt, so etwas zu tragen.

Als ihm klar wurde, dass sie ihn geduzt hatte, wanderte sein Blick hinauf zu ihrem Gesicht. Was für ein Gesicht! Fein geschwungene Augenbrauen wölbten sich über großen goldbraunen Augen, die von schwarzen Wimpern umsäumt waren. Die Augen standen leicht schräg und passten sich der Form der markanten, hohen Wangenknochen an. Der Schreck stand ihr noch ins Gesicht geschrieben. Die hellroten üppigen Lippen bildeten einen Schmollmund über dem schmal zulaufenden, energischen Kinn. Der Teint war makellos und oliv-golden getönt, eine Schattierung, die im Kontrast zu der seidig glänzenden Fülle des ebenholzschwarzen Haares stand, das ihr bis auf die Schultern fiel.

Sie kannte ihn! Doch wer war sie?

»Nach den Abenteuern in der Fremde endlich wieder zu Hause, Leandro Velásquez? Was führt dich auf unser bescheidenes, kleines Fest?«, fragte sie, voller Stolz darauf, ihre Fassung wiedergewonnen und die Worte so treffend gewählt zu haben.

»Ich kenne leider Ihren werten Namen nicht«, antwortete Lee. Tiefe Falten der Konzentration zogen sich über das fein geschnittene Gesicht.

Melanie blickte an dem hoch gewachsenen Mann hinauf. Er wirkte muskulöser als der gertenschlanke Achtzehnjährige, der sich damals in den Kampf gestürzt hatte, um eine erniedrigte und verängstigte Zwölfjährige aus den Klauen eines lüsternen Seemanns im Hafen vom Galveston zu befreien. Doch in ihren verliebten Augen sah er immer noch genauso wunderbar aus. Und er erinnert sich nicht einmal an mich!, durchfuhr es sie. Übertrieben freundlich lächelnd, entgegnete sie: »Und ich dachte, du würdest dich an mich erinnern. Zumal ich dir mit der Schere das Leben gerettet habe, damals auf dem Kai, als dich dieser brutale Seemann beinahe wie ein Insekt zerquetscht hätte.«

»Flemings Tochter!«, stieß er mit gepresster Stimme hervor. »Aber du warst damals noch ein kleines Mädchen ...« Er konnte ihr überlegenes Lächeln schon sehen, ehe es sich auf ihrem Gesicht ausbreitete. »In Ordnung. Das war natürlich vor vier Jahren, Melanie. Du bist erwachsen geworden. Verzeih mir!« Den breitkrempigen Hut ziehend, enthüllte er sein wunderschönes schwarz gelocktes Haar. Als er lächelte und die weißen Zähne in seinem dunklen Gesicht aufblitzten, machte ihr Herz einen Sprung.

»Nun ja, da du dich auch an meinen Vornamen und nicht nur an den Namen meines Vaters erinnerst, werde ich dir noch einmal verzeihen.« Sie erwiderte sein Lächeln.

»Deine Schere hat mir mehr geschadet als der Seemann, würde ich sagen!« Was für eine höllische Woche war das gewesen!

»Bist du deswegen sofort verschwunden, als mein Vater kam? Du hast dich nicht einmal von mir verabschiedet.« Ihr Ton war halb neckend, halb herausfordernd. Sie konnte sich noch lebhaft daran erinnern. Als sie von ihrem Vater von Lees Abreise erfahren hatte, war sie völlig niedergeschlagen gewesen.

Auch Lee erinnerte sich an seinen geschickten Rückzug, wusste jedoch nicht, dass er damit das Herz des jungen Mädchens gebrochen hatte. »Drücken wir es so aus: Es war tapferer, zu schweigen«, antwortete er leichthin.

Das plötzliche Auftauchen ihres Bruders bewahrte Melanie davor, eine zornige Antwort zu geben. Als Adam seinen Freund aus frühester Kindheit wiedererkannte, warf er sich in Lees Arme. »Lee! Tante Charlee hat uns erzählt, dass du in Mexiko lebst. Ich freue mich so über deine Rückkehr nach Texas. Du musst unbedingt sehen, wo wir jetzt wohnen! Papa hat die größte Ranch in Texas. Du musst uns unbedingt besuchen!«

Lächelnd stellte Lee den Jungen wieder auf die Füße und kniete sich neben ihn. »Ich befürchte, das wird in nächster Zeit nicht möglich sein. Dulcia wartet auf mich in San Antonio, *niño.* Wir bauen uns selbst eine schöne Ranch.«

»Dulcia?«, fragte Melanie und erstarrte aus Furcht vor Lees Antwort.

»Meine Frau. Hat Charlee Deborah nicht geschrieben? Ich habe im letzten Sommer in Mexico City geheiratet.«

»Nun, hoffentlich werdet ihr, du und deine Frau, in Texas sehr glücklich. Adam und ich haben Joe versprochen, auf der anderen Straßenseite zu warten. Vielleicht sehen wir uns noch nach den Feierlichkeiten. Ich glaube, sie fangen gerade an.« Schnell drehte sich Melanie um, schirmte mit der Hand die Augen ab und ließ den Blick über die Menschenmenge in der Nähe der Haupttribüne schweifen.

Lee nickte, umarmte Adam noch einmal und erhob sich. »Es ist wohl besser, wenn ich mich beeile und nach Charlee und Jim sehe. Wenn du deinen Bekannten gefunden hast: Wir sind da drüben auf der rechten Seite des Podestes.« Mit diesen Worten verschwand Lee in der Menschenmenge, während sie mit leerem Blick hinter ihm herstarrte.

Kapitel 3

El Sueno Grande, Mai 1846

Lee wischte sich den Schweiß von der Stirn und hielt inne, um sein Werk in der heißen Mittagssonne zu betrachten. Der Corral mit den kräftigen, hohen Querstangen aus Eiche war geeignet, mindestens fünfzig erstklassige Pferde aufzunehmen, die er und seine Leute unter den wilden Mustangs in den vergangenen Monaten ausgewählt hatten. Jetzt würden sie damit anfangen, die besten für den Verkauf zuzureiten.

Mit ein wenig Glück mussten sie nur noch ein Mal in die Prärie hinaus, um die restlichen Tiere einzufangen. Sein Blick wanderte von dem neuen Corral zu der wiederaufgebauten Hacienda. Es war ein niedriges Gebäude mit sechs Räumen, das er aus Steinen und gebrannten Lehmziegeln auf den Ruinen seines Elternhauses errichtet hatte. Es war zwar nicht das großartige Herrenhaus, in dem seine Familie eines Tages leben würde, aber es war ein guter Anfang. Obwohl Dulcia letzte Woche, als er sie von der Bluebonnet-Ranch geholt hatte, nicht protestiert hatte, war er doch ziemlich sicher, dass sie das Haus primitiv fand. Zumindest war sie hier ihre eigene Herrin, der drei Hausangestellte zur Verfügung standen. Dennoch fühlte er sich noch immer unbehaglich, wenn er an ihre zarte Gesundheit dachte und daran, wie hart das Leben an der Grenze war. Während er sich die sanften Züge seiner Frau vorstellte, legte sich ein anderes Gesicht darüber, ein Gesicht mit schimmernd brauner Haut und goldbraunen Augen, die ihn spöttisch anfunkelten.

Warum, zum Teufel, geht mir diese kleine Range nicht aus dem Sinn?, dachte er erstaunt. Er spürte eine unsinnige Welle des Zorns in sich aufsteigen, weil sein Unbewusstes ihr Bild heraufbeschworen hatte. Unbeabsichtigt stellte er den Vergleich zwischen Melanie und Dulcia an. Da sie weder von zarter Gesundheit noch zurückhaltend war, passte Melanie Fleming ganz ausgezeichnet nach Texas.

Lee war wirklich verblüfft darüber gewesen, wie sehr sie sich seit ihrer ersten Begegnung verändert hatte. Da war sie zwölf gewesen. Aber sogar damals hatte er schon geahnt, dass aus Flemings außerehelicher Tochter eine beeindruckende Frau werden würde. Dennoch war er von ihrer exotischen Schönheit und ihrer starken sinnlichen Ausstrahlung völlig überrascht worden. Während der letzten Monate, in denen er das Haus seiner Eltern wieder aufgebaut hatte, hatte ihn Melanie in seinen Tagträumen heimgesucht. Er hatte sich gefragt, wie sie wohl auf seine Berührung reagieren würde. Wohl kaum wie eine anständige *criolla*, dessen war er sich sicher.

Verärgert über seine Treulosigkeit, kehrten seine Gedanken zu Dulcia zurück, seiner sanften, geduldigen Frau, die ihn anbetete. Dass sie die feurige Leidenschaft seiner Liebe nicht auf gleiche Weise erwiderte, war bei ihrer Erziehung nicht anders zu erwarten. Eine Lady warf nicht einfach alle Hemmungen über Bord. Eine neue Woge des Schuldgefühls überkam ihn, insbesondere da Dulcia jetzt auch noch schwanger war.

Reumütig lächelnd erinnerte er sich an den Abend, an dem sie ihm eröffnet hatte, dass er Vater werden würde. Es war einen Monat nach den Staatsfeierlichkeiten in Austin gewesen. Sie hatte sich so schüchtern und zurückhaltend benommen und dabei doch voller Stolz, die Mutter seines Kindes zu sein. Natürlich hatte er ihre verlegene Bitte, sie von ihren ehelichen Pflichten zu entbinden, mit so viel Anstand wie möglich hingenommen.

Als er in Mexico City gelebt hatte, war er von der Moral der Männer der obersten Gesellschaftsschicht, die sich Mätressen hielten, tief enttäuscht gewesen. Er hielt eine solche Einstellung für dekadent und betrachtete sie als Beleidigung für die Frauen und Kinder, die die Namen dieser Männer trugen. Er hatte sich an Rafe Fleming und seine illegitime Tochter erinnert und Mitleid mit Deborah empfunden, die nun gezwungen war, ein Stiefkind in ihrem Haus zu akzeptieren. Nun, da acht Monate Enthaltsamkeit vor ihm lagen, war er weniger geneigt, so puritanisch zu denken.

»Verdammt noch mal, das ist der einzige Grund, warum ich überhaupt einen Gedanken an Melanie Fleming verschwendet habe«, fluchte er leise vor sich hin. Im selben Augenblick unterbrach das Getrappel von Hufen seine Betrachtungen. Es kam aus der Richtung, in der die Ranch lag.

»Charlee hat mir gesagt, ich kann dir gratulieren. Ende des Jahres bekommt ihr ein *niño*«, rief Jim Slade mit lauter Stimme, als er sich von seinem braunen Pferd schwang.

»Das hätte ich mir denken können. Wenn die Frauen erst einmal angefangen haben zu reden, weiß es bald das ganze Bexar County«, antwortete Lee. »Ich kann nur hoffen, dass es ein so prächtiger Junge wird, wie Will einer ist.«

Als er den Namen seines Sohnes hörte, leuchtete es in Jims Augen auf, doch lächelnd gab er zurück: »Diesmal hoffe ich, dass es eine kleine texanische Wildkatze wie Charlee wird.«

Lees Gesicht wurde wieder ernst. »Das Leben an der Grenze scheint Charlee wirklich zu gefallen. Um Dulcia mache ich mir dagegen manchmal Sorgen.«

»Sie wird sich schon noch eingewöhnen. Sieh dir doch zum Beispiel Deborah Fleming an. Sie kommt direkt aus Boston. Rafe könnte sich keine bessere Frau auf seiner Ranch wünschen«, beruhigte Jim seinen Freund, den die Sorge um Dulcia stark mitnahm.

Während sich Lee an die peinlichen Gedanken erinnerte, die ihm gerade im Zusammenhang mit Deborahs Stieftochter durch den Kopf gegangen waren, murmelte er: »Ja, ich nehme an, Dulcia wird es noch lernen. Ich bin nur glücklich, dass das Haus fertig ist und sie eine Köchin und ein Hausmädchen hat, die ihr bis zur Niederkunft beistehen.«

Charlee hatte ihrem Ehemann in aller Deutlichkeit klar gemacht, was sie von Dulcias Ideen über »eingeschränkte Bewegungsfreiheit« während der Schwangerschaft dachte. Jim wollte von *diesem* Thema nichts mehr hören. »Da hast du ja einen großartigen Corral«, sagte er ins Blaue hinein, während er mit der Hand über eine eichene Stange fuhr.

»In ein paar Tagen wird er voller erstklassiger Pferde sein.« Lee konnte den Stolz in seiner Stimme nicht verbergen.

»Bist du immer noch mit dem Zureiten des Rotschimmels beschäftigt?«, wollte Jim wissen.

»Sangre Azul?« Lees Augen leuchteten. »Ja, der Hengst hat seine Ausbildung so gut wie hinter sich. Ich glaube, er wird genauso ein Ein-Mann-Pferd wie Polvo.« Er deutete auf Jims wunderschönes braunes Pferd.

»Blaublut also«, übersetzte Jim den Namen, den sein Freund dem Tier gegeben hatte. »Bist du dir ganz sicher, dass dich die Zeit in Mexico City nicht in einen *criollo*-Snob verwandelt hat, *mano?*«, fragte er halb im Scherz.

Lees Gesicht wurde ernst. »Das wohl kaum. Die politische Korruption in Mexiko bringt ein einziges Chaos hervor, und die feinen Aristokraten, die an der Spitze der Regierung stehen, sind zusammen mit der Armee die Ursache dafür. Hast du vielleicht Neuigkeiten aus San Antonio?«

Jims Stirn legte sich in sorgenvolle Falten. »Es wird Krieg geben, Lee. Dieser Trottel von Taylor ist doch tatsächlich von Corpus Christi weiter nach Bravo gezogen und beansprucht das Land als amerikanisches Territorium.«

»Eine Frage, die, wie wir wissen, nie zwischen Texas und Mexiko geklärt wurde«, bemerkte Lee empört.

»Nach dem, was mir Sam aus Washington geschrieben hat, will Präsident Polk Kalifornien. Und das bedeutet, dass das ganze Gebiet oberhalb des Bravo oder Rio Grande – wie sich's auch immer nennt – zwischen hier und der Westküste auf dem Spiel steht.«

»Ich nehme an, unser Senator kennt das Spiel unseres Präsidenten«, antwortete Lee bitter.

Grimmig lächelnd erklärte Jim: »Sam Houston kennt *jedermanns* Spiel. Das kannst du mir glauben. Ich hoffe nur, irgendjemand in Mexico City nimmt die Verantwortung wahr und ist bereit zu verhandeln, ehe diese Angelegenheit wirklich sehr unangenehm wird. *Tejanos* und *Californios* befinden sich mitten im Kreuzfeuer. Gouverneur Henderson hat bereits Taylors Ersuchen um Unterstützung durch Ranger stattgegeben. Jack Hays hat eine Kompanie gebildet und ist unterwegs, um sich Taylor am Bravo anzuschließen, wo er ein Fort gegenüber von Matamoros errichtet hat.«

»Wieder wie bei Alamo. Nur diesmal könnten es die Texaner schaffen, mit der US-Army im Rücken«, murmelte Lee. Seine Gesichtszüge waren hart geworden.

»Du hörst dich an, als wolltest du in die mexikanische Armee eintreten«, erwiderte Jim zornig. »Jack Hays ist ein ehrenwerter Mann, und – das möchte ich ausdrücklich hinzufügen – er hat sich im Kampf gegen die Komantschen ausgezeichnet.«

Lee winkte ab. »Zum Teufel! Hays misstraue ich nicht, aber es gibt eine ganze Menge anglo-amerikanisches Pack in San Antonio und entlang der Grenze. Die könnten die Gelegenheit als Entschuldigung dafür nehmen, mexikanische Zivilisten umzubringen. Sogar vielleicht mexikanische Zivilisten, die auf texanischem Boden geboren wurden. Die Lage ist so angespannt, dass ich wegen dieser betrunkenen Schläger und der Mob-Mentalität der ›edlen Bürgerwehr‹ Dulcia nicht einmal mehr erlaubt habe, ihre Freunde zu besuchen. Wenn du mich fragst, könnten wir Hays sehr gut hier gebrauchen, damit er diese texanischen Freiwilligen im Zaum hält, bevor sie anfangen, eine amerikanische Stadt zu plündern und anzuzünden!«

Lee hatte Recht, das wusste Jim. Die Zusammenstöße zwischen texanischen Kompanien, die sich anschickten, mit Taylor zusammen zu kämpfen, und der in Texas geborenen mexikanischen Bevölkerung, den *Tejanos*, waren an der Tagesordnung und hatten alarmierende Ausmaße angenommen.

Jim sagte: »Ich habe mit Houston bei San Jacinto gegen eine Invasionsarmee gekämpft. Ich werde den Teufel tun und in Mexiko einmarschieren und Teil einer fremden Invasionsarmee werden. Aber die mexikanische Regierung hat nun einmal den Vereinigten Staaten den Krieg erklärt. Und da Texas jetzt ein Staat der Vereinigten Staaten ist, werde ich wieder kämpfen, wenn die Mexikaner kommen.«

»Aber wenn sie nicht kommen, wirst du Taylor nicht über den Rio Bravo folgen«, vollendete Lee den Satz seines besorgten Freundes.

»Den Rio Grande in Texas«, korrigierte Jim. »Nein, ich werde Taylor nirgendwohin folgen. Er ist kein General Houston.«

Grimmig stimmte Lee zu. »Die Geschichte hat uns ganz schön zum Narren gehalten, *mano*.«

»Ich verstehe gar nicht, warum du das Mädchen immer noch nicht magst, Charlee«, brummte Jim gereizt. »Dulcia ist zwar unreif, aber sie ist doch erst siebzehn.«

Für eine Frau, die im achten Monat schwanger war, stieg Charlee mit überraschender Anmut auf ihr kleines scheckiges Pferd. »Unreif?«, schnaubte sie. »Sie ist verwöhnt. Das trifft die Sache schon eher. Lee behandelt sie, als wäre sie aus Porzellan.«

Jim ließ Polvo gemächlich neben dem Pferd seiner Frau dahintraben. Charlee behauptete, ein Ausritt nach dem Abendessen täte ihrer Verdauung gut. »Bist du ganz sicher, dass du nicht nur eifersüchtig bist, weil er sie über die Maßen verwöhnt, Katzenauge? Wenn du möchtest, kann ich dir auch eine kleine Kutsche mit Verdeck besorgen. Ebenso könntest du einen Schirm benutzen, um aufdringliche Blicke von deinem schönen kleinen Bäuchlein fern zu halten«, neckte er sie.

»Da wir gerade über Aufdringlichkeit sprechen, *Don Diego*, das Maß ist jetzt voll«, antwortete Charlee mit der ganzen Würde, die ihr Leibesumfang ihr gestattete. »Vielleicht stürzt du mich mit deinen Vergleichen mit Dulcia noch in tiefste Verzweiflung. Dann sehe ich mich gezwungen, dich heute Abend ins Gästezimmer zu verbannen.«

Jim lachte. »Um dir auf diese Weise selbst zu schaden? Das wäre ja so, als schnittest du dir dein niedliches Näschen ab, um dein Gesicht zu ärgern. Wenn ich mich recht erinnere, hast du mich noch am Tag vor Wills Geburt überfallen und ...«

Charlee streckte die Hand aus und gab ihrem hoch gewachsenen Mann einen spielerischen Klaps. Doch Jim fuhr ungerührt fort: »Wir waren bei einem Picknick, und jeder konnte uns sehen ...«

»Nein, so war das nicht!«, protestierte sie in gespieltem Ärger. »Wir waren in einem einsamen Wäldchen bei den Weidenbäumen unten am Bach, und niemand konnte uns sehen ... na ja, vielleicht die Katze und die Pferde«, fügte sie hinzu, als ihr Mann sie zärtlich anlächelte.

»Ich fürchte, das ist alles nur eine Folge von Lees spanischer Galanterie, die er sich unter dem erzieherischen Einfluss seines Onkels angeeignet hat, weit weg von der texanischen Sippschaft. Er ist erst zweiundzwanzig, Charlee, und als frisch verheirateter Ehemann und künftiger Vater trägt er schwer an der Verantwortung.«

»Ja, das stimmt. Und wenn man noch Dulcias Vorstellungen über die Ehe hinzunimmt, so wird es keineswegs leichter für ihn«, fuhr Charlee fort, ohne sich genauer zu äußern.

»Dass sie sich während der Schwangerschaft nicht in der Öffentlichkeit zeigen will, ist doch keine Sünde, Katzenauge«, wandte Jim ein.

Charlee seufzte. »Nein, nur albern. Wenn sie sich neun Monate lang irgendwo verkriechen will, ist das ihre Sache. Das *andere* aber ist Lee gegenüber unfair.«

»Dunkel ist der Rede Sinn«, konterte Jim.

Charlee seufzte. »Ich glaube nicht, dass ich eine schwere Sünde begehe, wenn ich dir von unserem Gespräch erzähle, in dem sie mir von ihrer Schwangerschaft erzählte. Na ja, in Wirklichkeit war ich diejenige, die es *ihr* sagte, nachdem sie ziemlich lange um den heißen Brei herumgeredet hatte. Danach war sie plötzlich überglücklich.«

»Nun, das scheint mir ganz natürlich zu sein. Auf ihre eigene scheue und zurückhaltende Art liebt sie Lee sehr.«

»Sie liebt ihn, solange sie ihn nicht körperlich lieben muss. Nachdem sie sicher wusste, schwanger zu sein, fragte sie mich zuerst, wann sie Lee sagen könne, dass es nicht mehr gut für das Kind sei, sich ihm zu ›unterwerfen‹.«

Jim brach in lautes Lachen aus. Dann wurde er wieder ernst. »Wenn ich es mir genau überlege, ist das eigentlich gar nicht witzig, oder? Ich kann mir nicht vorstellen, was du ihr geantwortet hast«, fügte er mit einem belustigten Glitzern in den Augen hinzu.

»Ich war ein Ausbund an Takt und Geduld«, entgegnete Charlee züchtig, »doch ich glaube nicht, dass ich sie überzeugt habe. Sie ist so jung, redet lauter Unsinn und hat die Ansprüche einer Aristokratin. Ich fürchte, sie wird Lee niemals die Frau sein, die er verdient.«

»Na ja, wenn reine Anbetung und jugendliche Romantik

auch einen Wert haben, schätze ich ihre Chancen so schlecht nicht ein«, tröstete Jim seine Frau. Er hoffte, dass es lediglich Charlees Abneigung gegen den Snobismus war, dem sie in San Antonio in den besten spanischen Familien begegnet war und der ihr Urteil über Dulcia bestimmte.

»Oh, Gertrudis, ich sehne mich so nach Leandro!«, klagte Dulcia in Gegenwart ihrer Freundin, der ältesten Tochter der Familie Sandoval, auf deren großer *estancia* sich Dulcia aufhielt, während Lee die noch fehlenden Mustangs einfing.

Lee wusste, dass in San Antonio Freiwillige für die Miliz rekrutiert wurden, die sich in wilden Haufen zusammenrotteten und größten Gefallen daran fanden, »schmierige Mexikaner« zu misshandeln. Deshalb hatte er Angst gehabt, seine Frau allein mit ein paar älteren Bediensteten auf seiner Ranch El Sueno Grande zu lassen. Da sie es abgelehnt hatte, bei Charlee zu bleiben, und sich mit Jims Cousinen, den Sandovals, angefreundet hatte, hatte er sie dem Schutz von *Don José* und *Doña Esperanza* überlassen. Doch nach zwei Wochen Handarbeiten und Klatsch war Dulcia unruhig geworden. Schließlich hatte auch ihre morgendliche Übelkeit nachgelassen, und die Anzeichen für die Schwangerschaft waren schwächer geworden. Nach Monaten der Melancholie und jammernder Verwünschungen wollte sie plötzlich ihren Mann sehen. Lees sanfter Charme und sein Humor würden ihre düstere Stimmung aufhellen.

Gertrudis, eine ziemlich leichtsinnige Frau von achtzehn Jahren, die mit dem Sohn des benachbarten Ranchers verlobt war, hatte sofort Verständnis für sie. »Ich weiß, wie hart es für dich sein muss, liebe Dulcia, aber Leandro muss die Mustangs für seine Ranch einfangen. Mein Vater hat das auch gemacht, ebenso der Vater meines Cousins Jim.«

Dulcia konnte es noch immer kaum fassen, dass Jim Slades Mutter eine Sandoval gewesen war, ein Mitglied dieser honorigen und vornehmen Familie. »Ich weiß ja, dass die Gentlemen hier in Texas arbeiten, doch müssen es denn so gefährliche und wilde Arbeiten sein? Oh, Gertrudis, ich möchte auf der Ranch sein, wenn er zurückkommt! Verstehst du das denn nicht? Wenn ich hier bleibe, wird er während der Zeit, die er auf mich wartet, diese schrecklichen, wilden Tiere zureiten, ehe er mich abholt. Er hat gesagt, es würde zwei Wochen dauern. Die sind aber schon längst um. Auch wenn er jetzt noch nicht auf der Ranch ist, wird er dort ankommen, sobald ich zurückgekehrt bin. Wenn ich heute losführe, könnte die Köchin sein Lieblingsessen kochen, und ich würde das ganze Haus für ihn herrichten lassen. Frag doch bitte deinen Vater, ob er mir eine Begleitung mitgeben kann. So weit ist es ja nicht. Bitte!«

Von der romantischen Stimmung angesteckt, traf Gertrudis eine ihrer plötzlichen Entscheidungen. »Ach, wo denkst du hin! Ohne Leandros Erlaubnis würden dich Papa und Mama niemals gehen lassen. Aber ich könnte Rosario und Lorenzo dazu bringen, uns zu begleiten. Sie sind sehr tüchtig und gehorchen mir. Schon heute Abend werden wir dich auf deine Ranch mit dem wunderschönen Namen gebracht haben, wo du auf Leandros Heimkehr warten kannst!«

Gesagt, getan! Gertrudis brachte die *vaqueros* ihres Vaters dazu, Dulcias Wagen anzuspannen. Direkt nach dem Mittagessen – die Familie hielt Siesta – stahlen sich die beiden Frauen davon. Mit ihrer bewaffneten Eskorte machten sie sich auf den Weg nach El Sueno Grande.

»Wenn du mit ihr fertig bist, will ich auch meinen Teil«, rief der stämmige Mann namens Griggs seinem Spießgesellen zu, der soeben der am Boden kauernden Köchin Angelina der Familie Velásquez die Kleider aufschnitt.

»Sie is' schon 'n bisschen zu alt für dich, Griggs. Aber die Junge hab ich nu' mal abknallen müssen. Okay, ich teil sie mit dir.«

Während sich die entsetzte Frau gegen die kühle Wand der *sala* presste, fuhr Jake Sears fort, sie mit seinem Bowie-Messer zu entkleiden, ohne dem Blutbad um ihn herum Aufmerksamkeit zu widmen.

Griggs und Sears waren unterwegs durch die offene Prärie nach San Antonio, um sich einer texanischen Freiwilligenarmee anzuschließen, die die verhassten Mexikaner bekämpfen sollte. Rein zufällig hatte es sie nach El Sueno Grande verschlagen, wo sie eine kleine blühende Ranch vorgefunden hatten, die von *Tejanos* betrieben wurde. Einige *vaqueros* waren zu sehen, und zwei Frauen arbeiteten im Garten vor einem offenen Ofen, wo sie unter den Ästen eines hoch aufragenden Baumwollbaumes Brot backten.

Der alte Mann am Corral war ein leichtes Ziel gewesen. Doch selbst die beiden bewaffneten *vaqueros*, auf die sie dann gestoßen waren, waren sehr schnell den Patterson-Colts der erfahrenen Ranger zum Opfer gefallen. Im Haus fanden sie Angelina und Serafina im Waffenschrank versteckt, der im Schlafzimmer des Hausherrn stand. Das jüngere Hausmädchen bekam eine von Lees alten Flinten zu fassen und schoss wie wild um sich. Als Sears von einem Schuss gestreift wurde, packte ihn die Wut. Kurzerhand erwiderte er das Feuer mit dem Colt.

Sie zogen Angelina, die ergrauende alte Köchin, aus dem Schrank und machten sich mit ihrer Beute auf die Suche nach Essbarem und Alkohol. Auf seiner Jagd nach Whisky brach Sears Lees Bücherkiste aus Walnussholz auf, während Griggs die Küche auf den Kopf stellte und mit einem frisch gebackenen Laib Brot und einem Stück kalten Rindfleisch wieder auftauchte. Nachdem sie schließlich das halbe Haus zertrümmert hatten, waren die beiden Plünderer zufrieden. Sie hatten jedes Wertstück gefunden, das diese schmierigen Mexikaner besaßen: ein paar armselige Goldschmuckstücke und einen goldenen Teller, eine alte Taschenuhr und einige Flaschen spanischen Madeira.

Sie zwangen Angelina, sie beim Essen zu bedienen. Dann gingen sie dazu über, sich mit Wein zu betrinken, während sie ihre Aufmerksamkeit der alten, zitternden Frau zuwandten.

»Bitte, *señor!* Ich bin schon sechzig Jahre alt«, flehte sie in einem Englisch mit starkem Akzent. »Ich bin *Tejana,* nicht *Mejicana.*«

Boshaft grinsend, entblößte Sears sein Gebiss, in dem eine riesige Zahnlücke klaffte. »Der Witz von der Jüngeren hat mir besser gefall'n. Hat mich *rinche* geschimpft und mir ins Gesicht gespuckt. War wirklich schade, so 'n Weibsstück umzunieten, selbst wo sie nur 'ne schmierige Mexikanerin war.«

»He, Jake! Guck mal, was da kommt. Bring sie schnell zum Schweigen!«

Als er den Hufschlag und das Quietschen einer Kutsche hörte, folgte Jake sofort dieser Aufforderung und versetzte Angelina mit seiner kräftigen Faust einen Schlag aufs Kinn. Er wischte sich die Hände an seiner schmierigen Wildlederhose ab, grinste Griggs an und griff nach seinem Colt. Vorsichtig schob er sich an das Fenster heran.

»Nur gut, dass unsere Besucher die andern drei nich' sehen könn'n, da, wo die liegen«, flüsterte Griggs heiser.

Ein *vaquero* half zwei jungen und sehr schönen mexikanischen Frauen von einem leichten zweirädrigen Kutschwagen, während ein anderer nichts ahnend von seinem Pferd aus zusah.

Als er auf dem Kamm des Hügels ankam und zur Ranch hinuntersah, wusste Lee, dass etwas nicht stimmte. Weder der alte Juan noch die jüngeren *vaqueros* waren in der Nähe des Corrals zu sehen. Totenstill lag das Haus da, als er sich auf seinem Rotschimmel näherte. Ein Gefühl der Übelkeit krampfte ihm den Magen zusammen und übertrug sich auf den neu zugerittenen Hengst. »Ruhig, Sangre!«, flüsterte er dem nervös tänzelnden Pferd zu, während er die Zügel anzog. Dann ritten sie den sanft abfallenden Hügel hinunter auf das Haus zu.

Sobald er Dulcias Wagen und die Pferde allein vor dem Haus stehen sah, griff er nach seinem Patterson-Colt und verfluchte die Zeit, die er damit verbracht hatte, mit seinen Männern die neu gefangenen Mustangs in die weit entfernt gelegenen Corrals zu bringen. Dann sah er Rosario Mendez, den Stallmeister der Sandovals. Er lag auf dem Boden, eine Kugel in der Stirn.

Stumm stieg Lee vom Pferd. *Dulcia, Dulcia* hämmerte es in seinem Kopf. Doch kein Ton stieg aus seiner Kehle. Sie war wie zugeschnürt vor Furcht und innerer Qual, während er sich langsam auf die Eingangstür zubewegte.

Außer dem Pochen seines Herzens war kein Laut zu hören. Von schrecklicher Gewissheit erfüllt, war ihm klar, was ihn im Haus erwartete. Ein weiterer *vaquero* der Sandovals lag auf der Schwelle des Hauses, neben ihm Gertrudis Sandoval. Beide waren tot. Ganz offensichtlich war das arme Mädchen grausam vergewaltigt worden, ehe man es erschossen hatte. Die *sala* war ein einziges Trümmerfeld aus zerbrochenem Geschirr und zersplitterten Bücherregalen. Der Boden war mit Onkel Alfonsos wertvollen Bänden und zertrümmerten Stühlen übersät. Auf dem langen Tisch, der von der *sala* bis ins Esszimmer reichte, lagen leere Madeiraflaschen und abgenagte Fleischknochen.

Fest umklammerte Lee den Colt, und er beruhigte sich so

weit, dass er nicht mehr zitterte. Hier war Dulcia nicht. Und die Marodeure, die Gertrudis und die Männer der Sandovals getötet und sein Haus ausgeraubt hatten, offensichtlich auch nicht. Aber warum stand Dulcias Wagen vor dem Haus? Er zwang sich, seine Schritte zum Schlafzimmer zu lenken. Ein flüchtiger Blick in die Küche sagte ihm, dass Angelina nicht dort war. Serafina, das junge Hausmädchen, fand er zusammengekrümmt auf dem Fußboden des Frauenschlafzimmers. Es blieb nur noch ein Zimmer übrig, in das er noch nicht hineingesehen hatte: das herrschaftliche Schlafzimmer am Ende des Flurs.

Seine Füße bewegten sich so schwer, als ginge er durch Treibsand. Selbst die allerschrecklichsten Albträume aus seiner Kindheit hätten ihn nicht auf das vorbereiten können, was sich seinen Blicken bot. Dulcia befand sich ganz allein in dem Zimmer. Sie lag quer über dem Bett, die Kleider hatte man ihr vom Leib gerissen. Lee brach neben dem Bett zusammen und wiegte den geschundenen Körper seiner Frau in den Armen. Seinen Colt hatte er achtlos auf den Boden fallen lassen. In diesem Haus war niemand mehr am Leben.

Nach der bestialischen Vergewaltigung hatte der Verbrecher Dulcia die Kehle durchgeschnitten. Kissen und Bettzeug waren von dunkelroten Flecken übersät.

Lee drückte den Kopf seiner Frau mit den glanzlosen kastanienbraunen Locken an sich und schloss die Augen. Bittere Tränen drangen unter den Augenlidern hervor und rannen ihm über die Wangen. »Oh, Dulcia, mein süßer, schöner, unschuldiger Engel, warum habe ich dich hierher gebracht? Damit du genauso stirbst wie meine Mutter? Und wie Josefina?« Er ließ die Hand über ihren zarten, mit blauen Flecken übersäten Körper gleiten und hielt auf der leichten Wölbung ihres Bauches inne. Tief in seinem Innersten zerriss es ihn, als er sich vor Augen führte, was es für sie, die sie so zurückhaltend und scheu gewesen war, bedeutet haben mochte, völlig entblößt dazuliegen. Für sie, die sogar ihn, ihren Ehemann, gebeten hatte, die Kerzen zu löschen, bevor er sie ausgekleidet hatte.

Von Gefühlen der Verzweiflung und des Kummers überwältigt, griff er nach unten und breitete eine Decke über ihren Körper.

Warum, Dulcia, habe ich von dir verlangt, Mexico City zu verlassen und deine zivilisierte Welt mit dieser Wildnis zu vertauschen – mit meiner Wildnis?

Eine ganze Zeit hatte er schon neben dem Bett seiner Frau gelegen, als eine raue Stimme auf Spanisch erklang: »*Don Leandro*, es tut mir so Leid. Die Ärmste!«

Die steif gewordenen Muskeln wollten ihm den Dienst versagen, doch Lee zwang sich, aufzustehen und Angelina anzusehen. »Wer hat das getan? Wo ist er?«

Wegen ihres blau geschwollenen Kiefers bereitete es der alten Frau Schwierigkeiten zu sprechen. »Zwei Männer, *rinches*«, stieß sie in dem Grenzdialekt aus, in dem dies die Bezeichnung für Ranger war. »Ich habe sie reden hören, während sie mich dazu zwangen, ihnen Brot und Wein zu servieren, *Don Leandro*. Das war noch, ehe die Damen kamen ...« Sie verstummte.

»Wie lange ist das her?«

»Es war gestern, am späten Nachmittag. Als die Kutsche vorfuhr, hat einer mich bewusstlos geschlagen. Ich ging zu Boden. Schreie haben mich wieder aufgeweckt. Ich konnte nichts tun, *Don Leandro!* Nichts! Sie haben alle unsere Männer getötet und auch die Männer, die mit *Doña Gertrudis* gekommen sind.« Angelinas Augen flehten um Verständnis. »Ich habe mich hinter dem Brunnen versteckt, bis sie heute Morgen davongeritten sind.«

Lee erhob sich. Sein Gesicht war zu einer Maske des Hasses

erstarrt. Er achtete nicht auf das bange Schluchzen der alten Frau. »Wo sind sie hingeritten?« Seine Stimme war eiskalt.

»Nach San Antonio. Sie haben davon gesprochen, dass sie sich einer Kompanie Ranger anschließen wollten, um gegen Mexiko zu kämpfen.«

Der hoch aufgeschossene, schlaksige Sears lehnte an der Bar und beugte sich vor, um sich eine dicke Zigarre anzuzünden. Er inhalierte tief und stieß dann den beißenden Rauch durch die halb leere *cantina*. »Nu' warten wir schon die ganze Zeit auf diesen blöden Captain Waller, bis der seine komischen Männer gemustert hat. Mal gucken. Das sind jetzt ...« Er zog eine verzierte goldene Taschenuhr zu Rate. »Sieben Stunden«, brummte er und schloss den Deckel der Uhr.

»Steck das blöde Ding weg, Mann! Zumindest bis wir hier aus San Anton' raus sind«, zischte sein untersetzter Spießgeselle ihm so hart und scharf zu, dass es bis zum anderen Ende des leeren Raumes zu hören war.

An einem Ecktisch schlief ein großer Mann aus Tennessee, der eine ganze Menge Waffen an seinem Körper trug. Die Mütze aus Waschbärenfell über das Gesicht gezogen, schnarchte er vor sich hin. An einem anderen Tisch spielte eine Gruppe kaufmännischer Angestellter Karten. Der kleine Barmann namens Lyle Bricker beobachtete alles mit Adleraugen, sagte aber nichts. Die wilden Grenzer, die sich in seinem Etablissement einfanden, töteten Mexikaner, Komantschen und manchmal sogar einander. Sie waren Einzelgänger, undiszipliniert und gefährlich. Von Griggs und Sears konnte er mit Sicherheit behaupten, dass sie nicht auf ehrliche Weise an die alte Uhr mit der spanischen Gravur gekommen waren.

Draußen unterhielt sich ein kleiner Junge aufgeregt mit einem hoch gewachsenen *Tejano* auf Spanisch. »Sie sind da drin, Mister, zwei texanische Teufel. Sie sehen genauso aus, wie Ihr sie beschrieben habt. Der eine ist dünn mit langen schwarzen Haaren, der andere ist groß und dick. Und ihm fehlen vorne die Zähne. Heute Morgen kamen sie von Norden angeritten. Ich hab einen Stall für ihre Pferde besorgt, und dabei habe ich gehört, dass sie sich den freiwilligen Rangern von Captain Wallers anschließen wollen.«

Wie ein dunkler Engel des Todes sah Lee aus. Seine Gesichtszüge wirkten wie in Stein gemeißelt. Jede billige Absteige und jede *cantina* hatte er durchsucht, hatte Leute gefragt und ihnen die beiden Männer so beschrieben, wie Angelina sie ihm geschildert hatte. Endlich war er fündig geworden. Er warf dem Jungen ein Goldstück zu. »Gracias, *niño.*«

Als sich der Junge trollte, überprüfte der *Tejano* ein letztes Mal seine Pistolen. Dann ging er durch die breite Tür in den dämmerigen, verrauchten Raum. Die schwarzen Augen zu Schlitzen zusammengekniffen, ließ er den Blick auf der Suche nach seiner Beute durch die Bar wandern.

»Wir bedienen hier keine Mexes, Sonnyboy«, meinte Bricker gleichmütig.

Als Lee auf die Bar zuschlenderte, bemerkte der Barbesitzer etwas in den Augen des Fremden, was ihn dazu veranlasste, seine Meinung zu ändern. Es war der grimmig entschlossene Ausdruck des jungen *Tejanos* und die Art, wie die Hände ganz leicht auf den Colts ruhten.

»Ich bin nicht gekommen, um etwas zu trinken. Ich bin gekommen, um mit den beiden da zu sprechen.« Ohne sich besonders in Acht zu nehmen, bewegte er sich auf Sears und seinen Spießgesellen zu.

Griggs setzte sein Whiskyglas ab und sah hinüber zu dem schlanken jungen Mann in der staubigen Kleidung eines Fährtensuchers. Einige Tage ohne Rasur hatten den schwarzen

Bart sprießen lassen, durch den der ohnehin kalte Gesichtsausdruck noch abweisender und bedrohlicher wirkte. Er war jung und seinem Aussehen nach ein *ranchero.* Plötzlich wusste der stämmige Mann, wer da vor ihm stand. Er griff nach seiner Waffe und schrie: »Jake, ihr Ehemann ist da! Pass auf!«

Da beide saßen, waren sie im Nachteil. Außerdem hatten sie schon den ganzen Nachmittag lang dem Whisky tüchtig zugesprochen. Ehe Griggs auch nur die Waffe heben konnte, bellte Lees Colt zwei Mal auf und traf ihn in den dicken Bauch. Jake konnte sich noch erheben und gab einen Schuss ab, der Lee an der Hüfte streifte. Den Colt auf Sears gerichtet, wirbelte Lee herum. Noch ehe sich Sears' alkoholumnebeltes Gehirn richtig sammeln konnte, traf ihn der nächste Schuss mit einer so grässlichen Gewalt, dass er nach hinten fiel und seinen Stuhl mit umriss. Er schlug auf dem mit Stroh bestreuten Boden auf.

Mit dem Colt in den reglosen Fingern, hing Griggs bewusstlos auf seinem Stuhl. Stöhnend wälzte sich Sears auf dem Fußboden. Lee kniete neben ihn und zog sein Messer. »Welcher von euch beiden hat es getan? Du oder dein dicker Freund?«, stieß er rau hervor.

Sears' Augen traten hervor, als er das Licht auf Lees Messer blitzen sah. Er wusste, was der *Tejano* meinte. »Griggs – er wars. Ich habe nur ...« Seine Stimme erstarb. Gurgelnd schnappte er nach Luft, als die Klinge blitzschnell heransauste und ihm mit sauberem Schwung die Kehle durchschnitt.

Als Lee hörte, wie ein Gewehr gespannt wurde, wirbelte er herum und zog seine andere Patterson. Er zielte genau auf den Mann aus Tennessee, dessen Flinte noch nicht auf ihn gerichtet war. »Diese Männer haben drei junge Frauen getötet. Eine von ihnen war meine Frau.«

»Wie kann ich wissen, ob du die Wahrheit sagst?« Kluge braune Augen richteten sich auf den mageren jungen Mann mit dem versteinerten Gesicht.

»Der Dünne hat eine Taschenuhr bei sich, auf deren Rücken der Name Alfredo Sanchez Velásquez eingraviert ist.« Lee bewegte sich auf Sears' Leiche zu.

»Ich hab die Uhr gesehen. Das reicht.« Zufrieden sackte der Mann aus den Wäldern wieder auf seinem Stuhl zusammen, legte die Flinte neben sich und zog sich die Waschbärfellmütze übers Gesicht.

Lee drehte sich um und ließ den Blick über die anderen Gäste wandern. Vor Furcht erstarrt, saßen die Angestellten da, und Bricker duckte sich hinter seine Theke. Lee wandte sich Sears zu und durchsuchte seine Kleider. Er fand die Uhr und verstaute sie sorgfältig in seiner Hosentasche. Dann wandte er sich Griggs zu. Wieder blitzte das Messer in seiner Hand auf.

»Wenn ich sie bei lebendigem Leib gekriegt hätte, wären es nicht ihre Kehlen gewesen, die mit meinem Messer Bekanntschaft gemacht hätten«, sagte Lee in die Stille hinein. Niemand machte auch nur eine Bewegung, als er zur Tür hinausging.

Einige Tage lang ritt er nach Nordwesten, wobei er sorgfältig den räuberischen Banden der Komantschen, den Mexikanern und den texanischen Freischärlern aus dem Weg ging. Er wollte nur noch den Staub und seine Träume über Texas von Körper und Seele abschütteln. Wenn er überhaupt noch eine Seele hatte! Das bezweifelte Lee. Er wandte sich nach Santa Fe, mit der Absicht, in den ungeheuren Weiten des Apachenlandes von Neu Mexiko Vergessen zu finden.

Kapitel 4

Boston, 1851

Das knisternde Kaminfeuer warf einen sanften, warmen Schein auf die Gesichter der drei Personen, die in der Bibliothek des beeindruckenden, aus Backsteinen errichteten Herrenhauses standen. Trotz seiner siebzig Jahre noch immer aufrecht und hoch gewachsen, unterbrach Adam Manchester seine Wanderung durch das Zimmer und warf einen eindringlichen Blick auf das ruhige, schöne Gesicht seiner Tochter Deborah. Der grauhaarige Bankier sprach mit leiser Stimme.

»Ganz ohne Zweifel ist sie eine ausgezeichnete Studentin und ein liebenswürdiges Mädchen. Doch ich fürchte, du musst dich auf einiges gefasst machen. Sie ist ganz anders, als du in ihrem Alter warst.«

Als Deborah lächelte, bekamen die lavendelblauen Augen einen warmen Schimmer, und die aristokratischen Gesichtszüge wurden weicher. »Wenn ich bedenke, wie unkonventionell ich damals war, kommt mir der Gedanke, dass du uns einen Schicksalsschlag schonend beibringen willst.«

»Adam, nun spann uns nicht länger auf die Folter!«, warf Deborahs Gatte, ein hoch gewachsener, dunkelhaariger Mann, ein. »Was führt Melanie Übles im Schilde?« Rafe Fleming sah mit seinen neununddreißig Jahren fast noch genauso aus wie vor fünfzehn Jahren, als er nach Texas gezogen war. Das von der Sonne gebräunte und mit Narben übersäte Gesicht wirkte grimmig und zugleich äußerst attraktiv. Mit finsterem Blick wartete er auf die Antwort seines Schwiegervaters.

Adam Manchester war nicht deshalb zu einer bedeutenden Persönlichkeit in der Geschäftswelt Neuenglands geworden, weil er mit seiner Meinung hinterm Berg hielt. Offen erwiderte er den Blick aus Rafes glühend schwarzen Augen. »Ich fürchte, sie hat sich William Lloyd Garrison und seinen Revolutionären angeschlossen, die den Mob zum Aufruhr anstacheln.«

Deborahs Augen weiteten sich. »Garrison? Ist das nicht der Gegner der Sklaverei, der den *Liberator* herausgibt?«

Rafe blickte unmutig drein. »Genau der, meine Liebe. Mit wutschäumendem Mund hat er dagegen gewettert, dass die Sklavokratie Texas in die Vereinigten Staaten aufgenommen wurde!«

»Seitdem das Gesetz über flüchtige Sklaven im letzten Jahr verabschiedet wurde, hat es einige Turbulenzen und Krawalle gegeben. Sogar unsere städtischen Beamten helfen den Sklavenfängern, die Flüchtigen zurückzubringen«, antwortete Adam zornig. »Ich kann zwar nicht behaupten, dass ich mit Garrisons aufrührerischen Reden einverstanden bin, aber das, was sich hier in Boston abspielt, verabscheue ich ebenfalls aus tiefstem Herzen.«

»Und genauso geht es meiner Tochter«, erklärte Rafe trocken.

»Es handelt sich nicht um die Frage, ob die Sklaverei richtig oder falsch ist«, fuhr Adam vorsichtig fort. »Es bereitet mir vielmehr Sorgen, wie sich Melanie durch ihr politisches Engagement verändert hat. Als ihr sie vor vier Jahren zu mir geschickt habt, damit sie eine gewisse Bildung erhält, war sie ein lebhaftes junges Mädchen, das gern tanzte, Gedichte las und von Zeit zu Zeit auch einmal eine Kutschfahrt mit einem ihrer jungen Verehrer unternahm.«

Deborahs Gesicht verzog sich spöttisch. »Ganz anders als ihr schrecklicher Blaustrumpf von Mutter, behaupte ich. In den sechs Jahren, die sie nun schon mit uns zusammenlebt, habe ich versucht, ihr beizubringen, den Verstand zu benutzen und das Leben trotzdem zu genießen. Und zwar mit mehr Selbstvertrauen, als ich es in ihrem Alter hatte. Sie war sehr glücklich, Vater, wenn auch etwas übereifrig, eine Ausbildung zu erhalten, die wir ihr in Texas nicht bieten konnten.«

»Sie *glaubt* noch immer, glücklich zu sein«, konterte Adam.

»Aber du offensichtlich nicht«, warf Rafe ein. »Ihre Briefe waren voller Idealismus, von dem wohl jeder intelligente Collegestudent, sei er nun weiblich oder männlich, erfüllt ist.« Er nickte seiner Frau zu.

»Ja«, stimmte Deborah ihm zu. »Sie hat geschrieben, dass sie letztes Jahr den Kongress der Frauenrechtlerinnen in Worcester besucht hat. Sogar den Temperenzlern hat sie sich angeschlossen. Es überrascht mich nicht, dass sie auch noch das Programm der Abolitionisten unterstützt. In ihren Adern fließt schließlich afrikanisches Blut, Vater, und sie hat durchaus Recht, stolz darauf zu sein.«

Adam rang die Hände und sah Rafe in gespielter Verzweiflung an. »Wie du siehst, machen Tochter und Enkeltochter als frei denkende Frauen gemeinsam Front gegen mich. Gott steh uns einfachen Männern bei!«

Rafe brachte ein klägliches Lächeln zu Stande. »Du darfst mich nicht dafür verantwortlich machen, dass ich ihnen ihren Willen gelassen habe, da du sie doch beide verwöhnt hast. Aber mal im Ernst«, meinte Rafe, und sein Gesichtsausdruck wurde wieder sachlich kühl. »Mir passt es eigentlich nicht, dass sie sich mit radikalen Journalisten wie Garrison einlässt. Sie könnte in Gefahr geraten. Ich glaube, du hast Recht daran getan, uns kommen zu lassen, damit wir sie abholen. Wir sind jetzt Texaner, und Texas ist unsere Heimat. Sie hat die Bildung, die man aus Büchern erhalten kann. Nun soll sie wieder das Leben einer normalen jungen Frau führen.«

»Meinst du, dass sie in ihrem hohen Alter von einundzwanzig Jahren bereits eine alte Jungfer ist?«, neckte Deborah ihn.

»Nun ja, wenn du bedenkst, dass du bei unserer Hochzeit das *hohe* Alter von zwanzig erreicht hattest!«

Adam unterdrückte ein Lachen über die Bemerkung seines Schwiegersohns und versuchte, Deborah gegenüber Contenance zu bewahren. »So sehr ich meine Enkeltochter liebe, so fürchte ich doch, dass ich mit Rafe einer Meinung bin. Sie spricht von nichts anderem mehr als davon, ihr Leben dem Kampf für die Abschaffung der Sklaverei und für die Rechte der Frauen zu widmen. Wenn ihr sie aus dieser politisch aufgeheizten Atmosphäre herausholt, wird sie vielleicht ein paar Dinge ändern, die ...«

»Und was sollten diese anderen Dinge sein?«, fragte Rafe.

In diesem Augenblick trat Melanie in die Eingangshalle des Hauses Manchester. Völlig durchnässt vom Herbstregen, hing ihr das Haar in Strähnen um den Kopf. Schlamm und kleine Steinchen, die das Haar verklebten, waren von dem Schauer nur teilweise herausgespült worden. Ihr Umhang war völlig ruiniert. Von einem der Sklavenfänger war sie mit faulen Eiern und Abfall beworfen worden, und nach einem Ringkampf hatte er sie auch noch in eine schlammige Pfütze gestoßen.

Ramsey, der Butler der Manchesters, war durch nichts zu erschüttern. Vorsichtig nahm er Melanies Umhang entgegen und hielt ihn auf Armeslänge von seiner makellosen schwarzen Uniform entfernt. »Ich werde dafür sorgen, dass er gereinigt wird, Miss«, sagte er ruhig und gelassen, als hätte er es mit einem ganz alltäglichen Vorfall zu tun.

»Nun, ich habe es geschafft, die Flugblätter für Mr. Garrison zu retten!«, verkündete Melanie zufrieden. Sie nahm den Stoß Papiere, den sie unter ihrem Umhang verborgen hatte, und legte ihn ehrfurchtsvoll auf den polierten Marmortisch vor den großen Spiegel mit den schräg geschliffenen Kanten. Sie packte den Stapel Flugblätter aus, auf denen in fetten Buchstaben geschrieben stand:

VORSICHT!!!
An die farbigen Menschen in Boston:
Entführer und Sklavenfänger laufen frei herum!

Als sie aufsah und ihr Bild im Spiegel erblickte, stieß sie einen leisen Seufzer der Bestürzung aus. »Oh, verflixt! Ich gehe wohl besser schnell nach oben, bevor Großvater mich so sieht.« Gesicht und Hände waren mit demselben Schmutz verschmiert wie ihr Umhang. Zwar hatte der Mantel das Kleid geschützt, aber ihre Schuhe waren voller Schlamm und hinterließen dunkle Spuren auf dem rosafarbenen Teppich und dem glänzenden Holzfußboden in der Eingangshalle.

Sie war gerade dabei, sich eines hinderlichen Schuhes zu entledigen, als sich die Tür der Bibliothek öffnete und Adam, Rafe und Deborah auf der Schwelle erschienen.

»Ramsey, ich glaubte, die Haustür gehört zu haben …« Adam stockte und blieb wie erstarrt stehen. Auch Melanie hielt mitten in der Bewegung inne, einen zierlichen Fuß auf den Teppich gesetzt, während sie den dick besohlten schlammigen Schuh in der kleinen Hand hielt. Sprachlos starrte sie auf ihren Großvater und ihre Eltern.

Beim Anblick ihres vor Schmutz starrenden Stiefkindes hielt Deborah besorgt die Luft an. Dann ging ein Willkommenslächeln über ihr Gesicht. Das Mädchen sah so schuldbewusst drein, dass Deborah ihm ganz einfach nicht böse sein konnte, schon gar nicht, als sie sah, wie Rafe mit finsterer Miene das verklebte Haar und die ziemlich ramponierte Erscheinung seiner Tochter betrachtete.

»Ich freue mich so, dich wiederzusehen, Melanie!«, rief Deborah, kam auf sie zu und drückte sie an sich. Ihr silberblondes Haar hob sich deutlich von Melanies dunklem Haar ab, als sie sich umarmten.

Rafe durchquerte den Raum und nahm Melanie den mit Schlamm überzogenen Schuh aus ihren schmutzigen Fingern. »So einen Auftritt würde ich eher von deinen Brüdern erwarten. Aber nicht von einer jungen einundzwanzigjährigen Dame.« Er machte jedoch gute Miene zum bösen Spiel, warf den Schuh beiseite, umarmte seine Tochter und gab ihr einen Kuss auf die Stirn.

»Pfui, Teufel! Was ist denn das?« Er schnüffelte. »Eier! Faule Eier!«, sagte er ungläubig und hielt Melanie auf Armeslänge von sich weg. Deborah wollte schützend die Arme um sie legen. Doch Rafe zog Melanie weg und musterte sie prüfend von oben bis unten. »Du siehst aus, als kämst du geradewegs aus einem Straßenkampf.«

Endlich fand Melanie die Sprache wieder. »Kümmert euch doch nicht um meine Kleider oder ein paar alberne Eier! Was macht ihr denn hier? Ihr habt kein Wort von einem Besuch geschrieben. Habt ihr Adam, Caleb und Lenore mitgebracht?«, fragte sie, und ihre Goldaugen funkelten. Der anfängliche Schreck war der Wiedersehensfreude gewichen.

Über ihre Schultern hinweg erblickte Rafe die Flugblätter. Er nahm sich eins und überflog den Inhalt. »Wir sind nicht nur zu Besuch, junge Dame. Wir sind gekommen, um dich nach Hause zu holen.«

»Ich muss leider sagen, dass dein Großvater in seinen Briefen etwas ausführlicher von deinen Abenteuern berichtet hat als du, Melanie!« Trotz des Tadels klang Deborahs Stimme sanft.

»Nach Hause? Du meinst, nach Texas? Auf die Ranch?« Der Ausdruck der Niedergeschlagenheit wurde schnell durch den stahlharten Ton in Melanies Stimme überdeckt. »Ich habe hier wichtige Aufgaben zu erfüllen, Papa, Mama. Ich kann jetzt unmöglich weggehen.«

»Bestehen die *wichtigen* Aufgaben etwa darin, Flugblätter zu verteilen? Und schließt das auch ein, mit Abfall beworfen zu werden?«, gab Rafe sarkastisch zurück.

»Und ein oder zwei Krawalle oder Straßenschlachten, ganz zu schweigen davon, dass sie von einem gewissen Cyrus Juline, einem Sklavenfänger aus Georgia, mit dem Tod bedroht wurde«, warf Adam ein, der seine Entrüstung über den Sklavenjäger nicht verhehlte.

»Krawalle und Straßenschlachten?« Mit besorgtem Blick sah Deborah ihre Stieftochter an.

»Das war nur ein kleiner Aufruhr vor dem Rathaus, im letzten Monat. Ich habe mich nicht in der Nähe der Waffen aufgehalten …«

»Waffen?«, donnerte Rafe.

Melanie machte eine wegwerfende Geste, die sagen sollte, dass Schießereien und andere Gewalttätigkeiten in Boston ebenso alltäglich waren wie der Besuch eines Sinfoniekonzertes. »Nur ein paar Männer hatten Waffen. Aber die Polizei entwaffnete sie, ehe jemand getötet wurde.«

»Ein Mann wurde in die Schulter geschossen. Drei andere wurden schwer verletzt, als während eines Handgemenges Steine flogen«, fügte Adam grimmig hinzu.

»Aber der Stein hat meine Schläfe nur gestreift. Ich habe kaum einen Kratzer abbekommen. Wenn man sich überlegt, dass es in Texas räuberische Komantschen und Marodeure gibt, dann kann man doch nur sagen, dass es hier viel sicherer ist«, konterte Melanie.

»Aber, Melanie, sieh dich doch nur einmal an!«, wies Deborah sie zurecht. Ohne auf Schmutz und Schlamm zu achten, fuhr sie mit den Händen über das hässliche graue Kleid und sah auf den klobigen, hoch geschnürten linken Schuh hinab. »Du bist wie eine alte Frau angezogen und nicht wie die wunderschöne junge Frau, die wir hier vor zwei Jahren besucht haben.«

Melanie seufzte. »Ich hätte gedacht, dass dir meine Kleidung gefallen würde. Ehrlich, Mama, dir müsste eigentlich vor allen anderen klar sein, dass es nicht wichtig ist, wie eine Frau *aussieht,* sondern was sie *denkt.*«

»Nun, *ich* denke, dass du jetzt ein Bad nehmen und dir ein hübsches Kleid anziehen wirst. Deine Mutter wird es für dich aussuchen. Beim Abendessen werden wir unsere Diskussion fortsetzen«, ordnete ihr Vater in einem Ton an, der keinen Widerspruch duldete.

»Der Brief muss uns direkt auf dem nächsten Dampfschiff gefolgt sein«, meinte Rafe niedergeschlagen. Er saß an Adams Schreibtisch und rieb sich nachdenklich die Schläfen.

Adam war überrascht, als er einige graue Stellen in dem schwarzen lockigen Haar seines Schwiegersohnes entdeckte. »Du musst es Melanie erzählen. Lily war ihre leibliche Mutter. Was wirst du mit Claudes Besitz anfangen?«

Umständlich erhob sich Rafe aus dem Sessel, stellte sich Adam gegenüber und sah ihn an. »Ich muss nach New Orleans fahren und mit *Maman* sprechen. Ohne Zweifel haben die Rechtsanwälte sie jetzt in ihren Klauen. Dieser dumme, alte Querkopf! Stirbt und hinterlässt mir den ganzen Familienbesitz, als wäre ich nicht weggegangen, sondern hätte mich seinem Willen gebeugt!« Erregt schlug Rafe mit der Faust auf den Tisch.

Auf dem Schreibtisch lag der Brief mit dem eleganten Briefkopf der Rechtsanwaltsfirma Beaurivage und LeBlanc, daneben ein anderer Brief aus demselben Stapel. Er trug die kühnen, klaren Schriftzüge von Rafes Schwager Caleb Armstrong. Seine Botschaft lautete: Im Spätsommer waren Claude Flamenco und Lily Duval Genet Opfer einer Gelbfieber-Epidemie geworden.

»Ich muss mit Caleb über den Familienbesitz reden. Verflucht, Adam, ich will ihn einfach nicht! Als ich New Orleans verließ, habe ich ihm erklärt, dass er noch eine Tochter hat. Meiner Schwester und ihrem Mann hätte er seinen Reichtum hinterlassen sollen – und *Maman.* Ich wollte nichts davon. Für mich bedeutet das Erbe nur eine Fessel.«

»Familienbande wirst du nie los, mein Sohn. Aber vielleicht könnt ihr beide, deine Mutter und du, eure Meinungsverschiedenheiten jetzt beilegen«, bemerkte Adam.

Rafe schnaubte empört. »Sie und der Rest meiner vornehmen Beaurivage- und Flamenco-Cousins weigern sich noch immer, die Tatsache anzuerkennen, dass Adam, Lenore und Caleb existieren. Noch weniger sind sie bereit, sie als Familienmitglieder anzusehen. Nachdem meine Schwester mit einem Amerikaner durchgebrannt war, wurde sie für immer und ewig enterbt.«

»Und dein Vater hat dir und deinen Kindern alles vermacht, obwohl du eine Amerikanerin geheiratet hast.«

»Das ist eine alte kreolische Tradition. Männern wird jeder Verstoß verziehen, Frauen kein einziger«, antwortete Rafe angewidert.

Adam lächelte leicht. »Wie es scheint, haben über die Jahre einige von Deborahs Ideen auf dich abgefärbt.« Er ging zum Schreibtisch hinüber und legte Rafe eine Hand auf die Schulter. »Du musst nach New Orleans fahren und mit den Anwälten verhandeln, mein Sohn. Deine Schwester braucht das Flamenco-Vermögen nicht, doch für deine Mutter muss gesorgt sein.«

Rafes Schultern sanken nach vorn. »Wenn ich nur Melanie nicht in die ganze Angelegenheit hineinziehen müsste!«

»Du musst es ihr sagen, mein Sohn«, erklärte Adam leise.

»Warum sollte es mir etwas ausmachen, dass sie tot ist?« Die Hände in den Hüften, stand Melanie in ihrem Schlafzimmer. »Sie hat mich nicht geliebt. Sie hat mich von *Grandmère* und Tante aufziehen lassen – und dann von dir und Deborah. Meine wirkliche Mutter ist Deborah. Sie ist diejenige, die mich liebt. Lily Duval hat mir nie Liebe entgegengebracht!« In Melanies goldbraunen Augen stand der Schmerz. Ihr kleiner Körper bebte unter der mühsam zurückgehaltenen Qual.

Rafe verstand ihren Schmerz. Nachdem ihr zweites Kind, ein Junge, bei einer Epidemie gestorben war, hatte Lily ihr Erstgeborenes abgelehnt. In ihrem Äußeren erinnerte Melanie Rafe an Lily. Sie hatte ihre hohen Wangenknochen, dieselbe glatte olivfarbene Haut mit einem kleinen Stich ins Kupferne, die großen Augen und die lange, seidige Fülle ebenholzschwarzen Haars. Doch jeder, der die Schönheit dieser jungen Frau bewunderte, würde auch die große Ähnlichkeit mit seinen eigenen französisch-spanischen Vorfahren feststellen und niemals auf den Gedanken kommen, dass auch afrikanisches und Cherokee-Blut in ihren Adern floss.

»François Genet, Lilys Mann, ist letztes Jahr bei einem Duell ums Leben gekommen, Melanie. Die Anwälte sagen, dass sie ihre ganze Habe dir hinterlassen hat. Es gibt darunter vielleicht ein paar Erinnerungsstücke, die du aufbewahren möchtest. Ich kann verstehen, wenn du das Haus in der Rampart Street nicht sehen willst. Aber wir müssen deine Tante Lenore und Onkel Caleb besuchen, um die Hinterlassenschaft deines Großvaters Flamenco zu regeln.«

»Und dann fahren wir wieder nach Hause? Nach Texas?«

Sie lächelte tapfer unter Tränen, die ihr in kleinen Rinnsalen über die Wangen liefen, und warf sich in die Arme ihres Vaters. »Ich überleg mir, was ich mit ihren Sachen machen werde«, murmelte sie.

»Besprich das mit deiner Mutter!«, riet Rafe zärtlich.

Es ist noch genauso wie damals, dachte Deborah, als sie wie benommen ihre Sachen auspackte. Sie befand sich in ihrem ehemaligen privaten Trakt, der über einen Hof mit dem Haus der Flamencos verbunden war. Trotz der hohen Decken spürte sie die drückende, feuchte Luft des Spätherbstes. »Oh, was gäbe ich für die trockene Luft in Nordtexas!«, seufzte sie.

»Dir gefällt es hier auch nicht, stimmts?« Klein und verloren stand Melanie in der Tür zum Schlafzimmer ihrer Eltern. Sie kam gerade aus ihrem eigenen Zimmer, das am Ende des Ganges lag.

»Das stimmt. Ich kann mich nur an wenige Dinge erinnern, die nicht die Spuren von Schmerz und Leid tragen«, gestand Deborah mit einem schwermütigen Unterton in der Stimme.

»Zumindest erlaubt dir *Grandmère Céline,* zur Vordertür hereinzukommen. Wenn es nach ihr ginge, würde ich unten bei den Sklaven schlafen«, bemerkte Melanie bitter.

Deborah ging zu ihr, nahm sie an der Hand und zog sie mit sich zu dem großen Himmelbett, wo sie sich niedersetzten. »Es wird nicht nach ihr gehen«, versicherte Deborah beruhigend. »Das Haus gehört jetzt deinem Vater, und er bestimmt, was hier geschieht. Du bist sein Kind. Genauso wie Adam, Caleb und Norrie. Und du wirst ebenso geliebt wie sie.«

»Oh, Mama! Du bist wirklich eine ganz besondere Frau!« Melanie schlang die Arme um Deborahs Hals.

»Erinnerst du dich noch an das erste Mal, als du mich Mutter genannt hast?«, fragte Deborah leise. »Du warst gerade zwölf Jahre alt geworden, stolz und wild entschlossen, unabhängig zu sein. Und ein so schönes Mädchen! Jede List, jeden Trick habe ich benutzt, um dich für mich zu gewinnen. Und es war die Mühe wert. Lass nicht zu, dass dir dieser alte Hass hier etwas antut, mein Herz.«

»Das werde ich auch nicht«, gab Melanie mit stockender Stimme zurück. »Aber wenn ich daran denke, wie mich meine *Grandmère* Marie liebte und wie diese mich hasst ...«

»Sobald die juristischen Dinge geklärt sind, werden wir wieder nach Hause zurückkehren«, beschwichtigte Deborah sie.

»Glaubst ... glaubst du, dass Tante Lenore und Onkel Caleb mich mögen? Ich meine, sie haben ja auch ihr ganzes Leben hier verbracht.«

Deborah lächelte zuversichtlich. »Lenore ist deinem Vater sehr viel ähnlicher als deiner Großmutter. Sie und ich waren die allerbesten Freundinnen, als ich noch hier lebte. Deshalb habe ich auch deine kleine Schwester nach ihr benannt. In Wahrheit habe ich sogar Lenore und Caleb dabei geholfen, durchzubrennen, und dadurch die ganze Familie gegen mich aufgebracht.«

»Deinen Vater eingeschlossen«, fügte Rafe hinzu, der im Türrahmen erschien. Er konnte sich noch sehr gut an den bitteren Streit erinnern, den er mit Deborah in der Nacht gehabt hatte, in der sie sich als Lenore verkleidet hatte, während seine Schwester und ihr Amerikaner unbemerkt den Maskenball verlassen und danach heimlich geheiratet hatten.

In seinem Gesicht standen Schmerz und Schuldgefühl darüber, wie er Deborah damals behandelt hatte. Er trat ins Zimmer. »Vielleicht hätten wir uns bei Lenore und Caleb einquartieren sollen, um *Mamans* hysterischen Anwandlungen aus dem Weg gehen zu können«, brummte er.

Deborah erhob sich, ging zu ihm hinüber und umarmte ihn.

Sie strahlte eine Wärme und Liebe aus, die alle Schmerzen der Vergangenheit auslöschte. »Nein, die paar Tage, die du brauchst, um die Dinge zu klären, können wir hier bleiben. Heute Abend werden wir die Armstrongs und ihre Kinder sehen.« An Melanie gewandt, fuhr sie fort: »Und ich warne dich, wenn du etwa gedacht hast, dass schon zwei kleine Brüder eine Plage sind: Cousins hast du gleich vier an der Zahl. Und, ja, ein armes, kleines Mädchen als Nachzügler. Sie heißt Alice!«

»Und alle haben rotes Haar«, fügte Rafe lächelnd hinzu.

»Hat Onkel Caleb rotes Haar?«, fragte Melanie unschuldig.

»Wenn er das nicht hätte, wäre deine Tante in ziemlichen Schwierigkeiten«, erwiderte er. Alle drei brachen in Gelächter aus. Die Anspannung löste sich, und die Schatten der Vergangenheit waren gebannt.

Beim Armstrong-Clan verbrachten sie einen wunderschönen, wenn auch anstrengenden Abend. Rafes Schwester, sein Schwager und ihre Kinder empfingen Melanie herzlich. Sie nahmen das Kind von Rafes Mätresse genauso offen auf wie Deborahs leibliche Kinder.

Als sie in das Haus der Flamencos zurückkehrten, ließ sich Melanie erleichtert in ihr weiches Bett sinken. Ihr Zimmer lag auf demselben Gang wie das ihrer Eltern. Ihre fünfjährige Schwester Norrie neben ihr war schon eingeschlafen, ebenso wie ihre Brüder Adam und Caleb, die im Nebenzimmer übernachteten. Nur Melanie lag noch grübelnd wach.

Vom ersten Augenblick an, seit sie bei ihrem Vater und Deborah lebte, hatten beide sie bedingungslos geliebt, genauso wie *Grandmère* Marie und Tante Thérèse, die inzwischen gestorben waren. Auch ihr Großvater Adam in Boston hatte sie in den letzten vier Jahren ins Herz geschlossen. Doch nachdem sie *Grandmère* Céline getroffen hatte, fühlte Melanie sich wie eine Ausgestoßene.

Nur ein paar Meilen entfernt, war Melanie in einem kleinen weißen Haus in der Rampart Street geboren worden. Dieses Haus war nun ihr rechtmäßiger Besitz. Der wirkliche Grund ist meine Mutter. Es ist nicht die Rassenschranke in New Orleans oder dass mich meine Großmutter, der ich nie begegnet bin, nicht mag. Es ist nicht einmal die Tatsache, dass ich unehelich geboren bin, was so sehr schmerzt, überlegte sie.

Melanie blieb ganz still liegen, während sie beim Gedanken an ihre Mutter von einer neuen Welle des Schmerzes erfasst wurde. Es tat so weh, als würde eine bereits verheilte Wunde wieder aufgerissen. Sie unterdrückte die Tränen, um ihre kleine Schwester nicht aufzuwecken. Doch sie schwor sich, am nächsten Tag Lily Duvals Haus aufzusuchen.

»Bist du dir ganz sicher, dass du das willst?«, fragte Deborah, als die Kutsche vor dem kleinen weißen Haus hielt.

»Und du?«, entgegnete Melanie, während sie sich an die schmerzliche Auseinandersetzung zwischen Deborah und Lily erinnerte, deren Zeugin sie vor sechzehn Jahren geworden war.

»Gehen wir!«, war alles, was Deborah antwortete, während sie Melanies Hand drückte.

Das Haus sah noch fast genauso aus, wie sie es als kleines Mädchen gekannt hatte: Es war ausstaffiert mit Unmengen von winzigen Möbeln, die in eine Puppenstube gepasst hätten. Auf fein lackierten französischen Tafelaufsätzen standen Porzellanfiguren und ein silbernes Teeservice. Schwere Brokatvorhänge vor den Fenstern hielten die Sonne ab. Obwohl einige hohe Weidenbäume Schatten spendeten, waren die Räume heiß und stickig, erfüllt vom Moschusduft eines Parfums und dem Geruch des Todes.

Beide Frauen wurden in die Vergangenheit zurückversetzt, als sie das Haus betraten und sich an ihre schmerzlichen Verletzungen erinnerten. Hier war Deborah mit der Mätresse ihres Mannes konfrontiert worden und hatte erfahren, dass er bereits zwei Kinder mit Lily hatte, ehe sie, Deborah, zum ersten Mal schwanger geworden war. Trotz der vielen Jahre, die seitdem vergangen waren, und der Liebe ihres Mannes fühlte sie noch immer den Schmerz, als sie sich daran erinnerte, wie Melanie als kleines Kind versehentlich in den erbitterten Kampf zwischen Ehefrau und Mätresse hineingeplatzt war. Dieses Kind war wohl am meisten verletzt worden.

Zu Melanie hinüberblickend, sagte sie leise: »Sehen wir ihre Sachen durch! Du kannst auswählen, was du mitnehmen willst. Den Rest können die Rechtsanwälte verkaufen, dann brauchst du nie wieder hierher zu kommen, mein Herz.«

Melanie sah sich um und gab einen kleinen Laut des Abscheus von sich. »Sie hat teures Geschirr gemocht – Porzellan, Silber und Edelsteine. Ich nehme an, dass ich dieselbe Größe habe wie sie. Trotzdem möchte ich ihre Kleider nicht. Da bin ich mir sicher«, erklärte sie entschlossen.

Obwohl Deborah keinen Gefallen an Melanies allzu biederer und praktischer Kleidung fand, war ihr klar, dass die Paradiesvogelkleider einer ausgehaltenen Frau ganz und gar nicht zu ihrem gut erzogenen Kind passten.

Sie verbrachten einige Stunden damit, Zimmer für Zimmer durchzusehen. Lilys Mann war Fechtmeister gewesen. Wegen einer Ehrensache hatte er sich mit einem anderen freien Farbigen vor einem Jahr duelliert und war dabei getötet worden. Seit er Lilys Tochter zum ersten Mal gesehen hatte, hatte Genet sie gehasst. Sie war die unangenehme Erinnerung daran, dass seine Frau einmal das Eigentum eines weißen Mannes gewesen war. Er hatte Melanie das Leben zur Hölle gemacht, als sie nach dem Tod ihrer Großmutter und ihrer

Tante aus St. Louis nach New Orleans zurückgekehrt war. »Alle diese Sachen werden wir den Nonnen geben, die sie an die Armen verteilen können«, sagte Melanie und warf die Tür von Genets Waffenschrank zu.

Sorgsam verpackten sie das feine Porzellan und das Sterlingsilber. Deborah unterbreitete Melanie einen heiklen Vorschlag. »Vielleicht willst du ja eines Tages, wenn du verheiratet bist und ein eigenes Heim hast, dieses Tafelgeschirr. Es ist wirklich sehr schön.«

»Nur die Punschschüssel aus Rosenkristall und die Tassen. Sie haben *Grandmère* Marie gehört.«

Als sie schließlich Lilys Schmuckkästen öffneten, waren beide Frauen über die Pracht der Stücke erstaunt: Da funkelten Smaragde, Saphire, Rubine, schimmerten Perlen, glitzerten Diamanten. Die Steine waren entweder in feines Silberfiligran oder Gold gefasst. Melanie ignorierte die meisten Stücke und suchte nur ein paar von geringerem Wert aus, die *Grandmère* gehört hatten.

Dann öffnete sie eine kleine schwarze Samtkiste und nahm eine schwere, aus Elfenbein geschnitzte Kette heraus. Als sie das Schmuckstück umlegte, hörte sie, wie Deborah nach Atem rang. Rasch blickte sie auf und sah einen Ausdruck der Qual auf dem Gesicht ihrer Mutter. »Papa hat die Kette für sie in Boston gekauft, nicht wahr?« Melanie wusste, dass die Elfenbeinschnitzerei eine Kunst der Walfänger in Neuengland war. Er musste es während der Geschäftsreise ausgewählt haben, auf der er Deborah geheiratet hatte.

»Das ist schon so lange her, Melanie. Rafael und ich waren damals andere Menschen. Jetzt lebe ich ein neues Leben mit meinem Mann. Uns kann sie nicht mehr verletzen, aber dich, nicht wahr?« Mit angehaltenem Atem ergriff Deborah vorsichtig die Kette, nahm sie aus Melanies kraftlosen Fingern und legte sie in die Schachtel zurück.

»Warum konnte sie mich nicht lieben? Warum nicht? Alle anderen konnten es doch – du, Papa, *Grandmère* Marie, Tante Thérèse –, aber die Frau, die mir das Leben schenkte, wollte nicht einmal, dass ich im selben Haus mit ihr lebe! Oft habe ich sie und Papa belauscht. Gewöhnlich haben sie sich über mich gestritten, als ich klein war. Sie wollte mich immer zu *Grandmère* nach St. Louis zurückschicken, während Papa darauf bestand, dass ich hier blieb.« Melanie schwieg eine Weile, bevor sie weitersprach.

»Ein Mal, als er zu Besuch kam, hat er mich allein in der Küche gefunden. Das Hausmädchen war zum Markt gegangen. Deshalb war niemand da, der auf mich aufpasste. Sie schlief noch, und ich versuchte, mir Obst vom Tisch zu nehmen. Dabei warf ich die Schüssel um und schnitt mich an einer Glasscherbe. So hat mich Papa gefunden – bitterlich weinend und blutend. Wahrscheinlich hatte ich noch Glück, dass keine Scherben an den Trauben waren, die ich gegessen habe! Danach hat Papa viel öfter eingewilligt, wenn sie mich zu *Grandmère* schicken wollte ...«

Sobald sie in ihrem Monolog innehielt, rannen ihr die Tränen über die Wangen. Zuerst nur langsam, dann flossen sie in Strömen. Deborah, die wusste, wie lange diese tiefe seelische Qual in Melanie verschlossen gewesen war, empfand beinah eine genauso große heilsame Erleichterung wie Melanie. Weinend umarmten sie sich.

Die Abendessenszeit war längst vorüber, als sie wieder im Haus der Familie Flamenco eintrafen. Deborah hatte durch ihren Kutscher die Nachricht übermitteln lassen, dass man mit dem Essen nicht auf sie warten solle. Im selben Raum zusammen mit Céline zu essen, war der Gesundheit nicht förderlich – weder für Deborah noch für Melanie. Die beiden gingen in die Küche, wo ihnen die Köchin eine kalte Mahlzeit aus dünn geschnittenen Kalbsschnitzeln, Melone und kühlem Weißwein zubereitete.

Während sie aßen und sich nach einem emotional anstrengenden Tag entspannten, verbrachte Rafe einen unerfreulichen Abend mit seiner Mutter und seinen Cousins.

»Schlafen die Kinder?«, fragte Céline, als Rafe in die Bibliothek zurückkehrte. Er nickte und fügte beiläufig hinzu: »Deborah und Melanie essen jetzt zu Abend.« Es machte ihm Spaß, die intoleranten Flamencos daran zu erinnern, dass seine gemischtblütige Tochter genauso behandelt wurde wie alle anderen.

»Ich habe mit den Anwälten gesprochen, und sie haben keine Einwände gegen meinen Plan. Der ganze Besitz wird dir überschrieben, Mutter, aber Caleb Armstrong wird der Testamentsvollstrecker sein.« Er warf seinen Cousins Jean und Philippe einen bedeutungsvollen Blick zu.

Erschrocken hielt Céline die Luft an und überlegte kurz, ob sie in Ohnmacht fallen sollte. Ein Blick auf die steinerne Haltung ihres Sohnes überzeugte sie jedoch davon, dass es dumm wäre, ein solches Mittel anzuwenden. Früher einmal wäre er ihr zu Hilfe geeilt, heute jedoch nicht mehr. Jetzt würde er sie schlicht zu Boden fallen lassen! »Du bist genauso brutal und gefühllos geworden wie diese wilden Rothäute in dem verfluchten Texas! Dein Vater wollte, dass du für mich sorgst, Rafael. Du bist mein einziger Sohn. Deshalb hat er dir alles übergeben, damit ...«

»Damit ich nach New Orleans zurückkomme, mein altes Leben wieder aufnehme und mich *gut mit dir stelle«*, unterbrach er sie knapp. »Nun ja, er hat gespielt und verloren, Mutter.« Dann ging ein grimmiges Lächeln über sein Gesicht. »Doch ich freue mich, dass der Familienbesitz von den Beaurivages nicht durchgebracht werden kann, und das sage ich, obwohl ich nichts von dem Geld haben will und auch nichts brauche.«

»Also jetzt hör mir mal zu, Rafael!« Mit gerötetem Gesicht

erhob sich Philippe. »Ich habe schon manchen Mann aus geringerem Anlass zum Duell gefordert.«

»Wirklich, Cousin?«, gab Rafe zurück und starrte Philippe so lange an, bis dieser den Blick senkte. »Du würdest mich also gern herausfordern? Dann hätte ich die Wahl der Waffen. Ich kämpfe jetzt mit dem Bowie-Messer.« In seinen Augen blitzte es gefährlich, und er lächelte ein Haifisch-Lächeln, woraufhin Philippe sofort nachgab.

»Bitte, Kinder – Rafael, Philippe –, ihr seid doch zusammen aufgewachsen! Ihr gehört alle zur Familie. Wir müssen zusammenstehen«, hielt Céline ihnen vor.

»Caleb gehört auch zur Familie. Er ist der Ehemann meiner einzigen Schwester, ein grundehrlicher, vernünftiger Bankier. Er wird den Besitz für dich verwalten, Mutter. Dafür musst du dich jedoch deiner Tochter und deinen Enkeln stellen, etwas, was du zu Lebzeiten meines Vaters immer entschieden zurückgewiesen hast. Das ist deine Chance. Ich werde nicht hier bleiben, an den Reichtum der Familie Flamenco gefesselt. Ich habe mir meine eigene Existenz in Texas aufgebaut. Dort wollen meine Familie und ich auch in Zukunft leben.«

»Du, deine Yankeefrau und deine Tochter, die von der Teerbürste geküsst wurde«, warf Jean höhnisch ein. »Texas muss wirklich ein sehr liberales Land sein.«

»Das Land, auf dem wir leben, heißt Renaciemento und ist größer als mancher Ostküstenstaat«, antwortete Rafe gleichmütig. Seine schwarzen Augen durchdrangen die Fassade seines alten Zechkumpans. Verfolge das gefährliche Thema nur weiter, wenn du den Mut dazu hast!, drohte er stumm.

»Dich kann wohl nichts mehr umstimmen, oder? Du gibst der Nebenfamilie deines Vaters Unsummen von Geld und lässt es auch noch von diesem abscheulichen Amerikaner an mich verteilen.« Célines Stimme klang überraschend ruhig. Gestern hatte sie geweint und gefleht, aber Rafael hatte Melanie ganz ruhig mit Deborahs Kindern in seinen Flügel des Hauses genommen. Deborah behandelte das Mädchen, als wäre es ihr eigenes Kind. Für Céline war es war ganz offensichtlich, dass jede soziale und kulturelle Norm, jeder moralische Maßstab, der in ihrer Welt galt, von ihrem Sohn über Bord geworfen worden war. »Wie eine Schlange hast du in der heißen Texassonne deine alte Haut abgestreift. Du bist nicht mehr Rafael Flamenco, sondern irgendein Amerikaner namens Rafe Fleming, den ich nicht kenne.« Damit wandte sie sich ab und verließ herrisch und hoch erhobenen Hauptes den Raum. Rafe blieb mit seinen beiden Beaurivage-Cousins allein zurück.

Rafe, der bereits eine lebenslange Erfahrung mit Célines theatralischen Auftritten hatte, wusste, dass sich zwischen Mutter und Sohn nie etwas ändern würde. Seufzend wandte er sich an Jean und Philippe. »Gentlemen, der Brunnen ist ausgetrocknet. Ihr könnt den Rest der Familie davon in Kenntnis setzen, dass das Geld meines Vaters dorthin fließt, wo es sein Schwiegersohn hinlenkt. Irgendwie bezweifle ich, dass Caleb Armstrong geneigt ist, eure Zechgelage finanziell zu unterstützen.«

»Und was ist mit dir, Cousin?«, fragte Jean den Gefährten seiner Kindheit, der nun erwachsen und ein Fremder für ihn geworden war.

Erleichtert lächelte Rafe. Er war froh, mit der ganzen ärgerlichen Angelegenheit nichts mehr zu tun zu haben. »Meine Familie und ich sind auf einer großen Reise«, antwortete er auf Englisch. Dann wechselte er wieder ins Französische. »Wir leben in Texas, und ich habe nicht die Absicht, jemals wieder zurückzukehren!«

Kapitel 5

Santa Fe, 1851

Staubkörnchen leuchteten in dem fahl goldenen Licht, das durch das vergitterte Fenster der *cantina* drang. In der glühenden Hitze regte sich kein Hauch. Es war Spätnachmittag, und eine bunt zusammengewürfelte Männergesellschaft traf nach der Siesta im El Escondedero ein. Trotz ihres Namens lag die Bar keineswegs verborgen, sondern war ein ziemlich bekannter, wenn auch schäbiger Treffpunkt in der belebten Geschäftshauptstadt von Neu Mexiko. Zwei stämmige, bärtige Amerikaner stolzierten großtuerisch an die Theke und verlangten Bier. In einer Ecke spielten der Besitzer des Lokals und eine Hand voll *vaqueros* lautstark das Spiel *Chuza*. Rosa und ein anderes schönes junges Mädchen servierten die Getränke, raschelten mit den leuchtend bunten Kleidern und ließen die silbernen Armreifen aufblitzen, insbesondere vor den amerikanischen Soldaten, die Ausgang hatten.

Lässig saß Lee Velásquez auf einem Stuhl an der hinteren Wand des Raumes. Seine langen Beine in der Wildlederhose hatte er bequem unter dem Tisch ausgestreckt. Seine Siesta hatte er auf seinem Sitzplatz gehalten, wobei er das Spiel von Licht und Schatten an dem eisernen Gitter des Fensters gegenüber beobachtet hatte. Er musste nirgendwohin, zumindest so lange nicht, bis Fouqué auftauchte.

»Heiß heute, nicht wahr?«, fragte Rosa, die Bardame, wobei sie sich besonders weit vorbeugte, als sie ein Glas Whisky vor ihn auf den Tisch stellte, in der Hoffnung, der Revolvermann würde so ihre üppigen Reize bemerken, die sich förmlich aus ihrer weißen Bluse hervordrängten.

Auf einen Sonnenstrahl blickend, kniff er die schwarzen Augen zusammen. »Das Wetter ist so wie immer«, entgegnete er beiläufig. Ohne genau hinzusehen, griff er mit der schlanken, dunklen Hand nach dem Glas und kippte den Whiskey hinunter. Verärgert rauschte Rosa davon.

Wie lange noch, Fouqué?, dachte er seufzend.

Als wäre er die Antwort auf diese unausgesprochene Frage, schlenderte ein kleiner, drahtiger Mann in schmierigen Wildlederhosen zur Tür herein, bemerkte Lee und machte eine Handbewegung zu Rosa hinüber, den üblichen Drink an seinen Tisch zu bringen. »Ah, *mon ami,* du bist wirklich der Gescheitere von uns. Du sitzt hier im Kühlen, während ich mit unserem verrückten englischen Auftraggeber durch die Gluthitze reite.« Fouqué sprach Englisch mit einem schweren Gascogner Akzent. Als er den Mund öffnete, glänzten goldene Zähne auf.

»Er ist nicht mehr mein Auftraggeber, Fouqué«, erwiderte Lee lustlos. »Ich will lediglich das Geld haben, ehe er genauso davonläuft wie Armijo.«

Mit einem gelassenen Schulterzucken nahm Raoul Fouqué Platz. »Das war Sache der Regierung; das jetzige Geschäft ist privat. Geschäftsleute zahlen besser als Militärgouverneure, egal, ob Mexikaner oder Yankees.«

Lees Gesichtszüge wurden hart. »Es ist dieselbe Art von Arbeit.«

»*Merde,* du bist doch mit McGordys Truppe geritten, nur wenige Monate, bevor das mexikanische Gouvernement floh und die Amerikaner kamen. Es war eigentlich keine Überraschung, als der Generalgouverneur sich aus dem Staub machte, ohne uns bezahlt zu haben. Bristol hat das nicht vor.«

»Das will ich Bristol auch geraten haben«, kam die leise Antwort.

Fouqué sah den jüngeren Mann an und betrachtete das gefährliche Gesicht. Die meisten Frauen fanden seine klassisch schönen Gesichtszüge unwiderstehlich, die so ganz anders waren als Raouls eigene unregelmäßige. Doch in Leandro steckte mehr als nur ein hübsches kastilisches Gesicht. Die Narben waren der Beweis dafür. Eine weiße schmale Narbe verschwand im Haaransatz, eine andere zog sich als dünne Linie über die linke Wange. Sie waren Zeichen des wilden Lebens, das er führte. Die schwarzen Augen waren noch eindrucksvoller als die Narben. Sie glänzten wie Onyx und schienen unergründlich. In ihnen lag ein erbarmungsloses Funkeln. Es waren Augen, wie sie ein Mann von siebenundzwanzig Jahren eigentlich nicht haben sollte.

Der Franzose beobachtete, wie Lees Blick mit scheinbarer Trägheit durch den Raum glitt, seiner Wachsamkeit jedoch nicht die geringste Kleinigkeit entging. Schon gar nicht die beiden lauten Amerikaner an der Theke. Im Allgemeinen mochte Lee keine Amerikaner, obwohl er unter McGordy mit einigen geritten war. Fouqué versuchte, die Aufmerksamkeit seines Kameraden von den beiden widerwärtigen Männern abzulenken. »Wohin gehst du, wenn du mit Bristol fertig bist?«

Lee zuckte mit den Schultern. »Vielleicht nach Kalifornien, vielleicht nach Oregon.«

»Dass du nicht nach Chihuahua gehen würdest, ist mir klar. Schließlich hat der Gouverneur immer noch ein Kopfgeld auf dich ausgesetzt. Aber du könntest doch nach Mexico City gehen, wo du einmal gelebt hast.« Gespannt sah Fouqué ihn an.

Lee lächelte traurig. »Mein Onkel ist inzwischen gestorben.« Er zögerte einen Augenblick. »Außerdem passe ich wahrscheinlich gar nicht mehr in diese kultivierte akademische Welt, in der ich damals verkehrt habe. Ich will da nicht mehr hin.«

Fouqué kicherte. »Männer wie du und ich machen sich eben ihre eigenen Regeln. Wenn du eine wilde, offene Landschaft brauchst, warum gehst du nicht wieder nach Texas zurück? Hier sind jetzt wahrscheinlich genauso viele Anglos wie dort.«

Lee seufzte. »Das ist nur allzu wahr! Aber ich fürchte, ich habe da ein kleines Problem mit dem Yankee-Gesetz. Außerdem ist es genauso wie mit Mexico City: Es gibt zu viele Erinnerungen ...« Er verstummte und starrte in das leere Whiskyglas.

Fouqué wusste, dass Lees Frau in Texas umgebracht worden war und er vor fünf Jahren auf mexikanisches Gebiet geflohen war. Den Rest hatte er sich zusammengereimt, aber er verstand, warum Lee nicht in das Land seiner Geburt zurückkehren konnte. »Da wir gerade von Texas reden: Gestern bin ich einem Mann und seiner texanischen Frau über den Weg gelaufen. *Quelle femme!* So groß wie ein Baumwollbaum, der an einem Fluss wächst, und mit einer Stimme, die zu einer solchen gewaltigen Größe passt. Die beiden wollten nach Texas zurück. Die Frau bestand darauf.«

Lee lächelte. »Vor vielen Jahren habe ich auch einmal so eine Frau gekannt. Sie betrieb ein Geschäft in San Antonio. Du brauchst dein Gesicht nicht zu verziehen. Es war eine höchst anständige Pension.«

»Wenn man vom Teufel spricht! Da ist ja der Ehemann der Amazone. Auch nicht gerade ein Zwerg«, fügte Foqué hinzu, während er den Mann betrachtete, der fast den ganzen Türrahmen ausfüllte. Der lange, buschige rote Bart und das rote Haar verdeckten beinahe das ganze Gesicht, doch die blauen Augen blitzten lustig und lebhaft. Eine ganze Sammlung von Fellmessern und eine Hawken-Flinte wiesen ihn als Trapper aus dem Norden aus.

»Er kommt mir irgendwie bekannt vor«, murmelte Lee

nachdenklich. Doch ihm war klar, dass für einen Mann, der jahrelang auf der Flucht war, viele Männer ähnlich aussahen.

Gerade als der groß gewachsene Fremde auf die Bar zuging, betrat ein kleiner Engländer in schwarzer Baumwollkleidung die *cantina*. Er schwitzte und wirkte gehetzt.

»Hier, *mon ami!*« Raoul winkte Kenyon Bristol zu, dem Besitzer der größten Silbermine in der Gegend. Er hielt sich hier auf, um von den riesigen amerikanischen Handelskarawanen, die vom Missouri kamen, Vorräte für seine Minen zu kaufen. Bristol war ein sehr erfahrener Einkäufer.

Er setzte sich auf den Stuhl, den ihm Fouqué anbot, und machte eine abwehrende Geste, als das Barmädchen kam. »Weg mit dem fauligen Gesöff«, fluchte er vor sich hin. »Für eine anständige Flasche Gin würde ich eine ganze Wagenladung dieses Fusels geben.«

Die klare englische Aussprache konnte man bis an die Bar hören. Dort hatten die beiden stämmigen Amerikaner schon beinahe eine ganze Stunde lang ebendieses Whisky-Gesöff getrunken und kräftig mit Bier nachgespült.

Einer der beiden wandte sich an das versammelte Publikum. »Hier ha'm wir guten Maiswhisky aus Kentucky«, verkündete er, indem er die Sprechweise von Bristol eher schlecht als recht nachahmte. »Der scheint unserer Lordschaft nich' gut genug zu sein.«

Bristol, ein wohlhabender und einflussreicher Mann, verabscheute es, sich in einem so schäbigen Lokal wie dem El Escondedero aufhalten zu müssen, aber er hatte Velásquez und Fouqué versprochen, ihnen hier ihr Geld zu übergeben. Nun war er froh, auch zwei seiner Leibwächter mitgebracht zu haben. Obwohl klein von Gestalt und nicht besonders gepflegt, strahlte Bristol doch eine gewisse Schärfe aus, die schon so manchen klugen Mann abgeschreckt hatte. Nicht so die beiden betrunkenen Amerikaner.

»Ich glaube kaum, dass ein paar Rüpel aus den Kolonien meine Trinkgewohnheiten etwas angehen.« Damit wandte er sich um und schob zwei Lederbeutel über den Tisch, einen für Lee und den anderen für Raoul. »Hier ist alles drin«, erklärte er und hatte die Männer aus den Bergen schon vergessen.

»Allein für die Maultiere und Pferde schulden Sie uns mehr als das hier«, knurrte Lee drohend, als er den goldgefüllten Beutel hochhob.

»Prellt Bristol euch um euren Lohn?«, fragte einer der Männer aus den Bergen. Mit finsterem Gesicht trottete er auf ihren Tisch zu.

»Wir lösen unsere Meinungsverschiedenheiten ohne deine Hilfe, *mon ami«*, mahnte Fouqué leise.

Verächtlich ließ der Mann den Blick über Lee und Raoul gleiten. »Viel zu viele verdammte Fremde hier in Santa Fe – englische Lordschaften, Franzmänner und schmierige Mexikaner.« Als er das letzte Wort sagte, blickte er Lee an.

»Lange bevor deine Vorfahren die Ostküste von Nordamerika erblickten, waren meine bereits in Neu Mexiko. Wenn hier jemand fremd ist, dann bist du das.« Lee sprach ruhig und blieb reglos sitzen. Doch seine Wachsamkeit hatte merklich zugenommen, während er die beiden betrunkenen Männer beobachtete und seine Blicke über die anderen Anglos in der *cantina* schweifen ließ, die die Konfrontation mit Interesse verfolgten.

»Komisch.« Der Mann aus den Bergen spuckte Kautabak auf den fest gestampften Lehmboden und fügte beinahe leutselig hinzu: »Du sprichst gar kein Englisch wie 'n schmieriger Mex.«

»Und du scheinst überhaupt kein Englisch zu können«, antwortete Lee mit trügerischer Arglosigkeit. »Es ist heiß, und es ist schon spät. Geh besser wieder zu deinem Drink an der Bar zurück.«

»Ich würde tun, was er vorschlägt, *mon ami*«, warnte Fouqué. Bristol gab den beiden Revolvermännern, die unauffällig am anderen Ende des Raumes standen, ein Zeichen. Langsam kamen sie näher.

»Wir lassen uns so 'n Mist nicht von 'nem Froschfresser oder 'nem schmierigen Mexikaner gefallen, auch nicht von sonst 'nem blöden Fremden, stimmts, Joe?«

»Warum fragste nich' noch einen anderen Mann vom Green River?« Mit geschmeidigen Bewegungen kam der rothaarige Trapper vom anderen Ende der Bar auf ihn zu. »Ich hab dich noch nie gemocht, Chambers, wenn wir uns gelegentlich bei der Jagd in die Quere kamen. Und du hast dich auch kein bisschen verändert.«

Der mit Chambers Angeredete entgegnete empört: »Hältste bei die Fremden, Wash?«

Lees Augen waren von den beiden betrunkenen Anglos zu dem rothaarigen Riesen gewandert. *Wash!* Wo hatte er diesen Namen schon einmal gehört? Dann erinnerte er sich an die Worte, die Fouqué gebraucht hatte, als er über die groß gewachsene texanische Frau des Mannes gesprochen hatte: *quelle femme!* »Wash Oakley?«

Lee hatte den großen Fremden wiedererkannt. Doch es war ganz offensichtlich, dass der ihn nicht erkannte. »Das letzte Mal, als du mich gesehen hast, war ich ein mageres siebzehnjähriges Jüngelchen. Es war bei deiner Hochzeit in San Antonio«, erinnerte Lee ihn.

»Oh, Mann, du bist Jimmy Slades Freund von der Bluebonnet«, erwiderte Oakley.

»Na, is' das nich' komisch? Hab nie gedacht, dass so 'n guter, alter Knabe aus Kentucky 'n verfluchter Freund von'em schmierigen Mexikaner wär«, spottete Chambers boshaft.

Washington Oakleys Faust schoss so schnell nach vorn, dass Chambers nicht einmal mehr den Arm hochreißen konnte, um den Schlag abzublocken. In hohem Bogen flog er in den Raum.

Im selben Augenblick brach in der ganzen *cantina* das Chaos aus. Die schon lange schwelende Spannung zwischen den siegreichen Amerikanern und den besiegten Neumexikanern machte sich Luft. Hier an der Grenze waren Gewalttätigkeiten an der Tagesordnung. Das war schon vor hundertfünfzig Jahren so gewesen, als die Spanier das Gebiet eingenommen hatten, und es hatte sich auch nicht geändert, als im Jahre 1846 Kearney's American Army beinahe ohne Blutvergießen die Stadt besetzt hatte.

Mit seinen großen, kräftigen Fäusten holte Wash Oakley zwei amerikanische Soldaten von den Füßen, während Fouqués Messer Chambers kampflüsternen Kumpanen ausschaltete. Die *vaqueros,* die in der Mitte des Raumes beim Glücksspiel saßen, fielen über eine andere Gruppe von Amerikanern her, Fuhrleute, die gerade aus Missouri gekommen waren.

Während Holz barst, Glas splitterte und die Männer fluchend die Fäuste schwangen und übereinander herfielen, schrien die beiden Frauen erschrocken auf und verschwanden blitzschnell hinter der Theke, wo sie sich angstvoll zusammenkauerten.

Mitten in diesem wilden Getümmel tauchten plötzlich Bristols Leibwächter neben Bristol auf, der gerade die Hände nach den beiden mit Goldstücken gefüllten Beuteln ausstrecken wollte. Lächelnd lehnte Lee in der Ecke an der Wand und warf im selben Augenblick ein großes Messer zwischen die gespreizten Finger des Engländers. Mit dumpfem Aufschlag blieb das Messer vibrierend im Holz stecken. Dann zog Lee einen Dragoon-Colt und richtete ihn auf Bristols Bauch.

»Ruf deine Kettenhunde zurück, Kenyon, alter Knabe, oder ich durchlöchere dich mit einem Schuss und hab noch fünf weitere für sie übrig.«

Kreidebleich im Gesicht, hob Bristol die Hände und war ungeheuer erleichtert, dass die Finger seiner rechten Hand nicht verletzt waren. Vom Tisch zurückweichend, behauptete er: »Ich hab nur versucht, euren Lohn in dem Durcheinander zu retten. Wenn du wieder für mich arbeiten willst, weißt du, wo du mich findest, Velásquez.« Damit schlängelten er und seine Männer sich durch die *cantina* und stahlen sich durch eine Seitentür hinaus.

Lee wollte gerade das Geld nehmen und ebenfalls verschwinden, als ein amerikanischer Soldat, von einem Schlag getroffen, herumwirbelte und auf ihn zusprang. Mit einem raschen Wurf versenkte Lee sein Messer in den Bändern der Lederbeutel und befestigte sie so am Tisch. Gleich darauf versetzte er dem Soldaten einen Faustschlag, der ihn bewusstlos zu Boden sinken ließ.

»Bist gar nicht so schlecht für jemanden, der noch nicht lange dabei ist.« Wash lachte schallend, packte sich zwei große Männer, hob sie in die Höhe und schlug sie mit den Köpfen zusammen.

Während er blitzschnell vor dem Schlag eines betrunkenen Ranchers nach unten wegtauchte, rief Lee über die Schulter: »Wo ist Obedience? Fouqué will sie gestern gesehen haben.«

»Ich glaube, sie wird bald kommen«, erwiderte Wash und ließ seine bewusstlosen Opfer auf den Boden fallen.

Lee gab einem Rancher eine ordentliche Rechte auf den Solarplexus und hob dann einen Stuhl, um das Messer eines erbosten hellhaarigen Yankee-Fuhrmanns in Drillichhosen abzuwehren. Im selben Augenblick explodierte in dem Raum mit der niedrigen Decke ein ohrenbetäubender Gewehrschuss.

Gelassen stand eine Frau im Türrahmen, den sie beinahe genauso ausfüllte wie ihr Mann vorher. Mit ihrer Größe von ein Meter fünfundachtzig stand Obedience Oakley da wie eine

Eiche. »Aufgepasst!«, rief sie, und ihre scharf blickenden braunen Augen musterten der Reihe nach jeden Einzelnen der kämpfenden Männer in dem Lokal. »In meinem Donnerrohr stecken noch einige Schüsse. Ein zweites Mal werd ich natürlich nicht an die Decke schießen. Will vielleicht einer der Herrschaften erleben, was ich mit meiner Kanone mache? Aha, das hab ich mir gedacht. Keiner! Also sputet euch!«

Die Männer, Anglos und Mexikaner, Soldaten und Zivilisten, verschwanden so schnell wie Schnee an einem heißen Sommertag. Schließlich waren nur noch Wash, Fouqué und Lee übrig.

»Hör auf, mit dem Ding auf meinen Bauch zu zielen. Es könnte losgehen«, lachte Wash.

Obedience senkte die Schrotflinte und entspannte vorsichtig den Hahn. Dann starrte sie durch den trümmerübersäten Raum auf den dunklen, schlanken Mann, der zwischen dem kleinen Franzosen und dem riesigen Trapper stand. »Das ist doch Lee Velásquez, wenn mich meine alten Augen nicht täuschen! Was, zum Kuckuck, machst du denn hier?«

Der Raum war karg eingerichtet. Die drei saßen auf harten Stühlen mit langen, geraden Lehnen an einem wackligen Tisch. Die Überreste einer herzhaften Mahlzeit aus Hammelfleisch, Maisbrot und einem Vanillepudding zum Nachtisch waren zusammen mit den Kaffeetassen in die Mitte des Tisches geschoben worden.

Lee lehnte sich zurück und lächelte die große Frau an, die ihm gegenübersaß. »Das war die beste Mahlzeit, die ich zu mir genommen habe, seit ich vor fünf Jahren aus Texas weggegangen bin.«

Obedience erwiderte sein Lächeln. Ihr fiel auf, dass der harte Ausdruck aus Lees Gesicht verschwunden war. Sie hatte den Jungen mit dem sonnigen Gemüt kaum wiedererkannt, der Jim Slade auf den Fersen gefolgt war, wenn dieser ihre Pension in San Antonio besucht hatte. Dieser hart wirkende *pistolero* hatte kaum Ähnlichkeit mit dem Jungen Lee, den sie gekannt hatte.

Bis er lächelte. Doch sein Lächeln war traurig und schwermütig, und in den Tiefen seiner unergründlichen Augen lag Schmerz. Obedience Morton Freeman Ryan Jones Oakley – das war ihr vollständiger Name, nachdem sie ihre drei ersten Ehemänner überlebt und Wash geheiratet hatte – besaß großes Einfühlungsvermögen und eine gute Menschenkenntnis.

Während des Essens, bei dem sie ihr fröhliches Wiedersehen gefeiert hatten, hatte Lee angenehm geplaudert und Wash dazu gedrängt, von seinen Abenteuern in den Rocky Mountains zu erzählen. Wash war dieser Aufforderung bereitwillig nachgekommen. Über sich selbst hatte Lee wenig gesagt. Aber sie wusste, dass der Franzose, dem Lee einen Beutel mit Gold gegeben hatte, ein äußerst gefährlicher Mann war. Von Missouri bis Mexiko war außerdem bekannt, wer Kenyon Bristol war und was für Männer er anheuerte.

»Ich glaub, es ist jetzt Zeit für etwas Stärkeres als Kaffee. Wash, kannst du mal einschenken?« Obedience räumte den Tisch ab, während der rothaarige Riese drei großzügig bemessene Schluck Schnaps in saubere Blechtassen goss.

Lächelnd reichte er Lee eine Tasse, während er die andere so in der Hand hielt, dass sie gänzlich verborgen blieb, als er einen Schluck nahm. »Ah! Immer noch der beste, den wir jemals gekauft haben, Schatz!«

Obedience wischte sich die Hände an der Schürze ab und nahm die letzte Tasse, die Wash auf den Tisch gestellt hatte. »Das muss ja auch so sein, wenn man überlegt, welche Menge erstklassiger Pelze du für das halbe Dutzend Flaschen rausgerückt hast. Natürlich geht der glatt die Kehle runter.« Sie wischte sich den Mund mit dem Ärmel ab, nachdem sie einen Schluck genommen hatte.

Lee beäugte den harmlos aussehenden, wahrscheinlich selbst gebrannten Whisky in seiner Tasse. Er roch nicht schlecht und war klar. Man konnte ihn wohl gefahrlos trinken. An üblen Pulque und Mescal gewöhnt, ganz zu schweigen von dem miesen gegärten Maiskornschnaps, der in »kultivierten« Bars verkauft wurde, machte er sich auf ein heftiges Brennen in der Kehle gefasst, als er einen Schluck nahm. Doch nichts dergleichen geschah. Überrascht hob er eine schwarze Augenbraue und sah Obedience an, die unschuldig zu Wash hinüberblickte.

»Unser Grünschnabel scheint ja den Schnaps bei sich behalten zu können. Was meinst du?«

»Ich meine, dass du ihm nachgießen solltest«, gab Wash munter zurück, und die Abendunterhaltung hatte begonnen.

»Ihr beide wollt zurück nach San Antonio? Warum? Ihr habt doch eine wunderschöne Zeit als Trapper verbracht«, erkundigte sich Lee.

Noch immer fragt er uns nur aus und will von sich nichts preisgeben, dachte Obedience. Laut erklärte sie: »Ich habe das Herumwandern satt. Bin überall gewesen: von Tennessee bis Oregon. Ich hab die Rocky Mountains so oft überquert, dass ich mich gar nicht mehr an jedes einzelne Mal erinnern kann. Ich habe einfach Sehnsucht nach einer richtigen Stadt. Meine Wurzeln sind nun mal in Texas.«

»Zum Beispiel in San Antonio?«, hakte Lee wehmütig nach.

»Du vermisst es also auch«, stellte sie fest.

Während er zum Fenster hinaus auf die vom Sternenlicht beschienene Landschaft sah, verlor sein Gesicht etwas von seiner Verschlossenheit und abweisenden Kälte. Er nahm noch einen Schluck von dem starken Alkohol. »Als ich Student in Mexico City war, musste ich immer an Texas denken. Sogar jetzt, nach fünf Jahren auf der Flucht, geht es mir noch so. Ich nehme an, das vergisst man nie.«

»Warum gehst du nicht mit uns zurück?«, schlug Wash vor. »Ich habe auch nie geglaubt, dass ich mich mal irgendwo niederlassen würde, aber mir gefällt dieser Gedanke immer besser.«

»Ich kann nicht«, antwortete Lee knapp. Die Maske der Kälte legte sich aufs Neue über sein Gesicht.

»Man hört so allerhand, Lee«, entgegnete Obedience leise. »Deborah hat mir das Lesen und Schreiben beigebracht. Wir sind in Kontakt geblieben, und sie erzählt mir, was alles in San Antonio passiert. Das Schicksal deiner Frau ist mir sehr nah gegangen, doch Jim Slade kennt Leute, die etwas zu sagen haben, die sozusagen an den Hebeln der Macht sitzen. Ich glaube, Jim könnte dir helfen, deine Probleme mit dem Gesetz zu bereinigen. Du müsstest ihm natürlich schreiben und ihn fragen.«

Unschlüssig zuckte Lee mit den Schultern. Dann kippte er den Schnaps hinunter. Unauffällig füllte Wash nach, während der jüngere Mann sprach. »Einerseits möchte ich schon gern zurückgehen, andererseits fürchte ich mich vor den Erinnerungen.«

»Erinnerungen an das, was dort geschehen ist – oder an deine Taten ... hier?«, fragte Obedience.

»Beides, glaube ich. Auf der Flucht vor den Amerikanern bin ich hier gelandet. Ich wollte nie wieder Englisch hören.« Er lachte bitter. »Ich bin mitten in den Krieg hineingeraten. Noch keine drei Monate nach meiner Ankunft kamen Kearny und Doniphan an und nahmen die Stadt ein, ohne einen einzigen Schuss abzufeuern! Das ganze Land von Texas bis Kalifornien gehörte innerhalb von ein paar Monaten zu den Vereinigten Staaten! Ich hatte mich einem Mann namens McGordy angeschlossen, einem schottischem Söldner, der für den mexikanischen Gouverneur General Manuel Armijo arbeitete. Es sah ganz danach aus, als hätten die Soldaten des Gouverneurs die Apachen- und Komantschen-Banditen nicht unter Kontrolle bringen können, die Zivilisten abschlachteten und Handelskarawanen abbrannten bis hinunter nach Chihuahua City.«

»Ich hab gehört, dass das Kopfgeld für einen Mann Hundert Dollar betrug, für 'ne Squaw fünfzig und für 'n Kind fünfundzwanzig«, bemerkte Wash sachlich. »Das sollen sowohl Mexikaner wie Amerikaner gezahlt haben.« Er hatte einiges von dem gesehen, was die Apachen bei Taos angerichtet hatten, und verurteilte Lee nicht.

»Ich habe mir schon gedacht, dass ihr wusstet, wer Fouqué ist, und vielleicht kennt ihr sogar Bristol«, sagte Lee leise. »Nach ein paar Jahren bei McGordy teilte sich die Gruppe. Im Jahr neunundvierzig brach das Goldfieber aus. Mit ein paar Männern von den Südseeinseln und Fouqués Bruder ging McGordy nach Kalifornien. Ich machte mich auf nach Mexico City. Ich wusste, früher oder später musste ich meinem Onkel gegenübertreten, um ihm zu erklären, was mit dem kleinen Mädchen passiert war, das er so sehr geliebt hat – wie sie gestorben ist.« Er hielt inne und presste die Handballen auf die Augen. Kopfschüttelnd fuhr er fort: »Er war immer so rücksichtsvoll, so liebevoll. Kein einziges Mal hat er mir vorgeworfen, dass ich sie mit nach Texas genommen habe. Aber er spürte die Veränderung, die mit mir vorgegangen war, und er ahnte, was aus mir geworden war, das wusste ich.

Ich ... ich konnte einfach nicht dort bleiben. Deshalb ging ich wieder nach Norden, zurück nach Chihuahua und ließ mich von einem reichen mexikanischen Händler anheuern, dessen Karawane bis nach St. Louis und wieder zurück unterwegs war. Aber da hatte ich schon einen Ruf wie McGordy. Männer kamen in rauen Mengen zu mir, um sich mir anzuschließen. Wir bekamen Kopfgeld und behielten das Vieh, das wir den Indianern wieder abnahmen. Wir haben wohl weit über tausend Weiße befreit, die von Apachen und Komantschen gefangen worden waren. Meistens Mexikaner, gelegentlich auch Anglos.«

»Aber es waren nicht genug, um die Morde aufzuwiegen«, murmelte Obedience. Ihre Stimme spiegelte den Kummer und die Reue wider, die aus der Erzählung ihres jungen Freundes herauszuhören waren.

»Nein, ich schätze, es waren nicht genug.« Lee seufzte und nahm noch einen Schluck. Aber nun begann der gute Whisky Wirkung zu zeigen, wie es die Oakleys erwartet hatten.

»Wenn du dir den Kummer von der Seele redest und dein Herz ausschüttest, kannst du dein Leben neu anfangen. Lass die Vergangenheit hinter dir!« Obedience legte ihre große, raue Hand auf Lees feingliedrige, schlanke Finger.

»Ich habe so oft getötet, dass es zu einem Teil von mir geworden ist. Ich weiß nicht, ob ich jemals damit fertig werde.« Er zog die Hand zurück. »Im letzten März haben wir fünfundsiebzig Mexikaner befreit, meistens Frauen und Kinder. Außerdem brachten wir beinahe tausend gestohlene Pferde und Maultiere zurück – und über zweihundert Skalps«, fügte er grimmig hinzu. »Ich überbrachte die gute Nachricht dem Gouverneur. Minenbesitzer und Kaufleute hatten privat das Geld aufgebracht, um uns für die Skalps zu bezahlen und die Tiere zurückzukaufen. Die Rechnung belief sich auf vierzigtausend Dollar. Aber wie es schien, hatte sich der Gouverneur den Geldfonds für seine Zwecke angeeignet: Er kaufte neue Uniformen für seine Armee. Eine Armee, die nicht einmal die eigene Zivilbevölkerung schützen konnte!«, fügte Lee verächtlich hinzu. »Das Ergebnis war, dass er sich weigerte, uns zu bezahlen. Fouqué und ein paar seiner Shawnee-Freunde trieben die Tiere aus der Stadt hinaus über die Grenze. Die Tiere, die überlebten, verkauften sie für mehr als zehntausend Dollar. Nun versuchte der Gouverneur, mich wegen des ›Diebstahls‹, wie er es nannte, zu verhaften. Ich konnte entkommen, nahm den Rest meiner Leute mit und ging zum größten Händler in der Stadt. Er war derjenige, der das Geld ursprünglich gesammelt hatte. Ich überzeugte ihn, dass er bezahlen müsste, was uns zustand, und dass er sich von Gouverneur Trias seine Auslagen zurückzahlen lassen sollte.«

Wash brach in lautes Lachen aus. »Lass mich raten, wie es weiterging. Der reiche Kerl bekam sein Geld nicht von dem Gouverneur zurück, und deshalb setzten er und Trias ein Kopfgeld auf dich aus.«

»Ja, so wars. Ich konnte mich gerade noch mit meinem Skalp und dem Geld aus Chihuahua absetzen, traf Fouqué in Santa Fe, und wir teilten mit unseren Männern, was wir hatten. Dann übernahmen wir von Bristol den Job, die Komantschen-Banditen aus seinen Minenterritorien zu vertreiben.«

»Wie es aussieht, hast du eine ganze Menge erlebt, was dich an einem Leben als Rancher hindern könnte – wenn du dieses Leben überhaupt aufgeben *willst*«, warf Obedience ein. Als sie die Trauer und die Verzweiflung in seinen Augen sah, war ihr klar, dass er es wollte.

»Was ich will und was ich kann, ist zweierlei.« Lee rieb sich die Schläfen, als wollte er die Erinnerungen zurückdrängen, die ihn quälten: dunkle Albträume, in denen viel Blut floss und grausige Skalpstäbe auftauchten, die ihnen wie die Banner einer siegreichen Armee bei der Ankunft in Chihuahua vorangetragen wurden. Noch immer hatte er jene Frauen in der Wüste südlich von Santa Fe vor Augen: mexikanische Sklavinnen, die sie aus einem Mescalero-Lager befreit hatten. Die Frauen waren furchtbar zugerichtet gewesen, ihre Haut teilweise verbrannt, sie waren geschlagen, und in ihren Augen war das Licht ihrer Seelen erloschen. Sehen meine Augen auch so aus?, fragte Lee sich im Stillen.

»Lass mich darüber nachdenken, Obedience«, bat er. Langsam erhob er sich und grinste sie schief an. »Zum Teufel, ihr habt mich so betrunken gemacht, dass ich mich kaum auf den Beinen halten kann, geschweige denn eine Entscheidung treffen kann, die mein ganzes zukünftiges Leben betrifft – genauer gesagt, was davon noch übrig ist.«

Unsicher wankte er auf die Tür zu. Wash war schnell neben ihm. Gerade als Lees Knie nachgaben, fing er ihn auf und warf ihn sich über die Schulter. Der Riese lächelte seiner Frau zu. »Auf! Richte ein Bett für ihn! Ich glaub, der junge Spund hier hat die nötige Bettschwere. Er wird nicht leichter, wenn ich ihn auf der Schulter habe.«

Kapitel 6

Renaciemento, 1852

Sogar ein halbes Jahr nach ihrer Rückkehr hatte sich Melanie Fleming immer noch nicht auf der Ranch eingewöhnt. Sie hatte es sich leichter vorgestellt. Der Frühling kam, und überall auf den Hügeln leuchteten Wildblumen in Rostbraun, Orange und Gelb. Aber auch diese Blütenpracht heiterte sie nur für kurze Zeit auf, wenn sie ausritt. Dann kehrte sie in das große steinerne Ranchhaus zurück. Es war erfüllt von der Liebe und dem Lachen ihrer Eltern und Geschwister. Genauso war es bei dem Partner der Flemings und seiner Familie, Joe de Villiers. Melanie mochte Cherokee Joe wegen seiner ruhigen, toleranten Haltung, vielleicht aber auch, weil er wie sie selbst von Indianern abstammte.

Joe hatte als Erster ihre Unruhe bemerkt, als sie nach vier Jahren zurückgekehrt war. Auf ihren langen Ausritten hatte er ihr zugehört, wenn sie darüber gesprochen hatte, dass sie sich in den wilden Weiten des nördlichen Texas nutzlos vorkam. Als sie als junges Mädchen auf der riesigen Ranch gelebt hatte, hatte es ihr gefallen, stundenlang zu reiten und die Männer bei der Arbeit zu beobachten: wie sie Wildpferde einfingen und zuritten und Longhornrindern Brandzeichen verpassten. Klein, aber durchaus nicht ohne Schneid, hatte sie sich sogar ihren Brüdern angeschlossen und gelernt, wie man mit dem heißen Brandeisen umging. Sie hatte nicht nur den durchdringenden Geruch versengten Fells kennen gelernt, sondern auch das Fluchen und Schwatzen, das zum Leben auf der Ranch gehörte. Sie hatte Deborah und Joes Frau Lucia in ihren riesigen Gemüse- und Obstgärten geholfen. Darüber hinaus hatte sie noch gelernt zu kochen, einzumachen, kranke Tiere und Menschen zu pflegen, kurzum, sich auf der riesigen Ranch nützlich zu machen.

Aber bei ihrer Rückkehr im letzten Herbst schien der ganze Betrieb auch ohne sie ganz gut zu laufen. Sie wurde herzlich willkommen geheißen, doch alles ging seinen gewohnten Gang. Die Männer und Frauen verrichteten ihre Arbeit auch ohne ihre Hilfe.

Besonders erfreut, sie wiederzusehen, war der junge Vormann ihres Vaters, Micah Torrance. Als sie mit achtzehn nach Boston gegangen war, war er ein einfacher Reiter in der Gruppe gewesen. Ehrfürchtig hatte er zur Tochter seines Chefs aufgeblickt. Doch im Verlauf von vier Jahren hatte Micah sich zum Vormann hochgearbeitet und suchte eine Frau. Wer war besser geeignet als Melanie? Sie war hübsch, tüchtig und sicherlich fähig, ihm eine ganze Reihe schöner, strammer Jungen zu schenken.

Was ihr eigentlich zu schaffen machte, hatte Joe ihr klar gemacht: Sie wurde nicht von den Leuten auf der Ranch ausschlossen. Es lag allein an ihr. Denn sie hatte das Gefühl, begraben zu werden, fernab von der politischen Arbeit, die sie in Schwung gehalten und ihrem Leben Sinn verliehen hatte.

Deborah war ganz ihrer Meinung, was die Emanzipation der Frau und die Abschaffung der Sklaverei betraf, wenn sie auch nicht sehr begeistert davon war, dass Melanie Alkohol strikt ablehnte. Doch Deborah war eine viel beschäftigte, glückliche Ehefrau und Mutter, die einen großen Haushalt zu führen hatte.

Melanie war sich ganz sicher, so nicht leben zu wollen, zumindest nicht, ehe sie nicht ihre politischen Ziele erreicht hatte: die männliche Vorherrschaft zu brechen, die Abschaffung der Sklaverei und den Sieg über den Alkohol. Sie würde Micahs Werben nicht nachgeben, auch in Zukunft nicht, wenn sie vielleicht einmal den Wunsch hatte, eine Familie und einen Hausstand zu gründen, das hatte Joe sofort erkannt.

An einem hellen, kühlen Morgen im April wachte Melanie nach einer unruhigen Nacht auf. Sie blinzelte ins helle Sonnenlicht und rappelte sich hoch. »Früher war ich immer die Erste, die aufstand. Ich war sogar noch vor Papa auf den Beinen. Nun, sieh dir an, was aus dir geworden ist«, murmelte sie, während sie vor dem Spiegel stand und die dunklen Schatten unter den Augen betrachtete.

Seufzend ging sie hinüber zu der Schüssel mit kaltem Wasser, die auf einer massiven, dunkel gestrichenen Waschkommode aus Kiefernholz stand. Wie die meisten Möbel auf Renaciemento war sie sorgfältig gezimmert und schokoladenfarben angestrichen – sie sah ziemlich spanisch aus und war äußerst solide. Früher hatten ihr diese Möbel immer besser gefallen als die fein polierten Ahornmöbel aus Neuengland, die ihr Vater für Deborah nach Renaciemento hatte bringen lassen. Doch jetzt, nach vier Jahren in Boston, kamen ihr die Ahornmöbel wie eine Verbindung zur Zivilisation vor.

Während Melanie sich wusch, anzog und ihr hüftlanges Haar flocht, hatte sie keine Ahnung, dass sie Thema eines Streitgesprächs war, das unten in der Küche stattfand.

»Wir müssen doch etwas unternehmen!«, erklärte Rafe frustriert. »Wir können nicht einfach daneben stehen, während sie ihr Leben vergeudet. Wir sind schließlich ihre Eltern.«

»Nur weil Micah ihr nicht gefällt, heißt das noch lange nicht, dass ›sie ihr Leben vergeudet‹, Liebling«, widersprach Deborah. Sie bemühte sich, ihre Stimme gleichmütig klingen zu lassen, während sie Brötchen auf ein Tablett legte.

»Soweit ich sehe, gefällt ihr überhaupt kein Mann. Sieh dir doch bloß mal an, wie sie sich anzieht! Wenn sie nicht so wunderschön wäre, hätte nicht einmal Micah sie bemerkt. Mein Gott, sie sieht aus wie eine Vogelscheuche!« Rafe nahm einen

Schluck von seinem glühend heißen Kaffee und verzog vor Schmerz das Gesicht.

Deborah seufzte. »Zugegeben, ihre Garderobe lässt wirklich zu wünschen übrig, aber wenn wir in diesem Sommer nach San Antonio zum Einkaufen fahren, können Charlee und ich den Mangel beheben.«

»Du scheinst nicht verstehen zu wollen, worum es eigentlich geht, Deborah. Melanie *will* so unattraktiv wie möglich aussehen. Weggegangen ist sie mit einem ganzen Schrank voller schöner Kleider, und als sie aus Boston zurückkam, hatte sie nur graue und braune Kleider aus grobem Stoff und flache, derbe Schuhe!«

»Gib jetzt bloß nicht meinem Vater die Schuld dafür, dass sie sich so verändert hat! Bei Gott, er hat wirklich alles versucht, sie in die Gesellschaft einzuführen und ihr jede erdenkliche Hilfe zuteil werden lassen«, erwiderte Deborah.

Unruhig rutschte Rafe auf seinem Stuhl hin und her. »Adam gebe ich keine Schuld. Schuld sind Boston und William Lloyd Garrison! Diese politischen Eiferer und ihre Parolen haben aus einem wunderschönen jungen Mädchen eine richtige alte Jungfer gemacht!«

»So ist das also!« Deborahs lavendelblaue Augen funkelten, als sie sich eine Tasse Kaffee einschenkte und ihrem Mann gegenüber Platz nahm. »›Eine richtige alte Jungfer‹ – du meinst wohl, so ähnlich wie ihre schreckliche, blaustrümpfige Mutter, die ja auch in Boston aufwuchs und so weiter. Hör dir doch für einen Augenblick selbst zu, Rafael. Du betrachtest das ganze Leben deiner Tochter nur unter der Frage, ob sie verheiratet ist oder nicht. Wenn sie sich dafür entscheidet, für die Emanzipation der Frau zu kämpfen – für das Wahlrecht, das Recht auf Besitz – oder für das Ende der Sklaverei, dann könnte das ja irgendwelche ängstlichen Gemüter verscheuchen, die sie vor einem schlimmen Schicksal bewahren könnten, einem Schicksal, das in deinen Augen schlimmer ist als der Tod: nämlich eine alte Jungfer zu werden! Wäre es dir vielleicht lieber, dass sie so jemanden wie Oliver Haversham heiratet?«

Rafe zuckte zusammen. »Das war aber ein Tiefschlag, Madam! Micah Torrance lässt sich wohl kaum mit diesem verkommenen Subjekt Haversham vergleichen!« Oliver Haversham war ein Erbschleicher gewesen, der Deborah beinah zur Heirat verführt hätte, wäre nicht Rafe gerade rechtzeitig auf der Bildfläche erschienen.

»Micah ist ganz in Ordnung, das stimmt, nur liebt Melanie ihn nicht. So unpassend manchmal die Wahl der Mädchen ausfällt, die Eltern müssen es akzeptieren«, erklärte Deborah entschieden.

Nachdenklich sah er sie an, während in seine schwarzen Augen ein freches Funkeln trat. »Willst du mich auf subtile Weise daran erinnern, dass dein Vater mich für eine unpassende Partie hielt?«

»Nun ja, wie viele Kreolen aus New Orleans heiraten Frauen aus Boston, die für die Abschaffung der Sklaverei kämpfen?«

»Du weichst der Frage aus, mein schlauer Blaustrumpf. Ich fürchte nur, dass Melanie sich niemals erlauben wird, einen Mann zu lieben, weil ihr die Politik über alles geht.«

Nachdenklich blickte Deborah in ihre leere Kaffeetasse. Sie wählte ihre Worte sorgfältig, als sie bemerkte: »Melanie hatte nicht gerade eine glückliche Kindheit, das musst du bedenken, Rafael. Lily hat sie sogar im Stich gelassen. Doch mit der Zeit hat Melanie erfahren, dass andere Menschen sie von Herzen lieben und schätzen. Ihre Großmutter und Tante, du und ich, ihr Großvater in Boston und ihre kleinen Brüder. Doch sie hat auch gelernt, stolz auf ihr Erbe zu sein. In ihren Adern fließt afrikanisches Blut, das Blut der Cherokees und deins. Es ist ganz natürlich, dass sie die Sklaverei abschaffen will. Und wenn du bedenkst, was die Institution der Nebenfamilie den

Frauen in ihrer Familie angetan hat, kannst du verstehen, dass sie für die Rechte der Frauen kämpft. Wenn viele Männer das nicht begreifen, ist es vielleicht besser, wenn sie fortfährt, für ihre politischen Überzeugungen zu kämpfen, anstatt diese Ideale aufzugeben, zu heiraten und Kinder zu bekommen.«

Einen Augenblick lang saß Rafe schweigend da. Dann fragte er ruhig: »Hast du das Gefühl, deine Ideale aufgegeben zu haben? Würdest du lieber wieder in Boston für die Rechte der Frauen kämpfen, statt dich hier in Renaciemento mit mir zu vergraben?«

Deborah sprang auf. Sie kniete sich halb vor ihren Mann hin, umarmte ihn und barg den Kopf an seiner Brust. »Oh, nein, mein Liebling! Nein! Niemals! Ein anderes Leben kann ich mir gar nicht vorstellen, ein Leben ohne die Kinder und ohne unser Heim. Ich gehöre hierher, an deine Seite, nicht nach Boston. Hier bringe ich deine Kinder zur Welt und ziehe sie auf. Das ist wichtiger als jeder politische Glaubenseifer, einerlei, wie wertvoll die Sache ist, um die es geht. Dich, Rafael, liebe ich mehr als jeden Menschen oder jede Sache auf der Welt!« Mit Tränen in den Augen blickte sie zu ihm auf.

Rafe zog sie auf seinen Schoß und drückte sie fest an sich. Seine Finger spielten in dem langen silberfarbenen Haar, das über ihren Rücken floss. »Oh, du, meine Mondblume, wenn ich daran denke, was du alles durchgemacht hast, was du hast aufgeben müssen – und jetzt bist du schon wieder schwanger ... Bist du sicher, dass ...«

Mit einem schnellen, leidenschaftlichen Kuss brachte sie ihn zum Schweigen. »Nichts könnte mich fröhlicher stimmen als das neue Baby. Immerhin ist Norrie schon sechs. Es ist Zeit, dass wir wieder ein Kind bekommen. Ich liebe mein Leben, und es *füllt* mich wirklich *aus*. Immerhin erziehe ich meine Kinder dazu, an dieselben Ideale zu glauben wie ich selbst.«

Er lächelte schief. »Einerlei, ob das ihr vom Pech verfolgter Vater tut oder nicht.«

»Du kannst mir nichts vormachen. Denn bei all deinem männlichen kreolischen Gehabe geht es dir im Grunde doch nur darum, deine Kinder glücklich zu sehen. Alles, was ich dir sagen wollte, war, dass Melanie ihren eigenen Weg finden muss. Wir können sie nicht in eine gewöhnliche Frau verwandeln, die das Heiraten über ihre Ideale stellt. Aber wer weiß, vielleicht trifft sie ja eines Tages einen Mann wie ihren eigenen Vater, der fähig ist, ihre radikalen Ideen zu akzeptieren.« Sie nahm sein Gesicht in beide Hände und küsste ihn zärtlich auf den Mund.

»Nun ja, zumindest *einige* jener radikalen Ideale«, gab er zweifelnd zurück und erwiderte ihren verspielten Kuss.

Kindergeschrei, unterbrochen von dem laut gerufenen Befehl einer Frau, unterbrach ihren Kuss. Charlee Slades Stimme tönte von der *sala* zur Küche herüber. »Sarah, pass auf Lee auf, bevor er die Vase anfasst. Will, wo sind deine Manieren? Putz dir gefälligst die Schuhe ab!«

Deborah eilte durch das Esszimmer über den Gang in die vordere *sala*. Dort traf sie auf Charlee, die das Kleid ihrer sechsjährigen Tochter in Ordnung brachte, während sie gleichzeitig ihrem neunjährigen Sohn eine widerspenstige Locke aus dem Gesicht strich. Das kleine, schlanke Mädchen mit dem blonden Haar hielt seinen dreijährigen Bruder fest, der gerade die Hände nach einer Vase mit Feldblumen ausstreckte, die auf einem niedrigen Regal stand.

Als Charlee ihre Freundin sah, strahlte sie über das ganze Gesicht, vergaß für einen Augenblick ihre Kinder und warf sich in Deborahs Arme.

»Deborah! Es ist schon so lange her, seit wir uns das letzte Mal gesehen haben. Jim ist dauernd mit dem Viehtrieb beschäftigt und kann nicht kommen. Er hat sich gedacht, dass es Rafe genauso geht. Da er es nicht mehr ausgehalten hat, dass ich ständig davon rede, dich zu besuchen, habe ich ihm eine Alternative angeboten: Er hat mir einige seiner besten Helfer zur Begleitung mitgegeben.« Charlees katzengrüne Augen sprühten vor Übermut.

»Du machst dem armen Jim immer noch das Leben schwer, was?«, fragte Rafe, der seiner Frau gefolgt war. »Wo ist übrigens dieser orangefarbene Fellball mit den schlechten Manieren?« Rafe umarmte Charlee.

Während die Kinder der Reihe nach begrüßt wurden, antwortete Charlee: »Satansbraten ist in dem Augenblick vom Wagen gesprungen, als wir anhielten. Vielleicht ist er hinter einem Maulwurf her – oder gibt es bei euch rollige Katzen?«, entgegnete sie keck.

Mitten in die turbulente Begrüßungsszene platzten Adam, Caleb und Lenore, die aus dem Garten kamen, wo sie ein Frühstückspicknick veranstaltet hatten. Sobald die Erwachsenen Adam, der mit sechzehn der Älteste war, dazu gebracht hatten, die jüngeren Kinder mit zum Corral zu nehmen, wo es neugeborene Fohlen zu sehen gab, gingen Deborah, Rafe und Charlee in die Küche.

»Ich habe eine ganze Menge Neuigkeiten für euch! Doch zuerst will ich dich ansehen«, meinte Charlee, als sie die geräumige, von Sonnenlicht durchflutete Küche betraten. Sie hielt Deborah auf Armeslänge von sich weg und betrachtete sie eingehend. »Jawohl, du bist wirklich schwanger. In deinem letzten Brief hast du geschrieben, dass du Ende Juli entbinden wirst, stimmts?«

Deborah lachte über die vorwitzige Frage ihrer Freundin. »Ja, ich denke, Ende Juli oder Anfang August wird es so weit sein. Und wie ich dir ja auch schon geschrieben habe: Ich fühle mich ausgezeichnet.«

»Der Grund, warum ich es so genau wissen will, ist folgender ...«, begann Charlee sachlich und biss in eines der weichen Brötchen. »In San Antonio gibt es jemanden, der dich ungeheuer gern treffen würde. Zum letzten Mal hast du sie vor ... warte mal, elf Jahren gesehen. Und um es mit ihren eigenen Worten auszudrücken: ›Mein Gott! Gerade mal ein Brief im Jahr kommt über die verdammten Berge!‹«

»Obedience ist wieder da!« Vor Freude wurden Deborahs Augen groß. Dann verdunkelten sie sich. »Oh, Charlee, Washington ist doch nicht ... er ist nicht ge ...«

Charlee lachte. »Nein, er war nicht so rücksichtslos wie die drei Ehemänner vor ihm: Er ist nicht gestorben. Er ist bei ihr. Aber du kennst ja Obedience. Sie fand, elf Jahre als Frau eines Trappers in den Rocky Mountains wären genug. Sie sehnt sich nach ›'ner richtigen Stadt und 'ner weichen Koje‹. Also ...«

»Ihr Mann ist ihr wehrlos ausgeliefert und hatte wahrscheinlich keine Chance«, brummte Rafe mit resigniertem Gesichtsausdruck. Beide Frauen brachen in schallendes Gelächter aus.

»Ganz offensichtlich bist du ihrem Mann noch nie begegnet«, erwiderte Charlee. »Wash Oakley würde glatt den Türrahmen da drüben ausfüllen und die Baumwollbäume draußen in eurem Garten wie Karotten aus dem Boden reißen! Sie haben die Pension für mich übernommen. Und ich muss sagen, darüber bin ich ziemlich erleichtert.«

»Ich dachte, Mrs. Raufing hätte ihre Sache ganz gut gemacht«, wunderte sich Deborah.

Charlee schnaubte empört. »Das war so, bis der alte Cy Witherspoon auftauchte und sie geheiratet hat. Er besaß die Frechheit, ihr das Arbeiten zu verbieten!«

»Kaum zu glauben!«, warf Rafe mit unschuldiger Miene ein.

Deborah sah ihn mit einem gespielt scharfen Blick an. »Nur damit du es nicht vergisst, Liebling: Ich habe die Pension nur deshalb an Charlee verkauft, weil wir viel zu weit entfernt wohnen, um dort nach dem Rechten sehen zu können.«

Charlee fügte hinzu: »Bluebonnet war für mich nah genug, solange Gerta Raufing die Pension betrieben hat. Aber als sie ging, brauchte ich jemand anderen. Wer hätte sich besser dafür geeignet als Obedience? Immerhin gehörte die Pension ja ihr, bevor du sie von ihr übernommen hast, Deborah.«

»Ich kann es gar nicht erwarten, sie wiederzusehen. Oh, Charlee, hat sie sich sehr verändert? Ach, wie albern von mir! Du hast sie ja gar nicht gekannt, bevor sie aus San Antonio wegging.«

»Sie und Wash sind noch immer dabei, sich einzurichten. Sie haben eine ganze Menge Arbeit, um die Pension auf Vordermann zu bringen. Er hat einen ganzen Flügel neu angebaut: vier weitere Zimmer. Die Stadt hat sich so vergrößert, seit du das letzte Mal da warst, Deborah. Ich glaube, du würdest sie kaum wiedererkennen. Da kannst du dir vorstellen, wie erstaunt Obedience und Wash waren. Auf der Laredo Street haben wir eine neue Seifenfabrik, und ein Doktor Heusinger hat eine Apotheke auf der Main Street eröffnet. Das neue Gericht und das Gefängnis sind fertig. Oh, ja, und ein faszinierender alter Mann namens Clarence Pemberton hat eine Zeitung gegründet, den *San Antonio Star*. Sag, dass du mit mir in die Stadt fährst, um Obedience zu besuchen! Sie will dich so gern wiedersehen.«

»Oh, mir geht es da nicht anders«, meinte Deborah und sah zu Rafe hinüber.

Er trat hinter sie und legte die Arme um ihre schlanken Schultern. »Nicht vor der Geburt des Babys, Deborah. Es sind nur noch vier Monate bis zur Entbindung. Eine so weite Reise ist nicht ungefährlich.«

»Als ich zu den Staatsfeierlichkeiten nach Austin gefahren bin, da war ich schon im sechsten Monat mit Sarah schwanger«, erinnerte Charlee ihn.

»Austin ist nur siebzig Meilen von San Antonio entfernt, und

Jim war bei dir. Wir sind beinahe zweihundert Meilen von der Stadt entfernt. Das ist schon ein gewaltiger Unterschied«, konterte Rafe. »Und Jim hat Recht daran getan, mitzureiten. Ich kann jetzt nicht von hier fort, weil wir den Frühlingsviehtrieb haben. In ihrem Zustand ist das einfach zu gefährlich«, erklärte er mit einer Entschiedenheit, die keinen Widerspruch duldete.

Melanie hatte das Geschrei der Kinder gehört und Deborahs und Charlees lautstark geäußerte Wiedersehensfreude. Doch seltsamerweise zögerte sie hinunterzugehen. Gelegentlich nahm Charlee kein Blatt vor den Mund. Großvaters Freunde in Boston hätten sie sogar schon vulgär genannt. Aber Melanie gefiel das. Charlee war jedoch immer eine enge Vertraute von Leandro Velásquez gewesen.

Melanie konnte sich noch an den Tag in Austin erinnern, als Texas ein Staat der Union geworden war. Damals hatte sie Lee und Charlee beinahe wie Schwester und Bruder zusammenstehen sehen. Charlee und Jim hatten auch ihr jüngstes Kind nach Lee benannt.

»Und das ist schließlich aus ihm geworden.« Sie rümpfte die Nase. »Ein Gesetzloser, den man verfolgt, weil er während einer Schlägerei in einer Bar zwei Männer auf brutale Weise ermordet hat.« Dennoch hatte sich Melanie in tiefer Nacht oft in ihrem Bett hin- und hergeworfen, wenn sie sich an Lees attraktives dunkles Gesicht, seine schwarzen eindringlich blickenden Augen und sein strahlendes Lächeln erinnert hatte. Er war ihr erster Jungmädchenschwarm gewesen. Obwohl jetzt schon fünf Jahren vergangen waren, stand ihr immer noch lebhaft vor Augen, wie niedergeschmettert sie gewesen war, als sie in Austin von seiner Heirat erfahren hatte.

Melanie schob die unangenehmen Erinnerungen an Lee Velásquez beiseite und trat auf die Treppe zu, um nach unten zu gehen und Charlee und ihre Kinder zu begrüßen. Als sie vor der Küchentür stand, hörte sie gerade, wie ihr Vater Deborah verbot, in ihrem Zustand zu reisen. Melanie blickte auf den dicken Bauch ihrer Mutter und dachte zornig: Kein Mann wird jemals eine solche Macht über mich haben, dass er mich zur Gefangenen meines eigenen Körpers macht!

Als Charlee sie im Türrahmen auftauchen sah, wandte sie sich Melanie zu und drückte sie fest an sich. »Zumindest ist ein erwachsenes Mitglied der Familie nicht größer als ich«, bemerkte sie liebevoll.

Ebenso wie Deborah betrachtete sie auch Melanie eingehend. Sie kräuselte die mit Sommersprossen gesprenkelte Nase. »Oh, deine Mutter hat mir erzählt, dass du dir in Boston sehr merkwürdige Ansichten zugelegt hast. Aber nie im Leben wäre ich darauf gekommen, dass du deine unglaublich hübsche Figur unter solcher Kleidung verstecken würdest. Selbst als ich schon sechs Monate schwanger war, hatte ich nicht so große Brüste!«

Deborah errötete tief, als sie auflachte. »Charlee, du änderst dich nie!«

Melanie seufzte. Sie wusste ganz genau, wie Männer auf ihren reizvollen Körper reagierten. Das hatte ihr nie gefallen. Außer als Lee dich bewunderte, meldete sich eine innere Stimme. Sie unterdrückte sie und erkundigte sich: »Wie gehts in San Antonio?«

Charlee begann, lang und breit über die Stadt und die aufregenden Ereignisse der letzten Monate zu erzählen. Als sie noch einmal erwähnte, dass in San Antonio eine Zeitung gedruckt wurde, deren Herausgeber aus Massachusetts stamme, leuchteten Melanies Augen auf.

»Was ist das für eine Zeitung? Ich meine, drucken sie auch Berichte aus dem Osten? Über Abolition, den Kampf für die Abschaffung der Sklaverei?«

»Nicht sehr oft«, überging Charlee die Frage, an der sie

kein großes Interesse hatte, »aber der Herausgeber und Chefredakteur sucht noch jemanden, der eine Kolumne über die gesellschaftlichen Ereignisse in der Stadt schreibt. In San Antonio gibt es wunderbare Tanzveranstaltungen, Teegesellschaften und politische Essen – dafür braucht er einen Reporter. Sag mal, hat mir nicht deine Mutter erzählt, dass du in Boston für Zeitungen geschrieben hast?« Charlee sah von Melanie zu Deborah und dann zu Rafe hinüber, der finster vor sich hin brütete.

»Ich habe für den *Liberator* geschrieben«, antwortete Melanie stolz.

»Ein unbedeutendes Blättchen, das Präsident Tyler hart angegriffen hat, als er Texas in die Union aufnahm. Sie nannten es einen Sieg der ›Sklavokratie‹«, warf Rafe mit wachsendem Zorn ein.

»Oh, *darüber* haben wir heftig gestritten«, meinte Melanie. »Mr. Garrison ist eigentlich friedlich wie ein Lamm. Nur seine Rhetorik ist etwas aggressiv. Ich habe ihn darüber aufgeklärt, wie viele Texaner es gibt, die nichts von der Sklaverei halten.«

»Ich kann mir vorstellen, dass du großen Eindruck auf ihn gemacht hast«, erwiderte Charlee ernst.

Rafe schnaubte ärgerlich, während Deborah freundlich lächelte.

Jetzt strahlten Melanies goldbraune Augen. »Ich bin eine erfahrene Reporterin. Ich könnte für diese Zeitung arbeiten. Sogar beim Drucken habe ich geholfen. Glaubst du, der Herausgeber stellt mich ein?«

»Moment mal«, rief Rafe. Doch Deborah legte ihm die Hand auf den Arm und hielt ihn zurück.

»Rafael, wenn sie als Reporterin für die Frauenseite angestellt werden *könnte* ...« Deborah sprach sehr langsam, während sie blitzschnell überlegte.

Charlee griff die Idee sofort auf. »Ja, natürlich könnte sie den Job bekommen. Ich bin ganz sicher. Sie kommt doch auch aus Neuengland, wenn auch nur durch Adoption. Und in Obediences Pension hätte sie eine angemessene Unterkunft. Jim und ich sind auch in der Nähe. Warum eigentlich nicht?«

Begeistert wandten sich zwei lächelnde Gesichter Rafe Fleming zu.

»Warum willst du in San Antonio leben? Du bist doch gerade erst nach Hause gekommen, nachdem du vier Jahre in Boston verbracht hast. Du gehörst hierher, Melanie, zu uns«, beharrte Rafe leise.

Melanie wandte sich ihrem geliebten Vater zu. Dann sah sie Hilfe suchend zu ihrer Mutter hinüber. »Papa, ich bin sehr gern auf Renaciemento, aber seit ich aus der Schule zurückgekommen bin, passe ich irgendwie nicht mehr hierher. Ich *muss* ganz einfach arbeiten, etwas aus meinem Leben machen. Ich möchte nicht nach Boston zurück, obwohl ich Grandpa sehr mag und mir auch die Arbeit bei Mr. Garrison gefallen hat. Doch es gibt eine ganze Menge Dinge, die hier in Texas bewegt werden könnten – das heißt, wenn ich in einer Stadt wäre, für eine Zeitung arbeitete und ein Publikum gewinnen könnte!«

Deborah nickte. »Vielleicht ist es genau das, was wir brauchen, Rafael: eine Möglichkeit für Melanie, auf eigenen Füßen zu stehen und neue Freunde zu gewinnen. Immerhin ist San Antonio eine große Stadt, voll von interessanten, gebildeten ... Leuten.« *Und voller geeigneter Männer.*

Rafe sah zuerst seine Frau an, dann Melanie und Charlee. Geschlagen zuckte er mit den Schultern. »Nun ja, wenn es dich glücklich macht, Prinzessin. Schätze, dass deine Mutter und ich – ganz zu schweigen von deinen Brüdern – sich mit dir arrangieren werden!«

Als Melanie sich mit einem Freudenschrei in seine Arme warf, lächelte er.

Kapitel 7

San Antonio, 1852

Es ist schon so lange her, seit ich das letzte Mal in San Antonio war. Ich erkenne deine Pension gar nicht wieder, Charlee«, sagte Melanie, als die beiden Frauen vor der Pension ankamen.

»Nun ja, eigentlich gehört sie mir schon gar nicht mehr. Ich bin gerade dabei, die letzten Vorkehrungen zu treffen, um sie diese Woche an Wash und Obedience zu verkaufen. All die Jahre, die sie mir gehörte, hatte ich immer andere Leute, die sie für mich geführt haben. Ich glaube, für mich war sie ein Symbol für mein Selbstvertrauen und meine Eigenständigkeit«, meinte Charlee nachdenklich.

Melanie sah auf die couragierte achtundzwanzigjährige Frau, die auf der Reise zur Bluebonnet-Ranch sehr schnell zu ihrer Freundin geworden war. »Ich glaube, ich verstehe das.«

»Natürlich verstehst du es. Schließlich hat Deborah dich ja erzogen, nicht wahr?«, erwiderte Charlee. »In gewisser Weise hat sie auch mich erzogen, obwohl wir altersmäßig nicht so weit auseinander sind. Als ich in ihre Pension kam, war ich ein verängstigtes Kind, das gerade eine katastrophale Beziehung mit einem arroganten texanischen Rancher hinter sich hatte.«

»Jim?«, fragte Melanie, obwohl sie sich sicher war, dass es sich um Charlees Mann handeln musste.

»Ja. Und ich war ein dürres, tollpatschiges hinterwäldlerisches Mädchen aus Missouri, das sich unsterblich in diesen eleganten *Rancher* verliebt hatte, der mit einer schicken

Tejana verlobt war. Deborah brachte mich auf Vordermann und verwandelte mich in eine Frau, die als Lady durchgehen konnte … wenn ich das wollte.« Sie zwinkerte Melanie zu, die hell auflachte. »Deborah brachte mich auch dazu, darüber nachzudenken, was es bedeutet, eine Frau zu sein, die auf eigenen Füßen steht und keinem Mann verpflichtet ist.«

»Ich weiß, was du meinst. Mama und ich haben über die Jahre viele lange Gespräche geführt, seit ich bei ihr und Papa lebe. Sie hält große Stücke auf Obedience. Von ihr hat sie gelernt, auf eigenen Füßen zu stehen, als sie damals im Jahr sechsunddreißig nach Texas kam. Ich habe so viele Geschichten über Obedience gehört, dass ich es kaum noch erwarten kann, sie kennen zu lernen.«

Charlee lachte. »Warte nur, meine Aufsehen erregende Kämpferin gegen die Sklaverei! Du wirst überwältigt sein. Selbst Satansbraten betrachtet Obedience Oakley mit Respekt, seit er damals ein Stück Schweinefleisch vom Tablett gestohlen hat, während sie das Abendessen zubereitete.«

Melanie wusste, dass der alte orangefarbene Kater ein eigensinniger Räuber war. Mit gerunzelter Stirn legte sie den Kopf schief. »Was hat Obedience mit ihm angestellt?« Solange Melanie zurückdenken konnte, hatte sich noch niemand mit dem riesigen, mit Narben übersäten »Kampf-Kater« angelegt, ohne den Kürzeren zu ziehen.

In Charlees grüne Augen trat ein heiteres Funkeln. »Eigentlich habe ich gar keine Lust, es zu erzählen und seinen Ruf damit zu ruinieren. Sie hat ihn nämlich mit beiden Händen gepackt – die eine um seinen Schwanz, die andere im Würgegriff an seiner Kehle – und seinen Kopf so weit zurückgebogen, bis er das Stück Schweinefleisch wieder ausgespuckt hat. Dann hat sie ihn in ein Fässchen mit Weinessig getaucht, um, wie sie sagte, ›dem Halunken die Lust am Klauen auszutreiben!‹«

Bei der Vorstellung eines triefend nassen Katers, der sich Senfkörner und Dillkräuter aus dem Fell schüttelte, musste Melanie laut auflachen. »Ich kann es wirklich kaum erwarten, sie kennen zu lernen.«

»Na, da schau an! Es ist aber wirklich Zeit, dass du wieder auftauchst, Charlee. Wo ist denn Deborah?« Eine tiefe, sonore Stimme tönte über die vordere Veranda des großen weißen Holzhauses. Dann folgte das Knarren der hölzernen Stufen, als Obedience angelaufen kam. »Du musst Deborahs Tochter Melanie sein. Sie hat geschrieben, dass du ihrem Vater ähnlich siehst und eine große Schönheit bist. Das ist auch wirklich wahr, Kind.« Die groß gewachsene Frau hob Melanie von den Füßen, als sie das Mädchen zur Begrüßung an sich drückte wie eine Bärenmutter ihr Junges.

Nach Luft ringend, entgegnete Melanie: »Ich freue mich sehr, dich endlich kennen zu lernen, Obedience. Mama hat mir so viel von dir erzählt.«

»Wo sind denn deine Mama und dein Papa? Ich hätte den Kerl nach so vielen Jahren endlich mal gern gesehen«, antwortete Obedience.

Es war für Melanie schwierig, zu sagen, ob in Obediences Frage nur Neugier oder auch Feindseligkeit mitschwang.

»Sie sind noch immer in Renaciemento. Mama erwartet Ende Juli ihre Niederkunft, und Papa wollte sie nicht so weit reisen lassen, solange das Baby noch nicht geboren ist.«

»Ich hab dem überfürsorglichen Narren versucht zu erklären, dass es ihr nichts ausmachen würde. Aber du weißt ja, wie Männer sind!«, warf Charlee in herablassendem Tonfall ein. »Jim meint noch immer, ich sollte nicht allein in die Stadt reiten.«

»Ojemine! Ich bin *sicher*, du hast ihm die Sache klar gemacht, aber ich kann mir gar nicht vorstellen, dass meine Deborah solchen Katerdummheiten nachgibt – es sei denn, es geht ihr schlecht.« Besorgt kniff sie die Augen zusammen und sah Melanie fragend an.

»Oh, nein. Ganz im Gegenteil. Es geht ihr ganz ausgezeichnet. Doch jetzt, da der Viehtrieb ansteht, konnte Papa nicht fort. Sie haben beschlossen, bis zum Herbst zu warten, wenn sie zusammen mit der ganzen Familie kommen können. Niemand – nicht einmal Papa – kann meine Mutter dazu bringen, etwas zu tun, was sie nicht will«, versicherte Melanie, die nichts auf ihre Mutter kommen ließ.

Lachend stieg Charlee die Treppe hinauf. »Kommt rein, und wir erzählen dir, was Melanie in San Antonio vorhat …«

»Du glaubst also, du könntest diesen Esel Pemberton dazu bringen, dir einen Job bei seiner Zeitung zu geben?«, fragte Obedience. Als sie Melanies entschlossen emporgerecktes Kinn sah, beantwortete sie ihre Frage selbst. »Ja, vielleicht schaffst du das sogar.«

»Ich stamme auch aus Neuengland, zumindest durch meine Adoption, und ich habe für Zeitungen in Boston gearbeitet«, berichtete Melanie.

»Wir haben Rafe davon überzeugt, dass du und Wash die richtigen Anstandsdamen für seine älteste Tochter seid«, fügte Charlee schalkhaft hinzu.

»Warum auch nicht? Ich hab jetzt schon drei Enkeltöchter in Tennessee. Schätze, da kann ich mir auch noch eine vierte in San Antonio zulegen!«

»Ich weiß, du bist in guten Händen, Melanie. Nicht dass du Hilfe wirklich nötig hättest«, fügte Charlee schnell hinzu. »Wenn ich noch rechtzeitig nach Hause kommen will, bevor ein schlecht gelaunter, weizenblonder Texaner in die Küche gestürmt kommt und sein Essen verlangt, muss ich mich jetzt auf die Socken in Richtung Bluebonnet machen.«

Melanie konnte ein Lachen nicht unterdrücken. Da sie den ›ach so Furcht erregenden‹ Jim Slade bei vielen Gelegenheiten gesehen hatte, konnte man sie nicht hinters Licht führen, genauso wenig wie Obedience. »Ja, mach dich nur auf den Weg! Ich bring dir die Papiere, sobald der Rechtsanwalt sie fertig hat. Es ist wirklich ein gutes Gefühl, wieder eine Frau mit Eigentum zu sein, nachdem ich in elf Jahren ein halbes Dutzend Mal bis zur kanadischen Grenze und wieder zurück gezogen bin und immer nur Fallen aufgestellt habe.«

Gedankenvoll legte sie eine Pause ein, während sie auf die Haustür zugingen. »Schätze, dass jede Frau die eine oder andere Dummheit für den Mann begeht, den sie liebt. Man muss nur sicher sein, dass es der *richtige* Mann ist! Das ist das einzig Wichtige dabei.«

Die älteren Frauen lachten, doch Melanie erklärte in jugendlicher Unerfahrenheit: »Ihr sprecht von euch selbst. Ich habe nicht die Absicht, jemals eine Dummheit für *irgendeinen* Mann zu begehen.«

»Darauf würd ich nicht wetten«, meinte Obedience augenzwinkernd zu Charlee.

Das Zeitungsbüro befand sich im älteren Teil der Stadt in einem kleinen, weiß angestrichenen Holzgebäude, das zwischen zwei großen Läden in spanischem Stil eingezwängt war. Auf dem großen Glasfenster neben der Eingangstür stand in sauberen Lettern *San Antonio Star*.

Melanie spähte durch die schmutzige Scheibe ins Innere und konnte in der staubigen Dämmerung die vertrauten Umrisse einer Washingtoner Handpresse erkennen. Es war noch sehr früh, nicht einmal acht Uhr. Aber welcher gute Zeitungsmann wäre jetzt noch nicht auf den Beinen? Sie rückte ihre schmucklose Strohhaube zurecht, glättete das geschäftsmäßig aussehende Kostüm und klopfte fest an die Tür.

Hinter dem metallenen Gestänge der Presse kam ein alter Mann hervor, trat an die Tür und öffnete. Zur Begrüßung neigte er freundlich den Kopf. »Guten Morgen, Mamsell, Mr. Pemberton ist noch nicht da. Ich bin sein Assistent Amos Johnston.«

Melanie lächelte und reichte dem Schwarzen die Hand. Hastig zog er einen Lappen aus der Hosentasche, wischte sich die Druckerschwärze ab und erwiderte mit spitzen Fingern ihre Begrüßung. Sie liebte den vertrauten Geruch von Leinöl und Druckerschwärze. »Ich heiße Melanie Fleming, und ich möchte Mr. Pemberton wegen einer Stelle sprechen.«

Amos Johnstons runzeliges Gesicht nahm einen verwirrten Ausdruck an. »Eine Stelle, Mamsell?«

»Ja. Als Reporterin. Meine Freunde, die Slades von der Bluebonnet-Ranch, haben mir gesagt, er sucht jemanden, der die Gesellschaftsnachrichten übernimmt.«

»Oh, äh, nun ja, da weiß ich nicht genau Bescheid. Wenn es Ihnen nichts ausmacht, kommen Sie bitte heute Nachmittag wieder. Dann ist er sicher wieder zurück. Er ist losgegangen, um ein Interview mit jemandem zu führen, der hier geboren und aufgewachsen ist. Der Mann ist dann weggegangen und Kopfgeldjäger in Chihuahua geworden. Vorige Woche kam der Bursche zurück, jedenfalls hat das Mr. Pemberton so erfahren. Er lebt irgendwo außerhalb der Stadt, aber wie ich meinen Chef kenne, wird er ihn finden und seine Story kriegen.«

»Dann ist er also gleichzeitig sein eigener Reporter, Leitartikelschreiber und Anzeigenbeschaffer. Sind Sie sein einziger Angestellter?«, fragte Melanie, als sie ein Exemplar des *Star* vom Vorabend unter dem Arm hervorzog.

»Ja, Mamsell, äh, Miss Fleming. Ich bin mit Mr. Pemberton aus Massachusetts hierher gekommen. Er ist ein guter Zeitungsmann mit hohen Ansprüchen. Wahrscheinlich hat er deshalb noch keinen Reporter eingestellt«, meinte Amos unbehaglich. Und er wird niemals eine Frau einstellen!, fügte er im Stillen hinzu.

»Ich sehe, er ist ein Fachmann: Er schreibt eindringliche Leitartikel, benutzt gute Schlagzeilen und sorgt für einen klaren Umbruch. Und Sie sind ein guter Drucker, Mr. Johnston. Dennoch kann ich klar erkennen, dass Sie beide Hilfe benötigen. Mr. Pemberton übernimmt die Nachrichten vom Stadtrat und von der Frauenvereinigung, ohne sie zu überarbeiten oder zu überprüfen, nicht wahr?« Als der alte Graukopf nickte, fügte Melanie hinzu. »Ich weiß, er hat ganz bestimmt keine Zeit, sie noch einmal zu überarbeiten. Aber der Stil ist unbeholfen, und die Nachrichten könnten sich wiederholen oder eine bestimmte Tendenz aufweisen, wenn er nur das nimmt, was ihm angeboten wird, und es einfach druckt. Ich könnte über Stadtratssitzungen, Prozesse, Damenzirkel und gesellschaftliche Ereignisse berichten«, fügte sie im Tonfall einer Märtyrerin hinzu.

»Wenn ich Sie recht verstehe, haben Sie schon einmal bei einer Zeitung gearbeitet.« Für Amos war klar, dass die entschlossene junge Dame etwas vom Zeitungsmachen verstand.

»Ja, in Boston, beinahe vier Jahre lang«, antwortete sie. »Richten Sie doch bitte Mr. Pemberton aus, dass ich pünktlich um vierzehn Uhr wieder da sein werde.«

Clarence Vivian Pemberton war ein hoch gewachsener Mann mit nach vorne fallenden Schultern, der um die Leibesmitte herum schon etwas fülliger war. Auch sein Haar lichtete sich bereits. Im nördlichen Maine als zweiter Sohn eines reichen Farmers geboren, war er im rebellischen Alter von einundzwanzig nach Philadelphia gegangen. Scharfsinnig und von schneller Auffassungsgabe, hatte er im Handumdrehen seinen Weg gemacht. Nach einer Lehre in einer Druckerei in Philadelphia hatte er bei Zeitungen von Vermont bis Virginia als Journalist gearbeitet und schließlich seine eigene kleine Zeitung in Concord, Massachusetts, herausgegeben.

Als Pemberton an diesem Nachmittag am Mietstall vom Pferd stieg, schalt er sich selbst zum tausendsten Mal mit harschen Worten, so töricht gewesen zu sein, in diese gottverlassene Wildnis überzusiedeln. »San Antonio, das Paris des Südwestens, wo der Zylinder mit dem Sombrero konkurriert«, murmelte er vor sich hin, während er sich seinen schmerzenden verlängerten Rücken rieb.

»Stimmt etwas nicht, Mr. Pemberton?«, fragte Whalen Simpson, der Mietstallbesitzer, dienstbeflissen.

»Ich bedauere lediglich den Tag, an dem der Mensch auf den Gedanken verfiel, die *species equus* zu zähmen, lieber Freund. Wenn es hier in dieser gottverlassenen Gegend doch bloß *Straßen* gäbe, dann könnte man wenigstens mit einer Kutsche fahren.«

»Das kommt ganz darauf an, wo Sie hinwollen«, antwortete Whalen höflich. Was ist doch dieser Yankee für ein Narr!, dachte er bei sich. Hat wahrscheinlich noch Glück gehabt, dass er nicht skalpiert wurde!

»Ich musste zu einem ausgebrannten Ranchhaus eine ganz schöne Strecke von der Stadt entfernt. Unglücklicherweise ist mir meine Beute entwischt«, berichtete Pemberton mürrisch.

»Hab gar nicht gewusst, dass Sie 'n Jäger sind«, entgegnete Simpson. Prüfend gingen seine Blicke über den erschöpft aussehenden Zeitungsmann. Er trug keine Waffen.

Die Augen zum Himmel verdrehend, marschierte der ältere Mann davon, während er über den vergeudeten Morgen fluchte.

Als Pemberton die Tür zur *Star*-Redaktion öffnete und eine junge Frau vorfand, die in viel zu großen, ungebügelten Kleidern züchtig auf einem Stuhl saß und mit Amos sprach, wurde seine Stimmung nicht besser.

Während er eine struppige weiße Braue in die Höhe zog, schien er die junge Frau förmlich mit durchdringenden Blicken aus blassblauen Augen zu durchbohren. Sein Neuengland-Akzent hatte sich in fünfzig Jahren in einen Furcht einflößenden näselnden Tonfall verwandelt. »Und wer, bitte schön, sind Sie, junge Frau?«, wollte er wissen.

Wie von der Tarantel gestochen, fuhr sie in die Höhe und stellte sich vor den hoch gewachsenen Mann. »Ich bin Melanie Fleming, Mr. Pemberton, und ich bin gekommen, um mich als Reporterin zu bewerben. Die Slades haben mir erzählt, dass Sie jemanden suchen.«

»Das stimmt. Ich suche einen Mann, der Nachrichten sammeln und schreiben kann. Sie entsprechen wohl kaum den Anforderungen«, erwiderte er und musterte ihr zierliches Gesicht und die kleine Gestalt von oben bis unten.

»Ich habe schon früher für Zeitungen gearbeitet, Storys recherchiert und geschrieben. Ich habe sogar beim Drucken geholfen und Zeitungen ausgeliefert«, erklärte sie mutig.

»Sie kann mit den Buchstaben im Setzkasten umgehen, das kann ich bezeugen, Mr. Pemberton«, warf Amos ein. »Und sie hat auch an einer Washington-Handpresse gearbeitet«, fuhr er fort, ehe Clarence ihn mit einem finsteren Blick zum Schweigen brachte.

»Ihr ›Bankpräsidenten-Aussehen‹ jagt mir keine Angst ein«, sagte Melanie kühn ins Blaue hinein.

»Bankpräsidenten-Aussehen?«, wiederholte Pemberton. Er schien leicht verwirrt zu sein.

»Mein Großvater, Adam Manchester, ist Präsident der Union National Bank in Boston. Er steht genauso da und starrt die Leute auch so scharf an. Meistens geben sie dann klein bei.«

»Aber bei Ihnen wirkt das nicht, wenn ich Sie recht verstehe«, stellte er giftig fest.

»Richtig. Bei mir wirkt es nicht. Ich bitte auch nicht um einen Gefallen. Ich bin für die Arbeit, die Sie haben, qualifiziert. Hier sind meine Referenzen.« Sie zog ein Bündel Papiere aus ihrer Handtasche und reichte es Pemberton. »Da Sie aus Concord kommen, interessiert es Sie vielleicht, dass ich mehrere Male für Mr. Garrison gearbeitet habe, als Sie den *Register* herausgegeben haben. Ich habe über die Flucht befreiter Sklaven mithilfe einer Untergrundorganisation berichtet. Eins der Verstecke lag unmittelbar vor Concord.«

»Sie haben für Garrisons *Liberator* geschrieben?« Pembertons Stimme verriet nur wenig Überraschung.

»In der Tat – und für den *Sentinel* und den *Challenger*«, antwortete sie stolz.

»Das spielt dennoch keine Rolle. Das war in Neuengland. Da läuft alles glänzend, wenn man von Intellektuellen und Blaustrümpfen umgeben ist. Das hier ist die texanische Wildnis. Hier weht ein anderer Wind.« Er verzog das Gesicht über seinen eigenen schlechten Scherz.

»Mr. Pemberton, ich bin in Texas aufgewachsen, oben im Norden auf einer großen Ranch, die mein Vater der Wildnis abgetrotzt hat. Ich bin kein Neuling hier, und ich habe während der letzten vier Jahre bei meinem Großvater in Boston ganz bestimmt kein behütetes und bequemes Leben geführt. Ich war bei den Krawallen um das Gesetz über flüchtige Sklaven im Herbst achtzehnhundertfünfzig. Als der Mob beinahe Mr. Garrisons Büro abgebrannt hätte, war ich bei ihm. Ich habe mich mit Flüchtlingen in rattenverseuchten Kellern versteckt und bin von betrunkenem Pöbel angegriffen worden.

Man hat sogar auf mich geschossen. Nichts hier in San Antonio kann mir Angst einjagen«, beendete sie die Rede über ihre kühnen Heldentaten.

»Und warum haben Sie trotz dieses glanzvollen Lebens Boston verlassen und sind hierher gekommen, in diese Steppe am Camino Real?«, hakte er mit beißender Ironie in der Stimme nach.

»Meine Familie ... genauer gesagt, meine Eltern, wollten, dass ich nach Texas zurückkomme. Texas ist meine Heimat«, meinte sie ausweichend.

»Lassen Sie mich raten! Sie fanden das Rancherleben einfach zu öde. Nur dem Skalpiermesser von Komantschen oder mexikanischen Banditen zu entkommen, war keine Herausforderung für Sie, deshalb ritten Sie in den Sonnenuntergang nach San Antonio, um dort Ihr Glück zu versuchen.«

»Der einzige Grund, warum Sie meine Referenzen nicht in Betracht ziehen wollen, besteht darin, dass ich eine Frau bin, nicht wegen mangelnder Qualifikationen«, konterte sie mit so viel Gleichmut, wie sie aufbringen konnte.

»Eine Frau in San Antonio ist noch immer auf die Rücksichtnahme einer barbarischen Bevölkerung angewiesen. An der Grenze können Frauen sich nicht selbst verteidigen.«

»Es sind arme, schutzlose Wesen wie beispielsweise Obedience Oakley«, entgegnete sie ironisch.

Pemberton legte den Kopf schief und hob eine Augenbraue. »Die in der Tat beeindruckende und auch gefährliche Mrs. Oakley bildet da wohl eine Ausnahme. Aber sie bewirbt sich ja nicht um den Job.«

»Sie und meine Mutter haben zusammen die texanische Revolution mitgemacht, und ich wohne jetzt in ihrer Pension. Sie meint, dass ich jede Aufgabe, die Sie mir geben, bewältigen kann. Der gleichen Meinung sind Charlee und Jim Slade.« Ihr Ärger wuchs mit jedem halsstarrigen Einwand ihres Gegenübers.

Bei der Erwähnung Jim Slades spitzte Mr. Pemberton die Ohren. »Sie kennen also die Slades?«

»Ja, das hab ich Ihnen doch schon gesagt. Außerdem bin ich in seinem Haus Senator Houston begegnet. Ich bin sicher, dass ich Ihnen ein paar großartige Storys über die Politik in Washington liefern könnte«, behauptete sie kühn, in der Hoffnung, dass ihre Chancen dadurch stiegen.

Pemberton schien es sich noch einmal zu überlegen. Er las ihre Referenzen. Dass sie für einige radikale Journale der Frauenemanzipation geschrieben hatte, war ebenso wenig überraschend wie ihre Arbeit für die Temperenzler, aber die Empfehlung von Garrison war höchst ungewöhnlich. Er legte die Papiere auf seinen überladenen Schreibtisch. »Heute Morgen bin ich losgezogen, um einen bemerkenswerten Burschen zu interviewen. Wenn er einverstanden gewesen wäre, mit mir zu reden, hätte ich sicherlich eine fantastische Story gehabt. Er ist so etwas wie ein Gesetzloser, obwohl er von den Verbrechen, die ihn zur Flucht aus Texas zwangen, freigesprochen wurde. Seine kriminellen Eskapaden in Neu Mexiko und Chihuahua liegen außerhalb der Reichweite der texanischen Rechtsprechung.«

»Meinen Sie den Kopfgeldjäger, von dem Amos mir erzählt hat?« Sie hoffte, dass ihre Stimme sich vor Überraschung nicht überschlug.

»Genau den«, stimmte Pemberton trocken zu. »Sein Leben ist höchst interessant, und er hat Verbindungen zu unserem illustren Senator Houston und Jim Slade, der ganz zufällig für seine juristische Entlastung sorgte, sodass er nicht mehr von den Behörden verfolgt wird. Es sieht so aus, als hätte der junge Verbrecher die beiden Ranger in einem Akt der Vergeltung getötet. Sie hatten seine Frau und ein paar seiner Arbeiter ermordet.«

Plötzlich krampfte sich Melanies Herz zusammen, und

ihr Gesicht wurde kreidebleich, während Pemberton fortfuhr.

»Ja, er hat in der Tat einen ungewöhnlichen Lebenslauf. In Texas geboren, ausgebildet an der Universität von Mexico City. Sechs Jahre lang hatte man in Texas ein Kopfgeld auf ihn ausgesetzt. Er war ein Freund Sam Houstons, der viel für die Indianer übrig hatte, und gleichzeitig ein brutaler Mörder, der ein Vermögen damit erworben hat, dass er im Apachenland Kopfgelder von Wilden sammelte. Ja, Leandro Angel Velásquez hätte eine außerordentliche Geschichte zu erzählen, wenn er – durch weiblichen Charme – dazu überredet werden könnte, auszupacken.« Pemberton hielt inne und betrachtete ihre Kleider, die ohne jeden Schick waren, und in ihr versteinertes Gesicht.

»Natürlich sehen Sie nicht gerade wie eine *femme fatale* aus, die ihn dazu bringen könnte, seine innersten Geheimnisse preiszugeben«, meinte er spöttisch.

»Wenn ich ihn dazu bringen kann, mit mir zu reden, und ich die Story schreibe, bekomme ich dann den Job?« Melanie zwang sich, ruhig und gleichmäßig zu atmen, während sie darauf wartete, dass Pemberton sie ansah. In seinem Gesicht lag unverhohlene Überraschung.

Er hielt sie fest, spürte, wie ihr zarter, geschundener Körper leblos an seine Schulter sank, wie ihr Blut sein Hemd tränkte. Er legte sie aufs Bett zurück und starrte in ihre Augen, die ihn einstmals so sanft und bewundernd angeblickt hatten und die nun trübe waren von Grauen und Tod. Dann begann sich ihr Gesicht zu verändern; die kalkige Blässe verwandelte sich in bronzene Sonnenbräune, und die feinen Gesichtszüge wurden gröber. Sie war eine mexikanische Bauersfrau, die Frau irgendeines Farmers. Von wiederholten Folterungen war ihre

Nase ganz weggebrannt, in ihren Augen spiegelte sich Hoffnungslosigkeit, und doch baten sie gleichzeitig um Verständnis, während sie auf dem verbrannten Boden vor dem Wigwam von Red Coyote lag. Flammen loderten um sie herum, und ein Apachenspieß stak ihr in der Seite. Kraftlos lag sie da im Sterben und starrte den Mann an, der zu spät gekommen war, um sie zu retten. Er hörte die Schreie der Mescalero-Krieger, die sich in die Schlacht stürzten, und das ebenso Furcht erregende Gebrüll seiner eigenen Kameraden, als sie in das Lager einritten, schießend, stechend, tötend.

Und wieder wechselte das Bild. Noch mehr Blut. Doch diesmal war es geronnenes Blut. Es klebte an Skalpstäben, deren blutige Last leise im Wind knirschte und rauschte, während die Männer in Chihuahua City einritten.

Plötzlich verebbten die Geräusche, und der Gestank des Todes verschwand. Silbern schimmerte der Mond. Mit einem Aufschrei fuhr Lee in der warmen Nachtluft von seinem Lager hoch. Er war schweißgebadet. Dann sank er zurück und legte sich auf den Bauch, um gegen die heftigen Wellen der Übelkeit anzukämpfen, die ihn zu übermannen drohten. Albträume, diese verdammten Albträume aus der finstersten Hölle, suchten ihn wieder heim.

Er rappelte sich hoch. Auf wackligen Beinen stehend, atmete er tief ein und füllte die Lungen mit der klaren, frischen Nachtluft. Dann setzte er sich in Bewegung. Er hatte kein bestimmtes Ziel, wollte nur fort von der primitiven Hütte und seinem Schlafsack, fort von den Albträumen, die ihn wie finstere Dämonen verfolgten.

»Dieser verdammte neugierige Reporter, der in meiner Vergangenheit gegraben hat«, murmelte er vor sich hin. »Der hat alles wieder aufgerührt!« Lee fluchte vor sich hin. Dann lächelte er grimmig, als er den alten, gebeugten Mann vor sich sah, wie er auf einer gebrechlichen, alten Mähre davontrottete, die er sich offenbar in Whalen Simpsons Mietstall besorgt hatte.

Lee rieb sich die Augen und ließ seine Gedanken zu dem jungen Mann zurückwandern, der er einmal gewesen war, vor den Albträumen und vor den Ereignissen, die sie verursacht hatten. Kein Wunder, Onkel Alfonso, dass dir vor drei Jahren in Mexiko vor mir gegraut hat!, dachte er seufzend. Lee konnte noch immer den Schock und den Kummer auf dem Gesicht des sanftmütigen, alten Mannes sehen. Dabei hast du dir nur im Geiste vorgestellt, was aus mir geworden ist. Gott sei Dank hast du nie die ganze Wahrheit erfahren!

Lee verdrängte die Vergangenheit aus seinen Gedanken und dachte an die Zukunft. Sollte er hier bleiben? Noch einmal von vorn anfangen? Sein Blick wurde von den geschwärzten Ruinen angezogen. Seine ausgebrannte Ranch hob sich als Silhouette von dem sternenübersäten Nachthimmel ab. Der steinerne Schornstein mit dem großen Kamin und die angekohlten Balken der *sala* waren die einzigen Überreste seiner lang gehegten Träume. Er hatte das Haus, das vor mehr als zwanzig Jahren von Komantschen niedergebrannt worden war, wieder aufgebaut. Vor sechs Jahren war es wieder zerstört worden, diesmal von Anglos. Lohnte sich die Mühe, es noch mal zu errichten, wo er schon zwei Mal bezwungen worden war?

Was will ich noch vom Leben?, grübelte er. Ganz bestimmt ein Ende des blutigen Gemetzels. Aber sollte er wirklich seine Existenz neu gründen, wieder Farmer werden und den Traum seiner Familie verwirklichen und heiraten? Dieses Unterfangen barg viele Gefahren und möglicherweise noch mehr Leid und Schmerz.

Er ging zu Sangre Azul hinüber, der geduldig wartete, bis sein Herr herangekommen war. Der große Hengst war beinahe ein Teil seines eigenen Körpers geworden. Auf der

Flucht aus Texas war der Rotschimmel sein ständiger Begleiter gewesen, und auf den Wanderungen und Streifzügen durch Neu Mexiko und Chihuahua hatte es ihn vor vielen Gefahren bewahrt. Wie oft hing das Leben eines Mannes von der Schnelligkeit und Ausdauer seines Pferdes ab!

Sangre hatte ihn nie im Stich gelassen. Jetzt wusste der Hengst, dass sein Herr losreiten wollte. Lee schwang sich auf das sattellose Pferd und trieb es mit einem sanften Stoß in die Flanken zu einem langsamen Galopp an.

Während er den kühlen Nachtwind im Gesicht spürte, überließ er sich dem Rhythmus seines Pferdes, der den Aufruhr in seinem Innern beruhigte. Seit er als kleiner Junge mit seinem Vater hier geritten war, kannte er jeden Fleck in der Gegend. Ohne zu wissen, warum, wandte er sich nach Süden, wo ein offener, flacher Canyon lag. Hier hatten er und sein Bruder Tomás sich am liebsten versteckt. Durch den Talgrund schlängelte sich ein kleiner Fluss, ein Teil des San Antonio-Flusssystems, das hunderte von Meilen unterirdisch um die Stadt herumführte und hier und da in märchenhaft schönen Bächen und Teichen wie diesem kleinen Flüsschen zu Tage trat.

Lee stieg ab und betrachtete die Gräser und blühenden Sträucher, die hier wuchsen. Ein Gruppe Weiden am Ende des Canyons, wo das Flüsschen wieder im Erdboden verschwand, lockte ihn an. Zackige Spitzen des so genannten Spanischen Dolches erhoben sich auf den trockeneren Stellen der Abhänge wie Wächter für schlafende Konquistadoren.

Silbrig und unwirklich lag die Landschaft im Mondlicht. Am Ufer des Baches kniete er nieder, tauchte die Hand in das kalte, sprudelnde Wasser und trank. Dabei fiel ihm ein hellgelber Fleck ins Auge, der im Licht des Nachthimmels leuchtete. Lee erhob sich. Langsam und ganz leise näherte er sich der Pflanze, als pirschte er sich an ein wildes Tier heran. Auch diese Blume war wild und unglaublich schön. Es war eine

Nachtschlüsselblume. Ihre zarten Blütenblätter hatten sich geöffnet, als wollten sie den Mond umarmen. Es war eine Blume der Nacht, die nie im sengenden Sonnenlicht überleben könnte, das die übrige Wüste jeden Tag zu üppigem Leben erblühen ließ.

»Nachtblume«, flüsterte er leise, während er die Hand ausstreckte. Doch dann hielt er wenige Zentimeter vor ihrer verlockenden Schönheit inne. »Ich frage mich, ob du nächstes Jahr wieder hier sein wirst, um das Sommermondlicht zu begrüßen? Und wo werde ich dann sein?«

Er betrachtete die Blume. Sie war zart wie eine Frau. Doch mit ihren festen Wurzeln grub sie sich in den harten texanischen Boden. Auch seine Wurzeln waren hier, getränkt mit dem Blut seiner Familie. »Ich lebe, auch wenn meine Eltern und Dulcia gestorben sind.« Er überlegte, ob die Blume nicht vielleicht ein Vorzeichen war. Obwohl sie nur wenige Nächte in ihrer ganzen Pracht erstrahlte, entfaltete sie ihre Schönheit jedes Jahr aufs Neue.

Von neuer Hoffnung erfüllt, stieg Lee auf sein Pferd, ritt zu seiner primitiven Hütte zurück und schlief den Rest der Nacht tief und traumlos.

Kapitel 8

Nachdem Melanie eine unruhige Nacht lang von einem markanten aristokratisch wirkenden Gesicht mit einem strahlenden Lächeln geträumt hatte, erwachte sie am Morgen mit einem unbehaglichen Gefühl. Wie konnte sie dieses Bild, das sich seit ihren Jungmädchentagen in ihr Herz gesenkt hatte, mit dem vereinbaren, was ihr Clarence Pemberton geschildert hatte? Danach war Lee Velásquez ein räuberischer Kopfgeldjäger, ein blutrünstiger *pistolero,* der nur in seine Heimat hatte zurückkehren können, weil sein älterer Freund und Mentor Jim Slade seinen politischen Einfluss geltend gemacht hatte.

»Vielleicht sollte ich meine Recherche bei Jim beginnen«, überlegte sie laut, während sie mit ihrer Morgentoilette beschäftigt war. »Er könnte mir sicher einiges über Lee erzählen.« Seltsam, dass Charlee auf dem ganzen Weg von Renaciemento nach Bluebonnet kein einziges Mal den Namen ihres alten Freundes erwähnt hatte! Doch vielleicht war es gar nicht so seltsam, wenn nur die Hälfte der blutigen Berichte stimmte, die man sich über ihn erzählte. Seufzend betrachtete Melanie ihr Spiegelbild. »Nein, ich bin ja feige. Wenn ich diesen Job haben will, dann muss ich Lee Velásquez selbst gegenübertreten und ihn fragen.«

Sie hielt sich selbst eine ordentliche Standpauke und rief sich in Erinnerung, wie viele Schwierigkeiten und Gefahren sie schon überstanden hatte, wie zum Beispiel aufrührerische Menschenmassen und Sklavenfänger. Aber unter all diesen gab es keinen Lee Velásquez, erinnerte eine leise Stimme sie. Oh, verdammt noch mal!, schalt Melanie sich.

Nachdem sie einige Meilen auf dem gemieteten Klepper

zurückgelegt hatte, war sie geneigt, Mr. Pembertons Urteil über Whalens Pferde zuzustimmen.

Sie musste nach Hause schreiben und sich Liberator, ihren schönen schwarzen Hengst, von ihrem Vater schicken lassen. Doch andererseits war das vielleicht keine so gute Idee. Denn wenn ihr Vater erfuhr, dass sie sich ohne Begleitung meilenweit von San Antonio entfernte, um einen Revolvermann zu interviewen, würde er sie bestimmt sofort nach Renaciemento zurückholen und endgültig dort festhalten! Sie musste sich einen überzeugenden Grund ausdenken, warum sie ihr eigenes Pferd haben wollte, obwohl sie in der größten Stadt von ganz Texas wohnte.

Als sie sich den ausgebrannten Ruinen der Velásquez-Ranch näherte, wuchs Melanies Unbehagen. Sie stieg vom Pferd und nahm den Ort in Augenschein, wobei ihr durch den Kopf ging, was sie von den alten Klatschbasen in der Pension gehört hatte. Miss Clemson konnte sich sehr gut an Lee erinnern und hatte ihr von seiner Familie erzählt, die im Jahr 1830 von Komantschen ermordet worden war. Genau auf diesem Grund und Boden! Schaudernd erinnerte Melanie sich an den Rest der Geschichte.

Der Waisenjunge Lee war von Will Slade aufgezogen worden. Danach war Lee als Achtzehnjähriger nach Mexico City gegangen, von wo er mit einer mexikanischen Frau zurückkehrt war. Der alte Racine Schwartz hatte gesagt, sie sei die schönste Braut gewesen, die er je gesehen habe. Wie ein Messerstich hatte die Eifersucht Melanie durchzuckt, als der alte Untermieter Dulcia Velásquez beschrieben hatte. Voller Begeisterung hatte er von ihrem glänzenden kastanienbraunen Haar und ihren großen blauen Augen geschwärmt.

Darüber hinaus wusste man lediglich, dass Dulcia und ihre Freundin, eine Tochter der Familie Sandoval, ermordet worden waren. Danach hatte Lee als Vergeltung zwei Ranger getötet und war im Jahr 1846 auf das Territorium von Neu Mexiko geflohen. Das musste nur zwei Monate nach ihrer Abreise nach Boston gewesen sein, kurz nachdem sie sich bei der Staatsfeier in Austin begegnet waren. Wie seltsam ihre Lebensläufe miteinander verflochten waren, seitdem sie ihn zum ersten Mal vor zehn Jahren in Galveston getroffen hatte! Wir beide haben Texas verlassen und sind zurückgekehrt. Beinahe gegen unseren eigenen Willen, überlegte sie.

Plötzlich wurde sie in ihren Gedanken unterbrochen. Eine zornige männliche Stimme rief: »Was machen Sie hier?«

Melanie stockte der Atem, und erschrocken fuhr sie herum.

»Du!« In Lees Stimme lag Erstaunen, als er das atemberaubend schöne, herzförmige Gesicht und die goldbraunen Augen wiedererkannte. Doch das rabenschwarze Haar war zu einem biederen Knoten zusammengebunden. Von der reizvollen Figur, deren perfekte Rundungen vor sechs Jahren so verführerisch auf ihn gewirkt hatten, war nichts mehr zu sehen. Damals hatte sie ein gelbes Seidenhemd und einen geschlitzten Reitrock getragen, jetzt steckte sie in einem viel zu weiten, dicken braunen Leinenkleid. »Ich wiederhole meine Frage: Was machst du hier auf meinem Land, Melanie Fleming?«

Melanies Kehle war wie zugeschnürt. Während sie nach Worten rang, starrte sie den Mann an, zu dem Lee geworden war. Noch immer hoch gewachsen und schlank, ähnelte er mit seinem langgliedrigen, sehnigen Körper einem Panter, der zum Sprung ansetzte. Und das Gesicht flößte ihr Angst ein! Verschwunden waren das strahlende Lächeln und die heitere Arglosigkeit. Mit zusammengekniffenen tiefschwarzen Augen musterte er sie herausfordernd. Melanie erwiderte den eindringlichen, prüfenden Blick, während sie allmählich ihre Fassung wiederfand.

Unter dem Haaransatz konnte sie eine dünne Narbe erkennen, obwohl sie zum Teil von dem schwarzen lockigen Haar verdeckt war, das ihm über die Stirn bis auf die geschwungenen Augenbrauen fiel. Die Nase war wohl einmal gebrochen gewesen, und über seine linke Wange lief noch eine Narbe. Er benötigte dringend eine Rasur und einen Haarschnitt. Doch trotz der harten Züge in seinem Gesicht wirkte er seltsamerweise nach wie vor unglaublich anziehend.

Sie sah ihn an. »Ich habe dich kaum wiedererkannt, Lee. Du hast dich sehr verändert.« Nun ja, zumindest hatte sie ihre Stimme wiedergefunden! Sie klang sogar ziemlich klar und deutlich.

»Du hast meine Frage immer noch nicht beantwortet, Melanie«, entgegnete er herrisch. »Was tust du hier?«

Sie nahm einen tiefen Atemzug, um sich zu beruhigen. »Ich habe dich gesucht. Ich möchte herausfinden, ob der Lee Velásquez, den ich gekannt habe, derselbe ist, der vor sechs Jahren ins Apachenland floh, weil ein Kopfgeld auf ihn ausgesetzt war. Ein Abtrünniger, ein Gesetzloser.«

Seine Miene verfinsterte sich. »Nur in Chihuahua ist zurzeit ein Kopfgeld auf mich ausgesetzt, und ich habe nicht die Absicht, dorthin zurückzukehren.«

»Ich weiß, dass du in Texas frei und entlastet bist, dank der Hilfe Jim Slades und deines Freundes Sam Houston. Doch wenn du unschuldig warst, Lee, warum bist du dann weggerannt?«

Seine wohlgeformten Lippen pressten sich zu einem dünnen Strich zusammen. »Du bist ziemlich naiv. Ich hatte zwei Anglos getötet, Rangers, die sich in den Kopf gesetzt hatten, Mexikaner umzubringen. Glaubst du wirklich, ein *Tejano* hätte am Vorabend des amerikanisch-mexikanischen Krieges ein faires Gerichtsverfahren erhalten?«

»Nein, aber ...«

»Du weichst meiner Frage immer noch aus. Warum bist du

hier, zweihundert Meilen von der Ranch deines Vaters entfernt? Warum bist du allein und betrittst unbefugt mein Land?«

Unter seinem durchdringenden Blick hatte sie das Gefühl, ein Insekt zu sein, das aufgespießt an einer Nadel zappelte. »Das ist eine lange Geschichte.«

»Dann stell doch meine Geduld auf die Probe.«

Verdammt! Eigentlich sollte sie *ihn* interviewen. »Nun, ja, ich bin mit Charlee Slade nach San Antonio gekommen, um bei Obedience und Wash Oakley zu wohnen. Ich ... ich hatte in Renaciemento einfach nichts zu tun, als ich aus Boston zurückgekommen bin. In Boston habe ich für die Abschaffung der Sklaverei und die Frauenrechtlerinnen gearbeitet.«

Sein hartes Gesicht entspannte sich leicht, und ein Lächeln umspielte seine Lippen. »Du kämpfst also noch immer gegen Windmühlen, Melanie?«

Sie erinnerte sich an seine herablassende Anspielung auf Don Quixote vor zehn Jahren und entgegnete scharf: »Ich bin kein ahnungsloses, kleines Mädchen von zwölf Jahren mehr, das niemals Cervantes gelesen hatte, Lee.«

»Aber du fühlst dich anscheinend noch verpflichtet, für die Erniedrigten und Unterdrückten zu kämpfen und deine Maßstäbe noch höher zu schrauben. Dann wäre es auf jeden Fall besser, in Boston für die Abschaffung der Sklaverei zu kämpfen statt hier in Texas, kleines Mädchen.«

Sie spürte, wie sich ihre Wangen vor Zorn röteten. »Auch hier gibt es genügend Unterdrückte. Texas bietet sich ebenfalls an, um – wie du es ausdrückst – meine ›Maßstäbe noch höher zu schrauben.‹«

»Aber was führt dich dann auf meine Ranch? Willst du deinen Kreuzzug für die Unterdrückten hier beginnen?« Sein Zorn hatte sich zuerst in Spott, dann in schlichte Neugier verwandelt.

Melanie erinnerte sich daran, dass Lee Clarence Pembertons mit vorgehaltener Pistole davongejagt hatte. Sie musste jetzt taktisch klug vorgehen, das war ihr klar. »Es gibt vielleicht in West-Texas nicht sehr viele Sklaven zu befreien, doch es gibt andere Probleme, zum Beispiel die Art und Weise, wie *Tejanos* behandelt werden. Du hast doch selbst gesagt: Ein *Tejano,* der einen Ranger oder irgendeinen anderen Anglo tötet, wird kein faires Gerichtsverfahren erwarten können.«

»Ich habe mich nie zu den schutzlos Unterdrückten gezählt«, gab er mit einem grimmigen Lächeln zurück.

Als sie den schwer bewaffneten Mann ansah, war sie geneigt, ihm zuzustimmen. »Ist es dir denn völlig gleichgültig, wenn texanischen Bürgern mexikanischer Herkunft ihre Rechte vorenthalten werden?«

Fragend hob er eine Augenbraue. »Und was könntest du dagegen tun?«

Sie atmete tief durch. »Ich könnte eine Story über dich im *San Antonio Star* veröffentlichen«, stieß sie hervor. »Ich könnte berichten, was dir widerfahren ist und welche Zukunftspläne du hast.«

Es dauerte eine ganze Minute, bis er eine Reaktion zeigte. Dann verhärtete sich sein Gesicht noch mehr. »Dieser Yankee-Musterknabe hat also *dich* geschickt, nachdem ich ihn davongejagt habe! Das ist die feigste und dümmste Idee, die ich je gehört habe!«

Die Hände in die Hüften gestemmt, stand sie ihm gegenüber. In ihren goldbraunen Augen loderte Zorn. »Und warum, wenn ich fragen darf? Weil ich eine Frau bin? Damit du es weißt: Ich bin ausgebildete Journalistin, und es gibt überhaupt keinen Grund, warum ich nicht genauso gut mit dir reden könnte wie ein männlicher Reporter.«

»Ich spreche nicht mit Reportern, egal, ob männlichen oder weiblichen«, antwortete er hart. »Schwing deinen kleinen Hintern wieder auf das Pferd, ehe ich ihn dir noch versohle – das heißt, wenn ich ihn überhaupt unter dem ganzen Wust von Kleidern finde!«

»Du arroganter, grober Schuft!«, fuhr sie ihn an. Sie kochte vor Wut. »Mr. Pemberton hatte also Recht: Als Skalpjäger hast du ganze Indianerdörfer ausgerottet, nicht wahr? Und nun bist du mit deinem Blutgeld hierher zurückgekommen, drückst dich hier herum und leckst deine Wunden wie ein verwundetes Tier! Nicht Mr. Pemberton ist der Feigling, sondern du!«

Während Lee ihrer Tirade zuhörte, wurde sein Gesicht unter der Sonnenbräune blass. Er stand reglos da und starrte auf die kleine, wütende Frau. Lee zwang sich, ruhig zu bleiben und nicht dem Kribbeln in den schwieligen Händen nachzugeben, die sich um diesen schlanken goldbraunen Hals legen und zudrücken wollten.

Melanie spürte, in welche Richtung seine Gedanken gingen, und zwang sich zur Ruhe, wich aber keinen Millimeter von der Stelle. »Wenn du nicht mit Reportern sprichst, wird jeder nur das Schlimmste über dich denken.«

»Das tun die Leute sowieso«, entgegnete er knapp.

»Du bist unmöglich, Lee Velásquez! Aber ich bekomme deine Story, koste es, was es wolle. Versuch nur, mich davon abzuhalten!« Damit fuhr sie herum und stolzierte auf ihr Pferd zu, ohne sich noch einmal umzublicken.

Nachdem sie die Hälfte des Weges zurückgelegt hatte, ließ das Hämmern ihres Herzens allmählich nach. Er hätte mich vielleicht getötet. Er ist ein kaltblütiges Ungeheuer, dachte sie. Dennoch musste noch irgendwo hinter der bedrohlichen Erscheinung des Outlaws der lächelnde junge Mann verborgen sein, der seit ihrer Kindheit in ihren Träumen und Fantasien herumgespukt war. Sicherlich gab es den echten Leandro Velásquez noch.

In der Küche der Pension war Obedience damit beschäftigt, eine riesige Menge Brotteig zu kneten. Bis über die Ellenbogen war sie mit Mehl bestäubt. »Gib mir noch etwas Mehl, Sadie«, rief sie der älteren schwarzen Frau zu, die nun schon zwanzig Jahre lang in der Pension arbeitete.

Sadie trippelte zu dem Mehlsack hinüber und schaufelte Mehl in einen Topf. »Ist das genug, Miss Obedience?«

»Schütt es einfach hinein!« Rhythmisch kneteten Obediences muskulöse Arme den riesigen Klumpen Teig durch. Als Melanie die Küche betrat, wurden die beiden Frauen in ihrer Arbeit unterbrochen. »Du bist ja weißer als das Mehl! Was ist denn los, Mädchen?«, fragte Obedience, während ihre klugen braunen Augen sich auf die blasse, nervös wirkende junge Frau richteten.

Melanie trat von einem Fuß auf den anderen. Sie fühlte sich schuldig, weil sie Obedience nichts von Mr. Pembertons Auftrag erzählt hatte, den berüchtigten Lee Velásquez zu interviewen. Ungern wollte sie ihren Misserfolg zugeben, nachdem sie sich heimlich in der Morgendämmerung aus dem Haus geschlichen hatte, um den schwierigen Auftrag auszuführen. Artig setzte sie sich auf die Kante eines Stuhls und strich sorgfältig ihr zerknittertes Kleid glatt, wobei sie es vermied, den Blicken aus zwei neugierigen und prüfenden Augenpaaren zu begegnen.

»Das Kind hat etwas auf dem Herzen, Miss Obedience«, erklärte Sadie mit Nachdruck.

Obedience wartete ab. Sie wusste ganz genau, dass ihr Schützling reden würde, wenn die Zeit gekommen war. Also wandte sie sich wieder dem Teig zu und begann zu kneten.

Als Sadie merkte, dass die Chefin und ihr Schützling etwas zu besprechen hatten, nickte sie Obedience zu. »Ich gehe nach oben, um die Bettwäsche zu wechseln«, meinte sie.

»Nun, du weißt ja, dass ich für Mr. Pemberton beim *Star*

arbeiten wollte«, begann Melanie zögernd, als sie mit Obedience allein war.

»Ja, richtig. Und gestern Abend hast du mir erzählt, dass er dir einen Auftrag geben will, mit dem er dich mehr oder weniger auf die Probe stellen will, weil du eine Frau bist und so weiter.« Sie schlug und knetete den Teig, ohne aus dem Rhythmus zu geraten.

»Ich habe dir allerdings nicht erzählt, was es für ein Auftrag ist. Mr. Pemberton hat ... nun, es war eher eine Mutprobe, ja, genau. Er konnte Leandro Velásquez nicht dazu bringen, mit ihm zu sprechen. Deshalb hat er mich geschickt, um noch an die Story zu kommen«, sprudelte es plötzlich aus ihr heraus. »Weißt ... weißt du, wer Velásquez ist?«

Obedience brach in schallendes Gelächter aus und schlug den Teig so fest, dass eine weiße Mehlwolke aufstieg und sie einhüllte. »Jessas! Ob ich Lee kenne? Mädchen, als deine Mutter und ich im Jahr sechsunddreißig zusammen hierher kamen, da wuselte die kleine Kaulquappe immer zwischen unseren Beinen herum und folgte Jim Slade auf Schritt und Tritt. Letztes Jahr sind Wash und ich ihm in Santa Fe begegnet. Wir haben ihn davon überzeugt, Jim zu schreiben, damit der ihm aus seinen Schwierigkeiten hilft und er in seine Heimat zurückkehren kann.« Sie hielt inne und lachte wieder. Dann ließ sie den Teig zum Aufgehen in einen riesigen irdenen Topf fallen und wischte sich die Arme an der Schürze ab. »Ich sehe es genau vor mir, wie dieser zimperliche Muffel Pemberton wie ein aufgescheuchter Hase davonrennt, wenn Lee diesen Quatschkopf einmal scharf ansieht!« Sie lachte laut los, bemerkte dann aber, wie erschüttert Melanie war. »Ich kann ja verstehen, dass ein alter Windbeutel wie Pemberton davonläuft, aber du? Ich hab gedacht, du könntest jedem Mann die Stirn bieten.«

Vor Scham, Zorn und Verwirrung über ihre Gefühle für Lee

Velásquez errötete Melanie. »Ich habe mich diesem ... diesem Skalpjäger gegenüber behauptet! Er ist ein grober, gemeiner, niederträchtiger, einfältiger ...« Sie verstummte, als ihr keine Schimpfworte mehr einfielen und Obediences Gelächter sie übertönte.

»Es war mir klar, dass ihr beide euch in die Haare kriegt, wenn ihr euch trefft.«

»Ja, das war jedes Mal so«, antwortete Melanie. Als Obedience ihr einen neugierigen Blick zuwarf, fuhr sie rasch fort: »Wir sind uns schon zwei Mal begegnet.« Schnell gab sie der älteren Frau eine geschönte Version ihrer ersten Begegnungen mit Lee. »Ich verstehe nicht, wie sich jemand so stark verändern kann, Obedience. Er war schon immer von sich eingenommen, aufgeblasen und eitel, wie diese Spanier nun einmal sind, aber er hatte Humor und konnte lachen. Jetzt sieht er sogar anders aus, so hart und gefährlich. Als Mr. Pemberton mir erzählte, dass Lee in Neu Mexiko zum Kopfgeldjäger geworden ist, konnte ich es kaum glauben. Doch nun kann ich mir vorstellen, dass es wahr ist. Was ist das für ein Mann, der sich selbst verkauft, um ganze Dörfer auszurotten?«

»Vielleicht«, wandte Obedience langsam ein, »ist es derselbe Mann, der als Zweiundzwanzigjähriger nach Hause gekommen ist und seine Frau und sein ungeborenes Kind ermordet vorgefunden hat ... Sie, ihre Freundin und drei Rancharbeiter waren alle tot. Die beiden betrunkenen Ranger hatten seine Frau brutal vergewaltigt und ihr dann die Kehle durchgeschnitten. Ich glaube, dass in einem Mann, der das überlebt, etwas zerbricht. Er fand die Täter in der Stadt und tötete sie – sie waren zwei gegen einen. Aber sie waren Freiwillige für die Armee, die gegen Mexiko kämpfen sollte, und seine Leute stammten aus dem feindlichen Land. Und offensichtlich spielte es keine Rolle, dass Lee hier geboren ist.«

»Also musste er fliehen!«, warf Melanie ein, während sie

sich die grauenhafte Szene vorstellte, die er vorgefunden hatte. Und es war genau an der Stelle geschehen, an der sie ihm heute Morgen begegnet war. »Aber das entschuldigt nicht, dass er ein Kopfgeldjäger geworden ist, der ganze Indianerdörfer ausrottet, um an seine Skalps zu kommen.«

Obedience sah Melanie ruhig und offen an. »Ich behaupte nicht, dass sein Handeln richtig war. Ich sage auch nicht, dass Minenbesitzer und Händler das Recht haben, für Skalps zu bezahlen, doch bei jedem Kampf gibt es zwei Seiten, Kind.«

»Meinst du also, er hätte das Recht gehabt, Indianer zu töten, weil die Komantschen seine Eltern umgebracht haben? Ich sehe das nicht so.« Sogar in ihren Ohren klang ihre Behauptung selbstgerecht.

Obedience überging die Bemerkung und entgegnete sanft: »Ich habe eine ganze Menge gesehen, während ich mit Wash durch die Rocky Mountains bis nach Neu Mexiko gekommen bin. Dinge, die du dir nicht im Traum vorstellen könntest: Ganze Wagenkarawanen von Siedlern waren niedergemetzelt worden – Frauen, Kinder, Babys. Beide Seiten haben falsch gehandelt. Lee hat den Krieg nicht angefangen, er ist nur mitten hineingeboren worden. Santa Fe ist ein raues Pflaster. Nicht gerade das Richtige für einen Burschen, auf dessen Kopf Geld ausgesetzt ist und der selbst keins hat. Lee hat gesehen, wozu die Apachen und Komantschen fähig sind, und das nicht nur, als er ein Kind war.« Sie machte eine Pause. »Hat er dir etwas davon erzählt?«

Als Melanie den Kopf schüttelte, fuhr Obedience fort: »Das habe ich auch nicht vermutet. Wir brauchten fast eine halbe Flasche Whisky, bis wir ihn dazu gebracht hatten, darüber zu reden. Er hat hunderte von Sklaven befreit, als er mit seinen Leuten in das Apachenland eindrang, meistens mexikanische Frauen und junge Burschen.«

Obedience erzählte dann von Lees Aufenthalt in Neu

Mexiko, von den Männern, mit denen er zu tun gehabt hatte, und von der Situation der Händler und Siedler. Sie schilderte Melanie, mit welcher Grausamkeit die Gefangenen behandelt wurden und wie der Blutdurst sowohl seiner Kameraden als auch der Indianer ihn schließlich dazu veranlasst hatte, damit aufzuhören und nach Santa Fe zurückzukehren. »Wenn du wissen willst, warum er vom Gouverneur begnadigt worden ist, musst du Jim Slade fragen. Er wird dir genau erklären können, was für ein Mann Lee Velásquez ist!«

Langsam nickend, stimmte Melanie zu. Sie musste noch vieles überdenken und lernen. Sie würde diesen Job bei Clarence Pemberton bekommen! Noch am selben Nachmittag ritt sie hinaus zu den Slades auf die Bluebonnet-Ranch.

Am folgenden Nachmittag kam Lee frisch gebadet und rasiert in die Stadt. Er war zu dem Schluss gekommen, dass es Zeit für einen Haarschnitt und eine neue Garderobe war. Außerdem musste er mit Gerhart Grosman sprechen, einem Großhändler, der gleichzeitig als Bankier arbeitete. Da das texanische Gesetz keine Banken als solche zuließ, übernahmen die großen Frachtgesellschaften und Händler überall im Staat Bankgeschäfte. Lee hatte eine beträchtliche Summe Geld bei dem deutschen Kaufmann hinterlegt und hatte sich nun entschlossen, einiges abzuheben und an die Arbeit zu gehen.

Seit seiner Rückkehr nach Texas war fast eine Woche vergangen, die er allein verbracht hatte. Er hatte auf seinem Land campiert, über die Vergangenheit nachgedacht und sich gefragt, ob er die Ranch wieder aufbauen sollte. Nach all dem Ärger, den Jim gehabt hatte, weil er für ihn das Anrecht auf das Land in den letzten sechs Jahren aufrechterhalten hatte, fühlte sich Lee verpflichtet, sich zumindest noch ein Mal seinem Schmerz und den Verlusten, die er erlitten hatte, zu stellen.

Die Entdeckung der Nachtblume hatte eine neue Entschlossenheit in ihm geweckt. Er würde noch einmal von vorne anfangen. Wenn er sein Ziel erreichen würde, hätte der Name Velásquez im ganzen Land einen guten Klang.

Nachdem er den Morgen damit verbracht hatte, sich neu einzukleiden und das Haar schneiden zu lassen, fühlte er sich schon eher wie ein Rancher und nicht so sehr wie ein Outlaw. Mit einem weichen weißen Hemd, einem braunen Anzug aus Wolle und glänzenden neuen Stiefeln ging er über die Main Plaza, in der Absicht, die größten und beliebtesten *cantinas* aufzusuchen, um dort die Nachricht auszustreuen, dass er *vaqueros* für die Night Flower-Ranch einstellen wolle. ›Night Flower.‹ Er ließ sich den neuen Namen für seine Ranch auf der Zunge zergehen.

Während er tief in Gedanken versunken über den belebten Platz ging, wurde er von zwei weiblichen Augenpaaren ins Visier genommen. Larena Sandoval und ihre Cousine Teresa Ramirez ließen sich auf ihrem Weg zur Beichte in der Kirche San Fernando noch etwas Zeit und bummelten durch die Straßen.

»Das ist *er*, Larena!«, flüsterte Teresa hinter ihrem Sonnenschirm. »Leandro Velásquez!«

Ihre Freundin, ein schlankes, dunkelhaariges Mädchen von außergewöhnlicher Schönheit, starrte zu dem hoch gewachsenen Fremden hinüber, der sich mit katzenartiger Eleganz bewegte. »Er sieht anders aus als vor sechs Jahren, so viel steht jedenfalls fest«, sagte sie zögernd, während sie den Blick über das gefährlich aussehende Messer, die Pistole und die harten Züge seines attraktiven Gesichts wandern ließ.

»Aber immer noch unglaublich gut! Die Narbe auf seiner Wange macht ihn noch schneidiger!«, seufzte Teresa.

Larena erinnerte sich an den jungen Mann und seine hübsche Frau, die mit ihrer älteren Schwester Gertrudis befreundet gewesen waren. Jetzt waren Gertrudis und Dulcia schon lange tot, ebenso wie ihre Mörder, die von der Hand dieses gefährlich aussehenden Fremden gestorben waren. Sie konnte es nicht leugnen: Dieser Mann übte eine beängstigende Anziehungskraft auf sie aus.

»Ich habe die schreckliche Geschichte von seinen Taten in Neu Mexiko gelesen«, bemerkte Larena und erinnerte sich an den Bericht in der morgendlichen Ausgabe des *Star*.

Teresa plapperte etwas vor sich hin von der Tragödie seiner verlorenen Jugend und der ungerechten Behandlung, die er von der Anglo-Regierung erfahren habe.

»Aber mein Cousin James hat dafür gesorgt, dass er begnadigt wurde«, erwiderte Larena auf Teresas Wortschwall. »Ich frage mich, was er jetzt tun wird. Vielleicht seine Ranch wieder aufbauen?«

»Fragen wir ihn doch einfach!«, schlug Teresa vor und zog ihre Freundin mit einem Ruck direkt auf den langbeinigen Mann zu.

Lee war in Gedanken mit seinen Plänen beschäftigt und sah die beiden Frauen erst, als er sie beinahe umgerannt hätte. Im letzten Augenblick, ehe ihm die scharfe Spitze von Teresas Sonnenschirm ins Auge drang, riss er den Kopf herum. Mit einem Schreckenslaut ließ die schöne junge Frau den Sonnenschirm zuschnappen. Es sah so aus, als hätte sie nicht im Traum daran gedacht, dass sie mit ihm zusammenstoßen könnte.

Lee hob den Hut mit der breiten Krempe, deutete eine Verbeugung an und lächelte dem Verschwörerpaar zu. Die niedliche, kleine Brünette, die ihm beinahe das Augenlicht geraubt hätte, führte sich geziert und kokett auf. Doch ihre äußerst hübsche Freundin mit dem schwarzen Haar war offensichtlich verlegen wegen ihres Tricks, der fast ins Auge gegangen wäre. »Ich bitte vielmals um Entschuldigung, meine Damen. Ich war so in Gedanken versunken, dass ich nicht auf den Weg geachtet habe. Sind Sie verletzt?«

»Nein, das könnten wir eigentlich dich fragen, Leandro. Teresa geht ziemlich unvorsichtig mit ihrem Sonnenschirm um«, antwortete Larena, während sich rote Flecken auf ihrer Wange zeigten.

Lee schmunzelte. Dann sah er näher hin. Irgendwie kam die junge Dame ihm bekannt vor. »Sie kennen ganz offensichtlich meinen Namen. Darf ich vielleicht auch Ihren erfahren?«

»Ich bin Larena Sandoval – Gertrudis Schwester«, fügte sie leise hinzu.

Für einen Augenblick spiegelte sich Schmerz auf seinem Gesicht, der aber sofort dem Ausdruck des Erstaunens wich. »Als ich dich das letzte Mal gesehen habe, warst du ein kleines Schulmädchen mit geflochtenem Haar und kurzem Rock!«

»Das war vor sechs Jahren. Schulmädchen werden auch erwachsen«, meinte sie mit einem Lächeln, bei dem ihre Grübchen sichtbar wurden. »Oh, und diese ziemlich gefährliche junge Frau an meiner Seite ist meine Cousine Teresa Ramirez.«

Als Lee Teresa anlächelte, war sie begeistert. Mein Gott, wie gut dieser Mann aussah! »Als alter Freund unserer Familie musst du uns bald einmal besuchen. Du bist ja schon eine Weile hier. Ich bin ganz sicher, nach dem Bericht in der Zeitung werden sich Onkel José und Tante Esperanza bestimmt Sorgen um dein Wohlergehen machen«, erklärte sie sittsam.

»Bericht in der Zeitung?« Lee sah von Teresa zu Larena. Er hatte das Gefühl, einen Schlag in die Magengrube bekommen zu haben. Hatte sie es wirklich gewagt!

»Der *Star* hat einen langen Artikel über dein Leben gebracht, Leandro«, erwiderte Larena. Als sie sah, wie der Zorn sein Gesicht verdüsterte, fuhr sie schnell fort: »Oh, es stand nichts Negatives darin. Es ging darum, wie ungerecht du von der Regierung behandelt worden bist und dass du eine Begnadigung verdient hast. Ja, man könnte sogar sagen, der ganze Artikel war äußerst positiv für die *Tejano*-Gemeinde.«

»Klar, was sonst?«, brummte er knapp. »Wenn die jungen Damen mich bitte entschuldigen wollen? Ich muss mir jetzt eine Zeitung besorgen.« Er tippte an seinen Hut und ging entschlossenen Schrittes davon.

Lee stürmte zur Vordertür der Pension herein und wäre beinahe mit Violet Clemson zusammengestoßen. Ihr stockte der Atem, und mit einer für ihre über siebzig Jahre erstaunlichen Behändigkeit sprang sie zur Seite. Ohne sich weiter um sie zu kümmern, ging er mit schnellen Schritten auf die Küche zu, aus der Obediences Stimme drang.

Grußlos warf er krachend die Tür hinter sich ins Schloss, knallte den *Star* auf den Tisch und sah sie scharf an. »Warum, zum Teufel, hast du ihr alles erzählt? Das hast du doch, oder? Und versuche erst gar nicht zu leugnen, dass Melanie diesen Artikel geschrieben hat. Ich weiß es, auch wenn ihr Name nicht darunter steht.«

Völlig unbeeindruckt fuhr Obedience fort, den großen Braten in kleinere Stücke zu zerlegen, die für das Mittagsmahl der Pensionsgäste bestimmt waren. »Jawohl, stimmt. Ich habe ihr einiges erzählt. Sie hat aber auch mit Jim und Charlee gesprochen. Entspricht irgendetwas nicht der Wahrheit?« Geduldig sah sie ihn an.

Lee wollte auf irgendjemanden losgehen, egal auf wen. Er trat von einem Fuß auf den anderen, wütend über Obedience und die Slades. »Warum hast du ihr geholfen? Ich wollte nicht, dass die Vergangenheit wieder ausgegraben wird, und ich will auch nicht das Mitleid der Leute, nur weil ich ein *Tejano* bin, dem die Anglos Unrecht angetan haben.«

Gleichmütig zuckte sie mit den Schultern. »Wenn du hier leben willst, Lee, dann musst du dich damit abfinden, dass die Leute deine Vergangenheit ausgraben, egal, ob es dir passt oder nicht. Für mich gibts da eigentlich nur eine Frage: Sagt man ihnen auch die Wahrheit? Bis jetzt waren nur hässliche Gerüchte und Lügen im Umlauf, an die sich die Leute gehalten haben. Aber nun ist die Wahrheit über dich auf dem Tisch, zu deinem Vorteil. Du brauchst die Dinge nicht mehr zurechtzurücken. Die Leute sind bereit, deine Fehler in Santa Fe zu vergessen, jetzt, da sie wissen, warum du fortgegangen und zurückgekehrt bist.« Sie blickte ihn an und konnte sehen, wie sich sein Zorn langsam abkühlte. Augenzwinkernd fügte sie hinzu: »Sie hat verdammt gute Arbeit abgeliefert, was?«

Kapitel 9

Pater Gustav Schreckenberg wischte sich den Schweiß vom Gesicht und fuhr sich durch die dichten strohblonden Strähnen, die ihm in die Stirn fielen. Unwillkürlich strich er das Haar zurück und setzte den Hut wieder auf. Und ich habe gedacht, in München sei es heiß!, dachte er.

Die Julihitze war fast unerträglich. Wie weit entfernt erschienen ihm die dunklen grünen Berge Bayerns, jetzt, da er nur von den Farben Gold und Blau umgeben war. Blau war der strahlend helle Himmel über Texas, und golden leuchteten die Adobehäuser im Sonnenlicht.

Zumindest geht hier jetzt ein Lüftchen, tröstete er sich. Als er an einem windstillen Tag in Galveston an Land gegangen war, hatten Sonne und Luftfeuchtigkeit selbst streunende Hunde und besonders zähe Packesel dazu gebracht, den Schatten aufzusuchen. Er gab dem kleinen, geduldigen Esel, den er in langsamem Tempo ritt, ein paar leichte Schläge. »Ein langer Weg, den wir nun schon von Galveston bis San Antonio zurückgelegt haben«, meinte er laut, um sein Englisch im Gespräch mit dem kleinen Packesel zu üben.

Der Priester betrachtete die Stadt, während er sich ihren östlichen Ausläufern näherte. Glücklicherweise ritt er jetzt unter einigen großen Baumwollbäumen, die ihm Schatten spendeten. Er hatte einen schönen Ausblick auf den Fluss, dessen Windungen und Biegungen er mit dem Blick folgte. An den flachen Stellen tollten dunkelhaarige Kinder herum, deren braune Körper im Licht schimmerten, und bespritzten sich mit Wasser. Auf den Felsen am Ufer wuschen ihre Mütter die Wäsche.

Bisher hatte jeder, den er getroffen hatte, spanisch ausgesehen. Wo waren die angelsächsischen und deutschen Siedler? Die helle Haut des jungen Priesters litt unter einem starken Sonnenbrand und glühte beinahe kirschrot. Das verlieh der engelhaften Erscheinung mit dem runden, freundlichen Gesicht, den hellblauen Augen und den vollen Lippen noch einen besonderen Akzent. Viele junge Männer und Kinder grüßten den Priester auf Spanisch, als sie die Soutane und den Priesterkragen sahen. Lächelnd segnete er sie, schlug das Kreuz und nickte ihnen zu, ohne zu versuchen, mit ihnen ins Gespräch zu kommen.

Als er sich dem Zentrum der Stadt näherte und mehr nordeuropäische Gesichter sah, entspannte er sich ein wenig. Vielleicht sprach hier jemand Englisch oder sogar Deutsch. Dann erblickte er den hohen Turm von San Fernando. Er passte genau auf die Beschreibung, die ihm Bischof Odin in Galveston gegeben hatte. Der Priester lenkte den kleinen Packesel in diese Richtung, wobei er sich durch das dichte Gewühl der Menschenmenge auf dem täglich stattfindenden Markt der Main Plaza schlängelte. Plötzlich wurde er von dem Gemecker einer kleinen Ziege abgelenkt, das gleich darauf von den schrillen Schreien eines Kindes übertönt wurde. Auf das Geschrei folgten Flüche, die von der tiefen Bassstimme eines Mannes ausgestoßen wurden.

Als er sich in die Richtung wandte, aus der der Lärm kam, sah Pater Schreckenberg einen kleinen Indianerjungen, der wie wild an einem Strick zog, der um den Hals einer widerspenstigen Ziege geschlungen war. Der Junge und das Tier flohen vor einem *cantina*-Besitzer, dessen beträchtlicher Leibesumfang ihn daran hinderte, schnell voranzukommen.

Der dicke Mann fuchtelte mit einem großen Besen herum und schlug auf den Jungen ein, verfehlte ihn aber. Dabei warf er einige Milchkrüge um, was wiederum der Milchverkäuferin wütende Schreie entlockte. Er beachtete sie nicht und fluchte weiter, während der Junge auf seinem Weg eine Kiste Orangen umwarf. Das Kind rannte mitten in eine Schar Hühner hinein, stolperte über das gackernde und flatternde Federvieh und verlor das Seil, an dem es die Ziege führte. Die Ziege ihrerseits wandte sofort die Aufmerksamkeit den aus den umgestoßenen Körben rieselnden Maiskörnern und einer umgeworfenen Schale Milch zu.

Zu diesem Zeitpunkt hatte sich schon eine gaffende Menge um die beiden Störenfriede versammelt. Der dicke Mann, dessen weite, schmutzige Baumwollhose ihn als Mitglied der unteren Schicht der *Tejanos* kennzeichnete, packte das Kind und hob es mit einem Ruck in die Höhe. Der Junge war klein und entsetzlich mager. Er war nur mit einer zerrissenen Hose bekleidet und hatte keine Schuhe an den Füßen. Das lange, glatte Haar und die hohen Wangenknochen wiesen ihn als Nachkömmling von Indianern aus.

Mit der einen Hand holte der *cantina*-Besitzer zu einem Schlag aus, während er mit der anderen den beinah nur aus Haut und Knochen bestehenden Jungen festhielt. Ein ununterbrochener Strom spanischer Flüche begleitete die Schläge, die das Kind schweigend erduldete, während es sich wand, um dem Griff des Mannes zu entkommen.

Einige Sekunden beobachtete Pater Schreckenberg den ungleichen Kampf. Dann stieg er ab und bahnte sich einen Weg durch die Menge. Der junge Priester war klein, aber stämmig und hatte starke Muskeln. Als er seine Hand auf den Arm des größeren Mannes legte, blockte er damit einen weiteren Schlag ab, der das benommene Kind hatte treffen sollen.

Wie ein wütender Bulle fuhr Enrique Santos herum und knurrte den Fremden an. In dem Augenblick, als er die Soutane und das Kruzifix sah, flaute sein Zorn ab. Auf Spanisch fragte er: »Was habt Ihr denn mit dem indianischen Gauner vor, Pater? Er hat mir meine Ziege aus dem Hof meiner Taverne gestohlen. Sie stehlen alle, müsst Ihr wissen!«

»Das ist gelogen. Ich hab sie nur genommen, weil ich sie melken wollte«, gab der Junge, gleichfalls auf Spanisch, zurück. »Ich hab den ganzen Tag das Lokal gekehrt und geschrubbt, und er hat sich geweigert, mir die Milch zu geben, als ich mit der Arbeit fertig war.«

Während die beiden sich in Schnellfeuer-Manier auf Spanisch stritten, der eine links, der andere rechts, und sich die Leute neugierig herandrängten, spürte Pater Schreckenberg, wie sich sein Gesicht vor Verwirrung noch mehr rötete. Als wäre nicht schon die unbarmherzige texanische Sonne schlimm genug gewesen! Der Bischof hat mich davor gewarnt, mich einzumischen. Warum gerate ich bloß immer in solche Situationen?, dachte er seufzend.

»Bitte, mein Sohn«, wandte er sich mit lauter Stimme an den zornigen *cantina*-Besitzer. »Es ist nicht richtig, die Hand im Zorn zu erheben.« In seiner Verwirrung sprach er Deutsch, ohne es zu merken.

Santos, der nur wenig Englisch verstand und überhaupt kein Deutsch, hatte noch nie im Leben einen Priester gesehen, der kein Spanisch sprechen konnte. »Was für ein Priester seid Ihr denn?«, fragte er in seiner Sprache.

Ehe der Pater antworten konnte, sah der Junge seine Chance gekommen und wollte davonschießen. Mit einem schnellen Griff packte ihn Pater Schreckenberg am Arm. »Nicht so hastig! Du wartest. Stehlen ist nämlich eine Sünde.«

In den großen Augen des Jungen spiegelte sich das gleiche Misstrauen, das schon Santos geäußert hatte. Was für eine seltsame gutturale Sprache sprach dieser Fremde? Der Junge wand sich hin und her, während der *cantina*-Besitzer schimpfte:

»Du bist überhaupt kein Priester, was? Warum trägst du die Soutane? Ich werde dich mit zu Pater Calvo nehmen!« Drohend trat er einen Schritt nach vorne. Seine großen, kräftigen Hände griffen nach der Soutane und dem Kragen des Priesters.

Gerade in diesem Augenblick teilte sich die Menge, und die zierliche Gestalt eines dunkelhaarigen Mädchens erschien. »Vielleicht kann ich helfen, obwohl mein Deutsch nicht mehr besonders gut ist«, sagte Melanie zögernd zu Pater Schreckenberg. Dann wandte sie sich an Santos und fügte sehr schnell auf Spanisch hinzu: »Er ist Priester. Allerdings kommt er aus einem fernen Land. Aus demselben Land wie die Farmer bei uns im Norden, in Braunfels.«

Ohne den Griff zu lockern, mit dem er Schreckenberg festhielt, brummte Santos: »Ich bin in San Antonio noch nie einem Priester begegnet, der nicht Spanisch sprechen konnte … oder zumindest Englisch.«

»English! Ja, English, I speak English! Ich übe jeden Tag, wenn ich auf meinem Esel reite«, erklärte der Priester stolz. Er war froh, die Fassung wiedergewonnen zu haben.

»Ha! Welcher Esel denn?«, fragte Santos sarkastisch. Der Junge, der sich dem Griff des Paters entwunden hatte, als der große *Tejano* diesen angegriffen hatte, schwang sich auf den Esel und trieb ihn mit Tritten in die Flanke zu einem überraschend schnellen Galopp an. Im Nu war er in der Menge verschwunden.

»Ich habs euch doch gesagt: *Indios son ladrones!*«, rief der Barbesitzer wichtigtuerisch, während er Melanie und Pater Schreckenberg finster anstarrte. Dann wandte er sich an das Mädchen. »Du mischst dich aber auch in alles ein«, brummte er. »Das hier geht dich gar nichts an. Dieser Mann lässt einen Dieb, der mich bestohlen hat, laufen. Nun muss er für seine Sünde büßen und zu Fuß gehen. Es ist Gottes Strafe dafür, dass er so tut, als wäre er ein Priester.« Wutentbrannt ballte Santos die Faust.

Der Priester stellte sich sofort zwischen die kleine Frau und den größeren Mann. Doch bevor die Auseinandersetzung noch hässlicher werden konnte, wurde sie von einer kühlen Stimme unterbrochen. »Lass den Priester in Ruhe, Santos!« Lee trat aus der Menge hervor. Die Hand leicht auf den Colt an seiner Hüfte gelegt, hatte er klar und deutlich eine Drohung ausgesprochen.

Santos kniff die schwarzen Augen zusammen und starrte Lee erstaunt an. »Er hat einen diebischen Indianer laufen lassen. Es war einer von diesen Halbblut-Bälgern, die den Yankee-Soldaten folgen. Gerade du solltest eigentlich ein Interesse daran haben, dass er bestraft wird.« Empört spuckte Santos auf den Boden.

»Er ist noch immer ein Priester und außerdem ein Fremder. Er kennt die Indianer nicht. Geh nach Hause, Santos!« Das war keine Bitte.

Der große Mann murmelte etwas vor sich hin, trottete dann davon, die Ziege hinter sich herziehend.

Der junge Priester ließ den Blick über die ausgelaufenen Krüge und die umgestürzten Kisten wandern. »Ich scheine Schwierigkeiten regelrecht anzuziehen«, meinte er in seinem stark akzentgefärbten Englisch. »Warum?, frage ich mich. Offenbar findet der liebe Gott keine Zeit, mir die Frage zu beantworten«, lachte er vor sich hin. »Vielleicht, weil ich ihn zu sehr damit beschäftige, mir Schutzengel zu schicken. Ich danke Ihnen beiden.«

Geheimnisvoll lächelnd sah Lee Melanie an. Versuch nur, meine Rolle als Schutzengel anzuzweifeln!, schien sein Blick sie zu warnen. »Ich bin Lee Velásquez, Pater, ein Farmer. Diese abenteuerlustige junge Dame, die mehr Geistesgegenwart als Vernunft hat, heißt Melanie Fleming …«

»... und arbeitet für den *San Antonio Star«*, unterbrach sie ihn, wobei sie ihm einen schnellen Blick zuwarf. Der schien zu bedeuten: Und wage du es nur, die Wahrheit des Artikels, den ich über dich geschrieben habe, anzuzweifeln.

»Ich bin Pater Gustav Schreckenberg – Pater Gus, bitte. Es ist leichter auszusprechen, nicht wahr?«

»Sie müssen gerade eben in San Antonio angekommen sein. Sonst hätten Sie sich weder mit Santos angelegt noch sich Ihren Esel von diesem Halbblut stehlen lassen«, fügte Lee finster hinzu.

Melanie schnaubte vor Wut. »Der Junge hat den Esel nur genommen, um Santos zu entkommen. Ich bin sicher, dass ich ihn dazu bringen kann, ihn zurückzugeben.«

»Wenn seine Leute ihn bis dahin noch nicht aufgegessen haben«, warf Lee ein.

Zögernd meinte Pater Gus: »Der Junge sah tatsächlich sehr hungrig aus.« Bei dem Gedanken, sein lustiger Reisekumpan könnte ein solches Schicksal erleiden, erschrak er zutiefst.

»Alle diese Kinder haben Hunger«, antwortete Melanie. »Der Junge hat doch gesagt, dass er den ganzen Tag für Santos gearbeitet hat, nur um dafür etwas Ziegenmilch zu bekommen. Es sieht diesem üblen Kerl ähnlich, ein Kind zu betrügen!«

»Diese Kinder sind Indianer, nicht wahr? Von welchem Stamm?«, wollte Pater Gus wissen.

Gleichgültig zuckte Lee mit den Schultern. »Diese Kinder sind wirklich eine Plage – aber sie sind nicht weiter gefährlich. Sie stammen von zivilisierten Indianern ab – von Tonkawas, Caddos, Kickapoos und ein paar Lipans. Sie lungern überall dort herum, wo Soldaten stationiert sind, und ziehen mit ihnen durchs Land. Einige der Männer arbeiten als Scouts oder Fleischbeschaffer. Die Frauen folgen einfach den Soldaten.«

»... und leben von den großzügig weggeworfenen Speiseresten der amerikanischen Armee«, warf Melanie hitzig ein.

»Aber ... was ist mit diesen kleinen Kindern wie dem Jungen? Sorgen die Soldaten denn nicht für ihre eigenen Nachkommen?« Seufzend blickte der Pater von Lee zu Melanie. »Es ist immer dasselbe mit den Armeen. Auf der ganzen Welt. Die Indianer sind doch besiegte Völker. Es wurden Verträge abgeschlossen. Ich habe gelesen, dass Ihre Regierung für sie sorgen muss.«

Lee ließ ein spöttisches Lachen hören. »Versuchen Sie mal, für den Wind zu sorgen. Es ist ein Kommen und Gehen! Die Männer versaufen ihren Lohn, und die Frauen huren mit den Soldaten herum. Die Kinder ...« Angewidert und hilflos winkte er ab.

»Die Regierung in Washington ist korrupt. Und genauso verhält es sich mit den Behörden des jeweiligen Staates«, konterte Melanie zornig. »Alle, angefangen bei den Leuten vom Indian Office bis hin zu den lausigen Händlern, die den Whiskey verschachern, machen ihren Schnitt. Für die Kinder bleibt nichts übrig.«

Des Streites überdrüssig, wandte sich Lee zu dem Priester, tippte an seinen Hut und deutete dann zu der großen Kirche auf der anderen Seite des Platzes. »Ich muss auf meine Ranch zurück, Padre. Ich glaube, Sie können heute bei Pater Calvo übernachten.«

»Ja. Pater Calvo. Er ist verantwortlich für San Fernando. Bischof Odin in Galveston hat mir gesagt, dass ich ihm berichten muss. Der Bischof will, dass mehr Schulen eingerichtet werden. Die guten Ursulinen erziehen bereits junge Mädchen hier in San Antonio. Doch nun will er, dass die Jungen auch etwas lernen.«

»Aber keine kirchliche Schule hat je Indianer unterrichtet. So wenig wie die Regierung dafür sorgt, dass sie etwas zu essen bekommen«, wandte Melanie entrüstet ein. Sie spürte, dass der junge Priester ein Verbündeter sein könnte.

Lee ließ sich nicht zu einer Antwort herab, sondern wünschte nur einen guten Tag und schlenderte zu seinem Rotschimmel hinüber, ohne noch einen Blick auf das wütende Mädchen zu werfen.

Pater Gus rief ihm seinen Dank nach und wandte sich dann wieder dem Mädchen zu. »Nun berichten Sie mir von der Situation dieser armen indianischen Kinder, mein Fräulein …«

Während Lee durch die Straßen ritt, kochte er innerlich vor Wut. Dieses verflixte Ding! Warum ging ihm dieses Mädchen mehr unter die Haut als jedes andere weibliche Wesen, das er gekannt hatte? Da befand er sich auf dem Weg zu einem Essen bei den Sandovals, wo er die hübsche Larena wiedersehen würde, und er dachte nur an Melanie Fleming! Dabei trug sie eine derart lächerliche Uniform aus graubraunem Wollstoff – Kleider, die ihren Körper einhüllten wie Säcke –, und ihre herrliche schwarze Mähne hatte sie im Nacken zu einem biederen Knoten gebunden.

Doch als er sich Larenas sanfte, dunkle Augen und ihr feines Gesicht mit dem liebreizenden Lächeln vorzustellen versuchte, sah er immer nur die funkelnden Augen und den finsteren Gesichtsausdruck dieses Wildfangs vor sich. »Sie ist genauso eine Promenadenmischung wie diese Indianer, die dauernd hinter den Soldaten herziehen. Der einzige Unterschied besteht darin, dass sie von ihrem Vater und ihrem Großvater in Boston eine gute Erziehung erhalten hat und maßlos verwöhnt worden ist«, brummte er laut.

Während er sich dem Haus der Sandovals auf einer ruhigen, baumgesäumten Straße abseits der Plaza näherte, hatte er keine Ahnung, dass er vom *sala*-Fenster aus genauestens ins Visier genommen wurde. »Sieh dir das mal an – diese Waffen: eine Pistole und ein Messer! Ich sage dir, das gefällt mir nicht.« *Doña* Sandoval beobachtete den hoch gewachsenen Mann, der vor ihrem Haus vom Pferd stieg.

Aufmerksam verfolgte ihr Ehemann José, wie Lee sorgfältig Pistole und Messer in die Satteltaschen steckte und dann das Pferd ihrem Stallburschen übergab. »Er ist schließlich von seiner Ranch hierher geritten, mein Herz. Das ist eine lange und gefährliche Reise. Sieh doch: Er geht unbewaffnet zur Tür. Er ist ein guter Freund meines Neffen James, und der Name Velásquez ist alt und ehrenwert. Wir haben keinen Grund, ihn nicht zu empfangen.«

Esperanza seufzte. »Ich nehme an, du hast Recht. Trotzdem hat er eine Furcht erregende Vergangenheit, und es spielt auch keine Rolle, dass er zu diesem schrecklichen Leben durch eine Tragödie gezwungen wurde, die uns alle erschütterte. Wenn bloß Larena ...« *Doña* Esperanza hielt plötzlich inne. Sie konnte hören, wie ihre Tochter mit ganz undamenhafter Hast durch die Empfangshalle lief und den Besucher begrüßte.

Don Josés dunkle Augen wurden sanft. »Wenn bloß Larena nicht so in ihn verliebt wäre, wolltest du sagen! Aber Esperanza! Sie ist beinahe neunzehn. Also schon längst über das übliche Verlobungsalter hinaus. Du kannst sie nicht immer zu Hause behalten.«

»Aber wenn sie ihn heiraten und dann in diesem schrecklichen Haus wohnen würde ...« Esperanza versagte die Stimme. Jetzt konnte sie hören, wie sich der leise Sopran ihrer Tochter mit Lees Bariton vermischte.

»Wir haben nun eine andere Zeit. Und ich glaube auch, dass ein Mann wie Leandro sie sehr gut zu beschützen weiß«, flüsterte er und führte sie auf die Tür der *sala* zu.

Als Larena die Schritte ihrer Eltern hörte, spürte sie heftigen Ärger darüber, dass ihre Eltern sie ständig überwachten. Schon die ganze Zeit, seitdem sie diesem gut aussehenden Mann im vergangenen Monat auf der Plaza begegnet war, wollte sie ein Mal die Gelegenheit haben, mit ihm allein zu sprechen. Doch jedes Mal war jemand dabei.

Lee betrachtete das fein geschnittene, hübsche Gesicht, als sie ihn errötend anlächelte. Trotz ihres zurückhaltenden, damenhaften Wesens war sie doch nicht so verschämt und zugleich manipulierend wie Dulcia. Ihre klaren braunen Augen sahen ihn offen an. Anders als seine verstorbene Frau, kicherte sie auch nie oder zog einen Schmollmund. Spiele ich etwa mit dem Gedanken, wieder zu heiraten?, durchfuhr es ihn. Wenn es so wäre, würde Larena eine ausgezeichnete Ehefrau abgeben. Sie war eine echte *Tejana,* die sich wie er ein Zuhause in dem Land schaffen wollte, in dem er geboren war. Lächelnd grüßte er ihre Eltern, als sie näher traten.

Larena beobachtete Lee, während sie aßen und plauderten. Da lag etwas Dunkles, Bezwingendes in den Tiefen dieser schwarzen Augen, düstere Geheimnisse und großer Schmerz. Ich bin diejenige, die dich von deinem Schmerz befreien kann, sagte ihr Blick stumm. Erreichte ihn ihre Botschaft in seinem Innersten?

»Es war ein hervorragender Artikel, und das wissen Sie auch, Clarence Vivian Pemberton!« Melanie sprach jede Silbe seines Namens mit größter Deutlichkeit aus, was Amos Johnston zu einem unterdrückten Kichern reizte. Doch er zog sich gleich darauf in den voll gestellten rückwärtigen Teil des *Star*-Büros zurück.

»Werden Sie bloß nicht vorlaut, junge Dame! Meinen zweiten Vornamen, auf dem meine Mutter bestand und mit dem sie mich für mein ganzes Leben strafte, kennen Sie nur, weil Sie meine private Korrespondenz gelesen haben und meine schwatzhafte Schwester ihren Mund nicht halten konnte«, antwortete Pemberton.

»Sie weichen der Frage aus, Sie alter Schurke!«, beharrte Melanie standhaft und sah, wie Amos' braune Augen vor Freude funkelten. Nur wenige Leute kamen gegen die einschüchternde Art des Herausgebers an, aber Melanie schien ein besonderes Talent dafür zu haben. »Eigentlich hätte ich es verdient, dass mein Name unter dem Artikel über Lee Velásquez gestanden hätte, und das wissen Sie auch. Seit einem Monat reden alle über diesen Artikel!«

»Ich habe Ihnen einen Job als Reporterin gegeben. Nichts mehr und nichts weniger habe ich Ihnen versprochen«, erwiderte er.

»Dieser Artikel hat den Umsatz gesteigert – hunderte Exemplare wurden verkauft! Und Sie haben ihn veröffentlicht, ohne mir die angemessene Anerkennung zuteil werden zu lassen. Jeder, mit dem ich spreche, meint, Sie hätten ihn geschrieben. Das ist nicht gerecht.«

Pemberton seufzte auf, als wäre er leidgeprüft. »Das Leben ist nicht gerecht. Männer schreiben Nachrichten und berichten von Gefahr, Politik und Verbrechen. Frauen schreiben über Bälle, Wohltätigkeitsveranstaltungen und Mode.« Er machte eine kleine Pause und betrachtete verächtlich ihr zerknittertes marineblaues Kostüm und die schmuddelige blaue Bluse. »Das ist wohl ein Thema, bei dem Sie überhaupt nicht mitreden können!«

»Ach, was soll denn der Quatsch mit Mode und Teegesellschaften!«, gab sie zurück. »Wenn Sie nicht meinen richtigen Namen unter meinen Artikel setzen können, wie wäre es denn dann mit einem *nom de plume*, einem Pseudonym? Sie haben doch sicher von George Sand gehört, oder?«

Pemberton hob eine buschige weiße Augenbraue und antwortete ziemlich herablassend: »Und welchen *nom de plume* haben sich Mademoiselle ausgedacht, wenn ich fragen darf? Etwa Baronesse Dudevant?«

Melanie schnaubte verächtlich. »Ich muss wohl kaum einen Adelsnamen schützen, wie das bei George Sand der Fall war, sondern nur einen ängstlichen Zeitungsverleger. Wie wäre es mit Moses French?«

»Klingt gar nicht schlecht«, musste Pemberton widerstrebend zugeben. »Den Nachnamen schreibe ich auf das Konto Ihrer kreolischen Herkunft, aber was ist mit Moses?« Er nickte, ließ seine Brille vom Scheitel seines Kopfes auf die Nasenspitze rutschen und betrachtete die junge Frau vor sich. »Haben Sie etwa die Absicht, der neue Gesetzgeber von San Antonio zu werden?«

Melanie zuckte abwehrend mit den Schultern. Sie war noch nicht so weit, ihm von ihren schwarzen und indianischen Vorfahren zu erzählen. Für den Anfang war es schlimm genug, eine Frau zu sein. »Sagen wir einfach so: Mein Ziel ist es, die Leser dieser schönen Stadt aus der Wüste der Unwissenheit in das Gelobte Land der Wahrheit zu führen.«

»Das Land, in dem Milch und Honig fließen. Halleluja!«, warf Amos mit der schönsten baptistischen Erweckungsstimme ein, ohne dass seine Finger, mit denen er die Buchstaben setzte, an Flinkheit verloren.

Pemberton überging diese aufmüpfige Bemerkung und reichte Melanie brüsk ein Blatt Papier. »Nun ja, Moses French muss noch etwas warten, während Melanie Fleming einen Artikel über die gesellschaftliche Situation in der Stadt schreibt. Ich möchte wissen, wer verlobt ist oder heiratet, wer kürzlich mit Nachwuchs gesegnet wurde, mit was für Festen die Damen unserer schönen Stadt vorhaben, die Langeweile des Hochsommers zu unterbrechen. Sie verstehen, was ich meine.«

Seufzend nahm sie die Liste an sich. »Soll ich mich auch um die Todesanzeigen kümmern, oder hat das zu großen Nachrichtenwert, als dass eine Frau darüber schreiben könnte?«

Wohlwollend lächelte er sie an. »Nur solange die Unglücklichen eines natürlichen Todes gestorben sind. Holen Sie sich weitere Anweisungen für den Fall, dass Sie von Mord hören!«

Nachdem Melanie den ganzen Morgen Althea Dallman zugehört hatte, die ihr in aller Ausführlichkeit unterbreitete, wie der Ball zu Ehren von Senator Sam Houston gefeiert werden sollte, quälten sie unerträgliche Kopfschmerzen. Niedergeschlagen machte sie sich auf den Weg zum *Star*, wo sie aus den Bergen von Notizzetteln, die sie in ihren Beutel gesteckt hatte, einen zusammenhängenden sinnvollen Text verfassen wollte. Zusätzlich zu zahlreichen Informationen über Gästelisten, Menüs, Schmuck für den Ball hatte sie noch Stapel von Blättern über Geburten, Todesfälle, Hochzeiten und Verlobungen.

Doch nur ein einziges Ereignis hatte für sie selbst eine gewisse Bedeutung. Aber warum machte es ihr eigentlich so viel aus, dass die Sandovals eine besonders großartige Feier anlässlich der Verlobung ihrer Tochter Larena mit Leandro Angel Velásquez gefeiert hatten? »Noch ein sittsames und wohl erzogenes mexikanisches Mädchen.«

Melanie rümpfte die Nase und sagte sich entschlossen, dass Lee und Larena einander verdienten.

Seine Ranch, die er in Night Flower umbenannt hatte, blühte. Seine skandalöse, blutige Vergangenheit hatte er hinter sich gelassen. Jetzt nahm er seinen Platz in den oberen Rängen der reichen spanischen Gesellschaftsschicht von San Antonio ein. Kein Wunder, dass eine solche Stütze der Gesellschaft sich eine Sandoval zur Frau nahm. Dennoch fühlte

Melanie sich aus irgendwelchen verrückten Gründen, die sie sich nicht einmal eingestehen wollte, aufs Neue verletzt, wenn auch nicht so schmerzhaft wie damals in Austin, als sie von Dulcias Existenz erfahren hatte.

In Gedanken versunken, ging sie um die Ecke der Commerce Street. Plötzlich stieß sie gegen einen harten Gegenstand. Sie fuhr zurück und prallte an die Hauswand, wobei ihr der Beutel mit den Notizen aus der Hand flog.

»*Fräulein* Melanie, das tut mir aber Leid! Darf ich Ihnen helfen!« Pater Gus streckte die Arme aus und hielt sie fest, damit sie nicht erneut an die Wand fiel. Dann kniete er nieder, um die Zettel aufzusammeln. Melanie schnappte nach Luft, beugte sich nach vorne und sammelte das Papier ein.

»Ich bin eigentlich die, die sich entschuldigen muss, Pater. Ich habe nicht aufgepasst, wo ich hingelaufen bin.«

»Geht es mit Ihrer Karriere als Reporterin voran?«, erkundigte er sich.

Melanie seufzte verärgert auf. »*Darüber* bin ich ins Grübeln geraten ...« Sie hielt inne und sah in das engelhafte, ernste Gesicht des Paters. »Mr. Pemberton lässt mich nur über gesellschaftliche Ereignisse berichten, über Party-Klatsch, Tanzveranstaltungen und andere alberne Dinge. Ich möchte aber über wichtige Dinge schreiben. Da wir gerade dabei sind: Wie geht es denn mit Ihrer *Karriere* voran? Sie hatten doch vor, eine Schule für arme Indianerkinder zu gründen?«

Nun war es Pater Gus, der einen Seufzer ausstieß. »Pater Calvo ist zwar sehr hilfsbereit, doch er meint, dass sich der Bischof zunächst und vor allem um die Kinder weißer Siedler kümmern will.«

Melanie schnaubte höhnisch. »Er ist genauso wie alle anderen guten Texaner, seien es nun Anglos oder Mexicanos. Alle haben Angst vor den Indianern, sogar vor den Lipans und Cherokees, die für die Armee arbeiten.«

»Sogar unter den Einwohnern von San Antonio gibt es Streit«, sagte der Priester halb bedauernd, halb ironisch. »Die Spanier, Pater Calvo zum Beispiel, mögen die Deutschen nicht. Die Deutschen mögen die Anglos nicht, und die Anglos mögen die Mexikaner nicht.«

»Und im Hass auf die Indianer sind sie sich einig«, fügte Melanie seiner Klage hinzu. Beide lachten. Dann fragte sie: »Sie haben doch sicher eine ganze Reihe deutscher Katholiken für Ihre Messen gewinnen können, oder?«

»Ja, einige kommen. Aber viele sind mehr daran interessiert, Geld zu verdienen. Selbst am Tag des Herrn arbeiten sie noch in ihren Läden und Lagern.«

»Das ist eine alte texanische Sitte, fürchte ich«, erklärte Melanie. »Die Religion kommt hier immer erst nach dem Geschäft.«

»Umso mehr muss man die wirklich Bedürftigen unterstützen ... die hungrigen Kinder der indianischen Scouts, *ja*, auch die Frauen, die den Soldaten folgen.« In Pater Gus' Stimme lag eiserne Entschlossenheit.

Zahlreiche Gedanken schossen Melanie durch den Kopf, während sie an dem jungen Priester vorbei auf die von Holzhäusern und Platanen gesäumte Straße blickte. »Wenn Ihre weißen Kirchgänger Sie entbehren können – und wenn es Ihnen Pater Calvo erlaubt, hätte ich eine Idee. Ich kenne eine Frau, die Ihnen helfen könnte. Wenn sie zweitausend Jahre früher gelebt hätte, wäre sie sicher bei der Speisung der Fünftausend dabei gewesen«, meinte Melanie verschmitzt.

»Ich glaube, du und Pater Gus habt sehr viel gemeinsam«, bemerkte Melanie, als sie den Priester und die Besitzerin der besten Pension von San Antonio einander vorstellte.

»Ich habe nichts gegen diesen Mann in schwarzer Robe und

auch nicht gegen andere, solange sie nicht versuchen, mich alte Baptistin zu bekehren.« Obedience streckte eine Hand zur Begrüßung aus, ergriff Pater Gus' Hand und schüttelte sie kräftig.

Der Pater konnte ihrem Griff standhalten und erwiderte ihren kräftigen Händedruck. »*Ja*, ich glaube, dass wir Freunde werden können, *Frau* Oakley.«

»Nun, wie sieht denn der Plan im Einzelnen aus? Wie wollt ihr die Indianerkinder mit Essen versorgen und allem anderen, was ...«

Melanie erklärte, dass sie und Pater Gus gerade eine verlassene alte Lehmhütte am Rand der Stadt gefunden hatten, in der man eine provisorische Schule einrichten könnte, sowohl für die Halbblut-Kinder als auch für eine Anzahl armer *Tejano*-Kinder. »Das Problem besteht darin, dass man sie dazu bringen muss, zu kommen. Sie hungern und laufen in Lumpen herum. Und niemand, weder die Kirche noch irgendwelche Geschäftsbesitzer, geben ihnen Essen oder Kleidung. Deshalb haben wir gedacht ...«

»Jessas! Man kann doch nicht lernen, wenn einem der Magen knurrt. Das ist auch meine Meinung.« Seufzend ging ihr Blick zwischen den beiden Verschwörern hin und her. »Ich werde Sadie und Lena dazu bringen, ein Festessen zu kochen, dem kein Heiliger widerstehen könnte, geschweige denn eine Bande hungriger, kleiner Heiden.«

Kapitel 10

Das ist keine Nachricht aus der vornehmen Gesellschaft, aber es ist eine Geschichte über Menschen – eine wirkliche Geschichte, Clarence Viv …«

»Sagen Sie es nicht, oder ich reiße dieses Papier in Stücke und lass es Sie Schnipsel für Schnipsel verspeisen!«, entgegnete der alte Mann ernst.

In ihrer Begeisterung ging Melanie nicht auf diese Drohung ein. »Oh, ich verspreche es, Mr. Pemberton, ich werde Sie nie mehr mit Ihrem grässlichen zweiten Vornamen aufziehen, aber …« Abrupt hielt sie inne.

Zaghaft hob er die Brauen. »Bitte, fahren Sie fort!«

»Sie müssen diese Geschichte über Pater Gus' Schule für arme Kinder lesen! Die Leute in San Antonio haben doch ein Herz. Obedience hat alle wohlhabenden Rancher dazu gebracht, einen Stier für den Kinderfonds zu spenden. Nun ja, fast alle: Der gierige Laban Greer, dieser alte Spekulant, hat sich geweigert, ebenso Noah Parker. Aber selbst Lee Velásquez hat etwas dazu beigetragen, nachdem Obedience gedroht hatte, ihn zu verdreschen.« Bei der Erinnerung an die Schilderung des Gespräches durch ihre Mentorin musste Melanie schmunzeln. »Und das ist noch nicht alles! Charlee Slade hat eine ganze Reihe Frauen dazu bewegen können, die ausrangierten Kleider ihrer Kinder wieder auf Vordermann zu bringen und zu spenden. Ja, es wurden sogar Decken gespendet. Und wir drei sind zusammen zu den Ladenbesitzern gegangen und haben sie dazu überredet, Pater Gus einige Lese- und Übungsbücher für die Schule zu schenken! Hier! Lesen Sie: ›Die Stadt mit dem Herzen eines Heiligen‹!«

Blitzschnell überflog Pemberton die Seiten, ohne etwas zu

übersehen. Die Kleine war gut. Klarer Stil, gute Gliederung. Und sie sprach die Gefühle der Leute an. Obwohl es ihm widerstrebte, meinte er: »Wir werden den Artikel bringen. Unter Ihrem Namen.«

Mit einem Freudenschrei sprang Melanie auf und drückte ihm einen Kuss auf die schlaffe Wange. Er wich zurück und hob kühl die Augenbrauen.

»Es überrascht mich nicht, dass Laban Greer und Noah Parker sich weigern, armen Indianern zu helfen«, sagte er und wandte sich wieder der Geschichte zu, an der er gerade schrieb.

Melanies Blick wanderte zu dem Manuskript, und sie hatte es schon ergriffen, ehe er sie daran hindern konnte. »*Die Miliz plant für heute Morgen einen kühnen Überfall auf marodierende Komantschen …*«, las sie laut. Hastig überflog sie den Rest des Entwurfs und die Notizen. »Das ist ja wirklich eine spannende Geschichte. Wie sind Sie da rangekommen? Ich habe überhaupt nichts davon gehört.«

Clarence lächelte selbstgefällig. »Ich habe da so meine Quellen, Kind. Männer beichten einem anderen Mann so allerhand, zum Beispiel bei einem kleinen Umtrunk.«

»Oh, Sie haben sie betrunken gemacht, ja?«

»Das ist eine Taktik, die ein männlicher Reporter im Unterschied zu einem weiblichen anwenden kann, wenn ich das so sagen darf«, gab er gönnerhaft zurück.

»Aber ich kann reiten und schießen. So etwas können Texanerinnen und Yankees aus Massachusetts unter Umständen nicht – wenn ich das so sagen darf«, konterte sie schnippisch, während sie ihre Geschichte über Pater Gus' Schule Amos in die Hände drückte. »Das müsste eigentlich den Verkauf der Zeitung noch einmal beträchtlich steigern, Amos. Ich gehe jetzt!« Damit drehte sie sich auf ihren derben Schuhen herum und schritt hoch erhobenen Hauptes über den glatten Holzboden an Clarence Pemberton vorbei.

»Und wohin gehen Sie, wenn ich fragen darf, junge Frau?«, rief er hinter ihr her.

»Dorthin, wo es eine neue Story gibt«, gab sie über die Schulter zurück, ehe sie durch die Eingangstür verschwand.

Pemberton seufzte, und Amos lachte in sich hinein.

Die Dämmerung brach herein, als Melanie durch die Küche in der Pension schlich. Gut, dass sich niemand hier aufhielt! Melanie wollte nicht entdeckt werden, vor allem nicht in den Kleidern, in denen sie steckte. Die alte schwarze Köchin hätte sie vielleicht für einen Landstreicher gehalten und wäre ihr mit dem Besen zu Leibe gerückt. Sie trug weite geflickte Wildlederhosen und abgewetzte Stiefel.

Wiederholt hatte sich Melanie im Spiegel begutachtet. Den größten Teil der sorgfältig ausgewählten Kleider hatte sie sich vom alten Racine Schwartz »geborgt«, der in seiner Jugend in den Bergen gelebt hatte. Er war klein und drahtig und besaß die abgerissensten Kleider, die sie beschaffen konnte. Am Nachmittag hatte sie die abgetragenen, schmutzigen Wildlederhosen und die Stiefel aus einer Kiste in seinem Zimmer ausgegraben und sie in ihren Kleiderschrank geschmuggelt. Ehe sie sich umgezogen hatte, hatte sie ihre vollen Brüste mithilfe eines Leinentuchs fest eingeschnürt. Das Haar hatte sie in einem Knoten zusammengebunden und unter einen breitrandigen, verbeulten Filzhut geschoben.

Nachdem sie durch die Hintertür ins Freie gelangt war, beschmierte sie sich das Gesicht und die Wildlederhosen mit Schmutz, und zwar so gründlich, dass sogar ihre Fingernägel schwarz waren. So würde man sie ganz bestimmt für einen schmutzigen, ungepflegten Kerl halten.

Leise ging Melanie auf das Eishaus im Garten zu, wo sie ein braves Pferd angebunden hatte, das auf ihr nächtliches Abenteuer wartete. Ihr Hawken-Gewehr war geladen und steckte im Holster. Am Körper trug sie eine Allen und Thurber-Büchse und einen Revolver, der klein genug war, dass sie damit umgehen konnte. Außerdem hatte sie auch noch ein Enthäutungsmesser von Racine stibitzt. Bewaffnet, hart und schmutzig aussehend, hoffte sie, sich unbemerkt unter die Schar der Freiwilligen mischen zu können, die unter der Führung des örtlichen Ranger-Captains Seth Walkman stand. Laut Clarences Notizen sollte Jagd auf eine Bande von Komantschen-Banditen gemacht werden, die einige Ranches abgebrannt und Vieh südöstlich von Fort Inge gestohlen hatten. Die personell unterbesetzten und schlecht bewaffneten Soldaten schafften es nicht, die Komantschen im Zaum zu halten, also würde die Bürgerwehr aus Texanern die Sache übernehmen.

Über Seth Walkman und seine Ranger hatte Jim Slade ziemlich abfällige Bemerkungen gemacht und es bedauert, dass sein alter Freund und früherer Captain der Wehr, Jack Hays, vor ein paar Jahren nach Kalifornien gegangen war, um Gold zu schürfen. Walkman fehlten Führungsqualitäten und Anstand. Die Männer, die unter ihm ritten, rekrutierten sich zumeist aus dem Abschaum der westtexanischen Gesellschaft: Es waren Revolvermänner, Herumtreiber und Kopfgeldjäger. Melanie fragte sich, ob Lee Velásquez mit dieser Strafexpedition geritten wäre. Doch sie kam schließlich zu der Überzeugung, dass er, wie tief sein Hass auf Indianer war, es nie akzeptieren würde, Befehle von einem Texas-Ranger entgegenzunehmen.

Als sie mit ihrem Pferd an den Treffpunkt am Fluss kam, war sie allerdings erleichtert, Lee tatsächlich nicht unter den Männern entdecken zu können. Er hätte mich wahrscheinlich wiedererkannt, sagte sie sich. Sie war glücklich, dass er seine blutige Vergangenheit hinter sich gelassen hatte. Sie erkannte eine ganze Reihe der Männer wieder, die am Lagerfeuer saßen und Kaffee tranken.

Walkman war ein grobknochiger, schlanker Mann mit krausem Haar und glanzlosen grauen Augen. Er sprach gerade mit Laban Greer, dem Rancher, der zugleich eine Firma in der Stadt hatte und Landspekulation betrieb. Greer war klein und untersetzt wie ein Stier, und sein Charakter entsprach seinem Äußeren. Sie wandte sich von dem unsympathischen Duo ab und entdeckte noch eine ganze Reihe von Rangers, die regelmäßig mit Walkman ritten, außerdem ein Dutzend Männer aus der Stadt, kleine Rancher und Herumtreiber, die offensichtlich nichts Besseres zu tun hatten, als Indianer zu jagen.

Während sie sich die Leute ganz genau ansah, versuchte sie, sich so viele Gesichter wie möglich einzuprägen, ohne durch ihre Neugier aufzufallen. Vorsichtig hielt sie Abstand von Laban Greer, den sie von ihrem feindlichen Zusammenstoß her kannte, als sie von ihm einen Beitrag für Pater Gus' Schule gefordert hatte. Er würde es vorziehen, Indianer zu erschießen, anstatt sie in die Schule zu schicken, dachte sie zornig.

Als das Kommando zum Aufsitzen kam, achtete niemand besonders auf den ›Jungen‹, der im Schatten eines Weidenbaums am Flussufer stand. Unter den Reitern waren jugendliche Herumtreiber, die als Cowboys arbeiteten und zweifellos noch weniger anständige Arbeit verrichteten. Die meisten Männer schienen von grimmiger Entschlossenheit erfüllt zu sein. Zwar unterhielten sie sich, aber es wurden so gut wie keine Witze gemacht. Melanie erfuhr, dass ein Siedler namens Ben Haycox sein Ranchgebäude und das meiste Vieh bei einem der jüngsten Überfälle verloren hatte. Ein anderer, der jetzt als Hufschmied in der Stadt arbeitete, hatte das gleiche Schicksal wie Lee erlitten und im Alter von drei Jahren seine ganze Familie bei einem Komantschen-Angriff verloren. Eine eisige Vorahnung überlief Melanie, als sie die Gespräche belauschte.

Sie ritten einige Stunden lang, während Walkman, der ein

guter Fährtenleser war, immer wieder nach Spuren Ausschau hielt und einige Male die Richtung änderte. Der Mond trat hinter den Wolken hervor und verschwand dann wieder. Wenn er längere Zeit nicht zu sehen war, kam die Gruppe nur langsam voran. Dennoch schien Walkman ganz genau zu wissen, wohin er wollte. Es sieht alles nach einem abgekarteten Spiel aus, dachte Melanie. Ihr wurde unbehaglich. Wenn sie einer Bande räuberischer Krieger auf der Spur waren, wie konnte Walkman dann so genau wissen, in welche Richtung sie reiten mussten?

Im Laufe der Nacht wurde ihr Unbehagen immer größer. Als die ersten hellen Streifen der Morgendämmerung am Himmel erschienen, signalisierte Walkman der Gruppe, abzusteigen und sich ruhig zu verhalten. Er und zwei seiner Ranger ließen die anderen zurück und ritten langsam nach Westen durch eine enge Schlucht. Etwa eine halbe Stunde später kamen sie wieder zurück.

»Wir haben sie, Jungs. Direkt vor uns.« In der Stille der Morgendämmerung wirkte Walkmans Flüstern wie ein Peitschenhieb. »Du, Jonas, nimm dir 'n Dutzend Männer und folge Miller. Tatum, nimm du den Rest und folge Abe. Greer, du und deine Männer kommen mit mir.«

Während die Männer sich auf die Gruppen verteilten, mischte sich Melanie unter die Leute, die mit Tatum gingen. In der Gruppe war die Wahrscheinlichkeit, erkannt zu werden, am geringsten. Nur wenige Männer hatten überhaupt Notiz von dem schweigsamen Burschen genommen und auf dem ganzen zermürbenden Nachtritt höchstens sechs Worte an »ihn« gerichtet. Melanie hielt den Kopf gesenkt und ihr Gewehr im Anschlag, während sie den Männern folgte, die schweigend durch das raue, hügelige Gelände auf ein Ziel zupirschten, das nur Walkman und seine beiden Ranger kannten.

Da sie erwartet hatte, auf ein Lagerfeuer und eine Gruppe schlafender Komantschen-Krieger unter freiem Himmel zu stoßen, war sie überrascht, als sie auf einem flachen Hügel am Rande der Schlucht ankamen. Unter ihnen lag ein kleines Dorf, das sich einige Hundert Meter an einem sich dahinschlängelnden Fluss erstreckte. Die aus losem Buschwerk gebauten Schutzvorrichtungen erinnerten an primitive mexikanische Hütten, wie Bauern von San Antonio bis Sonora sie errichteten. Sie konnte ein Kind schreien hören und gleich darauf die tadelnde Stimme einer Frau. Dann erschienen noch ein paar Frauen, die mit ihren Kochgefäßen zum Wasserholen an den Fluss gingen. Sie waren offensichtlich die Ersten im Lager, die wach geworden waren.

Nach und nach erwachte das übrige Dorf. Zwei Hunde jagten hinter einem nackten Jungen her, der lachend im Wasser herumplanschte. Schließlich trat auch ein Mann, lediglich mit einem Lendenschurz bekleidet, aus einer der primitiven Hütten und begrüßte, sich reckend und streckend, den neuen Tag. Wie es Sitte war, wenn sie in dem wilden, von Canyons zerklüfteten Komantschen-Land ihr Lager aufschlugen, hatten die Indianer keine Wachtposten aufgestellt und auch sonst keine Schutzmaßnahmen getroffen.

Als die weißen Männer das Feuer eröffneten, sah Melanie als Erste den kleinen Jungen und seinen Hund zu Boden sinken. Gleich darauf brach Chaos aus, und alles geschah mit Grauen erregender Schnelligkeit. Männer auf Pferden feuerten mit sechsschüssigen Revolvern in die schreiend umherlaufenden Komantschen. Es war so gut wie unmöglich, auf diese kurze Entfernung das Ziel zu verfehlen. Die Pferde der Angreifer stampften die leicht gebauten Schutzhütten nieder und zerschmetterten alles, was ihnen in den Weg kam. Durch die Schießerei aus dem Schlaf gerissen, ergriffen die meisten Krieger, was immer ihnen in die Hände fiel, und rannten auf die Angreifer zu. Nur wenige konnten Schusswaffen oder Bögen erwischen und wurden von Kugeln und Gewehrkolben niedergemacht.

Das Blutbad traf unterschiedslos jeden – gefährliche Krieger, aber auch Frauen und Kinder. Wie angewurzelt stand Melanie da und beobachtete, wie Männer, die sie aus der Stadt als zivilisierte Weiße kannte, blindlings mordeten.

Starr vor Entsetzen verbarg sie sich hinter einem Felsvorsprung und benutzte ihr Pferd als Schutzschild. Zusammengekauert beobachtete sie, wie die Mörder um sie herum wüteten. Insgeheim flehte sie, dass sie nicht gezwungen würde, an diesem Gemetzel teilzunehmen, um sich selbst zu schützen. In Wirklichkeit hatte sie wenig zu befürchten. Die schlafenden Komantschen waren so vollständig überrascht worden, dass der ungleiche Kampf innerhalb von Minuten vorüber war. Niemand kam in die Nähe von Melanies Versteck, nicht einmal, um ihr Pferd zu stehlen und zu entkommen.

Die Ranger und ihre Milizleute waren auf verheerende Weise erfolgreich. Binnen fünf Minuten waren alle Frauen, Kinder und Männer tot. Als Laban Greer seine Hand hob und eine alte Frau erschoss, die sich, bereits verletzt, auf dem Boden wand, konnte Melanie nur mit Mühe einen Schrei unterdrücken. Sie biss sich auf die Unterlippe, bis sie blutete, um ihre Empörung zu unterdrücken. Wenn die blutrünstigen Männer ihre Maskierung entdeckten, würden sie ganz sicher dafür sorgen, dass ihr das gleiche Schicksal widerfuhr wie den Komantschen-Frauen.

Melanie wollte von dem hässlichen Gelächter und den brutalen Bemerkungen der Männer nichts mehr hören. Daher folgte sie den Reitern, die die Pferde der Dorfbewohner zusammentreiben sollten. Weit und breit als gute Pferdezüchter bekannt, besaßen die Komantschen wertvolle Rösser, die man mit gutem Gewinn überall in Texas verkaufen konnte.

Melanie schluckte viel Staub, während sie hinter den erbeuteten Tieren herritt und ihr der Geruch von brennendem Buschwerk und menschlichen Leichen in die Nase stieg. Walkman hatte Befehl gegeben, das ganze Dorf samt der toten Einwohner in Brand zu setzen. Bei dem trockenen Wetter der letzten Tage verwandelte sich der Schauplatz des Grauens sehr schnell in einen Haufen schwelender Asche.

Als sie auf der Greer-Ranch ankamen, deren Corrals groß genug waren, um die eroberten Pferde aufzunehmen, war die Mehrzahl der Männer damit beschäftigt, sich um den eigenen Beuteanteil zu kümmern. Gerade noch eine Hand voll Männer blieb bei Walkman und seinen Rangers. Andere trennten sich von ihnen, um nach Hause zu reiten. Der Auftrag war erledigt. Noch immer voller Angst, entdeckt zu werden, blieb Melanie hinter der Staub aufwirbelnden Herde indianischer Pferde, bis sie sich den Corrals näherten. Als gerade niemand zu ihr hinsah, lenkte sie ihr Pferd in eine kleine, mit Büschen bestandene Senke abseits vom Weg und wartete, bis alle gegangen waren. Auf einem Umweg ritt sie zur Stadt zurück, als würde sie von Dämonen verfolgt, während die wirklichen Dämonen vor ihr auf San Antonio zuritten.

Gewöhnlich spiegelten sich in Clarence Pembertons Gesicht Gefühle, die von Langeweile bis zu beißendem schwarzen Humor reichten. Doch als er das Manuskript las, das ihm Melanie gerade ausgehändigt hatte, veränderte sich seine gesamte Miene: Er wurde kreideweiß, vor Schreck wurden seine Augen groß und rund, und vor Anspannung spitzte er den Mund. Nachdem er den langen Artikel gründlich gelesen hatte, nahm er seine Brille von der Nasenspitze und legte sie vorsichtig auf den Tisch. Seine blauen Augen schienen Melanie zu durchbohren, während er sich räusperte. »Jedes Wort stimmt genau«, sagte er. Das war weniger eine Frage als eine entsetzte Feststellung.

»Bis zu der Einzelheit, dass Laban Greer eine alte Frau erschoss, die bereits am Boden lag«, antwortete sie ruhig. »Selbst Babys und ihre Puppen wurden niedergemetzelt. Der Fluss war rot von Blut ...«

»Ich verstehe. Ihr Prosastil ist überraschend anschaulich«, unterbrach er sie. Der Ausdruck des Widerwillens und der Ablehnung auf seinem Gesicht galt nicht ihr, sondern den dargestellten Ereignissen.

»Werden Sie es drucken?« Sie hielt die Luft an.

»Ich bin Zeitungsreporter. Und so grässlich das hier ist, es ist eine Nachricht. Natürlich müssen wir für Ihre Anonymität sorgen. Wir bringen den Artikel unter dem Namen Moses French.«

»Natürlich«, entgegnete sie ernst und erleichtert. Die Menschen in Texas würden aus dieser Ungeheuerlichkeit lernen.

Doch die Menschen in Texas hatten schon über Generationen Verwüstungen durch Komantschen erlebt. Sie waren nicht geneigt, über das Schicksal eines einzigen Komantschen-Dorfes Tränen des Mitleids zu vergießen. Die Zerstörung, die im Jahrzehnt zuvor über ihre eigenen Städte von Victoria bis Linnville gekommen war, machte sie hart gegen das Schicksal der Komantschen, selbst wenn die Opfer Frauen und Kinder waren. Viele Bürger betrachteten das Sterben der Indianer gelassen und erinnerten sich an die Ermordung von Häuptlingen vor dem Rathaus und auf den Straßen von Antonio. Dieses Schicksal hatten die Indianer selbst provoziert, indem sie sich geweigert hatten, weiße Gefangene einer Komantschen-Bande freizulassen.

Andere Leser glaubten ganz einfach nicht, was da geschrieben stand. Zivilisierte Männer aus der Stadt und Rancher, die sie täglich auf der Straße grüßten, würden nie das tun, was dieser aus dem Osten kommende Fremde und sein geheimnisvoller Reporter Moses French behaupteten. Andere, wie Lee Velásquez, die selbst Opfer von Komantschen-Überfällen geworden waren, reagierten angewidert und empört auf die anschauliche Schilderung einer Schlacht, die immer wieder in Texas stattfand. Welchen Sinn hatte es, die Schrecken und das Grauen zu beschreiben, das beide Seiten fortsetzten? Die Metzeleien würden erst dann ein Ende haben, wenn der letzte Komantsche tot war.

Wenn die Mehrheit der Bürgerschaft dazu neigte, die flammende Verurteilung des *Stars* zu missbilligen oder zu ignorieren, so gab es doch eine lautstarke Minderheit, die gewalttätige Gedanken hegte. Neben Zeb Brocker, Pike Miller, Marsh Tatum und Jeff Jonas waren Seth Walkman und Laban Greer in dem Artikel namentlich erwähnt worden. Greer blieb auf seiner Ranch und fühlte sich über das Saloon-Gesindel erhaben, das von Brocker und Miller zu einem Krawall angestiftet wurde. Seth Walkman hielt sich als Hauptmann der örtlichen Ranger diskret im Hintergrund, während sein Leutnant von *cantina* zu *cantina* ging und am selben Abend, als die haarsträubende Geschichte des *Stars* erschien, den Mob zusammentrommelte. Als die Abenddämmerung hereinbrach, hatte sich eine ziemlich große Gruppe gebildet, die andere aufforderte, sich ihnen als »tapfere Indianerbekämpfer« anzuschließen.

Auf dem Weg zu einem Abendessen bei den Sandovals hörte Lee das hässliche Gegröle des Pöbels. Er nahm an, dass es sich lediglich um eine Rauferei von Betrunkenen handelte, die die Konstabler schnell unter Kontrolle bekämen. Als er an der Tür begrüßt wurde, stand Don José neben Larena. Er hatte ein Exemplar des *Star* in der Hand.

»Ich wünschte, dass diese törichten Leute aus dem Osten wieder nach Hause gingen und uns hier in Ruhe ließen«, meinte er und presste die Lippen fest zusammen.

»Also darum geht es bei dem Tumult auf der Plaza?«, fragte Lee angewidert. »Ich habe Mr. Frenchs aufrührerischen Artikel gelesen.«

»›Aufrührerisch‹ ist noch eine Untertreibung«, entgegnete Don José. »Dieser Narr hat ganz offensichtlich genauso wenig Ahnung von dem explosiven Charakter unserer so genannten ›Miliz‹ wie sein Herausgeber. Sie werden diesen Zeitungsladen abfackeln. Ich hoffe nur, dass das Feuer nicht auf die benachbarten Gebäude übergreift.« Don Josés normalerweise leutseliges Gesicht war hart wie Stein.

»Was wird aus den Leuten, die dort arbeiten, Vater? Außer Mr. Pemberton sind da noch der altersschwache Drucker und Miss Fleming. Ihre Eltern sind gute Freunde der Slades«, erinnerte Larena ihn besorgt.

Lee erstarrte. »Es ist schon spät. Gewiss ist sie jetzt bereits in der Pension bei Obedience. Der Teufel soll den alten Pemberton, seinen Drucker und diesen ›Starreporter‹ Moses French holen!«

»Ich weiß nicht so recht, Leandro. Vor kurzem hat mir Charlee noch erzählt, dass Melanie oft bis in die Nacht an ihren Artikeln arbeitet und anschließend Amos Johnston beim Setzen hilft. Obedience hat sich beschwert, das Mädchen verschmiere jedes Handtuch im Haus mit Druckerschwärze.«

Lee schnaubte voller Abscheu. »Das passt haargenau zu Melanie Fleming. Ich glaube, ich sehe doch besser einmal nach, ob sie wirklich in Sicherheit ist.« Er nahm die Hand seiner Verlobten und verbeugte sich leicht. »Bitte entschuldige, dass ich erst später zum Essen komme, doch schon allein Jims und Charlees wegen muss ich nach diesem Plagegeist sehen.« Damit machte er auf dem Absatz kehrt und ging in Richtung des Sandoval'schen Stalls, wo Sangre wartete.

Ein Stein flog durch das Fenster, und Glasscherben prasselten auf den Fußboden des *Star*-Büros. Amos Johnston blickte nach unten und trat gegen den scharfkantigen Stein, der über den Boden rollte. »Ich glaube, es fängt an, gefährlich zu werden, Miss Melanie. Gehen Sie rasch zur Hintertür hinaus, während ich ...«

»Oh, nein, das können Sie vergessen, Amos. Wenn Sie und Mr. Pemberton hier die Stellung halten, dann bleibe ich auch. Immerhin war es ja meine Geschichte, die den Pöbel auf den Plan gerufen hat.« Melanie blieb vor Amos stehen und wich nicht von der Stelle, während Clarence Pemberton durch das Glasfenster der Eingangstür spähte.

»Nun verhaltet euch beide wenigstens vernünftig, wenn ihr euch schon für ein so gefahrenreiches Leben entschieden habt«, warnte der alte Herausgeber. »Hör zu, Amos! Während ich nach draußen gehe, um sie zu beschwichtigen, wirst du dich mit Melanie zur Hintertür hinausschleichen, ehe diesen Neandertalern da draußen einfällt, dass es den Durchgang zur Commerce Street gibt.«

Zwischen zwei Rülpsern ließ sich eine näselnde Stimme vernehmen. »Wir woll'n den Franzmann sprechen.«

Eine schrille Stimme schrie: »Rück uns den Moses French raus, oder wir machen mit deiner Zeitungsbude, was die Komantschen mit Noah Parkers Ranchhaus gemacht haben.«

Melanie stellte sich breitbeinig hin und schüttelte Amos' Hand ab. »Hört! Sie wollen Moses French. Wenn ihr *ihn* nicht vorzeigen könnt, was glaubt ihr, was sie mit euch anstellen werden?«

»Dann ist es besser, wenn es einen alten Mann trifft statt einer jungen Frau«, entgegnete Clarence überraschend ruhig.

»Dann kannst du auch gleich sagen: *zwei* alte Männer. Ist das klar?«, meinte Amos und versuchte, den Akzent eines Schwarzen aus den Südstaaten zu imitieren.

»Das kommt überhaupt nicht infrage! Hat einer von Ihnen vielleicht etwas so Barbarisches wie eine Waffe?«

»Unsinn! Natürlich nicht. Sollte ich vielleicht auf den Rädelsführer zielen und ihm zwischen seine kleinen Knopfaugen schießen?«

»So etwas Ähnliches. Aber so wie Sie zielen, würde ich lieber das Schießen übernehmen. Wenn ich doch nur mein Gewehr mitgebracht hätte«, ärgerte sich Melanie. »Oder zumindest meine kleine Pistole.«

Wieder flog ein Stein durch das Fenster. Diesmal von ein paar verirrten Kugeln begleitet. Der flackernde Schein der Fackeln warf unheimliche Schatten über das Durcheinander in dem von Glassplittern übersäten Büro.

»Ich gehe raus und bringe sie zur Vernunft«, brummte Pemberton.

»Womit denn? Mit Ihrem ätzenden Sarkasmus? Irgendwie habe ich das Gefühl, das klappt nicht.« Schnell packte Melanie den alten Mann am Arm und schrie durch die zerbrochene Scheibe: »Das nenne ich tapfere Texaner: Steine werfen und auf zwei alte Männer und eine Frau schießen! Ihr solltet euch schämen!«

»Zuerst soll sich der Franzmann schämen«, krächzte Jeff Jonas. Seine Stimme war rau vom Whisky.

»Ich kann dich hören, Jonas, und dich, Zeb Brocker sehe ich – dich und Pike Miller. Die Texas Rangers können wirklich stolz auf euch sein, sowohl auf das, was ihr gestern angerichtet habt, wie auch auf eure heutige Eselei!«

Plötzlich legten sich stahlharte Arme auf Melanies Schultern. Sie wirbelte herum und sah in Lees zorniges Gesicht.

»Wirst du wohl deinen vorlauten Mund halten! Sonst stürmen sie gleich euer Büro, du unbesonnenes Ding«, stieß er hervor und schob sie in Pembertons Arme. »Ihr bleibt alle drei hier!«

»Du kannst nicht hinausgehen. Sie werden ...« Melanies Protest erstarb, als Lee durch die Tür verschwand und sie hinter sich ins Schloss warf.

»Ist das die Art und Weise, wie ihr Ranger für Recht und Ordnung sorgt, Miller und Brocker? Wo ist euer Boss Walkman? Wenn er sich darüber erhaben dünkt, gegen zwei alte Männer und eine Frau zu kämpfen, wie wärs dann mit jemandem, der es versteht, zurückzuschlagen – im Texas-Stil?« Von Spott und Hohn triefend, tönte die Stimme über die Köpfe der Menge hinweg. Jede Silbe wirkte wie ein Peitschenhieb und hatte eine ernüchternde Wirkung.

»Biste auch 'n Liebhaber von den Indianern, Mex, so wie die Yankees?«, nuschelte ein betrunken hin und her schwankender Herumtreiber.

»Ich spreche nicht gern über Liebhaber – oder vom Töten«, entgegnete Lee ruhig, während seine rechte Hand leicht auf der Waffe an seiner Hüfte ruhte. Seine Linke strich nachdrücklich über das Heft seines Bowiemessers, während er gelassen dastand und abwartete.

Was das zu bedeuten hatte, war den meisten Männern in der Menge klar. Sie kannten die Geschichten, wie er den beiden Rangern die Kehle durchgeschnitten und Skalps im Apachenland von Neu Mexiko gesammelt hatte.

Beim Anblick der unversöhnlichen Haltung, die dieser Mann an den Tag legte, während er dem Pöbel gegenüberstand, schauderte es Melanie. »Er wird diesen betrunkenen Tölpel töten, wenn der nicht aufhört«, flüsterte sie Amos zu. Die knisternde Spannung wurde schier unerträglich, als Brocker den Betrunkenen zur Seite schob und seinen Stiefel auf den Rand eines Wassertrogs vor dem Büro des *Star* setzte. Seine eng stehenden Augen funkelten Velásquez an, während er den schlanken *Tejano* herausforderte. »Du hast ja einen gefährlichen Ruf, dafür dass du nur 'n schmieriger Mex bist.

Aber ich schieße schon seit einigen Jahren Rothäute und schmierige Mexikaner tot.« Seine Hand ruhte auf dem sechsschüssigen Revolver.

»Und ich hab schon als kleiner Junge auf Klapperschlangen geschossen«, antwortete Lee kühl.

»Du dreckiger Mex ...« Blitzartig griff die Hand des Rangers zum Revolver, doch er kam nicht mehr dazu, ihn zu ziehen.

Lee machte einen Satz über den Wassertrog und schlug ihm genau und fest in die Magengrube. Brocker flog rückwärts in den Straßenstaub, und Lee landete auf ihm, zog das Messer und hielt es dem Mann an die Kehle. »Möchtest du noch ein paar Beleidigungen gegen meine Vorfahren loswerden, *rinche?*«, flüsterte er ihm scharf zu.

Keuchend rang Brocker nach Luft.

Im selben Augenblick zerriss ein Schuss die Stille und veranlasste die bereits ernüchterte Menge, sich aufzulösen. Wash Oakleys riesige Gestalt ragte am Rande der Menge auf. Er stand an der Ecke der Commerce Street, ein Gewehr in der Hand, und zielte mitten in die Menge. Kaum weniger bedrohlich, erschien am entgegengesetzten Ende der Straße Obedience hinter dem Zeitungsbüro.

»Was wir hier haben, nennt man wohl eine mexikanische Sackgasse, Gentlemen!«, begann Wash leutselig.

»Und ich durchlöcher den ersten Kerl, egal, ob Mex oder Gringo, der sich nicht von dem Gebäude entfernt«, fügte Obedience hinzu. »Jessas! Haut ab!«

Jetzt geriet der Mob in blinde Panik und floh in alle Richtungen, bis er sich zwischen den Gebäuden zerstreut hatte. Bis auf die Oakleys, Lee und den halb bewusstlosen Zeb Brocker war die Straße im Nu leer gefegt.

Melanie, Amos und Clarence kamen langsam aus dem Gebäude. Noch bevor Wash und Obedience beim *Star*-Büro ankamen, wirbelte Lee herum, packte Melanie am Arm und zog sie von den beiden Männern weg. »Du gehörst in die Pension, mein Fräulein, und nicht hierhin, um einen Aufruhr zu entfachen.«

»Du bist doch derjenige, der beinahe umgebracht worden wäre! Warum gibst du mir die Schuld? Ich habe nur meinen Job gemacht, an meinem Arbeitsplatz«, antwortete sie wütend und entriss sich seinem schmerzhaften Griff.

»An deinem Arbeitsplatz? Dein *Platz* scheint überall dort zu sein, wo es Schwierigkeiten gibt«, gab er zurück.

»Deiner Meinung nach sollte ich wohl zu Hause im Wohnzimmer sitzen und stricken, was? Zufällig bin ich Reporterin und schreibe über Schwierigkeiten und Konflikte. Aber ich bin nicht ihr Urheber!« Herausfordernd sah sie ihm in die zusammengekniffenen Augen und wartete nur darauf, dass er etwas zu der Geschichte sagen würde, die sie über ihn geschrieben hatte.

Aber er unterließ es. Stattdessen wandte er sich an Pemberton. »Ihr drei habt wirklich großes Glück gehabt, dass ihr noch am Leben seid. Und dieser Bastard French, der die ganze Sache ins Rollen gebracht hat, ist nicht einmal hier. Sie sollten dieses Mädchen entlassen und sich einen Revolvermann engagieren, wenn Sie weiter über unterdrückte Indianer schreiben wollen.«

Zischend stieß Melanie die Luft aus. Sie war so zornig, dass sie kein Wort hervorbrachte.

Obedience beobachtete die hitzige Auseinandersetzung und konnte Wash gerade noch davon abhalten, sich zu Wort zu melden. Sie wandte sich an Lee. »Warum bringst du das Mädchen nicht nach Hause, während wir uns darum kümmern, dass der Lump hier verschwindet.«

Wash warf einen abschätzigen Blick auf Brocker und zog den großen Mann vom Boden, als wäre er eine Puppe. Er warf ihn sich über die Schulter, während er lustig vor sich hin pfiff. »Hol die Pferde, Frau«, rief er. »Dann werde ich diesen Müll draußen vor der Stadt abladen.«

Lee nickte den Oakleys zu, packte Melanie am Arm und zog sie weg. Erstaunt blickten Pemberton und Johnston auf die Szene.

»Ich werde nirgendwo mit dir hingehen, Leandro Velásquez!« Vergeblich versuchte sie, ihren Arm frei zu bekommen. Als sie sich an Clarence und Amos um Hilfe wenden wollte, sah sie verwundert, dass die beiden im Büro verschwanden.

Melanie knirschte vor Wut mit den Zähnen, während Lee sie schnell den Bürgersteig entlangschob. »Warum überschüttest du nicht Larena Sandoval mit deiner ritterlichen Aufmerksamkeit? Deine Verlobte weiß es ganz sicher mehr zu schätzen.« In dem Augenblick, als die Worte über ihre Lippen waren, hasste sie sich auch schon dafür. Das Lächeln, das seinen schönen Mund umspielte, machte sie rasend vor Zorn.

»Warum denn das, Miss Fleming, du willst doch nicht etwa andeuten, dass du eifersüchtig bist? Larena hat mir erzählt, was für einen wunderbaren Artikel du über unsere Verlobungsfeier geschrieben hast.«

»Ich werde noch glücklicher sein, über deine Hochzeit zu berichten. Wenn du doch nur schon mit deiner wohl erzogenen Braut auf deine Night Flower-Ranch gezogen wärst und … sie befruchten würdest!«, entgegnete sie wütend.

Lachend warf er den Kopf in den Nacken. »Aber, Melanie, so unanständige Dinge sagt doch keine Dame! Aber offensichtlich vergesse ich öfter, dass du ja keine Dame, sondern eine Reporterin bist.« Missbilligend blickte er auf ihre schwarze Nase und die zerknitterten Kleider. »Hast du eigentlich kein Kleid, das dir passt?«

»Woher willst du wissen, ob mir meine Kleider passen oder

nicht – es sei denn, du spähst durch mein Schlüsselloch, während ich mich anziehe!«, gab sie schnippisch zurück.

Er erinnerte sich daran, wie reizend sie in ihrem seidenen Hemd und dem Reitrock an jenem Tag vor sechs Jahren in Austin ausgesehen hatte. Zornig über die unerwünschte Erregung, die von der Erinnerung an ihren sinnlichen Körper hervorgerufen wurde, hielt er inne und riss sie plötzlich in seine Arme. »Bist du jemals richtig und gründlich befruchtet worden, Miss Fleming? Es fängt etwa so an.« Blitzschnell beugte er sich zu ihr hinab und küsste sie auf ihre vor Überraschung geöffneten Lippen. Mit der einen Hand hielt er ihren Kopf fest umschlossen, mit der anderen drückte er sie dicht an sich.

Sie waren ganz allein auf der leeren, dunklen Straße. Melanie war so erschrocken über seine sprunghaften Stimmungswechsel von Ärger über Humor bis zu unerwarteter Leidenschaft, dass sie sich nicht sträubte, als sein Mund sich auf ihre Lippen presste. In wilder Leidenschaft erforschte seine Zunge ihren Mund. Wie ein Pfeil schoss die Lust durch ihren Körper und breitete sich in Hitzewellen aus. Sie spürte, wie sein harter Brustkorb ihre Brüste flach drückte, als er sie noch fester an sich presste und ihre Körper miteinander zu verschmelzen schienen.

Sie war schon von einigen Kavalieren geküsst worden, darunter ziemlich unterschiedliche, wie Cowboy Micah Torrance und junge Intellektuelle aus Boston. Deshalb hatte Melanie angenommen, sich gut mit Männern auszukennen. Aber keiner von ihnen hatte es gewagt, sich solche Freiheiten herauszunehmen wie Lee Velásquez. Aber warum sollte er auch nicht nach Lust und Laune mit ihr umspringen? Er betrachtete sie ja nicht als Lady, sondern nur als Mischling, in dessen Adern das verachtete indianische Blut floss! Ruckartig löste sie die Lippen von seinem Mund und stemmte sich gegen seinen Brustkorb. Überrascht von ihrer Stärke, ließ Lee sie so plötzlich los, dass sie beinahe das Gleichgewicht verloren hätte.

Dass er solche Gefühle in ihr weckte, beschämte sie zutiefst. Selbst jetzt noch konnte sie seinen männlichen Triumph spüren, während er amüsiert auf ihre wogenden Brüste und in ihr gerötetes Gesicht sah. Sie stolperte rückwärts, fing sich wieder und gab ihm eine schallende Ohrfeige, die mit einem Schlag das arrogante Lächeln aus seinem Gesicht wischte. »Ich bin nicht dein Spielzeug, Leandro Velásquez! Widme deine Aufmerksamkeit deiner Verlobten!«

Er rieb sich die schmerzende Wange und ging weiter. »Du hast ziemlich hart zugelangt, Melanie – dabei war das nur eine kleine Lektion: Bedenke vorher, mit wem du über heikle Themen sprichst!«

»Mit dir werde ich ganz bestimmt nicht mehr sprechen. Gleichgültig, über welches Thema«, gab sie zurück, während sie versuchte, mit ihm Schritt zu halten.

»Das ist das beste Maisbrot, das ich je gegessen habe, Obedience«, erklärte Charlee Slade. Sie wischte sich die goldbraunen Krümel vom Mund, während sie sich das letzte Stück von Obediences berühmtem, köstlichem Maisbrot schmecken ließ.

Es war Nachmittag, und die beiden Frauen saßen in der Küche der Pension, wo sie sich über den neuesten Klatsch unterhielten. »Vermisst du nichts, jetzt, da du nicht mehr die Pension führst, Charlee?«, fragte Obedience.

»Oh, manchmal schon. Immer dann, wenn Will und Sarah miteinander kämpfen oder der kleine Lee beinahe das ganze Porzellan zerschlägt. Aber sonst überhaupt nicht. Ich habe wirklich genug auf Bluebonnet zu tun. Da wir gerade über vorherige Eigentümerinnen sprechen – du und Deborah solltet euch bald einmal treffen. Das Baby muss jeden Tag kommen, und ich weiß, wie gern sie dich besuchen möchte. Du wirst dich wundern, wie groß Adam geworden ist.«

»Die Flemings haben eine ganze Menge Sprösslinge«, bemerkte Obedience liebevoll. »Damals war ich ziemlich besorgt, als ich ihren Brief bekam, in dem sie mir mitteilte, dass sie und ihr Franzmann wieder zusammen waren.«

Charlee lachte. »Das ging mir genauso. Doch offensichtlich ist es gut gegangen mit den beiden. Du wirst ihn mögen, Obedience. Irgendwie erinnert er mich an Lee: Nach außen schrecklich arrogant, aber eigentlich sind beide sehr gute Männer, die der Frau, die ihnen ebenbürtig ist, viel Liebe schenken.«

»Jessas! Ebenbürtig ist Deborah bestimmt!«, gab Obedience schmunzelnd zurück.

»Larena Sandoval ist Lee nicht gewachsen«, meinte Charlee. »Sie ähnelt Dulcia zu sehr. Oh, Obedience, Lee versucht, die Vergangenheit zu wiederholen. So erobert man sich keine Zukunft.«

Obediences wissender Gesichtsausdruck spiegelte Zustimmung. »Ein wirklich nettes Mädchen, doch ohne Mumm. Sie wird sich ihm für den Rest ihres Lebens fügen und zu Willen sein.«

»Wenn sie nicht gerade in ›anderen Umständen‹ ist und sich ihm deshalb nicht *fügen* kann«, entgegnete Charlee geheimnisvoll. Als sie die Verwirrung auf dem Gesicht ihrer Freundin sah, erzählte sie ihr von Dulcias Abneigung, die ehelichen Pflichten zu erfüllen.

»Warum, zum Teufel, sollte sich ein so gescheiter Mann wie Lee zum zweiten Mal an eine Frau binden, die so wider die Natur empfindet?« Obedience blickte verblüfft drein.

»Er trägt diesen spanischen Stolz in sich und glaubt noch

immer an Märchenprinzessinnen«, erklärte Charlee. »Er ist zwar jetzt ein erwachsener Mann und sollte vernünftiger sein, doch letzte Woche hat er Jim Vorträge darüber gehalten, dass er mich mehr *kontrollieren* müsse. Ich dürfe auf keinen Fall allein in die Stadt reiten, um beim Aufbau der neuen Schule zu helfen.«

Obedience brach in lautes Gelächter aus. »So lange kennt dich Lee nun schon und hat so wenig verstanden! Es muss erst ein heftiges Wortgefecht geben, ehe es im Bett einen guten Ringkampf gibt – das ist und bleibt meine Meinung.«

Charlee lachte laut auf. »Jim sagt immer, wenn ein Mann nicht so verrückt und stürmisch ist, dass er seine Frau erwürgen will, dann liebt er sie nicht wirklich.« Sie hielt inne und fügte hinzu: »Wenn ich natürlich daran denke, wie nah Jim dran war, Tomasina Carver zu heiraten, mache ich mir wirklich Sorgen um Lee. Männer sind solche Esel.«

»Die Männer taugen zu gar nichts ...«, meinte Obedience munter.

»... ›außer für *eine* Sache‹«, beendete Charlee den Satz für sie. »Deborah hat mir deine Weisheit schon vor Jahren mitgeteilt.«

Beide Frauen lachten, als sie an die Vergangenheit dachten. »Du, Deborah und ich haben wirklich gute Männer gewählt, wobei ich natürlich meinen zweiten und dritten Ehemann nicht mitrechne. Ich wünschte mir nur, wir könnten etwas für Deborahs Kleine tun.«

»Für Melanie?«, fragte Charlee überrascht.

»Ich beobachte die beiden schon lange. Mir kommt es so vor, als kämpften sie bei jeder Begegnung wie zwei in die Enge getriebene Luchse gegeneinander.« Obedience erzählte Charlee von Melanies erster Begegnung mit Lee in Galveston, von dem Vorstellungsgespräch beim *Star* und den gefährlichen Ereignissen um den Krawall vor einigen Wochen.

Gespannt hörte Charlee zu und versuchte, sich die beiden vorzustellen. Die Idee gefiel ihr sehr! »Lee hat auch schon mal von Melanie gesprochen«, fiel ihr ein. »Damals, als er aus Galveston zurückkam. Himmel, das muss jetzt schon zehn Jahre her sein! Bereits als Mädchen hatte sie es ihm angetan. Daran kann ich mich jetzt erinnern. Und du hättest sehen sollen, wie sie in Austin aufeinander flogen. Damals sah sie allerdings unglaublich schön aus und nicht wie eine eifernde politische Propagandistin.« Als sich Charlee ihre eigene schmerzvolle Verwandlung vom burschikosen Wildfang in eine schöne Frau in Erinnerung rief, seufzte sie auf. »Ich war genauso ahnungslos wie Melanie. Meine Mutter wollte, dass ich mich anständig kleidete und sittsam benahm, aber ich sah genauso wenig attraktiv aus wie Melanie heute. Deborah bekam beinah einen Anfall, als sie die Kleider sah, die Melanie aus Boston mitbrachte.«

Nachdenklich kratzte sich Obedience am Kinn. »Hat dir Deborah nicht beigebracht, wie du dich kleiden und verhalten solltest, um Jim Slade um den Finger zu wickeln?«

Charlee schmunzelte. »Ich bin in Gedanken schon viel weiter als du. Nun schulde ich Deborah auch einen Mann für ihre Tochter.«

Kapitel 11

»Nein! Ich weigere mich, mir den Hals in hochhackigen Schuhen zu brechen oder in Kleidern herumzutrippeln, die so eng geschnürt sind, dass mir die Luft ausgeht.« Melanie starrte Charlee trotzig über den Tisch hinweg an, als diese das Thema modische Kleidung anschnitt. Nach dem Essen saßen sie sich im Büro der Pension gegenüber. Charlee wollte mit Melanie ein Gespräch unter vier Augen führen.

»Wenn du mich vor zehn Jahren hättest hören können, hättest du festgestellt, dass das auch meine Meinung über die äußere Erscheinung einer Frau war.« Charlee lachte. Dann wurde sie wieder ernst. »Melanie, sieh dich doch bloß einmal an! Zumindest hatte ich ja noch einen Grund für die Kniebundhosen und die Hemden und das Barfußlaufen: Es war angenehm in der texanischen Hitze.« Sie ließ das Bild der heranwachsenden Charlee McAllister erst einmal auf Melanie wirken. Dann fuhr sie fort: »Aber du hast einfach *zu viel* an. Die Jacke und das Kleid wiegen mindestens zehn Kilo, ganz zu schweigen von den Sohlen dieser Treter, die du ›vernünftiges Schuhwerk‹ nennst. Ich nehme an, dass wir ungefähr gleich groß sind, aber diese Schuhe sind so riesig, dass ich beide Füße in einen Schuh stecken könnte.«

Melanie sah ein wenig verlegen drein. »Nun ja, sie sind zu groß …«

»Zu groß? Himmel! Obedience könnte sie tragen und hätte noch Platz darin.«

»In kleineren Größen gibt es sie nicht. Sie werden im Osten hergestellt. Für Frauen mit großen Fußballen oder Großzehen«, erwiderte Melanie, als wäre das von Bedeutung.

»Dem Himmel sei Dank! Du wirst nie ein Problem mit zu

großen Fußballen haben. Nur mit Blasen, die du dir läufst!«, rief Charlee empört aus.

Widerwillig verzogen sich Melanies Lippen zu einem Lächeln. »Du hörst dich an wie Großpapa, wenn du ›dem Himmel sei Dank!‹ sagst. Er hat mich auch immer kritisiert – und Mama auch, als sie noch ein Mädchen war.«

An diesem Punkt konnte Charlee einhaken. »Was immer deine Mutter sonst noch angestellt hat, was deinen Großvater aufgeregt hat – eines weiß ich ganz sicher: Deborah Manchester war immer ausgezeichnet gekleidet, und das hat sie mir auch beigebracht. Du versteckst dich in diesen unmodernen, hässlichen Kleidern, junge Dame!«

Vor Überraschung stockte Melanie der Atem. Charlee war viel zu nah an eine schmerzliche Wahrheit herangekommen, über die sie nicht sprechen wollte. »Es ist nun mal so, dass ich nicht hübsch aussehen will, um mir einen Mann zu angeln. Das ist nicht mein Lebensziel«, entgegnete sie steif.

Prüfend betrachtete Charlee das Gesicht der Zweiundzwanzigjährigen, die sie trotzig anstarrte. Vorsichtig wählte Charlee ihre Worte. »Zugegeben, ich wollte lernen, eine Dame zu sein, weil ich Jim seiner Verlobten, Tomasina Carver, ausspannen wollte. Sie war aristokratisch und vollkommen, aus einer der besten Familien, ähnlich wie die Slades oder die Sandovals. Weißt du übrigens, dass Jims Mutter eine Sandoval war?« Als Melanie sie überrascht ansah, fuhr sie fort: »Nun, er hat auf beiden Seiten edle Vorfahren, und ich war nur eine Landpomeranze aus Missouri. Mein Vater, Gott sei seiner armen Seele gnädig, war ein Trunkenbold, und mein Bruder wurde im Zusammenhang mit einer Erpressung umgebracht. Aber deine Mutter hat mich überzeugt, dass ich ein Mensch mit eigenem Wert war. Zum Teufel mit allen anderen, die zu meiner Familie gehörten.« Charlee legte eine kleine Pause ein.

»Sie hat mir gesagt, dass es schwieriger sei, als Blaustrumpf einen Mann zu finden, als wenn du afrikanisches oder indianisches Blut in den Adern hättest«, bekannte Melanie und lächelte dabei so traurig, dass es Charlee schier das Herz zerriss.

»Also das ist es! Du bist das Kind von Rafael Flamenco und einer Frau, deren Vorfahren Schwarze waren, und du hast Angst, dass dich kein Mann in Texas zur Frau haben will, wenn er das erfährt.«

»Wie viele Generationen von Frauen aus der Familie Duval ist meine Mutter dazu erzogen worden, nur eine Art Verzierung zu sein. ›Sei schön, Melanie! Zieh dich schick an! Achte darauf, wie du gehst und was du sagst! Lerne zu flirten!‹ Alles, damit dich ein reicher junger Mann aus einer der besten Familien zur *Mätresse* nimmt! ›Die Duval-Frauen sind nämlich etwas ganz Besonderes. Wir verkaufen uns nur an den Höchstbietenden.‹« Das waren Lilys Worte! Melanie schluchzte und fühlte sich in die Enge getrieben. Sie drehte sich zum Fenster und starrte ausdruckslos auf die Straße.

Schnell war Charlee bei ihr, nahm sie in die Arme und drehte das Mädchen herum, sodass es sie ansehen musste. Melanie barg den Kopf an Charlees Schulter und kämpfte darum, ihre Fassung wiederzugewinnen.

»So ein Leben wirst du nicht führen! Rafe und Deborah haben dich wie eine rechtmäßige Tochter erzogen. Du bist nicht irgendeine arme Verwandte, die sie in einem Schrank versteckt haben, Melanie. Du kannst mit Recht eine Heirat mit einem Mann erwarten, den du selbst auswählst«, erklärte Charlee mit Nachdruck. Dann fuhr sie sanfter fort: »Oh, Melanie, du bist doch gescheit und gut – und wunderschön. Es ist nichts Verwerfliches daran, attraktiv auf Männer zu wirken. Lauf nicht vor dir selbst davon! Gib dir die Chance, den richtigen Mann zu finden!«

»Um ihm dann zu offenbaren, dass ich ein Bastard bin, mit afrikanischem und Cherokee-Blut in den Adern?« Sie sah Charlee offen an.

»Wenn er der Richtige ist, wird er dich um deiner selbst willen nehmen. Der Rest ist dann egal. Ich muss es ja wissen. Und Deborah weiß das auch.« Charlee sah Melanie aus ihren grünen Augen eindringlich an.

Melanie ging zum Schreibtisch zurück und begann, den unordentlichen Stapel Papiere hin und her zu schieben. »Vielleicht könnte ich ja richtig heiraten, mit allem, was dazugehört. Aber was ist, wenn ich mich nicht anbinden lassen will? Wenn ich nicht dick und schwanger werden und dauernd tun möchte, was mir ein arroganter Mann die ganze Zeit vorschreibt?«

Charlee brach in Gelächter aus. »Ja, wirklich! Deborah hat dich erzogen! Hast du dir auch schon einmal überlegt, wie selten Frauen wie Deborah, ich oder Obedience das tun, was unsere Männer uns vorschreiben, sondern genau das, was uns passt?«

»Dennoch dürfen Frauen nicht wählen oder über ihr eigenes Leben bestimmen. Sie leben nicht anders als Sklaven. Ich möchte dafür arbeiten, dass sich das ändert«, beharrte Melanie.

Charlee seufzte und versuchte es auf einem anderen Weg. »Clarence Pemberton beauftragt dich doch, gesellschaftliche Veranstaltungen zu besuchen und dann für den *Star* darüber zu schreiben, oder? Nun, meinst du nicht, dass du die Leute leichter zum Reden bringst, wenn du gut gekleidet bist? Würden sie dir nicht viel mehr Klatsch erzählen, wenn du auf sie nicht wie eine Krähe unter Schwänen wirken würdest?«

Melanie fiel ein, was Clarence über den Vorteil männlicher Reporter gesagt hatte, die wichtige Nachrichten von Männern in Bars erhielten. Ihr kam der Gedanke, dass sie umgekehrt ihre Weiblichkeit zum eigenen Vorteil einsetzen konnte. Einer hübschen Reporterin würde ein Mann Dinge erzählen, die ein linkischer Reporter aus Massachusetts niemals zu hören bekam. Sachlich räumte sie ein: »Ja, vielleicht könnte ich mich besser meiner Umgebung anpassen.«

Charlee spürte, dass sie auf dem richtigen Weg war, und streckte die Fühler noch etwas weiter aus. »Darauf würde ich wetten«, stimmte sie Melanie zu. »Gerade kürzlich hat mir Larena Sandoval erzählt, du hättest ihr Leid getan. Sie meinte, bei dem Barbecue der Mendozas habest du wie ein armes Waisenkind allein herumgestanden.«

»Armes Waisenkind! Ich habe ihr Leid getan, dieser falschen Schlange! Gehen wir neue Kleider kaufen, Charlee!«

In den folgenden Wochen ging eine erstaunliche Verwandlung mit Melanie Fleming vor sich. Auch wenn sie hin und wieder ein wenig Druckerschwärze auf der Nase und immer mit Stift und Notizblock herumlief, war aus ihr eine atemberaubend attraktive Frau geworden. Die alten Frauen in Obediences Pension steckten erstaunt die Köpfe zusammen, während die jüngeren Schönheiten von San Antonio ihr neidvoll hinterhersahen. Die Männer rissen Mund und Augen auf. Und sie redeten mit ihr. Von eifrigen Bewunderern erfuhr sie alles, was sie wollte.

Auch die Frauen wollten in ihren Artikeln vorkommen. Ihre Kolumne enthielt die pikantesten Neuigkeiten, vermischt mit Nachrichten über Mode, Verlobungen, Hochzeiten und Geburten. Selbst geheime Rezepte wurden ihr anvertraut.

Eines Tages veranstaltete man ein Essen für die Damen, die Pater Gus beim Aufbau seiner Schule halfen. In dieser Gesellschaft kam sich Melanie sehr überlegen vor. Sie ließ sich sogar dazu herab, ein Gespräch mit Larena Sandoval und ihrer Mutter Esperanza zu beginnen. Erstaunt musste sie feststellen, dass beide Frauen intelligent und sehr freundlich waren. Außerdem war Larena wunderschön. Sie erwähnte Lee ein paar Mal und sprach so begeistert von ihm, dass Melanie bezweifelte, ob sie den Lee meinte, den sie auch kannte.

Melanie wollte schnell wieder auf Abstand zu Larena gehen. Als sie Pater Gus am anderen Ende des Raumes erblickte, entschuldigte sie sich bei den Damen und gab vor, noch Wichtiges mit ihm zu besprechen zu haben. Das sollte sich auch als wahr herausstellen.

»Und Sie sind ganz sicher, dass die Häuptlinge der Komantschen-Banditen gestohlenes Vieh an *zugelassene* Händler verkaufen? Und im Gegenzug Whiskey und Waffen bekommen?«

»Ja. Ich habe in den letzten Monaten eine Menge Nachforschungen angestellt.« Der junge Priester strahlte wie ein Engel. »Ich habe unzählige Briefe an die Indianerbehörde in Washington geschrieben, sogar an unseren berühmten Senator Houston. Und er hat sehr freundlich geantwortet.«

»Er hat viele Jahre beim Volk meiner Großmutter gelebt. Einige behaupten, er sei der einzige Freund, den die Indianer in Washington haben«, erklärte Melanie leise.

»Und auch in Texas. Das möchte ich nicht als Lob, sondern als Tadel verstanden wissen. Meine Schulkinder hören viel über die Schurken, die die Indianer bestehlen. Zugelassene Händler – vom Satan selbst zugelassen! Ja, und es gibt zu viele Texaner, denen das gleichgültig ist«, fügte Pater Gus hinzu. Sein Zorn verwandelte sich in Traurigkeit. Seitdem er in den letzten Monaten begonnen hatte, sein Projekt zur Unterstützung der armen Kinder von San Antonio zu verwirklichen, hatte der Priester sehr viel gelernt.

»Viele Leute sind dazu bereit, Kindern mexikanischer Abstammung zu helfen, insbesondere die wohlhabenden und bekannten spanischen Familien, die in der Lokalpolitik etwas zu sagen haben. Aber Anglos und *Tejanos* wollen nichts zu tun haben mit Kickapoos, Shawnees, Tonkawas oder Caddos«, stimmte Melanie zu. »Selbst für die Lipans, deren Väter den Rangern als Fährtenleser treu gedient haben, hat man nichts übrig.«

»Sie und Obedience für die Sache zu gewinnen, war ein großer Schritt nach vorn.« In die Augen des Paters trat ein Funkeln.

»Oh, das kommt daher, weil wir mit Jim und Charlee befreundet sind, und Jim ist mit den Sandovals verwandt. Als Charlee erst einmal *Señora* Sandoval für die Sache gewonnen hatte, haben sich einige Wohltäterinnen darangemacht, sogar den größten Geizhälsen im Land noch Geld abzuringen«, erwiderte Melanie.

»Aber die Wohltätigkeit dieser Damen wäre gar nicht nötig, wenn die Regierung ihre Versprechen einhielte.«

Jeden Tag lernten der idealistische junge Priester und seine unorthodoxe Unterstützerin eine neue Lektion. Und einige Lektionen waren brutal. Doch beide waren sich sicher, in Texas eine Mission zu erfüllen zu haben. Pater Gus war der Meinung, dass Gott ihn um den halben Globus aus dem kühlen, grünen Bayern ins heiße, staubige Texas geschickt hatte. Und für Melanie war Texas die Heimat. Sie würde für dieses Land kämpfen, für alle Menschen, die dort lebten – doch nicht unbedingt mit der Geduld eines Heiligen wie der sanftmütige junge Priester.

»Die Mehrzahl der Männer, die vom Indianerbüro in Washington hierher geschickt werden, ist tüchtig. So wie Robert Neighbors. Aber diese Männer haben keine echte Autorität. Und Staatsbeamte werden niemals Indianer schützen – jedenfalls nicht, wenn es bedeuten würde, weiße Siedler davon abhalten zu müssen, weiter nach Westen zu ziehen. Mr.

Neighbors will erreichen, dass die Ranger die Händler davon abhalten, die Komantschen mit Whisky zu versorgen.«

Melanie geriet immer mehr in Fahrt. »Die Komantschen-Überfälle im letzten Juni, die zu dem Massaker führten, über das ich berichtet habe, hätten vermieden werden können, wenn die Narren in Austin auf Leute wie Robert Neighbors gehört hätten!«

Pater Gus zuckte mit den Schultern. »Vielleicht. Aber auch die Komantschen halten nicht immer Wort. So viel ist jedoch klar: Solange die Weißen nach Westen vordringen, das Land umpflügen und das Wild töten, werden die Roten sich zur Wehr setzen und kämpfen.«

»Bis alle tot sind«, murmelte Melanie traurig.

Pater Gus seufzte. »Ich fürchte, das ist der Plan der Staatsregierung, und viele Rancher und Händler wollen es. Das *weiß* ich genau.«

»Pater, was wissen Sie über die zugelassenen Händler, die den Komantschen Whisky verkaufen?« Melanie schossen verschiedene Ideen durch den Kopf, während sie auf die Antwort des Priesters wartete, die er schließlich in seinem langsamen und sorgfältigen Englisch gab.

»Die Mütter einiger meiner Schüler sind, äh ...« Er suchte nach den richtigen Worten, um es in Gegenwart einer Dame auf anständige Weise formulieren zu können.

»Sie leben mit den weißen Soldaten in eheähnlicher Gemeinschaft«, half sie aus.

»Ja, so ähnlich. Diese Jungen bekommen sehr viel mit. Sie haben mir von Händlern wie Lucas Blaine erzählt, die mit Banditen Geschäfte machen. Sie verkaufen ihnen Waffen gegen gestohlene Pferde.«

»Hier in Bexar County?«

Er machte eine weit ausholende Geste. »Ja, auch hier.«

»Ich glaube, ich werde unseren Mr. Blaine eine Weile

beobachten«, entschied Melanie und kniff die Augen zusammen.

Die Wendung, die das Gespräch genommen hatte, gefiel Pater Gus nicht. Eine so nette junge Dame wie Miss Fleming sollte sich eigentlich nicht mit Händlern abgeben, die krumme Geschäfte mit Indianern machten. Doch ein Blick in ihre leuchtenden Augen verriet ihm, dass es zu spät für Diskussionen war. Gutmütig lachte er. »Warum, liebes Fräulein, bin ich wohl davon überzeugt, dass Sie zu Ihrer Geschichte kommen werden, auch wenn ich Ihnen nicht helfe?«

Am nächsten Tag traf die Nachricht aus Renaciemento ein, dass Rafe und Deborah stolze Eltern eines Sohnes namens Joseph Paul geworden waren. Das Baby wog fast fünf Kilo und war gesund. Die Post kam so unregelmäßig, und das Wetter war so schlecht, dass es unmöglich war, genau zu bestimmen, *wann* der kleine Joey geboren worden war. Die Tinte des Briefes war verwaschen, weil der Umschlag irgendwo zwischen Renaciemento und San Antonio in einen über die Ufer getretenen Fluss gefallen war. Auf diese Weise war auch das Datum ausgelöscht worden. Melanie war froh, dass es ihrer Mutter und ihrem jüngsten Bruder gut ging. Obedience konnte es kaum erwarten, die ganze Kinderschar zu sehen. Deborah hatte ihren Besuch angekündigt, sobald sie sich dazu im Stande fühlte, wahrscheinlich in einem Monat.

Während man sich am Frühstückstisch der Pension über die freudige Nachricht unterhielt, kam jemand, der Melanie sprechen wollte. Durch die Küchentür spähte ein kleines, dunkles Gesicht mit ungeheuer großen schwarzen Augen und zerzaustem, glattem Haar.

Sadies Stimme ertönte aus der Küche: »Geh da weg! Ich hab dir doch gesagt, dass Miss Melanie beim Frühstück ist.« Mit ihrer arthritischen Hand packte sie den kleinen Jungen an der Schulter und zog ihn in die Küche zurück.

Melanie sprang so hastig auf, dass sie beinahe ihren Stuhl umgeworfen hätte. »Warte, Sadie«, rief sie schnell, »das ist Lame Deer. Er ist ein besonders guter Freund von mir. Er kommt aus Pater Gus' Schule.«

Melanie führte das Kind auf die Veranda hinter dem Haus, weg von den neugierigen Pensionsgästen. »Was hast du mir zu sagen, Lame Deer?«, erkundigte sie sich gespannt.

»Ich sehe, wie dickes Feuerhaar in den Saloon geht, ich hineingeschlichen, will sehen, mit wem er spricht, und hören, was sie sagen«, erzählte ihr der Junge.

Dickes Feuerhaar war die wenig schmeichelhafte Bezeichnung für Lucas Blaine, den beleibten Händler mit dem karottenroten Haar und ebensolchem Bart.

»Der *rinche* – Ranger – hat dickem Feuerhaar erzählt, dass eine große Herde Kühe in der Nähe von Cedar Fork am Clear Creek grast. Er hat Feuerhaar gesagt, Buffalo Gall soll sie stehlen. Feuerhaar gibt den Banditen dafür Waffen. Die zwei Männer sind genauso böse wie Buffalo Gall«, flüsterte Lame Deer.

»Dieser Ranger – wie sah er aus?«, fragte Melanie.

»Groß und lang. Graues Haar wie die Farbe von Kugeln«, antwortete der Junge. »Ich glaube, er ist der Chef.«

»Wenn das nicht Seth Walkman ist, dann würd ich den Baumstamm dort nicht mal mit meiner Schrotflinte treffen«, ertönte Obediences grimmige Stimme.

Melanie drehte sich um. »Obedience! Das hier ist eine private Unterhaltung zwischen einer Reporterin und ihrem Informanten.«

»Jessas! Das ist die reine Dummheit, und sonst nichts! Walkman ist gemeiner als jede Klapperschlange, und keine Reporterin sollte ihm zu nahe kommen, zumal nicht, wenn sie ein junges Mädchen ist.«

»Ich bin schon längst in seiner Nähe gewesen, und er jagt mir keine Angst ein! Danke, Lame Deer, dass du Blaine für mich beobachtet hast. Wenn ich diese Story bekomme, werde ich besser als … Ach, vergiss es!« Sie drückte den Jungen noch einmal kurz an sich und ließ ihn dann in die Schule zurückeilen.

Melanie hatte sich einen dunkelbraunen Reitrock angezogen und knöpfte sich gerade die pfirsichfarbene Seidenbluse zu, als Obedience anklopfte und gleich darauf mit herrischer Miene in das Zimmer trat. »Wer ist … na schön, komm herein!«, seufzte Melanie.

»Wieso sagst du so einen Blödsinn? Ich bin doch schon drin.« Mit ihren kräftigen roten Händen in den breiten Hüften stand die groß gewachsene Frau da und sah Melanie scharf an. »Du bereitest dich also darauf vor, Walkman und seiner Mörderbande zu folgen, was?«

Einen Augenblick überlegte Melanie, ob sie es abstreiten sollte. Doch es hätte keinen Sinn, das wusste sie. »Hör mal zu, Obedience! Eine ganze Gruppe von Jungs aus Pater Gus' Schule hat für mich spioniert, um herauszufinden, worüber die Banditen und Blaine miteinander verhandeln. Jetzt weiß ich, dass auch Walkman in die Sache verwickelt ist.«

»Und wenn du diese Diebe und Halunken gefunden hast, wirst du eine großartige Story schreiben und ganz San Antonio darüber berichten … wie damals bei dem Überfall auf das Komantschen-Lager.« Sie wartete auf eine Reaktion.

In gespielter Überraschung riss Melanie die Augen auf. »Obedience, du willst doch nicht etwa sagen, dass ich …«

»Dass du Moses French bist«, vollendete Obedience den Satz mit Nachdruck. »Genau das will ich sagen. Ich habe nämlich die Nase voll. Der alte Racine Schwartz hat dauernd darüber gejammert, dass seine Lieblingshose und sein Messer aus seinem Zimmer gestohlen wurden. Und eine Woche später waren die Sachen plötzlich wieder da. Äußerst merkwürdig.« Tadelnd schüttelte sie den Kopf. »Mädchen, was du da versuchst, kann deinen Tod bedeuten.«

»Was ich vorhabe, wird nicht halb so schlimm wie das Massaker. Das kannst du mir glauben. Ich schleiche mich nur dorthin, wo Blaine sich mit den Banditen trifft. So verrückt bin ich auch nicht, mich mit einer ganzen Bande von Revolvermännern und Komantschen anzulegen.«

»Wenn sie dich auch nur eine Sekunde zu Gesicht bekommen, bist du erledigt«, rief Obedience hinter Melanie her, die an ihr vorbeigeschlüpft war und die Treppe hinunterrannte. Kochend vor Zorn, folgte die große Frau ihr. Doch dann erkannte sie die Vergeblichkeit ihres Bemühens. Klein und wendig wie Melanie war, würde auch Wash sie nicht einholen können. Verzweifelt stand Obedience auf der Veranda und blickte die Straße hinauf und hinunter.

»Was bereitet dir Kummer?«, fragte Wash, trat hinter sie und legte seine große Hand auf ihre Schulter.

»Jessas! Wir müssen jemanden finden, der das dumme Kind aufhält, ehe es von den Geiern gefressen wird oder noch Schlimmeres passiert!« Rasch erzählte sie ihrem Mann, dass Melanie Moses French war und welche Gefahr der Kleinen drohte.

»Vor zwei Minuten habe ich Lee Velásquez am Ende der Straße gesehen. Ich reite zu ihm. Hol du den kleinen Indianerjungen. Wir fragen ihn, wo sie hin ist.« Mit verblüffender Schnelligkeit lief Wash zu seinem braunen Wallach, während Obedience nach ihrem Diener Chester rief, der ihr Bessie, ihr Maultier, bringen sollte.

»*Wer* ist sie?« Vor ungläubiger Wut wurden Lees Augen schwarz.

»Sie ist Moses French, und sie hat den dummen Indianerjungen hinter diesem elenden Gauner Blaine herspionieren lassen«, erklärte Wash eindringlich, als hätte er es mit einem Begriffsstutzigen zu tun. »Irgendjemand muss sie zurückholen. Du kennst die Gegend und kannst Melanie verfolgen. Ich würde es tun, aber der olle Gentry hier schafft das nicht.«

Fluchend sprang Lee auf sein Pferd, das vor dem Haus der Sandovals angebunden war, wo Wash ihn abgefangen hatte. »Ich reite zur Schule und suche den Jungen«, rief er zurück und verschwand kurz darauf in einer Staubwolke, die von den wirbelnden Hufschlägen seines Hengstes stammte.

Nach einem harten Ritt von einer Stunde war es Lee so heiß, dass er ebenso schwitzte wie sein Rotschimmel, der den schnellen Galopp – ganz im Gegensatz zu ihm – zu genießen schien. Lee verwünschte Melanie Fleming auf Englisch, dann auf Spanisch, dann wieder auf Englisch. Im Englischen gab es einfach drastischere Wörter, mit denen er seinen Gefühlen Ausdruck verleihen konnte. Entsetzliche Bilder schossen ihm durch den Kopf. Er sah sie im Geiste, von Kugeln durchsiebt, auf der heißen texanischen Erde verbluten. Dann tauchte ihr Bild vor ihm auf, wie er sie bei der Fiesta der Slades in der vergangenen Woche gesehen hatte: In einem duftigen cremefarbenen Spitzenkleid tanzte sie mit einem von Jims Cowboys, der sie ständig anhimmelte. Das Bild ihrer sinnlichen Schönheit verfolgte ihn während des ganzen Ritts. Sie hatte eine gute Stunde Vorsprung. Hoffentlich kam er nicht zu spät!

Als er um eine Biegung kam, sah er die Cedar Fork im Gebiet des Clear Creek vor sich. Als er das ferne Muhen der Kühe hörte, wusste er, dass die gestohlene Herde nicht mehr weit entfernt sein konnte. Er zügelte Sangre. Wo würde ich hingehen, wenn ich Moses French wäre und etwas ausspionieren wollte?, überlegte er. Dann entdeckte er dichtes Buschwerk, das sich am Hang auf der anderen Seite des Baches entlangzog. Dieser Beobachtungspunkt bot sich an – es sei denn, die Komantschen und Blaines Männer wären auf dieselbe Idee gekommen, hätten dort einen Posten aufgestellt und sie bereits umgebracht! Langsam ritt Lee den Weg zurück, den er gekommen war, und nahm von der anderen Seite Kurs auf das Dickicht.

Die Jahre im Apachenland hatten seine Überlebensinstinkte geschärft. Er konnte einen Feind beinahe riechen. Noch nie war er überrascht worden. Auch in diesem Augenblick, als er einige Komantschen-Banditen und Lucas Blaine erblickte, die sich über die leblosen Körper von zwei Cowboys beugten, bemerkten die Verbrecher nichts. Offensichtlich hatten die Indianer die Cowboys am Lagerfeuer überrascht und beide Männer getötet. Nun feilschten sie mit Blaine um die Waffen, während die Männer des Händlers das Vieh davontrieben. Wo, zum Teufel, ist Melanie?, dachte Lee.

Am anderen Ufer des Baches, in einem tiefer gelegenen Wäldchen, band Lee Sangre an einem Weidenbaum an. Das Pferd war darauf abgerichtet, sich ruhig zu verhalten, und würde ihn niemals verraten. Lee ging zu Fuß auf die kleine Erhebung zu und kroch lautlos den steilen, felsigen Pfad hinauf. Er konnte das Getrappel von wegreitenden Komantschen hören. Als er auf dem höchsten Punkt des Hügels angekommen war, sah er Melanie. Hinter einem vorspringenden Felsen verborgen, spähte sie gespannt nach unten.

Lautlos wie ein Apache pirschte er sich an sie heran. Als er sich dem Rand des Abgrunds näherte, duckte er sich noch tiefer ins Gebüsch.

Melanie beobachtete, wie die Banditen wichtigtuerisch mit den Gewehren herumliefen, auf die Pferde stiegen und schließlich davonritten. Ein Komantsche blieb zurück und suchte das Lager der toten Cowboys nach Wertgegenständen ab.

Wenn es mir gelingt, ihn auf frischer Tat zu ertappen und zu überwältigen, könnten Wash und Jim die Wahrheit über Blaine aus ihm herauspressen. Melanie war in Gedanken ganz bei dem Banditen auf der anderen Seite des Baches. Gerade als sie sich erheben wollte, legten sich stählerne Finger über ihren Mund, und ein kräftiger Arm drückte ihr die Luft ab.

Es war unverkennbar die Stimme Lee Velásquez', der ihr zwischen zusammengepressten Zähnen ins Ohr flüsterte: »Mach bloß keine Dummheiten! Sei mucksmäuschenstill und hetz uns bloß nicht diese Wilden auf den Leib! Ich werde dich jetzt loslassen ... Versprichst du, ruhig zu sein?« Als sie stumm nickte, ließ er sie los.

Mit einem Satz wich sie zurück und schlang die Arme um sich. Sein stahlharter Griff verursachte ihr immer noch Schmerzen. »Au!«, stieß sie flüsternd aus und rang nach Luft. »Ich glaube, du hast mir die Rippen gebrochen. Was machst du eigentlich hier?«

Mit finsterer Miene hob er die Augenbrauen. »Es ist wohl eher angebracht, eine Gegenfrage zu stellen: Wieso reitet eine Frau allein hinter Mördern und Komantschen her?«

»Sieh doch, sie sind alle weg, außer einem.« Melanie wandte sich wieder um und beobachtete den Indianer.

»Gut. Wir sollten so schnell wie möglich von hier verschwinden, ehe er uns sieht.« Lee packte sie am Arm und zog sie vom Abhang weg.

Wütend riss sich Melanie los. »Mit dir geh ich nirgendwo hin!«, zischte sie. »Ich bin wegen einer Story hier. Ich will Lucas Blaine und seine Diebe überführen. Geh zu deiner schönen Verlobten nach San Antonio. Rette sie, wenn sie die Schwermut überkommt. Ich werde einen Mörder dingfest machen, bevor er entkommt.«

Als sie versuchte, an ihm vorbeizustürmen, packte er sie und schüttelte sie, bis ihr die Zähne klapperten. »Nun hör mir mal ganz genau zu! Ich habe Sangre nicht umsonst fast zu Schanden geritten. Ich bin nicht zum Spaß hier, um deinen kleinen Hintern zu retten oder irgendeine andere ritterliche Tat zu vollbringen. Ich bin hierher gekommen, weil mich die Oakleys darum gebeten haben. Moses French hat seine letzte Geschichte geschrieben!«

Ihre Augen blitzten wild und feurig wie die einer in die Enge getriebenen Katze. »Ich will deine Hilfe nicht … Es ist mir egal, wer dich geschickt hat. Meinetwegen könnte es auch die Jungfrau Maria oder der Erzengel Michael gewesen sein!« Vergeblich versuchte sie, sich aus seinem Griff zu befreien.

Während des stummen, verbissenen Kampfes, in dem nur ihr heftiger Atem zu hören war, sah Lee kurz über ihren Kopf hinweg auf die Lichtung am anderen Ufer. Der letzte Komantsche war aufs Pferd gestiegen und verließ gerade den Schauplatz des Verbrechens. »Dein Opfer macht sich gerade davon, Moses. Gib auf!«, sagte er, halb amüsiert über ihren heftigen Widerstand.

Sie drehte sich um, sah den Reiter entkommen und stieß einen wütenden Fluch aus. Als sie aufhörte, auf ihn einzuschlagen, ließ Lee los. Im selben Augenblick fuhr sie in die Tasche ihres Rockes, zog eine kleine sechsschüssige Waffe heraus und richtete sie genau auf seine Brust.

»Zieh dich zurück, oder – Gott steh mir bei – ich schieße auf dich! Ich werde den Komantschen schon kriegen!« Sie hörte, wie Lee den Atem ausstieß, als er auf die Waffe, eine Allen und Thurber, starrte. Mit ausdruckslosem Gesicht machte er einen Schritt zurück. Noch immer stand er ihr im Weg. »Zur Seite!«, befahl sie.

»Er ist weg, Melanie. Was hast du vor? Willst du etwa versuchen, ihn einzuholen? Einen Komantschen? Außerdem solltest du dir merken: Richte nie eine Waffe auf einen Mann, es sei denn, du bist auf die Konsequenzen gefasst!« Er wich keinen Zentimeter von der Stelle.

Plötzlich fühlte sie, dass ihn die kalte Wut gepackt hatte. Sein Zorn war gefährlicher als noch einige Augenblicke vorher. Sie spürte, wie sich das Zittern in ihren Knien nach oben fortsetzte und ihr die kleine Waffe so schwer vorkam, als wöge sie zwanzig Kilo. »Wie kommst du auf die verwegene Idee, dass du mich rettest, wo ich ganz offensichtlich keine Hilfe brauche?« Sie versuchte, wütend zu bleiben, um das Zittern abzustellen.

Lees Gesicht verriet nichts von der wilden Wut, die ihn gepackt hatte. »Erinnerst du dich daran, was ich mit Zeb Brocker angestellt habe, als er die Waffe auf mich richtete?«, fragte er ruhig. »Ich könnte dir deinen schönen, kleinen Hals brechen.« Seine Augen gaben ihr den stummen Befehl, die Waffe fallen zu lassen. Reglos stand er da, gespannt wie eine Katze vor dem Sprung. Er wartete darauf, dass sie seinem Befehl gehorchte.

Melanies Furcht wuchs zusehends, zugleich aber auch ihre Wut. »Du kannst deine süße, kleine Freundin herumkommandieren. Aber spiel dich nicht mir gegenüber als Herr und Meister auf, du ... du Skalpjäger!«

Während sie ihrem Ärger Luft machte, bewegte sie ihre Waffe nur um Haaresbreite. Das war der Bruchteil der Sekunde, die Lee brauchte. Mit einer blitzschnellen Bewegung und betäubender Wucht schlug er ihr die Waffe aus der Hand. Mit der anderen Hand langte er nach ihrer Schulter und wollte sie packen. Doch sie drehte sich zur Seite. Er bekam ihr dünnes Seidenhemd zu fassen, riss es bis zur Hüfte hinab auf und enthüllte die Rundungen ihrer Brüste, die aus dem engen Spitzenmieder quollen. Sie trat einen Schritt zurück und hielt die Stofffetzen zusammen, um sich zu bedecken. Er trat einen Schritt auf sie zu, machte aber keine Anstalten, sie zu berühren.

Ihre Blicke versenkten sich ineinander. Langsam glitt sein hypnotischer Blick zu ihren Lippen. Er beobachtete, wie sie ihren Mund mit der Zunge benetzte, aus Furcht und aus einem Gefühl heraus, das sie noch nie zuvor empfunden hatte. Der Blick aus seinen glühenden Augen wanderte weiter über ihre üppigen, verlockenden Brüste zu der schmalen Taille und den geschwungenen Hüften, die von einem maßgeschneiderten Reitkleid wie von einer zweiten Haut umschlossen wurden. »Was Kleider betrifft, hat sich dein Geschmack zweifellos gebessert.«

»Wenn dir meine Kleider so gut gefallen, dass du sie mir vom Leib reißt, werde ich wieder meine alten Kleider tragen«, erwiderte sie steif.

Er beobachtete, wie sich ihr Busen hob und senkte, während sie die Hände schützend vor den Oberkörper breitete. »Seitdem wir uns vor sechs Jahren in Austin getroffen haben, gehst du mir nicht mehr aus dem Sinn«, bekannte er verärgert und wie zu sich selbst. Die heftige Erregung, die ihn bei ihrem Anblick ergriff, gab ihm bis heute das Gefühl, Dulcia untreu zu sein.

Melanie konnte die kaum gezügelte Leidenschaft und die prickelnde Spannung spüren, die von ihm ausgingen. Sie fühlte sich in die Enge getrieben. Aus reiner Verzweiflung machte sie einen Satz, um an ihm vorbeizukommen.

Doch Lee war schneller. Wieder packte er ihre Schultern. Als sie die Fäuste hob, um auf ihn einzuschlagen, umschloss er mit einem raschen Griff ihre zarten Handgelenke. Bei der Rangelei ging ihre Bluse wieder auf. Während Melanie auf Lee eindrosch, löste sich ein Band an ihrem Mieder. Sie spürte, wie das Spitzenmieder auf einer Seite herunterrutschte und ihre rechte Brust entblößte. Gedemütigt und beschämt, trat sie wie wild um sich, um Lee zu entkommen. Als ihre Stiefel mit den spitzen Absätzen sein Schienbein trafen, fluchte er vor Schmerz auf. Gleich darauf stieß ihr Knie gegen seine Lenden, und schnell wurde aus dem Schmerzenslaut ein Zischen, das äußerste Pein verriet. Dabei war diese Wirkung ganz ungewollt gewesen. Melanie hatte nur wie eine Furie um sich geschlagen und getreten.

»Du kleines Miststück!«, stieß er hervor. Er riss sie so fest an sich, dass sie beide das Gleichgewicht verloren und zu Boden fielen. Lees Körper federte den Fall ab, trotzdem ging auch ihr die Luft aus. Nach Atem ringend, versuchte Melanie, sich zu befreien. Doch Lee rollte sie unter sich und nahm ihr jede Bewegungsfreiheit.

»Nun wollen wir doch mal sehen, ob du diesen schmutzigen, kleinen Trick noch einmal anwenden kannst«, keuchte er. Ein Bein auf ihre Hüften gedrückt, machte er es ihr unmöglich, den Unterkörper zu bewegen. Ehe er ihre Handgelenke festhalten konnte, zerkratzte sie ihm mit den Fingernägeln das Gesicht. Fassungslos starrte er auf das kleine, wunderschöne Gesicht hinab.

»Bitte!«, flüsterte sie heiser und erschrocken. Das war alles, was sie hervorbringen konnte. Ihre Augen glühten wie flüssiges Gold. Nur mühsam unterdrückte sie die Tränen. Vom Halt der Nadeln befreit, fiel ihr das Haar bis auf die Schultern. Lee umfasste ihre Hände mit einer Hand, während er mit der anderen in die seidige Fülle des ebenholzschwarzen Haares fuhr, dem ein betörender Duft entströmte, ein Duft nach wilden Rosen und der Nachtblume, die er auf seiner Ranch gefunden hatte.

Lee spürte, wie ihr Körper vor Angst bebte. Nach und nach wich der rote Nebel seiner ungezügelten Begierde, und er verharrte. Wie gebannt starrte er in ihre golden schimmernden Augen. Dann senkte er seinen Mund hinab, um zunächst das eine und dann das andere Auge zu küssen. »Weine nicht, kleine Nachtblume, weine nicht!«, flüsterte er rau, als sich silberne Tränen wie Tropfen durch die dichten schwarzen Wimpern stahlen. Zärtlich und ohne Hast glitten seine Lippen zu ihrem Mund, berührten ihn zart, bis er spürte, wie er sich öffnete und sie vor Überraschung die Luft anhielt. In einem leidenschaftlichen Kuss ergriffen seine Lippen Besitz von ihrem Mund. Seine Zunge drang ein, erforschte verborgene, nie geküsste Winkel und reizte ihre Sinne in verführerischem Spiel.

Melanie spürte den Wandel vom brutalen Eroberer zum sanften Verführer. In ihr schien sich jeder Nerv anzuspannen, aber nicht aus Angst und Schreck. Ein neues, nie gekanntes Gefühl ließ ihr Innerstes vibrieren. Sie hörte zwar seine geflüsterten Koseworte, aber ihre Bedeutung drang nicht in ihr Bewusstsein vor. Das verführerische Zauberspiel seiner Lippen und seiner Zunge lähmten ihr den Verstand. Sie spürte, wie sich der stählerne Griff um ihre Handgelenke lockerte und schließlich ganz aufhörte. Lee glitt mit einer Hand über ihre Brust und zeichnete ein flammendes Muster auf ihre nackte Haut. Die Brustspitze zog sich in einem Schauer der Lust zusammen. Melanie spürte, wie sie sich ihm entgegenbog, um seine Liebkosungen noch mehr genießen zu können.

Wie aus weiter Ferne hörte sie einen wimmernden Ton und merkte plötzlich, dass sie es war, die diese lustvollen Laute ausstieß. Nun bewegte sie sich nicht, um ihm zu entkommen, sondern vor Lust. Noch nie hatte sie solche Empfindungen erlebt, die sie völlig willenlos zu machen schienen. Instinktiv reagierte sie auf das Spiel seiner Lippen und die Berührungen seiner Hände. Sie klammerte sich an ihn, ließ es geschehen, dass er ihre Brust entblößte und an ihr saugte. Sie leistete keinen Widerstand, als seine schlanke, schwielige Hand über ihre Hüfte und unter ihren Rock glitt. Er strich über ihr glattes

Bein, bis er das Zentrum ihrer Weiblichkeit berührte. Sie bog sich ihm entgegen und flehte ihn leise an.

Lee spürte ihre Einwilligung. Unerfahren, aber voller Verlangen, gab sie sich ihrer Leidenschaft hin. Er erlag dem Zauber ihres weichen, rosigen Körpers und brannte darauf, seine Geheimnisse zu entdecken. Die sich nähernden Reiter hörte und sah er erst, als sie unmittelbar vor ihm standen.

»Lee, was, zum Teufel, tust du da?« Es war unverkennbar Jim Slades raue Stimme und seine gedehnte Sprechweise, die die beiden in ihrem Liebesspiel unterbrach.

»Velásquez, dafür bring ich dich um!« Trotz der Ruhe lag eine tödliche Drohung in Rafe Flemings Stimme.

Kapitel 12

Mit der Leichtigkeit und Eleganz eines Komantschen glitt Rafe Fleming von seinem rotbraunen Hengst. Seine Bewegungen waren geschmeidig und gewandt. Ehe er bis zu Lee vordringen konnte, trat Jim Slade vor ihn hin und legte ihm beruhigend die Hand auf die Schulter.

»Tu nichts, was du später bereuen könntest, Rafe!«, sagte er mit tiefer, eindringlicher Stimme.

Rasch erhob sich Lee von dem staubigen Boden und zog Melanie hinter sich, um sie vor den neugierigen Blicken von einem halben Dutzend Männer zu schützen, die hinter Slade und Fleming noch im Sattel saßen. Verdammt, als hätten sie noch nicht schon genug gesehen, fluchte er im Stillen.

Mit schwarzen Augen, aus denen Funken zu sprühen schienen, sah Fleming von den zerrissenen Kleidern seiner Tochter zu Lees zerkratztem Gesicht. »Der Hurensohn hat sich über sie hergemacht, Jim!« Rafe sah nur, was er sehen wollte. Die kalte Stimme und die eiserne Selbstbeherrschung verdeckten kaum die ungeheure Wut in seinem Innern.

Jim hatte gesehen, wie das Mädchen Lees Annäherung mit feuriger Leidenschaft erwidert hatte. Auf jeden Fall war er der Ruhigere von beiden. Er fürchtete nur, dass Rafe seinen Spielkameraden aus Kindertagen umbringen könnte, ehe die Lage überhaupt geklärt war. »Besprechen wir erst einmal die Sache, bevor wir irgendetwas entscheiden«, erwiderte er gelassen.

Melanie konnte förmlich die Augen ihres Vaters auf ihrem Körper spüren, während er ihr ramponiertes Äußeres musterte und dann an Lee vorbeiging, um sie in die Arme zu nehmen. Verzweifelt versuchte sie, die zerrissene Bluse mit einer Hand zusammenzuhalten, während sie mit der anderen die widerspenstigen Kleider glatt strich. Ohne ein Wort zu sagen, zog Rafe seine Wildlederweste aus und gab sie ihr. Obwohl sie viel zu groß war, hielt sie zumindest ihre seidene Bluse an den Schultern zusammen. Innerlich vor Scham und Schock zusammenzuckend, hörte sie die Stimmen der Männer wie aus weiter Ferne.

Lee wandte sich von Vater und Tochter ab und sah Jim Slade an. »Ich bin ihr gefolgt, um ihr Leben zu schützen. Sie hatte ernsthaft vor, hinter einem der Männer herzureiten, der einen der Cowboys ermordet hat.« Er deutete auf das Lager am anderen Ufer des Bachs.

Als Jim den Ermordeten sah, gab er seine Befehle. »Wash und Asa, seht euch mal da drüben um, was da passiert ist! Wartet dort auf uns!« Seine laute Stimme duldete keinen Widerspruch.

Stumm und verlegen wendeten die Männer ihre Pferde und ritten davon. Dann sah Jim zwischen Lee und Rafe hin und her. Ihm war klar, dass er Ruhe bewahren musste. »Also gut. Ich weiß, dass Wash dich hinter ihr hergeschickt hat, und ich weiß auch, was sie vorhatte. Aber das erklärt nicht, dass wir euch so vorgefunden haben.« Er warf Rafe einen beschwichtigenden Blick zu und betete nur, dass der arrogante Kreole nicht überstürzt handelte.

Zur Beruhigung holte Lee tief Atem und versuchte, einen klaren Kopf zu bekommen. Wie sollte er das Unerklärbare, das Irrationale der Situation erklären? »Ich will keine Ausflüchte machen, Jim. Sie hat eine Waffe auf mich gerichtet, und als ich sie ihr wegnahm, haben wir miteinander gekämpft. Dann ... verdammt noch mal, dann habe ich einfach den Kopf verloren, und ...«

»... und hast ihr die Kleider vom Leib gerissen, weil sie sich verteidigt hat«, unterbrach Rafe ihn mit tödlich leiser Stimme.

»So einfach wars nun auch wieder nicht, Fleming«, erwiderte Lee zornig. »Sie hatte etwas ganz Verrücktes vor. Ich wollte sie retten ... und sie wollte mich niederschießen! Und ich möchte hinzufügen, es ist nicht das erste Mal, seitdem sie nach San Antonio gekommen ist, dass ich jemanden davon abhalten musste, sie umzubringen.«

»Das gibt dir noch längst nicht das Recht, sie so brutal zu behandeln, *mano«*, antwortete Jim ruhig. Da war noch mehr im Spiel, als Lee zugeben wollte, das wusste er.

»Ich bedaure mein Verhalten und entschuldige mich dafür«, erklärte Lee hölzern, wobei er in Melanies kleines, verwirrtes Gesicht sah, das von Staub bedeckt war. Die Augen hatte sie niedergeschlagen, und ihre Lippen waren geschwollen von seinen heftigen Küssen. Wieder spürte er eine Welle von Begehren und Wut in sich aufsteigen.

»Aha!« Rafe ließ Melanie los und trat vor Velásquez hin. »Du entschuldigst dich also? Das ist ja allerhand. Ein halbes Dutzend Cowboys von der Bluebonnet hat gesehen, dass du sie auf den Boden gedrückt und mit deinen dreckigen Fingern am ganzen Körper berührt hast. Ich würde sagen, für Entschuldigungen ist es ein bisschen zu spät.« Seine Stimme hob sich um eine ganze Oktave.

Zwei feurige schwarze Augenpaare starrten einander unerbittlich an. Während Melanie die Männer beobachtete, war sie entsetzt von der Ähnlichkeit zwischen Lee und ihrem Vater. Beide waren hoch gewachsen und dunkel, beide sahen hart und gefährlich aus. Von Lee wusste sie, dass er ein Killer war, und sie hatte auch merkwürdige Gerüchte über Rafael Flamencos frühe Zeiten in Texas gehört. Dann rissen sie Lees Worte aus ihren Gedanken.

»Ich kann das Vorgefallene nicht ungeschehen machen, aber ich werde dafür auch nicht zu Kreuze kriechen, Fleming. Wie auch immer, du und alle anderen, die uns zufällig überrascht haben, konntet wohl sehen, dass sie sich nicht besonders gewehrt hat. Im Gegenteil: Ich hatte den Eindruck, sie hat genossen, was wir getan haben.«

Empört hielt Melanie die Luft an und wurde rot vor Scham, als er so genau beschrieb, was vorgefallen war. »Du Schuft, du Ekel! Du ...«

Rafe machte einen Satz auf Lee zu, doch Jim stellte sich zwischen die beiden. »Nun beruhigt euch erst einmal! Hör mal, Rafe, es gefällt mir nicht, es sagen zu müssen, aber, na ja ...« Seine bernsteinfarbenen Augen blickten kurz zu Melanies tiefrotem Gesicht. »... auch nach meinem Eindruck, äh ... schien sie sich ... äh ... auf ihn einzulassen und sich nicht besonders zu wehren.«

»Er hat meine Tochter entehrt, Jim. Es tut mir Leid, dass er dein Freund ist, doch er kann nun nicht einfach an seinen Hut tippen und davongehen«, stieß Rafe zornig hervor.

»Das habe ich auch nicht gemeint«, entgegnete Jim. Ein listiges Lächeln huschte über sein gebräuntes Gesicht, als er die beiden musterte, die sich unversöhnlich anstarrten. Während Lee gesprochen hatte, hatte er Melanies Reaktionen beobachtet, einige Überlegungen angestellt und im Geiste die Szene zwischen den beiden Liebenden noch einmal durchgespielt. Zweifellos hatten sich die beiden geliebt und nicht miteinander gekämpft. »Das einzig Ehrenhafte, was Lee tun kann, ist, Melanie zu heiraten.«

Einen Augenblick lang schwiegen alle. Dann redeten sie gleichzeitig. Doch Melanies Empörungsschrei übertönte die tiefen Baritonstimmen. »Moment mal! Jeder hier ... jeder *Mann* hier konnte seine Meinung sagen. Jetzt bin ich an der Reihe. Ich bin eine zweiundzwanzigjährige erwachsene Frau, und es geht schließlich auch um mich! Ich würde ihn nicht einmal heiraten, wenn er mich vor einer ganzen Kompanie Texas-Ranger vergewaltigt hätte!«

»Ich glaube, wenn wir nach San Antonio zurückkehren, wird sowieso jeder Ranger und jeder *Bürger* in der ganzen Gegend Bescheid wissen«, brummte Rafe und betrachtete nachdenklich seine wütende Tochter. Sie *hatte* Velásquez Freiheiten eingeräumt, es sei denn, seine Augen wurden schlecht. Das bezweifelte er allerdings stark.

»Ich kann sie nicht heiraten, Jim. Ich bin doch schon mit Larena verlobt, mit *deiner* Cousine Larena, falls du das vergessen haben solltest«, warf Lee ein.

Jim erinnerte sich an Lees Ehe mit der pflichtbewussten Dulcia. »Löse die Verlobung auf, *mano!*«, sagte er kurz.

»Ich unterstütze diesen Vorschlag, Velásquez«, murmelte Rafe, während sich ein hinterlistiges Lächeln auf seinen Lippen ausbreitete.

»Papa! Du kannst diesen wahnsinnigen Plan nicht gutheißen!« Melanie wurde erst knallrot und dann kalkweiß, als sie von einem zum anderen blickte.

Jim und Rafe richteten den Blick auf Lee, vereint in einem gemeinsamen Ziel. Über Melanies Wünsche setzten sich alle drei Männer hinweg.

»Ihr glaubt also, dass das etwas ändern würde?«, fragte Lee ungläubig und sah von Rafe zu Jim.

»Wie die Dinge liegen, musst du eine Ehrenschuld begleichen, Velásquez. Du hast einen angesehenen Namen und eine gut gehende Ranch – außerdem bist du frei und ledig und kannst meine Tochter heiraten. Das ist die eine Möglichkeit, das Problem zu lösen. Die andere …«

»Es wird keine andere geben, verdammt noch mal!«, unterbrach ihn Jim. Das berühmte Temperament der Slades hatte ihn jetzt doch noch übermannt. »Was, zum Teufel, soll es Melanies Ruf nutzen, wenn ihr euch gegenseitig umbringt? Damit sich keiner von euch täuscht: Dabei werdet ihr beide verlieren. Dazu kenne ich euch viel zu gut.«

»Ich stehe hier keinen Augenblick länger herum und höre mir diesen Quatsch an. Ihr könnt es ja alle drei untereinander ausschießen. Und die da drüben auch«, schrie Melanie. Sie deutete auf die Männer am anderen Ufer des Baches. Dann drehte sie sich um und ging zu dem Felsvorsprung, wo sie ihr Pferd festgebunden hatte.

»Oh, Rafael, ich weiß nicht. Das kommt alles so plötzlich. Es ist irgendwie verrückt.« Deborah legte ihren kleinen Sohn Joey in die Wiege und schaute ihren Mann an. Sie sah blass und mitgenommen aus. Sie waren gerade in dem Augenblick vor der Pension angekommen, als Obedience herausgeschossen gekommen war und ihnen eine unglaubliche Geschichte erzählt hatte: Melanie verfolge eine Bande Verbrecher, um eine Story für ihre Zeitung zu bekommen!

»Du bist erschöpft, Liebling«, meinte Rafe und nahm seine Frau in die Arme. »Joeys Geburt liegt erst sechs Wochen zurück. Ich wusste es: Wir hätten diese weite Reise noch verschieben sollen.«

»Mir gehts gut. Nur um Melanie sorge ich mich. Wenn wir nicht gekommen wären, was wäre dann mit ihr geschehen? Was *wird* geschehen, Rafael? Sie kann doch nicht einen Mann heiraten, dem sie nur ein paar Mal in ihrem Leben begegnet ist.« In Deborahs weit geöffneten Augen stand tiefe Besorgnis.

Rafe wandte sich um und begann, auf und ab zu laufen, wobei er sich mit den Fingern durch sein zerzaustes schwarzes Haar fuhr. »Ach was, Deborah, du hast mich auch erst wenige Wochen vor unserer Hochzeit kennen gelernt«, erwiderte er mit einem Anflug von Wehmut in der Stimme.

»Und wir brauchten ja auch nur sieben Jahre, um miteinander auszukommen«, antwortete sie ironisch. »Ich habe Lee schon als Jungen gekannt, und ich habe ihn immer gemocht. Doch seit dem Tod seiner ersten Frau ist aus ihm ein harter, gefährlicher Mann geworden, der mir fremd ist.«

Rafe hob eine Braue. »Ich meine, mich zu erinnern, dass du genau dasselbe über mich gedacht hast, als ich dich hier in der Pension wiedergefunden hatte!«

»Aber da ging es um uns, Rafael. Diese Situation ist anders. Es verbindet sie nichts. Es gibt keine Kinder, auf die sie Rücksicht zu nehmen hätten.«

»Wenn wir nicht gerade in dem Augenblick vorbeigekommen wären, hätte es vielleicht bald ein Kind gegeben«, brummte Rafe finster.

Deborah erinnerte sich an Melanies zerrissene Kleider und ihre derangierte Erscheinung, als sie am Nachmittag in die Stadt zurückgekehrt war. Sie nickte. »Ich weiß, es muss wild zugegangen sein. Ich hatte schon immer den Verdacht, dass sie deinen leidenschaftlichen Charakter geerbt hat. Bei ihr äußert er sich nur ein bisschen anders, weil sie eine Frau ist.«

»Nun ja, ganz sicher ist ihr Charakter heute zu Tage getreten. Aber wie dem auch sei, es ist nichts falsch daran, ein paar natürliche weibliche Gefühle zu zeigen. Sie ist zweiundzwanzig Jahre alt. Und Lee Velásquez gilt als verlässliches Mitglied der Gemeinde. Er hat einen guten Namen, ist gebildet und besitzt eine florierende Ranch. Er hat sein Leben als Outlaw aufgegeben und ist stark genug, um mit Melanie zurechtzukommen.«

»Unsere Tochter ist ein richtiges Energiebündel, das kannst du mir glauben«, entgegnete Deborah. In ihrer Stimme schwang Stolz mit. »Doch wie du richtig gesagt hast, sie ist eine erwachsene Frau, und wir können sie nicht zwingen, ihn zu heiraten. Wir leben im Jahre achtzehnhundertzweiundfünfzig und nicht im Mittelalter!«

»Es ist das Beste für sie«, antwortete er von oben herab. »In

San Antonio ist ihr guter Ruf dahin. Wenn sie sich weigern sollte, wäre die einzige Alternative, sie zu deinem Vater nach Boston zurückzuschicken.«

Deborah hörte Joey im Schlaf greinen, kniete neben seiner Wiege und streichelte ihn sanft. Kopfschüttelnd seufzte sie. »Wenn sie ihm solche Freiheiten gewährt, muss sie ihn lieben, ob sie es weiß oder nicht. Aber liebt er *sie?*«

Rafe schnaubte höhnisch. »Jedenfalls hat er eine unglaublich gute Vorstellung gegeben, als wir den Schweinehund erwischten!« Als er den Kummer auf dem Gesicht seiner Frau sah, zog er sie sanft an sich und flüsterte: »Mach dir keine Sorgen! Ich habe mit Wash und Obedience gesprochen. Beide kennen Lee und Melanie sehr gut. Sie glauben, es wird gut gehen. Wir haben auch keine andere Wahl, meine Mondblume. Wenn Melanie nach allem, was heute geschehen ist, zu starrsinnig ist, ihre eigenen Gefühle zu akzeptieren, dann muss sie dazu gezwungen werden.«

Seit ihrem achtzehnten Lebensjahr standen sich Lee Velásquez und Charlee McAllister Slade so nahe wie Geschwister. Lee musste sich natürlich eingestehen, dass Charlee mit achtzehn schon vernünftiger gewesen war als er. Aber das lag schon zehn Jahre zurück, und er war längst nicht mehr der unbekümmerte Junge von damals, der auf Bluebonnet in den Tag hinein gelebt hatte. Dennoch ritt er jetzt wieder einmal zu Charlee, um sich Rat bei ihr zu holen.

Mein Gott, was für ein Durcheinander! Melanie Fleming war unter die schützenden Fittiche ihrer Eltern geschlüpft, Obedience hatte ihm gedroht, einen ganz bestimmten Teil seines Körpers mit dem Nudelholz zu bearbeiten, und Wash stand bereit, um ihn eigenhändig zu erwürgen. Zu allem Überfluss hatten die Flemings auch gerade jetzt zu Besuch kommen müssen, und Rafe hatte sie entdeckt! Natürlich hätten auch Jim und Wash sie gefunden. Lee seufzte. Wenn es überhaupt einen Ausweg aus dem Wirrwarr gab, würde die gewiefte Charlee ihn finden!

Die Meinung seiner Freundin über seine bevorstehende Hochzeit verschlug ihm die Sprache. Die Arme in die Hüften gestemmt und mit einem Leuchten in den katzengrünen Augen, stand die kleine, schlanke Person in der Küche. »Wann ist die Hochzeit – morgen oder heute noch?«

»Ich bin hierher gekommen, um mir Rat und Hilfe zu holen, aber nicht, um wie ein Opfer der Inquisition empfangen zu werden«, erwiderte er.

»Ich weiß zufällig *genau*, wie Jim und Rafe euch beide gefunden haben, Leandro *Angel* Velásquez«, gab sie keck zurück, wobei die Betonung der beiden Wörter Bände sprach.

Er zuckte zusammen. »Hör mal, ich weiß, dass ich mich wie ein Esel verhalten habe – meinetwegen auch wie ein richtiger Mistkerl –, aber das Mädchen nur wegen etwas zu heiraten, was *beinahe* geschehen wäre, halte ich für lächerlich. Außerdem bin bereits mit Larena verlobt. Erst vergangene Woche haben wir darüber gesprochen, im Herbst zu heiraten.«

»Melanie Fleming passt viel besser zu dir als Larena«, erklärte Charlee rundheraus.

Lee sprangen beinahe die Augen aus dem Kopf. »Das ist nicht dein Ernst! Dieses wilde Ding! Sie ist doch keine Dame!«

»Hört sich fast genauso an, wie Jim mich zu beschreiben pflegte«, bemerkte Charlee mit glänzenden Augen.

»Das war etwas anderes«, entgegnete er abweisend. »Er wollte Tomasina Carver heiraten, und wir wissen ja alle, was für ein Mensch sie war.«

»Ja, eben. Sie war eine echte Dame mit ausgezeichneten Manieren. Sie sprach leise und wusste sich den Männern unterzuordnen, kurzum, sie war einfach perfekt«, meinte Charlee sarkastisch.

»Wenn du damit sagen willst, dass sie auch nur im Entferntesten wie Larena war, so ist das lächerlich, Charlee, und das weißt du auch«, antwortete Lee zornig.

»Ich hab nicht Tomasina und Larena verglichen, sondern Larena und Dulcia«, erwiderte Charlee leise.

Ruckartig fuhr Lees Kopf in die Höhe, und in seine Augen trat ein Ausdruck tiefen Schmerzes. »Unterlass das bitte, Charlee! Bitte!«

»Setz dich«, forderte sie mit einer Stimme, die keinen Widerspruch duldete. Als er Platz genommen hatte, zog auch sie sich einen Stuhl heran. Ehe sie sich jedoch niederließ, holte sie zwei Gläser aus einem Schränkchen und nahm eine Flasche Whisky vom Bord. »Den hier habe ich von Wash. Er hat ihn den weiten Weg aus den Rocky Mountains mitgebracht.«

Lee stöhnte auf. »Das letzte Mal habe ich in Santa Fe von diesem Teufelszeug getrunken. Dann habe ich ihm abgeschworen.«

»Dass du Antialkoholiker bist, ist mir ganz neu«, antwortete sie heiter und reichte ihm ein Glas. »Das Essen ist serviert«, erklärte sie dann und nippte an ihrem Glas.

Er nahm einen Schluck. Der Whisky schmeckte feurig und weich zugleich. Einen Augenblick lang ließ Charlee ihren Freund schweigend vor sich hin brüten, dann unterbrach sie seine Gedanken. »Lee, ich weiß, dass Dulcia deine erste Liebe war. Sie war ein liebes, pflichtbewusstes, schönes Mädchen, und … ich hasse es, die alte, schmerzliche Vergangenheit wieder aufzurühren. Doch deine ganze Zukunft steht auf dem Spiel.«

»Und du glaubst, dass ich Larena gewählt habe, weil sie mich an Dulcia erinnert?«

»Nun ja, sagen wir es mal so: Du hältst einfach sehr viel von spanischen Stammbäumen. Larena ist eine Dame und stammt aus einer Familie mit *pureza de sangre*. Ich weiß, dass du diesem Umstand sehr viel Bedeutung beimisst, aber ich weiß auch, dass du dir schließlich eine Nebenfrau zugelegt hättest, wenn deine Ehe mit Dulcia weiter bestanden hätte.«

Ungläubig sah Lee sie an. »Wie, zum Teufel, kannst du so etwas behaupten?«

»Ich weiß, was sie mit dem Ausdruck ›sich seinem Ehemann fügen‹ meinte«, antwortete Charlee kühn. »Sie war dazu erzogen worden, zurückhaltend und anständig zu sein, und hat sich vor echter Leidenschaft gefürchtet, Lee … Leidenschaft, wie du sie mit Melanie empfunden hast.« Sie schwieg eine Weile, bevor sie hinzufügte: »Jims Schilderung ließ an Anschaulichkeit und Deutlichkeit nichts zu wünschen übrig.«

»Das glaub ich gern.« Hin- und hergerissen zwischen Zorn und Verlegenheit, erhob er sich. »Wie es scheint, liegen alle meine Fehler – sowohl die der Vergangenheit wie auch die der Gegenwart – offen auf dem Tisch«, sagte er kalt.

Charlee streckte ihre kleine, gebräunte Hand aus, ergriff seine Faust und zog ihn auf den Stuhl zurück. »Es sind nicht *deine* Fehler. Zwischen dir und Dulcia hat es nicht deswegen nicht geklappt, weil du etwas falsch gemacht hättest, Lee. Aber Melanie hat sich dir hingegeben und deine Leidenschaft erwidert, weil du es *richtig* gemacht hast! Sie hat auf dich reagiert, weil sie starke Gefühle für dich empfindet – und du für sie ebenfalls. Sag mir ganz ehrlich: Hast du Larena jemals auf diese Weise geküsst?«

»Das ist etwas anderes«, erwiderte er ausweichend.

»Warum? Weil sie eine Lady ist? Sie ist eine Fata Morgana, ein Trugbild, ein idealisierter Traum. Was du brauchst, ist eine wirkliche Frau aus Fleisch und Blut.«

»Und du glaubst, dass Melanie diese Frau ist?« Erstaunt und ungläubig schüttelte er den Kopf.

»Melanie wird diese Frau sein«, erklärte Jim entschieden, der in der Tür erschien. Er hatte den letzten Teil ihres Gespräches mit angehört, als er leise über die rückwärtige Veranda ins Haus gekommen war. »Entweder du entschließt dich, die einzig anständige Entscheidung zu treffen und Melanie zu heiraten, oder du bist in San Antonio unten durch. Was die Sandovals betrifft, so wird Onkel José dich nach diesen skandalösen Ereignissen Larena nie und nimmer heiraten lassen. Du hast dir dein Bett auf dem Hügel da draußen bereitet! Mit Melanie Fleming! Nun musst du dich nur noch hineinlegen und schlafen«, schloss er mit einem schiefen Grinsen.

Noch nie hatte Lee das Gefühl gehabt, den Lauf seines Lebens so wenig bestimmen zu können wie an diesem Nachmittag. Nach dem Gespräch mit den Slades, das nicht so verlaufen war, wie er es sich gedacht hatte, suchte er noch Pater Gus auf, um dessen Rat zu hören. Am vorhergehenden Abend hatten Jim Slade und Rafe Fleming zusammen eine lange Unterredung mit dem Priester geführt. Als Lee schließlich den Geistlichen verließ, erkannte er, dass er das Unvermeidliche nur hinausschob. Er musste seine Verlobung mit Larena lösen und Melanie Fleming heiraten. Einem Mescalero-Lager im wilden Apachenland hatte er sich mit mehr Mut genähert als jetzt dem Haus der Sandovals.

Larena weigerte sich, ihn zu empfangen. Folglich war er gezwungen, seine Entschuldigungen und Erklärungen gegenüber ihrem Vater zu äußern. Don José war von untadeliger Freundlichkeit, doch er ließ Lee auch seine kühle Entschlossenheit spüren. Tatsächlich war es leichter, einem Mann zu erklären, was zwischen ihm und Melanie passiert war, als einer wohl erzogenen jungen Frau. Dennoch schmerzte es Lee, dass Larena ihn nicht sehen wollte, und er fühlte sich zutiefst schuldig, sie unverdientermaßen so gedemütigt und ihr so viel Kummer bereitet zu haben.

Ziellos wanderte Melanie im Obstgarten hinter der Pension auf und ab. Lustlos biss sie in einen Pfirsich, den sie in Gedanken von einem tief hängenden Ast gepflückt hatte. Die Sonne schien warm vom Himmel herab, und es ging eine leichte Brise, kurz gesagt: Es war ein schöner, klarer Nachmittag. »Wie kann der Tag so schön sein, wenn ich mich so elend fühle?«, fragte sie laut in die Stille hinein.

Das Abendessen mit der ganzen Familie war grauenhaft gewesen. Ihre jüngeren Geschwister hatten schweigend und verwirrt dagesessen und hätten zu gern gewusst, was eigentlich geschehen war.

Rafe hatte seine Tochter nach jener peinlichen Szene in die Pension zurückgebracht. Ihr Haar war zerzaust, ihr Gesicht schmutzig, die Kleider zerrissen. Niemand sprach offen darüber, aber Obedience und Wash, Rafe und Deborah diskutierten vor dem Abendessen jeweils untereinander das Geschehene. Einige der weiblichen Pensionsgäste starrten Melanie an, als wären ihr plötzlich Hörner und ein Schwanz gewachsen. Nur der alte Racine Schwartz schien insgeheim seinen Spaß zu haben.

Dann war sie in einen unruhigen, wenig erquickenden Schlaf gefallen. Im Traum erlebte sie immer wieder diese wilde und schmerzliche Szene mit Lee auf dem Hügel. Schweißgebadet und am ganzen Körper zitternd, wachte sie gegen Morgen auf und konnte nicht wieder einschlafen. Das Bild ihres Vaters mit seinem ernsten, abweisenden Gesicht verfolgte sie. Er und Jim Slade hatten über ihr Leben verfügt und einen Mann, der sie verabscheute – und den *sie* verabscheute –, dazu gezwungen, sie zu heiraten! Zum Teufel mit den Männern und ihren verfluchten Ehrgesetzen!

Endlich hatte sie ihren ganzen Mut zusammengenommen und hatte sich auf den Weg zu ihrer Mutter gemacht, um ihr die Sache darzustellen. Doch ihr Vater erwartete sie dort bereits zusammen mit Deborah. Beide waren einer Meinung. Sie, Melanie, musste Lee Velásquez heiraten. Außer Braut und Bräutigam schien jeder dieser Meinung zu sein! Die Slades, die Oakleys, selbst Pater Gus. Sie hatte noch nicht den Mut gehabt, sich bei Clarence sehen zu lassen. Allein der Gedanke an seinen schneidenden Sarkasmus ließ sie davor zurückschrecken. Er würde sich lang und breit darüber auslassen, dass sie als Frau den Aufgaben eines Reporters nicht gewachsen war und somit ihre Chance verspielt hatte.

Sie fühlte sich von Freunden und der Familie verraten und mit ihrer Angst allein gelassen. Was für ein Leben kann ich als Frau eines Ranchers führen?, überlegte sie. Nein, sei wenigstens ehrlich!, ermahnte sie sich dann. Als Lees Frau?

Wie als Antwort auf ihre Frage sah sie eine hoch gewachsene Gestalt entschlossen durch den Obstgarten auf sie zukommen: *Lee!* Ihr Herz hämmerte wie wild. Sie blieb stehen und atmete tief durch, um sich zu beruhigen. Oh, warum hatte sie nur dieses mädchenhafte Musselinkleid angezogen? Irgendwie fühlte sie sich im Nachteil. Ihr Haar war zu einem schlichten Zopf geflochten, und sie trug wieder ihre flachen, bequemen Schuhe. Wie sollte sie sich in dieser Aufmachung seiner harten, bedrohlichen Ausstrahlung stellen? Er trug die üblichen Wildlederhosen und ein weißes Hemd und überragte sie bei weitem. Das weiße Hemd stand außerdem noch am Hals offen und enthüllte höchst unzüchtig die schwarze krause Brustbehaarung. Sie zwang sich, ihm in die Augen zu sehen.

Lee beobachtete, wie sie sich darauf einstellte, ihm die Krallen zu zeigen wie eine fauchende, in die Enge getriebene Wildkatze. Noch immer erstaunte ihn die körperliche Anziehungskraft, die sie auf ihn ausübte. Er konnte sich nicht dagegen wehren, dass sie auch jetzt wieder sein Begehren entflammte. Lee erinnerte sich daran, wie sich der weiche, sinnliche Körper unter seinen Händen angefühlt hatte, an die üppige Fülle ihrer wogenden Brüste. Er spürte förmlich die rhythmischen Bewegungen ihrer Hüften und wusste, wie sich die kleinen, gut geformten Waden anfühlten. Das schlichte gelbe Kleid, das sie trug, betonte jede Rundung ihres verführerischen Körpers. Die frische Brise drückte den beinah durchsichtigen Stoff des Kleides an ihren Körper und erinnerte ihn an das, was unter dem Kleid verborgen lag. Er verspürte das unsinnige Verlangen, ihren dicken, glänzenden Zopf zu ergreifen, sie an sich zu ziehen und zu umarmen. Was hat sie an sich, dass sie mich so in ihren Bann zieht, als wäre ich ein bis über beide Ohren verliebter Schuljunge?, überlegte er grimmig. Wenn er mit seinem Plan, den er heute Morgen entworfen hatte, Erfolg haben wollte, musste er sich all diese Gedanken aus dem Kopf schlagen, und zwar auf der Stelle.

Mit finsterer Miene schob er sich den Hut in den Nacken und ließ sein Haar von dem angenehm kühlen Wind zerzausen. »Ich habe mit Pater Gus über die Hochzeit gesprochen. Er trifft alle Vorbereitungen für die Zeremonie in der Fernando-Kirche. Für Morgen. Ich weiß, dass das nicht gerade sehr viel Zeit ist, um die Aussteuer zu beschaffen. Aber alles in allem ist es so vielleicht am besten. Wir lassen die Flitterwochen ausfallen und fahren direkt auf die Ranch.« Er legte eine Pause ein und sah in ihre goldbraunen Augen, die vor Erstaunen weit aufgerissen waren.

»Du hast also schon alles geregelt. Wie tüchtig!«, sagte sie verächtlich.

»Ich habe eigentlich nur das ausgeführt, was Jim und dein Vater bereits geplant hatten. Wie es scheint, bleibt uns keine andere Wahl in dieser Angelegenheit.« Er beobachtete, wie hinter der kühlen Fassade der Zorn brodelte, der jeden

Augenblick ausbrechen konnte. »Hör mal, Melanie, wir müssen diese Farce, diese Komödie zu Ende spielen, denn die ganze verdammte Stadt hat sich gegen uns verschworen.«

»Das ist keine Farce, kein Spiel! Es ist der Rest unseres Lebens, über den du so ruhig und gelassen sprichst! Es geht schließlich um Heirat!«, begehrte sie verzweifelt auf und verwünschte gleichzeitig die Panik in ihrer Stimme.

Er sah ihre Verzweiflung und versuchte, sie zu beschwichtigen. »Es muss keine wirkliche Heirat sein. Wenn die Ehe nicht vollzogen würde, könnten wir etwa ein Jahr warten, bis sich die Aufregung gelegt hat, und dann beim Bischof von Galveston darum bitten, die Ehe zu annullieren.«

Verständnislos starrte sie ihn an. *Nicht vollzogen.* Ihre goldbraune Haut färbte sich dunkelrot, als ihr die Bedeutung seiner Worte aufging. »Du würdest Pater Gus betrügen und in der Kirche lügen? Du würdest versprechen, zu ... zu ... und dann ...« Sie wandte den Kopf ab und suchte mit einer Hand Halt an einem Ast, um ihr Gleichgewicht nicht zu verlieren.

»Jetzt komm mir nicht mit religiösen Bedenken, Melanie. Das steht dir nicht. Du hast doch mit der Katastrophe geflirtet, seit ich dich vor zehn Jahren im Hafen von Galveston kennen gelernt habe. Der einzige Unterschied ist jetzt nur, dass ich dich nicht retten und gleichzeitig laufen lassen kann wie früher. Dein unverantwortliches Verhalten hat dieses ganze Durcheinander ausgelöst. Eine Ehe auf Zeit ist der einzige Ausweg. Ganz sicher wird eine Frau, die so frei und unkonventionell denkt wie du, sich keine grauen Haare wachsen lassen, wenn sie einen Ehemann loswird.«

»Du Mistkerl!«, flüsterte sie. »*Mein* unverantwortliches Verhalten! *Du* wolltest mich doch unbedingt retten! Ich habe dich nicht aufgefordert, mir zu folgen. Und ich habe dich gewiss nicht darum gebeten, mich anzufassen – und alle diese schrecklichen Dinge mit mir anzustellen!« Ihre Stimme schraubte sich höher und höher, bis sie in einem schrillen Schrei gipfelte, der durch den ganzen Obstgarten hallte.

»Du schienst mir für diese ›schrecklichen Dinge‹ sehr empfänglich, bis zu dem Zeitpunkt, als dein Vater und Jim auftauchten. Hättest du nicht deine Arme und deine Beine um mich geschlungen, hätten sie mich auf der Stelle umgebracht und uns beiden mit einem Schlag eine Menge Probleme erspart. Denk doch mal nach, verdammt!«

Gedemütigt schloss Melanie die Augen. Er hatte Recht. Warum hatte sie sich so verhalten, hatte ihm erlaubt – nein, ihn dazu *ermutigt,* sie so intim zu berühren? Alles, was ihr noch blieb, war ihr Stolz. Sie richtete sich zu ihrer vollen Größe auf und zwang sich, in sein hartes, gut aussehendes Gesicht zu sehen. Dann erklärte sie rundheraus: »Wie du selbst mir mehr als ein Mal klar gemacht hast, bin ich eine sehr unweibliche politische Kämpferin. Du bist der erfahrene Mann von Welt. Du hast mich missbraucht, und nun heiratest du mich lediglich, um dein Gesicht zu wahren und um meinen Vater davon abzuhalten, dich umzubringen! Welche Reaktion erwartest du von mir? Was soll ich auf einen derartig kaltherzigen Heiratsantrag erwidern? Soll ich mich etwa über meinen wiederhergestellten Ruf freuen? ›Nun, zumindest hat er das junge Ding noch geheiratet!‹ Ich kann schon jetzt Violet Clemsons schadenfrohe, gehässige Stimme hören.«

»Hast du irgendeine Alternative vorzuschlagen? Das heißt, wenn du mich für tapfer genug hältst, deinem gefährlichen Vater die Stirn zu bieten?«, gab er sarkastisch zurück. Als sie keine Antwort gab, fuhr er fort: »Du bist gerade nach San Antonio gezogen. Du hast Verwandte und Bekannte an anderen Orten. Wenn wir eine Annullierung erreicht haben, könntest du nach Nacogdoches oder Houston oder gar zurück nach Boston gehen. Aber ich bin hier geboren, und das ist die einzige Heimat, die ich habe. So wie die Dinge nun einmal liegen, habe ich die Frau verloren, die ich heiraten wollte. Aus den bekannten Gründen. Larena will mich nicht einmal mehr sehen«, fügte er bitter hinzu.

»Jetzt kommen wir endlich zum Kern der Sache«, stieß sie mit erstickter Stimme hervor. »Deine Verlobte aus der reinrassigen Familie! Du wolltest eine herrschaftliche Verbindung mit den Sandovals – eine Frau, die dir Erben für deine *estancia* gebären sollte. Ohne Verstand und gehorsam – oh, ja, und so damenhaft!«

»Jedenfalls ist sie nicht so eine wie du, das steht hundertprozentig fest«, gab er zurück.

Tränen der Wut schnürten ihr die Kehle zu. Ihre Stimme klang krächzend. »Ja, da hast du wohl Recht. Ich bin ja nur das uneheliche Kind einer Nebenfrau, und in meinen Adern fließt das Blut von Indianern und afrikanischen Sklaven! Du könntest dir natürlich nicht im Traum vorstellen, deinen wertvollen Namen Velásquez einem Mischlingskind zu geben. Das ist die Wahrheit, oder?«

Wie angewurzelt stand Lee da, unfähig, die Wahrheit ihrer schmerzlichen Anklagen abzustreiten. Nachdem sie sein Leben in ein einziges Chaos verwandelt hatte, redete sie ihm nun auch noch Schuldgefühle ein! Er zwang sich, ruhig zu bleiben, damit er sich nicht zu weiteren verletzenden Bemerkungen hinreißen ließ.

Gleichmütig zuckte er mit den Schultern. »Es hat wirklich keine Bedeutung, ob ich dich für eine angemessene Mutter meiner Kinder halte oder nicht, da wir ja nicht vorhaben, eine wirkliche Ehe einzugehen. Du liebst mich nicht, und ich liebe dich nicht. Das Beste aus dieser Katastrophe zu machen, ist das Einzige, was uns übrig bleibt.«

Melanie ließ sich seine Worte noch einmal durch den Kopf gehen. Vergiss den Schmerz!, ermahnte sie sich im Stillen. Du hast es immer ertragen. Es wird sich nie ändern. Du bist, wer du bist, und du brauchst keinen Mann. »In Ordnung«, sagte sie mit sachlich klingender Stimme. »Wir heiraten also nur pro forma. Wenn sich die Lage beruhigt hat« – und meine Eltern nach Renaciemento zurückgegangen sind, dachte sie in einer jähen Anwandlung von Verzweiflung –, »gehe ich nach Galveston und sorge für die Annullierung. Vielleicht kennt Clarence dort einen guten Zeitungsherausgeber, der mich als Reporterin anstellen wird.«

»Warum gehst du nicht nach Boston zurück? Da lebt dein Großvater, und dort kannst du dich einer ganzen Reihe politischer Bewegungen anschließen«, schlug er vor. Sofort fühlte er sich schuldig bei der Vorstellung, eine Frau den rauen Sitten einer Hafenstadt auszuliefern.

»Texas ist auch meine Heimat, Lee. Meine Eltern und meine Brüder leben hier«, antwortete sie. Wieder packte sie der Zorn.

»Sei dankbar, dass sie noch leben, Melanie«, meinte er leise. Sein Gesicht wirkte verschlossen, als er den Blick über die Wiesen schweifen ließ.

Bei dem Gedanken an seine Verluste überlief sie unerwartet eine Welle des Mitgefühls. Das wird immer zwischen uns stehen, nicht wahr, Lee? Doch diese Frage stellte sie nicht laut. Melanie zwang sich dazu, praktisch zu denken. »Begraben wir die Vergangenheit, wenden wir uns der Zukunft zu! Es ist besser, wir werden uns jetzt klar darüber, wie diese so genannte Ehe aussehen soll. Ich bin kein Zierpüppchen und auch keine Wärmflasche fürs Bett. Ich möchte nützliche Dinge tun.«

»Zum Beispiel?« Er hob eine Augenbraue, als wüsste er nicht, worauf sie hinauswollte.

»Ich habe vor, meinen Job beim *Star* zu behalten. So weit ist es nicht von San Antonio bis zur Night Flower-Ranch.«

»Hast du nicht schon genug Ärger gehabt? Mit deinen Eskapaden hast du beinahe mich, Pemberton und den alten Drucker umgebracht! Moses French ist tot, Melanie!« Aus seiner Stimme war herauszuhören, dass er eine endgültige Entscheidung in dieser Sache getroffen hatte.

»Für Moses French mag das zutreffen, doch ich will die Gesellschaftsnachrichten und die Klatschkolumne fortsetzen«, gab sie zornig zurück. »Und ich werde auch Pater Gus bei seiner Schule helfen.« Ihre goldbraunen Augen funkelten herausfordernd. Er sollte nur versuchen, ihr das zu verbieten!

Scheinbar gleichgültig zuckte er mit den Schultern. Er musste akzeptieren, dass aus ihr nie eine Dame werden würde. »Wie du willst. Schreibe über Teegesellschaften und Tanzveranstaltungen. Aber solange ich für dich verantwortlich bin, ist es wohl besser, wenn du dich nie mehr dabei erwischen lässt, deinen schönen, kleinen Hintern zu riskieren!« Seine schwarzen Augen funkelten herausfordernd, als wollte er sagen: Versuche es nur, dich mir zu widersetzen!

Nach einem langen Blick auf ihr stolz erhobenes Kinn und ihre entschiedene Haltung, wandte er sich abrupt um. Mit langen Schritten ging er auf die Pension zu. Über die Schulter murmelte er nur noch: »Wir sehen uns in der Kirche.«

Melanie blickte ihm nach, bis er außer Sicht war. Dann ließ sie ihren Tränen endlich freien Lauf. Ich weine nur vor Wut und Zorn. Sonst ist nichts!, sagte sie sich, als ihr die Tränen über die Wangen liefen. Sie umklammerte den Stamm eines Baumes, glitt an der rauen Rinde nach unten und kauerte sich hin. Sie fühlte sich verlassen und verloren. Mit jedem Schluchzer verwünschte sie Lee Velásquez.

Seit seiner Ordination hatte Pater Gus zahlreiche Ehen geschlossen, aber diese Trauung würde er nie vergessen. Die Braut wirkte hölzern und gehemmt, als sie von ihren Eltern und ihren jüngeren Geschwistern in die Kirche geführt wurde. Adam war das schlankere Ebenbild seines dunklen, gefährlich aussehenden Vaters und war genauso gelassen wie seine Eltern. Dennoch schien er zu verstehen, dass es bei der so hastig anberaumten Hochzeit seiner Schwester nicht mit rechten Dingen zuging. Caleb und Lenore waren ausgelassen und fröhlich und taten ihr Bestes, um sich halbwegs manierlich zu verhalten, während das Baby Joey friedlich in den Armen seiner Mutter schlief. Der Priester nahm sich vor, demnächst mit Deborah über die Kindstaufe zu sprechen. Im Augenblick jedoch wollte er Mrs. Fleming nicht damit bedrängen, denn sie sah sehr traurig aus, als sie versuchte, ihre unglückliche Stieftochter zu trösten.

Zwar schien Rafe Fleming der Beschützer seiner Tochter zu sein, aber er machte auch einen äußerst strengen Eindruck. Es sah so aus, als hätte es noch kurz zuvor eine heftige Auseinandersetzung zwischen Vater und Tochter gegeben – zweifellos über die Notwendigkeit der Heirat. Pater Gus schmunzelte. Melanie war eine eigenwillige Tochter. Kein Wunder, dass Rafe so grimmig dreinsah!

Doch Flemings Miene war noch mild im Vergleich zu dem finsteren Gesicht, das Lee am Vortag aufgesetzt hatte, als er die Beichte abgelegt und den Pater um Rat gefragt hatte. Welchen Rat konnte Pater Gus ihm geben? Der Vater des Mädchens, dem unrecht angetan worden war, und Jim Slade hatten am vergangenen Abend die Sache mit ihm besprochen – und ihre Meinung mit aller Nachdrücklichkeit deutlich gemacht. Nachdem er Lee am nächsten Morgen sehr gründlich befragt hatte, war er zu dem Schluss gekommen, dass ihr Bestehen auf der Schließung der Ehe berechtigt war. Lee hatte sich dem Mädchen gegenüber einfach abscheulich verhalten und es auch noch in äußerst beschämender Weise vor einer großen Gruppe von Männern bloßgestellt.

Der Pater bemerkte die nervösen Blicke, die Melanie zum Eingang der Kirche warf, und sagte in beruhigendem Tonfall: »Hab keine Angst, meine Tochter, er wird gleich hier sein.«

»Das fürchte ich ja gerade«, erwiderte sie scharf, ehe sie den zurechtweisenden Blick ihres Vaters bemerkte.

Melanie sah zu Boden und strich aufgeregt ihr seidenes Kleid glatt.

Was für ein wunderschönes Bild sie abgibt!, dachte Pater Gus. Sie sah so anders aus als das in Graubraun gekleidete Mädchen, das er an seinem ersten Tag in San Antonio getroffen hatte. Sie trug einen Traum aus hellgrüner Seide. Das Kleid war schlicht geschnitten, mit hoch geschlossenem Kragen und langen Ärmeln. Gerade diese Strenge betonte ihre feinen Gesichtszüge und hob ihren Teint hervor. War Lee Velásquez für diese Veränderung verantwortlich?

Im selben Augenblick hallten Lees Schritte durch den Mittelgang der stillen Kirche. Er wurde von den Slades und ihren Kindern begleitet, die sich in der Kirche, die sie jeden Sonntag besuchten, viel heimischer fühlten als die Kinder der Familie Fleming. Vielleicht sahen Jim und Charlee die erzwungene Hochzeit auch viel positiver als die Flemings, ging es ihm durch den Sinn.

Wash Oakley und seine Frau vervollständigten die Gesellschaft, die sich hier versammelt hatte, um Zeuge der Hochzeitszeremonie zu werden. Da sie eigentlich Baptisten waren, gefiel ihnen offensichtlich die geschmückte Kirche mit dem Kuppeldach nicht. Dennoch war sich der Priester sicher, dass sie einander in dem Augenblick, als Lee sich neben Melanie stellte, zuzwinkerten und erfreut lächelten. Wenn doch nur Braut und Bräutigam ebenso heiter wären wie ihre Freunde!

Lee streckte die Hand aus, ein Angebot an Melanie, ihre Hand auf seine zu legen. Sie reagierte hölzern, ganz offensichtlich wurde sie von ihrem Vater nach vorne geschoben.

Lees schlanke Hand umschloss ihre kleine, während beide vor dem Altar niederknieten.

Sorgfältig und gründlich sprach Pater Gus über die Dauerhaftigkeit und das Sakrament der Ehe.

»Wenn es jemanden unter den hier Versammelten gibt, der einen Grund nennen kann, warum dieser Mann und diese Frau nicht miteinander verbunden werden können, so soll er jetzt sprechen oder für immer schweigen.« Pater Gus trug die Worte mit besonders lauter Stimme vor, offensichtlich, um seinen starken deutschen Akzent zu verbergen.

Schweigen.

Unwillkürlich atmete der Pater erleichtert auf. Dann begann er mit der Zeremonie. Als der Zeitpunkt gekommen war, da Lee seiner Braut den Ehering an die Hand stecken sollte, trat Jim Slade vor und händigte ihm den Ring aus. Einen Augenblick lang zögerte Lee. Verwirrt und unsicher sah er zu seinem Freund hinüber. Er erkannte den mit Rubinen besetzten goldenen Ring wieder. Nie hätte er gedacht, dass er diesen Ring über Melanies Finger streifen würde.

Der Priester räusperte sich und wartete geduldig, bis der Bräutigam sich wieder gefasst hatte. Endlich schob Lee den Ring widerstrebend auf ihren Finger und wiederholte die Worte. Pater Gus konnte sehen, wie Melanie mit weit geöffneten Augen ihren Bräutigam anstarrte, offensichtlich verwirrt und zornig über dessen Zögern im letzten Moment.

Als er nach der Messe den Segen spendete, stieß Pater Gus einen tiefen Seufzer der Erleichterung aus und dankte dem Vater im Himmel, dass die Kirche noch stand. Schon jetzt sah er sich im Geiste viele Stunden auf den Knien liegen, um für das Gelingen dieser höchst ungewöhnlichen Verbindung zu beten.

»Vielleicht hätte ich es ihm vorher sagen sollen«, meinte Jim zu Charlee. Von der Kirchentreppe aus beobachteten sie, wie Lee seiner Frau in die Kutsche half, die sie zur Night Flower-Ranch bringen sollte.

»Wenn du es ihm vorher erzählt hättest, hätte er sich geweigert, ihr den Ring zu geben. Und das weißt du auch«, widersprach Charlee mit Nachdruck. »Es war der Ring seiner Mutter, und er soll jetzt Melanie gehören.«

»Als du ihn in dem Schrank auf Vaters Speicher gefunden hast, hätte ich ihn eigentlich Dulcia geben sollen«, wandte Jim unbehaglich ein.

»Ich hatte ihn für eine ganz besondere Person aufgehoben«, bekannte Charlee mit verschmitztem Lächeln. »Mach dir keine Sorgen! Egal, wie sehr er jetzt vor Wut kocht, er wirds schon schaffen.«

»Melanie sah auch nicht glücklicher aus als Lee. Hoffentlich schafft sie's ebenfalls«, entgegnete Jim mit einem tiefen Seufzer.

Kapitel 13

Während sie die im Wind rauschenden Zypressen und die soliden Adobehäuser von San Antonio hinter sich ließen, herrschte bedrückendes Schweigen in der offenen Kutsche. In Gedanken versunken, was die kommenden Monate auf der Night Flower-Ranch bringen würden, drehte Melanie den verzierten Goldring an ihrem Finger hin und her. Schließlich hatte sie genug Mut gefasst, um ihre Frage zu stellen: »Warum hast du im letzten Moment gezögert – ich meine, mit dem Ring?«

Zunächst glaubte sie, er würde nicht antworten. Sein Profil blieb reglos und gelassen, während er weiterhin geradeaus starrte. Dann seufzte er auf. »Es war der Ring meiner Mutter«, gab er ruhig zu. »Ich hatte ihn lange nicht mehr gesehen, das letzte Mal an dem Tag, als Will Slade mich von meiner toten Mutter herunterzog ... Ich war damals sieben Jahre alt, doch ich kann mich immer noch an den Ring erinnern. Schon seit Generationen ist er im Besitz unserer Familie. Ich nehme an, dass ihn der alte Will irgendwo versteckt hatte und Jim und Charlee ihn erst vor kurzem gefunden haben.«

Melanie nickte stumm. Du hättest ihn Larena und nicht mir gegeben, dachte sie traurig. Sie unterdrückte die aufsteigenden Tränen.

Lee spürte ihren stillen Kummer. Schuld und Zorn nagten an ihm, als er verstohlen auf ihren gesenkten Kopf sah. Verdammt, wenn du nur nicht so schön und begehrenswert wärst!, durchfuhr es ihn. Er versuchte, seine Gedanken von diesen gefährlichen Betrachtungen wegzulenken.

»Kannst du kochen?«, fragte er abrupt, um das Thema zu wechseln.

»Nein«, antwortete sie frostig.

»Habe ich auch nicht angenommen«, erwiderte er bedrückt. »Nun ja, du musst dich dann nur an Kai gewöhnen.«

»An Kai?« Fragend sah sie ihn an.

»Molokai – er wird von den Arbeitern nur kurz Kai genannt. Er stammt von den Sandwich Islands im Pazifik.«

»Ich weiß, wo die Inseln liegen. Ich habe Geografie studiert«, entgegnete sie schroff.

Er schlug leicht mit den Zügeln. »Nie Kochen gelernt, aber Geografie studiert. Das passt gut zusammen«, kritisierte er.

»Wie kommt denn einer von den Sandwich Islands bis nach Texas?«

»Als Kind ist er von Molokai geflohen. Dort befand sich damals eine Leprakolonie.« Als er Schrecken auf ihrem Gesicht sah, fügte er schnell hinzu: »Er ist nicht krank. Das war ja schon vor über dreißig Jahren. Er hatte auf einem Walfängerschiff angeheuert und landete schließlich in Mazatlán. Das ist eine Stadt ...«

»... an der Nordwestküste von Mexiko«, vollendete sie ungeduldig.

Wider Willen musste er lächeln. Dann fuhr er fort: »Nun ja, jedenfalls habe ich ihn durch Raoul Fouqué kennen gelernt, einen ... äh ... Geschäftspartner in Santa Fe. Wir drei sind ein paar Jahre zusammen geritten. Kai ist über zwei Meter groß und geht sehr geschickt mit Messern um«, warnte er sie.

»Kann *er* kochen?«, hakte sie unverdrossen weiter nach.

»Ja, und ob! Deshalb habe ich ihn angestellt. Er hatte das Leben im Apachenland langsam satt. Es ist schon sehr komisch. Wenn dir erst einmal sein Furcht erregendes Gesicht und seine enorme Größe nichts mehr ausmachen, ist er eigentlich ein sanfter Riese. Vor ein paar Monaten ist er auf der Ranch aufgetaucht. Nicht lange, nachdem ich mit dem Bau fertig war.«

»Wie sieht das neue Haus aus? Alles, was ich neulich gesehen habe, waren ausgebrannte Ruinen.« Sie war neugierig auf ihr zukünftiges Heim, selbst wenn sie dort nur vorübergehend wohnen würde.

Zum ersten Mal spürte sie, dass er sich für ein Thema erwärmte. »Es ist viel schöner als die beiden ersten Häuser. Diesmal hatte ich das Geld, um das beste Baumaterial zu kaufen. Ich habe es nach Art der traditionellen mexikanischen *estancia* gebaut, mit einem Hof und einem Brunnen in der Mitte. Ich habe es in der Nähe eines unterirdisch fließenden Flusses errichtet, der einige Hundert Meter weiter an die Oberfläche tritt und sich durch ein flaches Tal mit üppiger Vegetation schlängelt. Mit der Inneneinrichtung bin ich noch nicht ganz fertig. Ich nehme an, sie könnte sehr gut die Hand einer Frau vertragen. Du kannst dir die Möbel aussuchen, die du haben willst ... das heißt, wenn du dir überhaupt die Mühe machen willst.« Abwartend sah er zu ihr hinüber.

»Oh, das ... das würde ich sehr gern übernehmen, Lee«, stimmte sie zu und überraschte sich selbst mit dieser Antwort. Als sie sich dann daran erinnerte, mit wie viel Liebe ihr Vater Renaciemento für ihre Mutter gebaut und die Ranch mit Deborahs Sachen ausgestattet hatte, tat ihr das Herz weh. Er hat Night Flower für Larena gebaut und nicht für dich, du Närrin!, schalt sie sich im Stillen. Für den Rest der Fahrt verfielen beide in Schweigen.

Plötzlich hielt Lee die Pferde an und zeigte mit der Hand auf das Tal unter ihnen. Dort unten stand, zwischen einem gewundenen Bachlauf und einem kleinen Zypressenwald, ein wunderschönes geweißtes Haus in Adobebauweise. Frisch und sauber funkelte es in der Nachmittagssonne. Die niedrigen, dicken Wände, die im Schatten von Bäumen lagen, würden dafür sorgen, dass es an heißen Tagen im Innern kühl war.

»Was für eine schöne Landschaft!«, entfuhr es Melanie. Ihr Blick folgte dem sanft abfallenden Weg bis zur Talsohle, der sorgfältig ausgebaut war, sodass Wagen und Kutschen verkehren konnten.

»Ein zweites Mal wollte ich nicht mehr auf den alten Ruinen bauen«, erklärte Lee und trieb die Pferde wieder an. »Schätze, es waren einfach zu viele Erinnerungen. Nun ja, jedenfalls gefällt mir dieser Ort schon seit meiner Kindheit. In den ersten Tagen nach meiner Rückkehr hab ich mein Lager bei den Ruinen aufgeschlagen. Dort hast du mich getroffen. Eines Abends, ich konnte nicht schlafen ...« Er machte eine Pause und erinnerte sich an seine Albträume. Als sie ihn fragend ansah, fuhr er fort: »Da bin ich hierher geritten. Es war so, als würde ich unwiderstehlich von etwas angezogen. Ich versuchte damals, mir darüber klar zu werden, ob ich bleiben und neu anfangen sollte. Da habe ich sie gefunden.«

»Sie?«, hakte sie leise nach und war seltsam erfreut darüber, dass er ihr so viel erzählte.

»Die Nachtschlüsselblumen. Sie wachsen am Ufer des Baches an der Canyonwand.«

»Daher also der Name für deine Ranch. ›Night Flower-Ranch‹ kommt von der Blume der Nacht.« Plötzlich begriff sie.

»Ich habe die Blume als eine Art Vorzeichen aufgefasst, schätze ich. Fouqué würde sagen, dass ich zu viel Zeit bei den Indianern verbracht habe«, fügte er spöttisch hinzu und zerstörte damit die vertrauliche Stimmung zwischen ihnen.

Als sie das Haus erreichten, stand vor dem Eingang ein Riese von einem Mann. Er war sogar noch größer als Wash Oakley. Offensichtlich hatte er auf sie gewartet. Seine dunkle mahagonifarbene Haut war von Narben übersät, und sein Gesichtsausdruck wirkte düster und bedrohlich.

»Ist das Kai?«, fragte Melanie beklommen und unterdrückte ein Zittern.

Lee lachte leise. »Ich habe dir doch gesagt: Er ist so sanft wie ein Lamm.« Der junge Rancher begrüßte den Riesen in einer ihr unbekannten melodiösen Sprache.

Der Mann antwortete in derselben Sprache und streckte den Arm aus, um Melanie von der Kutsche zu helfen. Ein Lächeln breitete sich auf seinem Gesicht aus. Einige Vorderzähne fehlten. Doch trotz dieses Mangels und seiner Furcht erregenden Narben spürte Melanie eine Freundlichkeit, die von Herzen kam. »Guten Tag, Mr. Molokai«, grüßte sie höflich.

»Willkommen in Ihrem neuen Zuhause, *Señora* Velásquez«, erwiderte er auf Englisch, dem allerdings ein seltsamer spanischer Akzent anhaftete. »Bitte nennen Sie mich Kai. Jeder hier nennt mich so.«

»Nur wenn Sie mich Melanie nennen.« Sie lächelte den Riesen an und hatte für ewige Zeiten seine Sympathie gewonnen. »Von meinem … Ehemann …«, sie kam bei diesen Worten beinah ins Stottern, »… äh, habe ich erfahren, dass Sie ein sehr guter Koch sind. Vielleicht können Sie mir ja einiges beibringen.«

»Es wäre mir eine Ehre, Melanie.« Er ging hinten an die Kutsche und hob ihre schweren Koffer an, als wögen sie nichts.

Lee stand neben ihr und beobachtete gebannt, wie sie Kai bezauberte. Er war überrascht, wie leicht und kameradschaftlich sie mit dem fremden Mann umging. Larena wäre bis ins Innerste erschrocken und verängstigt gewesen. »Gehen wir hinein, ich zeige dir das Haus«, meinte er, selbst überrascht, wie besitzergreifend er ihren Arm nahm.

Das Innere des Hauses hielt, was das schöne Äußere versprach. Es gab geräumige, luftige Zimmer und einen wunderschönen Hof.

Lee führte Melanie durch die nach vorne gelegene *sala*

hinaus in den Innenhof. »Oh, es ist herrlich!«, rief sie aus. Von dem glitzernden Wasser, das sich in ein flaches Kalksteinbecken ergoss, wanderte ihr erstaunter Blick zu Töpfen mit Zwergorangenbäumen, Feigenbäumen und anderen Gewächsen, von denen viele so exotisch waren, dass sie sich nicht erinnerte, jemals so etwas gesehen zu haben.

»Die Pflanzen für den Innenhof habe ich aus Mexico City kommen lassen. Botanik war das Steckenpferd meines Onkels Alfonso«, erklärte er. »Wenn du möchtest, zeige ich dir den Rest des Hauses.«

Die Räume waren spärlich möbliert. Meistens enthielten sie nur ein paar Möbelstücke aus Eichenholz. Die dunkel gestrichenen Möbel standen in scharfem Kontrast zu den weißen Wänden und verlangten nach Teppichen und Wandbehängen in hellen Farben, die einen Ausgleich schaffen konnten. »Letzte Woche habe ich in Frascattis Warenhaus einen leuchtend orangefarbenen und einen gelben Teppich gesehen, die sehr gut in die *sala* passen würden«, berichtete Melanie impulsiv, als sie das Esszimmer, die Bibliothek und das kleine Wohnzimmer neben der *sala* besichtigt hatten. »Das heißt, wenn dir diese Farben gefallen«, fügte sie schnell hinzu, denn sie erinnerte sich plötzlich wieder daran, dass dies eigentlich Larenas Haus hatte werden sollen.

»Wie ich schon sagte, es ist noch nicht fertig und braucht die Hand einer Frau. Einer der Arbeiter kann dich morgen in die Stadt fahren, und du kannst kaufen, was du für richtig hältst.« Lees Miene wirkte verschlossen, und Melanie spürte, wie ihre Begeisterung schwand.

Morgen muss ich zum *Star* gehen und Clarence alles erklären, dachte sie mit Schaudern und hörte im Geiste bereits seine bissigen Bemerkungen. Lee erzählte sie nichts von ihren Plänen.

»Wenn du dich für das Abendessen frisch machen willst,

zeige ich dir jetzt dein Zimmer«, sagte Lee steif und erinnerte sie damit indirekt an ihre Abmachung.

Als sie den anderen Flügel des Hauses betraten, wo sich die Schlafzimmer befanden, trafen sie auf Kai, der gerade den letzten Schrankkoffer in ein großes Zimmer am Ende des Ganges trug. Es war offensichtlich die Herrensuite, in der Lee schlief. Dort stand ein breites Bett mit einer hellblauen Tagesdecke. Der männlich wirkende Raum enthielt einen Waffenschrank aus Eiche und einen großen Schreibtisch, auf dem Papiere und Bücher lagen. Über einer Stuhllehne hing ein Revolverhalfter, und auf einem Tisch standen Rauchutensilien für Zigarillos. Einige Kippen waren in einem schweren kupfernen Aschenbecher ausgedrückt. Es sieht aus, als hätte er hier gestern eine schlaflose Nacht verbracht, dachte Melanie sofort. Ehe sie etwas von sich geben konnte, unterbrach Lee Kai bei seiner Arbeit.

»Die *señora* wird diesen Raum nicht benutzen, Kai. Stell ihre Sachen in das Zimmer ans andere Ende des Ganges, das neben Genias Zimmer liegt.«

Das Gesicht des Mannes aus der Südsee blieb reglos. Doch sicher fragte er sich jetzt, was dieses seltsame Arrangement zu bedeuten hatte. Offensichtlich war er von der falschen Annahme ausgegangen, dies wäre eine normale Ehe, überlegte sie beschämt. »Glaubst du, dass du vor mir sicher bist, wenn nur drei Zimmer zwischen dir und mir liegen?«, flüsterte sie, als sich Kai mit dem Schrankkoffer auf den Weg machte.

»Glaubst du, dass der Abstand für *dich* reicht?«, entgegnete er.

»Wer ist Genia?«, erkundigte sie sich schnell, um das Thema zu wechseln.

»Die Haushälterin. Sie stammt aus Mexico City. Bis zu seinem Tod hat sie für meinen Onkel Alfonso gearbeitet. Als das Haus fertig war, habe ich sie holen lassen. Wahrscheinlich ist sie im Augenblick im Garten und sammelt Kräuter, mit denen sie das Hochzeitsbett schmücken will«, fügte er sarkastisch hinzu.

»Es war wenig umsichtig von dir, ihnen unsere Abmachung nicht klar darzulegen«, entgegnete sie steif auf seine anzügliche Bemerkung.

»Das habe ich getan, aber Kai und Genia glauben eben, was sie glauben wollen.«

Genia, eine rundliche, freundliche Frau undefinierbaren Alters, sprach mit spanischem Akzent. Lee hatte Recht, was die Einstellung seiner beiden Bediensteten anging. Da er Melanie in der Kirche geheiratet hatte, war für die beiden klar: Sie war die Herrin auf der Ranch.

Während Genia Melanies Kleider auspackte, bemerkte die Haushälterin rundheraus: »Es gefällt mir nicht, dass Sie so weit von Don Leandros Zimmer entfernt sind. Zumindest sollte Ihr Zimmer neben seinem liegen.«

Vor Verlegenheit wurde Melanie rot. »Genia, Lee hat euch doch erzählt, dass wir zu dieser Ehe gezwungen wurden. Es ist nicht so ... äh, das heißt, wir werden nicht ... miteinander schlafen.«

»Und die Sonne wird nicht im Osten aufgehen«, konterte die ältere Frau spöttisch. »Sie sind beide jung und gut aussehend. Halte ein Zündholz an dürres Holz, und die Funken fliegen! Eins weiß ich jedenfalls mit Sicherheit: Leidenschaftlich seid ihr beide.« Sie schmunzelte, als sie Melanies erschrockenes Gesicht sah. »Früher oder später wird es geschehen. Auch drei dicke Wände zwischen euch können nicht verhindern, was geschehen muss.«

Leidenschaftlich seid ihr beide. Während Melanie in dieser Nacht allein in ihrem großen Bett lag und an die Decke starrte, gingen ihr die Worte der Haushälterin nicht aus dem Sinn. Wie wahr! Wenn es nicht seine heftige Leidenschaft und ihre unerklärliche Reaktion auf seine Küsse gegeben hätte, wären sie jetzt nicht in dieser lächerlichen Farce von Ehe gefangen. In Gedanken ließ sie die schmerzliche Geschichte ihrer Beziehung zu Lee Velásquez noch cinmal an sich vorüberziehen. Seit ihrer ersten Begegnung mit ihm, als sie noch ein leicht zu beeindruckendes, ängstliches Kind gewesen war, hatte sie gewusst, dass die Anziehungskraft zwischen ihnen immer bestehen bliebe. Die zufällige Begegnung in Austin nach seiner Heirat hatte in ihr das Gefühl hinterlassen, am Boden zerstört zu sein. Damals hatte sie damit begonnen, gegen ihre Weiblichkeit zu rebellieren. Das hatte sie sich schließlich eingestehen müssen. Ihre Aktivitäten in Boston hatten ihr nur den Stoff geliefert, um ihre Gefühle zu verdrängen.

Wieder kamen ihr die Tränen. Sie war einfach machtlos dagegen. Sie liefen ihr über die Schläfen und nässten das dichte ebenholzschwarze Haar. »Ich verwünsche ihn dafür, dass er mich zum Weinen bringt«, rief sie in die stille Nacht.

Verwünsche ihn dafür, dass er dich dazu bringt, ihn zu wollen!, flüsterte es zurück.

Auch Lee konnte nicht schlafen. Bilder von dem weichen, schimmernden Körper und dem glänzenden schwarzen Haar seiner Frau verfolgten ihn. Noch immer konnte er ihre Brüste und die Rundung ihrer Hüften spüren, die so einladend breit waren für ihre Größe. Er erinnerte sich an den betörenden Duft nach wilden Rosen. Ihre weit geöffneten Augen hatten die Farbe der Nachtblumen, die draußen vor seinem Fenster blühten. Frustriert warf er sich hin und her. »Du hast dein Haus nach ihr benannt, du Narr, und hast es nicht einmal gewusst!«

Leidenschaftliches, kleines Biest!, dachte er zornig. Kein Zweifel, sie ist genau wie ihre Mutter, deren Vorfahren

Schwarze gewesen waren. Auch die großartigen Schulen in Boston und die guten Manieren konnten die Tatsache nicht verbergen, dass Melanie die Tochter einer Nebenfrau war. Sie strahlte eine angeborene Sinnlichkeit aus, der die Männer nicht widerstehen konnten und sie unvernünftig handeln ließ.

Und du, du dummer Mistkerl, willst sie ganz einfach als Mätresse, aber nicht als Ehefrau!, erkannte er. So wie Rafe Fleming ihre Mutter als Nebenfrau gehabt hatte.

Lee wusste, dass er Melanie jetzt nicht als Geliebte haben konnte. Nicht, solange sie verheiratet waren. Das würde sie für den Rest ihres Lebens aneinander ketten. Er begehrte sie zwar, doch ihm war auch klar, dass ihr Vorwurf zutraf: Er wollte nicht, dass Mischlingskinder den Namen Velásquez trugen. Er wollte eine Frau mit einem guten, alten spanischen Namen, traditionsverbunden, gehorsam und auf keinen Fall so wie Melanie. Da spielte es noch nicht mal eine Rolle, dass sie das uneheliche Kind einer Nebenfrau gewesen war, deren Vorfahren aus Afrika kamen. Sogar wenn sie nicht das verhasste indianische Blut in sich getragen hätte, wäre sie als Ehefrau ungeeignet gewesen. Denn sie war dickköpfig, verwöhnt und hatte die seltsamsten Ideen über die Gleichberechtigung von Mann und Frau. Natürlich war diese Einstellung nicht verwunderlich, da sie von Deborah erzogen worden war. Außerdem war sie ständig mit Charlee und Obedience zusammen. Er starrte an die Decke und zwang sich, an Larena zu denken. Irgendwie würde er sie zurückgewinnen.

Melanie erwachte in dem fremden Bett und hörte vertraute Geräusche vor dem Fenster. Cowboys sattelten ihre Pferde. Gedämpfte Flüche und laute Begrüßungen drangen an ihr Ohr und hallten im Tal wider. Durch die Scheiben sickerte das Licht der Morgendämmerung. Sie schlug die Bettdecke zurück, setzte sich auf und sah sich in dem Zimmer um. Wie alle anderen hatte es raue geweißte Wände. Bis auf das Bett, in dem sie geschlafen hatte, und eine schwere, flache Truhe war das Zimmer leer.

Genia hatte ihre Kämme und Bürsten ausgepackt und einen Ankleidespiegel aufgestellt. Ein weißer Porzellankrug und eine Schüssel standen auf der Truhe, daneben lagen ihre persönlichen Dinge. Zumindest konnte sie sich das Gesicht waschen und sich einer einfachen Morgentoilette unterziehen. Als sie aufstand, spürte sie den kühlen Steinboden unter den nackten Füßen. Das graue Regenwetter passte zu der Stimmung, in der sie sich am ersten Tag ihrer Ehe befand.

Obwohl sie innerlich davor zurückschreckte, wusste Melanie, dass sie in die Stadt gehen und Clarence gegenübertreten musste. Natürlich würde Pemberton längst über alle beschämenden Einzelheiten im Bilde sein. Dafür würde der Klatsch über ihre Scheinhochzeit schon gesorgt haben. »Hauptsache, ich kann ihn dazu überreden, mich weiterhin zu beschäftigen«, murmelte sie leise vor sich hin. Als ihr dann wieder die Geschichte mit den Banditen einfiel, die Jamestons Männer getötet und das Vieh gestohlen hatten, wusste sie, was sie zu tun hatte.

Wie wild kramte sie in ihrem Bücherkoffer herum, bis sie Stifte und Schreibblock gefunden hatte. Mit untergeschlagenen Beinen auf dem Bett sitzend, begann sie zu schreiben.

Danach ging sie mit frischem Mut und selbstsicher den Gang hinunter, immer den himmlischen Gerüchen nach, die aus der Küche drangen. Trotz der angespannten Atmosphäre bei dem gestrigen Abendessen hatte es ihr ausgezeichnet geschmeckt. »Zumindest werde ich auf dieser verwünschten Ranch nicht verhungern«, murmelte sie, während ihr der Duft von Kaffee und frisch gebackenem Brot in die Nase stieg.

Auf der Schwelle zur Küche zögerte sie, aus Furcht, Lee könne sie dort erwarten und seine Ehefrau mit finsterer Miene mustern, weil sie so spät aufgestanden war. *Ehefrau!* Sie war mit einem feindseligen Fremden verheiratet, der nichts von ihr wollte. Gestern Abend waren seine Gefühle nur allzu offensichtlich geworden. Alle Versuche Genias und Kais, das Hochzeitsmahl besonders festlich zu gestalten, hatte er mit Ungeduld und Ärger quittiert. Nur der Form halber hatte er hastig mitgegessen. Dann hatte er sich entschuldigt, um nach draußen zu gehen und eine Zigarre zu rauchen.

Melanie hegte keine allzu große Hoffnung, dass sich seine Stimmung über Nacht verbessert haben könnte. Deshalb hatte sie herumgetrödelt, bis sie sicher war, dass er das Haus verlassen hatte. Sich an diesem Morgen darüber zu streiten, ob sie in die Stadt fahren durfte oder nicht, wäre nicht nach ihrem Geschmack gewesen. Es hätte ihm ähnlich gesehen, sein Versprechen, das er ihr im Obstgarten gegeben hatte, zurückzunehmen und ihr zu verbieten, in welcher Funktion auch immer, für den *Star* zu arbeiten. Natürlich bist du es, die das Versprechen bricht, meldete sich die Stimme ihres Gewissens. Sie würde nicht nur Moses Frenchs Story über den Viehdiebstahl und den Mord bringen, sondern noch nach weiteren Beweisen suchen, um herauszufinden, wer mit Lucas Blaine unter einer Decke steckte.

Um sich Mut zu machen, holte Melanie tief Luft, öffnete die Tür zum *Star*-Büro und trat mit gespielter Munterkeit ein.

Nur kurz sah Clarence hinter seinem Wall von Papieren auf, um ihr zuzunicken. Ohne auch nur die Feder abzusetzen, schrieb er weiter und sagte: »Können wir von der Annahme ausgehen, dass die Flitterwochen vorbei sind?«

»Sie haben ganz gewiss aus den Umständen unserer Hochzeit den richtigen Schluss gezogen: Es *gab* keine Flitterwochen«, entgegnete sie ihm und ging auf den kleinen Tisch in der Ecke zu, der ihr als Schreibtisch diente. »Ich habe eine Geschichte über den Diebstahl einer ganzen Viehherde und den Mord an zwei Cowboys ... Komantschen-Banditen waren die Täter.«

»Alte Neuigkeiten«, erwiderte er. Kratzend fuhr die Feder weiter über das Papier.

»Es gibt etwas Neues: Lucas Blaine ist in die Sache verwickelt.« Sie wartete. Die Feder kratzte nicht mehr übers Papier.

Clarences buschige weiße Augenbrauen schossen in die Höhe, und mit halb geschlossenen Augenlidern forderte er sie auf: »Bitte, fahren Sie fort!«

»Einer meiner Indianerjungen ist Blaine gefolgt und hat ein Gespräch zwischen ihm und Seth Walkman belauscht, in dem es um den Diebstahl ging. Der zugelassene Händler für die Indianer und der allseits bekannte Hauptmann der Texas-Ranger sind Diebe und Mörder«, behauptete Melanie kühn.

»Ich nehme an, Sie können diese ungeheure Behauptung auch beweisen – natürlich noch durch andere Zeugen als die Gassenkinder aus Pater Schreckenbergs Schule. Ich glaube kaum, dass die Bürgerschaft einen Indianerjungen als glaubwürdigen Zeugen akzeptieren würde, wenn solche Vorwürfe gegen erlauchte Stützen der Gesellschaft wie Blaine und Walkman geäußert werden«, entgegnete er mit einer Stimme, die vor Ironie troff.

»Nun, vielleicht jetzt noch nicht, aber ...«

»Das habe ich mir gedacht.«

»Aber ich *werde* noch weiteres Beweismaterial finden. Erst einmal reicht die Story von dem Überfall. Darin kommen keine Anklagen gegen Blaine vor, doch Moses French ist Augenzeuge des Diebstahls gewesen. Dann beschaffe ich Ihnen den Rest der Geschichte.«

»Und was wird Ihr Ehemann dazu sagen, wenn Sie hinter so

liebenswürdigen Figuren wie Walkman her sind?« Clarence lehnte sich in seinem Sessel zurück und betrachtete Melanies Eifer mit väterlicher Besorgnis.

»Lee und ich haben eine Verabredung getroffen. Ich werde weiter für den *Star* arbeiten«, antwortete sie mutig, um nicht nur den zynischen alten Mann, sondern auch sich selbst zu überzeugen.

»Nun ja, wenn ich es recht bedenke, so bin ich doch sehr glücklich, dass ›die wahre Liebe‹ Sie nicht völlig blind gemacht hat und Sie die Welt nur noch durch eine rosarote Brille sehen«, brummte er. Mit dieser Bemerkung machte er seinem Charakter wieder einmal alle Ehre. Dann vertiefte er sich erneut in den vor ihm liegenden Text.

Rasch trat Melanie mit ihrem Manuskript an die Setzkästen. »Wo ist Amos?«, fragte sie, als sie mit der mühsamen Arbeit des Setzens begann.

»Ich glaube, er hat etwas von einem Hochzeitsgeschenk gemurmelt«, antwortete Pemberton in gespielter Zerstreutheit und ignorierte geflissentlich, dass sie ihm einen Stapel Papier zwischen die Schulterblätter warf.

Knapp fünfzehn Minuten später kam Amos zurück, beladen mit einer Holzkiste aus Cincinnati, die Flaschen voller Druckerschwärze enthielt.

Als er Melanie an seinem Setztisch sah, traten ihm beinah die Augen aus dem Kopf. »Miss Melanie … äh, ich meine, Mrs. Velásquez, warum sind Sie denn heute hier?«

Sie blickte in sein ungläubiges Gesicht und strich sich mit ihren geschwärzten Fingerspitzen lässig eine Haarsträhne von den Augen, wobei sie einen dunklen Streifen auf ihrer Wange hinterließ. »Zufällig arbeite ich hier, Amos. Und fangen Sie bitte nicht damit an, mich Mrs. Velásquez zu nennen. Ich heiße immer noch Melanie.«

Der alte Mann zuckte mit den Schultern und stellte die

Holzkiste auf den Boden. Da er dieselben Gerüchte wie Clarence gehört hatte, wusste er über die ziemlich ungewöhnliche und übereilt zu Stande gekommene Hochzeit von Lee und Melanie Bescheid. Schnell machte er sich an die Arbeit, als wäre es etwas ganz Gewöhnliches, dass eine Frau den Tag nach ihrer Hochzeit bei der Arbeit in einem Zeitungsbüro zubrachte.

Einige Stunden später öffnete sich die Tür, und ein hoch gewachsener Mann trat ein. Ein entwaffnendes Lächeln auf den Lippen, stellte er sich Clarence und Amos als Adam Fleming vor. »Ich habe mir gedacht, dass du hier sein würdest, Schwesterherz. Ich möchte mit dir reden. Weit weg von Papas Adleraugen.«

Als er sich Clarence zuwandte, war Melanie wieder einmal verblüfft von der unheimlichen Ähnlichkeit mit ihrem Vater. Sie fragte sich, worauf Adam hinauswollte, und fürchtete, es schon zu wissen. Als Clarence ihm ohne Umschweife auftrug, sie von Amos loszueisen, damit der seine Setzarbeit erledigen könne, bot der junge Mann an, sie zum Essen einzuladen.

Wenig später schlenderten sie die Straße entlang, dabei zogen sie immer wieder neugierige Blicke auf sich. Melanie bemerkte unbehaglich: »Jeder scheint sich zu fragen, was ich so kurz nach meiner Hochzeit in der Stadt mache. Und dann auch noch mit einem fremden Mann«, fügte sie scherzend hinzu.

»Die Familienähnlichkeit zwischen uns beiden wird wohl keinem verborgen bleiben, Mellie. Doch die Leute haben natürlich allen Grund, sich Gedanken darüber zu machen, warum du hier bist und nicht bei deinem Ehemann.« Adams schwarze Augen blickten genauso eindringlich wie die seines Vaters.

Melanie schlug ein Café in der Nähe vor. Es wurde von einem mexikanischen Ehepaar geführt und hatte gute und preiswerte Mahlzeiten auf der Speisekarte. Drinnen war es ruhig und dunkel, genau die richtige Atmosphäre für ein privates Gespräch. In passablem Spanisch bestellte Adam das Essen und wandte sich an seine Schwester.

Als sie sich vor zehn Jahren zum ersten Mal begegnet waren, war er ein kleiner, eifersüchtiger Junge von sechs Jahren gewesen und sie ein verängstigtes und verzogenes zwölfjähriges Mädchen. Misstrauen und Rivalität hatten sich über die Jahre hinweg in ein harmonisches Verhältnis verwandelt, wie es nur wenige Geschwister kannten.

»Vor deiner Hochzeit hatten wir keine Gelegenheit, in Ruhe miteinander zu sprechen, Schwesterherz. Als ich dich im Büro des *Star* gefunden hatte, wusste ich, dass meine Vermutung richtig war. Du hast ihn nur geheiratet, weil er und Papa dich dazu gezwungen haben. Behandelt ... ich meine, behandelt er dich anständig, Mellie?«

Melanie starrte verblüfft in sein liebes Gesicht, in dem so viel Besorgnis zu lesen war. Natürlich hätte sie sich weigern können, Lee Velásquez zu heiraten. Doch die Rücksicht auf ihre Familie hatte sie anders entscheiden lassen. »Wie du siehst, kann ich schon auf mich selbst aufpassen, Adam«, erklärte sie gereizt. Sogleich wurde ihr klar, dass ihn keine Schuld an ihrer Lage traf, und sie entschuldigte sich. »Oh, Adam, es tut mir Leid!«, fügte sie rasch hinzu. »Ich weiß, du willst mir nur helfen. Doch da gibt es nichts, was irgendjemand für mich tun könnte. Lee und ich haben eine Abmachung getroffen. Er lebt sein Leben, und ich lebe mein Leben. Ich werde weiter beim *Star* arbeiten, und er führt die Ranch.« Sie versuchte, ein strahlendes Lächeln aufzusetzen. Doch es gelang ihr nicht ganz.

»Du bist also eigentlich gar nicht richtig verheiratet, Mellie?«, hakte Adam ernst nach. »Papa wollte, dass du heiratest, um eine Familie zu gründen und Kinder zu bekommen, und dass du so glücklich wirst wie Mama und Charlee. Doch das wird bei dir nicht funktionieren.« Er seufzte. »Zumindest nicht auf diese Weise, und nicht mit *ihm*. Ich habe auch versucht, das Papa zu erklären ...«

Melanie spürte, wie sie errötete. Ihr Bruder hatte intuitiv erfasst, wie seelenlos die Beziehung zwischen ihr und Lee war. Erstaunt fiel ihr ein, dass ihr Vater bei ihrer Geburt nur ein knappes Jahr älter gewesen war als Adam. Wie kam es, dass man die Jungen so früh aufklärte und dann frei gewähren ließ, während die Mädchen beschützt und getäuscht wurden? Verflixt! Das war einfach nicht gerecht!

Einen Augenblick lang beobachtete Adam, wie sie litt. Dann langte er über den Tisch und ergriff ihre kalte, kleine Hand. »Ich bin derjenige, der sich für seine Einmischung entschuldigen müsste. Aber ich wollte dir nur sagen, dass du auf mich zählen kannst, wenn du meine Hilfe brauchen solltest. Ich meine, wenn er jemals etwas tun würde, das dich verletzt ...«

»Nein, Adam«, unterbrach sie ihn kopfschüttelnd. »Vielen Dank. Das ist sehr lieb von dir, doch Lee und ich werden das untereinander regeln.« Dass er Lees Namen nicht einmal erwähnte, entlockte ihr ein Lächeln.

»Wie könnt ihr eure Angelegenheiten regeln, wenn ihr euch weiterhin so begegnet, als wärt ihr nicht verheiratet? Sag nur, ihr plant ...« Unsicher, wie er ein so heikles Thema – selbst mit seiner geliebten Schwester – ansprechen sollte, zögerte er. »Er hat doch wohl nicht angeboten, die Ehe zu annullieren?«

»Ich habe dir noch nie etwas verheimlichen können, stimmts?«, erwiderte sie leise und lachte traurig auf. »Bitte, erzähl es niemandem, Adam. Ich weiß, warum Mama und Papa diese Ehe wollten, und es würde ihnen das Herz brechen, wenn sie wüssten, was wir vorhaben.«

Adam beobachtete sie, wie sie nervös mit Tasse und Löffel

spielte, die Sahne in dem Kaffee so lange umrührte, bis das Getränk zu kalt war, um noch zu schmecken. »Ich erinnere mich an die Staatsfeierlichkeiten damals in Austin, als du und Lee …«, er zwang sich dazu, den Namen seines Schwagers auszusprechen, »… als ihr euch beide zufällig getroffen habt und du dich noch den ganzen Tag über sehr seltsam verhalten hast. Mellie, du liebst den Mann doch nicht etwa – trotz allem?«

Klappernd schlug der Löffel an ihre Tasse. »Natürlich nicht! Red keinen solchen Unsinn! Er war auch damals schon ein arroganter, brutaler Kerl, ein richtiger mexikanischer Patriarch.« Sie konnte Adam nicht in die Augen sehen. Nach einem anderen Thema suchend, blickte sie durch die geöffnete Tür auf die belebte Straße. »Sieht so aus, als bekämen wir noch einen zusätzlichen Ranger in die Stadt für die wunderbare Brigade von Seth Walkman«, bemerkte sie verächtlich.

Adam folgte ihrem Blick. Mit zusammengekniffenen Augen betrachtete Melanie den hoch gewachsenen Mann, der im Türrahmen stand. Er hatte zerzaustes hellbraunes Haar, lange Wangenkoteletten und einen kleinen Bart. Er trug Wildlederhosen und ein gelbes Halstuch, eine Art Uniform, wie sie von Milizleuten getragen wurde. Doch es war der sorgfältig geölte .44-kalibrige Walker Colt, der ihn eindeutig als Ranger auswies.

Über Adams Gesicht ging ein breites Lächeln. »Das ist Jeremy. Ich bin ihm gestern in der Nähe der Pension begegnet.« Schnell winkte er dem Mann zu, der sogleich an ihren Tisch geschlendert kam. »Jeremy, das ist meine ältere Schwester Melanie. Mellie, ich möchte dir Jeremy Lawrence, einen Freund von Jim Slade, vorstellen.«

Lawrence war ein Mann Mitte zwanzig mit scharf blickenden blauen Augen und einem strahlenden Lächeln, das sein markantes Gesicht erhellte. »Freut mich, Sie kennen zu lernen, Miss Fleming«, entgegnete er höflich, im schleppenden Tonfall des Mannes aus Virginia.

»Ich heiße jetzt Velásquez«, antwortete sie steif. Dabei ärgerte sie sich darüber, dass ihre Stimme ihre Verlegenheit verriet. »Ich habe kürzlich geheiratet.«

»Gestern Morgen«, warf Adam wenig hilfreich ein.

»Ich gratuliere Ihnen, Madam«, antwortete der Ranger freundlich.

Melanie warf ihrem Bruder einen missbilligenden Blick zu. »Sind Sie ein Freund von Jim?«, vergewisserte sie sich, ohne auf die Verwirrung und Neugier einzugehen, die sich im Gesicht des Rangers spiegelte. »Ich habe Sie noch nie gesehen. Jim und Charlee haben auch noch nicht von Ihnen gesprochen. Kommen Sie von weit her?«

»Tatsache ist, Madam, dass ich Jim Slade gestern zum ersten Mal getroffen habe. Aber wir haben gemeinsame Freunde«, erklärte er vage. Es schien, als wollte er lieber das Thema wechseln.

»Zum Beispiel Sam Houston«, stellte Adam knapp fest. Und als er Jeremys neugierigen Blick bemerkte, fügte er schnell hinzu: »Ich habe zufällig gehört, wie Sie gestern Abend mit ihm beim Eishaus gesprochen haben. Ich … äh, das heißt …« Er warf einen nervösen Blick auf seine Schwester. »Ich bin mit diesem Mädchen bekannt, das für Obedience arbeitet. Ich habe sie nach Hause gebracht. Als ich durch den Garten zurückkam, haben Sie, Jeremy, mit Houston gerade über Ihren neuen Chef, Captain Walkman, gesprochen.«

Lawrences Gesicht nahm einen verschlossenen Ausdruck an, und er fluchte leise vor sich hin. Sofort entschuldigte er sich bei Melanie. Er zog einen Stuhl heran, ließ sich nieder und beugte sich vor. Dann begann er, mit gepresster Stimme zu sprechen. »Nun hör mir mal gut zu! Über das zu reden, worüber ich mich mit Houston unterhalten habe, könnte für dich sehr gefährlich werden. Versprich mir, kein Wort darüber verlauten zu lassen. Mein Leben könnte davon abhängen – genau wie deins.«

Vor Überraschung schluckte Adam. Doch in Melanies goldbraune Augen trat ein katzenhaftes Leuchten. Sie flüsterte: »Dieser kleine Auftrag, der Sie aus der Hauptstadt nach San Antonio geführt hat, hat nicht zufällig etwas mit einem Kerl namens Lucas Blaine zu tun? Er und dieser widerwärtige Walkman sind dicke Freunde. Sie halten zusammen wie Diebe, ja, sie *sind* sogar Diebe!« Als der Ranger sie verwundert ansah, erzählte sie ihm schnell die Geschichte, die an diesem Tag im *Star* erscheinen würde.

»Wollen Sie damit sagen, dass *Sie* hinter dieser Bande von Banditen hergeritten sind und Zeuge der Schießereien wurden?« Er konnte die Ungläubigkeit in seiner Stimme nicht unterdrücken. »Sie hätten erschossen werden können oder noch Schlimmeres!«

»Auf diese Möglichkeit hat man mich hingewiesen«, erwiderte Melanie kurz angebunden. Als sie bemerkte, wie ihr Bruder sie mit weit aufgerissenen Augen anstarrte, erschrak sie. Sie wollte auf jeden Fall verhindern, dass er ihre Berufsgeheimnisse an die Eltern verriet. In besonders freundlichem Ton wandte sie sich an Adam: »Hast du nicht eine Verabredung mit Papa? Ihr wolltet doch heute Nachmittag auf Bluebonnet einige Zuchttiere besichtigen?«

Adam Fleming wusste, was das kämpferisch vorgeschobene Kinn seiner Schwester zu bedeuten hatte. Seufzend erhob er sich. »Ja, das stimmt. Ich bin schon spät dran. Seid vorsichtig!« Besorgt nickte er und gab Serefin, dem Besitzer des Lokals, ein Zeichen. Als der alte Mann sein Geld bekommen hatte, ging Adam bedrückt und sorgenvoll zur Pension zurück. Auf seine Frage nach Lee Velásquez hatte er keine Antwort bekommen. In diesem Augenblick hatte er beinahe Mitleid mit dem armen Teufel!

Geschützt vor Adams jugendlicher Neugier, weihte Melanie den Ranger mit knappen Worten in das Geheimnis um Moses French und ihren Artikel für den *Star* ein und beschrieb ihm ihre Beziehung zu den Indianerjungen. »Sorgen Sie dafür, dass wir zusammenarbeiten können, Mr. Lawrence. Sie wollen einen verbrecherischen Ranger dingfest machen und den Whisky und Waffenhandel mit den Banditen unterbinden. Ich will die Story. Natürlich werde ich kein Wort drucken, ehe Sie nicht alle Tatsachen haben und die notwendigen Verhaftungen vorgenommen haben«, fügte sie hastig hinzu, weil sie sein Zögern spürte.

»Ich weiß nicht recht, Mrs. Velásquez. Das ist kein Spiel. Diese Männer sind wirklich gefährlich«, warnte er sie bedächtig.

»Gefährlich waren auch die Männer, die das Massaker in dem Komantschen-Dorf am Guadelupe angerichtet haben«, gab sie ruhig zurück.

»Dann nehme ich an, dass Moses French auch dort war.« Vor Verwunderung stieß er einen leisen Pfiff aus. »Sie sind wirklich eine unglaubliche Frau, Melanie Velásquez. Was denkt denn Ihr Ehemann über Ihre Abenteuer?«

»Dass es damit ein für alle Mal vorbei ist«, ertönte die knappe Antwort hinter ihrem Rücken.

Melanie schnappte hörbar nach Luft, wirbelte herum und sah in Lees unbewegtes Gesicht. »Komm, Frau, wir gehen jetzt nach Hause!«, befahl er, während er Lawrence aus seinen schwarzen Augen unverwandt ansah.

Jeremy erhob sich. Er war zwar nicht ganz so groß wie Lee, aber kräftig und muskulös. »Sie müssen Lee Velásquez sein«, begann er ernst, während er die unterschwellige Feindseligkeit zwischen den Eheleuten spürte. Er bot Lee nicht die

Hand zur Begrüßung, denn sein Gefühl sagte ihm, dass der *Tejano* sie ablehnen würde.

»Clarence hat mir mitgeteilt, wo du wahrscheinlich zu finden bist. Allerdings war ich in dem Glauben, du triffst dich mit Adam.« Lee missfiel der Unterton der Eifersucht in seiner Stimme.

Melanie lehnte es ab, sich vor ihrem Mann zu rechtfertigen, der sich vor ihr als Tyrann aufspielte. Überfreundlich erwiderte sie nur: »Adam musste gehen. Jeremy und ich besprechen ein paar Dinge, die mit meiner Arbeit beim *Star* zu tun haben. Was machst du überhaupt in der Stadt? Ich dachte, du hättest genug Arbeit auf der Ranch.«

»Das stimmt. Ich muss wirklich zurück an die Arbeit ... das heißt, sobald ich meine Frau wohlbehalten nach Hause gebracht habe. Clarence hat mir versichert, dass er und Amos die Zeitung auch ohne deine Hilfe fertig stellen können«, fügte er sarkastisch hinzu. Er riss sie vom Stuhl hoch, wobei sich seine Finger so heftig in ihren Arm gruben, dass es wehtat.

»Es wäre mir unangenehm, wenn Sie einen falschen Eindruck bekämen, Velásquez«, meinte Jeremy sehr leise. »Mrs. Velásquez und ich haben lediglich über meine Ankunft in San Antonio gesprochen, damit sie in ihrer Gesellschaftskolumne darüber berichten kann.«

»Gelegentlich arbeitet meine Frau etwas zu viel auf der *gesellschaftlichen* Bühne dieser Stadt. Im Augenblick wird sie auf Night Flower gebraucht«, erwiderte Lee. Leg dich nur ruhig mit mir an, wenn du den Mut dazu hast, schienen ihn seine schwarze Augen zu warnen.

Plötzlich wurde Melanie klar, dass sie zwischen zwei bewaffneten Männern stand, die beide ein leidenschaftliches Temperament hatten. Gewalttätigkeit lag wie eine Drohung in der Luft. Die Situation war äußerst gefährlich. Jeremys Worte über die Banditen fielen ihr wieder ein. Gleichgültig, auf welcher Seite des Gesetzes sie standen – texanische Männer waren gefährlich. »Beruhige dich, Lee. Mr. Lawrence ist ein Ordnungshüter und kein brutaler Raufbold.« Im selben Augenblick, als ihr die Worte über die Lippen kamen, bereute sie sie schon. Es waren genau dieselben Worte, mit denen sie Lee vor drei Tagen beschrieben hatte!

Mit einem wölfischen Grinsen sah Lee den jüngeren Mann an. »Seltsam, dass ich nie auf den Gedanken gekommen bin, einen *rinche* als Ordnungshüter anzusehen ... es sei denn, man betrachtet den Zustand als Ordnung, wenn jeder *Tejano* im Land tot unter der Erde liegt.«

Bei der verhassten Bezeichnung *rinche,* die von den *Tejanos* als übelste Beleidigung für Ranger verwandt wurde, erstarrte Jeremy. »Weil Ihre Frau hier ist, werde ich Ihre Bemerkung auf sich beruhen lassen, Velásquez. Sie sind nicht der Grund, weshalb ich in San Antonio bin, aber an Ihrer Stelle würde ich mich dem Gesetz nicht in den Weg stellen!«

»Ich habe den leisen Verdacht, dass Ihr Gesetz sich nicht mit meinem Gesetz verträgt. Verfolgen Sie ruhig Ihre Banditen, aber lassen Sie meine Frau aus dem Spiel!« Lees Stimme war leise und entschieden, während er den Texaner mit Blicken maß und sich fragte, ob dieser es wagen würde, einen Kampf zu beginnen. Als er spürte, wie primitive Mordlust in ihm aufwallte, hoffte er insgeheim, dass der jüngere Mann ihn zum Kampf zwingen würde.

Aber Lawrence hatte strenge Befehle, und ihm war klar, dass er sie ausführen musste. Melanie grüßend, tippte er an seinen Hut. »Es ist nicht meine Art, Frauen in Gewalttätigkeiten hineinzuziehen, Velásquez. Passen Sie gut auf sie auf!« Langsam ging er zur Tür.

Sobald er verschwunden war, wirbelte Melanie herum wie eine wütende Wildkatze. »Du wolltest ihn töten. Du hast ihn beleidigt und gereizt wie einen gemeinen Säufer und

Schläger.« Als sie bemerkte, dass einige Gäste beim Klang ihrer schrillen Stimme die Blicke auf sie richteten, hielt sie beschämt inne.

Ohne auf die neugierigen Gäste zu achten, antwortete Lee scharf: »Wir hatten vereinbart, dass du deine Gesellschafts- und Klatschkolumne schreiben kannst, Melanie. Aber glaub ja nicht, du könntest mich zum Narren halten! Dieser Ranger gehört nicht in die Kategorie ›Nachrichten aus der Gesellschaft‹. Es wird nur Schwierigkeiten geben. Erinnere dich: Moses French ist tot!« Ohne auch nur einen Augenblick den harten Griff um ihren Arm zu lockern, steuerte er mit ihr auf die Tür zu.

Schweigend ritten sie zur Ranch zurück. Melanie gingen allerlei Möglichkeiten durch den Kopf, wie sie von der Zusammenarbeit mit Jeremy Lawrence profitieren könnte. Auf jeden Fall musste sie Lee in dem Glauben lassen, dass er gewonnen hätte. Denn was hätte sie davon, wenn er sie auf der Ranch festhielt und so streng überwachte, dass Moses French nicht mehr aktiv werden konnte? Nein, sie musste Jeremy helfen, und dafür würde er ihr helfen. Zusammen konnten sie Walkman und Blaine hinter Gitter bringen. Was für eine unglaubliche Geschichte hätte sie dann!

Kapitel 14

Du liebst den Mann doch nicht etwa – trotz allem? Wie ein Echo hallten Adams Worte in ihrem Kopf nach, als sie abends im Bett lag. Ihre anfängliche Aufregung über die Aussicht, mit Jeremy Lawrence zusammenzuarbeiten, war verflogen. Stattdessen hatte ihre Traurigkeit zugenommen, je näher sie der Ranch kamen. Auf dem Ritt nach Hause war Lee verärgert gewesen und hatte sich in Schweigen gehüllt. Sein grenzenloser spanischer Stolz war verletzt worden, weil man sie am Tag nach ihrer Hochzeit mit einem fremden Mann in der Öffentlichkeit gesehen hatte. Angesichts seiner finsteren Laune während des Abendessens dachte sie mit Schrecken an das trostlose Jahr, das vor ihr lag.

Aber wenn nach einem Jahr jeder seiner eigenen Wege ging, wäre sie frei und könnte ihr Leben so leben, wie sie es für richtig hielt. Warum vergoss sie dann diese bitteren Tränen? Warum tat ihr Herz so weh? Bin ich schon zur Närrin geworden, die in dem Glauben lebt, dass er mich nach all den Jahren lieben könnte? Dass ich glaube, wir könnten eine echte Ehe führen?

Sic schlug auf ihr Kissen, wälzte sich von einer Seite auf die andere und versuchte einzuschlafen. Die Antwort, die ihr der Nachtwind gab, gefiel ihr nicht.

Nach der dritten schlaflosen Nacht hintereinander wusste Lee, dass er gefährlich nahe daran war, seine Selbstbeherrschung zu verlieren. Er hatte ihrem unvernünftigen Plan zugestimmt und ihr erlaubt, in der Stadt für den *Star* zu arbeiten. Als er am Tag nach ihrer Hochzeit zum Mittagessen nach Hause gekommen war, hatte Kai ihn davon in Kenntnis gesetzt, dass sie nach San Antonio geritten war!

Sie hatte nicht einmal so viel Anstand, eine Pause einzulegen, ehe sie wieder an die Arbeit ging.

In maßlosem Zorn war er in halsbrecherischem Tempo zum *Star*-Büro geritten, nur um dort von diesem hochnäsigen Herausgeber zu erfahren, dass sie und ihr Bruder zum Essen ausgegangen waren. Im Geiste hatte er sich darauf eingestellt, ihr eine Lektion über Anstand zu erteilen. Danach wollte er sie bitten, mit ihm in Frascattis Kaufhaus einige Einrichtungsgegenstände für das Haus auszusuchen. Aber in welcher Situation hatte er sie angetroffen? Im Gespräch mit einem fremden Mann! Einem Ranger! Keine Frau auf der ganzen Welt würde sich so rücksichtslos und unsensibel verhalten. Seine Frau zusammen mit einem Ranger … einem großen, gut aussehenden Anglo mit Südstaatenakzent. Genau der richtige Typ, um eine flatterhafte Seele zu bezaubern, dachte er zornig. Er würde sich freuen, sie am Ende des Jahres los zu sein.

Indem er sich zwang, diese Aussicht nicht aus dem Auge zu verlieren, wiederholte er in Gedanken, was er zu Larena sagen wollte. Er durfte sie nicht in dem Glauben lassen, Melanie und er lebten wie ein richtiges Ehepaar zusammen. Wenn er ihr klar machen konnte, dass er am Ende des Jahres wieder frei sein würde, dann konnte sie ihm vielleicht vergeben und würde auf seinen Heiratsantrag warten.

Er wollte nicht wahrhaben, dass seine Entscheidung, mit Larena möglichst rasch wieder in Verbindung zu treten, dadurch ausgelöst worden war, dass er Melanie mit Lawrence zusammen gesehen hatte. Ursprünglich hatte er vorgehabt, einen oder zwei Monate zu warten, bis sich die Lage etwas beruhigt hatte. Aber Melanie hatte seinem Stolz einen fürchterlichen Schlag versetzt, hatte sie doch nicht einmal seine Erlaubnis eingeholt wegzugehen, wo er doch den Nachmittag als eine Art Friedensangebot geplant hatte.

Noch am Tag zuvor hatte es so ausgesehen, als gefiele ihr die

Idee, das Haus einzurichten. Ja, sie hatte sogar selbst das Warenhaus erwähnt. Ihm war es inzwischen gleichgültig, ob sie das Haus einrichtete oder nicht. Sie konnte machen, was sie wollte. Larena würde es sowieso wieder verändern – wenn sie ihn so sehr liebte, dass sie ein Jahr auf ihn wartete.

Lee wusste, er hatte einen Fehler gemacht, als er das erste Mal direkt zum Haus der Sandovals gegangen war, wo die Eltern ein Zusammentreffen mit Larena verhindert hatten. Deshalb entschied er sich jetzt, anders vorzugehen. Er schickte einen kurzen Brief an ihre Cousine Teresa, worin er Larena bat, ihn in einer abgelegenen Ecke hinter der Kirche San Fernando zu treffen. Jeden Mittwochnachmittag um zwei Uhr gingen sie und ihre Cousine zur Beichte.

Um halb drei stieg er von Sangre und band den Rotschimmel in der Nähe eines kleinen Parks an, der an der Straße zur Kirche lag.

Eine ganze Schar junger Damen, die mit ihren *duenas* im Park promenierten, bemerkten den hoch gewachsenen und gut aussehenden *caballero*, der sich geschmeidig wie ein Panter bewegte. Sein markantes Gesicht war atemberaubend. Die beiden schmalen Narben über seinen Wangen und an seinem Haaransatz entstellten ihn nicht, sondern verstärkten nur noch die anziehende Wirkung. Mit schönen, langgliedrigen Fingern fuhr er durch das schwarz gelockte Haar und schob es sich aus der hohen Stirn. Der eng anliegende schwarze Anzug mit dem taillierten Jackett und den ausgestellten Hosenbeinen ließ der Fantasie nur noch wenig Spielraum. Um die schlanke, geschmeidige Gestalt von Lee Velásquez lag eine Aura von Anmut und Gefahr.

Als er die braunen Augen eines schönen, kleinen Mädchens auf sich gerichtet sah, schenkte er ihr ein keckes Lächeln. Sie errötete, erwiderte aber sein Lächeln mit einem verführerischen Augenzwinkern, ehe ihre *duena* sie in Richtung Kirche davonzerrte. Das Mädchen erinnerte ihn an Melanie, als er sie zum ersten Mal getroffen hatte. Leise fluchte er vor sich hin. Würde ihn der Gedanke an diese Frau auf immer und ewig verfolgen? Seine Ehefrau war kein keckes, kleines Ding mehr, sondern eine eigensinnige Intrigantin, die ihn jedes Mal, wenn er in ihre Nähe kam, in Gefahr brachte. Genau genommen hatte sie das schon als Zwölfjährige getan!

Nachdem sie Lees Botschaft erhalten hatte, verbrachte Larena eine schlaflose Nacht. Sollte sie ihren guten Ruf aufs Spiel setzen und auf seinen Wunsch eingehen? Teresa hatte sie dazu gedrängt, zu dem Rendezvous zu gehen, doch sie war sich unsicher. Er war ein verheirateter Mann, und der Anstand verbot jede weitere Beziehung. Sie kannte seine junge Frau und bewunderte sie, obwohl die Umstände der plötzlichen Heirat sie schockierten. Larena Sandoval war eine empfindsame und besonnene junge Frau. Sorgfältig überlegte sie sich die Situation und wusste dann, was sie zu tun hatte.

»Er sieht nervös aus«, sagte Teresa zu ihrer Cousine, als sie durch den dichten Blättervorhang im Garten hinter der Kirche spähten.

»Nun, das ist eigentlich kein Wunder, wenn er bereits eine Woche nach seiner Heirat herausfinden will, was seine Exverlobte darüber denkt«, gab Larena mit einem Anflug von Ungeduld zurück. Teresa sah alles durch eine rosarote Brille. Sie war einfach hoffnungslos romantisch.

»Du scheinst auch etwas nervös zu sein, Cousinchen. Vielleicht liebst du ihn ja so sehr, dass du deine eigenen strengen Anstandsregeln brichst, nur um einen Kuss von ihm zu bekommen ... Könnte das sein?« Teresas Augen funkelten.

»Warte hier und pass auf, dass uns niemand überrascht. Stell dir nur vor, jemand bekommt mit, was ich hier tue, und erzählt es Mama!« Mit diesen Worten teilte Larena den Blättervorhang und schlüpfte in die kleine Laube.

So leise ihr Schritt auch war, Lee spürte Larenas Gegenwart sofort. Er wandte sich um und zog seinen flachen schwarzen Hut, wobei er traurig lächelte, jedoch keinen Versuch unternahm, sie zu berühren. In ihrem rosafarbenen Seidenkleid, dem dazu passenden rosafarbenen Sonnenschirm und den leichten Schuhen war sie von Kopf bis Fuß eine Dame. Das schwarze Haar hatte sie auf dem Kopf unter einer rosafarbenen Haube mit rüschenbesetzten Bändern zusammengebunden. Larena sah einfach bezaubernd aus. »Ich bin dir sehr dankbar, dass du gekommen bist. Ich hatte befürchtet, du würdest nicht kommen.«

»Erst wollte ich auch nicht. Aber dann habe ich es mir anders überlegt«, antwortete sie mit atemloser Stimme.

»Ich schulde dir eine Erklärung für das, was geschehen ist, und auch eine persönliche Entschuldigung. Verständlicherweise wollte Don José nicht, dass ich mit dir spreche.« Unsicher über ihre Reaktion, machte er eine Pause. »Ich nehme an, du weißt, dass mir die Heirat aufgezwungen wurde. Ich bin Melanie nachgeritten, um sie daran zu hindern, ihr Leben für eine ihrer wahnwitzigen Geschichten, die sie für Pemberton schreibt, aufs Spiel zu setzen.«

»Sie ist eine äußerst bemerkenswerte Frau, Leandro, wenn man bedenkt, dass sie so tüchtig in einem Männerberuf ist. Ich bewundere ihre Arbeit für den *Star*«, bekannte Larena offen und wartete auf seine Reaktion.

»Sie ist eine wilde, kleine Närrin, die uns beide fast umgebracht hätte! Sie hat sogar eine Waffe auf mich gerichtet. Ich glaube, in dem Augenblick habe ich die Selbstbeherrschung verloren. Ich musste buchstäblich auf dem Boden mit ihr ringen, und ... nun, ich will mich nicht herausreden oder deine Gefühle verletzen, indem ich den Rest erzähle. Es reicht, wenn ich sage, dass wir beide schuld waren. Als ihr Vater und Jim uns fanden, zwangen sie uns die Heirat auf. Sie wollte es genauso wenig wie ich.« Er holte Luft, bevor er fortfuhr. »Larena«, meinte er beschwörend, »da draußen auf dem Hügel ist nichts passiert, und seitdem auch nicht. Wir haben eine Abmachung. Für uns ist es völlig legal und moralisch, wenn wir in einem Jahr unsere Ehe annullieren lassen. Ich möchte dich heiraten ... das heißt, wenn du die Geduld aufbringst, so lange auf mich zu warten, und den Skandal erträgst, einen Mann wie mich zu nehmen, der einen so schlechten Ruf hat.« Sein Gesicht war ernst und anziehend zugleich, als er ihre Hand sanft umschloss.

Wie brachte Melanie Fleming es fertig, ihm zu widerstehen? Heilige Jungfrau!, dachte Larena. Sogar ich, die ich nicht unter einem Dach mit ihm lebe, finde es beinahe unmöglich. Sie sah zu ihm auf und überlegte sich ihre Antwort sehr genau. »Du behauptest, auf dem Hügel sei nichts geschehen, Leandro. Doch es muss ganz offensichtlich etwas geschehen sein, denn sonst hätten mein Cousin und dein Schwiegervater keine so entschiedene Haltung dazu eingenommen.«

»Wir haben ein paar Küsse ausgetauscht, Larena – und, ja, ich habe ihre Bluse geöffnet. Aber sonst ist nichts passiert.« Ihm missfiel die Richtung, die das Gespräch genommen hatte. Eine behütet aufgewachsene, wohl erzogene Dame wie Larena würde sicherlich entsetzt sein, wenn sie wüsste, welch animalische Leidenschaften zwischen ihm und Melanie aufgeflammt waren.

Mit ihren glänzenden braunen Augen sah sie ihn entschlossen an. »Und wenn niemand euch unterbrochen hätte, wäre dann auch ›sonst nichts passiert‹?«

Er ließ ihre Hände sinken, drehte sich um und begann, auf und ab zu gehen. Dann zuckte er gequält mit den Schultern. »Das weiß ich nicht. Ich weiß es wirklich nicht. Darüber, was zwischen einem Mann und einer Frau wie Melanie passiert, sollte eine Dame nichts erfahren.«

Sie hob eine fein gezeichnete Augenbraue. »Wirklich? Das hört sich ja an, als wäre sie eine der Bewohnerinnen jener Häuser in der Soledad Street. Nach allem, was ich gehört habe, kommt sie aus einer angesehenen Familie und hat in Boston die Universität besucht.«

Lee fühlte sich in die Enge getrieben. Das Geheimnis um Melanies Geburt und ihre Jugend konnte er nicht lüften. Doch wie sollte er Larena klar machen, was er meinte? »Ja, sie ist gebildet – viel zu gebildet. Sie steckt voller Ideen über die Gleichberechtigung der Frau. Das ist auch der Grund dafür, dass sie sich geweigert hat, nach unserer Hochzeit ihre Arbeit aufzugeben.«

»Wenn ich es recht verstanden habe, behält sie ihren Beruf doch deswegen, weil keine richtige Heirat stattgefunden hat«, warf Larena mit gespielter Verwirrung ein.

»Sie würde sogar ihre Arbeit behalten, wenn sie im achten Monat schwanger wäre«, stieß er hervor. Bestürzt darüber, dass er sich in Gegenwart einer Dame zu einer so unziemlichen Bemerkung hatte hinreißen lassen, setzte er zu einer Entschuldigung an.

Schüchtern lächelnd winkte Larena ab. »Ich kann mich sehr gut daran erinnern, dass deine Freundin Charlee im Männersitz in die Stadt zu reiten pflegte, obwohl sie ganz offensichtlich schwanger war. Mir kam es so vor, als hättet ihr, du und mein Cousin Jim, sie immer bewundert.«

»Charlee ist … ach, Charlee«, antwortete er resigniert. »Jim sollte besser auf sie aufpassen. Das habe ich ihm immer gesagt.«

»Aber du findest doch auch, dass sie sehr gut zusammenpassen, oder?«, hakte Larena ernsthaft nach.

»Ja«, gab er widerwillig zu. »Larena, was willst du mir

eigentlich sagen?« Nun war er an der Reihe, sie offen anzublicken und eine klare Antwort zu verlangen. »Willst du nicht auf mich warten? Willst du mich nicht heiraten, wenn ich die Annullierung erreicht habe?«

»Ich glaube nicht, dass eine Annullierung klug oder in einem Jahr überhaupt noch möglich wäre«, erklärte sie vorsichtig, während sich ihr Herz, noch immer von Liebe zu ihm erfüllt, gegen das sträubte, was sie sagen wollte.

Grimmig hob er eine geschwungene Augenbraue. »Könntest du mir das vielleicht näher erklären?«

»Du bist doch sonst nicht so begriffsstutzig, Leandro«, erwiderte Larena ungeduldig. »Da ist etwas zwischen dir und Melanie – es besteht eine starke Anziehung, die keiner von euch beiden leugnen kann. Der Vorfall auf dem Hügel ist sicherlich ein Beweis dafür. Aber ich glaube, es ist mehr als bloße körperliche Anziehungskraft. Melanie Fleming ist wagemutig und gescheit, gebildet und geradeheraus. Sie hat die Welt gesehen, Leandro – die große Welt da draußen, während ich hier in San Antonio lebe. Und das Gleiche gilt für dich.«

»Ja, ich bin in der Welt herumgekommen, doch vieles hat mir überhaupt nicht gefallen«, versicherte er, ohne genauer zu sagen, was er damit meinte.

»Dennoch hast du bei allem, was du durchgemacht hast, überlebt, Leandro. Und das gilt auch für deine Frau. Sie ist dir ebenbürtig an Leidenschaft und Verstand. Ich ... ich wäre das nicht. Nach einiger Zeit würdest du dich wahrscheinlich mit mir langweilen – und ich ... Es könnte sein, dass ich mich vor deinen Leidenschaften und Ambitionen fürchte.« Sie sah ihm fest in die Augen und versuchte, den Schmerz zu verbergen, der sich hinter der Fassade der Vernunft verbarg.

»Sag mir, dass du mich nicht liebst, Larena«, forderte er sie leise auf.

»Sag du mir, dass du keine Leidenschaft für deine Frau empfindest«, entgegnete sie.

Auf dem langen Ritt nach Hause gingen ihm Larenas Worte nicht aus dem Kopf. Ebenso wenig ließ ihn das los, was Charlee gesagt hatte. In Gedanken wiederholte er ständig, dass Larena und Dulcia einander nicht ähnlich waren. Natürlich sehnte er sich nicht danach, sich wieder mit kindlichem Trotzverhalten und der Furcht vor Leidenschaft auseinander zu setzen, einem Verhalten, das Dulcia während ihrer kurzen Ehe an den Tag gelegt hatte. Aber er entschuldigte ihre Reaktionen damit, dass sie beide noch sehr jung gewesen waren. Larena würde nicht furchtsam vor ihm zurückweichen – oder ihn langweilen. Außerdem *wusste* er genau, dass er keine Frau haben wollte, die ständig seine männlichen Vorrechte infrage stellte, wie Melanie es mit Sicherheit tun würde. Sollten doch Jim Slade und Rafe Fleming gegen diesen Unsinn ankämpfen!

»Nein! Ich will eine Frau, die weiß, was sich gehört – sie soll anmutig, vornehm, geduldig und liebevoll sein, meine Kinder aufziehen und uns ein schönes Heim bereiten. Ich will keine Wildkatze, kein Flintenweib in Reitkleidern, das hinter Banditen herjagt!« Er schrie die Worte laut hinaus, während er seinen Hengst zum Galopp anspornte.

Melanie hatte an diesem Morgen nicht gesehen, dass Lee das Haus verlassen hatte, und nahm deshalb an, er würde mit den anderen Männern draußen auf der Viehweide arbeiten. Sie war zum *Star*-Büro geritten, hatte an ihrer Gesellschaftskolumne gearbeitet, Pater Gus' Indianerkinder besucht und einen Bericht von Lame Deer erhalten. Am frühen Nachmittag hatte sie sich auf den Heimweg nach Night Flower gemacht, um ein Bad zu nehmen und sich umzuziehen, ehe Lee zurückkam. Sie wollte ihn im Zweifel darüber lassen, ob sie die Ranch verlassen hatte oder nicht. Sollte er sie doch fragen, wo sie gewesen war, wenn er den Mut dazu hatte!

Auf dem Weg nach Hause geriet sie in einen plötzlichen Wolkenbruch. Schlammbespritzt und triefnass kam *Señora Velásquez* auf der Ranch an, betrat die blitzsaubere Küche und bat Kai, ihr ein Bad zu richten. Mit fröhlichem Gesicht setzte er Wasser auf und rief Manuel, den Hausjungen, herbei, der es ihr aufs Zimmer bringen sollte.

Leise vor sich hin summend, schälte sich Melanie aus ihren völlig durchnässten Kleidern. Mit ein paar Haarnadeln steckte sie das hüftlange nachtschwarze Haar hoch. Einige Strähnen hatten sich im Regen gekräuselt und hingen lose herab. Sie wirkte jung und verletzlich und sah aus wie ein kleiner Kobold. Einige Augenblicke lang stand sie gelassen vor dem Spiegel und betrachtete sich von Kopf bis Fuß. Mit den Fingerspitzen fuhr sie behutsam über ihre kühle Haut, die noch feucht war vom Ritt durch den strömenden Regen. Im flackernden Kerzenlicht schimmerte sie blass golden, wobei das glänzende schwarze Kopfhaar und das Dreieck an der Stelle, wo ihre Schenkel zusammentrafen, in Kontrast zu ihrer seidigen Haut standen.

Melanie betrachtete sich kritisch. Sie war klein, knapp ein Meter sechzig groß, und feingliedrig. Aber ihr Körper war wohl gerundet und üppig. Sie hob ihre Brüste an, die an reife Melonen erinnerten. Trotz ihrer Schwere richteten sie sich stolz in die Höhe. Unterhalb ihrer schmalen Taille wölbten sich ihre Hüften in schönem Bogen nach außen, und ihre Beine verjüngten sich in schlanken Knöcheln. Ich sehe gut aus, sagte sie sich. Und es ist keine Schande, reizvoll auszusehen.

Sie betrachtete ihr Gesicht im Spiegel, das in dem gedämpften Licht jünger wirkte. Bei den edel geformten Augenbrauen, der Nase und dem energischen Kinn stellte sie Ähnlichkeiten mit ihrem geliebten Papa fest. Doch die schräg stehenden goldbraunen Augen, die ihr aus dem Spiegel entgegenblickten, und die hohen Wangenknochen der Cherokees waren eindeutig den Duvals zuzuschreiben. Ich werde niemals wie sie sein – niemals!, erkannte sie.

Draußen schoss ein gezackter Blitz über den Himmel, und der Wind wehte in stürmischen Böen. Froh darüber, dass die dicken Wände des Hauses sie vor dem Unwetter schützten und ein heißes Bad lockte, ließ sie sich in das dampfende Wasser gleiten. Endlich konnte sie sich eine wohltuende Ruhepause gönnen. Ehe Genia gegangen war, um den Tisch für das Abendessen zu decken, hatte sie weiche Handtücher und nach Rosen duftendes Badeöl neben die Wanne gestellt. Melanie goss einen großzügig bemessenen Schuss ins Wasser, legte den Kopf auf den Rand der schweren Messingwanne und versuchte, sich zu entspannen.

In der Absicht, sich schnell seinen ruinierten Anzug auszuziehen, eilte Lee an der Küche vorbei auf sein Zimmer. Als wäre der Tag nicht schon unruhig genug gewesen, musste auch noch sein bester Anzug völlig durchnässt werden. Er streifte Jacke und Hemd ab. Dann setzte er sich hin und kämpfte mit den Stiefeln. Nachdem er Stiefel und Strümpfe ausgezogen hatte, wollte er seine Hose aufknöpfen. Im selben Augenblick hörte er das Splittern und Krachen von Glas. Es kam vom Ende des Ganges her.

Der verdammte Sturm musste den Riegel an einem Fenster aufgestoßen haben. Rasch und geräuschlos ging er auf Melanies Zimmer zu, leise vor sich hin fluchend, weil sie sich nicht um das Fenster gekümmert hatte. »Wahrscheinlich hat sie vergessen, es zu schließen«, murmelte er und riss die Tür auf.

Bei dem Anblick, der sich ihm bot, blieb er wie angewurzelt stehen.

Eine Windböe hatte das Flügelfenster aufgerissen und Melanie aus ihrem Entspannungsbad aufgeschreckt. Sie hatte sich gerade von ihrem Schreck erholt und schickte sich an, aus der Wanne zu steigen, als sie hörte, wie die Tür geöffnet wurde. Im Türrahmen stand Lee, barfuß und mit nacktem Oberkörper, bekleidet nur mit seiner völlig durchnässten schwarzen Anzughose. Seine Augen glühten wie schwarze Kohlen, während sein Blick über ihren zitternden Körper glitt. Sie langte nach einem Handtuch, besann sich dann aber eines Besseren und tauchte wieder in das schaumige Wasser ein, während sie die ganze Zeit wie ein verängstigtes Wesen, das von einem Raubtier hypnotisiert wurde, zurückstarrte. Wortlos blickte Lee in ihre weit aufgerissenen goldbraunen Augen.

Fasziniert beobachtete Melanie, wie sich kleine Wassertropfen aus seinem Haar lösten, wie schimmernde Perlen auf seine breiten Schultern fielen, um dann in das schwarze gekräuselte Brusthaar zu kullern. Sein Begehren zeichnete sich deutlich in den eng anliegenden nassen Hosen ab. Ebenso sichtbar spiegelte sich seine Leidenschaft im Gesicht wider. Langsam trat er ins Zimmer und schloss die Tür hinter sich.

Melanie versuchte, ihren Körper unter Wasser zu halten und gleichzeitig nach einem Handtuch zu greifen. Aber bevor sie es entfalten konnte, umschlossen bronzefarbige Finger ihr Handgelenk, um sie daran zu hindern. Lee nahm das Handtuch und breitete es aus. Mit abwesendem Blick hielt er es ihr vor den Körper, als wäre er ihre Zofe. »Du wirst frieren, wenn du im Wasser bleibst«, flüsterte er. Der heisere Klang seiner Stimme übertönte sogar die Geräusche des Sturms.

Das große Tuch bot ihr mehr Schutz als das Wasser, das inzwischen kalt geworden war. Melanie senkte die dichten schwarzen Wimpern, um ihre widerstreitenden Gefühle zu verbergen, umfasste den Rand der Wanne und erhob sich. Sie erlaubte ihm, sie in das Leinen zu wickeln, ging dann aber sogleich auf Abstand und hielt das Tuch fest an den Körper gepresst. Ein Schauer überlief sie.

Er lächelte. »Da gibt es nichts, was ich nicht schon gesehen hätte, Melanie«, erinnerte er sie mit heiserem Flüstern, das ihr die Fassung zu rauben drohte.

Sie spürte das leidenschaftliche Begehren, das von ihnen Besitz ergriff, und wollte das Tuch, das sie nur notdürftig bedeckte, zu Boden gleiten lassen und sich in Lees Arme werfen. Doch sie hielt sich zurück. Er begehrte sie, aber er wollte sie nicht als Ehefrau, sondern sah in ihr nur ein schönes, leicht verfügbares Objekt zur Befriedigung seiner Lust.

»Nein, Lee! Wir haben ein Abkommen getroffen«, protestierte sie mit erstickter Stimme, während sie das Beben, das ihren ganzen Körper erfasste, zu unterdrücken versuchte.

»Von keinem Mann darf man erwarten, dass er einer solchen Versuchung widersteht, Melanie – so wie du dastehst, nackt, wie eine Nachtblume duftend. Du siehst mich aus deinen goldbraunen Augen an und wartest auf mich«, antwortete er und ging langsam auf sie zu.

»Ich habe nicht auf dich gewartet«, widersprach sie ihm.

»Und du hast mich wohl auch nicht angesehen.« Er lachte auf, und seine weiche Stimme hüllte sie ein wie Samt. »Dein Gesicht hat dich verraten, genauso wie dich damals auf dem Hügel dein Körper verraten hat.« Er griff nach einer losen Haarsträhne, wickelte sie um sein Handgelenk und zog Melanie näher an sich heran.

»Ich bin nicht deine Hure, Lee! Du kannst nicht einfach hier hereinplatzen und erwarten, dass ich in deinen Armen dahinschmelze wie … wie eine …« Vor Scham wurde ihre Stimme zu einem Flüstern, bevor sie ganz verstummte.

»Wie eine Mätresse, in deren Adern das Blut einer Schwarzen fließt?«, spottete er.

Als wäre sie von einem der Blitze getroffen worden, die

draußen am Himmel zuckten, erstarrte Melanie und riss Lee mit einem Ruck die Haarsträhne aus der Hand. »Genau*so* denkst du über mich: Du siehst in mir nicht deine Frau, sondern eine teure Hure! Aber erinnere dich nur an deine Ansprüche, mein *Gatte!«*, zischte sie. »Wenn du keine Kinder haben willst, die von der Teerbürste geküsst wurden – oder, noch schlimmer, wenn du keine Kinder mit indianischem Blut haben willst, dann rühre mich nicht an, oder ich werde ihnen den stolzen Namen der Velásquez geben, so wahr ich Lily Duvals Tochter bin.«

Er ließ die Hände sinken und ballte wütend die Fäuste.

»Noch nie in meinem ganzen Leben habe ich eine Frau mit Gewalt genommen«, stieß er zwischen den Zähnen hervor. »Und ich werde auch jetzt nicht damit anfangen. Schlaf nur allein in deinem kalten Bett!« Er wandte sich um und ging mit langen Schritten zur Tür. Die Türklinke schon in der Hand, drehte er sich noch einmal um. »An deiner Stelle würde ich das Fenster schließen, es sei denn, du willst dir eine Lungenentzündung holen und dir damit die Mühe und Kosten einer Annullierung ersparen.« Mit einem lauten Krachen, das zu dem Wüten des Sturms passte, warf er die Tür hinter sich ins Schloss.

Am nächsten Morgen schien Lee die Sonne mitten ins Gesicht und weckte ihn auf. Das strahlend helle Licht schien seine düstere Stimmung zu verhöhnen. Er hatte die Decke weggetreten und lag quer über dem Bett. Sein Kopf hämmerte von den Unmengen von Alkohol, die er am Vorabend getrunken hatte. Ganz vorsichtig schob er die Beine über die Bettkante und setzte sich langsam auf. Dabei hielt er den Kopf vorsichtig mit beiden Händen, als könnte er zerspringen wie Glas.

Nach der katastrophalen Szene mit Melanie war er in die

Bibliothek gegangen, wo er in einem kleinen Eichenschrank einen guten Schnaps stehen hatte. Allerdings wusste er nicht mehr, wie er von der Bibliothek in sein Schlafzimmer gekommen war.

Er wurde tief unglücklich, als er sich das kommende Jahr vorstellte, das er zusammen mit einer glutäugigen Verführerin unter einem Dach verbringen musste: Er würde ihr Parfüm riechen, ihren zierlichen Körper beobachten, wenn sie durchs Haus ging. Er würde sie sich nackt vorstellen – oder wie sie ihn hasserfüllt anspuckte, wenn er die Hand nach ihr ausstreckte, um sie zu berühren.

Er erhob sich und verwünschte seine vorschnellen Worte und Gesten vom Vorabend. Er hatte grausame, verletzende Worte zu ihr gesagt – Worte, die er eigentlich gar nicht so meinte. Kein Wunder, dass sie sich ihm verweigert hatte! Sie war seine Frau, und er war sicher, dass er sie schlechter behandelt hatte als Rafe Fleming ihre Mutter. Doch nach dem ausführlichen Gespräch mit Larena und nach den langen Monaten der Enthaltsamkeit seit seiner Rückkehr nach Texas hatte Melanie ihm die letzten Kraftreserven geraubt! Verdammt noch mal! Eine so wunderschöne Blume der Nacht unter so unglückseligen Umständen zu finden, sollte einem Mann vom Schicksal erspart bleiben!

In Gedanken ging Lee noch einmal alle Möglichkeiten durch, die ihm blieben. Konnte er noch an seinem Plan festhalten und am Ende des Jahres eine Annullierung ihrer Ehe anstreben? Unmöglich! Diesen Plan verwarf er sofort wieder. Sollte er versuchen, sich Melanie zu nähern und die Ehe führen, von der Charlee und Larena glaubten, dass sie gut für ihn sei? Würde sie wirklich gut gehen? Konnte aus Melanie jemals eine gehorsame, liebende Gattin werden? Oder würde sie ihre Ideen über Frauen und Indianer, die ihn zur Weißglut brachten, niemals aufgeben?

Allerdings musste er auch seine eigenen Vorurteile überpüfen. Mit großem Stolz erinnerte sie ihn stets an ihr Mischlingsblut. Wie sie richtig sagte, würde es Velásquez-Blut werden, wenn er mit ihr schlief. Machte ihm das etwas aus? Er wusste es nicht. Das Einzige, was er wirklich genau wusste, war, dass er sie begehrte, und zwar so sehr wie keine Frau zuvor.

Kapitel 15

Die folgende Woche verging in eisigem Schweigen. Es wurden nur noch die allernotwendigsten Höflichkeiten zwischen den jungen Eheleuten ausgetauscht. Beide sprachen mit Kai und Genia und benutzten, wann immer es möglich war, die bedauernswerten Hausangestellten als Mittler. Jeder wartete darauf, dass etwas geschehen würde. Am folgenden Mittwoch kam Melanie mit einer Nachricht nach Hause, die sie ihrem Ehemann unbedingt mitteilen musste.

Lee hielt sich in seinem Arbeitszimmer auf und trank seinen Whisky vor dem Abendessen. Seit seiner Heirat frönte er diesem Ritual ausgiebig. So stärkte er sich für das Martyrium, das es für ihn bedeutete, am Esstisch einer kalten, feindseligen Ehefrau gegenüberzusitzen. Als Melanie an die Tür klopfte, erwartete er einen der Bediensteten und rief: »Herein!«

Ruhig und gelassen stand Melanie auf der Schwelle und beobachtete, wie er einen kräftigen Schluck einer bernsteinfarbenen Flüssigkeit hinunterstürzte. Hoch gewachsen und schlank hob sich seine Gestalt im Zwielicht von dem großen Fenster ab. Sie wartete, bis er sich umdrehte. Als er sie erkannte, konnte sie Überraschung und eine andere düstere Gemütsbewegung in seinem Gesicht aufblitzen sehen.

»Womit habe ich denn diese Ehre verdient?«, fragte er. Grimmig lächelnd zog er die Brauen in die Höhe. »Du betrittst doch meinen Lebensbereich nur dann, wenn du dir Bücher von mir ausleihst, während ich außer Haus bin.«

»Es wäre vielleicht auch für dich besser, wenn du in diesem Zimmer etwas lesen würdest, anstatt zu trinken. Du würdest dich auf jeden Fall am nächsten Morgen besser fühlen«, entgegnete sie scharf.

»Ich könnte mir noch etwas anderes vorstellen, um mich am nächsten Morgen besser zu fühlen«, erwiderte er spöttisch.

Melanie ballte die Fäuste und trat näher heran. Er sollte es nur wagen, mit seinen versteckten Andeutungen fortzufahren. »Ich muss mit dir sprechen, Lee.«

»Dann sprich!«, forderte er, gab das Spiel auf und widmete seine Aufmerksamkeit wieder der untergehenden Sonne.

Wie sollte sie formulieren, was sie zu sagen hatte, worum sie ihn bitten musste? Es war wirklich nicht leicht. Vorsichtig begann sie: »Meine Familie kehrt übermorgen nach Renaciemento zurück. Ich habe nur ein paar Stunden mit Mama und Papa verbracht, und Norrie, Caleb und Joey habe ich so gut wie überhaupt nicht gesehen. Adam ist zum *Star* gekommen, und wir waren einige Male zusammen essen ...« Sie zögerte, als sie sich an das erste Mal erinnerte, wo Adam sie zum Essen eingeladen und ihr Jeremy Lawrence vorgestellt hatte, was katastrophale Folgen gehabt hatte.

Lees Gesichtsausdruck verriet keine Regung. »Ich nehme an, du willst auf etwas Bestimmtes hinaus. Vielleicht eine Familienversammlung zum Abschied?«

»Jim und Charlee geben ein Essen für Mama, Papa und die Kinder. Die Oakleys werden da sein, und wir sind auch eingeladen.« Abwartend stand sie da.

»Sozusagen eine Pflichtveranstaltung.« Ziemlich heftig setzte er sein Glas auf dem Schränkchen ab. »Dein Vater muss sich offensichtlich davon überzeugen, dass ich dich nicht misshandle, ehe er mit gutem Gewissen nach Hause fahren kann.«

»Nenn es, wie du willst«, murmelte sie niedergeschlagen. Die Auseinandersetzung nahm sie ziemlich mit, und sie fühlte sich nicht in der Lage, noch länger zu streiten. »Wirst du kommen, oder soll ich dich bei Charlee entschuldigen?«

Wider Willen musste er schmunzeln. »*Niemand* entschuldigt sich bei Charlee, wenn sie sich zu etwas entschlossen hat.

Ich werde kommen – und du brauchst keine Angst zu haben! Ich werde den hingebungsvollen Ehemann so perfekt spielen, dass selbst unser zurzeit bester Schauspieler, Junius Brutus Booth, getäuscht würde!«

Der Abend begann mit dem rücksichtsvollen Austausch von Freundlichkeiten zwischen Lee und seinen Schwiegereltern. Etwas unsicher, aber versöhnlich verhielt sich Deborah. Rafe beobachtete seinen Schwiegersohn mit prüfendem Blick, während sich Lee mit den Slades und den Oakleys unterhielt und mit den Slade-Kindern spielte. Norrie und Caleb erwärmten sich schnell für ihn und gingen auf seine Neckereien und Scherze ein. Adam aber überraschte seinen Vater, weil er sich besondere Mühe gab, Lee zu zeigen, dass er von der Familie akzeptiert wurde. Tatsächlich wirkte der frisch gebackene Ehemann munterer als seine Frau.

Vor dem Essen verhielt sich Melanie ruhig und aufmerksam. Sie lauschte auf das Gelächter der Kinder, das durch das Haus schallte. Lees ungezwungener Umgang mit ihnen ließ in ihr den Gedanken aufkommen, dass er ein guter Vater sein würde. Aber ein Vater, der will, dass seine Kinder *pureza de sangre* haben, erinnerte sie sich nicht ohne Bitterkeit.

Die Männer redeten über das Wetter und den voraussichtlichen Zustand der Straßen, wenn die Flemings zurückreisen würden. Die Frauen zogen sich in die Küche zurück, um Weevils zu unterstützen. Sie legten letzte Hand an ein wunderbares Festmahl aus geröstetem Schweinefleisch und Süßkartoffeln.

Von dem Herumtollen hungrig geworden, setzten sich die Kinder an den Tisch und langten herzhaft zu. Beim Essen sank der Geräuschpegel beträchtlich. Melanie fiel auf, dass Jim versuchte, Lee und Rafe in ein Gespräch über die Arbeit auf einer Ranch zu verwickeln.

Auf die Frage seines Schwiegervaters, wie Lee die Zukunft von Night Flower sehe, erklärte Lee: »Der Viehbestand liegt jetzt bei fünftausend Stück. Die Zeit hat nicht gereicht, um mehr zu kaufen oder auf unserem Land zusammenzutreiben. Die Ranch war sehr lange verlassen. Da dauert es eine Weile, bis sie auf eurem Stand ist. Zumindest habe ich diesmal das Kapital, Männer anzustellen und das nötige Material zu kaufen.«

Lächelnd sah Rafe zu Deborah hinüber. »Als ich nach Texas kam, war ich in einer ähnlichen Situation wie du. Allerdings war Renaciemento nicht nur sechs Jahre lang unbewirtschaftet, sondern beinahe fünfzig. Ich hatte Glück, dass ich etwas Bargeld hatte, trotzdem hat es eine Menge Arbeit gekostet, bis die Ranch lief. Hätte mir Joe damals nicht geholfen, hätten wir nie so viel Erfolg auf Renaciemento gehabt.«

»Ist das dein Partner?«, erkundigte sich Lee. Er erinnerte sich dunkel an den Namen.

»*Cherokee* Joe De Villiers. Er ist Halbindianer und für uns alle so eine Art Onkel, nicht wahr, Adam?«, warf Melanie ein. Sie hatte ihre Bemerkung an ihren Bruder gerichtet, beobachtete aber Lees Reaktion.

Auch Rafe entging ihr Verhalten nicht. Schließlich hatte er manch anstrengende Konservation im Haus der Flamencos in New Orleans überstanden. Er warf seiner Tochter ein beschwichtigendes Lächeln zu. »Ja, Joe und seine Frau Lucia haben Melanie praktisch aufgezogen. Sie werden sehr glücklich sein zu hören, dass sie nun verheiratet ist und einen eigenen Hausstand gegründet hat.«

»Oh, ich bin zwar verheiratet, Papa, doch ich arbeite noch immer für Clarence – die meisten Artikel drehen sich um Nachrichten aus der Gesellschaft, nichts Gefährliches also«, gab Melanie zurück und lächelte honigsüß.

Lees Lächeln hingegen wirkte angespannt. Das kleine Biest lockte ihn, brüstete sich vor allen mit ihrem verdammten indianischen Blut und ihren wilden Unternehmungen, um ihn auf die Probe zu stellen. Vielleicht ließ er sich ja zu einer unbedachten Reaktion hinreißen. »Es ist *nur* eine Klatschkolumne. Denn du willst dich ja nicht wieder in Gefahr bringen, nicht wahr, Mellie?« Seine Stimme war leise, doch die Botschaft war unmissverständlich.

Bei der Beleidigung, sie mit ihrem Kosenamen zu nennen, den sonst nur ihre Familienmitglieder gebrauchten, biss Melanie die Zähne zusammen.

Vorsichtig blickte Deborah zwischen Lee und Melanie hin und her. Rafe lehnte sich zurück und wartete darauf, was seine Tochter als Nächstes von sich geben würde – und wie sein Schwiegersohn reagieren würde. Jim hüstelte und hielt sich die Serviette vor den Mund, um ein Lächeln zu verbergen, während Charlee ihm unter dem Tisch ans Schienbein trat.

»Jessas!«, warf Obedience plötzlich ein. »Hoffentlich habt ihr bald einen ganzen Stall voll Kinder und bleibt zu Hause! Schon um mit einem von euch fertig zu werden, muss man ganz schön stark sein. Man braucht sozusagen die kräftigen Kiefer eines Eselhengstes. Aber mit euch beiden gleichzeitig fertig zu werden, schaff ich alte graue Märe nicht mehr.«

»Dem kann ich nur zustimmen«, meinte Charlee schmunzelnd. Ihre grünen Augen funkelten fröhlich, als sie Lee ansah. »Was du brauchst, sind ein paar wilde Rangen wie Will und Caleb, die dich zu Hause festhalten.«

»Und was ist mit mir? Ich halte Mama und Tante Lucia ganz schön auf Trab«, sagte Norrie in einer Mischung aus kindlichem Trotz und Stolz.

Die Erwachsenen und die Kinder am Tisch brachen alle in Gelächter aus. Doch Lee sah Melanie aus seinen dunklen Augen fragend an.

Unsicher, was der Blick bedeuten könnte, schaute Melanie kurz zurück. Wollte er wirklich Kinder von ihr, oder gelüstete es ihn nur nach ihrem Körper – dem Körper einer schönen Geliebten?

»Was glaubst du, warum der alte Sam den weiten Weg vom U. S. Senat bis nach San Antonio zurückgelegt hat? Doch wohl nicht bloß, um hier zu tanzen?« Obedience schlug ein letztes Mal auf die große Kugel Brotteig in der Küche der Pension und sah Charlee an, die zu Besuch gekommen war.

»Ich nehme an, der Grund ist die Politik. Sam möchte mit seinen Wählern sprechen«, antwortete Charlee, während sie sich einen Maisfladen schmecken ließ.

»Jessas, es kommt mir so vor, als könnte er vielleicht die Wogen glätten, was das Durcheinander mit den Indianern angeht. Die Leute in Westtexas sind nämlich überhaupt nicht erbaut davon, wie die Regierung in Washington die Dinge regelt«, entgegnete Obedience scharfsinnig.

»Wann immer ich meinen schweigsamen Mann dazu bringen kann, etwas preiszugeben, passt das zu dem, was du sagst. Sam ist stets auf der Seite der Indianer gewesen und hat versucht, die weißen Siedler davon abzubringen, sie aus Texas zu verdrängen.«

»Und das macht die hiesigen Wähler nicht gerade glücklich«, betonte ihre Freundin nachdrücklich.

»Besonders, da die Überfälle durch Komantschen im Bexar County im vergangenen Jahr zugenommen haben. Gerade letzte Woche hat eine Familie ihr Land an Laban Greer verkauft und ist nach Kalifornien aufgebrochen, nachdem ihre Ranch völlig abgebrannt ist.«

Obedience nickte. »Das war'n die Ryans. Gute Leute, wenn auch der alte Ryan ein bisschen faul war. Was sie aber komischerweise alle gerettet hat. Denn wenn seine Frau und seine Kinder nicht gerade dabei gewesen wären, ihn aus dem Saloon nach Hause zu holen, wären sie wahrscheinlich alle von den blutrünstigen Komantschen umgebracht worden.«

»Aber es sind noch viele andere Siedler gegangen. Eine ganze Menge Leute ist der Meinung, dass die Kongressabgeordneten dafür verantwortlich sind – sie würden der Armee nicht genügend Männer und Material zur Verfügung stellen«, bemerkte Charlee mit leichtem Zweifel in der Stimme.

Obedience schnaubte verächtlich. »Ich glaube nicht, dass diese Meinung unserem Senator gefallen wird. Solange Houston hier ist, um sich umzuhören, könnten er und Jim sich mal darum kümmern, was Blaine und seine Schurken anstellen. Meinst du nicht?« Ihre klugen braunen Augen musterten Charlee. Obedience wusste, dass Jim Slade heimlich für Houston gearbeitet hatte, als dieser Präsident der Republik gewesen war.

»Wissen Sie was, Mrs. Oakley? Sie würden einen verdammt guten Geheimagenten abgeben. Vielleicht kann ich mich morgen Abend bei Sam einschmeicheln und Ihnen einen Job besorgen«, gab Charlee grinsend zurück.

»Da wir schon bei Schmeicheleien und schönen Worten sind, wie gehts denn mit Melanie und Lee voran? Es sind schon wieder drei Wochen vergangen, seit ihre Leute nach Hause zurückgekehrt sind. Andauernd ist sie für den alten Yankee Pemberton auf Festen unterwegs, aber ich hab mich noch nicht einmal mit ihr in Ruhe unterhalten können.«

Charlee nickte. »Ich glaube, sie geht uns aus dem Weg. Wir wünschen uns, dass es mit ihr und Lee klappt, und das weiß sie, aber es läuft eben nicht gut.«

»Glaubst du wirklich, die beiden schlafen immer noch in getrennten Betten?«

Seufzend zuckte Charlee mit den Schultern. »Sie fühlt sich verletzt, und er ist so verdammt stolz. Ich weiß nicht recht, was daraus werden soll. Nachdem es am Anfang zwischen ihnen gefunkt hatte, war ich ganz sicher, dass es passiert. Jedenfalls war es bei Jim und mir so, und wir waren nicht einmal verheiratet.« Wohl erzogen wie sie war, errötete sie, aber nur ein klein wenig. Obedience schlug sich auf den Oberschenkel und lachte schallend.

»Da ihre Mama nicht mehr hier ist und du Lee besser kennst als jeder andere, ist es vielleicht am besten, wenn du mal mit dem Mädchen sprichst und ihr die Sache klar machst. Es ist einfach unnatürlich, einen Mann wie Lee Velásquez links liegen zu lassen und seine Aufmerksamkeit einem Mann wie Clarence Pemberton zu schenken.«

In Charlees Augen blitzte es auf. »Clarence hat wohl kaum das Zeug dazu, Lees Rivale zu werden. Aber da gibt es jemanden …« Ihr schneller Verstand begann sofort, auf Hochtouren zu arbeiten und einen Plan für den Ball am nächsten Abend zu schmieden.

Melanie sollte über den festlichen Ball berichten, der zu Ehren des hohen Besuchs stattfand. Der Senator war schließlich ein Held der Revolution und zweimaliger Präsidenten der Republik. Natürlich fühlte sich Lee verpflichtet, den Ball zu besuchen, damit seine Frau nicht ohne Begleitung war. Am Nachmittag waren sie nach San Antonio geritten und hatten sich in einem Hotel am Ort eingemietet. Da die Pension voll belegt war, hatte Melanie darauf bestanden, sich selbst um ihre Übernachtung zu kümmern. Sie wusste, dass Obedience ihnen mit Absicht ein kleines Zimmer gegeben hätte, um sie zusammenzubringen. Melanie hatte stattdessen eine ganze Suite gemietet, in der das gemütliche Wohnzimmer weit genug vom Schlafzimmer entfernt lag. Es war mit einem großen Sofa ausgestattet, auf dem sie die Nacht verbringen wollte.

Sie stand vor dem Spiegel und hielt sich das Kleid an, das sie in der vergangenen Woche gekauft hatte. Mit kritischem Blick betrachtete sie ihr Spiegelbild. Das Kleid war aus schimmernder gelber Seide, die im nachmittäglichen Sonnenlicht golden glänzte und ihr schwarzes Haar und den braunen Teint betonte. Ausschlaggebend für den Kauf war jedoch der Glanz gewesen, der genau zu ihren goldbraunen Augen passte.

»Nun brauchst du nur noch hochhackige Schuhe. Und dein Haar muss hochgesteckt werden, damit du größer wirkst. Ein paar Locken sollten lose herabhängen. Das schmeichelt deinem Gesicht.« Charlee stand an der Tür und betrachtete Melanie nachdenklich. »Ich bin einfach hereingekommen, als du auf mein Klopfen nicht geantwortet hast. Lee meinte, du seist hier oben und packst aus.«

Melanie ließ das Ballkleid aufs Bett fallen und drehte sich um. »Woher dieses plötzliche Interesse daran, was *ich* trage? Solltest du dich nicht selbst für einen Tanz mit dem Senator herausputzen? Immerhin ist er ja euer Gast auf Bluebonnet.«

Charlee schmunzelte. »Für mich hat Sam längst einen Tanz reserviert. Er und Jim drücken sich in der Stadt herum. Sie halten den Finger in die Luft, um herauszufinden, ›woher der Wind weht‹. So nennt Sam das Auskundschaften des politischen Klimas. Ich habe eine ganze Menge Zeit, um mich fertig zu machen. Meine Kleider habe ich von der Ranch mitgebracht. Im Augenblick ist Sadie dabei, sie zu bügeln. Apropos Kleider«, fuhr Charlee leichthin fort und hob das duftige Gebilde aus gold schimmernder Seide hoch. »Das Kleid ist wirklich wunderschön. Es gibt noch Hoffnung für dich. Probier es einmal an und lass sehen, wie es dir passt.«

Kein Zweifel, Charlee führte etwas im Schilde!, erkannte Melanie. Es musste mit ihren ständigen Verkupplungsversuchen zu tun haben. »Es passt mir einfach gut. Es ist zwar vorne ein wenig tiefer ausgeschnitten, als mir lieb ist. Aber als die Schneiderin meine Maße genommen hatte, bestand sie darauf, dass ich es so tragen solle.«

Charlee lachte in sich hinein. »Deine Mutter musste mich einmal davon überzeugen, ein tief ausgeschnittenes Kleid zu tragen. Wenn ich eine so reizvolle Figur gehabt hätte wie du, wäre ich vielleicht eher dazu bereit gewesen. Doch eins haben wir gemeinsam: unsere Körpergröße oder, besser gesagt, die fehlende Größe.«

»Meinst du wirklich?« Gleichgültig zuckte Melanie mit den Schultern. »Ich habe es nie als Nachteil empfunden, klein zu sein.«

»Um noch ein Mal deine Mama zu zitieren: ›Es ist ein Nachteil, klein zu sein, wenn du dir einen hoch gewachsenen Mann angeln willst‹«, erwiderte Charlee.

Abrupt drehte sich Melanie um, nahm das Kleid in die Hand und befühlte den glatten Stoff. »Wer sagt denn, dass ich mir *überhaupt* einen Mann angeln will, geschweige denn diesen hoch gewachsenen *Tejano,* an den du gerade denkst?« Ihre nervösen Bewegungen straften ihren unbekümmerten Tonfall Lügen.

Charlee seufzte. »Es ist wirklich ermüdend, weißt du das? Ich habe diese Szene schon einmal gespielt. Nur hatte ich damals deine Rolle. Glücklicherweise war Deborah mein Schicksal nicht gleichgültig, und sie hat mich zur Vernunft gebracht. Dank ihrer Hilfe habe ich es geschafft, meinen dummen Stolz zu überwinden und mir einzugestehen, dass ich mir Jim angeln wollte. Ob dein verflixter kreolischer Stolz es nun zulässt oder nicht, ist eine andere Sache. Eins weiß ich allerdings genau: Du willst Lee, junge Dame, und ich habe vor, dir dabei zu helfen, dass du ihn auch bekommst. Betrachte es einmal so: Du hast einen ungeheuren Vorteil. Du bist nämlich schon mit ihm verheiratet, selbst wenn diese Ehe noch nicht vollzogen wurde.«

Melanie ließ das golden schimmernde Kleid fallen, als hätte sie sich daran verbrannt. »Woher weißt du …?«, platzte sie heraus. Dann hielt sie inne, und ihre Wangen wurden rot vor Scham.

Charlee legte den Arm um Melanies Schultern und drückte sie schwesterlich. »Ich kenne Lee Velásquez schon sehr lange. Er ist stolz und starrköpfig, und er mag es nicht, wenn man ihn zu etwas zwingt. Außerdem hat er noch ziemlich dumme Vorstellungen über die Frau, die zu ihm passt. Es liegt an dir, ihm zu zeigen, dass er sich irrt.«

»Aber all das gilt doch nur, wenn ich auch wirklich will, dass diese Ehe gut geht«, wandte Melanie mit der ihr eigenen Starrköpfigkeit ein.

»Sieh es mal wie ich. Würde es nicht eine Befriedigung sein, zu beobachten, wie er sich vor Eifersucht verzehrt, wenn du die Schönheit des Abends bist? Sieh es doch als süße Rache für all die selbstgefällige männliche Arroganz, die du schon ertragen musstest.« Charlee legte den Kopf schief und wartete auf Melanies Reaktion.

»Nun ja, wenn man es so betrachtet ...« Ein Lächeln spielte um ihre Mundwinkel.

Während Charlee Melanies Haar mit meisterlichem Geschick hochsteckte, stellte sie verschmitzt fest: »Dieser junge Ranger Jeremy Lawrence sieht wirklich verdammt gut aus. Ich frage mich, ob er auch so gut tanzt. Vor ein paar Wochen soll er beinahe eine Schlägerei mit Lee gehabt haben.« Als Charlee spürte, wie Melanie sich versteifte, machte sie eine Pause, bevor sie fortfuhr: »Wenn du der Meinung bist, dass sich Lee nichts aus dir macht, warum ist er dann so ungeheuer eifersüchtig auf Lawrence?«

»Ich bin seine Frau. So sehr ihm die Tatsache vielleicht missfällt, so trage ich immerhin den stolzen Namen der Velásquez'. Wenn er mich in der Öffentlichkeit mit irgendeinem Mann unter sechzig antrifft, meint er, dass ich eine Anstandsdame brauche.« In Melanies Augen blitzte Ärger auf, als Charlee letzte Hand an die Hochfrisur legte.

»Es wird nicht *irgendein* Mann sein. Er weiß, dass dieser

Ranger jung und ledig ist und eine Wirkung auf Frauen hat. Das kannst du zu deinem Vorteil ausnutzen.«

»Charlee, du gehst noch immer von der falschen Annahme aus, dass ich auch Lees Aufmerksamkeit *will*«, protestierte Melanie mit einem Anflug von Verzweiflung.

»Denk darüber heute Abend noch einmal nach, wenn er dich beim Tanzen in den Armen hält. Vielleicht findest du heraus, dass es dir gefällt.« Charlee gab einfach nicht auf.

Den ganzen Nachmittag hatte Lee die Hotelzimmer gemieden und seine Frau mit ihren Vorbereitungen für die große Galaveranstaltung allein gelassen, während er einige geschäftliche Dinge auf der Bank und im Frachtbüro erledigt hatte. Er fürchtete die kommende Nacht. Nicht wegen ihrer Regelung in Bezug auf die Schlafplätze. Dafür hatte Melanie schon gesorgt. Nein! Er musste sie zu Houstons Ball begleiten und, um den Schein zu wahren, auch mit ihr tanzen. Das bedeutete, dass er sie berühren und den betörenden Duft der Nachtblumen einatmen musste.

Seit der Sturmnacht, als er sie nackt im Bad gesehen hatte, kämpfte er mit sich. Obwohl er wusste, dass er die Zurückweisung verdient hatte, war er doch in seinem Stolz verletzt. In den vergangenen Wochen hatte er im elenden Zustand erzwungener Enthaltsamkeit gelebt, aber jedes Mal, wenn er überlegt hatte, ob er nicht ein diskretes Bordell aufsuchen sollte, hatte er diesen Gedanken sofort wieder verworfen. Perverserweise wollte er keine andere Frau außer Melanie. Sie war ihm unter die Haut und ins Blut gegangen, und er konnte den Zauber, den sie auf ihn ausübte, nicht brechen.

Vor ihrer Hotelzimmertür überlegte er hin und her, ob er anklopfen sollte. Zum Teufel, ich zahle doch schließlich für die Suite!, sagte er sich dann, ärgerlich auf sich selbst. Hastig schob er den Schlüssel in das Schlüsselloch und drückte die Klinke herunter. Der Anblick, der sich ihm bot, raubte ihm den Atem. »Mein Gott, du hast ja *beinahe* ein Kleid an!« Ehe er sich versah, waren ihm die Worte herausgerutscht.

Melanie stand vor dem Spiegel und schenkte ihm ein kleines Lächeln. Sie fühlte sich nicht ganz wohl bei der Betrachtung ihres üppigen Dekolletees. »Es ist ein wenig tief ausgeschnitten für meine ... Figur, aber Charlee hat mir versichert, dass es sehr geschmackvoll ist«, antwortete sie steif.

»Das Dekolletee ist äußerst offenherzig!«

»Du hörst dich an wie eine *duena*«, sagte sie schnippisch. Voller Unbehagen beobachtete sie, wie er den Blick über ihren Körper gleiten ließ und dabei das Kleid musterte, das sich eng um ihre schmale Taille schmiegte und über den weit abstehenden Krinolinenreifen bauschte.

Sie konnte es einfach nicht lassen, sich vor dem Spiegel einmal ganz um ihre eigene Achse zu drehen. Die Ärmel waren an den Schultern leicht gebauscht, lagen aber eng um ihre schlanken Handgelenke. Vom gewagten Ausschnitt bis zum Saum wies das Kleid keinerlei Schmuck auf. Die Art, wie sich die Seide um jede Rundung ihres Körpers schmiegte, hatte eine überwältigende Wirkung. Überall glitzerte, funkelte und glänzte es, angefangen bei den schwarzen Locken und den goldbraunen Augen bis zur Spitze der hochhackigen Seidenschuhe, die unter dem Kleid hervorlugten.

»Würdest du mir bitte die Kette umlegen? Ich habe es vergeblich versucht.« Als wollte sie ihm ein Friedensangebot machen, streckte sie ihm eine Topaskette entgegen.

Langsam schritt er zu ihr hinüber und nahm die Halskette mit den Fingerspitzen, damit er Melanie nicht berührte. Doch als sie sich wieder zum Spiegel drehte und beobachtete, wie er das Geschmeide um ihren Hals legte, um den Verschluss zuschnappen zu lassen, spürte sie, wie seine warmen Finger zitterten. Ein Freudenschauer überlief sie. Was, wenn Charlee doch Recht hätte?

Melanie betrachtete ihn und sich selbst im Spiegel. Mit den hohen Absätzen und dem hoch gesteckten Haar passte sie ausgezeichnet zu ihm. Er war sehr traditionell angezogen. Ein streng geschnittener schwarzer Anzug schloss sich eng um seine schlanke Gestalt und betonte die langen Gliedmaßen und harten Muskeln. Und er meint, mein Kleid sei zu eng!, überlegte sie. Mein Gott, wie gut er aussah mit der weißen Halsbinde, die im Kontrast zu seinem dunklen, markanten Gesicht stand! Das Schwarz und Weiß des Anzugs wurde von einer breiten Zierborte belebt, die am Saum der Jacke und an den Seiten der Hosenbeine entlanglief. Ein leuchtender Punkt in dieser Komposition war das Tiefrot der Schärpe.

In diesem Moment trafen sich ihre Blicke im Spiegel. In Lees Augen lag ein amüsiertes Lächeln, denn er hatte sie dabei erwischt, wie sie ihn mit der Faszination eines unerfahrenen Schulmädchens anstarrte.

»Ich bin nicht mehr das kleine Mädchen aus dem Hafen von Galveston, Lee«, sagte sie leise und wandte sich ab.

»Das sehe ich«, antwortete er mit rauer Stimme und führte sie aus dem Zimmer.

»Du stellst mich Sam Houston vor, damit ich meine Geschichte bekomme, nicht wahr?« Melanie zwang sich zur Ruhe, als sie den großen Ballsaal betraten, der mit roten, weißen und blauen Fähnchen geschmückt war. Ein großes Spruchband verkündete: *Willkommen Senator Sam!* und zeugte von der Zuneigung aller Texaner für den Helden von San Jacinto.

»Es ist ein paar Jahre her, seit ich Jim Houston das letzte Mal getroffen habe. Um genau zu sein, sind es jetzt schon zehn

Jahre«, erklärte er. Er betrachtete ihren kleinen Kopf mit der eleganten Frisur, während sie die Blicke über die Menge schweifen ließ. »Ich war damals unterwegs nach Galveston, um Vieh für die Bluebonnet-Ranch abzuholen.« Bei diesen Worten wanderte ihr Blick wie von selbst zu seinem Gesicht.

»Ich hoffe, ich habe dir damals die Begegnung mit dem Präsidenten nicht verdorben«, entgegnete sie verärgert.

Freudlos lachte er auf. »Houston und Slade sind dicke Freunde und waren es auch früher schon. Es wäre wirklich ziemlich egal, ob ich Sam mag oder nicht. Zufällig bewundere ich ihn, und ein oder zwei Mal hat er mir auch einen Gefallen getan.«

»Wie sehr musste er sich denn beim Gouverneur für dich einsetzen, damit du begnadigt wurdest?«, erkundigte sie sich freundlich.

Er machte eine finstere Miene. »Ziemlich.«

In diesem Augenblick hallte eine kräftige Stimme durch den Raum. »Jim hat mir gesagt, dass du mit deiner schönen jungen Frau hier sein würdest. Mein Gott, Junge, ich glaube, ich werde alt. Das letzte Mal, als ich dich gesehen habe, warst du noch nicht trocken hinter den Ohren.« Der Sprecher war ein Riese von Mann, der selbst Lee mit seiner Größe von einem Meter fünfundachtzig überragte, als sie sich begrüßten. Noch immer war Houston ein eindrucksvoller Mann. Der elegant geschnittene graue Wollanzug verbarg geschickt die leicht rundliche Taille und betonte die breiten Schultern. Das sich lichtende Haar war weiß, doch die hohe Stirn und das offene, markante Gesicht waren so faszinierend wie eh und je. Besonders beeindruckend waren die durchdringenden blauen Augen, die lebhaft hin- und hergingen, als er Lee und seine Frau ansah.

»Jim hat mir erzählt, dass du eine großartige Frau geheiratet hast, Lee. Doch all sein Lob kann Ihnen immer noch nicht gerecht werden, Madam.« Er verbeugte sich höflich und küsste galant Melanies Hand.

»Ihren legendären Charme im Umgang mit Damen scheinen Sie nicht verloren zu haben«, erwiderte Melanie und erstrahlte unter seinem bewundernden Blick. »Haben Jim oder Charlee zufällig auch erwähnt, dass ich für den *San Antonio Star* arbeite? Ich würde sehr gern eine Geschichte über Sie in dieser Zeitung bringen, Senator.«

Mit einem herzlichen Lachen warf Houston sein Löwenhaupt in den Nacken. »Charlee hat mir gesagt, dass sie ohne Umschweife wie ein Bostoner Blaustrumpf auf Ihr Ziel losgehen. Es wäre mir eine Ehre, Ihnen ein Interview zu geben, Mrs. Velásquez, wenn Sie mir den nächsten Tanz gewähren.«

»Einverstanden, Senator«, stimmte sie zu.

Nach einer beeindruckenden Begrüßungsrede, in der der Bürgermeister den Senator vor den versammelten Gästen lobte, sagte auch Houston ein paar Worte und wünschte dann allen Anwesenden viel Vergnügen auf dem Fest. Ohne weitere Umstände ging er zu den Musikern hinüber, forderte sie auf, ein paar flotte Melodien zu spielen, und bat Melanie um den versprochenen ersten Tanz.

Der festliche Ball wurde bei den Pearsons gefeiert. Sie besaßen eines der neuesten und größten Häuser in San Antonio. Aus diesem Anlass waren die Teppiche im vorderen Salon weggeräumt worden, und der Raum diente auf diese Weise zugleich als Ballsaal. Der glatte, glänzende Holzboden war genau richtig zum Tanzen. Das Orchester bestand aus etwa einem Dutzend Geiger und Bläser. Es gab sogar ein Klavier, dessen blecherner Klang niemanden auch nur im Geringsten störte.

Melanie und Houston tanzten und plauderten miteinander. Für einen Mann seiner Größe bewegte sich der Senator außergewöhnlich anmutig. Als sie ihn auf seine Gewandtheit ansprach, strahlte er über das ganze Gesicht. »Meine Wertschätzung der Musik und meine armseligen Fähigkeiten als Tänzer verdanke ich ganz und gar meiner geliebten Margaret. Sie hat sich die Mühe gemacht, den Geschmack des rauen Grenzers zu kultivieren, und hat mich gelehrt, die schönen Dinge des Lebens zu schätzen. Jeden Abend spielt sie für mich auf dem Klavier, wenn ich zu Hause bin.«

»Sie vermissen Ihre Frau und die Kinder, nicht wahr?« Über die Jahre hin hatte Melanie eine ganze Menge Klatsch über die Mai-Dezember-Heirat des siebenundvierzigjährigen Riesen aus Texas und der zwanzigjährigen Schönheit aus Alabama gehört. Trotz aller Voraussagen über die zu erwartende Katastrophe funktionierte die Ehe schon seit den vergangenen zwölf Jahren wunderbar. Sam erwies sich als Mustergatte und vorbildlicher Vater.

Bei der Erwähnung seiner Familie leuchteten Houstons blaue Augen auf. »Ja, ich vermisse sie sehr.«

»Sagen Sie, Senator, stimmt es, dass Margaret Sie tatsächlich davon überzeugt hat, dem Alkohol abzuschwören?« Verschmitzt blitzten Melanies Augen auf, als sie es wagte, diese kühne Frage zu stellen. In seiner Vergangenheit hatte Houston dem Alkohol in außergewöhnlichem Maß zugesprochen, doch seit seiner Heirat war er als Vorbild an Enthaltsamkeit bekannt.

Er lachte herzlich, ohne beim Tanzen aus dem Takt zu geraten. »Warum habe ich wohl den Verdacht, junge Frau, dass Ihr Aufenthalt in Boston etwas mit Ihrem Eifer für die Temperenzler zu tun haben muss? Jetzt merken Sie, dass auch ich meine Hausaufgaben gemacht habe, nicht wahr?«

»Ich bin sicher, dass die Slades eine Fundgrube für Informationen über mich sind«, entgegnete Melanie mit einem Lächeln, das ihre Besorgnis überspielen sollte. Hoffentlich hatten sie nicht über ihre übereilte Heirat gesprochen! »In der Tat habe ich mich für die Bekämpfung des Alkohols eingesetzt, als ich bei meinem Großvater in Boston gelebt habe.«

»Dass meine Frau für Abstinenz eingetreten ist, hatte weniger mit idealistischem Eifer als mit ihrer baptistischen Erziehung zu tun. Sie war einige Jahre lang bestrebt, mich für die Erleuchtung der wahren Religion zu gewinnen«, meinte er, und in seinen Augen blitzte der Schalk.

»Und war sie bei Ihrer religiösen Bekehrung ebenso erfolgreich wie bei der Bekämpfung des Alkohols?«

»Ja, schließlich hat sie mich dazu gebracht, den Sprung ins kalte Wasser zu wagen, und zwar buchstäblich. Im vergangenen Jahr wurde ich durch Untertauchen im Rocky Creek getauft.« Bei der Erinnerung daran schüttelte es den Senator. »Das Wasser des Lebens hätte mich beinahe mit einer Lungenentzündung ins Grab gebracht!«

»Aber hat es auch Ihre Sünden abgewaschen? Das ist doch die brennende Frage, Senator«, parierte Melanie fröhlich. Sie genoss das Gespräch und freute sich andererseits, dass sie eine so gute Geschichte bekam, mit der sie Clarence überraschen konnte.

Houston schien über ihre Bemerkung nachzudenken. Dann antwortete er voller Leidenschaft: »Wenn dieser Bach wirklich das Mittel war, mit dem Sam Houston seine irdischen Sünden vergeben wurden, dann möge Gott den Fischen helfen, die in seinen Tiefen leben!«

Lee stand neben Jim und Charlee und beobachtete das lebhafte Zwiegespräch zwischen seiner Frau und dem Ehrengast. Als er das hohe, perlende Lachen durch das Stimmengemurmel im Raum hindurch hörte, brummte er mit finsterer Miene: »Sie muss ja eine ungeheuer gute Geschichte für den *Star* bekommen.«

Jim lächelte. »Sam hat schon immer die Damen bezaubert,

mano. Weißt du, du könntest ihn ja einfach unterbrechen und mit deiner Frau tanzen. Ich bin sicher, dass Sam Verständnis dafür hat.«

Lee zuckte gleichgültig mit den Schultern und warf einen Blick quer durch den Saal. Dort stand Larena zwischen ihren Eltern. Seit ihrem Treffen in der verborgenen Laube im Garten von San Fernando hatte er sie nicht mehr gesehen. »Ich glaube, meine Frau wird den Senator so lange mit Fragen überschütten, bis er sich selbst losreißt, ohne dass ich einzugreifen brauche. Dein Onkel und deine Tante scheinen mit dir sprechen zu wollen, Jim. Da sie mich ganz offensichtlich nicht treffen wollen, werde ich mich dorthin begeben, wo man flüssige Erfrischungen reicht.«

Mit nachdenklich gerunzelter Stirn sah Charlee ihm nach. »Ja, er hat Recht, Jim. Begrüßen wir doch die Sandovals!«

»Warum werde ich nur den Gedanken nicht los, dass du etwas im Schilde führst, Katzenauge?« Jims Gesichtsausdruck zeigte Besorgnis. Doch er wusste, es hatte keinen Sinn, Charlee aufhalten zu wollen, wenn sie sich eine Idee in den Kopf gesetzt hatte.

Es dauerte jedoch gar nicht lange, bis er erkannte, was sie vorhatte. Mit großem Geschick beschwatzte sie Larena, ihr zu den Tischen mit den Erfrischungen zu folgen, während Jim mit seinem Onkel und seiner Tante ein politisches Gespräch begann. Kurz darauf lief sie »zufällig« Lee über den Weg und arrangierte es, dass er Larena um einen Tanz bat. Wenn es noch irgendeinen Zweifel an Charlees Absichten gegeben hätte, so hätte ein Blick in Melanies wütendes und gekränktes Gesicht Jim davon überzeugt, dass sie tatsächlich eifersüchtig war. Wie würde sie kontern?, fragte er sich mit einem unbehaglichen Gefühl und verwünschte Charlees Intrigenspiele.

In diesem Augenblick näherte sich wie aufs Stichwort Jeremy Lawrence der kleinen Gruppe, die von Houston mit einer humorvollen Geschichte über den französischen Botschafter in der mexikanischen Republik unterhalten wurde. Nachdem sie den Ehrengast des Abends so lange wie möglich für sich in Beschlag genommen hatte, hatte Melanie mit einer ganzen Reihe von Männern getanzt.

Doch Lee hatte sich ihr den ganzen Abend noch nicht einmal genähert. Nicht einen einzigen Tanz hatte er mit seiner frisch gebackenen Ehefrau getanzt! Als wäre ihr Stolz noch nicht genug verletzt worden, sah sie ihn dann in Larena Sandovals Armen. Das war ein Spiel, das auch zu zweit gespielt werden konnte! Vielleicht klappte es ja mit Charlees verrückter Idee, ihn eifersüchtig zu machen. Ganz sicher würde es ihrem verletzten Selbstwertgefühl äußerst gut tun. Mit einem herzlichen Lächeln begrüßte sie Jeremy.

Es dauerte nicht lange, und sie glitten über die Tanzfläche. Im Nu hatte sie den jungen Ranger völlig in ihren Bann geschlagen. »Sie scheinen den Senator zu kennen. Wo sind Sie ihm begegnet, Jeremy?«, fragte sie, während sie tanzten.

»Darüber würde ich lieber nicht mit einer neugierigen Reporterin sprechen, Melanie. Erinnern Sie sich an unser Gespräch über Blaine und meinen Chef, Captain Walkman?« Als sie aufmerksam nickte, fuhr er fort. »Na ja, sagen wir es mal so: Es ist kein Zufall, dass ich ins Bexar County abkommandiert worden bin. Dabei sollten wir es fürs Erste belassen. Ist das in Ordnung?«

»Sind Sie von Houston beauftragt, den illegalen Whiskyverkauf an die Komantschen zu untersuchen?«, flüsterte sie. »Ich habe schon immer gehört, dass er sich um die Indianer kümmert.«

Lawrence runzelte die Stirn. »Ja, das stimmt. Aber es gibt auch noch die anderen, die Freudentänze aufführen würden, wenn der letzte Indianer in Texas mausetot wäre.«

Seiner Blickrichtung folgend, erblickte sie die gedrungene,

stiernackige Gestalt Laban Greers. Ein Frösteln überlief sie, obwohl der Ranger sie in den Armen hielt.

»Was ist los, Melanie? Kennen Sie Greer? Oh ja, Sie haben ja diese Geschichte ...« Er verstummte.

»Ja. Ich habe ihn dabei beobachtet, wie er eine verletzte Frau getötet hat. Es war eine alte, gebrechliche Frau, die hilflos auf der Erde lag. Er hat sie kaltblütig erschossen.« Sie spürte Greers Blicke. Sie waren so durchdringend, als könnte er die Maskierung von Moses French durchdringen. Sie zwang sich dazu, die Bilder des blutigen Gemetzels, dessen Zeugin sie geworden war, aus ihrem Kopf zu verdrängen. Kühn erwiderte sie Greers aufdringlichen und unverschämten Blick. »Soll er es nur wagen, mich zum Tanz aufzufordern!«

Jeremy lachte leise. »Irgendwie glaube ich nicht, dass er den Mut dazu hat.«

»Oh, doch. Da kommt er ja schon«, widersprach sie gelassen. Als sie spürte, wie sich Jeremy versteifte, um sie zu beschützen, legte sie ihm beschwichtigend eine Hand auf den Arm. »Es ist in Ordnung. Er jagt mir keine Angst ein, und ich werde nicht vor ihm flüchten.«

Als Greer sich höflich vor dem jungen Ranger verbeugte, ließ dieser seine Partnerin widerwillig los.

»Was verschafft mir die Ehre? Bestimmt hat doch ein so großer Rancher wie Sie kein Interesse an einer Klatschkolumnistin des *Star*, und schon gar nicht, da ich jetzt auch noch eine verheiratete Frau bin«, erklärte sie, während sie Lee im Stillen für seine Abwesenheit verfluchte.

Trotz der groben Gesichtszüge blickten Greers Augen intelligent. Kalt lächelnd gab er zurück: »Ich habe mich nur gefragt, ob Sie jemals diesen Kerl namens Moses French getroffen haben. Immerhin arbeiten Sie ja auch für diese Zeitung.«

Die männliche Überheblichkeit seiner letzten Bemerkung machte Melanie wütend, zeigte ihr aber auch, dass er keine

Ahnung hatte, wer sich hinter dem Namen Moses French verbarg.

»Pemberton ist ganz bestimmt zu alt dafür, und sein Nigger hätte wohl kaum die Nerven dazu. Wer käme denn noch infrage?«, hakte Greer herausfordernd nach.

Mit zusammengepressten Zähnen erwiderte sie: »Ja, Mr. Pemberton ist zu alt für solche investigativen Reportagen, und ganz bestimmt ist es nicht *Mister* Johnston, obwohl er durchaus den Mut dazu hätte.«

Greer stieß ein hässliches Lachen aus. »Ich habe mich eben etwas daneben benommen. Sie kämpfen ja für die Befreiung der Sklaven, nicht wahr? Halten Sie sich nur aus Indianer-Angelegenheiten heraus, meine Dame. Die Texaner mögen keine Frauen, die sich in Dinge einmischen, die sie nichts angehen.«

»Meinen Sie Dinge wie Anstand und Gerechtigkeit, Mr. Greer?«, erwiderte sie knapp. »Wenn Sie mich bitte entschuldigen wollen? Ich sehe da gerade ein paar alte Freunde, die ich begrüßen muss.« Hat er es darauf angelegt, mich so zu verwirren, dass ich ihm verraten würde, wer unser Reporter ist? Oder verdächtigt er mich?, überlegte sie.

Als sie die Tanzfläche verließ und auf Larena Sandoval und ihre Mutter zuging, zwang sie sich dazu, ihre Rivalin anzulächeln. Selbst eine Unterhaltung mit Larena war jeder weiteren Minute in der Nähe dieses abstoßenden Mannes mit seiner schmierigen und Furcht erregenden Ausstrahlung vorzuziehen.

Sie sprach kurz mit den Sandovals und tanzte dann mit einigen Männern, ehe Jeremy sie erneut zum Tanz aufforderte. »Was hat Greer gesagt?«, erkundigte er sich besorgt. »Er weiß doch hoffentlich nicht, dass Sie den Artikel geschrieben haben, oder?«

»Nein, natürlich nicht. Für ihn bin ich nur eine törichte

Frau, die sich in alles einmischt. Er hat allerdings versucht herauszufinden, ob ich weiß, wer Moses French ist. Da war er wirklich an der richtigen Adresse!«

Jeremy lachte. »Seien Sie bloß vorsichtig, Melanie. Und um Himmels willen, erwähnen Sie niemals meine Verbindung zum Senator – niemandem gegenüber. Wenn diese Untersuchung beendet ist und wir sowohl die Korruption hier als auch in Washington beseitigt haben, dann werden Sie eine Riesenstory bekommen, das verspreche ich Ihnen. Aber bis dahin könnte es für Sie gefährlich sein, wenn Sie weiter in die Sache verwickelt würden.«

»Nun hören Sie sich genauso an wie Lee«, erwiderte sie hitzig. »Halte dich von Dingen fern, die dir wehtun können, kleines Mädchen!«

»Nun ja, eins steht jedenfalls fest: Ich würde eine so elegante Dame niemals ›kleines Mädchen‹ nennen.« Er lächelte galant und ließ seinen Blick bewundernd über ihre Frisur und ihr Kleid gleiten.

Sie errötete.

Vom Rand der Tanzfläche beobachtete Lee seine wunderschöne Frau, wie sie im Laufe des Abends mit einer ganzen Reihe Bewunderer flirtete und tanzte. Alle schienen von ihr entzückt zu sein, doch keiner versetzte ihn so in Rage wie der gut aussehende junge Ranger, der ihr häufigster Tanzpartner war und sie sogar zum Buffet begleitete, wo er ihr den Teller füllte.

Lee ließ kein Auge von ihr, während er trank und nachdachte. Noch immer war er verwirrt über die widersprüchlichen Gefühle, die er seiner Frau entgegenbrachte. Nachdem sie mit Houston auf die Tanzfläche gegangen war, hatte Charlee ihn irgendwie dazu gebracht, mit Larena zu tanzen. Dann hatte er sich in der Nähe des Tisches aufgehalten, wo die Getränke ausgeteilt wurden. Eine ganze Anzahl Männer gaben dem schwachen Punsch einen Schuss eines härteren Getränks hinzu. Jedes Mal, wenn Fernando Rojas die Whiskyflasche kreisen ließ, goss sich Lee einen kräftigen Schluck in sein Glas. Die Abstinenzlervereine sollen verflucht sein! Alle Bostoner Eiferer sollen verflucht sein!, dachte er grimmig.

Melanie spürte, wie Lee sie mit flammendem Blick ansah, doch er machte keinen Versuch, sich ihr zu nähern. Mit seiner Exverlobten tanzte er, aber nicht mit seiner Frau! Als hätte ihre skandalöse Heirat nicht schon für genügend Klatsch gesorgt, war sein Verhalten an diesem Abend wirklich der Gipfel.

Jeremy beobachtete Velásquez, der immer mehr trank. Es konnte sein, dass er gemein und gefährlich wurde. Jeremy fragte sich, ob es am Ende noch zu einem Kampf mit ihm kommen würde. So sehr er Melanies Verstand und Schönheit bewunderte, so war ihm doch klar, dass sie eine verheiratete Frau war und dass es zwischen ihr und ihrem Mann eine starke, wenn auch widersprüchliche wechselseitige Anziehung gab. Bei dem Treffen am Nachmittag mit Slade und Houston hatte Lawrence über die Situation in San Antonio gesprochen und dargelegt, welche Rolle er zu spielen hatte, um Blaine und Walkman in die Falle zu locken. Er konnte es sich nicht leisten, von Velásquez in einen Streit hineingezogen zu werden und auf diese Weise seinen Auftrag zu gefährden. Doch wenn Melanie nach Beendigung des Auftrags immer noch so unglücklich war, würde er alles Nötige tun, um ihr zu helfen. Das schwor er sich.

Etwa um Mitternacht verließ der Ehrengast zusammen mit Jim und Charlee Slade das Fest, um mit ihnen nach Bluebonnet zu fahren. Die jungen Festgäste jedoch forderte er auf weiterzutanzen. Er sagte, seine Kriegswunden meldeten sich wieder, und er brauche die Nachtruhe. Obwohl sie von jungen Männern umgeben war, die alle um einen Tanz baten, fühlte sich Melanie erschöpft und angespannt. Sie hatte große Lust, das Fest zu verlassen. Doch ihr Mann war nirgendwo zu sehen.

Als Jeremy sie vor einem besonders aufdringlichen jungen Cowboy beschützte, war Melanie erleichtert. Der Cowboy tanzte nicht nur schlecht, sondern konnte auch die Hände nicht bei sich behalten. Plötzlich fühlte sie ein scharfes Brennen in den Augen. Sie versuchte, die Tränen zu unterdrücken. »Bringst du mich bitte zum Hotel, Jeremy?«, flüsterte sie mit erstickter Stimme. Ganz automatisch hatte sie sich der vertrauten Anrede bedient.

Nur leicht berührte er mit den Fingerspitzen ihre Wange. »Weine nicht, Melanie. Es war ein langer Abend, und ich weiß, dass du jetzt müde bist. Aber denk doch an die wunderbare Geschichte, die du über den Senator schreiben wirst«, sagte er leise und führte sie von der Tanzfläche. Einen Augenblick später kehrte er mit ihrem Umhang und einem weichen weißen Schal zurück, der sie vor der kühlen Nachtluft schützen sollte. Sehr behutsam, als wäre sie zerbrechlich, legte er ihn um ihre Schultern. Dann nahm er ihre Hand und steckte sie besitzergreifend unter seinen Arm.

Die zärtlichen Gesten entgingen Lee nicht. Er stand hinter den Glastüren der Veranda und beobachtete seine Frau und ihren Begleiter. Jeremy und Melanie verabschiedeten sich von den Pearsons. Als Lee das Haus verließ, ging er mit weit ausgreifenden, entschlossenen Schritten auf das Hotel und die Suite zu, in der er mit seiner Frau die Nacht verbringen würde.

Kapitel 16

Langsam schritten Melanie und Jeremy durch die kühle, sternklare Nacht. Als sie vor Kälte erschauerte und ihren Umhang fester zog, bot er ihr sein Jackett an.

»Nein, danke. Mir ist eigentlich nicht kalt. Ich muss nur ein paar Schritte laufen, um einen klaren Kopf zu bekommen.« Zitternd lächelte sie ihn an und blickte dann in den Himmel. »Seitdem ich als zwölfjähriges Mädchen nach Texas gekommen bin, hat mich der Nachthimmel hier in Erstaunen versetzt. Es ist, als könnte man die Hände ausstrecken und die Sterne berühren. Sie sehen aus wie Diamanten, die jemand auf schwarzen Samt gestreut hat.«

Lawrence lächelte. »Als zugewanderter Texaner würde ich sagen: Nirgendwo auf der Welt gibt es eine so eigenartige, weite, offene Landschaft, die einem das Gefühl von Freiheit vermittelt. Die Menschen hier haben noch viel zu entdecken.« Er blieb stehen, und beinah widerwillig hielt auch sie inne. »Hör mal, Melanie, ich weiß, dass es mich eigentlich nichts angeht ... dass ich kein Recht dazu habe, mich in die Angelegenheit eines Ehepaars einzumischen, aber Velásquez war heute Abend ziemlich betrunken und hat sich schäbig verhalten. Er hat nicht einmal gesagt, wo er hingeht und ob er zum Hotel zurückkommt. Ich könnte dich zu den Oakleys bringen oder sogar zurück auf die Ranch, wenn du es möchtest.«

Melanie holte tief Luft und schluckte die Tränen hinunter, die ihr die Kehle zuschnürten. Warum habe ich nicht vor zehn Jahren so jemanden wie dich getroffen, Jeremy?, ging es ihr durch den Kopf. Laut antwortete sie: »Es ist schon in Ordnung. Ich danke dir recht herzlich für deine Hilfsbereitschaft, aber ich kann für mich selber sorgen. Wenn ich auch hier nicht geboren bin, so bin ich doch eine echte Texanerin.«

Mit zwiespältigen Gefühlen, über die sie nicht zu sprechen wagten, setzten sie ihren Weg zum Hotel fort.

Als Jeremy sie die Treppe hinauf und über den langen Korridor zu ihrer Suite begleitete, nahm er ihr den Schlüssel aus der Hand und schloss die Tür auf. Er blieb stehen und schenkte ihr noch einmal einen langen, prüfenden Blick. Ihr kämpferisch vorgerecktes Kinn sprach Bände. Fest entschlossen nahm sie den Schlüssel aus Jeremys Hand entgegen und trat in das Wohnzimmer. »Es geht mir gut, Jeremy. Viel Glück bei deinem Auftrag. Wenn Lame Deer oder eines der anderen Kinder mir etwas zutragen sollte, werde ich mich bei dir melden. Vielen Dank.«

Mit dem Gefühl, in ihren goldbraunen Augen versinken zu können, nickte der Ranger. »Gib mir auf jeden Fall Bescheid, wenn du irgendetwas brauchst«, wiederholte er. Dann wandte er sich um und ging widerstrebend den Gang hinunter.

Als seine Schritte verklungen waren, sah sich Melanie nervös in dem Raum um. Keine Spur von Lee!, dachte sie erleichtert. Sie ging zu dem Tisch hinüber, auf dem ein Waschkrug stand, und schüttete seinen Inhalt in die Waschschüssel. Das Zimmermädchen hatte den Krug für sie gefüllt, wie sie es ihr aufgetragen hatte. Niedergeschlagen zog sich Melanie Schuhe und Strümpfe aus, dann stieg sie aus dem gold schimmernden Kleid und der Krinoline und warf alles gleichgültig auf einen Rosshaarsessel in der Ecke. Wozu der Aufwand und die Mühe bei der Stoffauswahl und den Anproben?, dachte sie und versuchte, ihrem Ärger über den misslungenen Abend Luft zu machen.

Sie wandte sich wieder der Waschschüssel zu und wusch sich das Gesicht. Gerade als sie das dumpfe Pochen von beginnenden Kopfschmerzen spürte, nahm sie die Haarnadeln aus ihrer Frisur und suchte auf dem Frisiertisch nach ihrer Haarbürste.

»Suchst du das hier?«, erklang eine Stimme von der Schlafzimmertür her. Lässig an den Türrahmen gelehnt, ließ Lee die Haarbürste mit dem elfenbeinernen Griff in seiner Hand baumeln. Sein Blick wanderte über Melanies nackte Schultern und zu dem Rest an Kleidung, die sie noch trug. Mit seinen Augen schien er das Spitzenmieder zu durchdringen, bevor er bei den knielangen Schlüpfern ankam.

Wie um sich zu schützen, fuhr Melanie mit den Fingern durch ihr Haar und zog es vor die Brust, um sich damit zu bedecken. Als er mit geschmeidigen Bewegungen ins Zimmer kam, rang sie vor Schreck nach Luft. Sie stand barfuß in der Mitte des Raumes und wusste, dass sie sich nirgendwo hinflüchten konnte. In dieser Situation musste sie sich genauso mutig behaupten wie in jener Sturmnacht.

Doch diesmal hatte Lee getrunken. Seine leicht zusammengesunkene Haltung und seine schweren Augenlider ließen das deutlich erkennen. Aber als er das Zimmer durchquerte, schwankte er überraschenderweise überhaupt nicht. Auch er war barfuß und trug nur noch seine schwarze Anzughose, als wäre er durch ihre verfrühte Heimkehr beim Ausziehen unterbrochen worden.

Nun trat er noch einige Schritte auf sie zu, und Melanie zwang sich, stehen zu bleiben. Wenn ich weglaufe, wird er mich wie ein Reh in die Enge treiben, dachte sie verzweifelt, während sie ihm in die Augen starrte. Sie waren so schwarz wie eine sternlose Nacht, doch in ihrer Tiefe brannte ein seltsam dunkles Feuer. Ohne ein Wort zu sagen, streckte er eine Hand nach einer Locke aus und zog Melanie näher an sich. Dann hob er die Haarbürste und begann, sie durch das dichte ebenholzschwarze Haar zu ziehen. Zunächst strich er die schweren Locken glatt, die ihre Brüste bedeckten, dann drehte er Melanie um und fuhr mit der Bürste durch das übrige Haar. Er zog es hinunter bis zur Rundung ihres Pos, wobei er es so lange bürstete, bis jede Locke und Welle geglättet war und ihr Haar in seiner ganzen Länge in dunklem Glanz erstrahlte.

Diese sanfte Behandlung hatte sie überhaupt nicht von ihm erwartet. Weil sie nicht wusste, wie sie reagieren sollte, ließ sie ihn widerstandslos gewähren. Beinahe wie in Trance überließ sie sich seinem sinnlich-magischen Tun und hielt entspannt still. Lee griff mit der Hand in das volle Haar, tauchte mit dem Gesicht hinein und atmete den Duft ein.

»So duftig und frisch wie die Nachtblume«, flüsterte er an ihrem Ohr und legte den Arm um ihre Taille. Als er Melanie an sich zog, konnte er spüren, wie sie sich versteifte. Sie leistete jedoch keinen Widerstand.

Einen Augenblick lang hielt Lee sie fest und sog wie berauscht die süße Frische ihres sinnlichen Körpers ein. Er hatte gehört, wie sie Lawrence flüsternd eine gute Nacht gewünscht hatte, hatte auf das Geraschel ihrer Kleider beim Ausziehen gelauscht und das Plätschern des Wassers gehört, als sie sich gewaschen hatte. Kurz darauf hatte er die Tür geöffnet. Bedeutete ihr Stillhalten nun, dass sie geschehen ließ, was sie an jenem Tag auf dem Hügel gewollt und ihm in der Sturmnacht verweigert hatte?

Den ganzen Abend hatte er sie dabei beobachtet, wie sie, einem prächtigen goldenen Schmetterling ähnlich, mit vielen Männern geflirtet und getanzt, gelacht und gesprochen hatte, insbesondere mit diesem Mistkerl von Ranger. Lawrence schien ihr eine ganz besondere Aufmerksamkeit zuteil werden zu lassen, und sie hatte sich überaus empfänglich dafür gezeigt. »Was wäre, wenn dich nicht meine, sondern Lawrences Hände berühren würden, Prinzessin?«, stieß er mit tiefer, gequälter Stimme hervor.

»Du hast kein Recht, mich so etwas zu fragen«, fuhr sie ihn

an. Teils kränkte sie sein unfaires Verhalten, teils empfand sie Schuldgefühle. Denn sie hatte sich sehnlichst gewünscht, dass sie auf Jeremy so reagieren würde wie auf Lee.

»Ich habe das Recht dazu … zu allem, was ich will«, murmelte er böse und drehte sie um, sodass sie ihn ansehen musste. Seine Hände waren jetzt nicht mehr sanft, sondern fest und erbarmungslos. »Ich bin dein Ehemann und glaube, dass unsere Hochzeitsnacht seit langem überfällig ist.«

»Du hast mir versprochen … Die Annullierung war deine Idee. Du verabscheust doch alles, woran ich glaube, alles, was ich bin!«, keuchte sie. Er küsste sie so stürmisch und umarmte sie so fest, dass ihr die Luft ausging. Seine Lippen wanderten von ihrem Ohr zum Hals und hinunter zu ihrem Busen. Mit den Händen umfasste er eine Brust, befreite sie aus dem Spitzenmieder und begann, daran zu saugen. Die Erinnerungen an diesen unglaublichen Tag auf dem Hügel brachen wie eine Flutwelle über sie herein und wühlten sie bis ins Innerste auf. »Nein, bitte, Lee«, stöhnte sie.

»Ja, Lee, bitte«, gab er zurück, berauscht von den Verlockungen ihres Körpers, der so sinnlich war, dass der Gedanke daran ihn wochenlang um den Schlaf gebracht hatte. Er spürte, wie sich ihre Brustspitzen unter den aufreizenden Liebkosungen seiner Hände verhärteten, und fühlte das Hämmern ihres Herzens, als er mit seinen Lippen das tiefe Tal zwischen ihren Brüsten durchstreifte. »Du bist erschaffen worden, um geliebt zu werden, Nachtblume«, raunte er und überging ihr entsetztes Aufstöhnen.

»Nein! Du liebst mich nicht … Du willst mich nur besitzen«, protestierte sie aus Leibeskräften und drehte und wand sich, um sich von dem Zauber zu befreien, den sein Körper auf ihren ausübte. »Es ist genau dasselbe wie beim ersten Mal … nichts als sinnliche Begierde!« Endlich konnte sie sich von ihm losreißen und stand mit gerötetem Gesicht und am ganzen

Körper zitternd da. Sie raffte das geöffnete Mieder zusammen, um die üppige Fülle ihrer Brüste und die rosigen Brustwarzen zu verhüllen.

Er richtete sich auf. In jedem Winkel seines wachsam spähenden Gesichts zuckten Wut und Frustration. »Du hast dich mehr als ein Mal so verhalten, als wäre dir sinnliche Begierde nicht unbekannt, als sperrtest du dich nicht dagegen. Du und Lawrence habt wirklich ein rührendes, kleines Schauspiel am Ende des Balls aufgeführt«, stieß er rau und verbittert hervor.

»Woher willst du das überhaupt wissen? Du hast mich doch allein gelassen! Den ganzen Abend über hast du mir nicht die geringste Aufmerksamkeit geschenkt. Du warst damit beschäftigt, Larena Sandoval zu hofieren und dem Punsch zuzusprechen. Ich bin erstaunt, dass du meine Anwesenheit da überhaupt bemerkt hast.« Ihre Augen glühten wie flüssiges Gold, während eine Welle des Zorns durch ihren Körper schoss.

»Nun, ich bemerke dich jetzt, und ich habe ein Recht darauf, zu kosten, was du Lawrence sicherlich schon angeboten hast. Stimmt das nicht, Melanie? Habt ihr beide, du und dieser elende Schuft, euch geliebt? Willst du deshalb nicht, dass ich dich anfasse? Weil du Angst hast, ich könnte die Wahrheit herausfinden?« Im selben Augenblick, als er die Beschuldigungen ausstieß, wusste er, dass sie nicht zutrafen. Ihr Gesicht wurde bleich, und vor ungläubigem Schrecken weiteten sich ihre Augen. Doch sie sagte keinen Ton, sondern stand nur stolz und aufrecht vor ihm, als wollte sie ihn auffordern fortzufahren.

Aber seine glühende Begierde wurde nicht gestillt, sondern durch ihre offensichtliche Schuldlosigkeit umso mehr entflammt. Er würde der Erste sein, und bei Gott, er würde sie nehmen! Lee streckte beide Arme aus und umschlang sie wieder. Doch sie stand da wie eine Schlafwandlerin, tief erschüttert über seine ungeheuerlichen Anschuldigungen und seine rasende Eifersucht.

Mit dem gelösten Haar und ohne die Schuhe mit den hohen Absätzen war sie so klein wie eine Puppe. Er beugte sich nieder, hob sie hoch und presste ihren weichen Körper mit den verlockenden Rundungen an seine Brust und seinen Unterkörper, während er vor Lust aufstöhnte. »Oh, Melanie, meine Nachtblume, ich muss dich haben, ich brauche dich. Ich kann nicht länger warten.«

Ehe sie antworten konnte, senkte sich sein Mund heiß und fest auf ihren, wobei sich seine Zunge zwischen ihre Lippen drängte. Als hätte ihr Mund einen eigenen Willen, öffnete er sich und gewährte ihm Zugang. Er schmeckte leicht nach Tabak, schärfer nach Whisky. Die Sinne begannen ihr zu schwinden, als seine Zunge die ihre umschlang und seine Lippen ihren stürmischen Angriff fortsetzten. Er hielt sie dicht an sich gepresst und hob sie vom Boden hoch, sodass ihre Füße in der Luft hingen und sie sich an ihn klammern musste.

Melanie war über seine eifersüchtigen Vermutungen, die seine Leidenschaft angestachelt hatten, zunächst sehr verärgert, doch seine flehenden Worte, aus denen Qual und Schmerz sprachen, hatten sie verblüfft. Sie war wie benommen und gleichzeitig beruhigt.

Er braucht mich, er begehrt mich ... Er war eifersüchtig. Genauso, wie Charlee es gesagt hatte. Wirre Gedanken schossen ihr durch den Kopf, während ihr Körper, vom Sinnesrausch erfasst, aufs Neue zu glühen schien. Sie konnte nicht mehr klar denken, sondern gab sich jenem geheimnisvollen, unerbittlichen Verlangen hin. Ich brauche ihn auch!, war ihr letzter zusammenhängender Gedanke, bevor er sie in die Arme nahm und schweigend ins Schlafzimmer trug.

Als er beim Bett angelangt war, setzte er sie auf die Kante, während er die ganze Zeit über ihren Mund, ihre Schultern und ihren Hals mit feurigen Küssen bedeckte. Dann streifte er ihr die Bänder ihres Mieders von den Schultern, schob die duftigen Rüschen auf die Taille und riss ungeduldig die Knöpfe auf. Sich zurücklehnend, blickte er atemlos auf ihre Brüste, die vollständig entblößt und stolz aufgerichtet waren. Er umschloss sie mit den Händen, maß ihre Fülle und massierte sie. »Ein so kleiner Körper und so große …«, flüsterte er voller Ehrfurcht und Bewunderung. Er spürte, wie sie sich ihm entgegendrängte und die sehnsüchtig nach Berührung verlangenden Brustspitzen gegen seine Fingerspitzen drückte.

Melanies kleine Hände suchten die harte Fläche seines Brustkorbs. Sie berührte ihn mit den Innenflächen ihrer Hände und fuhr mit den Fingern durch das dichte Haar. Zwischen ihnen lag eine knisternde Spannung wie bei einem Sommergewitter. Als er sich wieder ihren Brüsten zuwandte und daran zu saugen begann, kam sie ihm leidenschaftlich entgegen. Ihre langen Nägel gruben sich in die Muskeln seiner Schultern. Verlangend zog sie ihn an sich. Glühende Hitze breitete sich in Wellen von ihren Brüsten aus, entfaltete sich in ihrem Bauch und strömte schließlich noch tiefer.

Unwillkürlich zog er ihren Unterkörper fest an sich und führte ihn in langsam kreisenden Bewegungen an seinem Penis entlang. Er spürte den sanften Druck ihres Beckens und stöhnte vor Wonne auf. Dann löste er das Band ihres Spitzenschlüpfers und entblößte ihre Hüften. Sanft zog er Melanie an sich und legte sie aufs Bett.

Sie sah zu ihm auf. Ihre Augen waren verschleiert vor Leidenschaft, während er ihr schnell den langen Schlüpfer abstreifte und ihn auf den Boden warf. Vollständig nackt und verletzbar lag sie da, wie gebannt von träger, lustvoller Erwartung. In seinem Gesicht las sie, dass er sie schön fand. Seine vor Hitze glühenden Hände wanderten von ihren Brüsten zu ihrer schmalen Taille, dann weiter hinunter über ihre Hüften; sie verweilten kurz bei dem schwarzen Lockendreieck zwischen ihren Oberschenkeln, gingen weiter hinunter und streichelten zärtlich ihre Waden. Seine schlanke bronzefarbene Hand umschloss das zierliche Fußgelenk, glitt zurück nach oben und zeichnete die Form ihres geröteten Gesichtes nach. »Du bist einfach vollkommen«, stieß er hervor. Dann stand er auf und begann, seine Hose aufzuknöpfen.

Im hintersten Winkel ihres Bewusstseins hatte Melanie das Gefühl, dass sie von seiner genüsslichen Begutachtung eigentlich peinlich berührt sein sollte, ebenso wie von den deutlichen Worten, mit denen er intime Teile ihres Körpers lobte. Doch sie konnte nichts anderes tun als warten, die Augen auf seinen schönen dunkelhäutigen Körper gerichtet, während er sich mit heftigen Bewegungen die eng sitzenden Hosen vom Leib riss. Da Melanie drei jüngere Brüder hatte, war sie mit der männlichen Anatomie vertraut. Doch so hatten sie nie ausgesehen! Von den engen Hosen befreit, erschien ihr Lees erigiertes Glied ungeheuer groß.

Plötzlich wurde sie von Angst ergriffen. Ihr kamen seine Beschuldigungen in den Sinn, die er gerade eben im Zusammenhang mit Jeremy gegen sie ausgestoßen hatte. Und sie erinnerte sich daran, was er von der Moral der Tochter einer *Mätresse* hielt. War es möglich, dass er sie verletzte? Krampfhaft versuchte sie, sich daran zu erinnern, was Deborah ihr über die intime Begegnung zwischen Mann und Frau erzählt hatte. Aber sie war so verwirrt, dass sie – zwischen Furcht und leidenschaftlichem Begehren hin- und hergerissen – keinen klaren Gedanken fassen konnte.

Lee sah auf ihr kleines, ausdrucksvolles Gesicht und folgte ihrem Blick aus den goldbraunen Augen. Sie hat Angst vor mir, erkannte er plötzlich erstaunt. Das schien gar nicht zu dem feurigen, leidenschaftlichen Geschöpf zu passen, das er auf dem Hügel erlebt hatte. Doch nun, da sie nackt zusammen im Bett lagen, musste es einer Jungfrau wohl anders erscheinen. Trotz ihrer Sinnlichkeit und ihrer üppigen Reize war sie so zierlich und wirkte so zerbrechlich. Er holte tief Luft, um sich zu beruhigen, und kniete sich wieder aufs Bett. Lee legte die Fingerspitzen auf ihren Bauch und ließ sie zärtlich über sie gleiten, in immer weiteren Kreisen. Er liebkoste Brüste und Oberschenkel, ohne das Zentrum ihrer Weiblichkeit zu berühren, das ihn in seiner unberührten Unschuld lockte.

Während er Melanie streichelte, spürte sie, wie ihre Furcht nachließ und eine andere Spannung von ihr Besitz ergriff: Es war das Gefühl einer schmerzlichen Sehnsucht. Sie sah zu seinem dunklen, schönen Gesicht auf. Zögernd hob sie eine Hand und zeichnete das Muster seiner schwarzen Brustbehaarung nach, die auf seinem Bauch spitz zulief. Auf halbem Weg hielt sie in der Bewegung inne.

Mit einem kehligen Lachen nahm er ihr Handgelenk und führte ihre Hand hinunter an seine Erektion. Dann schloss er sie um den harten Schaft und bewegte ihre Hand langsam auf und ab. Er kämpfte dagegen an, nicht laut aufzuschreien, gab ihre Hand frei und drehte sich auf die Seite, wo er liegen blieb.

»Küss mich, Nachtblume!«, forderte er sie mit heiserer Stimme auf. Sie wandte sich ihm zu und legte ihre Arme um seine Schultern. Als sich ihre Lippen berührten, zog er Melanie unter sich. Diesmal öffnete sie den Mund und erwiderte mit Hingabe seinen leidenschaftlichen Kuss. Während er den Kuss vertiefte, glitt sein Knie zwischen ihre Oberschenkel. Dann streckte er eine Hand nach unten aus, um den dunklen lockigen Hügel zu streicheln. Er spürte, wie sie sich anspannte und unwillkürlich seiner Hand entgegenwölbte, während er mit dem Finger in ihr heißes, feuchtes Zentrum eindrang. Wimmernd wand sie sich vor Lust, während er die empfindliche Stelle liebkosend streichelte. Ihr leidenschaftliches Drängen war umso betörender, als es ihre Unerfahrenheit verriet.

Das pulsierende Pochen in seinen Lenden wurde fast unerträglich. Er stützte sich auf und ... endlich, endlich drang er in die heiße, samtene Feuchte ein. Doch er bezwang sich noch einmal selbst, hielt inne und suchte behutsam nach der Barriere ihrer Jungfräulichkeit.

Melanie spürte, wie er heftig in sie eindrang, dann jedoch wieder innehielt und schwer atmend verharrte. Doch die glühende Härte in ihrem Schoß verlangte nach Erfüllung und Vollendung. Ohne Rücksicht auf ihre früheren Ängste bog sie sich ihm entgegen, klammerte sich an seinen Rücken und legte ihre Beine um seine Hüften.

Er antwortete mit einem leisen Fluch. Diesmal konnte er sich nicht länger bezwingen. Mit einem festen, harten Stoß durchdrang er die dünne Barriere. Er hörte, wie sie vor Schmerz und Überraschung nach Luft schnappte, doch da war es schon geschehen und spielte keine Rolle mehr. Rhythmisch und voller Wonne begann er, sich in ihr zu bewegen und auf die Erfüllung seiner Sehnsucht zuzutreiben.

Das erste Eindringen hatte geschmerzt, aber nicht annähernd so sehr, wie Melanie es sich zuerst vorgestellt hatte, als sie seinen mächtigen Penis gesehen hatte.

Schnell ebbte der Schmerz ab, als er mit langen und gleichmäßigen Stößen hinein- und hinausglitt. Das leidenschaftliche Begehren, das seit dem Tag auf dem Hügel ihr ständiger Begleiter gewesen war, überwältigte sie wieder, machte sie rasend vor Verlangen nach etwas, was jenseits ihrer Vorstellungen lag, aber doch so elementar und notwendig war wie die Luft zum Atmen. Sie ersehnte es mit aller Kraft, als er über ihr war und sie in seine von Leidenschaft verschleierten Augen sah. Dabei war ihr gar nicht bewusst, dass ihre Augen nicht weniger verräterisch waren als seine.

Melanie wusste nicht, wie ihr geschah, als sie ihn näher an sich zog. Gefangen von ihrem eigenen blinden Verlangen, bog sie sich ihm entgegen, nahm ihn auf, umfasste ihn, als wollte sie ihn zu einem Teil ihres Selbst machen.

Plötzlich versteifte sich sein ganzer Körper, und er stieß ihren Namen hervor ... wie im Protest. Sie konnte spüren, wie er in ihr noch größer wurde, während er einige schnelle, harte Stöße machte, die ihr gaben, was sie so verzweifelt ersehnt hatte.

Bei dem Versuch, das köstlich quälende Entzücken, das durch seinen ganzen Körper pulsierte, zu verlängern, biss sich Lee auf die Unterlippe. Langsam! Vorsichtig! Hör nicht auf! Hör nie mehr auf! ... »Oh, Mellie, nein, nein!« Der Schrei löste sich von seinen Lippen, während sie sich, nach Luft ringend, an ihn klammerte, sich ihm entgegenwölbte und ihn über den Rand des Abgrunds trieb, hinein in den Augenblick befreiender Glückseligkeit, in dem er sich völlig verausgabte.

Als er reglos auf ihr zusammensank, spannte sie ihre Knie fester um seine Hüften und lag ganz still da, während ihr Körper von rhythmischen Schauern erfasst wurde. Als sie allmählich zu sich kam, wurde ihr klar, dass sie gekeucht und geschrien hatte!

Auf diese Weise unterwirft der Mann eine Frau, raubt ihr den Verstand und den Willen, bringt sie dazu, seine Kinder zu gebären und ihm zu gehorchen. Sie drückte die Augen ganz fest zu, barg ihr Gesicht an seiner Schulter und fühlte seinen Herzschlag. Langsam beruhigten sie sich und kehrten in die Wirklichkeit zurück.

Lee empfand die unnatürliche Reglosigkeit seiner Frau und spürte die Tränen an seiner Schulter. Völlig ermüdet und erschöpft, wollte er nur noch in einen erquickenden Schlaf fallen. Doch er konnte sie nicht so lieblos neben sich liegen lassen. Sie war ihm über den Rand des Abgrunds hinaus gefolgt, dessen war er sich ganz sicher. Auch in den Liebesnächten mit Dulcia hatte diese nur steif und reglos neben ihm gelegen, völlig unberührt von dem, was zwischen ihnen geschehen war. Den Unterschied kannte er sehr wohl. Denn trotz des Schmerzes, der beim ersten Mal unvermeidlich war, hatte Melanie sich an ihn geklammert, ihn in sich aufgenommen, sich mit ihm bewegt, heiß und drängend wie alle Frauen, denen er je begegnet war. Und auf seinen Reisen in Mexiko und im Apachenland war Leandro Velásquez vielen Frauen begegnet.

Du leidenschaftliche kleine Hexe – beinahe hättest du mich dazu gebracht, ohne dich den Höhepunkt zu erreichen!, dachte er, noch immer vom Alkohol umnebelt und mit einem seltsam gemischten Gefühl aus Freude und Schuldgefühl. Als er sich von ihr herabrollte, zog er ihren kleinen, weichen Körper an sich und glitt befriedigt in den Schlaf.

Melanie wehrte sich nicht gegen den Druck seiner Hände. Sie lag da und starrte in den dunklen Raum. Die Dochtlampe war längst erloschen. Lees gleichmäßige Atemzüge verrieten, dass er, vom Alkohol benommen und sexuell befriedigt, in tiefen Schlaf gesunken war. Dafür war sie dankbar, denn sie brauchte Zeit, um ihre Gedanken zu ordnen und ihre Gefühle wieder in den Griff zu bekommen.

Die intime Begegnung zwischen Mann und Frau war eine intensive Erfahrung. Die Gefühle waren verwirrend und widersprüchlich: Schmerz und Lust, Furcht und Vertrauen, körperliches Begehren und Liebe. *Liebe?* Nein! Er fand sie schön, begehrte sie. Doch er hatte sie in dieser Nacht aus Zorn und verletztem Stolz genommen, aus einem perversen Besitzanspruch, nicht aber aus Liebe. Dessen war sie sich ganz sicher. Er hatte sie mit Jeremy beobachtet und alles missverstanden. Aber was hast du eigentlich erwartet, du kleine Närrin?, schalt sie sich bitter. Er glaubt, dass du die Moral einer Hure hast … zumindest jedoch von einer Hure abstammst.

Während ihr die Tränen über die Wangen liefen, dachte sie nicht darüber nach, warum seine Arroganz und Intoleranz sie so tief verletzten. Stattdessen überlegte sie sich, was es bedeutete, dass sie seinem körperlichen Verlangen nachgegeben hatte. Ich werde an ihn gebunden sein. Ich bin eine Sklavin – wie meine schwarzen Vorfahren! Aber sogar wenn sie von makelloser spanischer Abstammung wäre, würde sie noch immer der Besitz eines Mannes sein, eine Frau, die den Haushalt zu führen hatte und seine Kinder gebar. So kann ich nicht leben, ich kann es einfach nicht!, begehrte sie stumm auf. Verängstigt und verwirrt über die unbekannten Sehnsüchte und Gefühle, die in dieser Nacht in ihr geweckt worden waren, fiel Melanie in einen unruhigen Schlaf.

Am nächsten Morgen erwachte Lee mit einem üblen Kater, mit pochenden Schläfen und einem lange nicht mehr erlebten Gefühl. Er lag mit einer Frau im Bett. Obwohl er in den vergangenen Jahren viele Huren gehabt hatte, war doch keine von ihnen eine ganze Nacht bei ihm geblieben. In aller Ruhe hatte er sie bezahlt und dann weggeschickt, nachdem sie ihre »Dienstleistung« erbracht hatten.

Das warme, weiche Geschöpf neben ihm war eindeutig eine Frau. Der frische Duft von Nachtblumen stieg ihm in die Nase. Als er den Kopf drehte, war er beinahe froh über das schmerzhafte Hämmern unter seiner Schädeldecke. Es war die Strafe für seine Dummheit. In schattenhaften Umrissen trat der gestrige Abend vor sein geistiges Auge. Es waren Bilder einer atemberaubend schönen Frau mit schwarzem Haar. Jetzt lag sie unschuldig schlafend neben ihm. Dieser goldene Schmetterling hatte ihn beinah wahnsinnig gemacht vor Eifersucht. Mit wie vielen Männern hatte sie geflirtet und getanzt! Zu allem Überfluss auch mit diesem verdammten Ranger!

Innerlich kochend vor Wut, hatte er alles beobachtet. Dann hatte er sich betrunken. Er war wie im Rausch gewesen! Ja, es war eine gefährliche Kombination: Wut und Alkohol.

Er betrachtete ihr schlafendes Gesicht, das von dem schwarzen seidigen Haar wie von einer duftigen Wolke umhüllt war. Jung und verletzlich sah sie aus, wenn sie ihre für gewöhnlich schalkhaft blickenden goldbraunen Augen geschlossen hatte und die dichten Wimpern die Wangen berührten. Die Nacht war kühl gewesen, und sie hatte sich dicht an ihn gekuschelt, ihre üppigen Rundungen eng an seinen Körper geschmiegt. Welcher Mann, gleichgültig, ob betrunken oder nüchtern, konnte Melanie Fleming widerstehen? Nein, berichtigte er sich, Melanie Velásquez. *Seine Frau!* Es war wohl unvermeidlich gewesen, dass sie auch in Wirklichkeit und nicht nur auf dem Papier seine Ehefrau wurde. Aber nicht auf die Weise, wie es letzte Nacht in einem Anfall trunkener Leidenschaft geschehen war. Obwohl Lee wusste, dass ihre Leidenschaft nicht weniger heftig war als seine, verabscheute er die Rohheit, mit der er sie genommen hatte. Noch mehr verabscheute er das triebhafte Verlangen, die Gier, die ihn am Vorabend in seinem betrunkenen Zustand überwältigt hatten.

Er schob diesen unangenehmen Gedanken beiseite und strich ihr mit den Fingerspitzen eine seidige Strähne von der Wange. Lächelnd erinnerte er sich an ihre leisen Schreie des leidenschaftlichen Entzückens und den erstaunten Gesichtsausdruck auf ihrem Gesicht, als sie den Höhepunkt erreicht hatte. So ganz und gar nicht wie Dulcia, schoss es ihm verräterisch durch den Kopf. Seine Miene verfinsterte sich. Wieder überkamen ihn die Schuldgefühle, als er sich an den Vergleich erinnerte, den er am vergangenen Abend zwischen Dulcia und Melanie gezogen hatte.

Melanie war ganz anders als Dulcia. Hätte er freie Wahl gehabt, hätte er diese feurige, leidenschaftliche, kleine Katze, die neben ihm schlief, niemals geheiratet. Aber diese Entscheidung war gefallen. In der vergangenen Nacht hatte er einen Schritt getan, der nicht mehr rückgängig zu machen war. Nun musste er versuchen, das Beste daraus zu machen und sein Leben mit seiner Nachtblume zu führen.

Zuerst muss ich mich für meine Unbeherrschtheit entschuldigen, dachte er seufzend und wünschte sich, das furchtbare Hämmern in seinem Kopf würde nachlassen, sodass er etwas klarer denken konnte. In diesem Augenblick regte sich Melanie.

»Ich glaube, es ist ein guter Morgen«, flüsterte Lee. Um seinen Brummschädel zu schonen, wollte er den Geräuschpegel so niedrig wie möglich halten.

Melanie setzte sich auf. Dann bemerkte sie, dass sie nackt war, und riss mit einem Ruck ein paar zerknautschte Laken vom Fußende des Bettes heran und hielt sie schützend vor sich. Wie ein Schoßhündchen hatte sie sich an Lee gekuschelt, während er sie beobachtet hatte, zweifellos mit einem arroganten Lächeln auf den Lippen! Sie hörte ein leises Lachen und wich erschrocken zurück, um sich der gerechten Strafe für ihre Nachgiebigkeit mit so viel Würde wie möglich zu stellen.

»Was soll das heißen? Bist du dir nicht sicher, ob es ein guter Morgen ist? Könnte vielleicht deine Zuneigung zum Whisky der Grund für deine Zweifel sein?«, fragte sie mit bissiger Liebenswürdigkeit. Mit aller Macht versuchte sie, keinen Blick auf seinen dunklen, festen Körper zu werfen, der mit dieser seltsam gemusterten, gekräuselten Behaarung so männlich wirkte. Letzte Nacht hatte sie jeden Zentimeter seines Körpers zärtlich liebkost! Nun ließ sie schon der bloße Blick in Lees pechschwarze Augen erbeben.

Er schwang die langen Beine über die Bettkante, stand auf und rieb sich so vorsichtig den Kopf, als bestünde er aus Glas.

»Eine Lektion in Abstinenz – das ist genau das, was ein Mann am Morgen braucht«, schimpfte er. Unbekümmert ging er nackt zu einem Stuhl hinüber, wo seine Hose lag. Er zog das weiche Leder über die schlanken Beine und die schmalen Hüften. Er stand im Profil zu ihr, als er sich den Hosenschlitz zuknöpfte. Errötend blickte sie zur Seite. Hatte er es bemerkt?

»Mellie, wir müssen über die vergangene Nacht sprechen.« Er zögerte. Sie sah so wunderschön aus, wie sie zusammengerollt auf dem Bett lag. Beleidigt hielt sie die Luft an, als er sie mit ihrem Kosenamen ansprach. Er wusste, dass sie es aus irgendeinem unerklärlichen Grund nicht mochte. Vorsichtig schüttelte er den Kopf und sah schon etwas klarer, als er auf das Bett zuging. Er setzte sich hin und blickte sie an. »Hör zu! Was geschehen ist, ist geschehen. Es tut mir Leid, dass ich so viel getrunken hatte. Ich wollte nicht …«

Mit einem Satz sprang sie hoch. »Es tut *dir* Leid! Es ist ja auch wirklich zu dumm, dass dies das Ende deiner Pläne mit Larena Sandoval bedeutet! Zuerst betrinkst du dich, dann vergewaltigst du mich, und am Ende bittest du um Verzeihung!«

Vor Staunen wurde Lees Gesicht ausdruckslos. Als sie ihre Tirade beendet hatte, wurde es hart wie Granit. »Ich … dich … vergewaltigt? Warum hätte ich das tun sollen, du gemeine, liederliche Schlampe! Du hast meinen Namen gerufen, dich an mich geklammert und dich mir hingegeben. Du hast deine Befriedigung gefunden wie jede andere heißblütige kreolische Schönheit auch, die von der Teerbürste geküsst wurde!« Er erhob sich und sah sie scharf an, die Hände zu Fäusten geballt.

Melanie war wie gelähmt. Ein schneidender Schmerz nahm ihr die Luft und machte jede besonnene Überlegung unmöglich. Ohne einen klaren Gedanken fassen zu können, ließ sie das Laken fallen, streckte sich nach vorn und schlug ihm mit aller Kraft, die sie aufbringen konnte, ihre kleine Hand ins Gesicht. »Ja, es stimmt, ich bin von der Teerbürste geküsst, und ich bin die Tochter einer *Mätresse* und eine schmutzige Nachfahrin von Indianern! Ich bin der Schmutz, den du verabscheust, und doch willst du mich! Du begehrst mich, und dafür hasst du dich. Im Bordell würdest du eine Frau wie mich bedenkenlos nehmen. Aber ich bin *deine* Frau ... Ich trage deinen edlen Namen, und jetzt trage ich vielleicht noch dein Kind unter dem Herzen. Das ist in der Tat etwas, was Ihnen Leid tun mag, *Don* Leandro!«

Beinahe hätte er ihren Schlag erwidert. Er zitterte so heftig, dass ihm die Zähne klapperten. »Du Biest ... du wunderschönes, kleines Biest!«, stieß er hervor, während er gegen den Impuls ankämpfte, die Hand gegen sie zu erheben. »Du kennst alle Tricks, mit denen man einen Mann reizt und quält, genauso wie deine Mutter. Aber sie war ehrlicher als du. Sie wollte lediglich einen Mann, der sie für ihre Dienste entschädigte. Du ... du willst mich überhaupt nicht. In Wirklichkeit willst du überhaupt keinen Mann. Du hast nur politische Ziele im Kopf. Dafür willst du kämpfen. Ich hoffe, dass dich diese Aktivitäten nachts im Bett trösten, Madam. Eins kann ich dir jedenfalls versichern: Du wirst alleine schlafen. Kein anderer Mann wird meine Frau anfassen, und ich werde mich dafür entscheiden, es auch nicht zu tun!«

Während Lee diese beleidigenden Worte hervorstieß, stand Melanie zitternd und atemlos da, voller Angst, er würde sie *tatsächlich* schlagen. War er nicht ein Skalpjäger, ein Mann, der getötet hatte, der Menschen zu Krüppeln gemacht und jahrelang außerhalb des Gesetzes gelebt hatte? Noch nie in ihrem Leben hatte sie eine so starke Erregung gesehen wie in diesen gequälten nachtschwarzen Augen. Doch Lee drehte sich auf dem Absatz um, schnappte sich Stiefel und Hemd und verließ das Zimmer mit steifen, beherrschten Schritten.

Als sie die Haustür krachend ins Schloss fallen hörte, klang es so furchtbar endgültig, als hätte sich die Tür zu einer Gruft geschlossen. Sie, Melanie, war jung und lebendig, für den Rest ihres Lebens jedoch an einen Mann gefesselt, der sie verabscheute. Dieser Mann hatte gerade geschworen, sie in der grausamen Farce einer Ehe festzuhalten, ohne Rücksicht auf ihre Gefühle, ihre Träume, ihr *Selbst.* Obwohl der Schmerz sie zu überwältigen drohte, wollte sie sich nicht aufs Neue in Selbstmitleid und Tränen auflösen. Mit derselben starren Selbstbeherrschung, die Lee gezeigt hatte, begann sie, sich anzuziehen.

Kapitel 17

An demselben Morgen beobachtete Jim Slade, der auf der Veranda der Bluebonnet-Ranch saß, wie die Sonne aufging. Es war eine wunderschöne Tageszeit, besonders an einem kühlen, frischen Herbstmorgen wie diesem. Die goldenen Strahlen der Sonne berührten den feuchten Rasen und das Buschwerk um die Veranda herum. Überall funkelten die Tautropfen wie Millionen kleiner Diamantsplitter. Slade lehnte sich auf der roh gezimmerten Eichenbank zurück, nippte an seinem Kaffee und ließ den Blick über das Land schweifen. Dies war sein Morgenritual – vom Vorfrühling an, wenn die Wildblumen in überschäumendem Blau und Violett erblühten, bis in den Spätherbst hinein, wenn das Senfgras die Hügel mit Gelb und Bronze überzog. Er konnte es sich nicht vorstellen, an einem anderen Ort zu leben als hier, wo er geboren und aufgewachsen war.

»Dies ist einer der schönsten Flecken in Gottes Schöpfung. Davon bin ich fest überzeugt.« Sam Houstons voll tönende Stimme unterbrach Slade in seinen Betrachtungen. Mit der Tasse in der Hand kam er zur Vordertür heraus und setzte sich neben seinen jüngeren Freund. Die beiden Männer tranken ihren Kaffee, wobei sie den herrlichen Morgen ebenso sehr genossen wie das heiße, starke Getränk.

»Dein Freund müsste eigentlich bald kommen«, bemerkte Jim und brach damit nach einer Weile das kameradschaftliche Schweigen. Sie hatten wichtige Angelegenheiten zu besprechen, die im gewissen Sinn mit der Schönheit und Ruhe zu tun hatten, von der sie umgeben waren.

Houston zuckte mit den Schultern. »Ich weiß eigentlich nicht sehr viel über Jeremy Lawrence. Zum ersten Mal bin ich ihm im Frühling dieses Jahres begegnet. Als ich anfing, mich mit der Angelegenheit zu beschäftigen, habe ich seinen Hintergrund ausgeforscht und dann entschieden, dass er der richtige Mann für die Aufgabe ist.«

Jim lächelte und nahm noch einen Schluck Kaffee. »Ich kenne deine Gründlichkeit und bin mir sicher, du weißt, was er zum Frühstück isst und wer seine Großmutter mütterlicherseits war.«

Lachend warf Houston den Kopf in den Nacken. »Wie immer hältst du mich für tüchtiger, als ich bin. Ich habe allerdings herausgefunden, dass er eine Zeit lang in Texas gelebt hat, seit er als Jugendlicher Virginia verlassen hat. Er hat als Sicherheitsbeamter einige Jahre Erfahrung gesammelt und war während des Krieges bei den Rangern. Jack Hays hält viel von ihm, und die wenigen Leute im Indian Office, denen ich traue, sind der Meinung, dass er ehrlich und tüchtig ist.«

Slade nickte. »Hört sich gut an. Wie lange arbeitet er nun schon für das Office?«

»Ein Jahr lang war er als Agent bei der Aufsichtsbehörde in St. Louis. In dieser Eigenschaft war er auch in Washington. Im vergangenen Winter hat er vor dem Kongress gesprochen, als es um die Gesetzesvorlage zur Bewilligung von Geldern für die Reorganisierung und Ausweitung der Befugnisse des Indian Office ging. Er hat eng mit Campbell und Temple, den Kommissaren der Sonderuntersuchungskommission, zusammengearbeitet, deren Auftrag hier in Texas zu schnell beendet wurde.« Fluchend schlug Houston mit der großen, kräftigen Faust auf den Eichentisch. »Hätten diese Narren im Kongress doch nur die finanzielle Unterstützung dieser Kommission verlängert! Dann hätten wir vielleicht jetzt nicht so eine Schweinerei.«

Jim kannte die politische Frustration, die sein Mentor in Washington erlebte, ganz zu schweigen von Austin. Er seufzte.

»Nun ja, was wir mit Sicherheit wissen, ist, dass einige Händler Whisky und Waffen an räuberische Komantschen verkaufen. Und die Überfälle finden nicht weit von San Antonio entfernt statt. Hast du irgendeine Ahnung, ob diese Dreckskerle, die Geschäfte mit den Komantschen machen, lizensierte oder nur illegale Händler sind?«

Houston lachte freudlos auf. »Die Idee, Händlern Lizenzen für den Handel mit den Indianern auszustellen, stammt zwar von mir, aber sie ist in der Praxis gescheitert, das muss ich leider zugeben. Seitdem unsere viel gepriesene Whig-Regierung an der Macht ist, führen die Lizenzen einzig und allein zur Ämterpatronage, zur Filzokratie. Das gleiche Ergebnis könnten wir auch einfacher haben. Wir könnten die Waffen direkt der Armee *geben*, damit sie die Waffen an die Banditen verkauft! Ich fürchte, dass die lizensierten Händler Abkommen mit korrupten Personen getroffen haben, die hohe Ämter im Kongress und im Innenministerium bekleiden. Zum Beispiel weiß ich ganz sicher, dass Lucas Blaine direkte Zahlungen vom Indian Office erhält. Angeblich für Schulden, die der Stamm der Komantschen bei ihm hat. Praktischerweise scheinen sie alle Waren bei ihm auf Kredit zu kaufen.«

»Äußerst praktisch! So schaltet er jeden Mittelsmann aus«, erwiderte Jim entrüstet.

»Auf die eine oder andere Weise bekommen diese weißen Aasgeier jedenfalls Regierungsgelder in die Hände und liefern dafür nur schlechte Ware und Not und Elend an ihre roten Brüder«, fügte Sam niedergeschlagen hinzu.

»Glaubst du, Blaine ist einer von diesen Whisky-Händlern?«, hakte Jim nach.

Houston schnaubte verächtlich. »Wie mein alter Freund, Häuptling Bowl, zu sagen pflegte: ›Scheißt ein Bär in den Wald?‹ Wir müssen ihn nur dabei erwischen, wie er gerade ein Geschäft mit den Banditen abwickelt. Es kann sein, dass er die Regierung betrügt, indem er Geldzuwendungen für die Komantschen für schlechte oder gar nicht existierende Töpfe und Decken kassiert, aber das ist nicht der Punkt. Die eigentliche Gefahr besteht darin, dass er ihnen Waffen und Alkohol verkauft. Die Kosten für diese Handelswaren kann ihm das Indian Office natürlich nicht erstatten.«

»Und da er diese Geschäfte nicht aus Menschenliebe betreibt, können wir davon ausgehen, dass ihm die Banditen etwas dafür geben ... vielleicht Pferde und gestohlene Rinder, die hier aus der Gegend stammen«, ergänzte Jim.

»Und wenn Blaine seine üblen Geschäfte in allernächster Nähe von San Antonio betreibt, dann muss es bei den Rangern jemanden geben, der mit ihm zusammenarbeitet«, murmelte Houston.

»Das wäre auf keinen Fall passiert, wenn Jack Hays noch im Amt gewesen wäre«, stimmte Jim aus tiefstem Herzen zu.

»Hoffen wir nur, dass unser verdeckt agierender Ranger rechtzeitig herausfindet, wer alles daran beteiligt ist, ehe in ganz Westtexas ein echter Krieg ausbricht«, fügte Houston hinzu und hob den Blick. Ein Reiter näherte sich dem Haus.

Jeremy schwang sich von seinem Pferd. Die unbekümmerte Leichtigkeit, mit der er das vermochte, kennzeichnete ihn als Mann, der sein ganzes Leben auf dem Pferderücken verbracht hatte. Das hellbraune zerzauste Haar und der Schnurrbart verliehen seinem Gesicht den harten Ausdruck eines texanischen Schlägers von der Sorte, wie sie zu Seth Walkman passte.

Gemächlich stieg er die Treppe zur Veranda hinauf und schob den flachen Hut in den Nacken. Er reichte Houston die Hand. »Guten Morgen, Senator. Mr. Slade, freut mich, Sie wiederzusehen.«

Während sich die beiden Männer die Hände schüttelten, bat Jim lächelnd: »Nennen Sie mich Jim, Jeremy. Sam hat mir alles über Sie erzählt. Sie wissen, dass das ein verdammt gefährlicher Auftrag ist. Aber zuerst wollen wir frühstücken. Seid froh, dass Charlee heute Morgen in der Küche steht … und nicht Weevils!«

Bei einigen Stapeln heißer Buchweizen-Pfannkuchen und Sirup saßen die Männer am Küchentisch und unterhielten sich.

»Was wissen Sie über Seth Walkman?«, fragte Jeremy Jim, während seine ruhig blickenden blauen Augen ihn prüfend musterten.

Jim verzog das Gesicht und nahm einen Schluck Kaffee. »Dem traue ich nicht über den Weg. Er ist ein gemeiner, blindwütiger Killer und hasst Indianer. Sind Sie schon mit Ihrem ›Boss‹ aneinander geraten?«

Lawrence grinste. »Nein. Ich bin nämlich nur ein friedlicher Junge aus Virginia, der seinen Lebensunterhalt damit verdient, Bisons zu jagen. Noch habe ich kein Aufsehen bei meinen Vorgesetzten erregt.«

»Auf die Weise werden Sie eine Menge erfahren. Jim kann Ihnen das bestätigen«, warf Houston trocken ein.

»Ich habe bereits eine ganze Reihe äußerst interessanter Dinge in Erfahrung gebracht«, berichtete Lawrence leise. Erwartungsvoll richteten die beiden anderen den Blick auf ihn. »Zeitungsreporter sind eine gute Quelle – insbesondere, wenn sie wunderschöne Frauen sind.«

Klappernd fiel Jim die Gabel aus der Hand. »Sie meinen Melanie Velásquez?«, krächzte er. »Verdammt, ich hätte es wissen müssen, dass sie sich da einmischt, da sie doch für die Sache der Indianer kämpft.«

Houston strahlte über das ganze Gesicht. »Da du selbst eine Frau mit einem starken Willen geheiratet hast, Jim, solltest du eigentlich nicht über eine Reporterin schockiert sein, die diese Tatsachen aufdeckt.«

»Das bin ich aber. Diese Reporterin ist nämlich mit Lee

Velásquez verheiratet«, entgegnete Jim mit deutlichem Unbehagen in der Stimme. »Was hat Melanie Ihnen erzählt?«, fragte er Lawrence.

Jeremy beugte sich vor. »Sie kennt ein paar Indianerkinder aus der Schule, die der deutsche Priester betreibt. Die Kinder beobachten alle möglichen Dinge für sie. Sie fanden heraus, dass mein Boss Walkman, der die Indianer hasst, ein dicker Kumpel von einem Kerl namens Lucas Blaine ist, der einen lizensierten Handel mit den Komantschen betreibt. Walkman sorgt nicht nur dafür, dass seine Ranger Blaine nicht ins Gehege kommen, sondern gibt ihm zusätzlich Tipps, wo er Beute machen kann, das heißt, Vieh, das die mit Blaine befreundeten Banditen rauben.«

»Zum Beispiel die Herde Rinder, die von der Jameston-Ranch gestohlen wurde«, warf Jim ein. Ihm dämmerte einiges. »Dieses närrische Mädchen steckt wirklich bis über beide Ohren in der Sache! Wenn Walkman oder Blaine herausfinden, dass Melanie von ihren Machenschaften weiß, werden sie sie umbringen oder als Sklavin an Buffalo Gall oder einen seiner Genossen verkaufen.« Er konnte sich noch sehr gut daran erinnern, dass seine starrköpfige Charlee vor zehn Jahren nur ganz knapp einem ähnlichen Schicksal entgangen war.

»Ich habe ihr geraten, sich von nun an aus der Sache rauszuhalten, aber ich bin mir nicht sicher, ob sie sich daran hält«, meinte Jeremy mit einem Seufzer. »Sie *hat* sich bereit erklärt, mir alles, was sie von den Kindern erfährt, mitzuteilen. Zumindest haben wir hier handfeste Nachrichten, die auf eine Verbindung zwischen einem Ranger-Captain und einem Whisky-Händler hinweisen. Nun müssen wir nur noch einen Köder für die Falle suchen, in die Blaine und seine Banditen tappen sollen.« Erwartungsvoll blickte er von Houston zu Slade.

Houston sagte scharf: »Nicht Jim! Er ist zu bekannt ... und außerdem steht er in Verbindung zu mir. Wir brauchen jemanden, der noch nicht so lange am Ort ist ... einen Rancher, der weiter draußen seine Farm hat und für den nicht so viele Leute arbeiten, jemanden, mit dem sie niemals rechnen würden.« Er sah Jim an.

»Du denkst an Lee?« Jim seufzte. »So wie er über Ranger und Indianer denkt, könnte es ziemlich anstrengend werden, ihn dazu zu bringen, uns zu helfen.«

»Aber wenn seine eigene Frau von diesen Männern in Gefahr gebracht wird, dann wird er doch sicher ...«, wandte Jeremy heftig ein.

»Er würde sie wahrscheinlich eher in einen Schrank einsperren, als mit Ihnen zusammenzuarbeiten«, erklärte Jim unverblümt.

Lawrence zuckte mit den Schultern. »Ja, ich habe ... etwas Feindseliges an ihm bemerkt, als wir uns das erste Mal begegnet sind. Doch ich habe es seiner Eifersucht zugeschrieben und nicht meiner Ranger-Uniform – wenn man diese Wildlederhosen überhaupt ›Uniform‹ nennen kann«, fügte er bedauernd hinzu.

»Dieser junge Heißsporn wird mit Ihnen zusammenarbeiten, oder er bekommt es mit Sam Houston zu tun«, antwortete der Senator entschieden.

»Ich würde zu gern wissen, was einen Mann wie Walkman, der die Indianer bis aufs Blut hasst, dazu bringt, mit einem Händler zusammenzuarbeiten, der Waffen an sie verschachert«, bemerkte Jeremy nachdenklich.

Houston und Slade tauschten ernste Blicke. »Auf welche Art und Weise könnte man wohl besser einen handfesten Ausrottungskrieg vom Zaun brechen?«, fragte der Senator.

Lame Deer schmeckte Blut, als Fredo Rojas' große, kräftige Hand zum dritten Schlag ausholte, seine Lippen traf und sie aufplatzten.

»Dreckiger Indianer! Banditengesindel! Lungern in unserer Stadt herum und führen sich auf, als wären sie Weiße«, höhnte Felipe. Er drehte und wand sich, um den Jungen festzuhalten, der viel kleiner war als er, während sein Bruder erbarmungslos auf Lame Deer eindrosch.

»Bleib bloß von unserer Bibliothek weg«, stieß Fredo hervor, während er dem Indianer einen harten Schlag in den Bauch verpasste.

»Du darfst in unser Haus kommen. Aber nur, um die Klos zu putzen. Das ist gute Arbeit für einen Unrat fressenden Wilden«, höhnte Felipe mit einem hässlichen Lachen.

In einem letzten blinden, hasserfüllten Kraftakt befreite sich Lame Deer aus Felipes Griff, rammte Fredo den Kopf in den dicken Bauch und warf den Jungen in den Straßenstaub. Während sie sich prügelnd hin und her wälzten, sprang Felipe hinzu und zog Lame Deer von seinem Bruder herunter. Hinterhältig riss er den Indianerjungen an seinem langen schwarzen Haar und presste sein blutiges Gesicht in den Staub. Das Gemisch aus Blut und Staub bedeckte das Gesicht des Jungen. Fredo kam wieder auf die Beine und trat dem niedergeworfenen Indianer in den Rücken und in die Seiten.

Lame Deer konnte spüren, wie die wütenden Tritte und Schläge auf ihn niederprasselten, aber ihre Wirkung wurde immer schwächer, je mehr ihm alles vor den Augen verschwamm und er in einen halb bewusstlosen Zustand hinüberglitt. Plötzlich jedoch hob sich das Gewicht von Felipes schwerem Körper von ihm weg, und die schrillen Wutschreie der Rojas-Brüder wurden von einer tiefen Stimme zum Schweigen gebracht, die ein schnelles Spanisch sprach.

Nach dem Streit mit Melanie war Lee sofort zum Mietstall

gestürmt. Er war auf dem Weg zurück zur Ranch gewesen, als ihn die Geräusche der miteinander raufenden Jungen aus seinen Gedanken gerissen hatten. Lee packte den zwölfjährigen Fredo und den vierzehnjährigen Felipe im Genick. »Warum schlagt ihr beide einen kleinen Jungen zusammen?« Seine durchdringenden schwarzen Augen und sein finsterer Blick gingen von Fredo zu Felipe. Er wartete auf eine Antwort.

»Er ist nur ein Indianer, der für unsere Haushälterin arbeitet. Warum kümmern Sie sich darum, was einem dreckigen Apachen passiert?«, entgegnete Felipe, halb verwirrt, halb verängstigt.

»Ich bin ein Lipan!« Wütend brüllte Lame Deer los, ohne auf die verletzte Lippe und den schmerzenden Kiefer zu achten. Er rappelte sich so weit auf, dass er aufrecht saß und Schlamm und Blut ausspuckte.

Lee ließ die beiden größeren Jungen los. »Das erklärt noch immer nicht, warum ihr beide ihn hinter eurem Haus überfallen habt.«

»Er hat ein Buch aus der Bibliothek unseres Vaters gelesen!«, sagte Fredo und sah den Indianerjungen trotzig an, »Kein dreckiger Apache hat das Recht, unsere Bücher zu lesen. Er hat es gestohlen!«

»Ja! Wir haben ihn bis hierher verfolgt«, fügte Felipe hinzu.

Lee kniete sich neben dem Indianerjungen nieder. Da er den ungeheuren Stolz der Lipan-Apachen kannte, unternahm er erst gar nicht den Versuch, das geprügelte Kind zu trösten. Er fragte lediglich: »Hast du das Buch gestohlen, Lame Deer?«

Die Augen des Jungen waren bereits so stark geschwollen, dass sie beinah geschlossen waren, und sein Gesicht war so zerkratzt und schmutzig, dass es kaum noch erkennbar war. Doch mit überraschender Würde antwortete das Kind: »Ich habe nichts gestohlen. Mrs. Mendoza hat mir erlaubt, in der Bibliothek zu lesen, wenn ich mit meiner Arbeit fertig bin.«

»Unsere Haushälterin würde doch keinen Indianer in Papas Bibliothek lassen!«, begehrte Fredo schrill auf. Drohend machte er einen Schritt auf Lame Deer zu.

»Ist ja auch egal. Indianer sollten sowieso nicht lesen können«, fügte Felipe schneidend scharf hinzu.

»Pater Gus unterrichtet mich. Ich kann besser lesen als Fredo. Trotz all der Nachhilfelehrer, die sein Vater bezahlt, ist er ein Dummkopf«, fügte Lame Deer trotzig hinzu. Er war zwar geschlagen, aber ungebeugt.

Als Lee zu dem Schluss gekommen war, dass sich der Zehnjährige nichts gebrochen hatte, erhob er sich und gab Lame Deer ein Zeichen aufzustehen. »Gehen wir doch einfach zu Mrs. Mendoza und finden heraus, wer hier die Wahrheit sagt.« Er blickte von dem jüngeren Indianerjungen zu den beiden Rojas-Jungen, die stumm und mit zusammengepressten Lippen dastanden.

Alle drei gingen Lee voran auf das Haus zu, das in einem Garten lag, der von einer Mauer aus Lehmziegeln umgeben war.

Mrs. Mendoza war eine freundliche Frau, schon über die fünfzig hinaus, jedoch immer noch kräftig und tüchtig. Sie schien stolz auf ihre Arbeit zu sein. Als Lee sich ihr vorstellte, konnte er die indianische Abstammung an ihren starken und gelassenen Gesichtszügen erkennen. Die hohen Wangenknochen, die niedrige, breite Stirn und die deutlich hervorspringende Nase waren deutliche Zeichen ihrer Herkunft. Voller Kummer blickte sie von Fredo und Felipe zu Lame Deer.

»Als ich ihm erlaubt habe, ein bisschen zu lesen, wenn er mit seiner Arbeit fertig ist, hätte ich mir das niemals träumen lassen. Er hat das Buch gestern Abend zurückgestellt. Ich habe es mit eigenen Augen gesehen. Es war ein Buch über Indianer, mit Bildern. Nachdem er sich noch einmal bei mir bedankt hat, ist er gegangen.« Nervös trocknete sie sich die Hände an ihrer Schürze ab, während sie die beiden Rojas-Brüder betrachtete. »Ich habe nicht gedacht, dass sie Lame Deer angreifen würden.«

Mit finsterer Miene sah Lee Felipe und Fredo an. »Er hat also das Buch gestohlen, ja?«

»Das spielt doch überhaupt keine Rolle! Dieser verrückte deutsche Priester hat kein Recht, Indianern das Lesen beizubringen!« Felipe deutete mit dem Zeigefinger auf den kleinen, schmutzigen Jungen.

»*Der Priester* soll die Sachen unseres Vaters auch nicht anrühren«, fügte Fredo gehässig hinzu.

Bei der Beleidigung von Pater Gus rang Mrs. Mendoza nach Luft und bekreuzigte sich. »Er ist ein Mann Gottes, und du wirst diese Sünde heute Abend beichten!«

»Und was die Bücher angeht«, fügte Lee hinzu, »wäre es ganz gut, wenn ihr einmal eins in die Hand nähmt und etwas mehr Zeit mit Lesen verbringen würdet, statt kleine Jungen zu verprügeln, die nur halb so groß sind wie ihr. Ihr habt euch sehr feige verhalten.«

Felipe sah beschämt und ein wenig ängstlich drein. Vielleicht würde der Vater sie tatsächlich dafür bestrafen, dass sie sich mit einem primitiven indianischen Dienstboten geprügelt hatten. Fredo machte nur ein mürrisches Gesicht und starrte schweigend auf seine Schuhe.

Als Mrs. Mendoza Lame Deers Wunden reinigen wollte, ließ der starrköpfige Junge es nicht zu. »Ich muss jetzt gehen«, erklärte er, »sonst komme ich zu spät zum Unterricht.« Als er davonschlüpfen wollte, hielt Lee ihn zurück, versicherte Mrs. Mendoza, dass er sich um den Jungen kümmern würde, und verabschiedete sich.

Während sie zum Hinterausgang hinausgingen, stellte Lee

fest, dass der Junge mit stoischer Gelassenheit seine Verletzungen ertrug und sich bemühte, mit ihm Schritt zu halten. Lee stieg auf sein Pferd und streckte die Arme aus, um den kleinen, verletzten Jungen hinaufzuziehen. »Arbeitest du schon lange für die Rojas'?« Er wechselte vom Spanischen ins Englische.

Wie er vermutet hatte, passte sich Lame Deer ganz natürlich dem Wechsel der Sprache an. Er hatte in letzter Zeit sprachlich sehr große Fortschritte gemacht. »Nein, höchstens einen Monat. Ich helfe dem Gärtner und mache einige Besorgungen für die Haushälterin.«

»Braucht deine Familie Geld?«, erkundigte sich Lee. Er wusste, dass dies bei den meisten Indianern der Fall war, die am Stadtrand lebten und nicht mehr in ihrem Stamm.

Der Junge nickte. »Meine kleine Schwester ist krank und braucht Milch.« Plötzlich duckte er sich.

Lee kniff die Augen zusammen. »Das kommt mir irgendwie bekannt vor. Es war doch in diesem Frühling auf dem Marktplatz … Du bist der Junge, der versucht hat, die Ziege zu stehlen! Und du *hast* Pater Gus' Esel *gestohlen*.«

Der Junge blickte seinem Retter in die Augen. »Ich habe den Esel zurückgegeben, und der Pater hat mir verziehen.«

»Offensichtlich hat er dir auch das Lesen beigebracht«, entgegnete Lee trocken. »Warum hast du dir ausgerechnet die Bibliothek der Rojas' zum Lesen ausgesucht? Von allen Möglichkeiten, die du hattest, war das wahrscheinlich die schlechteste.«

»Wir haben so wenig Bücher in unserer Schule. Pater Gus hat an seine Freunde in St. Louis und in Deutschland geschrieben, aber sie haben kaum welche übrig. Es gibt einfach nicht genug Bücher, die ich dort lesen könnte«, erklärte er traurig. »Und die Bibliothek der Rojas' ist riesig groß. Es gibt sogar Bücher mit Zeichnungen!«

Lee konnte sein Lächeln nicht unterdrücken. Die ganze Geschichte erinnerte ihn daran, wie er sich als kleiner Junge noch spät in der Nacht in Will Slades Bibliothek geschlichen hatte. Natürlich hatte er Wills Segen gehabt zu lesen, was immer er wollte. Er kannte Felipes und Fredos Vater und war sich ziemlich sicher, dass Don Rojas Lame Deer niemals erlauben würde, seine Bibliothek zu benutzen.

»Ach, du meine Güte! Lame Deer, was ist dir denn zugestoßen?« Pater Gus' Augen weiteten sich vor Entsetzen, als er Lee mit seinem blutverschmierten Schüler vom Pferd steigen sah. Er kam aus dem kleinen Adobehaus am Stadtrand gelaufen, in dem der Unterricht stattfand.

»Mir gehts gut, Pater. Ehrlich!«, versicherte der Junge, während sich der Priester neben ihn in den Staub kniete und die Schnitte und Schwellungen untersuchte. »Ich hab nur einen Zahn verloren. Einen Milchzahn. Den hätte ich sowieso bald verloren. Er war schon locker, sonst hätten sie ihn mir niemals rausschlagen können«, versicherte er mit gespielter Tapferkeit.

»Sie? Wer sind diese ›sie‹, die ein kleines Kind zusammenschlagen?« In Pater Gus' blauen Augen blitzte der Zorn.

»Die Rojas-Brüder«, erklärte Lee. »Ich werde Ihnen alles erzählen, während wir den jungen Mann hier versorgen.«

»*Ja*, komm!« Pater Gus nahm den Jungen, der keinen Widerstand leistete, auf den Arm. Dann schritt er entschlossen durch die Tür, während Lee ihm schnell von dem Kampf erzählte, den er durch sein Eingreifen beendet hatte.

»Jessas! Kind, was ist denn mit dir passiert?« Mitten im Hof hinter dem Schulzimmer stand Obedience Oakley an einem Herd aus Lehmziegeln. Rechts und links daneben befanden sich provisorische Tische. Auf der einen Seite des Hofes hing über einem Feuer ein großer Topf, in dem es brodelte und kochte. Obedience war gerade dabei, Pfannen mit goldbraunem Maisbrot vom Herd zu nehmen. Die letzte Pfanne stellte sie achtlos auf den Tisch und eilte zu dem verletzten Jungen.

»Ich habe gegen zwei andere Jungs gekämpft. Es ist wirklich nicht so schlimm, Mrs. Oakley, ehrlich«, behauptete Lame Deer, während sie den Jungen zu einem Springbrunnen führte, der am anderen Ende des Hofes plätscherte.

»Halt mal eine Weile still und lass sehen, was wir tun müssen.« Sie nahm ein großes Handtuch vom Tisch und feuchtete es mit Brunnenwasser an. Dann begann sie, den verklebten Schmutz und das getrocknete Blut vom Gesicht des Kindes abzuwischen, während Lee die ganze Geschichte erzählte.

Traurig schüttelte Pater Gus den Kopf. »Wir brauchen Bücher, haben aber nicht mal das Geld, um den Transport bezahlen zu können. Es ist egal, ob es englische oder spanische Bücher sind. Es müssen nur Bücher sein. Ich habe hier so viele helle Köpfe, die eifrig und wissbegierig sind, doch mir fehlen die Hilfsmittel. Wir tun, was in unseren Kräften liegt, ja?« Er wandte sich Obedience zu, die entschlossen das sich sträubende Kind säuberte. Die Waschaktion schien den Jungen mehr zu beunruhigen als die Tatsache, dass seine Wunden behandelt wurden.

»Noch heute besuche ich *Señora* Rojas. Sie muss wissen, wie brutal sich ihre Kinder verhalten haben«, entschied Pater Gus traurig.

»Das wird nichts nutzen, Pater. Diese reichen Leute haben es nicht gern, wenn sich Leute wie wir in ihre Angelegenheiten oder die ihrer Kinder einmischen. Diese Jungs sind ganz einfach verwöhnt und verdorben«, brummte Obedience.

»Ich fürchte, sie hat Recht«, stimmte Lee zu.

»Einerlei. Ich werde sie aufsuchen. Sie müssen wissen, dass Lame Deer nicht gestohlen hat. Wer weiß, was diese Jungen jetzt an Lügen verbreiten!«

»Ich hab noch nie einen Mann mit einem solchen Mumm

erlebt wie Sie, Pater. Das kann ich Ihnen versichern.« Obedience schmunzelte. »Da macht es mir nicht mal etwas aus, dass Sie die ganze Zeit in diesen komischen Kleidern herumlaufen.« Sie machte eine weit ausholende Handbewegung um seine Soutane herum. »Sie verstecken doch wohl nichts darunter?«

Der junge Priester blickte an sich herunter und hob den Saum seiner Soutane an. »Sehen Sie. Keine Hufe!« In seinen Augen lag ein verschmitztes Funkeln.

Verblüfft betrachtete Lee Obedience und Pater Gus, die gleichzeitig in Lachen ausbrachen. »Hufe?«

»Ach, das hab ich ganz vergessen. Sie waren ja nicht dabei.« Er wischte sich die Freudentränen aus dem Gesicht und erklärte: »Vergangene Woche kam hier ein Wagentreck durch. Die Menschen wollten von Alabama nach Kalifornien. Zwei kleine Kinder, nicht viel größer als Lame Deer, sind mir nach der Messe über den Marktplatz gefolgt. Als ich an einem der Stände stehen blieb, um mit meiner Äbtissin zu sprechen, hat sich das jüngere der beiden Kinder, ein Mädchen, hinter mich gestellt und ... hat meine Soutane hochgehoben. Als ich den Luftzug spürte, habe ich mich umgedreht.«

»Er hat keinen Schwanz und auch keine Hufe«, zitierte Obedience, wobei sie die Stimme des kleinen Mädchens nachahmte. »Den Kindern hatte man dieselben Geschichten erzählt wie mir damals in Tennessee: Die Priester tragen Hüte und lange Kleider, weil sie eigentlich Anhänger des Teufels sind. Unter den Hüten sind die Hörner und unter den Kleidern die gespaltenen Hufe versteckt.«

Lee schmunzelte. »Was haben denn die beiden Siedlerkinder getan, als sie keine belastenden Anzeichen entdeckt haben?«

Gutmütig zuckte Pater Gus mit den Schultern. »Es gab einen Streit zwischen dem Mädchen und seinem Bruder. Die

Kleine sagte, ich hätte keine besonderen Gliedmaßen an mir. Der Junge fürchtete sich, näher heranzukommen, schrie aber ganz laut: ›Du lügst!‹ Ich wurde ganz rot im Gesicht, während alle Leute an den Ständen lachten. Und diese Dame hier«, er deutete auf Obedience, »hat mich an der Soutane gepackt und sie dem Kind aus der Hand gerissen, um mich zu retten. Dann hat sie die Kleinen gefragt, wo ihre Mutter sei.«

»Im selben Augenblick kam die Mutter durch die Menge gelaufen, packte das Mädchen am Ohr und gab ihm eine schallende Ohrfeige. Der Junge trottete hinter den beiden her, als hätte er sich verbrannt. Beide Kinder haben dann immer noch über die Schulter zu Pater Gus hinübergespäht.« Sie schwieg eine Weile und kratzte sich am Kopf. »Ich frag mich noch immer, wer den Meinungsstreit gewonnen hat: das Mädchen oder der Junge?«

»Mutter Obedience ist nicht nur meine Retterin aus großer Not, sondern auch unsere Schulköchin. Und diese Aufgabe erfüllt sie ganz ausgezeichnet. An jedem Schultag bekommen die Kinder ein Essen«, berichtete der Priester liebevoll.

Argwöhnisch sah Obedience auf. »Ich bin nur eine Baptistin, die ihre Christenpflicht tut, wenn ich den hungrigen Kleinen etwas zu essen koche. Schmeicheln Sie mir bloß nicht wieder mit den schönen Worten ›Mutter Obedience‹. Mit so vielen Katholiken in meiner Umgebung wird mir ganz unheimlich, auch wenn ihr keine Hufe und Schwänze habt«, fügte sie gespielt barsch hinzu, wobei sie von dem übers ganze Gesicht strahlenden Priester zu Lee blickte.

Als hätte sie gerade einen bekannten Scherz wiederholt, meinte Pater Gus: »Gute Mutter Obedience, Sie würden eine ausgezeichnete Äbtissin abgeben! Ich bete täglich darum – natürlich geht das erst, wenn Sie den Glauben gewechselt haben.«

»Jessas! Reverend Foster, Gott hab ihn selig, hätte mich beinah bei meiner Taufe im Tennessee River damals im Jahr achtzehnhundertsiebenundzwanzig ertränkt. Das reicht mir fürs ganze Leben. Ich konvertier nich' und lass auch keinen Priester mehr an mich heran, der mir was vom Taufen erzählt. Nein, meine Herren!«

»Wash Oakley hätte auch noch ein Wörtchen mitzureden, wenn ihm seine Frau verloren ginge, Pater«, warf Lee vergnügt ein und zwinkerte Lame Deer zu, der trotz seiner Schmerzen schon wieder lachen konnte.

»*Mr. Oakley* würde ich zum Bischof machen!«, konterte Pater Gus triumphierend. »Mit seiner imposanten Gestalt würde er die ganze Kanzel in Galveston ausfüllen und von oben herab den Stadt-Ältesten mit Donnerstimme verkünden: ›Schickt Pater Gus mehr Bücher!‹« Die letzten Worte ließ der Pater mit seiner tiefen Bassstimme erschallen.

Kapitel 18

Melanie war allein in dem Hotelzimmer, das sie mit Lee geteilt hatte. Trübsinnig starrte sie auf die Tür, die er kurz zuvor mit aller Entschiedenheit hinter sich zugeknallt hatte. Sie war wie benommen, als sie sich vor Augen führte, wozu sie sich vergangene Nacht hatten hinreißen lassen. Ihre Pläne von einer diskreten Annullierung waren jetzt unmöglich geworden. Sie war wirklich und wahrhaftig für den Rest ihres Lebens verheiratet. Langsam, mit innerem Widerstreben, doch bebend vor Neugier, ging sie zum Spiegel und ließ das Tuch, in das sie sich eingehüllt hatte, auf den Boden gleiten.

Nackt vor dem großen Standspiegel, betrachtete sie sich kritisch. Sehe ich jetzt anders aus? Wird jeder, der mich betrachtet, erkennen, was letzte Nacht geschehen ist?, fragte sie sich. Lag in ihren Augen etwas Ruheloses und Gehetztes, das von diesem neuen Wissen herrührte? Sie fuhr sich mit den Händen über die Schultern, die Brüste, den kleinen, flachen Bauch, dann um die Rundung ihrer Hüften. Ich sehe jedenfalls nicht anders aus, beruhigte sie sich selbst. Aber sie fühlte sich anders: Ja, sie war anders.

Melanie badete, zog sich an und machte sich für die Arbeit im *Star*-Büro fertig, als wäre es ein Tag wie jeder andere. Trotz aller guten Vorsätze ertappte sie sich immer wieder dabei, wie sie auf dem langen Weg vom Hotel zum Büro in jedes Schaufenster und jeden Spiegel starrte, um darin das Bild der Frau mit den traurigen Augen zu betrachten.

Melanie holte tief Luft, öffnete die Tür zum Zeitungsbüro und trat aus dem hellen Sonnenlicht in den dämmrigen Innenraum. Es roch angenehm nach Staub und Leinöl.

Amos schenkte ihr ein strahlendes Lächeln und fuhr dann

fort, mit flinken und geschickten Händen über den Setzkasten hinwegzugleiten. Clarence räusperte sich und unterzog sie seiner üblichen flüchtigen Musterung. Normalerweise löste das bei ihr nur ein keckes Rascheln mit den Röcken aus, während sie schnurstracks an ihren Tisch ging. Doch heute spürte sie tatsächlich, wie sie errötete und sich langsam eine Hitzewelle über den züchtig gestärkten Kragen der weißen Bluse hinaus ausbreitete. Er kann es nicht wissen ... er kann es ganz einfach nicht wissen!, erinnerte sie sich. Einen Augenblick lang stand sie wie angewurzelt da.

»Ich nehme an, dass Sie mit dem Senator getanzt und den neuesten Klatsch aus Washington erfahren haben«, begann er schließlich. Anscheinend wollte er nicht weiter auf ihre Nervosität eingehen.

»Ja. Ich werde den Artikel sofort schreiben. Ich habe eine gute Geschichte über Houston und das ganze Drum und Dran des Balls, die Garderobe der Damen und so weiter«, berichtete sie übereifrig und beeilte sich, seinem prüfenden Blick zu entkommen.

»Ihre Mrs. Wolcott, diese frömmlerische alte Krähe, war heute Morgen hier«, murmelte Clarence gereizt.

»Sie ist nicht *meine* Mrs. Wolcott, aber sie ist eine nette Frau – eine wirklich weitsichtige Kämpferin für die Sache der Abstinenzler«, verteidigte sich Melanie. »Ich habe vor, eine Artikelserie über Alkoholabstinenz, Wetten und Prostitution zu schreiben. Die weiblichen Leser werden sich dafür begeistern.«

»Ich mache mir mehr Sorgen darüber, dass es meine männlichen Leser vielleicht überhaupt nicht begeistert«, antwortete er mürrisch.

Während sie arbeitete, kam ihr der Gedanke, wie Recht Stella Wolcott doch mit ihrer Verurteilung des Dämons Rum hatte. Wenn Lee gestern Nacht nicht betrunken gewesen wäre

... Sie hielt mitten im Schreiben inne, knüllte das Papier zusammen und warf es zornig auf den Boden. Ihre Konzentration ließ mehr als zu wünschen übrig. Doch irgendwie schaffte sie es, den Tag hinter sich zu bringen. Sie schrieb eine Reihe glaubwürdiger Artikel, davon einen über Sam Houston, dann eine Klatschkolumne über den Ball und sogar einen kurzen Artikel über die Nachrichten, die Stella Wolcott am Morgen gebracht hatte.

Als sie schließlich im Hotel ankam, war Lee schon zur Ranch aufgebrochen. Auf dem Toilettentisch neben der Haarbürste lag eine knappe Notiz, in der er sie ermahnte, noch vor Einbruch der Dunkelheit nach Hause zu kommen und die zweirädrige Kutsche zu benutzen, die er im Mietstall zurückgelassen hatte. Einer der *vaqueros* wartete im Hotelfoyer, um ihren Koffer zu tragen und sie nach Hause zu fahren. Die Hotelrechnung war – wie sollte es anders sein? – längst beglichen. Sie fühlte sich wie eine ausgehaltene Mätresse.

Auf der langen Fahrt nach Hause fürchtete sich Melanie davor, Lee wieder unter die Augen zu treten. Sie konnte noch immer vor sich sehen, wie der Zorn in seinem Gesicht aufgeflammt war, wie die kaum gezügelte Wut seinen Körper in Spannung versetzt hatte, während er ihr eine scharfe, schonungslose Standpauke gehalten hatte. *Du willst mich nicht. Du willst in Wirklichkeit überhaupt keinen Mann – sondern interessierst dich nur für deine verdammten missionarischen Ziele!* Noch immer hallten seine Worte in ihrem Kopf wider. Hatte er Recht damit? War sie eine kalte, gefühllose Frau, die sich widernatürlich verhielt? Warum hatte sie dann das Gefühl gehabt, es sei ihr etwas genommen worden, als er ihr gesagt hatte, er werde sie nie wieder anfassen? Aber würde er Wort halten? Wollte sie, dass er Wort hielt?

»Alles in Ordnung, Mrs. Velásquez?«, fragte Ray.

Den Kopf in die Hände gestützt, hatte sie sich in einer Ecke des Wagens wie ein kleines Kind zusammengekauert. »Ja, natürlich, Ray. Ich bin nur ein wenig müde. Es war ein arbeitsreicher Tag.«

Schließlich kam das Ranchhaus in Sicht. Sie spürte ein seltsames Gefühl, ein Gemisch aus Furcht und Freude. Das Haus lag so wunderschön am Flussufer unter flüsternden Bäumen, deren Blätter es zu liebkosen schienen wie die Finger eines Liebhabers. Warum gingen ihr solche Gedanken durch den Kopf?, schalt sie sich selbst, als sie aus der Kutsche stieg und trotz ihrer Angst mit entschlossenen Schritten auf das Haus zuging.

Genia begrüßte sie herzlich. Sie hatte schon das Badewasser vorbereitet. Aus Kais Küche drangen herrliche Düfte. Als sich Melanie in ihrem Zimmer in die Badewanne sinken ließ, dachte sie wehmütig: Ich könnte dieses Haus wie mein Zuhause lieben, wenn nur ... er mich lieben könnte. Wie von selbst schien sich der Gedanke zu einem Ganzen zu fügen. Überrascht richtete sie sich so ruckartig in der Wanne auf, dass das Wasser auf beiden Seiten über den Rand schwappte.

Wäre es wirklich so schlimm, ihn zu lieben? Ihn dazu zu bringen, dass er sie liebte? Eine wirkliche Ehe zu führen? Langsam sank sie wieder zurück in die Wanne, um das Chaos in ihrem Kopf zu ordnen. *Ihr seid beide leidenschaftlich*, hatte Genia zu ihr gesagt. Wie Recht die kluge, alte Frau gehabt hatte! Aber Leidenschaft allein reichte nicht für eine Ehe; es bedurfte der Liebe, des Vertrauens und der Achtung voreinander. Bei ihrer Herkunft und seiner Borniertheit schien es für sie beide keine Lösung zu geben.

An diesem Abend zog sie sich für das Abendessen an, als rüstete sie sich für eine Schlacht. Wenn ich mich wie eine leidenschaftliche Mätresse verhalten habe, dann kann ich mich auch gleich so anziehen, dachte sie trotzig. Sie kramte in ihrem Kleiderschrank und suchte schließlich ein Kleid aus, das sie noch nie getragen hatte. Der Samt hatte das tiefe Rot der Kranichsbeere und war mit schwarzen Spitzen besetzt. Es schmiegte sich perfekt jeder Rundung ihres Körpers an. Sie kam zu dem Schluss, dass dies ein Kleid war, das Lily Duval gefallen hätte. Wenn Lee schon ihr gelbes Seidenkleid mit den sich bauschenden Röcken Aufsehen erregend gefunden hatte, so würde er völlig überrascht sein, diese Kreation zu sehen. Dieser dünkelhafte spanische Don würde wahrscheinlich bei ihrem Anblick einen Herzinfarkt bekommen. Natürlich würde niemand außer ihm und den Bediensteten das Kleid jemals zu Gesicht bekommen.

Nervös zupfte sie an der Spitze des runden, tiefen Ausschnitts, um sie ein wenig nach oben zu ziehen und das Dekolletee zu bedecken. Als sie dann jedoch überlegte, was Charlee zu ihrer natürlichen Ausstattung sagen würde, lächelte sie schelmisch und zog die Spitze wieder glatt. Das Haar trug sie auf einer Seite gebunden, nur mit einem kleinen Strauß wilder Schlüsselblumen geschmückt, die sie in der Nähe des Hauses gefunden hatte. Einfach und zwanglos wie eine *Mätresse* würde sie vor ihrem Liebhaber erscheinen. Mochte er sie nur verachten: Sie würde es ihm heimzahlen.

Am frühen Nachmittag war Lee auf der Ranch angekommen. Er hatte schwer gearbeitet, in der Hoffnung, dass das Reiten ihn ermüden würde und einiges von der Anspannung und dem unterschwelligen Ärger verschwand. Der gestrige Abend hatte seine Welt auf den Kopf gestellt. Die harte Knochenarbeit am Nachmittag hatte ihm zwar arg zugesetzt und ihn erschöpft, aber keiner Lösung näher gebracht. Die Gefühlsverwirrung war noch genauso stark wie am Morgen, als er neben Melanie aufgewacht war.

Als er trotz der kühlen Herbstluft staubig und verschwitzt in die Küche kam, strahlte Kai ihn breit lächelnd an.

»Badewasser ist schon aufgesetzt. Hab mir gedacht, dass

Sie's brauchen würden. Genia hat Ihre Frau bereits versorgt.«

Vor sich hin brummend, hängte Lee seinen Hut auf den Kleiderständer neben der Tür. »Ich nehme an, sie ist gerade aus der Stadt zurückgekommen.«

»Sie hat den ganzen Tag bei der Zeitung gearbeitet. Sie hat einen langen Artikel über Senator Houston geschrieben. Hat versprochen, mir morgen die Geschichte vorzulesen«, berichtete der Hüne mit beinahe kindlicher Begeisterung.

Es stand außer Frage, dass Melanie die Dienstboten auf ihrer Seite hatte. Dass Genia sie mochte, hatte er erwartet, da sie eine echte Romantikerin war. Doch der wilde, alte Skalpjäger Kai war Melanie ebenfalls treu ergeben. Immerzu sang er Loblieder auf Melanie.

Verblüfft seufzte Lee auf, als er sich die staubigen Kleider vom Leib streifte und auf den Boden seines Schlafzimmers warf. Er war gerade fertig mit dem Entkleiden, als Kai die Wanne zu füllen begann. Dankbar ließ sich Lee ins Wasser sinken und versuchte, an etwas anderes als an Melanie zu denken und daran, dass er ihr beim Abendessen wieder gegenübersitzen würde. Entspannt und in Ruhe überlegte er, eine Auswahl an Büchern aus seiner Bibliothek an Pater Gus zu schicken. Er spürte eine Welle von unbändigem Zorn in sich aufsteigen, als er sich daran erinnerte, wie diese Rojas-Rabauken am Morgen den kleinen Lipan-Jungen zusammengeschlagen hatten. Dann musste er über die Ironie der Situation lachen: Lee Velásquez rettete einen Indianer, auch wenn es »nur« ein Kind war.

Ein Kind. Wenn er und Melanie Kinder hätten, würde in ihren Adern auch indianisches Blut fließen. Diese Tatsache hatte sie ihm wiederholt vorgehalten, und zwar immer dann, wenn er schwach geworden war und versucht hatte, sie anzufassen. Jetzt könnte sie mit seinem Kind schwanger sein. Nein!

Er verwarf diesen Gedanken. Es war zu unwahrscheinlich nach einer Nacht, und er hatte ihr versprochen, dass er sie in Zukunft in Ruhe lassen würde. Ein leicht gegebenes Versprechen, zumal in der Hitze des Zorns! Sein Wort jedoch über die Jahre zu halten, die noch vor ihnen lagen, war etwas ganz anderes. Es würde keine Annullierung und keine andere Ehe geben. Was aber wäre, wenn es keine Kinder gäbe, die den Namen Velásquez weitertragen und die Ranch erben könnten, für die er so lange im Schweiße seines Angesichts geschuftet hatte?

Während er vor sich hin grübelte und diese beunruhigenden Gedanken in seinem Kopf hin und her wälzte, wurde das Badewasser kalt. Schließlich erhob er sich, stieg aus der Wanne und trocknete sich schnell ab. Kai hatte ihm ein elegantes Rüschenhemd und eine seiner besten Wollhosen zurechtgelegt. Lee ignorierte diesen offensichtlichen Wink und zog ein schlichtes, offenes Leinenhemd und Wildlederhosen an. Dann begab er sich in die Bibliothek, um Bücher für Pater Gus' Schule auszuwählen.

Als Melanie das Esszimmer betrat, war Lee nirgendwo zu sehen. Dann hörte sie Geräusche vom Ende des Ganges her. Das Rascheln von Seiten und das dumpfe Knallen von Büchern, die aufeinander gestapelt wurden, lockte sie heran. Verwirrt blieb sie in der Tür zur Bibliothek stehen. Mit dem Rücken zu ihr stöberte Lee durch die Regalfächer an der Fensterwand, zog einen Band nach dem anderen hervor und blätterte ihn schnell durch. Einige Bücher stellte er wieder zurück. Andere warf er auf den wachsenden Stapel auf dem Tisch. Der Stapel war schon so hoch, dass er umzufallen drohte.

Melanie bemerkte seine legere Kleidung und war verärgert über seine arrogante Haltung – und verlegen, weil sie selbst nicht angemessen gekleidet war. Doch er wirkte sogar in einfachen Wildlederhosen und schlichtem Hemd elegant und attraktiv. Während er nichts von dem prüfenden Blick ahnte, mit dem sie ihn musterte, betrachtete Melanie das Spiel seiner Muskeln unter dem dünnen Stoff seines Hemdes und wie sich die weichen ledernen Hosen eng um seine langen Beine schmiegten. Eine dunkle Strähne hing ihm in die Stirn, die vor Konzentration gerunzelt war.

Plötzlich spürte er ihre Gegenwart und blickte auf. Wenn sie ihn mit einer Streitaxt zwischen den Augen getroffen hätte – er hätte nicht fassungsloser sein können. Lee versuchte, sich nicht anmerken zu lassen, welch schmerzliche Sehnsucht ihn beim Anblick ihrer Schönheit erfasste. Beinahe atemlos fragte er mit rauer Stimme: »Bist du nicht vielleicht etwas unpassend gekleidet für ein simples Abendessen?« Mit beleidigender Gründlichkeit ließ er den Blick über ihre üppigen Rundungen schweifen, die durch den roten Samt noch besonders betont wurden.

»Vielleicht habe ich gemeint, dass ich dir etwas schulde«, antwortete sie. Sie musste gegen eine Woge Schwindel erregender Beschämung ankämpfen, die sein prüfender Blick in ihr hervorrief. Dann ging sie zum Tisch hinüber, nahm eine lateinische Grammatik in die Hand und blies den Staub von den Seiten. »Ist es nicht eine etwas seltsame Zeit, um die Bibliothek aufzuräumen?«, bemerkte sie, verzweifelt bemüht, das Thema zu wechseln.

Nun war es an Lee, der am liebsten im Boden versunken wäre, so groß war seine Verlegenheit. »Ich packe nur gerade ein paar alte Bücher für Pater Gus zusammen«, bekannte er in beiläufigem Ton und wandte sich wieder seiner Arbeit zu.

Vor Überraschung weiteten sich ihre Augen. »Für seine Schule? Für die Indianerkinder? Lee Velásquez hilft Indianern? Aber das passt doch gar nicht zu dir!«

»Das passt genauso gut zu mir, wie das Kleid, das du trägst, zu einer Vorkämpferin für die Emanzipation der Frau passt«, gab er zurück und warf das letzte Buch auf den Stapel.

Im selben Augenblick erschien Kai auf der Türschwelle. »Das Abendessen ist fertig«, verkündete er. Er konnte die knisternde Spannung zwischen seinem Chef und dessen Frau spüren. Beide schienen glücklich zu sein, die Bibliothek verlassen zu können und sich schweigend in das Esszimmer zu begeben, wo sie ein ausgezeichnet zubereitetes Mahl erwartete. Doch bei dem Gedanken, dass beide nichts von den Köstlichkeiten genießen würden, war Kai ein wenig niedergeschlagen.

Am nächsten Morgen hielten zwei *vaqueros* von der Night Flower-Ranch mit einem Wagen voller Bücher vor dem Schulhaus. Einer der Männer übergab dem überglücklichen Priester einen kurzen Brief:

Lieber Pater Gus,
versuchen Sie bloß nicht, mich für die paar Bücher zum Kardinal zu machen. Ich habe einfach gemeint, dass Sie sie gebrauchen könnten. Vor vielen Jahren habe ich sie aus der Bibliothek meines Onkels aus Mexiko mitgebracht. Während ich im Exil war, hat Jim Slade sie für mich aufbewahrt. Da es sein Vater war, der mir überhaupt erst die Liebe zu Büchern einpflanzte und die Möglichkeit gab, Bücher zu lesen, begleiche ich lediglich eine alte Schuld, indem ich sie an Sie weitergebe.
Lee Velásquez

Am nächsten Morgen machte sich Melanie schon in aller Frühe auf den Weg in die Stadt. Lee war längst am Corral und verteilte Arbeitsaufträge an seine Männer. Er versuchte, sich auf seine Aufgabe als Boss der Ranch zu konzentrieren. Sein sehnlichster Wunsch war, nicht dauernd an seine Frau denken zu müssen. Zumindest den Tag über. Als er zwei Reiter herankommen sah, erkannte er sofort Jim Slades Falben Polvo. Ein breites Lächeln ging über Lees Gesicht. Als er jedoch den Mann an der Seite seines Freundes sah, verdüsterte sich seine Miene auf der Stelle. Das war doch dieser verdammte Ranger Jeremy Lawrence! Was, zum Teufel, hat er auf meinem Land verloren?, dachte er ärgerlich. Unwillkürlich ging die Hand zum Colt.

Jim nickte Lee kurz zu. Ihm fiel auf, wie Lee den Ranger ansah und dabei seine Waffe berührte. »Die wirst du nicht brauchen, *mano*. Für Lawrence lege ich meine Hand ins Feuer«, erklärte er gelassen.

»Ich will keine Ranger auf meinem Land, Jim. Und das weißt du auch«, antwortete Lee angespannt.

»Vielleicht kannst du den alten Hass zumindest so lange zurückstellen, bis du gehört hast, was wir zu sagen haben. Es ist sehr wichtig, Lee. Ich bitte dich als Freund darum.« Der Blick aus Slades bernsteinfarbenen Augen durchdrang Lees Panzer.

Schulterzuckend ließ Lee die Hand von seiner Waffe gleiten und schwang sich auf Sangre. Am Corral standen einige *vaqueros* herum, die neugierig herüberblickten. Der Hass ihres Chefs auf *rinches* war ihnen bekannt. Lee ignorierte sie. »Reiten wir ein Stück, bis wir ungestört sprechen können«, schlug er vor.

Als sie einige Minuten schweigend geritten waren, begann Jim: »Die Frage, die ich dir zu stellen habe, kommt direkt von Houston, Lee.« Wie erwartet, kniff Lee die Augen überrascht zusammen, während sein Blick zu Lawrence wanderte. »Jeremy arbeitet für das Indian Office. Er war viele Jahre als Agent für den Leiter in St. Louis tätig. Nun hat er einen Auftrag in Texas.«

»Was, zum Teufel, hat das mit mir zu tun, *mano?* Du weißt

doch, dass ich für Indianer und Ranger nichts übrig habe«, knurrte Lee.

»Nun hören Sie mal, Velásquez, wir hatten einen schlechten Anfang ...«, setzte Jeremy an, aber Lee schnitt ihm das Wort ab.

»Wir hatten *überhaupt keinen* Anfang. Mit Rangern gebe ich mich grundsätzlich nicht ab ... und mit Indianer-Agenten auch nicht«, fügte er verächtlich hinzu.

»Du hast wirklich 'ne Menge Gründe, Indianer und Ranger zu hassen«, warf Jim ein, »doch genauso wichtig wird es dir wohl sein, einen großen Komantschen-Aufstand zu verhindern, der von einem verbrecherischen Ranger angestiftet wird. Oder willst du, dass die gleichen Kriege wieder ausbrechen wie schon vor einer Generation?«

Lees Gesicht legte sich in grimmige Falten. »Wenn ich davon ausgehe, was ich in letzter Zeit gehört habe, ist das längst der Fall.«

Geduldig erwiderte Jeremy: »Die Überfälle, die im Bexar-Gebiet zugenommen haben, werden von einem betrügerischen Händler angestiftet, der an die Banditen Whisky und Waffen verschachert und im Gegenzug gestohlene Pferde und Rinder bekommt. Die ganze Operation wird von Seth Walkman gedeckt. Aus diesem Grunde haben mich Houston und meine Vorgesetzten im Innenministerium für diesen Auftrag ausgewählt. Ich bin einige Jahre lang Freiwilliger der Miliz in Osttexas gewesen und habe für das Büro gearbeitet.« Er schwieg einen Moment und lächelte dann kühl. »Sicherlich würden Sie es doch gern sehen, wenn Walkman und Blaine ausgeschaltet würden, ganz zu schweigen von dem mordenden Schweinehund Buffalo Gall.«

Lee brauchte eine Weile, um Lawrences Bemerkungen zu verarbeiten. »Dann handelt Walkman also mit Banditen«, murmelte er mehr zu sich selbst als zu den beiden anderen.

Schon beim ersten Mal, als er diesem Ranger mit den kalten Augen begegnet war, hatte er gewusst, dass er ganz besonders gefährlich war. »Woher wissen Sie denn so genau, dass es Walkman und Blaine sind, die mit Gall Geschäfte machen?«

Jim rutschte nervös im Sattel hin und her, während Jeremy sich verlegen räusperte. Jim ergriff als Erster das Wort. »Houston wusste, dass Blaine große Beträge in bar von der Regierung für angebliche Rechnungen der Komantschen-Häuptlinge bekam. Dass bei Blaine etwas faul war, hat er seit Jahren vermutet. Was Walkman angeht ...«

Jeremy unterbrach ihn: »Ihre Frau hat von einem Gespräch zwischen ihm und Blaine erfahren. Darüber haben wir an jenem Tag im Restaurant gesprochen.«

»Melanie! Wie, zum Teufel, hat sie das über Walkman herausbekommen?« Lee kniff die Augen zu schmalen, funkelnden Schlitzen zusammen und sah Lawrence anklagend an.

»Wie es scheint, hat sie ein Netz von Spionen ... kleine Indianerjungen aus der Schule, die der deutsche Priester betreibt«, erklärte Jeremy. Er blickte Lee fest an.

Mit wachsendem Unbehagen beobachtete Jim den Blickwechsel zwischen den beiden Männern. Er hatte gewusst, dass es schwierig sein würde, Lee dazu zu bringen, einem Ranger zu vertrauen. Doch in dieser Situation war noch etwas anderes im Spiel, nicht nur Lees Hass auf Ranger. Melanie war in die Sache verwickelt, und beide Männer umkreisten dieses Problem wie zwei Hunde, die sich um einen Knochen balgten.

Lee erinnerte sich daran, dass Lame Deer Melanie die Information über Galls Überfall gegeben hatte. Dass sie hinter dieser Geschichte her war, hatte indirekt zu ihrer unglückseligen Heirat geführt. Seit er sie daran gehindert hatte, den Komantschen zu verfolgen, hatte er nicht mehr über den Viehdiebstahl nachgedacht. Schließlich war er ja sehr beschäftigt. »Ich habe meiner Frau bei der Hochzeit gesagt, dass ab jetzt die Karriere von Moses French beendet sei. Offensichtlich ist sie da anderer Meinung«, brummte er nachdenklich und mit grimmiger Miene.

»Hören Sie, Velásquez, ich weiß, wie gefährlich diese Angelegenheit ist, und ich habe Ihre Frau auch davor gewarnt, sich einzumischen, als sie mir die Information gab«, verteidigte sich Jeremy.

»Was Sie ihr sagen, ist ohne Bedeutung, Lawrence. Ich bin ihr Ehemann, und sie wird *mir* gehorchen. Und wenn ich sie einsperren muss«, stieß er zwischen den Zähnen hervor.

»Ich glaube, dass wir in diesem Punkt alle einer Meinung sind: Melanie wird nicht in unseren Plan eingeweiht, wie wir Gall und seine weißen Freunde überraschen wollen«, entschied Jim ruhig, während er von Lee zu Jeremy blickte. »Das wäre also geklärt. Können wir nun darüber reden, wie wir einen Krieg verhindern?«

In gebückter Haltung huschte Lame Deer durch das Unterholz, während er beobachtete, wie Seth Walkman Lucas Blaines Handelsposten betrat. Während er an dem tiefen Abgrund entlangkroch, hatte der Junge die Prellungen und Abschürfungen, die seinen ganzen Körper bedeckten, längst vergessen. Er musste sich noch näher heranpirschen, um zu belauschen, was der Händler und der Ranger miteinander zu besprechen hatten. Der kleine Esel, den er von Pater Gus ausgeliehen hatte, wartete hinter einem Hügel in einem Wäldchen, wo er ihn an einem Baumwollbaum angebunden hatte.

Aber wie konnte er ins Innere der riesigen, baufälligen Blockhütte gelangen, um die beiden Männer beim Pläneschmieden zu belauschen? Lame Deer war sich sicher, dass sie über Gall und seine Banditen sprachen, und er hatte sich geschworen, die Einzelheiten für Melanie herauszufinden.

Gerade in diesem Augenblick kam eine Gruppe von Frauen in Sicht. Die meisten von ihnen waren Kickapoo-Squaws, die eine Schar halb nackter Kinder hinter sich herzogen, während sie sich langsam dem Handelsposten näherten. Sie schleppten gegerbte Bisonfelle, die sie gegen eiserne Kochtöpfe und andere Haushaltsgeräte eintauschen wollten. Wenn es ihm gelang, sich unter die Kinder zu mischen, konnte er sich umsehen, während sie herumstöberten. Keiner würde ihn beachten, wenn er so tat, als spräche er kein Englisch.

Halskette und Stirnband, die ihn als Lipan kennzeichneten, nahm er ab, wickelte sie in sein Hemd, das viel zu neu und sauber war. Nur noch mit Wildlederhosen und Mokassins an den Füßen, schlüpfte er hinter den letzten beiden Mädchen unbemerkt hinein.

In dem Handelsposten war es dunkel, und es roch muffig. An den Wänden und in den Gängen standen hohe Warenstapel: Kochgeräte, Schlachtmesser, Decken. Ballen billigen Kattuns in leuchtenden Farben lagen auf einem Haufen in einer Ecke neben einigen groben Holzkisten, in denen lose Perlen in vielen Farben aufbewahrt wurden. Aus einer Ecke, in der ein riesiger Stapel Bisonhäute lag, drang ein stechender Geruch nach gegerbtem Leder. Auf einem aus rohen Planken gezimmerten Tisch, der zugleich als Tresen diente, lagen weiche, glänzende Felle in lockeren Haufen. Daneben befanden sich Kasse und Kassenbuch.

Lame Deer wusste, dass der Händler jede Ware, die er verkaufte, darin notierte und die Indianer ihr Kreuz daneben setzen mussten. Doch die Preise für eine Hand voll billiger Perlen und eine schimmelige Decke waren meistens viel zu hoch.

Ein Mann in schmierigen Wildlederhosen und einem groben, schlichten Hemd schlenderte auf die Kickapoo-Frauen zu und fing an, mit ihnen in einem wilden Mischmasch aus

Spanisch und Zeichensprache zu verhandeln. Suchend blickte sich Lame Deer nach dem hoch gewachsenen Ranger und dickem Feuerhaar namens Lucas Blaine um.

Kurz darauf drang aus einem Hinterzimmer Walkmans tiefe Stimme an sein Ohr. Die Unterhaltung war nur gedämpft zu vernehmen. Plötzlich erschien Blaine und warf die Tür hinter sich zu. Lame Deer fluchte. Ihm fiel ein, was Pater Gus zu dieser Sünde sagen würde. Schnell bereute er sein Fluchen und sah sich nach einer Möglichkeit um, die beiden von draußen zu belauschen. Wenig später schob er ein altes, hölzernes Fass unter das offene Fenster von Blaines Büro.

»Eins sag ich dir, Seth, den Komantschen Brown-Bess-Gewehre zu geben, gefällt mir nich'. Da is' es wirklich besser, wir lassen sie sich besaufen und für uns Vieh klauen. Mit den Waffen können sie einfach zu viele Siedler kaltmachen. Und bevor du dich's versiehst, hast du unsere verdammten Nachbarn am Hals.« Blaines kurzatmige Stimme war gegen Ende seiner Rede etwas lauter geworden. Er nahm einen Schluck aus dem Glas mit der klaren Flüssigkeit, die vor ihm auf dem Tisch stand.

Mit verächtlichem Gesichtsausdruck beobachtete Walkman den Mann, der die Hände über dem dicken Bauch faltete. »Die blöden Indianer-Agenten kannst du doch vergessen. Der Leiter aus Austin ist gerade auf 'ner politischen Propagandatour in Washington. Der will doch den Staat dazu kriegen, dass er dem Indian Office Land für die Indianer gibt«, höhnte er.

»Das könnte sogar hinhauen«, meinte Blaine. »Trotzdem, wenn der Gall und seine Banditen noch weiter mit Waffen versorgt werden, könnte auch die Armee eingreifen. Und das könnte ganz schön ungesund für mich werden, wo ich mittendrin stecke.«

Wieder grinste Walkman höhnisch. »In der Zwischenzeit

wirst du reich. Du nimmst doch die blöden Indianer-Agenten und die dummen Rothäute tüchtig aus.« Er deutete auf die geschlossene Tür, hinter der die Kickapoo-Frauen ihre Einkäufe tätigten. »Und der Verkauf von Whisky bringt ja noch mehr ein, ganz zu schweigen von den Herden, die du als erstklassiges Rind- und Pferdefleisch verkaufst. Wenn du Geld haben willst, musst du auch das Risiko eingehen, genauso wie er und ich.«

Blaine sah Walkman aus seinen braunen wässrigen Augen an, dann wandte er den Blick ab und hob wieder sein Glas. »Er wird einfach zu gierig, Seth. Ihr beide habt Gall zu oft zu Überfällen angestiftet. Mit den Kanonen klauen sie ja nicht nur Vieh, sie bringen auch Siedler um, Frauen und Kinder.«

»Hast du moralische Probleme?« Walkman lachte.

»Es macht mich nur nervös. Das is' alles«, erwiderte Blaine mit schwerer Zunge und kippte den letzten Rest Whisky hinunter.

»Kannst deinem Freund Gall ausrichten, dass es wieder eine günstige Gelegenheit für 'n Überfall gibt«, meinte Walkman. »Für 'n paar Tage schicke ich meine Männer auf Patrouille in den Süden. Oben im Nordwesten lebt ein Kerl, der heißt Broughton. Der hat 'ne ganze Menge schöner Mustangs in seinem Corral. Alle schon zugeritten und fertig zum Verkauf an die Armee. Ich glaube, Gall kann ganz einfach an sie rankommen. Es gibt da nur den Rancher und seine Familie mit einem halben Dutzend Arbeiter. Keiner von denen hat bessere Gewehre als die Indianer.«

Resigniert nickte Blaine. Ihm gefiel die Sache immer noch nicht.

Als Lame Deer zu der Stelle zurückkam, wo er den kleinen Esel angebunden hatte, war das eigensinnige Tier nirgendwo zu sehen. Francisco hatte die Angewohnheit, sich loszureißen und allein nach Hause zu traben.

Lame Deer befand sich viele Meilen von San Antonio entfernt, und er hatte Melanie eine wichtige Nachricht zu überbringen. Die bösen Männer mussten aufgehalten werden! So schnell wie möglich zog er sich das Hemd wieder an, legte das Stirnband und die Halskette um und marschierte los. Bei jedem Schritt verfluchte er Francisco; beim nächsten Schritt bat er um Vergebung für sein Fluchen. Wenn er Glück hatte, war er am nächsten Morgen bei Sonnenaufgang in der Stadt. Hilf mir, Gott, dass ich noch rechtzeitig ankomme!, betete er in Gedanken.

Die Sonne stand schon hoch über dem Horizont, als ein verschwitzter und keuchender Lame Deer in die Stadt torkelte. Seine Kleider waren zerrissen, und seine Mokassins hingen ihm in Fetzen um die Füße. Ohne auf seine Schmerzen zu achten, hatte er nur noch ein Ziel vor Augen: das Büro des *Star*. Als er dort niemanden antraf, brach er auf den Stufen vor der verschlossenen Tür weinend zusammen. Doch gleich darauf überlegte er sich schon seine nächsten Schritte. Die Erschöpfung benebelte ihn und drohte, ihn zu übermannen. Wem konnte er außer Melanie noch trauen?

Als hätte jemand seine Frage gehört, kam ein bekannter Rotschimmel die Straße entlanggetrabt, mit Lee Velásquez im Sattel. Lame Deer erhob sich von der Treppe und lief auf die Straße.

Noch ehe er genug Luft holen konnte, um zu rufen, hatte Lee ihn bereits gesehen und trabte auf seinem Pferd schnell auf den Jungen zu. Er stieg ab und griff ärgerlich nach Lame Deer. »Wo, zum Teufel, treibst du dich denn herum?«, schimpfte er. »Alle suchen dich: deine Mutter, Melanie, Pater Gus, Wash Oakley – halb San Antonio ist auf den Beinen! Der kleine Esel ist gestern Nachmittag ohne dich zurückgekommen.«

»Francisco ist davongelaufen, während ich in Blaines Handelsposten war. Ich musste zu Fuß zur Stadt zurücklaufen«, erklärte der Junge und rang nach Luft.

Lee warf einen Blick auf die Füße des Kindes und wusste, dass er die Wahrheit sprach. »Warum bist du bei Blaine gewesen?«

»Ich sollte das eigentlich Melanie erzählen, aber da Sie ja ihr Mann sind, ist es wohl in Ordnung, wenn ich es Ihnen sage ...«, begann er unsicher. Als Lee ungeduldig nickte, sprudelten die Worte nur so aus ihm heraus. Er berichtete von dem geplanten Überfall auf die Broughton-Ranch. Da sie nördlich von der Stadt lag, hatte Walkman seine Ranger in den Süden geschickt.

Lee hob das erschöpfte und verletzte Kind hoch, schwang sich schnell wieder auf Sangre und ritt zu Pater Gus' Schule. Zuerst musste das Kind versorgt werden. Dann musste er Jeremy Lawrence finden ... wenn es nicht schon zu spät war!

Kapitel 19

Nach einem schrecklichen Morgen mit der vergeblichen Suche nach Lame Deer kam Melanie in die Stadt zurück und betete insgeheim, dass man den Jungen gefunden hatte. Hätte ich ihn bloß nicht ermutigt, Walkman und Blaine nachzuspionieren!, ging sie mit sich selbst ins Gericht. Sie war die ganze Strecke bis zu dem Handelsposten geritten, hatte jedoch keine Spur von dem Kind gefunden. Die Vorstellung, dass diese Verbrecher den Jungen vielleicht getötet hatten, ließ sie beinahe in Tränen ausbrechen, doch gefasst ritt sie zu Pater Gus' Schule.

Sobald sie das strahlende Lächeln auf dem Gesicht des Paters sah, der soeben aus dem Adobehaus trat, wusste sie, dass es Lame Deer gut ging. »Wo ist er? Oh, Pater Gus, ist er verletzt?« Sie sprang vom Pferd und eilte an dem Priester vorbei, der ihr in das dämmrige Innere des Gebäudes folgte.

»Er ist unverletzt. Francisco ist an allem schuld. Doch wir hatten Glück, dass sein Reiter den Weg nach Hause gehen konnte ... auch wenn er dafür die ganze Nacht brauchte. Er schläft jetzt. Die Äbtissin hat ihm ein Essen serviert, von dem Ihr Mann satt geworden wäre«, berichtete Pater Gus augenzwinkernd. Obedience den Spitznamen Äbtissin zu geben, schien ihn sehr zu amüsieren.

Melanie beruhigte sich und ging auf Zehenspitzen in den Hinterraum, wo der Junge auf einer schmalen Pritsche schlief. Sofort sah sie die hässlichen Prellungen und Abschürfungen, die das freundliche Gesicht entstellten.

Nach Luft ringend, wandte sie sich um. »Sie haben doch gesagt, er sei nicht verletzt«, flüsterte sie Pater Gus zu. »Er sieht aber aus, als hätte man ihn brutal zusammengeschlagen.«

Nachdem der Pater sie aus dem Raum begleitet hatte, erklärte er: »Die Kampfspuren, die Sie gesehen haben, stammen nicht von gestern, sondern sind schon ein paar Tage alt. Doch sie heilen sehr gut.«

»Wer hat dem Kind so etwas angetan?«, fragte sie. Wut über die Borniertheit der Menschen, die dafür verantwortlich war, stieg in ihr auf.

Ratlos und traurig hob Pater Gus die Hände. »Das waren Felipe und Alfredo Rojas.«

»Sie sind älter als er, ganz zu schweigen davon, dass sie doppelt so groß sind!«

»Das habe ich ihnen auch klar gemacht, als ich ihnen in der Kirche eine Buße von einigen Tage auferlegt habe«, antwortete er ernst. »Ihr Mann hat den Jungen gerettet und zu mir gebracht, damit wir uns hier um ihn kümmern konnten.«

In ihren Augen blitzte ein Funke des Verstehens auf. »Deshalb hat er Ihnen am nächsten Tag die Bücher zukommen lassen.«

»Er ist verbittert wegen des Unrechts, das ihm in der Vergangenheit angetan wurde, doch er ist ein guter Mensch, Melanie«, gab der Priester schlicht zurück.

Ihr Gesichtsausdruck wurde verschlossen. Unfähig, den klaren, durchdringenden Blick des Priesters zu ertragen, sah sie zu Boden. »Nun ja, ich nehme an, dass sogar Lee Velásquez einem indianischen Kind gegenüber freundlich sein kann.« Aber keiner Frau gegenüber.

»Ja, außerdem hat er den Jungen heute Morgen zu mir gebracht, als er ihn vor dem *Star*-Büro aufgefunden hat. Ich glaube, die beiden werden Freunde. Das ist doch ein guter Anfang, nicht?«

»Wo ist Lee jetzt, Pater Gus?« Auf Melanies Gesicht spiegelte sich Verwirrung. Wenn er dem Kind vor dem *Star*-Büro begegnet war, ehe Clarence eingetroffen war, musste Lee eigentlich auf die Ranch zurückgekehrt sein. Doch sie war ihm unterwegs nicht begegnet.

Nun war es der Pater, der ihrem Blick auswich. »Also ...«, druckste er herum, »Lame Deer hatte einige Nachrichten über die Komantschen-Banditen. Eine halbe Stunde, nachdem Lee das Kind bei mir abgegeben hatte, sind er und der Ranger Jeremy Lawrence mit einer Gruppe Freiwilliger losgeritten.«

»Wohin wollten sie?«, hakte Melanie nach. Ihr Reporterinstinkt war erwacht.

Pater Gus dachte an das Versprechen, das er Lee gegeben hatte, und zuckte mit den Schultern. »Es sind jetzt schon Stunden vergangen, und es ist sehr gefährlich ... Sie verfolgen die Komantschen-Banditen.«

Melanie seufzte. Ihr war klar, dass sie die Gruppe auf keinen Fall einholen konnte, selbst wenn sie ihr Ziel gekannt hätte. Es war schon Nachmittag. Sie blieb nichts, als auf ihre Rückkehr zu warten.

Als es ihr nicht gelang, Pater Gus noch weitere Einzelheiten über die Banditen zu entlocken, bat Melanie ihn darum, ihr von dem Kampf zwischen Lame Deer und den Rojas-Brüdern zu erzählen.

Der junge Priester bemühte sich, ihre Gedanken von gefährlicheren Unternehmungen abzulenken, und schilderte den Vorfall. Dabei überging er auch nicht die beunruhigende Begegnung mit den beiden Rojas-Brüdern bei der Beichte am nächsten Tag. »Obwohl sie Buße getan haben, fürchte ich doch, dass sie es nicht wirklich bereuen, einen Indianer angegriffen zu haben«, schloss er traurig.

In Melanies Augen blitzte Verachtung auf. »Natürlich nicht! Sie sind die Söhne einer alten spanischen Aristokraten-Familie. Für sie sind Indianer nur Unrat.« Genauso wie für Lee, fügte sie im Stillen hinzu.

Sie kamen zu spät. Das war Lee in dem Moment klar, als er den Rauch roch. Er war nicht mehr heiß und schwer wie bei einem frisch angezündeten Feuer, sondern schon schwach und muffig, als wäre er bereits eine Nacht alt. Diese vertrauten Einzelheiten witterte er, bevor die anderen sie bemerkten. Kein Wunder! Mein Gott, im Apachenland habe ich so viele Bluttaten gesehen, dass sie für zehn Leben reichen würden!, überlegte er bitter.

Als sie auf den Gipfel eines Höhenzugs kamen, sahen sie hinunter auf das, was von der Ranch der Broughtons übrig geblieben war: das in Asche gelegte Haus, die verbrannte Scheune und der zerstörte Corral. Das Vieh war weggetrieben worden. Er wusste, was sie finden würden, und alles in ihm wehrte sich dagegen, noch ein Mal ein solches Gemetzel sehen zu müssen. Angst und Schrecken krampften ihm den Magen zusammen, während er Lawrence und den anderen vorausritt. Da Walkman sehr viele der erfahreneren Männer bei seinem Ablenkungsmanöver mit nach Süden genommen hatte, waren die meisten Männer, die Lawrence bei sich hatte, Neulinge. Hoffentlich würden sie stark genug sein, wenn sie die Leichen der Frauen fanden! Aber Lee betete auch, dass sie sie hier fanden. Wenn sie auf der Ranch sind, sind sie schneller gestorben, dachte er voller Entsetzen. Wenn sie von Gall und seinen Banditen verschleppt worden wären, wusste Lee sehr wohl, was das bedeutete. Diesen Gedanken verdrängte er mit aller Gewalt.

Es war sinnlos, den Spuren der Viehherde zu folgen. Broughtons Herde war in kleinere Gruppen aufgeteilt worden, die in verschiedene Richtungen getrieben wurden. Zweifellos, um sich in einigen Tagen an einem entfernten Ort wieder zu treffen. Ohne Ersatzpferde und ohne Proviant war es für die Freiwilligen unmöglich, die Mörder zu verfolgen.

»Sehen Sie jetzt, Velásquez, warum Jim und ich Ihre Hilfe brauchen?«, fragte Jeremy mit gepresster Stimme, während sie zwei Männer dabei beobachteten, wie sie schweigend die sterblichen Überreste Mrs. Broughtons in eine Decke hüllten.

»Ja, Lawrence, das sehe ich, und ich habe auch schon gesagt, dass ich Ihnen helfen werde«, erwiderte Lee. Abrupt wandte er sich ab und ergriff Sangres Zügel.

Auf dem Ritt zurück nach San Antonio kämpfte Lee gegen längst tot geglaubte Erinnerungen. Er zwang sich dazu, nicht mehr an die eben gesehene Gräueltat zu denken, und sperrte sich mit aller Kraft dagegen, über ähnliche Ereignisse nachzusinnen, die immer wieder von Roten oder Weißen in Neu Mexiko und Chihuahua begangen worden waren, als er mit Raoul Fouqué geritten war.

Unwillkürlich blitzten Bilder von Melanie in seinem Kopf auf, während er schweigend gegen die Geister ankämpfte: Er sah sie vor sich mit ihrem langen Haar, das sie wie ein schwarzer Seidenmantel einhüllte, ihre unergründlich tiefen, gold schimmernden Augen. Sie hatte die Verbindung zwischen Walkman und den Banditen aufgedeckt, die so vielen Menschen den Tod brachte. Verflucht noch mal! Immer wieder begab sie sich selbst in Gefahr!, grollte er.

Es dämmerte schon, als Lee und die anderen San Antonio erreichten. Wenn sie schon zu Hause war, würde er noch einmal zu Pater Gus reiten, um nach Lame Deer zu sehen, und dann zur Night Flower-Ranch zurückkehren. Doch er hatte den Verdacht, dass Melanie sich noch in der Stadt aufhielt und auf die Rückkehr der Miliz wartete. Hatte sie Angst um ihn … oder um Lawrence?

Als hätte er sie mit seinen Überlegungen herbeigerufen, kam Melanie die Straße heruntergeeilt, sobald die Männer die Main Plaza erreicht hatten. Aufgrund der Nachricht von dem Überfall auf die Broughton-Ranch hatte sich eine Menschenmenge angesammelt. Jeremys Ranger und die Freiwilligen stiegen ab und mischten sich unter die Menge, um mit den Bürgern der Stadt zu sprechen. Melanie kam auf Lee zu.

Sie warf einen schnellen Blick auf das unbewegte, harte Gesicht. Er war böse auf sie, weil sie sich noch in der Stadt aufhielt, das erkannte sie sofort. »Lame Deer hat mir heute Nachmittag, als er aufgewacht ist, alles über Galls Überfall erzählt. Kamen deine Ranger noch rechtzeitig?« Ihr Gesicht war ernst, während sie auf eine Antwort wartete.

»Sie sind nicht *meine* Ranger«, stieß er zwischen zusammengebissenen Zähnen hervor. »Nein, wir kamen nicht mehr rechtzeitig. Und jetzt lass uns nach Hause gehen.« Er streckte die Hand nach ihrem Arm aus und versuchte, sie von der aufgebrachten Menge wegzuziehen, die sich versammelt hatte, um die grausige Geschichte zu hören.

»Lass mich los!«, zischte sie und schüttelte seine besitzergreifende Hand ab. »Ich habe vor, die Geschichte für den *Star* zu recherchieren. Wenn du mir nichts sagen willst, kann ich vielleicht von Jeremy etwas erfahren.«

Nichts war geeigneter, ihn zu provozieren, als diese Bemerkung. »Jeremy!«, höhnte er. »Er ist damit beschäftigt, dem Bürgermeister Bericht zu erstatten. Aber wenn du so großes Interesse an den makabren Einzelheiten hast, dann werde ich sie dir noch einmal aufzählen. Nur schade, dass wir die armen Teufel schon begraben haben. Ich nehme jedoch an, du würdest sie sogar exhumieren lassen, wenn du auf diese Weise deinen Namen unter einen Artikel setzen könntest!«

»Es besteht kein Grund, beleidigend zu sein, Lee. Ich will nur die Tatsachen für den *Star* recherchieren und möchte keineswegs irgendeine makabre Neugier befriedigen«, gab sie heftig zurück.

»Du willst die Fakten? Gut, ich gebe sie dir: sieben Menschen ermordet, drei davon Kinder und ein Baby. So wie es aussieht, waren Broughton und seine Cowboys ziemlich schnell tot ... jedenfalls ehe sie Mrs. Broughton und ihre Kinder verteidigen konnten. Der Kopf des Babys wurde auf einem Stein zerschmettert. Die zwölfjährige Tochter wurde wiederholt vergewaltigt, ehe man ihr die Kehle durchschnitt. Das Gleiche gilt für Mrs. Broughton, nachdem sie sie grausam misshandelt hatten. Wie, das kann ich dir schildern, also ...«

»Hör auf damit«, stieß sie zwischen zusammengebissenen Zähnen hervor. Sie war kreidebleich geworden, und die Beschreibung des grauenvollen Geschehens hatte ihr die Luft abgeschnitten. Als sie sich abwandte, taumelte sie wie vom Schlag getroffen zur Seite. Mit einem einzigen langen Schritt war Lee bei ihr, drehte sie grob herum und hielt sie auf Armeslänge von sich ab.

»Du und deine verdammten politischen Kampagnen, bei denen es immer um edle rote Männer geht! Vielleicht gibst du jetzt deine törichten Einmischungen auf und bleibst zu Hause«, brummte er.

»Zu Hause? Und was soll ich dort? Hier in der Stadt habe ich zumindest einen Job. Es gibt auf Night Flower nichts für mich zu tun, und das weißt du auch, Lee!«, antwortete sie bitter.

Er gab sie in dem Moment frei, als Clarence Pemberton, den Notizblock in der Hand, aus der Menge auftauchte. Der alte Zeitungsherausgeber beobachtete den Wortwechsel zwischen dem jungen Paar. Entschlossen ging er auf die beiden zu. »Ich habe gerade mit Jeremy Lawrence gesprochen und die einschlägigen Fakten bekommen, Melanie. Sicherlich war es für Sie beide ein sehr langer Tag, Velásquez. Warum bringen Sie Ihre Frau nicht einfach nach Hause?« Auch als Melanie ihn mit Todesverachtung ansah, fuhr er unbeirrt fort: »Ich glaube, bis morgen habe ich hier alles im Griff.« Mit dieser knappen Bemerkung wandte er sich einer anderen Gruppe Männer zu, die den grausigen Bericht der Miliz diskutierten.

Verärgert ging Melanie zum Mietstall hinüber, wo sie Liberator untergestellt hatte, ihren geliebten Hengst, den ihre Eltern bei ihrem Besuch im vergangenen Monat mitgebracht hatten. Schweigend ritten sie und Lee nach Hause, jeder war mit seinen eigenen Gespenstern beschäftigt. Immer wieder ging es ihr durch den Kopf, dass er sie mit diesen indianischen Banditen verglich. Indianisches Blut zu haben, war ein Makel, der einen in den Dunstkreis der Gräueltat brachte, die vergangene Nacht an den Broughtons verübt worden war.

Als sie schließlich zu Hause ankamen und gemeinsam ein leichtes, kaltes Mahl in eisigem Schweigen einnahmen, spürte Melanie eine tiefe Erschöpfung. Nach dem Essen zog sie sich auf ihr Zimmer zurück, wo sie schnell aus ihren Kleidern schlüpfte und dankbar in das Bad eintauchte, das Genia für sie vorbereitet hatte. Nachdem sie beinahe im Wasser eingeschlafen wäre, hielt sie sich gerade noch so lange wach, um ihr seidenes Nachthemd überzustreifen und allein unter die Decke ihres Bettes zu schlüpfen. Dort übermannte sie der Schlaf aufs Neue.

Am anderen Ende des Ganges lief Lee in seinem Zimmer auf und ab. Er wollte nicht der quälenden Erschöpfung nachgeben und sich schlafen legen. Bilder von Melanie gingen ihm durch den Kopf. Er hörte das Plätschern des Wassers und Genias leises Murmeln, als sie ihrer Herrin eine gute Nacht wünschte. Die samtene Haut seiner Frau konnte er beinahe spüren, glatt und geschmeidig vom Badeöl, sah er sie im Kerzenlicht golden aufglänzen. Er roch den Duft von Nachtblumen, den sie immer an sich zu tragen schien. Lee war maßlos zornig auf sie, dass sie in diese gefährliche Sache mit Walkman und Blaine verwickelt war. Aber es war noch mehr als das: Er war ungeheuer eifersüchtig, weil sie mit Jeremy Lawrence zusammenarbeitete. Das Versprechen des jungen Rangers, dass er Melanie nichts mehr von ihren Plänen erzählen würde, beruhigte Lee kaum. Sie vertraut ihm … mag ihn, dachte er bedrückt. Und Lawrence behandelt sie immer freundlich und voller Achtung …

Lee seufzte und fuhr sich frustriert mit den Fingern durchs Haar. Nur ihren verdammten Artikel für dic Zeitung hatte sie im Kopf, ihre Kampagne. Wie es ihrem Mann ging, war ihr egal – ihrem Ehemann, der sie bedrängt und anschließend verachtet hatte, gestand er sich zum ersten Mal ein, wobei er ein Gefühl der Bitterkeit empfand. »Kein Wunder, dass sie sich Lawrence zuwendet und praktisch nur für den *Star* lebt, so wie ich mich aufgeführt habe«, sagte er laut in den Raum hinein, der ihm so leer vorkam. Mit einem wütenden Fluch riss er sich die Kleider vom Leib und klingelte nach Kai, der ihm das Badewasser bringen sollte. Er musste den Geruch des Todes abwaschen, der ihm noch von der Broughton-Ranch anzuhaften schien.

Erst lange nach Mitternacht schlief er ein. Der Mond stand hoch am Himmel und schien auf Lees dunklen Körper, während er sich hin und her warf, in den Qualen und Wirren eines alten Albtraums gefangen. Er war wieder mit McGordys Männern im Apachenland. Zum ersten Mal war er, ein bitter enttäuschter zweiundzwanzigjähriger großer Junge, mit den anderen als Skalpjäger unterwegs. Schreiend jagten sie durch das Lager, schossen noch benommene Apachen nieder, die aus dem Schlaf gerissen worden waren. Als er seine Munition verschossen hatte, benutzte er sein Messer … So viel Blut! Die Galle stieg ihm in den Mund. Während er von neuem in seinen Träumen erlebte, wie er den ersten Apachenskalp genommen hatte, schlug und fuchtelte er wütend mit den Armen auf seinem Bett herum.

Irgendetwas weckte Melanie auf, ein tiefer, klagender Schrei, der sich anhörte, als käme er von einem Tier, das unerträgliche Qualen litt. Abrupt setzte sie sich im Bett auf, spähte im Zimmer umher und blickte dann durch das Fenster hinaus in die stille, mondhelle Nacht.

Da! Schon wieder! Es kam nicht von draußen, sondern aus Lees Zimmer am anderen Ende des Ganges! Sie warf die Decke zurück, sprang aus dem Bett und nahm sich nicht einmal die Zeit, sich einen Mantel umzuhängen, sondern rannte barfuß den langen Gang hinunter.

Als sie die Tür aufstieß, konnte sie Lee sehen. Halb in die Laken gewickelt, lag er auf seinem Bett. Sein Körper hob sich dunkel gegen den hellen Schein des Mondlichts ab, das von den Laken reflektiert wurde. Wie ein wildes Tier schlug er um sich, fuchtelte mit den Armen in der Luft herum, als wäre er in einer schrecklichen Falle gefangen. Ängstlich und unsicher geworden, ging sie nur langsam in das Zimmer hinein. Es war groß und wirkte bedrohlich, roch nach Leder und Tabak und dem Duft eines Mannes – seinem Duft.

Aufs Neue schrie Lee auf. Es war ein durchdringendes, qualvolles Stöhnen, das in unverständliches Gemurmel überging. Sich auf den Bauch wälzend, krallte Lee seine Hände in das Kissen und vergrub sein Gesicht darin, als wollte er die unwillkürlichen Schreie ersticken. Wie unter Zwang trat Melanie immer näher an das große Bett und den Mann heran, der sich krümmte und wand. Schweißgebadet lag er nackt unter der dünnen Decke. Beinah wäre sie in Versuchung geraten, seine schlanke, muskulöse Gestalt zu bewundern, die sich deutlich im Mondlicht abzeichnete. Doch im selben Augenblick begann er wieder zu sprechen ... und dann laut zu schreien. Sie war von der Qual in seiner Stimme wie erstarrt, während ein Schwall kaum zusammenhängender spanischer Worte aus seinem Mund drang.

»Blut ... so viel Blut ... der Geruch ... Mein Gott, das kann ich nicht tun ... Ich kann nicht ... du Mistkerl, McGordy, das gefällt dir wohl, was? Hör auf ...« Eine Minute lang schwieg er, dann begann er von neuem: »Es ist eine Frau, Heilige Jungfrau, eine Frau ... nein ... nicht! ... Aaah! Himmel, zieh es nur heraus, Fouqué ... Vergiss die Haken ... Es muss heraus, oder ich verblute ...«

Mit Schrecken wurde ihr klar: Er träumt von seiner Zeit als Skalpjäger! Jetzt erkannte sie erst, dass seine traumatische Beschreibung der an den Broughtons begangenen Gräueltat nur eine von vielen barbarischen Szenen war, deren Zeuge er in den vergangenen Jahren im Grenzgebiet geworden war. Die Intensität seines Schmerzes und seiner Qual wogte durch den Raum und überflutete sie wie eine große Welle. Melanie wusste, dass sie der Qual ein Ende machen musste, indem sie ihn aufweckte.

Entschlossen ging sie zu dem großen Bett hinüber und kniete nieder. Als sie ihn schüttelte, konnte sie unter ihren kühlen Fingerspitzen spüren, wie seine Muskeln zitterten. »Lee, Lee, wach auf! Du hast einen Albtraum ... Es ist nur ein böser Traum. Wach auf!« Mit einer einzigen ruckartigen Bewegung schlug er ihre Hand beiseite und wälzte sich auf den Rücken, immer noch schreiend und im Albtraum gefangen. Als sie sich auf das Bett setzte und sich über ihn beugte, strahlte die Hitze seines Körpers bis auf ihren Oberschenkel und ihren Bauch aus. Sein dunkel behaarter Brustkorb fühlte sich schweißnass an, als sie mit ihren Fingern durch den dichten Haarpelz fuhr und sanft an ihm rüttelte, um ihn aus seinem Albtraum zu reißen. »Wach auf, Lee, bitte!«, bat sie lauter, wobei sie mit der anderen Hand über seine heiße Schläfe strich.

Plötzlich schoss eine Hand hoch, umschloss ihr Handgelenk und zog sie mit einem Ruck von seinem Gesicht weg. Er riss die Augenlider auf. Verwirrt und bestürzt starrte er sie an. »Was, zum Teufel, hast du hier zu suchen?« Er stützte sich im Bett auf, ließ den Blick irritiert durch den Raum schweifen, um sich zu orientieren. Langsam zog er sich von dem entsetzlichen Abgrund zurück, der ihn wieder einmal verschlungen hatte, und wandte sich Melanie zu. Sein finsterer Blick schien die dünne Seide ihres Nachthemds zu durchdringen, die ihre sinnliche Figur nur ungenügend verhüllte.

»Du ... du hast einen Albtraum gehabt, einen schrecklichen Traum. Ich habe dich bis ans Ende des Ganges gehört, und ich wollte herausfinden ...« Ihre Stimme erstarb in einem gedämpften Flüstern, als sie sich klar wurde, wie verletzbar sie jetzt war, da sie ihn aufgeweckt hatte.

Grimmig ließ er eine Braue in die Höhe zucken. »Immer darauf erpicht, etwas herauszufinden, meine kleine Reporterin?« Allmählich wurde ihm klar, was er wahrscheinlich hinausgeschrien hatte. Verdammt noch mal! Mit zusammengekniffenen Augen fragte er: »Wie gut verstehst du Spanisch?«, doch er wusste, dass sie alles verstanden hatte.

»Ziemlich gut«, antwortete sie da auch schon leise.

Sie zwang sich, seinem anklagenden, zornigen Blick Stand zu halten. »Ich weiß, dass du deine Erfahrungen in Neu Mexiko noch einmal durchlebt hast. Es muss entsetzlich gewesen sein ...« Wieder versagte ihr die Stimme. Melanie sah auf seine starken, dunklen Finger hinunter, die sich so fest um ihr schmales Handgelenk geschlossen hatten, dass es heftig schmerzte. Sie versuchte, ihre Hand zu befreien. Als er merkte, dass er ihr wehtat, lockerte er zwar den Griff, ließ sie aber nicht los.

»Im Apachenland war es schrecklich ... Es war schlimmer, als du dir vorstellen kannst«, bekannte er erschöpft. »Der Mord an den Broughtons muss den Traum ausgelöst haben. Ich habe ihn schon monatelang nicht mehr geträumt«, murmelte er dunkel. Als sie erneut versuchte, sich zu befreien, begann er, ihre schmerzende Hand sanft zu massieren.

Ob er hören kann, wie mein Herz hämmert?, fragte Melanie

sich bang. Bestimmt konnte er es auch durch das dünne Nachtgewand hindurch schlagen sehen. »Wenn es dir jetzt wieder gut geht, dann werde ich …«

»Noch vor wenigen Augenblicken warst du dabei, die Situation zu erforschen, wie es sich für eine kühne Reporterin gehört. Du wirst doch jetzt nicht davonlaufen wie ein verängstigtes Häschen, oder?« In seiner Stimme lag etwas seltsam Neckendes und zugleich Entmutigendes.

»Ich habe keine Angst«, log sie, »aber du tust mir weh.« Da sie ihn nicht ansehen wollte, blickte sie auf ihre Hand. Und auf seine schlanken, braunen Finger, die ihr Handgelenk umschlossen! Sie konnte den Blick nicht abwenden, sondern musste sie näher betrachten. Verflixt! Warum mussten selbst seine Hände so wunderschön aussehen?

Langsam drückte er ihre kleine, weiche Handfläche auf die Stelle, wo sein Herz heftig pochte. Unwillkürlich spreizte sie die Finger und fuhr mit den langen Fingernägeln durch das dichte Haar. Sie konnte spüren, wie sich Lees Herzschlag beschleunigte. Er ließ ihr Handgelenk los und legte seine Hand schnell auf ihr Herz. Lee berührte ihre Brust nur leicht mit seinen harten Fingerspitzen, die den dünnen Seidenstoff des Nachthemds streiften. Auch ihr Herz schlug bei seiner Berührung schneller.

Mit einem kleinen Lächeln auf den Lippen flüsterte er: »Nun sind wir uns ebenbürtig, kleine Nachtblume.«

»Wir werden nie ebenbürtig sein, Lee«, erwiderte sie mit einem erstickten Schluchzer. »Jedenfalls nicht in deinen Augen.«

Verärgert zog er sie an sich, schlang einen Arm um sie und drückte sie fest an sich. »Fang jetzt nicht mit Gegenbeschuldigungen an, Mellie … Du bist meine Frau, und du bist in mein Zimmer gekommen.« Er gab ihr keine Gelegenheit zu antworten, sondern küsste sie heiß und leidenschaftlich, während er mit der anderen Hand durch ihr seidiges Haar fuhr, das ihr über die Schultern fiel.

Melanie spürte, wie er sich ihrer Lippen bemächtigte und Einlass in ihren Mund begehrte, während er ihre weichen Haarsträhnen um seine Finger schlang. Sie konnte das Schlagen seines Herzens hören und seinen rauen, ungleichmäßigen Atem. Dass er sein Verlangen so deutlich zeigte, machte ihn verletzlich. Erst war er der zitternde, schweißgebadete Mann gewesen, der von einem schrecklichen Albtraum heimgesucht worden war. Und jetzt war er ein fordernder Liebhaber, der von der Leidenschaft überwältigt wurde – einer Leidenschaft, der sie – der Himmel mochte ihr beistehen – nicht widerstehen konnte.

Mit einem tiefen Stöhnen öffnete sie den Mund und erwiderte seinen Kuss, wobei ihre heiße, kleine Zunge ein leidenschaftliches Spiel begann, so wie er es sie gelehrt hatte. So viel hatte er ihr in so kurzer Zeit beigebracht! Was wird mit mir geschehen?, dachte sie in einem kurzen Anfall von Panik. Doch seine Lippen und Hände beruhigten sie. Der Kuss wurde weich und spielerisch, mit der Hand massierte er sie leicht, statt sie fest an sich zu drücken. Während er sich auf dem Bett zurücklehnte, zog er ihren zierlichen Körper an sich, bis sie an ihn geschmiegt dalag. Eine kleine Hand berührte seine Schulter, die andere war um seinen Hals geschlungen, und wühlte sich langsam in sein lockiges Haar. Sie dachte nicht mehr, sondern fühlte nur noch.

Lee spürte, wie eine glühende Woge des Entzückens seinen ganzen Körper durchlief, als ihr Widerstand sich in süße Hingabe verwandelte. Da erkannte er, wie rau er mit ihr umging, und zügelte seine Leidenschaft. Genießerisch erkundete er ihren Mund, tastete sich voran, suchte die empfindlichsten Stellen und spürte, wie sie die sinnliche Erforschung erwiderte. Ihre Brüste waren an seinen Brustkorb gebettet, und ihre Hüften drängten sich ihm verlangend entgegen. Er spürte, wie Schauer über ihren Rücken liefen, als seine Hände darüber glitten. Dabei spürte er die seidige Vollkommenheit ihres zierlichen Körpers durch das Nachthemd hindurch.

Langsam zog er sich aus ihrem Mund zurück und bewegte seine Lippen schnell und verlangend über ihren Hals bis zu ihrem Schlüsselbein. Als sie den Kopf zurückbog, um seine Zärtlichkeiten voll auszukosten, hoben sich ihre Brüste und spannten die Seide ihres Nachthemds. Während er sich aufsetzte, trat er die Decke von seinem Unterkörper herunter, streckte die Hand nach dem Saum des Nachthemds aus und schob es hoch.

Da sie wusste, dass er die letzte hauchdünne Barriere zwischen ihren Körpern beseitigen wollte, kam sie ihm entgegen, indem sie sich wand und drehte, bis er ihr das Hemd über den Kopf gezogen hatte. Ihr Haar breitete sich fächerartig, wie dunkle, verschüttete Tinte, auf dem vom Mondlicht beschienenen Kissen aus. Er warf das dünne Seidennachthemd auf den Fußboden und senkte sein Gesicht auf die Hügel ihrer straffen Brüste. Seine schlanken Finger reizten und umfassten erst die eine, dann die andere volle Brust. Sein heißer Atem strich darüber, bis die rosigen Spitzen hart wurden.

Melanie wollte die Wärme seines Mundes auf ihrer nackten Haut spüren. Stöhnend und voller Sehnsucht bot sie ihm ihre Brüste dar. Mit der Zungenspitze zeichnete er die Umrisse einer Brust nach, umkreiste sie, bis Melanie glaubte, es nicht mehr aushalten zu können vor Lust und Verlangen. Abrupt wechselte er zur anderen Brust und wiederholte das aufreizende Spiel. Schließlich umschlossen seine heißen, feuchten Lippen die Brustspitze und saugten fest daran. Vor Verzückung schrie Melanie leise auf, während ihre Hände in sein lockiges Haar griffen und ihn näher an sich zogen.

Dann rollte sich Lee auf den Rücken und hob sie auf sich.

Ihre Brüste wirkten aus dieser Perspektive noch verlockender und verheißungsvoller. Als er seinen Mund öffnete, drängte sie ungeduldig mit der harten Brustwarze hinein. Keuchend wand sie sich hin und her, während er erst die eine, dann die andere Brust mit der Zunge verwöhnte.

Sie spürte sein hartes, heißes Glied, das sich gegen die Rückseite ihres Oberschenkels spannte, als sie mit gespreizten Beinen auf ihm saß. Während er ihre Brüste weiter verwöhnte, streckte sie eine Hand nach hinten und streichelte ihn zärtlich. Nach Luft ringend, bäumte Lee sich auf und hätte sie beinahe aus dem Gleichgewicht gebracht. Dann legten sich seine starken Hände um ihre schmalen Hüften, hoben sie hoch und ließen sie nieder, wobei er langsam in sie eindrang. Als er spürte, wie sich ihr feuchter Schoß um ihn schloss, konnte er sehen, wie sie sich vor Wonne wand. Mit den Händen umfasste er ihre schlanke Taille und hielt sie fest, während sich ihre Schenkel eng um ihn schmiegten. Mit geschlossenen Augen bog sie den Kopf in den Nacken, lustvoll und verlangend, bis ihr langes, seidiges Haars seine Oberschenkel streifte.

Sobald sie festen Sitz hatte und er ganz in sie eingetaucht war, bewegte er sich und versetzte ihren Unterkörper mit seinen Händen in eine kreisende Bewegung. Als die Lust wie eine Welle durch sie hindurchschoss, riss Melanie die Augen weit auf. Wie durch einen Schleier sah sie auf ihn hinunter. Dann legte sie die Hände auf seinen Brustkorb, wühlte mit den Fingern in seinem dichten Haar, während sie, seiner Führung folgend, mit wachsendem Vergnügen auf und nieder stieg, von einer Seite auf die andere wogte und schließlich in wildem Rhythmus auf ihm ritt.

Ihr Inneres stand in Flammen. Glühend vor Leidenschaft, kam sie ihm entgegen. Lee griff nach ihrem Haar, zog lange Strähnen über ihre Schulter und schmiegte ihr Gesicht an seine Wangen, um ihr einen langen, wilden Kuss zu geben.

Während Melanie den Kuss erwiderte, bewegte sich ihr Unterleib weiter, als hätte er einen eigenen Willen. Unbewusst, instinktiv vereinte er sich mit seinem, nahm ihn tief in sich auf, als wären sie eins. Noch während Lee sie küsste, entrang sich ihrer Kehle ein tiefes Stöhnen.

Lee spürte, wie sich in ihrem seidig glatten Schoß eine Welle ausbreitete. Erschauernd umklammerte Melanie ihn mit Hüften und Schenkeln. Als sie leise aufschrie und in einem letzten leidenschaftlichen Aufbäumen den Höhepunkt der Ekstase erreichte, hielt auch er sich nicht länger zurück. Stöhnend trafen sich ihre Lippen, während er, von wilden Schauern erfasst, die Augenblicke höchster Lust mit ihr teilte. Er wollte in ihr und mit ihr verbunden bleiben. Lee umfasste ihre bebenden Oberschenkel und hielt Melanie fest an sich gepresst, während sie nach vorne auf seine Brust sank.

Für einige Augenblicke lagen sie miteinander vereinigt in der stillen Nachtluft da, zitternd, atemlos, verwirrt. Allmählich gewannen beide ihre Fassung zurück. Aus Angst, seinen glühenden Augen zu begegnen, barg Melanie ihr Gesicht an seinem Hals. In seinen Augen lag Wildheit. Sie gehörten einem Mann, der sich nahm, was er haben wollte, ohne Rücksicht auf die Konsequenzen. Ihr stieg die Röte ins Gesicht, als sie sich daran erinnerte, wie schamlos sie sich mit ihm vereinigt hatte und auf ihm geritten war. Kein Wunder, dass er mich wie eine Mätresse behandelt! Sobald er mich mit seinen Händen berührt, verhalte ich mich auch so, dachte sie bitter.

Auch Lee hatte ihr Bild vor Augen, wie sie mit zurückgeworfenem Haar und vorgewölbten Brüsten auf ihm ritt. Dann spürte er, dass sie still und reglos neben ihm lag, nachdem die Leidenschaft abgeebbt war. Es war immer dasselbe: Wenn er in wilder Leidenschaft die Hand nach ihr ausstreckte, verschmolz sie ohne Widerstand mit ihm. Nachdem sie ihre Bedürfnisse befriedigt hatte, zog sie sich verärgert zurück. Ihre Mutter hatte sich ihrem Vater gegenüber ehrlicher verhalten als Melanie ihm gegenüber.

Langsam glitt er von ihr herunter. Beide rollten sich auf die Seite und sahen sich an. Aber er ließ sie nicht los. Als sie im fahlen Mondlicht den Blick senkte, streckte er die Hand aus. Viel gröber, als er es beabsichtigt hatte, umfasste er ihr Kinn und hob es an. Sie waren nur wenige Zentimeter voneinander entfernt.

»Bereust du es schon wieder, meine Blume der Nacht?«

Sie zwang sich, ihm in die Augen zu sehen. »Nicht mehr als du, Lee.«

»Was, zum Teufel, soll das schon wieder bedeuten? Du bist doch diejenige, die danach zum Eiszapfen wird und mich angreift«, erwiderte er bitter. Er war verärgert, weil er so verletzbar war und sie immer wieder merken ließ, wie heftig er sie begehrte.

»Kannst du wirklich ehrlich sagen, dass du es beim ersten Mal nicht bereut hast? Als alle deine Pläne hinsichtlich einer Annullierung zunichte gemacht waren?« In ihre Augen war ein anklagender Ausdruck getreten.

»Das ist jetzt alles vorbei«, wich er aus. »Wir sind verheiratet, Mellie, und wir müssen zusammen leben. Es war unvermeidlich, dass es passiert ist, obwohl wir sogar in getrennten Betten schliefen. Ein Mann und eine Frau, die sich zueinander hingezogen fühlen, können nicht unter einem Dach leben, ohne sich körperlich zu lieben«, argumentierte er nüchtern. Doch er wusste, dass in seiner Stimme Ärger mitschwang.

Kopfschüttelnd rückte sie von ihm ab. »Mit anderen Worten: Du begehrst mich, aber du liebst mich nicht. Nun, für dieses Problem gibt es eine ganz einfache Lösung.« Schnell rollte sie sich aus seiner Reichweite und streifte sich das Nachthemd über, während sie auf die Tür zuging. »Wenn wir nicht unter einem Dach leben, müssten wir beide ruhiger schlafen können.« Sie knallte die Tür hinter sich zu und verschwand im Gang.

Verärgert warf er sich aufs Bett zurück und fluchte leise auf Spanisch.

Kapitel 20

So kann ich nicht leben, Obedience. Das ist einfach unmöglich!«, schluchzte Melanie, während die große Frau sie sanft in den Armen wiegte.

»Jetzt reg dich nicht so auf«, sagte Obedience. »Zuerst gehen wir einmal hinein, und dann kannst du mir in Ruhe erzählen, was los ist.«

Melanie band ihr Pferd neben dem Haus an. Arm in Arm ging sie mit Obedience zur Küchentür. Die Sonne war gerade aufgegangen. Rosa- und malvenfarbene Streifen zogen sich über den morgendlichen Himmel.

Nachdem sie in ihr Zimmer zurückgekehrt war, hatte Melanie kein Auge mehr zugetan. Zuerst war sie stundenlang ruhelos hin- und hergelaufen, dann hatte sie ein paar Kleider in eine Tasche geworfen und war noch in der Dunkelheit von der Ranch geflohen, um bei Obedience Trost und Rat zu suchen.

»Ich bin ziemlich sicher, dass dein junger Ehemann demnächst hier auftauchen wird. Deshalb beeilst du dich besser mit dem Erzählen«, meinte Obedience, während sie sich daranmachte, eine riesige Kanne Kaffee zu kochen. Sogar Sadie war noch nicht auf den Beinen, und in der sonst von Betriebsamkeit erfüllten Küche war es unheimlich still.

Auf der Stuhlkante sitzend, zupfte Melanie nervös an ihrem Rock herum. Sie sah aus wie ein aufgescheuchter Vogel, der in der nächsten Sekunde davonfliegen würde. Nach dem überstürzten Aufbruch in die Stadt hing ihr das Haar in wirren Strähnen über die Schultern, und ihr Seidenhemd war falsch geknöpft.

»Ich weiß gar nicht, wo ich anfangen soll«, flüsterte sie hilflos und spreizte die Finger auf den Knien.

»Wie wärs mit vergangener Nacht?«, half Obedience scharfsinnig nach. Der schuldbewusste Blick und die schamroten Wangen der jungen Frau bestätigten ihre Vermutung. »Hat er dich verletzt?«, fragte sie ungläubig, obwohl sie sich das kaum vorstellen konnte.

»Nein, nein ... Manchmal macht er mir Angst, aber ... verletzt hat er mich nie.«

Obedience nickte, als ihr allmählich dämmerte, was los war. »Er tut dir wohl viel zu viel Gutes, habe ich Recht?«

Noch tieferes Erröten und Schweigen waren die Antwort.

»Nun hör mir mal zu! Was du dabei fühlst, ist natürlich und gut – es ist jedenfalls nichts, wovor man davonlaufen muss.«

»Aber es ist zum Davonlaufen, wenn dein Ehemann danach böse auf dich ist«, entgegnete Melanie mit leiser, trauriger Stimme. »Er begehrt mich. Solange wir unter einem Dach leben, kann er einfach nicht anders ... na ja ...« Ihre Stimme wurde noch leiser und verstummte schließlich ganz, so verlegen und peinlich berührt war sie.

Obedience lachte herzlich. »Und du scheinst auch nicht anders zu können. Und das liegt in der Natur der Sache.«

»Aber er liebt mich nicht! Er wurde gezwungen, mich zu heiraten, und hatte zunächst gar nicht die Absicht, die Ehe zu vollziehen«, platzte Melanie heraus. Nach dieser beschämenden Enthüllung war es, als wäre ein Damm in ihr gebrochen. Sie erzählte Obedience alles: angefangen bei der Übereinkunft über die Annullierung der Ehe, die sie gezwungenermaßen an jenem Tag im Obstgarten getroffen hatten, bis hin zu dem explosiven Zusammenstoß in der Ballnacht.

»Verstehst du jetzt, dass es so nicht weitergehen kann? In der vergangenen Nacht ist es wieder geschehen, und er hat sich genauso verhalten. Ich kann einfach nicht weiterleben wie eine Gefangene, wie eine ... eine Hure. Er braucht mich nur zu berühren, und ich bin verloren.« Sie ließ den Kopf sinken, und große, glitzernde Tränen rollten ihr über die Wangen, fielen auf ihre Hände, die sie verzweifelt in ihrem Schoß rang.

Aus Deborahs Erzählungen wusste Obedience, dass Melanie noch immer unter ihrer unehelichen Geburt und dem neurotischen Verhalten ihrer Mutter litt. Ein stolzer *Tejano* wie Lee Velásquez, der großen Wert auf einen Stammbaum legte, würde natürlich unbewusst genau das tun und von sich geben, was Melanie verunsicherte und verletzte. Trotz allem war Obedience sicher, dass die beiden zusammengehörten. Wenn doch die zwei Kindsköpfe nur ihre Befürchtungen und Fehler offen zugeben könnten!

Bevor sie noch einen Ratschlag geben konnte, war draußen vor der Küchentür Hufschlag und aufspritzender Kies zu hören. »Wenn mich nicht alles täuscht, ist das dein Ehemann. Merkst du jetzt, wie sehr er sich freut, dich los zu sein?«, meinte sie augenzwinkernd. Sie ging schnell in die Diele und ließ Melanie allein.

Immer zwei Stufen auf einmal nehmend, war Lee mit wenigen Schritten an der Tür. Melanie erhob sich und ballte die Fäuste. Als er krachend die Tür aufwarf, trat sie ihm trotzig entgegen. Eine bedrohliche Atmosphäre erfüllte den Raum.

Wütend warf er den Brief, den sie ihm hinterlassen hatte, auf den Küchentisch. »Was soll das schon wieder bedeuten? Wir sind verheiratet, meine Dame, und sich unter Obediences Fittiche zu flüchten, ändert nichts an dieser Tatsache.«

»Ich werde nicht mit dir zusammenleben, mich deiner körperlichen Begierde unterwerfen und mich anschließend mit Verachtung strafen lassen«, erwiderte sie, stolz auf ihre eiskalte Selbstbeherrschung.

»*Meine* körperliche Begierde, du verdammte kleine Heuchlerin! Als hättest du es mir nicht mit gleicher Münze heimgezahlt! Ich muss meine liebe, kleine Frau sehr loben ... Sie ist wirklich eine fähige Schülerin. Mit ein paar Unterrichtsstunden mehr könntest du sicher …«

»Könnte ich *was*?«, unterbrach sie seine Beleidigungen mit einem Aufschrei. »Ein Bordell eröffnen – oder am Rande der Gesellschaft leben … wie meine Mutter?«

Er ging nicht auf ihren Wutausbruch ein, sondern nahm ihre Tasche, die in der Nähe der Tür stand. »Komm, Frau! Wir gehen jetzt nach Hause.«

»Nein. Du willst mich ja nicht zur Frau. Der einzige Grund, warum du mir nachgeritten bist, liegt darin, dass du Angst vor meinem Vater hast!«, entgegnete sie boshaft.

Er ließ ihre Tasche fallen, als hätte er sich daran verbrannt. Langsam verschränkte er die Arme vor der Brust und starrte sie verächtlich an. »Rafe Fleming möge verflucht sein«, war alles, was er leise, aber deutlich entgegnete. Dann drehte er sich um und ging zur Tür hinaus.

Melanie blieb in der Pension und bezog wieder ihr altes Zimmer. In der nächsten Woche ging sie wie gewöhnlich jeden Morgen zum *Star*. Über die Entfremdung zwischen ihr und ihrem Mann verlor sie kein Wort. Wenn Clarence und Amos etwas davon wussten, so enthielten sie sich doch jeden Kommentars.

Nachdem er im Zorn zurück nach Night Flower geritten war, verbrachte Lee eine Woche damit, wilde Hengste zuzureiten. Das war ein harter, gefährlicher und schmutziger Zeitvertreib, den er besser seinen *mestaneros* überlassen hätte. Doch er musste etwas tun, um die mörderische Wut loszuwerden, die ihn zu zerreißen drohte. Jeden Abend sank er mit Schmerzen am ganzen Körper und erschöpft ins Bett, starrte an die Decke und dachte an die Frau, die nicht mehr im Zimmer am Ende des Ganges schlief. In San Antonio ist sie auch nicht weiter von mir entfernt als hier unter meinem Dach. So viel ist sicher, überlegte er traurig.

In einem hatte sie Recht gehabt: Er konnte sie nicht körperlich lieben, wenn sie getrennt lebten. Dennoch wurde sein Begehren nach ihr nicht schwächer. Im Gegenteil! Nach einer weiteren Woche schlafloser Nächte ritt er nach San Antonio, und zwar nicht als Bittsteller in die Pension, sondern um ein diskretes Bordell am Rande der Stadt aufzusuchen.

Die ersten Strahlen des Morgenlichts drangen durch die schmutzige Fensterscheibe, als Lee sich die Augen rieb und im Zimmer umherblickte. Sonnenaufgang. Es sah so aus, als würde es ein bewölkter Tag werden. Doch andererseits konnte draußen auch strahlender Sonnenschein herrschen, wenn Clarice ihre Fenster nicht ordentlicher putzte als ihr Zimmer. Der Raum war ein Schweinestall. Seidenstrümpfe und rüschenbesetzte Unterwäsche waren achtlos auf Stühle und Teppich geworfen. Ein Essteller stand auf einem staubbedeckten Holztisch neben dem Rosshaarsofa. Halb aufgegessenes Fleisch und Kartoffeln lagen in geronnenem Fett, und ein Steakknochen stak in obszöner Weise unter einer leinenen Serviette hervor, die hastig hingeworfen worden war. Aschenbecher mit Zigarren-, Zigarillo- und Pfeifenasche deuteten auf Anzahl und Art der Kunden hin, die Clarice in den vergangenen Tagen besucht hatten.

Lee setzte sich auf und betrachtete die Frau, die neben ihm schlief. Das Morgenlicht legte unbarmherzig den dunklen Haaransatz der hellbraunen Strähnen bloß, und ihr noch junges Gesicht war mit Rouge und Tusche verschmiert. Er hatte sie gestern Abend ausgewählt, weil sie noch nicht den harten, abgebrühten Gesichtsausdruck der älteren Frauen hatte. In der ordinären Atmosphäre des Freudenhauses war ihm Clarice irgendwie verletzlich erschienen.

Während er sie nun anstarrte, schoben sich unwillkürlich Bilder seiner schwarzhaarigen Frau vor sein geistiges Auge. Er sah ihre reine, golden schimmernde Haut, die keine Schminke trug. Beinah konnte er den süßen, moschusartigen Duft riechen, der von ihr ausging, nachdem sie sich geliebt hatten. Hier schlafe ich mit einer armseligen Dirne, während Melanie nur ein paar Häuser entfernt allein in ihrem Bett liegt!, schoss ihm durch den Kopf.

Zornig warf er die Bettdecke zurück und schwang seine langen Beine über die Bettkante. Clarice murmelte etwas Unverständliches im Schlaf und rollte sich auf die andere Seite. Hastig zog sich Lee an und warf eine großzügig bemessene Summe als Bezahlung auf die Stelle, wo er gelegen hatte. Ohne zurückzublicken, verließ er das Zimmer.

Der kühle, bewölkte Tag war geradezu ideal für die Arbeit mit wilden Pferden. Erst kürzlich hatten seine Männer ein halbes Dutzend wirklich ausgezeichneter Wildhengste aus einer großen Herde ausgesondert, die sie im Westen eingefangen hatten. Er sollte sich schnell zur Night Flower-Ranch aufmachen, um sie zuzureiten. Doch irgendetwas hielt ihn in der Stadt fest. Langsam ging er auf Simpsons Mietstall zu, um Sangre zu holen, als er sich anders besann. Er schlenderte hinüber zu dem kleinen, verborgenen Park hinter der Kirche San Fernando. Hier hatte er Larena getroffen, und sie hatte ihm gesagt, dass sie nicht auf ihn warten würde. Während er mit der Spitze seines Stiefels ein Steinchen wegkickte, dachte er, wie gut es war, dass sie so vernünftig gehandelt hatte. Zweifellos würde er jetzt nie mehr eine Annullierung seiner Ehe erreichen können, um Larena zu heiraten. Aber hatte sie Recht mit ihrer Meinung über ihn und Melanie? Gerade eben hatte er sein Ehegelübde durch einen kurzen, unbefriedigenden Beischlaf mit einer Hure gebrochen.

Doch seine Frau hatte ihm mehr als deutlich zu verstehen

gegeben, dass sie keine echte Ehe mit ihm führen wollte, einerlei, wie heftig sie auf seine Berührungen reagierte. Sie wollte nicht seine Frau sein und Kinder von ihm bekommen. Sie wollte für die Indianer und Sklaven kämpfen, für die Rechte der Frau und für Abstinenz. Beim Gedanken an den letzten Punkt zuckte er innerlich zusammen und rieb sich schuldbewusst die schmerzenden Schläfen. Gestern Nacht hatte er viel zu viel Whisky getrunken.

Aber was will ich denn?, fragte er sich verwirrt. In Gedanken versunken, bemerkte er Pater Gus nicht, der gerade einem niedrig hängenden Zypressenast auswich. Nachdem er in der Kirche eine Messe gelesen hatte, war der Priester auf dem Weg zur Indianerschule. Beinahe wären sie zusammengestoßen, wenn Pater Gus nicht im letzten Augenblick zur Seite getreten wäre. Um sich im Gleichgewicht zu halten, streckte er die Arme aus und hielt sich an Lee fest.

»Sie sind aber ziemlich früh in der Stadt, Leandro«, bemerkte er ruhig. Er betrachtete die zerknitterte Kleidung, das unrasierte Gesicht und die dunklen Augenschatten. Außerdem hüllte Lee der Geruch nach billigem Parfüm und Moschus ein. Da Pater Gus wusste, dass Melanie vergangene Woche in die Stadt gezogen war, war ihm auf Anhieb klar, wo Lee die Nacht verbracht hatte: auf keinen Fall in den Armen seiner Frau. Darauf würde er seinen kleinen Esel Francisco wetten!

Als Lee den Blick aus den blauen Augen des Priesters sah, seufzte er resigniert auf. Widerstrebend breitete sich ein schiefes Grinsen auf seinem Gesicht aus. »Kann denn ein Mann nicht ein Mal ganz privat sündigen, Pater?«

»*Doch.* Das kann er. Aber will er mit dem, was er getan hat, auch ganz privat leben? Das ist die Frage.« Die Worte waren ohne jede Anklage gesprochen.

Ziellos wanderten sie durch den schattigen Park und kamen auf eine Seitenstraße, die so früh am Morgen noch verlassen dalag. Wenn Lee sein Herz ausschütten wollte, würde er das von allein tun, das wusste Pater Gus. Anderenfalls würden keine moralischen Vorhaltungen und kein gutes Zureden den verschlossenen *Tejano* von seinem Entschluss abbringen. Der Pater suchte nach einem neutralen Thema, über das sie sprechen konnten. »Unsere Kinder konjugieren jetzt mithilfe der Grammatik, die Sie uns geschickt haben, lateinische Verben. Sie können Chaucer und Cervantes lesen. Selbst mein schlechtes Englisch wird von Tag zu Tag besser, seit ich Mr. Keats und Pater Newman studiere. Wir alle danken Ihnen für die wunderbaren Bücher, die Sie uns geschickt haben.«

Lee machte eine wegwerfende Handbewegung. »Sie waren nur Staubfänger. Ich habe sie schon gelesen. Jedenfalls habe ich in diesen Tagen sowieso keine Zeit und keine Lust, lateinische Verben zu konjugieren oder Gedichte und Essays zu lesen. Melanie war erstaunt darüber, dass ich Onkel Alfonsos Bücher indianischen Kindern geschenkt habe«, berichtete er mit einer Stimme, in der sich Verachtung und Bedauern mischten.

»Wie geht es Ihrer Frau?«, fragte der Priester sanft. »Ich habe sie diese Woche noch gar nicht gesehen. Lame Deer fragt auch nach ihr.«

Lee blieb stehen und trat Pater Gus direkt gegenüber. »Ich habe sie selbst nicht gesehen, seit sie bei mir ausgezogen ist. Richten Sie Lame Deer aus, dass er sie bei den Oakleys besuchen kann, wenn er sich Sorgen um sie macht.«

»Er ist auch um Sie besorgt, mein Sohn. Wissen Sie, Leandro, Sie sind für ihn ein echter Held, seit Sie ihn vor Felipe und Fredo gerettet haben.«

»Er ist ein lieber Junge«, räumte Lee barsch ein.

»Dafür, dass er das Kind von Indianern ist?«, hakte Pater Gus nach und betrachtete Lee mit prüfendem Blick.

»Einerlei, *wessen* Kind er ist. Verflixt, Pater, jetzt reden Sie auch schon wie meine Frau!«, schimpfte Lee und ging weiter.

Der Priester, dessen Beine viel kürzer waren, musste sich ziemlich schnell bewegen, um mit Velásquez Schritt halten zu können. »Rede ich wie Ihre Frau oder wie Ihr eigenes Gewissen?«, konterte er schnaufend.

»Manchmal glaube ich, dass Gott Ehefrauen erfunden hat, damit sie unser Gewissen sind«, murmelte Lee verärgert.

»Dann sollten Sie vielleicht zu den Oakleys gehen und sich Ihr Gewissen zurückholen, bevor Sie noch weiter vom rechten Weg abkommen«, sagte der Priester augenzwinkernd.

Lee brummte nur etwas vor sich hin und ging noch schneller.

Stella Wolcott war eine Frau mit einer Mission, und so sah sie auch aus. Hoch gewachsen, eckig und hager, hatte sie ein entschiedenes, festes Kinn, das noch durch einen Unterbiss verstärkt wurde. Ihr Blick aus grauen durchdringenden Augen hätte einen Mann selbst auf zehn Meter Entfernung durchbohren können. Das dichte, ergrauende Haar war in einem biederen Knoten im Nacken zusammengebunden, und sie trug derbe Schuhe.

Schon auf den ersten Blick war sie Clarence Pemberton unsympathisch. Sie erinnerte ihn an seine ernste Mutter, die so grimmig und humorlos wie die felsige Küste von Maine gewesen war. Als er Melanie Fleming zum ersten Mal begegnet war, hatte diese wie eine jüngere Version der alten Schreckschraube ausgesehen, die jetzt in seinem Büro saß. Doch Melanie hatte Witz und Geist und einen Sinn für die Ironie des Lebens. Als sie sich in eine Schönheit verwandelt und den jungen *Tejano*-Rancher geheiratet hatte, war er insgeheim erleichtert gewesen. Zum Glück wird sie nicht wie Marilla

Pemberton enden – oder wie Stella Wolcott!, dachte er nun. Beide waren boshaft und gemein genug, um einen unschuldigen Sohn Vivian zu nennen!

»Sind Sie ganz sicher, dass ich Ihnen nicht helfen kann, Madam? Mrs. Velásquez scheint heute Morgen aufgehalten worden zu sein«, erklärte er Stella, während er sie mit seinem schärfsten Blick über die tief sitzende Brille hinweg ansah.

Sie schaute ihn genauso streng an. »Nein, danke, Mr. Pemberton. Ich werde auf Mrs. Velásquez warten. Ich habe einige wichtige …« Sie hielt inne, als Melanie ins Büro geeilt kam. »Ach, da sind Sie ja, mein liebes Kind!«

Etwas an ihrem dringlichen Tonfall alarmierte Clarence. Da passte etwas nicht zusammen! Sie hatte Melanie gedrängt, über Skandale und Ausschweifungen in den Saloons und Spielhallen der Stadt zu schreiben. Doch bis zum heutigen Tag war das Mädchen mit den Berichten über die Indianerüberfälle beschäftigt gewesen. Nun schien die alte Schreckschraube einen neuen Trumpf im Ärmel zu haben. Mit gedämpfter Stimme tauschten die beiden Frauen ein paar Höflichkeiten und verließen dann das Büro wegen eines privaten Interviews. Pembertons Reporterinstinkt sagte ihm, dass etwas nicht stimmte.

Auch Melanie war misstrauisch, als Stella ihre Vorrede mit übertrieben mütterlicher Besorgnis begann. »Meine Liebe«, meinte sie und nahm Melanies kleine Hand in ihre größere, »Sie wissen, wie sehr ich Sie und Ihre Arbeit bewundere. Sie haben schon so viel Gutes in dieser lasterhaften, bösen Stadt getan.«

»Danke für das Kompliment, Mrs. Wolcott«, gab Melanie zurück. Sie fühlte sich unbehaglich.

»Aber Sie wissen auch, wie viel es noch zu tun gibt. Wir müssen die Tür eines jeden Saloons und eines jeden Hauses mit üblem Ruf fest vernageln. Nur dann wird der Dämon Rum bezwungen. Die bösen fleischlichen Begierden locken die

Männer in die Saloons. Wenn sie dann betrunken sind, begehen sie abscheuliche Taten: Sie verspielen Haus und Hof und betrügen ihre edlen Frauen mit Huren.«

Melanie spürte, wie die kalte Hand des Entsetzens nach ihrem Herzen griff, während sie Stella zuhörte. Plötzlich wusste Melanie intuitiv, worauf die andere hinauswollte. »Wollen Sie mir damit sagen, dass mein Mann in eines dieser Lokale gelockt wurde?«

»›The Gilded Cage‹«, stieß Stella aus, erfüllt mit dem Zorn des Selbstgerechten. »Er hat die Nacht mit einer Hure namens Clarice verbracht, nachdem er vorher in der Bar unten getrunken und gespielt hat! Eine Dame wie Sie ist deshalb völlig berechtigt, einen solch zügellosen Menschen zu verlassen. Aber, mein Kind, Sie haben den Vorteil, in einer Position zu sein, in der Sie Vergeltung üben können. Sie können schreiben, und wie wir alle wissen, ist die Feder mächtiger als das Schwert!«

Ganz benommen hörte Melanie zu, wie sich Stella über das Gilded Cage und andere ähnliche Lasterhöhlen ereiferte. Sie konnte nur noch daran denken, dass Lee morgens im Bordell neben einer ordinär geschminkten Hure aufgewacht war, einer Schlampe namens Clarice. Als sie allmählich ihre Aufmerksamkeit wieder Stellas Ausführungen zuwandte, ließ die Benommenheit nach und machte einer Welle der Wut Platz.

Schließlich unterbrach sie die wackere Kämpferin gegen die Trunksucht. »Was würden Sie zu einer Tour durch die hiesigen Saloons sagen, Mrs. Wolcott? Wenn ich genügend Notizen anfertige, sollte ich genug Material haben, um eine ganze Reihe von Artikeln schreiben zu können. Und Sie würden bei Ihrer nächsten Versammlung riesigen Zulauf bekommen. Jede Frau in San Antonio, die lesen kann, wird dort erscheinen, wenn ich die Macht *meiner* Feder nicht unterschätze!«

In der Mitte des *Star*-Büros trat Melanie ihrem finster dreinblickenden Herausgeber gegenüber, während sich Amos hinter seine Druckmaschine zurückzog, von wo aus er ihre feurige Rede verfolgte. »Ich sage Ihnen, Clarence, diese Story ist einfach fantastisch!« Die Hände in den Hüften, redete sie beharrlich auf Clarence ein: »Ich weiß, Sie können Stella Wolcott nicht leiden, aber von dem, was ich hier geschrieben habe, ist jedes Wort wahr. Diese Lokale sind wahre Sümpfe der Korruption und Verderbtheit. Ich kenne einen kleinen Rancher, der letzte Nacht beim Kartenspiel seine ganze Rinderherde verspielt hat, und von einem anderen weiß ich, dass seine Familie von halb verfaulten Kartoffeln lebt, während er sich jede Nacht in einem anderen Saloon betrinkt.«

»Seit es Menschen gibt, kommen solch beklagenswerte Ereignisse immer wieder vor, Melanie. Das ist nun einmal menschliche Schwäche. Wir drei, ja nicht einmal die schreckliche Mrs. Wolcott, werden die Saloons von San Antonio nicht schließen können«, entgegnete Clarence mit der Toleranz des Mannes, der schon alles Mögliche gesehen hatte.

»Wir können aber versuchen, diese Verhältnisse zu ändern! Zumindest ist es ein erster Schritt. Wir können das Gewissen der Leute aufrütteln, wenn es um die schlimmsten Missbräuche geht. Wenn ein Mann, der einen harmlosen Drink zu sich nimmt, sieht, wie ein anderer dabei ist, eine ganze Flasche in sich hineinzukippen, dann nimmt er ihn vielleicht mit nach Hause, ehe der Trunkenbold ein ganzes Jahreseinkommen versäuft«, argumentierte sie beinahe flehentlich. Und dann spielte sie ihren letzten Trumpf aus. »Die Serie wird die Verkaufszahlen der Zeitung in die Höhe treiben.«

»Schreiben Sie den ersten Artikel über den Falschspieler im ›Caradine‹, und wir werden sehen, ob die Sache läuft«, antwortete er nachdenklich. »Sie haben Recht: Ich mag Mrs. Wolcott wirklich nicht. Also machen Sie aus der Sache keine Abstinenzler-Kampagne, die alle rechtschaffenen Saloon-Besitzer aus der Stadt vertreibt. Ich bin einer ihrer besten Kunden«, fügte er trotzig hinzu.

Lame Deer gab Francisco einen kräftigen Stoß in die Rippen, doch der dicke, kleine Esel weigerte sich, schneller zu laufen. »Was für ein langsamer und fauler Kerl du bist! Pater Gus behält dich wahrscheinlich nur aus lauter christlicher Nächstenliebe«, beschwerte er sich bei dem kleinen Esel. »Diesmal werde ich dich aber richtig festbinden«, versprach er grimmig, als er an den langen Marsch vor zwei Wochen dachte. Die blauen Flecken und Abschürfungen an den Füßen waren immer noch nicht ganz verheilt.

Lee war gerade mit einem viel versprechenden neuen Fohlen am Hauptcorral beschäftigt, als er den kleinen Jungen auf Pater Gus' Esel heranreiten sah.

»Du hältst dich aber sehr weit von der Stadt entfernt auf, *pequeno.* Schwänzt du etwa die Schule?« Lee lächelte, während er das schöne Fohlen aus dem Corral führte.

»Oh, nein, *Señor* Lee. Heute ist Samstag, und da haben wir keinen Unterricht. Pater Gus hat mir diesen Strolch geliehen.«

»Möchtest du etwa in meiner Bibliothek herumstöbern? Ich könnte mir vorstellen, dass du schon alle Bücher gelesen hast, die ich Pater Gus geschickt habe«, meinte Lee schmunzelnd. Dabei fiel ihm auf, wie die großen, dunklen Augen des Jungen unverwandt auf das kleine kastanienbraune Fohlen mit dem glänzenden Fell und der weißen Blesse gerichtet waren.

»Danke, *Señor* Lee, aber ich habe noch immer ein paar Bücher zum Lesen in der Schule«, gab der Junge ernst zurück. »Ich habe mich nur gefragt, wie es Ihnen geht. Sie sind einige Wochen lang gar nicht mehr in der Stadt gewesen. Jedenfalls nicht tagsüber, um unserer Schule einen Besuch abzustatten.«

Tagsüber. Aber er war viele Nächte in der Stadt gewesen. Mit schuldbewusstem Erschrecken sah er in die arglosen schokoladenbraunen Augen des Jungen.

»Wie du siehst, geht es mir wunderbar, Lame Deer.« Lügner!, schalt er sich stumm.

»Melanie geht es auch gut«, erzählte der Junge unbekümmert und rannte schnell zu dem kleinen Pferd, um ihm die Nase zu reiben.

So lief also der Hase! »Hat Pater Gus dich geschickt, damit du mir von Melanie berichtest und nach mir siehst?«, fragte Lee. Missmutig zog er eine Braue in die Höhe.

Arglos antwortete der Junge: »Nicht genau. Er wollte aber, dass Sie die Geschichten lesen, die sie im *Star* schreibt.« Er ging zu Francisco hinüber, fischte einige zerknitterte Zeitungen aus der Satteltasche und reichte sie Lee. »Warum wohnt Melanie nicht mehr hier? Seid ihr nicht mehr verheiratet?«

Lee kam zu dem Schluss, dass ihm die frühere indianische Undurchschaubarkeit an dem Jungen besser gefallen hatte als seine neu erworbene anglo-amerikanische Direktheit. »Wir sind noch immer verheiratet, doch sie will in der Stadt wohnen«, murmelte er und überflog mit einem Blick die in fetten Buchstaben gesetzten Überschriften:

SUMPF DER KORRUPTION IN HIESIGEN SPIELETABLISSEMENTS

EIN MANN GIBT ALLE SEINE ERSPARNISSE AUS, WÄHREND SEINE FAMILIE HUNGERT

RANCHER IN EINEM HAUS MIT ÜBLEM RUF AUSGERAUBT

Die letzte Überschrift fiel ihm besonders auf, da ihm der Name des Gilded Cage im darunter stehenden Text in die Augen sprang. In den sorgfältig geschriebenen Berichten ging es um Falschspieler, Zechpreller und Spielsüchtige, die sämtliche Ersparnisse verloren hatten, und um vom Pech verfolgte Bordellkunden, denen der Geldbeutel entwendet worden war. Wie ein roter Faden zog sich eine Botschaft durch alle Artikel: Schließt die Saloons, sorgt für eine moralische Gesetzgebung, insbesondere auf dem Gebiet der sexuellen Moral!

Einige der jüngeren Frauen, die im Gilded Cage arbeiteten, waren sogar namentlich erwähnt, darunter auch Clarice. Wenn man der Geschichte glauben durfte, schien es so, als würden die armen Frauen von den Saloonbesitzern ausgenommen und zu einem Leben in Angst und Schrecken gezwungen. Lees Miene verfinsterte sich immer mehr, bis sein Gesicht vor Abscheu und Entrüstung zur Maske erstarrt war. Arme ausgebeutete Clarice! Vor zwei Jahren war sie ihrem Ehemann und ihrem Kind in Boston davongelaufen, weil sie das Leben mit einem Schuhverkäufer langweilig gefunden hatte! Ganz offensichtlich hatte sie ihrem Kunden eine andere Geschichte erzählt als der neugierigen und leichtgläubigen Reporterin. Für Lee bestand kein Zweifel daran, welche Version der Wahrheit entsprach.

Stella Wolcotts Kampagne war ebenfalls besonders hervorgehoben. Zu ihren Veranstaltungen, auf denen sie gegen die Trunksucht kämpfte, kamen immer mehr Teilnehmer, die lautstark das »Gelöbnis« ablegten. Angewidert warf Lee die Zeitung hin. »Und was soll ich Pater Gus' Meinung nach unternehmen? Soll ich die kreischenden, protestierenden Frauen zusammentreiben und dann in die Prärie jagen wie eine Herde Mustangs?«

Verdutzt zuckte der Junge mit den Schultern. »Er macht sich Sorgen um Ihre *señora.* Sie verbringt sehr viel Zeit mit diesem *feote* Geier Wolcott.«

Lee musste über die ziemlich treffende Wortkombination aus Spanisch und Englisch lachen. »Scheußlicher Geier! Das passt genau auf Stella!«

»*Señor* Pemberton nennt sie ›Madame Geier‹, aber ich bin nicht so freundlich«, stimmte der Junge gewichtig zu und streichelte wieder die Nase des Ponys. »Meinen Sie, dass Sie wieder einmal in die Stadt kommen und Melanie besuchen?«, wollte der Junge ernst wissen.

»Vielleicht, *pequeno*. Leihst du dir öfter Pater Gus' Esel aus?«, erkundigte sich Lee, um das Thema zu wechseln.

»Ja. Jedes Mal, wenn ich an einen weit entfernten Ort will. Aber das dumme Dickerchen ist auch nicht viel schneller, als wenn ich zu Fuß ginge«, klagte er traurig.

»Und du musst ganz schnell an viele weit entfernte Orte?«, entgegnete Lee lächelnd. »Du spionierst doch nicht etwa für Melanie immer noch hinter Blaine und seinen Freunden her, oder etwa doch?«, fragte er, als ihn plötzlich die Angst um seine Frau und den Jungen packte.

»Oh, nein, *Señor* Lee. Jetzt berichte ich Ranger Lawrence ... oder Ihnen, wenn Sie es wünschen«, fügte er schnell hinzu, als er den Ärger in Lees Gesicht aufblitzen sah.

»Nein, es ist schon in Ordnung, wenn du mit Lawrence sprichst. Aber ich möchte nicht, dass du ein unnötiges Risiko eingehst und dich in Gefahr begibst, wenn du Blaine und Walkman verfolgst. Verstehst du, was ich meine?«

Der Junge nickte. Er verstand *sehr gut*.

»Magst du das Pferd?«, wollte Lee wissen und streichelte den seidigen Hals des Fohlens.

»Oh, ja. Ich bin sicher, es ist so schnell wie der Wind«, sagte er ehrfurchtsvoll, während er die weiße Blesse auf der Stirn berührte.

»Zumindest um einiges schneller als Francisco«, stimmte Lee zu. Langsam breitete sich ein Lächeln auf seinem Gesicht aus. »Glaubst du nicht, Lame Deer, dass Pater Gus Francisco vielleicht gerade dann braucht, wenn du mit ihm unterwegs bist? Immerhin ist er das einzige Reittier, das der Priester besitzt.«

Besorgt sah der Junge ihn an. »Ja, ich glaube, das stimmt ... und ich hätte ihn manchmal auch fast verloren. Natürlich ist er immer wieder in die Stadt zurückgekehrt, aber ...«

»Wenn du dein eigenes Pony hättest, könntest du Francisco an Pater Gus zurückgeben.«

»Aber ich habe kein Pony«, antwortete der Junge traurig.

»Ich habe ein paar überzählige Ponys aus der letzten Herde, die meine Cowboys gefangen haben. Dieses hübsche Mädchen ist eins davon. Seine Ausbildung ist gerade beendet. Ich werde es meinem Freund Lame Deer zum Geschenk machen«, erklärte Lee ernst und gewichtig und reichte dem erstaunten Jungen die Zügel.

Lame Deers Augen wurden riesengroß, und er strahlte über das ganze Gesicht. Er konnte nur mit Mühe einen Freudenschrei unterdrücken. Mit würdevoller Freundlichkeit neigte er den Kopf. »Ich danken Ihnen von ganzem Herzen, *Señor* Lee. Ich werde immer besonders gut für das Pferd sorgen.«

Was war das für ein schrecklicher Lärm, der einen Toten aufwecken konnte? Und dann auch noch zur Schlafenszeit?, dachte Clarice verärgert. War denn an diesem Abend nicht schon genug schief gelaufen? Zuerst hatte der alte Jake Barlow sich geweigert zu zahlen, bis ihn endlich der zweihundert Pfund schwere Barkeeper davon überzeugt hatte, es sich besser anders zu überlegen. Danach hatte Lizzie ihr einen reichen Viehhändler abspenstig gemacht, und sie war bei dem fetten Whalen Simpson gelandet, der immer nach Pferden roch. Und Lee Velásquez war schon die dritte Nacht überhaupt nicht erschienen. Schließlich hatte sie sich früh auf ihr Zimmer zurückgezogen und die Kunden des Gilded Cage ihren Kolleginnen überlassen. Entfernt drangen Geräusche von krachendem Holz und splitterndem Glas an ihr Ohr, gemischt mit wildem Geschrei aus weiblichen Kehlen. Erschöpft zog sich Clarice einen Morgenmantel aus blauer Seide über und öffnete die Tür.

Einige andere Mädchen des Gilded Cage standen mehr oder weniger bekleidet schon auf dem Korridor. Oberschenkel in schwarzen Spitzenstrümpfen rieben sich raschelnd an offenen Seidenmänteln. Üppige Busen, deren Brustknospen mit Rouge geschminkt waren, quollen aus Fischbeinkorsetts. In der Ausübung ihres Gewerbes unterbrochen, waren sie genauso verwirrt wie Clarice, die sich auf dem Weg die Treppe hinunter an die Spitze der Gruppe setzte.

»Ich wette, das ist die verdammte Hexe Wolcott«, knurrte Lizzie.

»Sie ist ein altes Miststück. Sie soll vor ein paar Monaten in Austin dafür gesorgt haben, dass ein Lokal auffliegt«, flüsterte Gilda ängstlich.

»Ist doch Quatsch. Die hätte doch hier in San Antonio gar nichts erreicht ohne dieses blöde Aas von der Zeitung, das den ganzen Mist schreibt. He, ist sie nicht mit einem deiner Kunden verheiratet, Clarice?«, fragte Sandy Bateman.

»Halt den Mund! Sonst fliegt dir noch eine von den nervtötenden Pferdefliegen mitten hinein, Sandy«, fuhr Clarice sie an.

Als sie auf die Verwüstung hinunterblickte, die unten angerichtet wurde, verschwand sogar das Lächeln von Sandy Batemans Gesicht. Schreiende Männer duckten sich, während Gläser und Whiskyflaschen in alle Richtungen flogen und gefährliche Scherben auf dem ganzen Boden verstreut wurden. Stühle wurden zertrümmert und Tische umgekippt. Der große Spiegel hinter der Bar, Luces ganzer Stolz, war von Sprüngen und Rissen überzogen und schwang, nur noch an einer Stelle an der Wand befestigt, gefährlich hin und her.

Ein Beil schwingend, führte eine hoch gewachsene, hagere Frau eine ganze Brigade bieder angezogener Matronen an: die Crème der Gesellschaft von San Antonio! Auch wenn ihre Kleidung sie als Damen kennzeichnete – ihr Verhalten war alles andere als damenhaft. Während Stella Wolcott laut Befehle gab, gehorchten alle mit einem überraschenden Eifer. Mit Schwung warfen sie laut kreischend Tische um und benutzten Stuhlbeine, um Flaschen und Gläser von der eichenen Bartheke herunterzufegen.

Melanie stand an der Tür und machte sich heimlich Notizen, in denen sie das Chaos festhielt, das um sie herum tobte. Clarence würde ihr zwar gehörig die Meinung sagen, aber was für eine Story war das! Als Mrs. Wolcott an diesem Abend ihre Versammlung eröffnet hatte, hatte Melanie gewusst, dass sie etwas Besonderes vorhatte. Die Menschenmenge war größer gewesen als sonst, und viele der Frauen reagierten mit einer Begeisterung, die schon gefährlich an Fanatismus grenzte.

Mit ihrer Rede über den Dämon Rum und das ihn begleitende Übel des Glücksspiels hatte Stella die Frauen bis zur Raserei aufgepeitscht. Dann hatte sie eine meisterhafte Hetzrede über gefallene Frauen gehalten, die die armen, betrunkenen Narren in den Saloons verführten. Sie hatte darüber geredet, wie sie den Familien die Väter und Ehemänner wegnahmen, ihnen das Geld stahlen und sie mit ekelhaften Krankheiten ansteckten.

Zwar hatte Melanie nicht an dem Marsch durch die Bars teilnehmen wollen, doch es drängte sie, so lange an einem hellbraunen Haarschopf zu zerren und zu ziehen, bis die schwarzen Haarwurzeln zum Vorschein kamen. Sie hatte vorgeschlagen, dass man das Gilded Cage als ein Modellbeispiel für alle anderen Barbesitzer nehmen sollte. Denn der Besitzer, Luce Grearden, war bekannt für Falschspielerei und teure Huren. Wenn seine beste Dirne dabei ihren Job und er seinen Saloon verlor, dann war dies umso besser.

Als Melanie die halb angezogenen Prostituierten in den Tumult hineinströmen sah, erkannte sie sofort Clarice Lawton. Widerwillig musste sie sich eingestehen, dass Clarice jung und hübsch war, mit ihrem hellbraunen Haar und den großen blauen Augen. Unter dem engen Morgenmantel, der die Farbe ihrer Augen hatte, zeichneten sich deutlich ihre üppigen Rundungen ab.

Clarices blaue Augen schweiften durch den Raum. Als sie die zierliche Frau mit dem schwarzen Haar und dem Notizblock in der Hand entdeckte, wurde ihr Gesichtsausdruck hart. »Du eifersüchtige, kleine Hexe! Wirfst einen herrlichen Mann aus deinem Bett. Dann tauchst du hier auf, um das Lokal kaputtzumachen, in dem er eine richtige Frau gefunden hat!«, giftete Clarice.

Ohne auf die Klauenhände und die geschwungenen Knüppel der kampfeslustigen Frauen zu achten, schlängelte sich Clarice quer durch den Raum auf die Frau ihres Kunden zu.

Melanie nahm die Herausforderung an. Sie steckte ihr Notizbuch ein und ging mit schnellen Schritten auf Clarice zu. »Eine richtige Frau ...«, äffte sie ihre Rivalin nach und packte einen Büschel des hellbraunen Haares, »... muss nicht ihr Haar färben oder ihr Gesicht anmalen, um einen Mann einzufangen, du liederliche Schlampe!« Brutal riss und zog sie an Clarices Haar, bis die größere Frau nach vorne taumelte. Beide stürzten zu Boden. Clarice war durch ihre Körpergröße im Vorteil. Außerdem hatte sie jahrelange Erfahrung in Bordellschlägereien. Doch Melanie hatte sich in Boston gegen den randalierenden Mob behauptet und war gemeinsam mit ihren Brüdern auf Renaciemento auf halb wilden Mustangs ohne Sattel geritten. Sie war zwar klein, aber zäh wie ein Eichhörnchen und fuchsteufelswild über die Beleidigung.

Wild um sich schlagend und tretend, schrie Melanie jeden Fluch heraus, den sie bei den *vaqueros* ihres Vaters gehört hatte, und benutzte auch noch Flüche der Hafenarbeiter von Boston. Sie trug einen schweren Reitrock und Stiefel, Kleidung, die im Vergleich zu Clarices dünnem Morgenmantel, dem Hüftgürtel und den Strümpfen die bessere Ausrüstung darstellte.

»Wenn ich mit dir fertig bin, dann stopf ich dir deine Spitzenstrümpfe samt dem übrigen Zeug in den Mund«, zischte sie.

Clarice griff nach einer halb vollen Whiskyflasche, die auf wunderbare Weise heil geblieben war, und schrie gellend: »Du zimperliche Gans, du frigide, Männer hassende Missgeburt! Ich werde dir zeigen, wie man Rouge auflegt: *blut*rotes Rouge! Und dazu werde ich dein Blut benutzen!«

Melanie zerschlug einen halb zertrümmerten Barhocker an einem umgestürzten Tisch und parierte damit Clarices Schlag mit der Flasche. »Übernimm dich bloß nicht, du dumme Ziege! Jetzt versteh ich auch, wie ein Mann wie Luce dich an deiner krummen Nase herumführen konnte. Du merkst nicht einmal, wenn jemand dir den Hals bricht!« Sie holte mit dem Stuhlbein aus, und die Flasche flog in hohem Bogen davon.

Als der Marshal mit einer Abordnung Ranger auftauchte, um den Kampf zu beenden, stand Melanie noch aufrecht. Ihre Feindin lag mit einem blauen Auge und gebrochenen Rippen schluchzend auf dem Fußboden. Melanie hatte mit dem zerbrochenen Barhockerbein einen überwältigenden Sieg errungen. Ohne Schrammen war allerdings auch die Siegerin nicht davongekommen. Ihre Kinnlade schmerzte von einem Treffer, den Clarice hatte landen können, ihre Schienbeine und Knie waren blutig getreten von den hochhackigen Schuhen der

Rivalin. Es gab kaum eine Stelle an ihrem Körper, die Clarices lange Fingernägel nicht zerkratzt hatten.

Als Jeremy Melanie zurückhielt, musste sie Clarice dennoch Achtung zollen. Die Prostituierte rappelte sich auf und machte noch einmal einen Satz auf sie zu, wobei sie einen verblüffenden Schwall von Flüchen von sich gab.

Der Marshal bestand darauf, sie beide zur Beruhigung ins Gefängnis zu bringen, zusammen mit Stella Wolcott und zwei weiteren besonders kämpferischen Huren.

Nachdem sich Melanie und Clarice, über einen Gang hinweg und durch Gitterstäbe getrennt, eine Stunde lang böse angefunkelt hatten, wurde Melanies Aufmerksamkeit von Clarence Vivian Pemberton in Beschlag genommen. Der Zeitungsmann wirkte ziemlich wütend und durcheinander. Grimmig zog er die Augenbrauen in die Höhe.

»Ich habe Ihnen doch gesagt, dass diese Geierfrau ...«, verächtlich deutete er auf Melanies Zellengenossin Stella, »... Ihr Verderben sein würde. Sie haben nur Glück gehabt, dass ich es nicht abgelehnt habe, Sie zu besuchen. Ich hätte ja auch Ihren Gatten benachrichtigen können.«

»Das würden Sie nie tun, Clarence! Das könnten Sie ganz einfach nicht! Oh, verflixt, ich habe eine so *unglaublich* gute Geschichte«, rief Melanie. Bittend streckte sie die blau geschlagenen Arme durch das Gitter und schaute ihn aus ihren goldbraunen Augen müde an.

»*Unglaublich!* Das glaube ich gern«, erwiderte er trocken. »Was wir davon drucken können, wird sich zeigen. Sind Sie bereit, Mrs. Oakley entgegenzutreten? Ihr Ehegatte Leandro wird wohl auch auftauchen ...«

»Das bezweifle ich stark«, antworteten Melanie und Clarice wie aus einem Mund.

»Wenn du nicht willst, dass dein Mann mit Huren schläft, musst du ihm selbst das Bett wärmen, du kleine Närrin!«, schimpfte Obedience. Dabei legte sie Melanie ein Gemisch aus Buttermilch und Aloe auf die Abschürfungen im Gesicht und an den Händen.

»Au! Das tut furchtbar weh. Verflixt, es gibt wirklich keine Stelle an meinem Körper, die nicht schmerzt! Zum Abschied hätte ich dieser Schlampe noch einen Tritt in die Nieren geben sollen«, schimpfte sie, ohne auf Obediences klugen Ratschlag einzugehen.

»Im Grunde genommen ärgerst du dich nicht über dieses Flittchen, und das weißt du auch. Du ärgerst dich über Lee. Du bleibst hier in der Stadt und schreibst Artikel über die Lokale, in denen er verkehrt. Das ist eine verdammt dumme Art, seine Aufmerksamkeit erregen zu wollen. Das ist meine Meinung. Und weil du mich um meine Meinung gebeten hast, kannst du nicht so tun, als hättest du sie nicht gehört.«

»Ich will seine Aufmerksamkeit nicht! Nicht, solange er mit geschminkten Dirnen verkehrt. Und falls du es noch nicht bemerkt haben solltest: Es ist schon lange nach Sonnenuntergang, und es sieht nicht so aus, als risse er sich ein Bein aus, um hierher zu kommen und zu sehen, wie es mir geht! Wahrscheinlich sitzt er noch immer auf der Ranch und ist beleidigt, dass ich den großen Namen Velásquez schon wieder in den Schmutz gezogen habe.« Sie schnaubte verächtlich. »Er will mich nicht, Obedience. Jetzt, da er mich nicht mehr unter seinem Dach hat, in bequemer Reichweite sozusagen, ist er ganz zufrieden mit solchen Huren wie Clarice Lawton. Ich wette, wenn er überhaupt kommt, um zu sehen, wie es jemandem geht, dann wird er sich um *ihr* Wohlergehen kümmern und nicht um meins.« Niedergeschlagen wandte sie sich ab. Mit dem in Buttermilch getränkten Lappen vor dem Gesicht, ging sie zu Bett.

Kapitel 21

In der nächsten Woche pflegte Melanie ihre Wunden und brütete vor sich hin, während Obedience über die Starrköpfigkeit der jungen Leute vor Wut kochte. Über Nacht wurde Melanies Artikel von dem »Überfall« der Kämpferinnen gegen die Trunksucht auf den Gilded Cage Saloon zum Stadtgespräch. Clarence hatte Amos beauftragt, ihren Namen unter die Überschrift zu setzen. Er wollte weder Streit mit den verärgerten Männern, noch wollte er es sich mit den Damen der Nacht verderben. »Man weiß nie, wann eine solche Quelle vielleicht einmal eine wichtige Nachricht liefert. Ich halte mir alle Kanäle offen.«

Melanie wollte schon mit einem vulgären angelsächsischen Spruch antworten, unterließ es aber, weil sie erfreut darüber war, dass der Artikel ihren Namen trug. Die ganze Woche über bekam sie Lee nicht zu Gesicht. Wenn er zu Clarice ginge, dachte sie grimmig, hätte die Hure ihm ein herrlich blaues Auge zu bieten.

Lame Deer betätigte sich als Vermittler. Er kam zu Melanie, um ihr von Lee zu berichten, und umgekehrt. Nachdem Lee ihm die schöne, kleine rotbraune Stute geschenkt hatte, die er Prancer genannt hatte, war Lee in seiner Achtung noch gestiegen. Zunächst hatte ihn der kühne *Tejano* aus den Händen der Rojas-Brüder gerettet, dann hatte er ihm, der in Armut aufgewachsen war, das eindrucksvollste Geschenk seines Lebens gemacht. Kein Wunder, dass Lame Deer sich sehnlichst eine Versöhnung zwischen seiner Melanie und ihrem Ehemann wünschte.

In letzter Zeit hatte Lame Deer nur über Lee ausführlich berichtet, nichts jedoch über Blaine, Walkman oder die

Komantschen-Banditen. An diesem Nachmittag entschloss sich Melanie, zu Pater Gus' Schule zu gehen und sich mit dem besten Schüler des Priesters zu unterhalten. Vielleicht gab Lame Deer das, was er wusste, nur noch an Lee weiter.

Entschlossen machte sie sich auf den Weg zur Schule. Sie war gerade im Begriff, das Büro zu verlassen und den Fuß auf die schmutzige Straße zu setzen, als sie Seth Walkman in eine Seitengasse an der Ecke Commerce und Winter Street eilen sah.

Seltsam! Er ist allein und zu Fuß unterwegs. Es sieht beinahe so aus, als wollte er unbemerkt bleiben!, sagte sie sich mit dem prickelnden Gefühl einer Vorahnung. Gewöhnlich sorgte der laute und gefährlich wirkende Captain der Ranger dafür, dass er nicht unbemerkt blieb. Einer plötzlichen Eingebung gehorchend, folgte Melanie ihm in einigem Abstand. Mit langen Schritten ging er die enge Seitengasse hinunter. Es war nicht ganz einfach, mit ihm Schritt zu halten und gleichzeitig nicht gesehen zu werden. Sie versuchte, sich nicht vorzustellen, was mit ihr geschehen würde, wenn er bemerkte, dass sie ihm nachspionierte. Aber wo will er hin?, überlegte sie.

Als hätte er ihre stumme Frage gehört, verschwand Walkman plötzlich im rückwärtigen Eingang eines Holzhauses, dessen Fassade auf die Winter Street zeigte. Es war eines von mehreren neuen Häusern. Melanie wusste nicht, in welches Büro Walkman gegangen war. Mit äußerster Vorsicht näherte sie sich langsam und verstohlen der Hintertür. Ihr klapperten die Zähne, aber das lag nicht an dem kühlen Herbstwetter. Als sie ein Fenster erreichte und sich langsam aus ihrer gebückten Haltung aufrichtete, hörte sie keinen Ton. Das Fenster war fest geschlossen. Fluchend bewegte sie sich in gebeugter Haltung an der Tür vorbei zu dem anderen Fenster. Es war offen! Sie konnte leises, undeutliches Gemurmel hören und lauschte angestrengt. Melanie wagte es sogar, einige Male den Kopf zu heben und ein paar schnelle Blicke durch das Schiebefenster zu werfen.

Laban Greer machte Seth Walkman Vorhaltungen. »Ich habe dir doch gesagt, dass ich dich nicht in meinem Büro sehen will. Verdammt noch mal!« Er drückte seine teure Zigarre aus, lehnte sich zurück und wartete darauf, dass der Ranger mit dem harten Gesicht zu sprechen begann.

»Du brauchst mich, Greer. Vergiss das nicht! Ich habe dich mit Blaine zusammengebracht, und ich bin derjenige, der alle Risiken auf sich nimmt, indem ich mit diesem alten Trunkenbold und Squaw-Mann verhandle«, erwiderte Walkman verächtlich.

Laban Greer wusste, dass er bei dem gefährlichen und verbitterten Ranger nicht zu weit gehen durfte. »Was hast du mir mitzuteilen, Seth?«, brummte er.

»Ich hab gerade mit Blaine gesprochen. Sieht so aus, als hätten Gall und er eine schöne Stange Geld für Broughtons Vieh bekommen.«

Greer schnaubte verächtlich. »Du meinst, Blaine hat das Bargeld bekommen, und Gall hat seinen Anteil in Whisky und Munition genommen.«

»Genau das ist es, was Blaine beunruhigt. Er jammert dauernd darüber, dass er den Komantschen Waffen und Gewehre verkauft. Fürchtet, eines Tages zwischen die Fronten von Rangern und Indianern zu geraten zu können – und damit mitten in einen Krieg, in dem er sogar selbst erschossen werden könnte.«

Auf Greers breitem Gesicht spiegelte sich der giftige Sarkasmus Walkmans wider. »Wäre das nicht schade? Für uns wäre es allerdings ganz praktisch. Wir wären nämlich den brabbelnden Trunkenbold los, ehe er etwas von unseren Plänen verraten könnte. Was glaubst du denn, wie viele Massaker es noch geben muss, bis das ganze Land in Flammen aufgeht?«, meinte Greer.

»Es gibt 'ne Menge Leute, die davon sprechen, dass die Miliz eine Erkundungsexpedition unternehmen soll. So wie es Hays und seine Jungs in den Vierzigerjahren gemacht haben«, sagte der Ranger. »Und dann das Land kontrollieren, bis der letzte Indianer tot ist oder über den Red River getrieben wurde.«

»Um so gründlich aufzuräumen, brauchten wir die Mitwirkung der Armee«, antwortete Greer nachdenklich. »Ehe wir Bundestruppen vom Gouverneur anfordern können, müssen noch mehr Zivilisten sterben. Ich würde deine Ranger von Galls Banditen fern halten und sie den Winter über und bis in den Frühling hinein ihre Arbeit machen lassen.«

Walkman lachte auf. »Und jedes Mal, wenn wieder eine Familie getötet und ihre Ranch niedergebrannt wird, kaufst du heimlich, still und leise ihr Land, um die Kosten von der Steuer abzusetzen. Hast du noch irgendwas von dem komischen Kerl aus dem Osten gehört, der an die Fremden verkaufen will?«

Greer zuckte mit den Schultern. »Um in ein so großes Geschäft einzusteigen, müssen wir nicht nur die Komantschen, sondern alle Indianerstämme aus Texas ein für alle Mal vertrieben haben.«

»Und dazu brauchst du deinen Krieg«, schlussfolgerte Walkman mit fanatischem Hass in der Stimme.

»Ein Krieg, den du genauso willst wie ich, wenn auch aus anderen Gründen.«

»Ja, Greer, ich will einen Krieg. Ich und meine Jungs werden jeden Indianer zwischen San Antonio und dem Red River abknallen. Ich will einen Staat, in dem keiner von diesen verdammten Mistkerlen noch am Leben ist. Bis auf mich haben sie meine ganze Familie ausgerottet. Ich werde erst Ruhe geben, wenn ganz Texas von ihnen befreit ist.«

Walkmans verrücktes Gerede hatte Greer schon öfter

gehört, genauso wie Baines feiges Gejammer. Verärgert über die Unterbrechung, fragte er brüsk: »Ich nehme an, dass es noch mehr zu besprechen gibt als Blaines übliches Gejammer.«

»Ich hab noch 'ne Nachricht über 'ne Ranch, die Gall ausrauben kann. Zeb und Pike haben die Sache überprüft.«

»Wem gehört die Ranch?«, hakte Greer nach.

»Diesem reichen schmierigen Mex Lee Velásquez. Hat 'ne schöne, große Herde von erstklassigen Pferden, die er alle zur Zucht ausgewählt hat. Ganz zu schweigen von den zugerittenen Mustangs und den Fleisch-Rindern. Die Ranch liegt weit genug von der Stadt entfernt. Die Sache wird also nicht viel Aufmerksamkeit auf sich ziehen. Da er nun mal keine Ranger mag, werden meine Leute sich seiner Ranch nicht nähern. Natürlich hat er noch keine Familie in diesem prächtigen, neuen Ranchgebäude, da ihm seine kleine Frau in die Stadt abgehauen is'«, fügte Walkman mit einem verschlagenen Grinsen hinzu.

»Ist das diese Reporterin, die die Klatschkolumne für den *Star* schreibt?«

»Jawohl. Ist ein aufgewecktes Ding, eine richtige Klugschwätzerin. Schätze, deswegen ist sie dem schmierigen Mex weggelaufen. Hab sowieso nie verstanden, wie so ein aufgeblasener Kerl sich mit so einer eingelassen hat, die für eine Zeitung arbeitet.«

Laban Greers Gesicht entspannte sich. Er grinste kalt und berechnend, ohne seine Lüsternheit zu verhehlen. Er erinnerte sich an den Abend, an dem er mit Melanie Velásquez getanzt hatte. »Madame Velásquez ist eine sehr schöne Frau, Seth. Vielleicht etwas zu ... hm ... unkonventionell, um einem Mann mit deinem Geschmack zu gefallen.«

»Nun fang bloß nich' noch an, den besserwisserischen Klugscheißer zu spielen, Laban«, gab Walkman zurück. »Ich mags nicht, wenn du zu mir sprichst, als wär ich irgend so 'n Hundsfott, der an deinem Lieferanteneingang rumlungert.«

»Wie du schon gesagt hast, Seth, wir sind aufeinander angewiesen, wenn wir unsere Ziele erreichen wollen.«

Walkman richtete sich zu voller Größe auf. Die großen Hände auf die polierte Oberfläche von Greers Schreibtisch gestützt, beugte er sich bedrohlich vor. »Vergiss bloß nich', wie sehr du mich brauchst. Mich wirst du nämlich nich' so leicht los wie den Säufer Blaine.« Damit wandte er sich um und ging mit langen Schritten auf die Tür zu.

Melanie hatte kaum Zeit, hinter eine Regentonne zu kriechen, als auch schon Walkmans Stiefel knirschend über den steinigen Boden schritten. Nur einen Meter von ihr entfernt! Als er um die Ecke verschwunden war, erhob sie sich mit zittrigen Knien, und ein einziger Gedanke beherrschte sie: Sie haben es auf Lee abgesehen! Ich muss ihn warnen!

So ruhig wie möglich verließ sie die Seitenstraße und ging auf den Mietstall zu, um Liberator zu holen. Währenddessen ließ sie noch einmal das Gespräch, das sie belauscht hatte, im Geiste Revue passieren. Kein Wunder, dass Laban Greers Ranch blühte und gedieh, obwohl er so viel Zeit in seinem kleinen Büro zubrachte! »Ich frage mich nur, wie viele Ranches von ermordeten Familien er in den vergangenen zwei Jahren aufgekauft hat«, flüsterte sie. Sobald sie Lee gewarnt hatte, würde sie zum Katasteramt gehen und nachforschen, was in den öffentlichen Akten festgehalten war. Noch beim Pläneschmieden bog sie bei Simpsons Mietstall um die Ecke. In diesem Augenblick sah sie Jeremy Lawrence.

Als sie abrupt vor ihm stehen blieb, lächelte er sie voller Wärme an. »Oh, Melanie! Du bist ja ganz außer Atem. Wohin willst du denn so schnell?«

Rasch sah sie sich nach allen Seiten um. Als sie niemanden bemerkte, zog sie den Ranger in das dämmrige Innere des Mietstalls und erzählte ihm alles, was sie gehört hatte.

Beim Zuhören wurde Jeremy klar, in welcher Gefahr sie

geschwebt hatte, und er wurde kreidebleich. »Bist du ganz sicher, dass dich niemand gesehen hat?«

»Ja, ich bin erst nach Walkman losgegangen. Greer war noch in seinem Büro.«

»Ich begleite dich zum *Star*, Melanie. Dann werde ich zur Night Flower reiten«, erwiderte er mit Erleichterung in der Stimme.

»Ich komme allein zurecht! Reite du zur Night Flower, und warne Lee! Er könnte getötet werden. Und das nur, weil Laban Greer das Land haben will. Oh, es ist wirklich ungeheuerlich! Alle diese Menschen wurden so brutal abgeschlachtet – aus Rache und Geldgier.« Sie erschauerte.

»Lee weiß schon, dass er ausgespäht wird«, bekannte Jeremy vorsichtig. Er musste ihr einen Teil des Planes offen legen, das wusste er. Sonst würde sie, ohne es zu wollen, in ein Hornissennest hineinstechen und alles ruinieren. »Jim Slade und ich haben deinen Mann überredet, uns zu helfen, Blaine und Walkman zu fangen. Von Greer haben wir jedoch nichts gewusst. Danke für die unschätzbar wertvolle Information. Du bist wirklich eine klasse Reporterin!«

»Lee arbeitet mit euch zusammen?«, fragte sie ungläubig.

Jeremys Mund verzog sich zu einem schiefen Grinsen. »Du kannst mir glauben, wir mussten ihn ganz schön lange beknien, um ihn dazu zu bringen. Aber dank deiner Information wissen wir nun, dass Walkman den Köder gefressen und seine Leute zum Auskundschaften losgeschickt hat. Damit ist er in die klug angelegte Falle gegangen. Wir sind vorbereitet. Doch du musst über die Sache Stillschweigen bewahren. Und dich heraushalten!« Bei den letzten Worten schwang stählerne Entschiedenheit in seiner Stimme mit. Dann nahm er sie am Ellbogen und zog sie eilends mit in Richtung *Star*-Büro.

Sobald Jeremy aus der Stadt geritten war, verließ Melanie das Zeitungsbüro und ging zum Katasteramt. Jarvis Phelps war der Einsiedler der Stadt und genau der richtige Mann dafür, sich hinter Bergen von raschelndem Papier zu verstecken und alle Landüberschreibungen im Bexar County schriftlich festzuhalten. Klein, glatzköpfig und hager, lebte er allein in einem Zimmer über dem schon etwas baufälligen Holzhausbüro. Melanie fragte sich, ob Phelps ihr vielleicht den Zugang zu seinen wertvollen Akten verwehren würde, und dachte noch darüber nach, wie sie am besten vorgehen sollte. Als sie den langen, muffigen Raum betrat, schenkte sie Jarvis ein strahlendes Lächeln. »Guten Tag, Mr. Phelps. Ich habe ein Problem und bin ganz sicher, dass Sie mir dabei helfen können.«

Während Melanie im Katasteramt beschäftigt war, ritt Jeremy im Eiltempo zur Night Flower-Ranch. Er hatte Lee Velásquez einige hoch interessante Nachrichten mitzuteilen.

»Sie hat sich in der Gasse versteckt und Greer und Walkman belauscht?« In Lees Miene spiegelten sich Zorn und Furcht. Bilder von dem, was Seth Walkman seiner schönen Frau hätte antun können, schossen ihm durch den Kopf. Er musste sich dazu zwingen, sich auf Lawrences Bericht zu konzentrieren.

»Offensichtlich ist es so, dass Laban Greer die ausgebrannten Ranches aufkauft, nachdem Gall und seine Banditen die Eigentümer umgebracht haben. Ich habe zwar noch keine Zeit gehabt, die Akten bei der Stadt einzusehen, doch ich bin sicher, dass sich das beweisen lässt, nach allem, was Ihre Frau gehört hat.«

Lee kniff die Augen zusammen. »Wie ich Mellie kenne, ist sie längst im Büro von Phelps und überprüft alle Akten.«

»Ich habe sie zum *Star*-Büro gebracht und ihr aufgetragen, sich aus der Sache herauszuhalten«, versicherte Jeremy, als müsste er sich verteidigen.

Lee lächelte schwach. »Wenn Sie meine Frau dazu bringen könnten, vernünftig zu sein und an ihre Sicherheit zu denken, wären Sie der erste Mann, der das schafft.« Er wandte sich um und begann, auf und ab zu gehen, wobei er sich in tiefer Konzentration immer wieder durch das Haar fuhr. »Wir müssen das noch ein Mal mit Jim durchsprechen. Houston hatte vermutet, dass jemand in hoher Position mit Beziehung zum Indian Office Blaine ins Geschäft gebracht hat. Jetzt wissen wir, wer das ist.«

»Die Frage ist nur: Wie können wir Greer aufhalten?«, murmelte Jeremy ratlos. »Blaine und Walkman zu fassen, ist nicht so schwierig, da Walkman schon seine Männer die Herde auskundschaften lässt. Jims Idee, die Pferde im Oak Tree Corral zusammenfassen, war gut.«

»Ich werde meinem Vormann Bill Ross sagen, dass er die neuen *vaqueros* in Alarmbereitschaft versetzen soll, weil Gall sich zum Angriff vorbereitet.« Lee schwieg eine Weile und sah den Ranger wachsam an. »Sind Sie ganz sicher, dass die Lipans nicht als Ranger Scouts aus dem Travis County erkannt werden können?«

Jeremys Gesichtsausdruck spiegelte so tiefe Verachtung, wie Lee es noch nie gesehen hatte. »Glauben Sie, dass Männer wie Walkman einen Indianer vom anderen unterscheiden können?« Können Sie es vielleicht?, schienen seine Augen zu spotten.

Unbehaglich zuckte Lee mit den Schultern. »Eins steht jedenfalls fest: Wir brauchen die Lipans, wenn wir Blaines Komantschen-Banditen stoppen wollen. Kommen Sie, reiten wir zur Bluebonnet und hören wir uns an, wie Jim mit Greer fertig werden will.«

»Was ist mit Melanie?«, hakte Jeremy nach. Er machte sich Sorgen, was die kühne und neugierige Reporterin anstellen würde, wenn man nicht jeden ihrer Schritte überwachte.

»Was soll mit ihr sein, Lawrence?«, parierte Lee mit gepresster Stimme. »Um meine Frau werde ich mich heute

Abend kümmern.« Er schwang sich auf Sangres Rücken und überließ es dem Ranger, ihm in seiner Staubwolke zu folgen.

Nachdem Melanie ihre Mittagspause damit verbracht hatte, eine Reihe ihrer sorgfältig angefertigten Aufzeichnungen durchzugehen, verschloss sie die Papiere sicher in der Schublade des großen eichenen Schreibtisches in Obediences Büro. Sie hatte genug Material für eine ganze Geschichte über Laban Greers Aktivitäten. Aber sie musste noch warten, bis die einzelnen Teile zusammenpassten. Von nun an würde sie Jeremys Kommen und Gehen mit Argusaugen beobachten, ganz zu schweigen von dem Lausebengel Lame Deer, der zweifellos mit den Männern zusammenarbeitete!

Doch jetzt hatte sie erst einmal über ein Treffen der Temperenzler zu berichten, obwohl sie sicher war, dass die Folgen dieser Versammlung bei weitem zahmer sein würden als der Krawall im Gilded Cage. Bei den aufregenden Entdeckungen der vergangenen Tage über Greers und Walkmans Verschwörung und über Lees, Jims und Jeremys Pläne, ihnen eine Falle zu stellen, hatte Melanie wenig Zeit gehabt, über die Trennung von ihrem Mann nachzudenken.

Heute Abend hatte sich eine etwas kleinere Menschenmenge versammelt als an dem Abend des Krawalls im Saloon. Wahrscheinlich halten einige der Männer ihre Frauen hinter Schloss und Riegel, dachte Melanie verächtlich. In der Kirche nahm sie in der Nähe des Eingangs auf einer Bank Platz, um die Menge besser beobachten zu können, während Stella ihre Rede hielt.

»Rück ein Stückchen, damit ich mich auch setzen kann.«

Erstaunt blickte Melanie auf Obedience, die ihren fülligen Körper auf die knarrende Bank fallen ließ.

»Was machst *du* denn hier? Ich habe gedacht, du hältst

nichts von den Ideen der Temperenzler«, begann Melanie mit überrascht hochgezogenen Augenbrauen.

Obedience ließ ihren Blick durch den Raum schweifen und sah dann wieder Melanie an. »Bin nur gekommen, um mal zu sehen, worum hier so viel Aufhebens gemacht wird ... das ist alles. Außerdem sind Wash und seine Freunde bei einem spannenden Poker-Spiel im ›Red Dog Saloon‹.«

Als Melanie den betont harmlosen Gesichtsausdruck ihrer Freundin bemerkte, hatte sie plötzlich ein sehr unbehagliches Gefühl. »Obedience, du würdest doch nicht etwa ...«

Ein scharfes Klopfen von Stella Wolcotts Hammer brachte das Flüstern und Gekicher in der Versammlung zum Verstummen. Reverend Bixly, Pfarrer der Mount of Olives Methodist Church, eröffnete die Versammlung mit einem Gebet und einigen Kirchenliedern. Dann übernahm Stella seinen Platz und richtete den Blick aus ihren durchdringenden grauen Augen auf die Menge. Die Augen leuchteten fanatisch und veranlassten einige Männer, die hier und da in der Versammlung saßen, unruhig auf ihren Plätzen hin und her zu rutschen.

Das Publikum war bunt gemischt: Gut gekleidete Händler in wollenen Anzügen und Älteste der Presbyterianischen Kirche saßen neben Farmern, die selbst gewebte Kleidung trugen. Melanies schlichtes blaues Leinenkleid sah im Vergleich zu den Kattunkleidern, die die meisten Frauen trugen, geradezu elegant aus. Es gab Ladenbesitzer, Angestellte, Rancher und Cowboys, aber in der Mehrzahl waren ihre Ehefrauen, Schwestern und Mütter vertreten.

Mit der Geschichte einer armen, mutterlosen Familie von sechs Kindern begann Stella ihre Rede. Der Vater der Kinder war ein Trunkenbold, der jeden Cent, den er verdiente, im Saloon ausgab. Seinem fünfzehnjährigen Sohn überließ er es, die jüngeren Geschwister zu ernähren, und zwar, indem er in genau dem Saloon, in dem er selbst trank, die Böden schrubbte und Spüleimer ausleerte. Diese Geschichte entsprach wahrscheinlich nicht ganz den Tatsachen, war aber so machtvoll erzählt wie ein Gleichnis aus dem Alten Testament. Sämtliche Sünden aller Ehemänner und Väter, eingeschlossen derer von San Antonio, wurden aufgezählt und beschrieben.

Melanie beobachtete, wie einige Leute verlegen mit den Füßen scharrten, andere zustimmend nickten oder reuevoll schluchzten, während Stella in ihrem pathetischen Vortrag fortfuhr. Schließlich verließ Stella das Pult an der Stirnseite der Kirche und begann, den Gang abzuschreiten. »Wer will unterschreiben, Schwestern? Brüder? Kommt zu mir und unterzeichnet das Gelöbnis. Nicht einen einzigen Tropfen mehr vom Dämon Rum!« Während sie mit den Papieren in der Luft herumwedelte, schwang sie beim Sammeln der Unterschriften die Feder wie Banner und Schwert. »Nehmt Gelöbnisse mit nach Hause, für euren Ehemann oder Vater, euren Bruder oder euren Sohn, damit auch sie unterschreiben können, meine Damen. Es ist eure gottgewollte Pflicht.« Einige Getreue unterschrieben, andere nahmen nervös Exemplare des Gelöbnisses entgegen, mit der Versicherung, sie den vom rechten Weg abgekommenen männlichen Verwandten vorzulegen. Plötzlich blieb Stella unmittelbar vor Obedience Oakley stehen.

»Was ist denn mit dir, Schwester Oakley? Wie ich gehört habe, trinkt dein Mann auch«, stellte Stella herausfordernd fest.

Während der ganzen Veranstaltung hatte Obedience ruhig dagesessen und nur ab und zu hinter vorgehaltener Hand eine Bemerkung über die Heuchelei einiger Anwesenden fallen lassen. Nun blickte sie in Stellas einschüchterndes, scharf geschnittenes Gesicht und musterte sie aus zusammengekniffenen braunen Augen. Melanie kannte diesen Blick.

»Jawohl, mein Mann hat einen guten Durst. Und das passt auch zu seinem übrigen Charakter«, erklärte sie stolz.

An manchen Stellen in der Versammlung machte sich Gekicher breit, und Melanie senkte den Kopf, um sich Notizen zu machen und gleichzeitig ein Lächeln zu verbergen.

»Dann solltest du ihn dazu bringen, ein Gelöbnis zu unterzeichnen«, beharrte Stella.

»Wozu?«, fragte Obedience sachlich.

»Um ihn aus den Klauen der Ausschweifung zu retten. Um ihn davon abzuhalten, dass er sein Einkommen mit Whisky, Glücksspiel und schlechten Frauen durchbringt!« Fassungslos über die Unwissenheit der Frau, starrte Stella Obedience an.

»Nun ja, für ein paar Schlückchen Korn und 'n paar Runden Kartenspiel lass ich Wash hin und wieder etwas Zeit. Was das andere angeht, muss ich mir keine Sorgen machen«, erwiderte Obedience trocken.

Stella richtete sich kerzengerade auf und schob ihr spitzes Kinn vor. »Jeder Mann, der Glücksspiele spielt und trinkt, wird diesen Jezebels zum Opfer fallen. Mein Ehemann geriet schließlich auch in die Fänge eines angemalten Flittchens.«

»Wenn ich mir so ansehe, wie du die Männer hier behandelst, glaube ich zu verstehen, warum er sich Hals über Kopf in die ›Fänge eines Flittchens‹ gestürzt hat«, gab Obedience zurück, wobei sie eine ausdrucksvolle Geste mit ihren großen, starken Händen machte. Überall im Raum ertönte Gelächter und erstarb schließlich in nervösem Gekicher.

Vor Zorn lief Stella Wolcotts Gesicht rot an. »Kein anständiger Mann gibt Geld in Saloons aus, während seine Kinder hungern.«

»Darüber jammerst du ständig. Aber jede Frau, die wirklich was taugt, klärt mit ihrem Mann, was sie zum Leben brauchen, ehe der Mann ausgeht, um einen zu schlucken oder Karten zu spielen. Alle meine Ehemänner haben ausgezeichnet für meine Kinder gesorgt. Jetzt führen Wash und ich ein angenehmes Leben. Es geht niemanden etwas an, was wir mit unserem Geld anfangen oder wie viel wir trinken!« Als sie ihre Rede beendet hatte, stand Obedience auf. Sie hatte von der Fanatikerin genug.

Neben Obedience wirkte Stella Wolcott dünn wie ein Strich, aber sie war genauso groß wie die Frau aus Tennessee. Braune und graue Augen starrten einander auf gleicher Höhe an.

»Nicht alle Frauen, Mrs. Oakley, haben Ihr beeindruckendes Gewicht, das sie in die Waagschale werfen könnten, wenn es darum geht, zu entscheiden, wie das Geld der Familie verwendet wird«, zischte Stella und blickte böse auf Obediences Hüften.

»Schon mal davon gehört, dass man einen Mann auch mit einer Bratpfanne über den Schädel überzeugen kann? Wirkt Wunder! Selbst eine so vertrocknete Backpflaume wie Sie kann damit umgehen. Ganz besonders, wenn sie wartet, bis der Mann eingeschlafen ist.« Obedience legte eine Pause ein, während das Gelächter in voller Lautstärke durch die Kirche hallte. Dann kratzte sie sich nachdenklich am Kopf. »Mir erscheint es sogar leichter, einen Mann auf diese Weise zu überzeugen, wenn er ein bisschen getrunken hat. Das macht diesen Schrieb hier völlig überflüssig«, meinte sie, riss ein Blatt aus Stella Wolcotts Hand und knüllte es zusammen. Obedience blickte Stella aus ihren klugen braunen Augen ruhig und gelassen an, während sie abwartete, wie die andere reagieren würde.

Melanie war hin und her gerissen. Einerseits wollte sie eigentlich in das Gelächter einstimmen, andererseits tat ihr Stella Walcott Leid, weil sie sich genau die falsche Gegnerin ausgesucht hatte. Da sie Obedience schon in körperlichen Auseinandersetzungen erlebt hatte, hoffte sie, dass Stella jeden Impuls zum Angriff im Keim ersticken würde. Obedience Oakley würde Stella Wolcott schlicht in Grund und Boden rammen.

Die Kämpferin für Moral und gegen Trunksucht schien das zu spüren, denn sie hielt die geballten Fäuste in ohnmächtiger Wut gesenkt und stieß zum Abschied nur noch eine Beleidigung aus: »Du und dein Mann gehen geradewegs auf die Hölle zu.«

»Das passt mir ganz gut, solange du nicht in dieselbe Richtung gehst!«

»Erst ein Krawall im ›Gilded Cage‹, dann ein Tumult in der Methodistenkirche!« Verblüfft schüttelte Melanie den Kopf, während sie neben Obedience an dem großen Eichentisch im Büro der Pension saß.

»Diese Frau ist schlicht und einfach gefährlich; das ist alles. Sie hat verrückte, unnatürliche Vorstellungen. Der liebe Gott hat uns die geistigen Getränke gegeben. Sogar in der Bibel steht, dass Noah sich betrank. Würde mich auch nich' überraschen, wenn der heilige Petrus und noch 'n paar andere ab und zu einen zur Brust genommen hätten.«

»Seit wann bist du so in der Bibel bewandert?«, neckte Melanie sie. Obwohl sie sich darüber ärgerte, dass der Abend in einem Aufruhr geendet hatte, konnte sie nicht anders: Sie musste lächeln.

»Ich lese in der Bibel. Geh auch manchmal in die Kirche, wenn ich einen guten Baptistenprediger hören kann, der von Höllenfeuer und Schwefel zu reden versteht. Dieser Bixly ist ja nur ein Säusler.«

»Aber Mrs. Wolcott nicht, oder? Ganz ehrlich, Obedience, du hast sie ganz schön gepiesackt«, bemerkte Melanie tadelnd. »Warum hast du überhaupt an der Versammlung teilgenommen?«

Vorsichtig ging die große Frau zu dem kleinen Schrank am anderen Ende des Raumes. Sie öffnete ihn, entnahm ihm zwei fein geschliffene Gläser und eine Flasche mit einer klaren, weißen Flüssigkeit. »Dieser Stoff hier ist das Beste, was Wash und ich je probiert haben. Die Gläser haben meiner Schwägerin gehört, Gott sei ihrer Seele gnädig. Vielleicht helfen sie, dass es dir noch besser schmeckt.« Sie goss zwei Gläser randvoll und reichte Melanie eines.

»Obedience! Ich habe das Gelöbnis abgelegt. Du weißt doch, dass ich Temperenzlerin bin.«

»Quatsch! Temperenz bedeutet Maß zu halten, das heißt, dass man nichts übertreiben soll, oder?«

»Ja, wortwörtlich genommen stimmt das wohl«, gab Melanie ausweichend zu, während ihr Obedience das kristallene Glas in die Hand drückte.

»Dann wird dich ja ein kleiner Schluck nicht umbringen.«

Sie tranken. Melanie war überrascht von dem seidigen, weichen Geschmack. Eigentlich hatte das Getränk ja überhaupt keinen Geschmack, sondern erzeugte nur eine leichte Wärme, die sich bis in den Magen ausbreitete. »Das ist wirklich gut, Obedience. Es schmeckt oder riecht überhaupt nicht so wie das ekelhafte Zeug, das sie in den Saloons trinken«, meinte sie lächelnd. »Nun sag mir aber, warum du zu der Versammlung gekommen bist!«

Obedience goss sich noch ein Glas ein und schenkte auch Melanie nach. »Betrachte doch nur mal das vertrocknete Gesicht dieser alten Frau mit den scharfen Gesichtszügen, Melanie. Hat ihren Mann vertrieben und lebt allein. Jetzt zieht sie von Stadt zu Stadt und gibt anderen Leuten Grund zu Kummer und Klage. Willst du so enden?«, fragte Obedience direkt.

Zornig fuhr Melanie in die Höhe. »Das ist furchtbar ungerecht! Ich habe Lee verlassen, weil er mich nicht haben will. Ich bin nicht wie Stella Wolcott!«

»Nein, das bist du ganz bestimmt nicht. Und ich werde dafür sorgen, dass du nicht so endest wie sie. Setz dich wieder hin und trink aus. Ich hab noch 'ne Menge zu sagen.« Langsam und matt sank Melanie in ihren Sessel zurück und erlaubte ihrer Freundin und Beraterin, ihr Glas wieder zu füllen.

Kapitel 22

Lee und Jeremy besuchten Jim Slade auf Bluebonnet und teilten ihm die letzten Neuigkeiten über Walkman und Greer mit. Charlee bestand darauf, dass Lee zum Essen blieb. Jeremy entschuldigte sich, die Einladung nicht annehmen zu können. Nach der Lagebesprechung machte er sich umgehend wieder auf den Weg. Als die Mahlzeit vorüber war, entschuldigte sich Jim, nahm die Kinder mit auf einen abendlichen Ritt und ließ Charlee und Lee allein zurück. Lee wollte ihr sein Herz ausschütten wegen der Trennung von Melanie.

Charlee und er sprachen mehrere Stunden lang miteinander. Er erzählte von den Streitigkeiten und Katastrophen, die schließlich dazu geführt hatten, dass Melanie Night Flower fluchtartig verlassen hatte.

»Als sie mich beschuldigte, sie nur zurückhaben zu wollen, weil ich Angst vor ihrem Vater hätte, habe ich sie in der Stadt zurückgelassen«, schloss er verbittert.

»Du hast natürlich nicht im Traum daran gedacht, ihr zu sagen, dass du sie zurückhaben willst, weil du sie liebst«, bemerkte Charlee behutsam. Sie blickte ihn aufmerksam an. In seinen dunklen Augen stand Überraschung.

Lee schluckte krampfhaft. »Das hab ich ihr nie gesagt, weil ich sie nicht liebe!«

Charlee lehnte sich in ihrem Stuhl zurück und musterte den finster dreinblickenden, zornigen Mann ihr gegenüber. »Du liebst sie nicht, machst dir überhaupt nichts aus ihr, aber kannst deine Hände nicht von ihr lassen, wenn sie sich in deiner Nähe aufhält. Du kannst nicht aufhören, an sie zu denken, wenn sie nicht da ist, und du reitest in halsbrecherischem

Tempo hinter ihr her, wenn sie dich verlässt. Wie würdest du das nennen?«

Er nahm den Kopf in beide Hände und stützte sich mit den Ellbogen auf den Küchentisch. »Ja, wenn ich das nur wüsste«, murmelte er. Dann fuhr er mit rauer, gequälter Stimme fort: »Was immer ich für sie empfinden mag, sie hat mir deutlich gezeigt, dass sie für mich nichts übrig hat. Jedes Mal, wenn ich sie anfasse, gibt sie sich genauso hin wie ich. Doch nachher erstarrt sie zu einem Eiszapfen, als hasste sie sich dafür, nachgegeben zu haben. Mich scheint sie dafür zu hassen, dass ich sie schwach gesehen habe. Sie will nicht meine Frau sein. Zum Teufel, sie will überhaupt keine Frau sein!«

»Da hast du nicht ganz Unrecht: Sie hat Angst, Frau und Ehefrau zu sein.«

Lee warf ihr einen überraschten und erschrockenen Blick zu, schwieg jedoch.

»Hast du jemals darüber nachgedacht, warum das bei ihr so ist?«

»Sie zieht es vor, gemeinsam mit Stella Wolcott zu kämpfen oder den Kopf für eine Zeitungsgeschichte zu riskieren, statt sich nach einem Heim und einer Familie zu sehnen«, antwortete er verärgert.

»Die Ziele, für die sie kämpft, sind nur Symptome ihres Problems, Lee. Sie sind nicht die Lösung ihres Problems. Sie will die Erniedrigten befreien, weil sie sich ihr ganzes Leben mit ihnen identifiziert hat. In den ersten zwölf Jahren ihres Lebens ist sie immer zwischen St. Louis und New Orleans hin und her geschoben worden. Rafe war nicht da, um ihr ein echter Vater zu sein, und seine Mätresse war als Mutter völlig ungeeignet. Sie hat Angst, dir zu zeigen, wie gern sie dich hat, weil du, mein lieber, sturer Esel, ihr das Gefühl gegeben hast, ziemlich wertlos zu sein. Oder habe ich da Unrecht?«

Als sie sah, dass ihm etwas dämmerte, und sie Anzeichen

von Schuldgefühlen auf seinem Gesicht entdeckte, fuhr sie fort: »Wenn sie ständig ihr Mischlingsblut und ihr politisches Wirken hervorkehrt, ist das nur ihre Art und Weise, sich vor Schmerz und Zurückweisung zu schützen.«

Lees dunkle Augenbrauen zuckten grimmig. »Und du glaubst, sie liebt mich?« Die Art, wie er die Frage stellte, sprach Bände.

»Ja, das glaube ich«, erklärte Charlee schlicht.

Während Lee in die Stadt ritt, grübelte er über Charlees Bemerkungen nach. Er musste sich eingestehen, dass er seine wahren Gefühle vor Melanie verborgen hatte. Vielleicht hatte sie es bisher genauso gehalten. Das konnte er nur herausfinden, wenn er ihr gegenübertrat und sie freiheraus fragte. Jeremy Lawrence hatte ihm von ihrer jüngsten gefährlichen Unternehmung berichtet. Also hatte er eine gute Entschuldigung, um zur Pension zu reiten und mit ihr zu sprechen.

Als er Sangre zügelte, war es schon ziemlich spät. Der Gedanke schoss ihm durch den Kopf, dass sie vielleicht schon zu Bett gegangen war. Aber wenn sie schlief und er sie aufweckte, könnte sie gerade desorientiert genug sein, um ihm die Wahrheit zu gestehen.

Mit dem Gedanken, sich unbemerkt ins Haus zu stehlen, ging er auf die Hintertür zu, um von da aus in ihr Zimmer zu gelangen. In diesem Augenblick sah er das schwache Licht aus dem Büro. Er spähte durch den Spitzenvorhang und erblickte Obedience und Melanie, die sich am Schreibtisch gegenübersaßen. Sie tranken etwas aus besonders schön geschliffenen Kristallgläsern. Gerade füllte Obedience eine klare Flüssigkeit nach. Nein! Das konnte nicht wahr sein!, durchfuhr es Lee. Aber er täuschte sich nicht. Sie tranken Washs weißen Blitz in Flaschen! Und der hatte es in sich! Wie gut er sich noch an seine Beichte erinnerte, als die Oakleys ihn vergangenes Jahr immer wieder dazu aufgefordert hatten, das samtweiche Zeug zu trinken, das so glatt durch die Kehle rann! Leise schmunzelnd, ging er zur Seitentür und betrat den dunklen Gang.

Aus dem Büro drang Gemurmel. Er öffnete die Tür und spähte hinein. Obedience saß hinter dem Schreibtisch, während Melanie schlaff in einem viel zu großen Sessel hing und beinahe darin versank. Seine kleine Frau sah in diesem Sessel wie ein unschuldiges, heimatloses Kind aus, völlig verloren.

»Darf ein Eindringling sich der Gesellschaft anschließen?«, fragte er lächelnd, als er, ohne eine Antwort abzuwarten, eintrat.

Über Obediences breites Gesicht glitt ein Lächeln. Sie reckte ihre amazonenhafte Gestalt und erhob sich gähnend. »Genau der Bursche, den ich sehen wollte. Das kleine Mädchen und ich haben etwas getrunken – in Maßen natürlich. Aber ich bin jetzt wirklich ganz erledigt und fände es gut, wenn du deine Frau ins Bett bringen könntest.« Augenzwinkernd eilte sie an ihm vorbei und zur Tür hinaus, wobei sie sich mit einer für ihren Umfang beachtlichen Geschwindigkeit und Anmut bewegte.

Vor Melanies Augen verschwamm alles. Sie hatte nur noch mit halbem Ohr Obediences Vortrag folgen können, als der Gegenstand ihres Gesprächs plötzlich leibhaftig ins Zimmer getreten war.

»Obedience, hascht du … hast du das geplant?« Melanie versuchte aufzustehen und ihre eilig verschwindende Trinkkumpanin aufzuhalten. Doch die große Frau war zu schnell für sie.

Lee baute sich vor ihr auf und betrachtete prüfend ihr zerknittertes Leinenkleid und das zerzauste Haar. Befangen fuhr sie sich durch die losen Strähnen. Sie erinnerte sich dunkel daran, ihr Haar gelöst zu haben, weil die Haarnadeln ihr unangenehm gewesen waren. Melanie konnte spüren, wie Lee auf sie heruntersah, während er dastand, den Hut lässig zurückgeschoben und die Finger arrogant in den Gürtelschlaufen gelegt. Sie vermied es, in seine funkelnden dunklen Augen zu blicken.

»Nun, meine kleine Nachtblume, es sieht aus, als wärst du in neunzigprozentigen Tau getaucht worden«, flüsterte er und schnupperte an dem feinen Glas, das sie auf den Tisch gestellt hatte. »Deine Blütenblätter haben sich wohl zusammengerollt.«

In ihrer Würde beleidigt, erhob sie sich. »Ich bin nicht zusammengegrollt ... äh, zusammengerollt«, sagte sie besonders sorgfältig, weil ihr Mund ihr den Gehorsam verweigerte.

»Deine Zunge scheint sich allerdings zusammengerollt zu haben«, konterte er und lachte kurz. Er streckte die Arme aus und hielt sie fest, als sie ziemlich stark nach rechts torkelte.

»Fass mich nicht an, Lee!«, flehte sie mit schwacher Stimme.

Trotz ihrer Bitte ließ er sie nicht los. Zum ersten Mal verunsicherte ihn ihre Zurückweisung nicht. »Warum denn nicht, Blume der Nacht? Magst du es nicht, wenn ich dich anfasse?«, flüsterte er.

»Nein ... ja ... ich weiß nicht. Erst mag ich es, aber hinterher ist es immer dasselbe. Du machst niemals ...« Sie stockte, als ihr klar wurde, dass sie einfach drauflosgeplappert hatte.

Weil er merkte, dass sie sich zum Schweigen gezwungen hatte, zog er sie fester an sich und ließ einen Regen sanfter Küsse auf sie niedergehen. Zart strich er mit den Lippen über ihre Stirn und ihre Schläfen, über Augenlider, Wangen und Hals. Dann hob er zärtlich ihr Kinn an, sodass sie ihn ansehen musste. Ihre Lippen waren leicht geöffnet, und er spürte, wie sie sich an ihn schmiegte und ihre Arme um seine Taille schlang. Erwartungsvoll bot sie ihm ihren Mund.

»Öffne deine goldenen Augen, meine wunderschöne kleine Nachtblume. Sieh mich an!« Er drückte ihr Kinn noch etwas höher. Als sich die dichten, schwarzen Wimpern widerwillig hoben, verschlug ihm das, was er in ihren Augen las, den Atem. Und er wusste, dass sich dasselbe tiefe Gefühl auch in seinen Augen spiegelte.

Bedächtig senkte er seinen Mund auf ihren und erkundete ihn genüsslich. Sie schmeckte süß und frisch, und er spürte den Geschmack des Whiskys auf seiner Zunge, während er voll entwaffnender Zärtlichkeit weiter vordrang.

»Mellie, oh, Mellie, was sind wir für Narren gewesen!«, murmelte er und presste sein Gesicht in ihr seidiges Haar. Wie ein kleines Kätzchen kuschelte sie sich an ihn, und ein stöhnender Laut, wie ein Schnurren, stieg aus ihrer Kehle. Der Alkohol hatte ihr alle Hemmungen genommen. Lee hob sie hoch. »Ich glaube, es ist Zeit für Mrs. Velásquez, ins Bett zu gehen.« Gehorsam schlang sie die Arme um seinen Hals, während er sie die lange Treppe hinauf bis ans Ende des Ganges trug.

Als er vor ihrem Zimmer ankam, öffnete er die Tür, trug Melanie hinein und setzte sie auf ihr Bett. Es war zwar ziemlich schmal, aber es würde gehen, entschied er. Schnell schloss er die Tür und legte vorsichtshalber auch den Riegel gegen unerwartete Eindringlinge vor.

Von der Bettkante aus beobachtete Melanie, wie geschmeidig er sich bewegte. Gebannt von seinem leidenschaftlichen Blick, versuchte sie erst gar nicht, ihr Interesse zu verbergen. Als sie mit unsicheren Fingern anfing, ihre Bluse aufzuknöpfen, raunte er ihr zu: »Lass mich das erledigen!«

Langsam knöpfte Lee ihre Seidenbluse auf. Er streifte ihr das dünne Kleidungsstück ab und enthüllte üppig wogende, golden schimmernde Brüste, die kaum noch von dem Spitzenmieder gehalten wurden. Mit den Fingerspitzen glitt er in den

Ausschnitt und reizte die rosigen Knospen, bis sie hart wurden. Ihr stockte der Atem, als sich auf ihrer Haut ein heißes Prickeln ausbreitete, und sie rang hörbar nach Luft, während sie sich seinen zärtlich streichelnden Händen entgegendrängte. Als er ihr die offene Jacke und die Bluse herunterzog, half sie ihm und bot sich den zärtlichen Berührungen seiner Hände und Lippen dar.

»Heb deine Beine, Mellie, eins nach dem anderen!«, bat er leise und drängend, während er neben dem Bett kniete und ihr die feinen Schuhe und Seidenstrümpfe abstreifte. Dann zog er sie hoch, um ihr aus Rock und Unterrock zu helfen. Sie legte die Arme um seinen Hals und küsste ihn leidenschaftlich, während er sie mit raschen, geschickten Bewegungen aus den Röcken schälte, die er auf den Boden fallen ließ.

Lee trat zurück und umspannte ihre schmale Taille mit den Händen. »Du bist so vollkommen, so zierlich, wie eine kleine goldene Figurine.« Er holte tief Luft, als er seine Finger nach oben gleiten ließ, ihr Mieder aufhakte und ihre Brüste befreite. Mit jeder Hand umfasste er eine Brust, senkte den Kopf und saugte abwechselnd an beiden, bis Melanie vor Lust stöhnte. Dann legte er sie auf das Bett zurück, damit sie ihm beim Ausziehen zusehen konnte.

Er stand vor ihr wie ein bronzener Gott. Seine Haut schimmerte dunkel, die festen Muskeln spannten sich, als er das Hemd abschüttelte und den Gürtel an seiner Hose löste. Mit den Augen zeichnete sie fasziniert das Muster seiner krausen schwarzen Körperbehaarung nach und brannte darauf, den weichen Pelz zu berühren und ihre Haut daran zu reiben. Als er die Schuhe von sich stieß und die engen Wildlederhosen über die langen, muskulösen Beine streifte, starrte sie, ohne sich zu schämen, auf den Beweis seiner Begierde. Im gleichen Augenblick spürte sie, wie es sie danach drängte, sich ihm hinzugeben.

»Lee«, sagte sie leise atmend, als er neben ihr auf das schmale Bett sank. Schnell zog er ihr die langen Schlüpfer über die glatten Beine. Sie hob den Po und half ihm, sie von dem störenden Hindernis zu befreien. Dann schloss sich seine Hand um ihr zierliches Fußgelenk. Er hob es hoch, beugte sich vor, um den Bogen ihres Fußes zu küssen, und hauchte eine Spur leichter Küsse von ihrer Wade über die Kniekehlen bis zur Innenseite ihres Oberschenkels hinauf.

Seine Finger streiften die weichen, tintenschwarzen Locken zwischen ihren Beinen. »Du bist vor Leidenschaft ganz feucht, meine Nachtblume«, flüsterte er, während er den Kopf senkte und sie genau dort küsste, wo er sie vorher mit den Händen berührt hatte. Vor brennender Lust drängte sie sich ihm entgegen und warf in wilder Hingabe den Kopf von einer Seite auf die andere. Seine Zunge umkreiste und reizte ihre intimste Stelle so lange, bis sie vom Sturm der Leidenschaft emporgetragen wurde und er die pulsierenden Wellen ihres Orgasmus spüren konnte. Er hob den Kopf und beobachtete, wie sie zitternd und bebend den Höhepunkt der Ekstase erreichte. Dann legte er eine flammende Spur von Küssen über ihren Bauch bis zu den Brüsten, während er sich zwischen ihre Schenkel schob.

Noch immer benommen vom Sturm der Leidenschaft, öffnete sich Melanie für ihn, als er mit einem harten, rauen Stöhnen in sie eindrang, das die Anstrengung verriet, die es ihn gekostet hatte, sich so lange zurückzuhalten. Einen Augenblick lang waren seine Stöße wild und unbeherrscht. Dann zügelte er allmählich seine Begierde und verlangsamte das Tempo, bis er langsam und zärtlich hin und her glitt. Sie wölbte sich ihm entgegen, um ihn tief in sich zu spüren, grub die Fingernägel in seine Muskeln und zog ihn herab, den Mund verlangend geöffnet.

Die kühle Nachtluft war erfüllt von dem betörenden Duft ihrer Liebe. Er berauschte sie mehr als der Alkohol, den Obedience ihr eingeschenkt hatte. Melanie spürte, wie Lee sich anspannte und erschauernd die Erfüllung herbeisehnte. Aus tiefster Kehle rief sie seinen Namen, küsste ihn wild und schloss ihre Beine fest um seine Hüften, um zum Gipfel der Lust emporgetragen zu werden. Noch ein Mal, noch ein Mal! Sie wusste nicht, ob sie die Worte laut rief oder nicht, aber sie konnte das wachsende Schwellen spüren, als er auf die Erfüllung zutrieb. Miteinander vereinigt, erlebten sie den Augenblick erlösender Glückseligkeit. Dann brach er auf ihrem weichen Körper zusammen.

Keuchend und schwitzend hielten sie sich in der Stille der Nacht umfangen. Schließlich rollte er zur Seite und zog sie dicht an sich. Sie seufzte kurz und schlief sofort ein. Lange Zeit betrachtete er sie schweigend in dem mondhellen, stillen Zimmer, bis auch er in den Schlaf hinüberglitt.

Als am Morgen die hellen Strahlen der Herbstsonne auf das Bett fielen, öffnete Lee die Augen und blinzelte. Die Morgendämmerung war schon längst vorüber. Vorsichtig stützte er sich auf einen Ellbogen, um auf das wunderschöne Gesicht blicken zu können, das im Schlaf so friedlich und jugendlich frisch aussah. Schnell fielen ihm die Kopfschmerzen ein, die sie beim Erwachen haben würde. Vielleicht war es besser, alle Erklärungen so lange zurückzustellen, bis die Sache mit Walkman und Blaine vorüber war. Trotzdem konnte er nicht ohne ein Wort gehen. Zärtlich küsste er sie auf die Augenlider, die Wangen und Lippen und verteilte federleichte Küsse über ihr ganzes Gesicht, bis sie schließlich die Augen öffnete.

Melanie sah auf zu dem lächelnden Gesicht ihres Mannes, das von einem Bartschatten verdunkelt wurde. »Du siehst aus wie ein Bandit«, stellte sie fest. Der Klang ihrer krächzenden, rauen Stimme überraschte sie. Als sie den Kopf drehte und aufzustehen versuchte, fiel sie sofort ins Bett zurück. »Oh, mein Gott, was war denn in diesem Zeug? Stella Wolcott hat

Recht! Ich werde nie wieder etwas trinken, das stärker als Kaffee ist!«

Sie spürte, wie das Bett von seinem Lachen erschüttert wurde, was ihre schrecklichen Kopfschmerzen nur noch verstärkte. Mühsam versuchte Melanie, sich daran zu erinnern, was gestern Abend nach den beiden ersten Drinks geschehen war, die Obedience ihr eingegossen hatte. Dunkel erinnerte sie sich daran, wie Lee gekommen und Obedience ganz schnell verschwunden war. Danach hatte er mit ihr im Büro gesprochen. Was hatte sie zu ihm gesagt? Vorsichtig rieb sie sich den schmerzenden Kopf, konnte sich aber an nichts mehr erinnern. Doch sie hatte nicht vergessen, wie hingebungsvoll und zärtlich sie sich geliebt hatten. Aber da war noch etwas anderes, das ihr zu schaffen machte – was, konnte sie jedoch einfach nicht klar erfassen. Dann spürte sie, wie Lee mit den Fingerspitzen über ihre Wange strich und ihr Kinn anhob, sodass sie ihm in die Augen blicken musste.

»Mellie, gestern Abend habe ich ein paar Dinge gelernt«, begann er zögernd, unsicher wie er das, was ihm auf der Seele brannte, formulieren sollte. Als er den wachsamen und zurückhaltenden Ausdruck in ihren Augen sah, beugte er sich hinab und küsste sie leicht auf die Lippen. »Zieh dich nicht wieder vor mir zurück, ich weiß jetzt, dass ...«

Genau in diesem Augenblick klopfte jemand an die Tür. Leise fluchend, warf Lee die Bettdecke zurück und streckte die Hände nach seinen zerknitterten Wildlederhosen aus, die er einfach in die Ecke geworfen hatte. Im ganzen Raum lagen ihre hastig ausgezogenen Kleidungsstücke verstreut. Als er die Hose anzog, klopfte es wieder. Barfuß und mit nacktem Oberkörper ging er mit raschen Schritten durch das Zimmer und schob den Riegel an der Tür zurück. Vor ihm stand Jimmy Lawrence mit grimmig-entschlossenem Gesicht. »Was, zum Teufel, wollen Sie denn hier?«, stieß Lee zornig aus. Er bemerkte, dass die Blicke des hoch gewachsenen Rangers an ihm vorbei zum Bett wanderten. Dort saß Melanie, die Decke bis zum Hals hochgezogen.

Schnell kehrte Lawrences Blick wieder zu dem finster dreinblickenden Mann zurück, der wütend vor ihm stand. »Ich habe mir gedacht, dass Sie hier sind. Sie haben ja gestern Nachmittag auf Bluebonnet angekündigt, in die Stadt reiten zu wollen. Einer meiner Scouts war gerade eben bei mir. Scheint so, als hätte er Zeb Brocker und ein Dutzend von Galls Männern beobachtet, die um Ihre Herde herumgeschlichen sind. Er glaubt, dass sie heute Nacht angreifen. Wir müssen die Männer in Stellung bringen und Slade alarmieren.«

»Ich komme sofort. Reiten Sie los und holen Sie Jim! Ich werde erst einmal nach Night Flower reiten und sehen, ob meine Männer etwas bemerkt haben.« Schnell schloss Lee die Tür, während Lawrence sich umwandte und ging.

Lee sah Melanie an. Ihre Augen waren vor Angst und Verwirrung weit aufgerissen. Im Stillen verfluchte er den unglücklichen Verlauf der Ereignisse. Schon vor Wochen hatten sie den Köder für Walkman ausgelegt. Und ausgerechnet jetzt biss der Kerl an! Einen unpassenderen Moment gab es nicht!

»Jeremy hat mir gesagt, dass ihr Blaine und Walkman fassen wollt, aber Genaues wollte er mir nicht erzählen. Was geht hier vor, Lee?« Ohne Schamgefühl, das sie sonst immer bestimmt hatte, und ohne auf ihre Kopfschmerzen zu achten, sprang sie aus dem Bett. Sie ging zu einem kleinen Schrank hinüber und zog Spitzenunterwäsche hervor.

»Du bleibst hier!«, erklärte er rundheraus. Ohne ihre Frage zu beantworten, zog er sich Hemd und Stiefel an. Auf seinem Gesicht lag der harte und verschlossene Ausdruck, den sie kannte.

»Warum denn? Auf diese Geschichte habe ich wochenlang

gewartet«, antwortete sie zornig, während sie ihren Reitrock anzog und nach ihrer Bluse griff.

»Da gibts nichts zu diskutieren, Mellie. Du bleibst hier, und zwar, weil ich dein Mann bin und es dir sage. Es wird sehr gefährlich, und kein Reporter, einerlei ob Mann oder Frau, wird uns in die Quere kommen, bevor nicht die Falle zugeschnappt ist«, fügte er hinzu und bemühte sich, die Geduld zu bewahren.

»Ich könnte zumindest auf der Ranch warten«, erwiderte Melanie.

Er streckte die Arme aus, drehte sie mit einem Ruck herum und hielt sie an den Schultern fest. »Du bleibst hier!«, wiederholte er, jedes Wort einzeln betonend.

»Was wirst du tun, wenn ich mich weigere, Lee? Wirst du mich dann in einen Schrank sperren?«

Er biss die Zähne zusammen. »Ich ziehe es in Erwägung. Was glaubst du, was du tun könntest? Komantschen abschießen?«

»Ich will auf niemanden schießen. Ich will nur die Geschichte.« Nein, ich möchte bei dir sein und dafür sorgen, dass du in Sicherheit bist, wurde ihr plötzlich klar.

Lee war schon zur Tür hinaus, als er ihr noch über die Schulter zurief: »Bleib in der Stadt. Moses French ist schon lange außer Dienst!«

»Unsinn«, murmelte sie leise vor sich hin. Sorgte er sich wirklich nur um ihre Sicherheit? Oder wollte er sie aus dem Wege haben, damit sie sein Leben nicht komplizierte? War ihr Liebesidyll von gestern Abend vorbei? Wäre doch bloß Jeremy nicht gerade in dem Augenblick hereingeplatzt, als Lee sich angeschickt hatte, ihr etwas zu sagen. Etwas Wichtiges! Aber was?

Sie verdrängte die verwirrenden Gedanken, zog sich fertig an und eilte zum Mietstall, um Liberator zu holen.

Allmählich beruhigte sich Melanie und begann, Schritt für Schritt über ihre Vorgehensweise nachzudenken. Jeremy hatte ihr nicht erzählt, wo die Herde stand, die sie als Köder benutzten. Night Flower war eine ungeheuer große Ranch. Sie hätte stundenlang herumreiten können, ohne die Weide zu finden. Noch schlimmer: Es konnte passieren, dass sie auf die Komantschen stieß und getötet oder gefangen wurde. Nachdem Lee gegangen war, war die Spur, die sie hatte, bereits kalt. Aber Jeremy war zur Bluebonnet-Ranch geritten, um Jim zu warnen. Vielleicht wusste Charlee etwas. Zumindest war es eine Möglichkeit.

Während sie wenig später im frühen Morgenlicht in flottem Tempo durch die leeren Straßen ritt, ahnte Melanie nicht, dass sie beobachtet wurde. Vom Hotelfenster aus folgte ihr der Blick aus Seth Walkmans kalten grauen Augen. »Wohin, zum Teufel, will denn die kleine Hexe so früh am Morgen?«, murmelte er leise vor sich hin, während er sich reckte und die nackte Brust kratzte. Schade, dass sie heute Nacht nicht auf der Ranch ihres Mannes sein würde! Gall hätte das sicherlich Spaß gemacht. Freudlos kicherte er vor sich hin, während er sich anzog.

Jarvis Phelps war beunruhigt. Nervös putzte er immer wieder seine Brille, während er beobachtete, wie Laban Greer die Überschreibungsurkunden durchblätterte. Es waren genau die, nach denen sich diese dreiste Reporterin am Vortag erkundigt hatte. Sollte er es Mr. Greer erzählen oder nicht? Phelps zögerte, sich in die Geschäfte des großen Spekulanten einzumischen. Er war allerdings auch klug genug, um zu wissen, dass diese Geschäfte nicht ganz legal waren, doch das war nicht seine Angelegenheit. Frauen, die sich in alles einmischten, außerdem Sympathie für die Indianer zeigten und Temperenzler waren, konnte er allerdings überhaupt nicht ausstehen.

»Äh, Mr. Greer ...« Unsicher räusperte sich Phelps. »Es gibt da etwas, was Sie vielleicht interessiert ...«

Innerhalb von fünf Minuten hatte Greer Seth Walkman im Golden Nugget Saloon aufgespürt. Walkman saß gerade über einem Frühstück aus fettigen Bratkartoffeln und starkem schwarzen Kaffee. Greer blickte sich um. Er wollte sichergehen, dass sie nicht beobachtet wurden. Zu seiner großen Befriedigung war der dicke, alte mexikanische Koch gerade nach hinten in die Küche verschwunden, und der irische Barkeeper zeigte mehr Interesse daran, mit seinem Spültuch Fliegen zu jagen, als die Gläser vom Vorabend zu spülen.

»Was willst du um diese Zeit?«, knurrte Walkman. Er wusste, dass es nichts Gutes bedeuten konnte, wenn Laban Greer so früh auf den Beinen war.

»Diese verdammte Reporterin, Melanie Velásquez, hat beim Katasteramt herumgeschnüffelt und sich die Übertragungsurkunden von Ryans und Broughtons Ranch angesehen. Und dazu noch die aus den Jahren zuvor«, berichtete Greer gelassen.

Walkman kniff die Augen zusammen. »Und wir haben die Sache so eingefädelt, dass Blaine und seine Indianer heute Nacht die Ranch ihres Mannes überfallen. Das gefällt mir nicht, Laban.«

Langsam kratzte sich Greer am Kinn. »Die Ehe soll eine Mussheirat sein. Sie lebt hier in der Stadt, während er seine Ranch bewirtschaftet. Das ist vielleicht nur ein Zufall, der in ihrer Vorliebe für politische Kampagnen begründet ist, aber es ist besser, wenn wir kein Risiko eingehen. Erledige sie, sobald sich die Möglichkeit dazu ergibt. Natürlich nur, wenn sie allein ist.«

Walkmans graue Augen funkelten wild. »Das ist wahrscheinlich nicht schwer. Es ist nicht mal 'ne halbe Stunde her, da habe ich sie aus der Stadt reiten sehen – allein.«

Melanie ritt in gleichmäßigem Tempo nach Bluebonnet. Immer wieder ging sie in Gedanken die Ereignisse der vergangenen Nacht durch. Während sie die kühle, frische Herbstluft einatmete, begann sich ihr Kopf allmählich von den Wirkungen des Alkohols zu erholen. Sie drehte und wendete jedes Wort, das Lee gesagt hatte, und sie rief sich jede Nuance seines Verhaltens in Erinnerung, um herauszufinden, was er ihr hatte gestehen wollen, bevor sie unterbrochen worden waren. Darf ich wirklich hoffen, dass er mich liebt?, überlegte sie. Oder deute ich das nur in seine Worte und Handlungen hinein? Sie musste lachen, als ihr einfiel, wie Stella Wolcott ihre Ausschweifungen vom gestrigen Abend geißeln würde. »Ich frage mich, Liberator, ob die arme Stella jemals richtig verliebt gewesen ist«, seufzte sie leise.

Im selben Augenblick wurde sie von einem lauten Krachen im Unterholz neben dem Weg aus ihrem Tagtraum gerissen. Melanie drehte sich im Sattel um und erschrak, als vor ihr die bedrohliche Gestalt Seth Walkmans auftauchte. Sein Revolver zielte auf Liberators Kopf. Als sie ihre kleine Damenpistole aus der Tasche ziehen wollte, hörte sie ganz deutlich das Klicken des Revolvers.

»Nun mal ganz ruhig, Miss Etepetete! Zügeln Sie erst mal Ihren schwarzen Teufel da«, stieß er rau hervor. »Und die kleine Pistole in Ihrer Tasche, die krieg ich auch.«

Melanie zwang sich, nicht zu zittern, als sie ihm die Waffe übergab. Er hielt beide Pferde in der Mitte des Weges an. Hier im freien Gelände kannst du ihm nicht entkommen. Warte ab, was er vorhat!, ermahnte sie sich.

Er grinste sie an. »Bist ja wirklich vernünftig für 'ne Frau, was?«

»Ich würde wohl nicht weit kommen, wenn Sie Liberator erschießen, nicht wahr?«, entgegnete sie und war stolz, dass ihre Stimme nicht zitterte. »Was wollen Sie, Mr. Walkman?«

»Die Frage ist eher, meine Dame Reporterin, was willst du mit den Akten über die Land-Transaktionen von Greer?« Er beobachtete, wie sich ihre Hand fester um den Sattelknauf krampfte, und grinste wieder. »Dazu hast du wohl nichts zu sagen, was? Der olle Gall wird dich schon zum Reden bringen, und zwar so, dass du dir deine Narrenseele aus dem Leib schreist. Er und dein schmieriger Mex-Mann haben heute Nacht eine Verabredung. Er rechnet damit, dass er die Velásquez-Pferde bekommt. Und du wirst da noch 'ne nette Dreingabe sein. Jawohl …«

Kapitel 23

Als sie in Sichtweite von Blaines Handelsposten kamen, wurde Melanies Herz so schwer wie Blei. Auf dem langen Ritt bis hierher hatte sie sich den Kopf nach Fluchtmöglichkeiten zermartert. Zunächst hatte sie große Angst ausgestanden, das heimtückische Ungeheuer könnte sie in die Büsche ziehen, sie vergewaltigen und schließlich umbringen. Doch er schien an ihr als Frau überhaupt kein Interesse zu haben. Er war nur auf perverse Weise darauf erpicht, sie Gall und seinen Banditen auszuliefern.

Walkman sprach wenig und hielt Liberator am kurzen Zügel. Er erklärte ihr nur, dass sie Blaine treffen würden, der schon immer der Verbindungsmann zu den Indianern gewesen war. »Ich nähere mich diesen stinkenden Indianern nicht mehr, als ich muss. Dafür haben wir den Squawman Blaine«, fügte er verächtlich hinzu.

Melanie erinnerte sich an sein Gespräch mit Greer, das sie neulich belauscht hatte: Die ganze Familie bis auf ihn war von Komantschen getötet worden. Sein außergewöhnlich großer Hass auf Indianer war in Texas keine Seltenheit, aber nur wenige Männer würden den Indianern eine weiße Frau ausliefern. Verzweifelt suchte sie nach einem Weg, ihr schreckliches Schicksal abzuwenden. »Wenn Sie solche mörderischen Wilden wie Gall hassen, warum sind Sie dann bereit, ihm einen Menschen aus dem eigenen Volk auszuliefern? Gewiss haben die Frauen Ihrer eigenen Familie ...«

Heftig schlug er ihr mit Liberators Zügeln ins Gesicht. Der große Hengst stellte sich auf die Hinterbeine und hätte sie beinahe abgeworfen. »Die Frauen meiner Familie sind tot! Es hat keinen Sinn, sich weiter darüber den Kopf zu zerbrechen. Und du solltest das überhaupt unterlassen. Mit den blöden Zeitungsgeschichten willst du die Leute nur dazu bringen, Mitleid mit den ach so bedauernswerten Indianern zu haben. Du und dein schmieriger Mex-Mann, ihr helft mir bei meiner Rache. Seine blühende Ranch wird niedergebrannt, und seine schönen Viehherden werden weggetrieben. Und dich wird man als Leiche finden. Nachdem dich Gall und seine Jungs in der Mangel gehabt haben, wird ganz Bexar County nach den Rangers schreien, damit die jeden Einzelnen von den Mistkerlen umbringen.« Er machte eine Pause und fixierte sie mit seinen bleifarbenen Augen. Dann fuhr er fort: »*Meiner* Sache wirst du wirklich nützen, meine Dame Reporterin, aber nur wenn du vergewaltigt, gequält und mausetot bist!«

Bei dem Gedanken, dass sein kranker Geist keiner Bitte zugänglich sein würde, schauderte es Melanie. Sie rieb sich die vor Schmerz brennende Wange, auf der sich ein schlimmer Striemen gebildet hatte, ohne dass die Haut aufgeplatzt war. Im selben Augenblick spürte sie, wie Liberators Gang hinkend wurde. Er zog das rechte Hinterbein nach. »Mein Pferd lahmt«, meinte sie kurz. Der Hengst musste einen Stein ins Hufeisen bekommen haben.

»Wir sind gleich bei Blaines Laden. Er wird dir gewiss ein anderes Pony geben können. Dieser große schwarze Teufel wird mir bei den Pferdehändlern im Norden eine schöne Stange Geld einbringen. Ich werde gut für ihn sorgen«, spottete er und zog die Worte absichtlich in die Länge, um sie zu quälen.

Während sie langsam die letzten hundert Meter in Blaines großen Corral ritten, beobachtete ein schwarzes Augenpaar, wie sie näher kamen. Lame Deer kauerte im Schatten einer mexikanischen Agave. Er war mit Prancer jeden Tag zum Handelsposten geritten, um auszukundschaften, was für Männer, einerlei ob rote oder weiße, Blaines Laden aufsuchten. Einige

Male schon hatte er Jeremy über die Ankunft eines Comancheros oder eines Komantschen-Banditen informiert. Aber jetzt hatte Walkman Melanie in seiner Gewalt!

Der widerwärtige *rinche* riss sie von Liberator herunter und zerrte sie in das dämmerige Innere der Blockhütte. In der Hoffnung, dass die Verschwörer dasselbe Hinterzimmer benutzen würden wie beim letzten Mal, schlich sich der Junge verstohlen hinter das Gebäude. Seltsamerweise schien es verlassen zu sein. Es lag etwas sehr Bedeutendes und Gefährliches in der Luft. Lame Deer wusste, dass er herausfinden musste, was es war, damit er Melanie schnell retten konnte. Über einen großen Stapel Holzkisten, der an der rauen Holzwand aufgestapelt war, gelangte er bis unmittelbar unter das Fenster, wo er das Gespräch belauschen konnte, wenn auch in wackeliger Position.

»Du bringst sie zu Gall. Sagst, sie sei ein Geschenk von mir«, befahl Walkman mit einem hässlichen Lachen.

»Das gefällt mir nicht, Seth. Es ist zu gefährlich. Was ist, wenn jemand gesehen hat, wie du sie hierher gebracht hast? Sie würden mich schneller aufknüpfen, als ich spucken könnte. Wenn Greer sie tot haben will, soll *er* sie doch umbringen«, entgegnete Blaine.

»Greer überlässt die Drecksarbeit doch anderen. Selbst hat er dazu keinen Mumm. Vor allem *ich* erledige die doch. Und ich will, dass die Indianer sie in die Hände kriegen, sodass jeder in San Antonio weiß, dass die es getan haben.« Wie ein Peitschenschlag durchschnitt seine Drohung die Stille.

Melanie stand zwischen den beiden und verfolgte schweigend den Streit, während ihr Geist fieberhaft arbeitete und nach einer Fluchtmöglichkeit suchte. Sie wussten nicht, dass Gall in eine Falle ritt, aber sie konnte längst tot sein, bevor die Schießerei vorüber war. Doch es war ihre letzte Chance. Wenn die Männer sie zu Lees Herde mitnahmen, würden Lee und

Jeremy dort sein. Aber bei Blaines nächsten Worten starb auch diese Hoffnung.

»Während Galls Banditen die Herde kassieren, wollen ein paar von meinen Männern und einige Krieger die Ranch des schmierigen Mex abfackeln. Schätze, dass einer von den Burschen sie zu ihrem Lager bringen kann. So könnten wir sie für Gall aufsparen, wenn er zurückkommt.«

Sie dürfen Lees Haus nicht noch einmal abbrennen – nicht zum dritten Mal!, begehrte eine Stimme in ihrem Inneren auf. Mit einem Gefühl der Verzweiflung, gemischt mit Angst und Wut, stürzte sie an Walkman vorbei und schnappte sich die Whiskyflasche von Blaines schmutzigem Tisch. Sie zerschlug das Glas an der Stuhllehne, und als Walkman einen Satz auf sie zumachte, schlitzte sie ihm mit der gezackten Scherbe den Arm auf.

Mit einem Laut der Überraschung wich Blaine zurück. Walkman fluchte und griff sich an den Arm. Durch den rauen Baumwollstoff des Ärmels quoll dunkelrotes Blut.

»Hexe!« Er ging auf die kleine, in die Enge gedrängte Frau zu, die erneut mit der tödlichen Waffe zu einem Schlag ausholte. Diesmal verfehlte sie nur knapp seinen Bauch, während sie sich behände an ihm vorbeiduckte. Zu diesem Zeitpunkt hatte Blaine sich so weit gefasst, dass er seinen schweren Colt aus dem Gürtel zog und ihr einen schnellen Schlag damit verpasste. Obwohl er sie nur von der Seite getroffen hatte, war der Schlag auf ihre Schläfe gerade hart genug, um sie bewusstlos zu Boden gehen zu lassen. Mit dem Rücken fiel sie Walkman in die Arme. Er packte sie fest, während die abgebrochene Flasche auf dem fest gestampften Lehmboden zersplitterte.

»Fessel sie an Händen und Füßen! Sie soll bei Bewusstsein sein und sich vorstellen, was Gall mit ihr machen wird«, befahl Walkman seinem Kompagnon.

Zitternd steckte Blaine seine Waffe wieder in das Holster

und ging zum Schreibtisch hinüber. Er zog eine Schublade heraus und entnahm ihr ein paar Lederriemen. »So ein Mist, Seth, sie hätte uns so schlimm treffen können, dass wir verblutet wären«, murmelte er immer noch voller Entsetzen. »Das is' ganz schön gemein für so ein kleines Biest.«

Walkman knurrte nur, nahm einen Lederriemen und band ihr die Füße zusammen. »Gall wird ihr schon noch beibringen, wer der Boss ist. Und das dauert gar nicht mehr so lange.«

»Was ... ist das? ... Es brennt!« Blaine fing an zu husten und spähte aufgeregt durch die Tür zu dem großen Lagerraum hinüber. Dicker schwarzer Qualm quoll aus dem voll gestopften Warenlager ins Büro. Noch ein Mal zog er mit einem harten Ruck die Kordel um Melanies Handgelenk fester, ehe er sie bewusstlos auf den Boden sinken ließ.

Lame Deer hatte eine Fackel an einen Stapel Bisonhäute gehalten, die er zuvor mit Blaines billigem Whisky übergossen hatte. Ein stinkendes, schwelendes Feuer brach aus, das den voll gestellten Raum schnell mit schwarzem Rauch erfüllte.

Während Blaine sich zu den Lederhäuten vorkämpfte und die Flammen ausschlug, eilte Walkman an ihm vorbei zur Tür hinaus und schrie um Hilfe. In rasendem Tempo jagte Lame Deer zum Fenster an der Rückfront des Ladens und kletterte in das Blockhaus. Im Nu hatte er die Riemen an Melanies Händen und Füßen durchgeschnitten und rannte zum Fenster, um ihr beim Hinausklettern zu helfen.

Sie war noch immer benommen von dem Schlag auf den Kopf. Doch sie kämpfte gegen die aufsteigende Übelkeit und den Schwindel an. »Liberator lahmt. Ich kann ihn nicht reiten.«

»Ich weiß. Prancer ist sehr schnell. Ich habe ihn da drüben in dem Wäldchen angebunden. Komm schnell!«, erwiderte der Junge, während er mit der Geschmeidigkeit und Anmut einer kleinen Katze von dem Fensterbrett sprang.

»Aber wir können nicht beide auf ihm reiten. Dann werden sie uns sofort einholen«, wandte sie ein, während sie in den Büschen verschwanden. In Wirklichkeit hatte sie Angst, Walkman könnte den Jungen treffen, wenn er auf sie schoss. »Lame Deer, versteck dich ganz schnell da unten in der Schlucht. Warte, bis die Männer mir folgen. Dann klau ein Pferd aus dem Corral, und reite so schnell du kannst zur Night Flower-Ranch. Sag Kai, dass die Banditen die Ranch überfallen und niederbrennen wollen. Er weiß dann, was er tun muss.«

»Aber was ist mit dir? Wenn sie dich wegreiten sehen, werden sie auf dich schießen.« Als sie das Wäldchen erreicht hatten, griff er unentschlossen nach den Zügeln.

Aus dem Lager drangen Schreie. Dann tauchte Seth Walkman wie ein bedrohlicher Schatten auf. Wild fluchend, blickte er umher und suchte die Gegend ab. Damit war ihnen die Entscheidung abgenommen. Ehe der Junge reagieren konnte, packte Melanie ihn und schüttelte ihn. »Mich wollen sie. Ich reite zu Lee. Versteck dich und flüchte dann zu Kai!« Damit sprang sie auf das kleine Pferd und jagte durch die Schlucht davon. So war sie zwar außer Sicht-, aber nicht außer Hörweite der Männer im Handelsposten.

Sie kam wieder in Sicht, als sie auf den Höhenzug gegenüber der Schlucht ritt. Im selben Augenblick krachten Schüsse und wirbelten den Staub um sie herum auf. Aber keine der Kugeln schien das schnelle Pferd oder die Reiterin getroffen zu haben. Erleichtert atmete Lame Deer die angehaltene Luft aus und verschwand rasch im dornigen Unterholz der kleinen Schlucht. Walkman und Blaine jagten an seinem Versteck vorbei.

Als kleines Mädchen war Melanie das letzte Mal ohne Sattel geritten. Das war schon lange her, aber sie hatte es häufig geübt. Cherokee Joe war ihr ein guter Lehrer gewesen. Nun war sie ungeheuer dankbar, sich auf das kleine, leichtfüßige

Pony verlassen zu können. Ihr geringes Gewicht und der fehlende Sattel würden ihr einen Vorsprung vor den beiden schwer gewichtigen Männern geben, die hinter ihr herjagten. Sie wusste, dass sie den Vorsprung brauchen würde.

Obwohl die Luft im Zwielicht der Dämmerung frisch und kühl war, rann Lee der Schweiß über den Rücken. Er sah zu Slade hinüber. Sein Freund war auch unruhig. »Wie lange dauert es denn angeblich noch?«, murmelte er.

»Jeremys Kundschafter haben berichtet, dass sie Gall und zwanzig seiner Krieger beobachtet haben, wie sie bei Sonnenuntergang den kleinen Fluss durchquert haben. Wir können nicht so nah an sie heran, ohne sie aufzuschrecken«, antwortete Jim. »Kein Angst! Seine Lipans wissen, was sie tun.«

Lee brummte etwas vor sich hin und sah zu Bill Ross hinüber, der sich in der engen Schlucht hinter einen vorspringenden Felsen gekauert hatte. Mit einem Dutzend in Indianerkriegen erprobter Männer von der Night Flower- und der Bluebonnet-Ranch warteten sie hier auf die Komantschen-Banditen. Schwer bewaffnet, mit Gewehren, Messern und Handwaffen und alle gut zu Pferd, würden sie auf ein abgesprochenes Signal hin losreiten, das einer von Jeremys Scouts ihnen geben würde. Der Ranger und weitere zwanzig Männer warteten auf der anderen Seite des kleinen Flusses, dort, wo das tiefe, weite Tal sich im Norden in einen Ausgang mit steil abfallenden Felswänden verengte. Wenn die Komantschen sich über die unbewachte Herde hermachten, die an dem Flüsschen wie in einem natürlichen Corral zusammengehalten wurden, würden zwei Einheiten schwer bewaffneter Männer sie erwarten.

»Behalte einen kühlen Kopf, wenn du auf Lawrence triffst, *mano.* Ich weiß, dass ihr euch wegen Melanie in die Haare geraten seid, aber …«

»Lass es gut sein, Jim, und lass meine Frau aus dem Spiel«, gab Lee kurz angebunden zurück. »Ich werde schon der Versuchung widerstehen, den blöden Ranger im Kampfgetümmel zu erschießen. Reicht das?«

»Schätze, das müsste reichen«, antwortete Slade mit einem kleinen Grinsen.

Leise wie ein Sommerwind tauchte in diesem Augenblick eine Gestalt in der Schlucht auf. Es war ein kleiner, untersetzter Mann in engen Wildlederhosen, Hemd und Mokassins. Sein glattes Haar war schulterlang. Das ist einer von Lawrences Indianern, dachte Lee. Seltsamerweise spürte er keine Bitterkeit.

»Sie kommen in fünf Minuten, vielleicht auch in weniger«, bemerkte er knapp.

Jeder der Männer überprüfte noch einmal seine Waffen und machte sich bereit. Bei den ersten *Aa-hey! Aa-hey!*-Schreien würde die Falle zuschnappen.

Als Jim und Lee auf ihre Pferde stiegen, überfiel Jim ein unbehagliches Gefühl. »Ich hoffe nur, dass dein Freund von den Südseeinseln genug Leute hat, um Haus und Corral schützen zu können«, murmelte er. »Diese Schweinehunde wollen deine Ranch niederbrennen und die Leute umbringen, damit Greer das Land kaufen kann.«

Lee lächelte grimmig. »Kai wird schon gut auf die Ranch aufpassen. Er hat eine Gruppe von Männern um sich geschart, die genau wissen, wie man mit Feinden umgeht. Das kannst du mir glauben.«

»Und nun muss uns Gall nur noch zu Blaine führen«, flüsterte Jeremy, halb zu dem Lipan-Scout neben sich und halb zu sich selbst. Seine und Slades Männer auf der anderen Seite des Tals würden Gall in angemessener Entfernung folgen. Sie würden sich – genau wie die Banditen auch – in kleinere Gruppen aufteilen und sie verfolgen, bis sie mit dem Gauner Blaine zusammentrafen.

Die Komantschen verhielten sich wie erwartet, teilten die Herde der schönen Pferde in kleinere Gruppen und verteilten sich auf sie. Wahrscheinlich bei Mondaufgang würden sie irgendwo nördlich dieses Ortes mit Blaine und einer Gruppe seiner Männer zusammentreffen.

Während Jeremy, Jim und Lee hinter den Banditen her waren, verfolgten Blaine und Walkman Melanie. »Sie hat einen ganz schönen Vorsprung, aber zum Glück reitet sie nicht auf die Stadt zu«, meinte Walkman. »Früher oder später wird das Pony müde. Oder es wird sich ein Bein brechen oder lahmen. Dann hab ich sie.«

»Es is' schon dunkel, Seth, und meine Leute warten auf mich. Ich muss Gall und seinen Kriegern Bescheid geben«, jammerte Blaine nervös, während er die Blicke über das niedrige Buschwerk schweifen ließ. »Bist du sicher, dass sie keine Waffe hat?«

Walkmans kalte graue Augen spähten unentwegt in der Gegend umher. In seiner Stimme lag Verachtung, als er zurückgab: »Mach dich auf zu deinem Treffen mit Gall, und kümmere dich um die Herde. Sorg dafür, dass die Ranch niedergebrannt wird. Die Hexe krieg ich auch allein. Wenn ich mit ihr fertig bin, werden sie glauben, dass es Komantschen waren, die sie so zugerichtet haben.«

Melanie war zerkratzt, hatte blaue Flecken, und ihr Körper tat weh von dem langen Ritt auf dem kleinen Pferd. Von dem Schlag, den Blaine ihr versetzt hatte, schmerzte ihr der Kopf, und vor Durst und Hunger war ihr ganz schwindlig. Doch ihr Leben hing davon ab, dass sie ihren Verfolgern entkam. Außerdem musste sie sie davon abhalten, zu dicht an Lees Ranch heranzukommen. Wahrscheinlich hatte Lame Deer inzwischen genug Zeit gehabt, um Kai zu warnen. Vielleicht hatte aber Lee schon zusätzliche Männer auf der Ranch postiert, bevor er mit Jeremy die Verfolgung von Gall aufgenommen hatte. Aber das wusste sie natürlich nicht mit Sicherheit. Deshalb musste sie ihre Verfolger so lange ablenken, bis Lees Falle zugeschnappt war. »Wenn ich bloß lange genug am Leben bleibe«, flüsterte sie mit rauer Stimme dem Pferd ins Ohr. Lame Deers Pony war klein und jung und hatte nicht das Durchhaltevermögen ihres Hengstes.

Nach einigen Stunden hatte sich Melanie völlig verirrt. Bei dem Versuch, Walkman und Blaine zu entgehen, hatte sie vertraute Gegenden gemieden und war immer im Kreis geritten. »Mein Gott, lass mich nicht zufällig im Dunkeln in die Komantschen hineinrennen!«, betete sie leise, als es immer dunkler wurde. Sie bemühte sich, ihre Fassung wiederzugewinnen, und suchte nach markanten Stellen im Gelände, die es ihr ermöglichen würden, auf Umwegen nach San Antonio zurückzukehren. Die Hauptstraße war viel zu leicht einzusehen. Dort würde es Walkman nicht schwer fallen, sie einzuholen oder ihr aufzulauern.

Eine Gruppe von Krüppelkiefern kam ihr irgendwie bekannt vor. Standen sie nicht am nördlichsten Punkt der Night Flower-Ranch? Sie hatte noch keine Antwort gefunden, als sie das schwache Geräusch von Gewehrfeuer hörte. Es kam von der anderen Seite der niedrigen, zerklüfteten Hügel vor ihr. Konnten das Lees Leute und die Banditen sein? Verzweifelt entschloss sie sich, auf diese Möglichkeit zu setzen. Erschöpft, mit Schmerzen am ganzen Körper und ohne jede Orientierung, konnte sie einem erfahrenen Spurenleser wie Seth Walkman nicht mehr lange entkommen. Sie ritt auf die Kampfgeräusche zu.

Lucas Blaine presste sich flach auf den Boden, niedergehalten vom Kreuzfeuer zwischen seinen Männern und einer Gruppe von Freiwilligen, Lipan-Scouts und diesem verdammten neuen Ranger Lawrence. Ein Mal hatte er sogar Velásquez gesehen. Die ganze Sache war eine Falle gewesen, und seine Banditenfreunde hatten die Männer des Gesetzes geradewegs zu ihm und seinen Männern geführt! Glücklicherweise war er bei Beginn der Schießerei gerade in der Nähe eines Felsvorsprungs gewesen, wo er gut in Deckung gehen konnte. Von dort war er durch dorniges Unterholz gekrochen, das ihm die Kleider zerfetzt und seine Haut blutig gerissen hatte.

Doch immerhin entfernte er sich von dem gellenden Kriegsgeschrei, das die eingeschlossenen Komantschen ausstießen, die wie in die Enge gedrängte Dämonen kämpften. Die meisten von ihnen waren ohne Pferde. Etwas Schlimmeres konnte einem Komantschen-Krieger nicht passieren. Trotzdem würden sie sich niemals ergeben. Wenn man allerdings bedachte, was sie in den vergangenen Jahren angerichtet hatten, so war es mehr als unwahrscheinlich, dass man ihnen überhaupt die Chance bot, sich zu ergeben. Doch ihn würde man nicht erwischen!, schwor sich Blaine. Irgendwie würde er entkommen und sich zu Laban Greers Ranch durchschlagen. Das Mindeste, was Greer ihm schuldete, waren ein paar frische Pferde und genug Gold, um über den Red River ins Indianerland zu fliehen.

Er hob den Kopf gerade so hoch, dass er das Gemetzel sehen konnte, das sich zwischen den Rangern und ihren Lipan-Freunden einerseits und Galls Banditen und seinen eigenen Komantscheros andererseits abspielte. In wildem Durcheinander schossen und schlugen sie aufeinander ein. Der Zahl nach waren die Banditen nur leicht unterlegen, aber die Männer des Gesetzes hatten das Moment der Überraschung auf ihrer Seite, sodass das Ergebnis der Schlacht vorhersehbar war. Wenn er doch nur ein Pferd erwischen könnte!

Als der Mond voll und strahlend hell aufging, konnte Melanie die Umgebung besser erkennen. In Panik jagten Pferde hin und her, während Komantschen und Texaner zwischen ihren wirbelnden Hufen aufeinander einhackten. Es war ein einziges Chaos. Wo war Lee? Sie musste ihn finden, ehe Walkman sie aufspürte. Ein Mal sah sie eine Gruppe Lipans, unter ihnen Jeremy. Oh, bitte, lieber Gott, lass Lee nichts zugestoßen sein!, flehte sie im Geiste, während sie Prancer hinter einen Felsen zog, wo sie abwarten wollte.

Auch Walkman hörte das Schießen und ritt näher, um herauszufinden, was los war. Außerdem bestand die Möglichkeit, dass das Kampfgetümmel die Frau herbeigelockt hatte. Als er das Gemetzel vor Augen hatte, wusste er, dass Gall und Blaine in eine Falle gegangen waren. Fluchend überlegte er hin und her. Wenn er Blaine finden und umbringen konnte, ehe der alte sabbernde Trunkenbold ihn und Greer an Velásquez verraten konnte, war die Situation vielleicht noch zu retten. Er ließ den Blick über das Schlachtfeld schweifen. Auf seine Chance wartend, zog er das Sharps-Gewehr aus dem Holster.

Endlich sah Melanie ihren Mann. Er rang mit einem Komantschen. Sie waren vielleicht nur einhundert Meter von ihr entfernt. Entsetzt und fasziniert zugleich beobachtete sie, wie Lee sich auf den Wilden wälzte und ihm mit einer schnellen, sauberen Bewegung die Kehle durchschnitt. Sofort sprang Lee wieder auf, das blutige Messer in der Hand, und griff den nächsten Feind an. Er braucht ein Gewehr, dachte sie verzweifelt. Sein Dragoon-Colt musste leer geschossen sein. Dicht neben ihrem Versteck lag ein toter Lipan in grotesker Verrenkung auf dem Boden. Unter seinem Körper ragte ein Gewehr hervor.

Vorsichtig nach rechts und links blickend, machte Melanie einen Satz auf die Waffe zu. Sie konnte schießen und würde Lee Deckung geben.

Blaine sah hüftlanges, glattes schwarzes Haar aufglänzen und ein weißes Hemd. Velásquez Frau war hier! Natürlich. Wahrscheinlich wusste die Hexe von der Falle und war jetzt hier, um ihrem Mann zu helfen! Blaine atmete auf. Sie war ganz in seiner Nähe, hatte ihn aber offensichtlich nicht bemerkt. Er würde sie schnappen und als Geisel benutzen, um von hier wegzukommen. Slade und Lawrence würden nicht auf eine Frau schießen, und außerdem war sie noch die Ehefrau dieses schmierigen Mexikaners – also ein perfekter Schutzschild. Er konnte erkennen, dass sie an das Gewehr unter dem toten Scout wollte. Schnell huschte er zwischen die Felsen und zog seine Pistole.

Noch kämpfte Melanie mit dem Gewicht des toten Lipan und hätte beinahe das Gewehr frei bekommen, als sich von hinten ein Arm um ihren Hals legte. »Lass das Gewehr los, kleine Squaw«, zischte Blaine und verstärkte den Druck auf ihre Kehle, bis sie ihm gehorchte. Er hielt ihr die Waffe an den Kopf und zog sich mit ihr in Richtung der Felsen zurück. »So! Jetzt suchen wir dein Pferd und reiten von hier fort.«

Von seinem erhöhten Standpunkt aus gegenüber der Lichtung beobachtete Walkman alles, was dort unten passierte. Er richtete sein Gewehr auf den Narren Blaine, der für ihn keinen Nutzen mehr hatte, und auf diese Frau, die sich in alles einmischte und auf ewig seinen Hass verdient hatte. Er konnte sie beide erschießen und im Handumdrehen von hier verschwinden.

»Das würde ich lieber lassen, Walkman!«, sagte in diesem Moment Jeremy Lawrence hinter ihm. Seine Stimme dröhnte so laut, dass sie selbst die Schreie und Schüsse um sie herum übertönte. Er drückte seinem Captain einen .44-kalibrigen

Walker-Colt in den Rücken. Er hatte Walkman gesehen und sich hinter ihn geschlichen, um ihn zu überraschen. Walkman deutete mit dem Kopf auf Blaine, während er das Gewehr sinken ließ. »Mein Freund da drüben hat irgendetwas mit der schönen Dame vor.«

Als Jeremy sah, wie Melanie sich verzweifelt gegen Blaine wehrte, der dabei war, sie wegzuzerren, wurde er kreidebleich. »Mein Gott, wie ist sie ... du verdammter Mistkerl!«

In dem Bruchteil der Sekunde, in dem Lawrence auf den Kampf sah, schlug Walkman zu. Er riss sein Gewehr hoch und feuerte auf den Ranger. Der Schuss verfehlte Lawrence, der den Gewehrlauf mit dem Arm abblockte. Doch Jeremys Schuss auf Walkman verfehlte ebenfalls sein Ziel. Mit einem Satz sprang er den verbrecherischen Ranger an. Die beiden Männer gingen kämpfend zu Boden und rollten schlagend und tretend über den Felsen.

Wieder einmal watete Lee im Blut, während die Schlacht um ihn herum wütete und tobte. Er hatte unzählige Komantschen erschossen, erstochen, erschlagen, bis er über und über mit Blut besudelt war. Ihm war übel. Langsam schlug er sich durch das Kampfgetümmel zu der Stelle durch, wo Sangre wartete. Der Komantsche, der ihn vom Pferd gezogen hatte, war tot, und der ausgezeichnet dressierte Hengst würde sich von niemandem außer Lee reiten lassen. Der große Rotschimmel scheute und tänzelte, als sein Herr noch einen Komantschen mit dem Messer erstach und dann aufstieg.

Lee hatte gehofft, Blaine zu erwischen. Doch bisher hatte er ihn nirgendwo gesehen. Dann sah er, wie Jeremy Lawrence Seth Walkman ansprang. Es hatte wirklich Glück, ihn hier zu finden. Ganz sicher war auch sein *compadre* nicht weit. Mit der Ferse trieb er den Rotschimmel zum Trab an und ritt auf

Lawrence zu, um ihm zu helfen. Gerade als er bei den Kämpfenden angekommen war, zog Walkman eine kleine Pistole aus dem Stiefelschaft und schoss Jeremy in die Seite. Ehe er die tödliche kleine Waffe ein zweites Mal auf Jeremy richten und genau zielen konnte, sprang Lee von Sangre auf den Verbrecher hinab und schlug ihn von seinem Opfer weg. Scheppernd rutschte die Waffe über den Fels.

»Ah, da ist ja der schmierige Mex, der diese Falle gestellt hat.« Walkman grinste böse und hinterhältig, als wüsste er mehr als Lee.

Lee hatte längst sein Messer gezogen, als er auf die Füße kam. Walkman zog seins ebenfalls. Ohne auf den bewusstlosen Lawrence zu achten, umkreisten sich die beiden Männer. »Das hier ist ein schmieriger Mex, den du nicht mehr loswerden wirst, *rinche*«, stieß Lee hervor, während er einem gefährlichen Stoß auswich.

»Du bist ja jetzt schon so blutig, dass ich gar nicht weiß, wo ich dich aufspießen soll«, keuchte Walkman, während er kurz hintereinander einige schnelle Messerstöße führte.

»Du bist auch ganz schön mitgenommen, Komantschero«, entgegnete Lee mit beißendem Spott und deutete auf Walkmans verletzten Arm.

Der größere Mann grinste wieder. »Das hab ich heute Nachmittag von deiner Frau abgekriegt, Mex.« Er zögerte, während die Anspannung bei Velásquez sichtlich zunahm. Dann fuhr er fort: »Ich hab sie gefangen genommen und zu Blaines Handelsposten gebracht. Sie hat eine zerbrochene Flasche benutzt und versucht, mir den Bauch aufzuschlitzen. Aber alles, was ich abgekriegt hab, war 'ne kleine Schramme.«

»Wo ist sie, Walkman? Du hast noch nie gesehen, wie die Mescaleros mit ihren Gefangenen verfahren, ich schon. Und ich schwöre dir: Genau das werde ich dir antun, bis du es mir erzählt hast. Hast du jemals einem Mann ein Augenlid abgezogen? Glühende Kohle unter die Fingernägel geschoben? Seinen Schwanz genommen und ihn …«

Walkman machte einen Satz nach vorn und streifte Lee knapp an den Rippen. Lee hatte vor Wut gekocht, als er den Bericht des verbrecherischen Rangers über Melanie gehört hatte. Nachdem er den beinahe tödlichen Stoß noch einmal abgefälscht hatte, zwang er sich zur Ruhe. Er hatte sich zu sehr von seinem Zorn mitreißen lassen. Zornige Männer begangen leichter Fehler, das wusste auch sein Feind sehr wohl. Ihm war klar, dass er siegen und zugleich Walkman am Leben halten musste, um Melanies Aufenthaltsort zu erfahren.

Pausenlos ließ er Spott und Hohn auf Walkman niederprasseln, beschrieb Übelkeit erregende Einzelheiten, deren Zeuge er im Apachenland geworden war. Gleichzeitig fügte er seinem Gegner Verletzungen an Hals, Armen und Schenkeln zu, die diesen schwächten und langsamer reagieren ließen, bei ihm aber nicht zu tödlichem Blutverlust führten.

Gerade als Lee den kriminellen Ranger, der nur noch mit glasigen Augen herumtappte, so weit hatte, dass er ihn niederwerfen und ausquetschen konnte, krachte ein Schuss und Walkman fiel ihm vornüber in die Arme. Mit einem rauchenden Colt in der Hand eilte Bill Ross herbei.

»Sind Sie verletzt, Boss? Mein Gott, ich dachte, er hätte sie erwischt. Sie sind ja voller Blut!«

Lee ignorierte seinen wohl meinenden vermeintlichen Retter. Er beugte sich über den reglosen Walkman und schüttelte ihn wie wild. »Walkman, du Hundesohn, du darfst nicht sterben! Verdammter Kerl! Wo ist sie? Wo ist Melanie?« Mit glasigen Augen blickte er zu seinem Vormann auf, der ihm mit wachsendem Schrecken ins Gesicht sah.

»Er hat Melanie?«

Jeremy Lawrence stöhnte auf und rief mit schwacher Stimme: »Blaine … Blaine hat sie mitgenommen.«

Lee ließ Walkmans Leiche fallen und eilte zu dem verwundeten Ranger. »Melanie war hier, während des Kampfes? Hast du sie gesehen?« Er hob Jeremy leicht an, während Ross die Verletzungen des Verwundeten untersuchte.

»Da drüben, bei den Felsen ...« Als Jeremy versuchte hinüberzudeuten, hustete er und hätte beinahe vor Schmerz wieder das Bewusstsein verloren.

Lees Augen folgten der Richtung, in die Jeremy gedeutet hatte. »Wenn Blaine sie als Geisel genommen hat, dann gibt es nur noch einen Ort, wo er sein kann: bei Greer!«

Ohne Ross noch einmal anzublicken oder ihm Anweisungen zu geben, legte Lee den bewusstlosen Ranger auf den Boden zurück und ergriff Lawrences Walker-Colt. Innerhalb weniger Sekunden hatte er sich auf Sangre geschwungen, gab dem Hengst die Sporen und galoppierte zu Laban Greers Ranch.

Mellie, meine Nachtblume, wenn sie dich verletzt haben ... Lee zwang sich dazu, jeden Gedanken daran zu verdrängen, um nicht den Verstand zu verlieren. Er musste die Kontrolle über sich behalten, um seine geliebte Frau zu retten. Ohne den Schlachtlärm zu beachten, den er hinter sich ließ, jagte er in halsbrecherischem Tempo durch die stille Nacht. Der kalte Schein des texanischen Mondes beleuchtete seinen Weg. Lee war unterwegs zu einem Kampf auf Leben und Tod.

Kapitel 24

»Du verdammter Vollidiot! Warum, zum Teufel, kommst du hierher und schleppst sie auch noch mit?« Laban Greer hatte rasch seine Hose übergestreift und trug Hausschuhe an den Füßen, nachdem er durch ein lautes Klopfen an der Haustür aus tiefem Schlaf geweckt worden war. Sein Gesicht wurde rot vor Wut, während er an Lucas Blaine vorbei in die ruhige, mondbeschienene Landschaft blickte. Nichts regte sich.

»Ich bin nicht verfolgt worden, Greer. Die Miliz war so beschäftigt damit, Galls Kriegern die Gurgeln durchzuschneiden, dass sie mich gar nich' gesehen haben«, erwiderte Blaine, während er die halb bewusstlose Melanie stützte. Mitten im Kampf hatte er ihr einen Kinnhaken verpasst, sie dann über ihr Pony geworfen und war mit ihr geflohen. Während Blaine sie in Greers Diele zerrte, bemühte sie sich, wieder klar zu sehen und die gummiartige Schwäche in ihren Beinen zu überwinden. Sie hörte, wie die beiden Männer darüber sprachen, was sie mit ihr vorhatten.

»Du hättest niemals zulassen dürfen, dass sie von deinem Handelsposten wegläuft. Walkman ist ein verdammt unfähiger Trottel, genau wie du.«

»Aber es hat gebrannt ...«, protestierte Blaine.

»Das Feuer ist wahrscheinlich von jemandem gelegt worden, der jetzt schon halb San Antonio alarmiert hat«, zischte Greer ungeduldig und empört. Er begann, auf und ab zu laufen, wobei er sich immer wieder nachdenklich über das Kinn strich. Er betrachtete Melanie, deren Kopf wieder auf die Brust gesunken war. Das ebenholzschwarze Haar verdeckte ihr Gesicht wie einen Vorhang. Mit seiner dicken Hand hob er ihr Kinn an und sah ihr ins Gesicht.

Goldbraune Augen blickten ihn trotzig an. »So, so, immer noch munter und schön wie eh und je, die Kämpferin für die Rothäute. Nur schade, dass du irgendwie meine Geschäfte gestört hast. Deshalb muss ich dich nun leider umbringen. Seth hat ja versagt. Ein angesehener Rancher und Geschäftsmann wie ich …«

»Jeder weiß über Ihren Handel mit den Banditen Bescheid, jeder weiß, dass Walkman und Blaine mit Ihnen zusammenarbeiten, jeder weiß, dass sie das Land von Broughton und Ryan aufgekauft haben. Selbst Ihre Absicht, die Ranch meines Mannes niederzubrennen, ist allgemein bekannt. Jim Slade, Jeremy Lawrence und mein Mann sind alle daran beteiligt gewesen, Gall und Blaine eine Falle zu stellen. Dieser Narr hier sollte alles gestehen und sie zu Walkman und Ihnen führen. Und das hat ja auch geklappt«, schloss sie mit grimmiger Befriedigung. »Sie können mich zwar umbringen, aber das wird Ihnen nichts mehr nützen, Greer. Im Gegenteil! Ein Mord wird es für Sie nur noch schlimmer machen. Meine Geschichte wird nämlich bereits gedruckt«, log sie, ohne mit der Wimper zu zucken.

Als Lohn für diese Unwahrheit konnte Melanie einen leisen Zweifel in Greers Augen entdecken.

»Vielleicht lügt sie ja, was die Zeitungsgeschichte angeht«, meinte er nachdenklich zu Blaine, »doch was die Falle betrifft, der du entkommen bist, so muss es jemanden an höherer Stelle geben, der von unseren Plänen weiß«, fügte er nachdenklich hinzu.

»Nehmen Sie nur jemanden, der so hoch gestellt ist wie Sam Houston«, gab Melanie zurück.

Nun begann Greer erst recht, Blaine zu verfluchen. »Verdammt noch mal! Du hast sie auf meine Ranch gebracht und lieferst ihm damit hieb- und stichfeste Beweise, du hirnverbrannter, verdammter Vollidiot!«

Bei der Erwähnung von Houstons Namen und Greers Wutausbruch wurde Blaine kreidebleich. »Wir können noch fliehen, Mr. Greer. Ich kenne eine ganze Menge wichtiger Leute im Indianer-Territorium. Mit dieser kleinen Göre als Schutzschild und Geisel können wir über den Red River kommen, ohne dass die Ranger uns Schwierigkeiten bereiten.«

Die Adern an Greers bulligem Hals traten hervor, als er zähneknirschend hervorstieß: »Ich habe nicht die Absicht, für den Rest meines Lebens mit deinen Halbblut-Kameraden in schmutzigen Verschlägen zu hausen.« Er streckte die Hände nach Melanie aus und riss sie mit einem Ruck aus Blaines Griff.

»Pass auf, Greer. Sie ist schnell und gemein wie eine Schlange. Sie hat Seth und mich im Handelsposten beinah mit einer Glasscherbe erledigt«, rief Blaine. Plötzlich riss sich Melanie los und schoss auf die nächstgelegene Tür zu. Diese führte ins Arbeitszimmer.

Sofort fiel ihr Blick auf die Gewehrständer an der Wand, und sie stürzte sich auf ein .54-kalibriges Scharps-Gewehr. Sie riss es aus der Halterung und richtete es auf Greer, der durch die Tür hereingestürmt kam, gefolgt von Blaine. Greer war unbewaffnet, Blaine jedoch nicht. Den breiten, muskulösen Körper des Ranchers als Schild benutzend, schoss der Whiskyhändler mit seiner Pistole auf das kleine Ziel und traf Melanie, ehe sie einen Schuss abgeben konnte. Das lange, schwere Gewehr fiel krachend auf den Boden, während sie von der Gewalt der Kugel zurückgeworfen wurde.

Ein Schrei, so Angst erregend wie der eines räuberischen Komantschen, hallte im Gang wider, als Lee ins Haus stürmte und aus kürzester Distanz mit Lawrences Colt auf Blaine schoss. Die .44er kalibrige Kugel durchschlug von der linken Seite aus Blaines dicken Bauch. Der Verbrecher fiel der Länge nach hin. Er war tot, bevor er am Boden ankam.

Greer rannte ins Arbeitszimmer. Er wollte Melanie die Waffe entreißen. Doch Lee war schon bei ihm, ehe er sie in die Hände bekam. Aus Angst, seine Frau zu treffen, wenn er schoss, warf Lee die Waffe hinter sich und riss Greer von ihr weg. Beide Männer gingen zu Boden und rollten mit einem dumpfen Schlag gegen den riesigen Schreibtisch aus Eichenholz. Laban Greer war zwar kleiner als Lee, doch gedrungen und muskulös. Gebaut wie eine Bulldogge, hatte er auch die Kraft und die Zähigkeit dieser Hunderasse. Er griff nach Lees Kehle, um ihm die Luft abzudrücken. Lee hieb und trat auf seinen Widersacher ein, konnte den tödlichen Griff aber nur lösen, indem er den Daumen in Greers rechtes Auge drückte.

Benommen von dem Würgegriff, schüttelte Lee den Kopf, um wieder klar zu sehen, und sprang auf die Füße. Greer griff in eine Schreibtischschublade und zog ein Messer hervor. »Gleich ist es zu Ende mit dir, du schmieriger, mexikanischer Hurensohn«, knurrte er und machte einen Satz auf Lee zu.

Reflexartig griff Lee nach seinem eigenen Messer. »Walkman und Blaine sind bereits tot, Greer«, stieß er mit krächzender Stimme hervor. »Es wäre mir lieber, wenn du langsamer stürbest, aber ich ... habe ... nicht die Zeit dazu«, sagte er scheinbar kühl und distanziert, während er eine Finte stieß. Er parierte Greers langsameren Stoß, hob sein Messer und zog es mit chirurgischer Präzision um den gedrungenen Hals. Greers Augen wurden glasig, Blut quoll aus seinem Mund. Er rutschte am Schreibtisch hinunter und blieb, den Kopf im Tod seltsam verdreht, auf dem Boden sitzen.

Lee wirbelte herum und rannte zu Melanie. Er kniete neben ihr nieder und legte sie behutsam gerade hin, um zu sehen, wie ernst ihre Verletzungen waren. Seine Hände zitterten, als er das seidene Hemd nach oben schob und die blutende Wunde freilegte.

Stöhnend kämpfte sich Melanie den Weg ins Bewusstsein

zurück. Ein scharfer Schmerz durchzuckte sie, doch eine sanfte Stimme sprach ihr Trost zu. Es war Lees Stimme, die Stimme ihres Ehemanns, ihres Liebsten.

»Psst, meine Blume der Nacht, bleib ganz ruhig. Ich muss die Blutung stillen. Bald wird es dir wieder gut gehen, mein Liebling«, versicherte er mit einem leisen, mitfühlenden Singsang in der Stimme, während er ihr Hemd in Streifen riss.

»Blaine ... Greer ... Ich habe Schüsse gehört«, flüsterte sie verwirrt.

»Keine Angst. Sie sind tot, mein Schatz. Sie können dir nichts mehr antun.« Mit den rauen Fingerspitzen streichelte er zärtlich und beruhigend ihr Gesicht.

Plötzlich wurde ihr klar, welche Kosenamen er für sie gehabt hatte: Er hatte sie ›Liebling‹ und ›Schatz‹ genannt. Ihre Augen waren dunkel vor Schmerzen. Sie bemühte sich, den Blick auf sein hartes, kantiges Gesicht zu konzentrieren. Alle Spuren von Zorn und Sarkasmus waren gewichen. In seinen Augen lagen nur noch Liebe und Besorgnis.

Bevor sie diese Gedanken weiter verfolgen konnte, wurde sie von Lees Stimme unterbrochen. »Ich muss dich von hier wegbringen, Mellie, nach draußen zu Sangre und dann zum Arzt in die Stadt.«

Mit überraschender Kraft hob sie die kleine Hand und drückte sie gegen sein heftig pochendes Herz. Die Berührung seiner nackten Brust, die sich warm und fest anfühlte, beruhigte sie zutiefst. »Nein, ich will nicht in die Stadt. Bring mich nach Hause, Lee, auf die Ranch. Mit Wunden kennt sich Kai sowieso besser aus als Doktor Westin. Ich möchte nach Hause ... bitte«, flehte sie.

»Oh, Mellie, ich liebe dich. Was immer du möchtest«, flüsterte er mit schmerzerfüllter Stimme. Es wird ihr wieder gut gehen!, betete er sich vor. Sie darf ganz einfach nicht sterben! »Komm, Liebling, ich bringe jetzt meine Frau nach Hause«, erklärte er leise, hob sie auf die Arme und trug sie aus dem Raum.

Lee ließ Sangre so gleichmäßig wie möglich gehen. Seine verletzte Frau sollte keinen ruckartigen Bewegungen ausgesetzt werden. Nach einigen hundert Metern tauchte Jim auf und brachte seinen großen Falben vor ihm abrupt zum Stehen. Ihm folgten ein halbes Dutzend Reiter, die Staub und Steine aufwirbelten.

»Jeremy hat uns berichtet, was passiert ist«, begann Slade knapp. »Melanie?«

»Sie ist angeschossen worden. Knapp unter den Rippen. Mehr kann ich noch nicht sagen, aber ich bringe sie zur Night Flower-Ranch. Schick doch jemanden in die Stadt, der Doc Westin benachrichtigt«, bat Lee schnell. Dann stieß er Sangre leicht in die Flanken und ritt weiter. Über die Schulter rief er zurück: »Blaine und Greer liegen tot im Haus.«

Als Doc Westin endlich eintraf, stand die Sonne schon hoch am Himmel. Pater Gus begleitete ihn. Trotz seines sorgenvollen Gesichtes strahlte er Ruhe aus. Kai hatte bereits Melanies Wunde gesäubert, desinfiziert und verbunden. Die Kugel war sauber in den Körper ein- und wieder ausgetreten. Obwohl er schon viele Schusswunden versorgt hatte, war Kai sich nicht sicher, ob lebenswichtige Organe verletzt worden waren. Selbst wenn das der Fall wäre, bezweifelte er auch, dass der Arzt mehr ausrichten könnte als er. Nichtsdestotrotz hatte er die endgültige Naht dem Arzt überlassen und die Wunde nur mit größter Sorgfalt verbunden.

Auch der alte Arzt hatte schon viele Schusswunden behandelt. Er löste den Verband und sah, dass es ernst war. Er hob den Blick und schaute zuerst Lee und dann Kai an. »Wie viel Blut hat sie verloren?«

»Ich habe die Wunde fest bandagiert, bevor ich mit ihr nach Hause geritten bin«, antwortete Lee voller Angst und wandte sich an Kai.

Der Gesichtsausdruck des großen Mannes war ernst. »Das hat sie davor bewahrt, viel Blut zu verlieren. Bevor ich die Wunde gereinigt habe, habe ich sie noch stärker abgebunden. Es schien den Blutverlust zu verringern, doch sie ist so klein …«

»Sie ist jung und stark. Zumal der Schock noch nicht eingesetzt hat, glaube ich, dass sie gute Überlebenschancen hat. Es sind ja auch keine lebenswichtigen Organe getroffen«, meinte der Arzt. Dann maß er ihr den Puls. Westin gab Genia, die Hände ringend im Hintergrund stand, die Anweisung, noch mehr saubere Leintücher zu bringen. Kai sollte Melanie festhalten, falls sie, während er die Wunde vernähte, zu sich kommen sollte.

Lee gab Kai ein Zeichen, dass er gehen könne, und setzte sich neben seine Frau auf die Bettkante. »Ich werde sie festhalten. Tun Sie's, solange sie noch bewusstlos ist.«

Prüfend musterte Westin einen Augenblick lang Lees entschlossenes Gesicht und seine ruhigen Hände. »Ja, das werden Sie schaffen. Manche Männer haben nicht den Mumm dazu, insbesondere dann nicht, wenn es um jemanden geht, den sie lieben.«

Jemand, den sie lieben. Er fasste die Worte als Anklage auf. War eine Kugel nötig gewesen, um ihn zu überzeugen? Jetzt wusste er ganz sicher, dass er sie liebte, dass er sie zur Frau haben wollte. Jetzt war er stolz auf sie und auf alles, was sie war und tat. Und sie könnte sterben und es niemals erfahren, durchfuhr es ihn. *Nein! Das werde ich nicht zulassen, Mellie, meine Blume der Nacht, meine Liebe!* Noch halb bewusstlos, stöhnte sie in seinen Armen auf. Während der Arzt geschickt seine Arbeit verrichtete, streichelte Lee zärtlich ihre Wange;

mit der anderen hielt er Melanie an der Schulter fest. Die ganze Zeit über flüsterte er ihr zärtliche Worte ins Ohr, mit denen er sie dazu bringen wollte, um ihr Leben zu kämpfen.

Als der Arzt fertig war, nahm ihn der Priester leise beiseite und führte ihn aus dem Raum. »Ist es notwendig, ihr die Letzte Ölung zu geben? Was meinen Sie, Doktor? Ich möchte ihren Ehemann nicht unnötig aufregen, doch ich bin mir nicht sicher …«

Der Arzt schüttelte den Kopf. »Nein, Padre, das ist nicht nötig, glaube ich. Die nächsten vierundzwanzig Stunden bringen die Entscheidung.«

Zum Glück wachte Melanie nicht auf. Angespannt wachte Lee an ihrem Bett, hörte, wie sie stöhnte, und beobachtete ihren Schlaf. Der Arzt hatte ihr Laudanum gegeben. Gegen Mittag traf Charlee Slade ein und schlich sich leise ins Zimmer. Sie warf einen Blick auf Lees unrasiertes Gesicht und seine blutunterlaufenen Augen und sah, dass er völlig erschöpft war. Dann gab sie Kai die Anweisung, für Lee ein Bad vorzubereiten und sein Bett zu richten.

»Du wirst dich jetzt etwas ausruhen und deine Schnitte und Abschürfungen behandeln lassen. Du tust deiner Frau keinen Gefallen, wenn du sie beim Aufwachen durch dein abgehärmtes Aussehen erschreckst. Doc Westin hat mir allerdings versichert, dass sie in den nächsten zwölf Stunden nicht aufwachen wird. Wie lange hast du keinen Schlaf gehabt?«, fragte sie. Natürlich ließ sie keine Diskussion über ihre Befehle zu.

Benommen ließ Lee im Geist die dreißig Stunden vorüberziehen, die vergangen waren, seit er Melanie in der Pension zurückgelassen hatte. »Seit gestern Morgen«, antwortete er vage. »Aber ich muss mit ihr sprechen, wenn sie aufwacht«, fügte er mit Verzweiflung in der Stimme hinzu. *Wenn* sie aufwacht! Diesen Gedanken schob er gewaltsam beiseite.

Charlee war zierlich von Gestalt, aber wenn sie es für nötig hielt, konnte sie ziemlich energisch werden. »Deiner Frau wird es wieder gut gehen, Lee. Doch bei der Menge von Laudanum, die ihr der Doc gegeben hat, wird es noch einige Zeit dauern, bis sie aufwacht. Ruh dich währenddessen aus, damit du einen klaren Kopf hast und weißt, was du ihr sagen willst, sobald sie wieder zu sich kommt.« Ihre Stimme klang geduldig, als spräche sie zu einem ihrer Kinder. »Du hast noch ein ganzes Leben mit ihr vor dir, um ihr alles zu erzählen.«

»Wo ist das Kind? Jessas, man dreht ihr ein Mal den Rücken zu, und schon ist sie auf und davon und steckt in der Klemme«, erklang Obediences Stimme draußen vor der Tür.

Selbst Lee brachte ein halbes Lächeln zu Stande. Charlee strahlte über das ganze Gesicht. »Jetzt, da wir uns auch noch zu zweit um sie kümmern, kannst du dich für ein paar Stunden im Zimmer nebenan ausruhen. Pater Gus ist auch noch hier. Wir werden schon gut auf sie aufpassen, Lee.«

Wie der Doktor vorausgesagt hatte, schlief Melanie viele Stunden. Spät am Abend wechselten sich eine ganze Reihe besorgter Leute am Bett damit ab, ihr immer wieder die Stirn zu kühlen: Charlee, Obedience, Kai und Genia. Lame Deer wartete draußen vor der Tür und betete zusammen mit Pater Gus für seine geliebte Melanie.

»Ihr scheint heiß zu werden, Doc«, sagte Charlee besorgt zu dem Arzt, der wiedergekommen war.

Westin nickte. »Ich hatte befürchtet, dass sie Fieber bekommt. Die erste Schlacht ist der Wundschock und der Blutverlust; und beides hat sie wunderbar überstanden. Die nächste Schlacht ist eine Gefahr, die sich langsamer ausbreitet: das Fieber. Sie darf sich auf keinen Fall erkälten. Sorgt dafür! Manchmal ist es am besten, ein Fieber auszuschwitzen, aber …«

»Jessas, das Kind droht ja zu verglühen«, unterbrach ihn Obedience lautstark. »Ich hab bei vielen Kindern, auch bei meinem Joseph, das Fieber gesenkt: Du brauchst feuchte, kühle Tücher, die du ständig wechselst.« Sie richtete sich auf, schien Genia praktisch für sich in Beschlag zu nehmen, gab ihr die Anweisung, eine Wanne mit kaltem Brunnenwasser zu füllen und nicht auf den alten, protestierenden Doktor zu hören.

»Ja ... nun ... ich wollte Mrs. Oakley gerade sagen, dass es eine andere medizinische Schule gibt, die ihre Methoden vorzieht«, fügte Westin beleidigt hinzu. Ihm war klar, dass er, umgeben von drei feindlichen Frauenzimmern und einem Riesen aus der Südsee, kaum den Sieg davontragen würde, selbst wenn er so unbesonnen gewesen wäre, Obedience Oakley zu widersprechen.

Genau in diesem Augenblick stürmte Lee aus dem Nebenzimmer herein. Er war aus einem unruhigen Erschöpfungsschlaf erwacht. »Was soll das Gerede über Fieber?« Ohne auf die Antwort des Arztes oder eines anderen zu warten, eilte er an Melanies Bett und nahm ihr die Kompresse von der Stirn. »Sie glüht ja regelrecht!«

»Nein«, erwiderte Charlee ruhig. »Sie hat zwar Fieber, doch wir sind alle der Meinung, dass es nicht so schlimm ist.«

»Wir werden es schon schnell genug wieder runterkriegen«, fügte Obedience hinzu. Sie verließ mit Genia das Zimmer, fest entschlossen, ihren Plan in die Tat umzusetzen.

Nachdem er sorgfältig die Wunden auf Anzeichen von Entzündungen und frischen Blutungen untersucht hatte, erneuerte der Arzt den Verband, verabschiedete sich und versprach, am nächsten Morgen in aller Frühe wiederzukommen.

In den nächsten vierundzwanzig Stunden dankte Lee mehr als ein Mal dem Himmel und Charlee Slade, dass er auf sie gehört hatte und ihrem Ratschlag gefolgt war, einige Stunden zu schlafen und sich medizinisch versorgen zu lassen, worauf sie bestanden hatte. Melanies Fieber wütete. Lee, Kai und die drei Frauen befeuchteten Tücher mit kaltem Wasser und wickelten sie um Melanies vom Fieber geschüttelten Körper. Selbst der Priester und der Junge schleppten Brunnenwasser heran und wrangen Tücher aus.

Als die Wirkung des Laudanums nachließ, begann Melanie, im Delirium zu sprechen. Zunächst flüsterte sie nur zusammenhangslos vor sich hin. Doch dann, als ihre Körperkraft zurückzukehren schien, schrie sie auf und durchlebte aufs Neue den Schmerz und die Furcht, unter denen sie in ihrer Kindheit als unerwünschte Tochter einer neurotischen *Mätresse* gelitten hatte. Obwohl Lee die Tatsachen kannte, erschreckte es ihn, wie diese Gefühle so ungehemmt aus ihr hervorbrachen.

Als sie flüsternd davon erzählte, wie sie als Zwölfjährige den gut aussehenden Leandro Velásquez zum ersten Mal im Hafen von Galveston getroffen hatte, war Charlee so geistesgegenwärtig, die anderen aus dem Zimmer zu führen. Es gab intime Dinge zwischen Mann und Frau, die nicht für fremde Ohren bestimmt waren.

Aber Lee hörte ihr zu und durchlebte noch einmal die langen zurückliegenden Tage in Galveston und die vier Jahre später in Austin. Dieses Mal sah er sie aus ihrer Perspektive. Sie sprach auch von ihrer Begegnung auf dem Hügel und der darauf folgenden erzwungenen Heirat.

»Oh, meine Blume der Nacht, Charlee hatte Recht. Ich bin wirklich ein arroganter, egoistischer Narr gewesen«, flüsterte er bewegt und kühlte ihre heiße Wange mit einem Tuch.

Später, als sie still geworden war, rief er Charlee herein und bat sie um frische Leinentücher und neues Wasser. Obwohl sie in seinem Gesicht Spuren von großer Aufregung entdeckte – blutunterlaufene Augen und Tränenflecken –, ließ sie sich nichts anmerken, sondern ging sehr schnell wieder hinaus, um das Gewünschte zu holen.

Als Doc Westin am nächsten Morgen kam, war das Fieber

gefallen, und Melanie sank in einen tiefen, heilsamen Schlaf. Am Abend desselben Tages verkündete Obedience, ihre Schutzbefohlene sei auf dem Weg der Besserung, und jeder atmete auf. Außer Lee. Er würde erst dann seinen Frieden finden, wenn ihn ihre großen, wunderschönen Augen wieder voller Liebe ansahen.

Melanie fühlte sich gerade so, als wäre sie von Liberator in vollem Galopp abgeworfen worden, oder noch schlimmer: Man hatte sie zwischen zerklüftete Felsen geworfen, und anschließend war eine ganze Rinderherde auf ihr herumgetrampelt! Sie drehte den Kopf ein wenig zur Seite und öffnete die Augen. Die Abenddämmerung zog herauf. Die Strahlen der untergehenden Sonne erleuchteten den Raum nur wenig, aber sie erkannte, wo sie war: im Herrenzimmer, in Lees Raum. Sie lag im Bett ihres Mannes, und er stand ihr gegenüber. Sein Gesicht war dunkel von Bartstoppeln, und die Erschöpfung hatte ihre Spuren hinterlassen. Seine zerknitterten Kleider und sein zerzaustes Haar zeugten von den langen Stunden, die er an ihrem Bett gewacht hatte.

Als er sich umwandte, um sie anzusehen, schloss sie rasch die Augen und stellte sich schlafend. Sie bemühte sich, erst ihre verworrenen Gedanken zu ordnen, ehe sie ihm in die Augen blickte. Bruchstückhaft fielen ihr seine Zärtlichkeiten und Koseworte ein, die er geflüstert hatte, als er sie aus der Gewalt Blaines und Greers gerettet hatte. Fühlt er sich vielleicht nur schuldig, weil ich angeschossen wurde? Oder könnte es sein, dass er mich wirklich liebt?, fragte sie sich.

Versuchsweise drehte sie sich ein wenig auf die Seite. Doch ein plötzlicher, quälend heftiger Schmerz fuhr durch ihren Körper. Erschrocken riss sie die Augen auf. Als Lee sie nach Luft ringen hörte, war er mit einem Satz an ihrer Seite.

»Mellie? Bist du wach? Hast du Schmerzen, Liebling?« Sanft und zärtlich drückte er sie wieder in die Kissen zurück.

Unfähig, den Schmerz zu unterdrücken, stöhnte sie auf. Nach Luft schnappend, stieß sie zwischen den Zähnen hervor: »Ja, verdammt noch mal, ja, es schmerzt wie ... Au! Mein Gott, Pater Gus fiele in Ohnmacht, wenn er hörte, wie es schmerzt. Haben Blaine und Greer ...«

»Sie sind beide tot. Vergiss sie!«, unterbrach Lee sie ungeduldig. »Du hast zusätzlich zu dem Durchschuss an der Seite auch noch Fieber gehabt. Ich meine, ich hätte dir gesagt, dass Moses French außer Dienst ist«, fügte er in gespieltem Ernst hinzu. Doch die unverhohlene Freude in seinem Gesicht strafte jedes Schelten Lügen.

»Was für eine unglaublich gute Geschichte ich für Clarence schreiben kann, wenn du mir auch noch die restlichen Fakten mitteilst.«

Nun war es an ihm, aufzustöhnen.

Als Charlee die beiden sprechen hörte, öffnete sie die Tür und trat ein. Ein strahlendes Lächeln ging über ihr ganzes Gesicht. »Zumindest kann dir Obedience jetzt etwas von der Hühnersuppe bringen, die schon seit zwei Tagen in Kais Küche auf dem Herd köchelt. Er ist wirklich zu bedauern, seit sie das Kommando an seinem Herd übernommen hat.«

Bei der Vorstellung, wie die beiden Furcht erregenden Riesen in einen Machtkampf verwickelt waren, musste Melanie unwillkürlich lachen. Gleich darauf rang sie vor Schmerz nach Luft.

»Vor der Tür steht eine Reihe von Leuten, die uns mit ihrem Wunsch, dich zu sehen, fast wahnsinnig gemacht haben, meine Nachtblume«, berichtete Lee.

Wie aufs Stichwort öffnete Charlee die Tür. Sie nickte Lame Deer zu, der auf Melanie zuflog, gefolgt von Pater Gus und Clarence Pemberton, der langsam hereingeschlendert kam.

»Melanie! Du ... du bist wach!« Der Junge konnte kaum seinen Impuls bezähmen, auf das Bett zu springen und seine

Prinzessin zu umarmen. Doch als sie mit der Hand neben sich auf die Matratze schlug, ließ er sich sofort nieder und umarmte sie ganz sanft. »Wirst du wieder gesund?«

»Ja. Ich bin nur noch etwas schwach, und die Wunde tut noch weh. Erzähl mir mal, was du erlebt hast«, forderte sie ihn auf. Der Junge brannte darauf, seine Geschichte loszuwerden, das wusste sie.

»Als du verschwunden warst und dich die bösen Männer verfolgten, habe ich ein Pony gestohlen und bin ganz schnell hierher geritten. Kai hatte sich schon mit vielen Männern vorbereitet. Dann kamen die Komantschen, und es gab einen schrecklichen Kampf, aber sie konnten dein Haus nicht abbrennen«, schloss er, wobei er einen aufgeregten Quiekser ausstieß.

»Ich bin allen sehr dankbar«, antwortete Melanie sehr ernst. »Wenn mir jetzt noch einer Stift und Papier bringt, schreibe ich eine unglaublich gute Story«, meinte sie und warf Clarence, der plötzlich leicht rot geworden war, einen argwöhnischen Blick zu.

»Nun, vielleicht ist es besser, Sie warten noch ein wenig damit, bis Sie wieder zu Kräften gekommen sind und gelesen haben, was ich bereits geschrieben habe. Leider, Melanie. So ist das nun mal: Nachrichten sind Neuigkeiten ...«

»... solange sie noch nicht von Mund zu Mund gegangen sind«, vollendete sie den alten Reporterspruch. »Ich nehme an, dass Sie mit jedem von Jeremy bis Lame Deer gesprochen haben und dann die spannendste Geschichte seit dem Rathauskampf im Jahre achtzehnhundertvierzig geschrieben haben.« Mit flammenden Augen sah sie ihn anklagend an.

Eine struppige Augenbraue hob sich in die Höhe. »Sie *waren* bewusstlos, liebes Kind.« Mit einer eleganten Bewegung warf er ihr ein Exemplar des *Star* zu. »Sobald Sie alles gelesen haben und ... äh ... Ihre Objektivität wiedererlangt haben, werden Sie, dessen bin ich sicher, noch eine ganze

Menge hinzuzufügen haben.« Ein schwaches Lächeln spielte um seine Mundwinkel. »Wenn Sie Ihren persönlichen Bericht über das große Finale schreiben, lasse ich Amos sogar Ihren Namen unter den Artikel setzen«, bot er großmütig an.

»Also Moses French, ja?«, fragte sie mit einem nervösen Blick auf Lee, dessen Gesicht reglos blieb.

»Ihr Mann hat mir unmissverständlich versichert, dass Moses French tot ist. Nein, ich nehme an, unter dem Artikel wird der Name Melanie Velásquez stehen. Das klingt doch sehr authentisch, finden Sie nicht auch?« Bei dieser überraschenden Neuigkeit zwinkerte ihr Clarence Vivian Pemberton doch tatsächlich zu, nickte dann zu Lee hinüber, drehte sich um und verließ munteren Schrittes das Zimmer. »Bis zum Wiedersehen im *Star*-Büro. Und warten Sie nicht zu lange mit dem Einsenden der Geschichte. Niemand liest gern alte Neuigkeiten.« Damit war er verschwunden.

Mit einer Mischung aus Freude und Verwirrung sah Melanie zu Lee auf. »Na so was, dieser alte …« Sie konnte sich noch rechtzeitig beherrschen und sah schuldbewusst zu Pater Gus hinüber. Lame Deer, der sich auch sehr oft beim Fluchen in Gegenwart des Paters ertappte, unterdrückte ein Kichern.

Der junge Priester lachte leutselig. »Es scheint so, meine Liebe, dass all unsere Gebete erhört worden sind.«

»Das denke ich auch, Pater«, erwiderte Lee und sah unverwandt auf seine Frau.

»Nun ist es aber genug mit den Geschichten und dem Beten«, unterbrach Obedience. »Ich habe für die kranke Kleine ein gutes Essen vorbereitet, das ihr wieder eine frische, gesunde Farbe gibt. Also, verschwindet jetzt! Sie braucht Essen und Schlaf.«

Gehorsam aß Melanie auf und fiel kurz darauf in einen tiefen Schlaf. Auf dem Fußboden neben ihr richtete sich Lee ein Pritschenbett, wo er die ganze Nacht verbrachte. In den nächsten Tagen stellte sich eine gewisse Routine ein. Jeden Morgen, wenn Melanie erwachte, brachte Genia das von Kai liebevoll zubereitete Frühstück. Dann stand Lees Pritschenbett längst ordentlich in der Ecke. Wenn sie es ansah, wurde ihr seltsam warm ums Herz. Es war ein schönes Gefühl, zu wissen, dass er jede Nacht neben ihr schlief und, wenn nötig, ein Auge auf sie hatte. Aber wenn sie aufwachte, war er immer schon fort. Das konnte auch nicht anders sein, denn er hatte ja eine große Ranch zu leiten. Doch zum Abendessen war er wieder zurück und hielt sie auf dem Laufenden über die Geschehnisse auf der Ranch und in der Stadt.

Jeremy Lawrence erholte sich von den Verletzungen, die er im Kampf mit Walkman erlitten hatte. Gall war, wie die meisten seiner Gefolgsleute, getötet worden. Der Rest der Banditen wurde vertrieben und in alle Himmelsrichtungen verstreut. Nachdem Blaines Handelsposten geschlossen und Greer nicht mehr im Geschäft war, hatten die Überfälle und Verwüstungen aufgehört.

Eines Abends fragte Melanie, während sie vorsichtig ihr Tablett balancierte und ihr Steak schnitt: »Wer hat denn jetzt die Stelle von Seth Walkman?«

»Lawrence«, berichtete Lee kurz angebunden.

Sein barscher Ton ließ sie überrascht aufblicken. Während ihrer Genesung waren sie immer so freundlich und friedlich miteinander umgegangen, wenn sie auch meistens über relativ unwichtige Dinge gesprochen hatten. Er schien noch immer eine starke Abneigung gegen Jeremy Lawrence zu haben. »Er ist sicher ein guter Mann für diesen Posten«, bemerkte sie sachlich. Glaubte er etwa noch immer, dass Jeremy und sie etwas miteinander gehabt hätten?

Melanie beschloss, das Thema zu wechseln. »Ich habe an meiner Geschichte für den *Star* gearbeitet. Es wird ein persönlicher Bericht über alles, was ich über Walkman und Greer herausgefunden habe. Dann beschreibe ich, wie ich entführt und als Geisel genommen wurde. Ich bin beinahe fertig. Lame Deer hat mir die meisten Einzelheiten geliefert, die noch gefehlt haben.« Sie zögerte und sah ihn an. »Du hast doch ernst gemeint, was du zu Clarence gesagt hast? Ich darf tatsächlich unter meinem Namen schreiben?«

Er warf die Serviette hin, noch immer beunruhigt darüber, dass sie die Rede auf Lawrence gebracht hatte. »Warum solltest du von mir die Erlaubnis brauchen, um deine Geschichte zu schreiben? Du hast doch früher auch nicht danach gefragt.« Als er in ihre Augen sah, die ihn überrascht und gekränkt anblickten, bereute er seine Worte sofort. »Mellie, es tut mir Leid. Ich habe mit dem alten Brummbär Pemberton gesprochen, als er dich besucht hat. Wir haben uns geeinigt: Du kannst die Geschichte schreiben, wenn du wieder bei Kräften bist.« Er verschwieg ihr, dass er es gewesen war, der vorgeschlagen hatte, dass seiner Frau erlaubt sein sollte, unter ihrem eigenen Namen zu schreiben.

»Es geht mir von Tag zu Tag besser, Lee«, meinte sie leise, aber mit einem herausfordernden Unterton in der Stimme. »Wenn ich wieder ganz gesund bin, kehren wir dann zu den Verhältnissen zurück, wie wir sie vorher hatten?« Im selben Augenblick, als sie die Worte ausgesprochen hatte, bereute sie sie auch schon. Närrin! Stell doch keine Fragen, wenn du dich vor den Antworten fürchtest!

Lee stand auf, ging zu ihrem Bett, wo er sehr behutsam ihr Tablett wegnahm und es auf den Tisch neben dem Bett stellte. Dann setzte er sich zu ihr und legte ihr seine schlanke Hand zärtlich auf die Wange. »Nein, Nachtblume, das werden wir nicht. Du hast mich gebeten, dich hierher zu bringen, und hier wirst du auch bleiben. Du bist meine Frau, und ich liebe dich. Ich will mit dir zusammenleben.« Er blickte tief in ihre ausdrucksvollen goldbraunen Augen und wollte ihr eine Antwort entlocken. Doch gleichzeitig hatte er Angst davor.

»Aber warum … warum sagst du mir das jetzt erst? Es ist ja geradeso, als müsste ich dir eine Liebeserklärung abringen?« Ihr gefiel der anklagende Tonfall in ihrer Stimme überhaupt nicht, konnte jedoch nicht anders. »Du musstest mich heiraten, und vielleicht liebst du mich wirklich … zumindest begehrst du mich.« Vor Scham errötete sie. »Aber … aber du *willst* mich nicht lieben. Ich entspreche nicht deinem Ideal einer edlen spanischen Frau wie Larena Sandoval … oder Dulcia.« Nun war es heraus: Sie hatte ihre Rivalinnen beim Namen genannt. Larena lebte noch, und Melanie konnte sie bekämpfen, aber die tote Dulcia war eine noch größere Bedrohung.

Als hätte er sich verbrannt, ließ Lee ihre Hand sinken und erhob sich. In seinem Kopf herrschte ein wildes Chaos. Ihm durfte jetzt kein Fehler unterlaufen. Seufzend begann er, auf und ab zu gehen, während er sich mit beiden Händen durchs Haar fuhr. »Also … was das angeht, dass ich so lange gewartet habe, dir meine Liebe zu gestehen … Dafür gibt es eine Menge Gründe. Ich wollte, dass du erst wieder zu Kräften kommst … und ich wollte mir selbst noch Zeit lassen, alles noch einmal zu durchdenken.« Er machte eine Pause, bevor er fortfuhr.

»Während du im Fieberdelirium lagst, hast du mir eine ganze Menge erzählt, Mellie.« Er sah einen wachsamen, ängstlichen Ausdruck in ihre Augen. Verdammt! Ich mache alles falsch!, durchfuhr es ihn.

»Was habe ich erzählt?«, fragte sie leise.

»Das, was dir Albträume bereitet. Erinnerst du dich an all die hässlichen Sachen, die ich dir damals gebeichtet habe, als ich aus meinem Albtraum erwachte?« Als sie mit weit aufgerissenen Augen nickte, fuhr er fort: »Nun ja, deine Bekenntnisse waren nicht so abscheulich wie meine. Es ging auch nicht um das, was du getan hattest, sondern um das, was dir angetan worden ist, ohne dass du etwas dafür konntest: von Lily, von Rafe, der dich verließ, und durch den Tod deiner Großmutter.« Als er sah, wie sie litt und von Angst erfüllt war, eilte er rasch zu ihr hinüber und nahm sie in die Arme.

»Oh, Mellie, ich war ein Narr, ein grausames Ungeheuer, wenn ich mir überlege, was ich über deine Herkunft gesagt habe. Du bist nicht nur die Tochter einer Mätresse. Du bist schließlich auch Deborah Flemings Tochter und von ihr erzogen worden, und sie und alle anderen – ich eingeschlossen – sind stolz auf dich.«

»Aber es fließt noch immer afrikanisches und indianisches Blut in meinen Adern«, wandte sie mit erstickter Stimme ein. Sie wollte nicht auf seine tröstende Umarmung verzichten, aber diese Frage durfte auch nicht ungelöst zwischen ihnen stehen, fand sie.

»Das ist mir egal. Nein, das stimmt auch nicht: Es bedeutet mir *wirklich* sehr viel. Wenn in deinen Adern das gleiche Blut fließt wie bei solchen Menschen wie Lame Deer und Amos Johnston, wäre ich wirklich ein Narr, nicht stolz auf dich zu sein. Du bist klug, liebenswert und gut«, erklärte er und strich zärtlich über ihr glänzendes schwarzes Haar. »Du hast auch über unsere Begegnung in Austin gesprochen.« Er spürte, wie sie in seinen Armen erstarrte.

»Ich war so gekränkt, dass du verheiratet warst. Oh, Lee, sie war genau die Frau, die du haben wolltest!«

»Seit damals in Austin nagten Schuldgefühle an mir, Mellie. Ich glaube, das war der eigentliche Grund, warum es mir so viel Vergnügen bereitete, mich jedes Mal wie ein Mistkerl aufzuführen, wenn ich dich traf«, bekannte er nüchtern.

Verwirrt blickte Melanie ihn an. »Schuldgefühle? Das versteh ich nicht.«

»Verstehst du wirklich nicht, Liebling? Du bist die ganze Zeit nur auf Schatten eifersüchtig gewesen und hast dich vor Schatten gefürchtet. Ich war ein naiver Junge von einundzwanzig Jahren, als ich Dulcia geheiratet habe. Bei meiner Heimkehr nach Texas habe ich festgestellt, dass es ein Fehler gewesen war. Sie war wie eine Treibhauspflanze, so empfindlich und zart. Dulcia hasste das Land, in dem ich geboren wurde, und sie hasste die Ranch. Noch schlimmer, sie hasste es, von mir angefasst zu werden. Sie hat nur ihre Pflicht getan«, fügte er mit trauriger Ironie in der Stimme zurück. »Als ich sie in San Antonio zurückließ und nach Austin ging, begegnete ich diesem Traum im gelben Seidenhemd und dem gar nicht brav geschlitzten Reitrock – Rafe Flemings verwöhnter, kleiner Liebling war erwachsen –, und ich wollte dich.« Er sah sie eindringlich an. Lee war zornig auf sich selbst, bat sie aber inständig um Verständnis.

»Und du hast dasselbe bei mir gespürt«, erwiderte Melanie. »Dass ich dich haben wollte. Aber du warst mit dem richtigen Mädchen verheiratet. Und ich war das falsche Mädchen ...« Vor Erstaunen verstummte sie. So viele Dinge ergaben jetzt einen Sinn.

»Als ich Charlee erzählte, dass ich Larena trotzdem heiraten wollte, hat sie mir erklärt, du würdest viel besser zu mir passen als Dulcia oder Larena. Dann hat mir Larena genau dasselbe gesagt. Beide waren viel klüger als ich«, fügte er reuevoll hinzu.

Bei der letzten Bemerkung leuchteten Melanies Augen auf. »Obwohl ich ganz furchtbar eifersüchtig auf Larena war, wusste ich immer, dass sie eine Frau mit gesundem Menschenverstand ist.« Plötzlich wurde ihr ganz leicht ums Herz. Es war, als wäre sie von eisernen Ketten befreit worden, die sie viele Monate lang, ja vielleicht ihr ganzes Leben gefesselt hatten. Sie umfasste das liebe Gesicht ihres Mannes und gestand voller Freude: »Ich liebe dich, Leandro Angel Velásquez. Ich liebe dich schon seit meinem zwölften Lebensjahr …« Zärtlich küsste sie ihn auf die Lippen. »Oh, Lee, ich habe immer Angst gehabt … einen Mann zu lieben, mein Leben einem Ehemann anzuvertrauen, jemandem, der mich mit Leib und Seele besitzt. Aber bei dir habe ich keine Angst mehr.«

»Warum auch? Siehst du nicht, meine Nachtblume, dass ich dir genauso gehöre, mit Leib und Seele?« Er küsste sie so zärtlich und sanft, als befürchtete er, sie könne zerbrechen.

Melanie befand sich bereits seit einer Woche auf dem Weg der Genesung und fühlte sich sehr viel weniger zerbrechlich, als ihr Mann dachte. Sie erwiderte seine vorsichtige Zärtlichkeit mit hingebungsvoller, feuriger Leidenschaft, zog ihn eng an sich und schlang die Arme um seine Taille. Als er auf ihren heißen, begierigen Mund traf, der einladend geöffnet war, reagierte er instinktiv. Stürmisch erwiderte er ihren Kuss, und während ihre Zungen sich leidenschaftlich umschlangen, beschleunigte sich ihr Atem. Mit gespreizten Fingern strich er ihren Hals entlang, umfasste eine Brust und streichelte sie zärtlich. Doch als er noch tiefer hinunterglitt, erinnerte ihn der dicke Verband an ihre Verletzung.

Er zügelte seine Leidenschaft und streute leichte Schmetterlingsküsse über ihre Wange und ihren Hals. Dann nahm er ihren Arm von seiner Taille und küsste die seidig-glatte Innenseite ihres Arms bis zu ihrer Handfläche.

»Du bist wirklich ein süßes, leidenschaftliches Geschöpf«, neckte er sie zärtlich. Als ihr Körper erstarrte, gab er ihr keine Gelegenheit zu sprechen, sondern drückte ihr die Fingerspitzen auf die Lippen. »Sei nicht wieder gekränkt. Ich habe dir doch gerade gesagt, dass ich es gut finde, wenn meine Frau sich gern von mir berühren lässt und nicht vor mir zurückweicht. Oh, meine Blume der Nacht, ich brauche deine Leidenschaft, aber du bist noch nicht ganz gesund.«

Um seine Behauptung zu beweisen, streckte er vorsichtig die Hand nach dem dicken Verband an ihrer Taille aus. Als sie einen Schmerzenslaut ausstieß, küsste er sie sofort zärtlich auf die Lippen. »Siehst du, du hast immer noch Schmerzen. Doch warte nur, Mrs. Velásquez, bis dich Doc Westin für gesund erklärt. Ich glaube, ich schulde dir noch richtige Flitterwochen, und ich habe die Absicht, meine Schuld zu begleichen – mit Zinsen!«

Unter dem eindringlichen Blick seiner glühenden schwarzen Augen errötete sie, hielt ihm aber stand. »Ich werde alles tun, um die Anordnungen des Arztes zu befolgen und wieder ganz gesund zu werden – und zwar sehr, sehr bald.«

Kapitel 25

Am Anfang der Woche stand Melanies Bericht auf der ersten Seite des *Star*, und ein strahlender Amos Johnston brachte ihr noch am selben Morgen in aller Frühe einen Probeabzug.

Am Nachmittag erschien dann Pater Gus, zelebrierte für sie das Abendmahl und heiterte sie auf, als er ihr von den Streichen der Schulkinder erzählte.

»Ist Lame Deer immer noch der Klassenbeste?«, fragte sie mit einem leichten Stirnrunzeln. »Er ist nämlich jetzt so häufig hier auf der Ranch, dass ich schon befürchte, er vernachlässigt seine Schulaufgaben.«

»Ach, machen Sie sich darüber keine Gedanken. Dieser kleine Schlingel ist wirklich blitzgescheit. Und jetzt, da seine Mama auch noch in der Küche der Äbtissin arbeitet und die Familie genug zu essen hat, muss er auch nicht mehr Zuflucht zu … unerwünschten Mitteln des Gelderwerbs nehmen«, meinte der junge Priester und zwinkerte ihr mit seinen blauen Augen zu.

»Lee hat ihm ein paar kleine Arbeiten im Corral gegeben. Zum größten Teil, glaube ich, ist es ein Mittel, um ihn von mir fern zu halten, damit ich nachmittags ab und zu ein Nickerchen machen kann. Außerdem hat er so auch die Gelegenheit, Prancer zu reiten und einiges von den *vaqueros* zu lernen. Lee sagt, dass er sich zu einem richtigen Pferdenarr entwickelt hat.«

Als sie über ihren Mann sprach, leuchteten ihre Augen auf. Pater Gus, der das bemerkte, konnte es nicht lassen, sie ein wenig zu necken. »Es ist wahrhaftig eine Lektion über die Macht des Glaubens, dass meine Gebete erhört worden sind –

nicht zu vergessen die guten baptistischen Gebete der Äbtissin.«

Verblüfft sah Melanie ihn an. »Sie haben für Lame Deer gebetet?«

Pater Gus warf den Kopf in den Nacken und lachte auf. »Als er meinen kleinen Esel gestohlen hatte, habe ich für ihn gebetet … und auch noch einige Male danach. Aber das habe ich jetzt nicht gemeint. Erinnern Sie sich an den Tag, als ich Sie und Lee getraut habe? In Ihren Augen stand Trotz, und er trug ein finsteres Gesicht zur Schau. Ach! Ich sehe, Sie erinnern sich. So ist es jetzt nicht mehr. Vielleicht taufen wir schon nächstes Jahr um diese Zeit einen kleinen Velásquez, nicht wahr?«

Nachdem der Priester schon lange gegangen war, dachte sie immer noch über seine Worte nach. *Einen kleinen Velásquez.* Sie wünschte sich von ganzem Herzen Kinder. Zum ersten Mal empfand sie Freude bei diesem Gedanken und dachte nicht mehr an die damit verbundenen körperlichen Einschränkungen während der Schwangerschaft und an die größere Abhängigkeit von ihrem Mann.

Aber was war mit Lee? Er hatte gesagt, dass er sie liebe und ihr gemischtes Blut akzeptiere. Er wollte eine leidenschaftliche Frau, die sich frei und ungezwungen den Freuden der Liebe hingab. Da würden Kinder nicht ausbleiben, Erben für die Night Flower-Ranch.

»Es gibt so viele Dinge, über die wir nie sprechen konnten«, murmelte sie vor sich hin. »Nun können wir es nachholen.«

An diesem Abend würde sie zum ersten Mal nach langer Zeit wieder im Esszimmer speisen. Zumindest war sie frei von den Beschränkungen, die das Essen im Schlafzimmer mit sich brachte! Melanie ließ die Hände über die Kleider in ihrem Schrank gleiten und dankte im Geiste Charlee Slade, weil diese sie dazu überredet hatte, ihre »vernünftige Kleidung« aufzugeben. Was sie heute Abend anziehen wollte, war keineswegs vernünftig!

Als sie ins Esszimmer trat, fand Lee den duftigen Traum in Blassrosa bei weitem interessanter als das Bankett, das Kai sorgfältig zubereitet hatte. Melanies Kleid bestand ganz aus Spitze. Jeder Zentimeter des gebauschten Stoffes betonte ihre zierliche Taille. Die langen, eng anliegenden Ärmel endeten in Spitzenmanschetten, die sich anmutig um ihre schlanken Handgelenke schlossen. Ihr hoch gekämmtes Haar schmückten lediglich ein paar zartrote Rosen.

»Du siehst einfach wunderschön aus«, bemerkte Lee schlicht. Er ging auf sie zu und küsste sie sehr vorsichtig, wobei er genau darauf achtete, nichts zu tun, was ihre Leidenschaft entflammen konnte, die zu unterdrücken er sich während ihrer Rekonvaleszenz so bemüht hatte. Die eigentümliche Unschuld des pastellfarbenen Spitzenkleids trug noch dazu bei, die ätherische Aura zu erhöhen, die sie umgab.

Prüfend betrachtete sie seine weiße Halsbinde und das Seidenhemd, das sich über den breiten Schultern spannte. Dann ließ sie den Blick über die tadellos geschneiderte Anzugjacke zu den eng anliegenden Hosen hinunterwandern, die seine langen Beine umhüllten. Plötzlich erinnerte sie sich an das eine Mal, als sie sich besonders elegant und verführerisch, er dagegen sich ganz leger angezogen hatte. Deshalb schätzte sie die Sorgfalt noch mehr, die er heute auf seine Kleidung verwandt hatte. Sie war gerührt von der Bedeutsamkeit, die auch er diesem Abend beimaß.

»Ich könnte sagen, *Don* Leandro, dass auch Sie heute Abend eine traumhafte Erscheinung sind und Sie die arme Seele einer Frau stark in Versuchung führen – dafür könnte Sie die ewige Verdammnis treffen. Ich muss Pater Gus bitten, für mich zu beten«, scherzte sie.

»Nein, das brauchst du nicht. Wir sind ja jetzt verheiratet – da ist es ganz in Ordnung, wenn man in Versuchung gerät.« Schmunzelnd fügte er hinzu: »Außerdem müssen die Knie des guten Paters inzwischen ganz schön strapaziert sein, wenn man bedenkt, wie lange es gedauert hat, bis wir ein Licht am Ende des Tunnels gesehen haben.«

Sie lachte und legte die linke Hand auf seinen Arm. »Begleite mich zum Abendessen, mein Gatte!«

»Gern, aber vorher möchte ich dir noch etwas überreichen«, meinte er. »Etwas, das hierzu passt.« Sanft strich er über den schweren Ehering, den in Gold gefassten Rubin. »Während ich in Mexiko war, haben Jim und Charlee den Besitz meiner Familie aufbewahrt. Das waren Dinge, die ich in dem alten Haus gelassen hatte, ehe es niedergebrannt wurde. Ich wusste allerdings bis zum Tag unserer Hochzeit nicht, dass Charlee und Slade noch eine andere Truhe gefunden hatten, die der alte Will Slade auf Bluebonnet aufbewahrt hatte. Sie war angefüllt mit Gegenständen, die er damals nach dem Überfall der Komantschen, bei dem meine Familie umkam, in Sicherheit gebracht hatte.«

»Also daher stammt mein Hochzeitsring«, murmelte sie leise.

Er hob ihre Hand und küsste den Ringfinger besonders lange.

»Es war Charlees Idee, mich damit zu überraschen. Deshalb hat Jim ihn mir erst in der Kirche überreicht …«

»Wo dir nichts anderes übrig blieb, als ihn mir wirklich an den Finger zu stecken.«

Traurig lächelnd, bekannte er: »Sie waren klüger als ich, Liebling. Aber der Ring meiner Mutter war nicht das einzige Stück in der Truhe. Es war noch etwas Schönes dabei.« Er zog eine schmale, samtüberzogene Schachtel aus der Jackentasche und überreichte sie ihr. Auf dem alten, schon brüchigen Stoff prangte ein Wappenschild, wahrscheinlich aus den Tagen, als die Velásquez unter dem spanischen König gedient hatten.

Ehrfürchtig öffnete sie die Schachtel, in der eine Halskette und ein Paar Ohrringe lagen, die genau zu dem Hochzeitsring mit dem Rubin passten. Beim Anblick des Meisterwerks aus filigranem Gold und der Vollkommenheit der Edelsteine stockte ihr der Atem vor ehrfürchtiger Scheu. »Sie sind einfach wunderschön, Lee – und so alt –, Familienerbstücke über viele Generationen.« Sie hob die Halskette hoch und hielt sie ins Kerzenlicht. Ihr Hals war wie zugeschnürt, und sie brachte einfach kein Wort mehr über die Lippen.

»Lass mich dir helfen.« Er nahm das Halsband und legte es ihr um den schlanken Hals. Anmutig glitten die Rubine über ihre nackte Haut, bis der größte seinen Platz zwischen ihren Brüsten fand. Mit zitternden Händen legte sie die langen, fein gearbeiteten und spitz zulaufenden Ohrringe an.

»Wenn ich das Kleid hätte auswählen sollen, das zu diesen Juwelen passt, dann hätte ich kein besseres finden können«, erklärte Lee. »Es war das Hochzeitsgeschenk meines Urgroßvaters an seine Frau. Seitdem ist es in jeder Generation weitergereicht worden, von der Alten Welt in das neue Land Texas.«

Melanie konzentrierte sich ganz auf ihre Genesung: Heimlich machte sie Streck- und Dehnübungen und ritt jeden Nachmittag für eine kurze Weile auf Liberator, und zwar immer dann, wenn sie Lee anderswo beschäftigt wusste.

Nach einer weiteren Woche war Melanie genauso unruhig und rastlos geworden wie Lee. Wenn wir nicht bald in die lange versprochenen Flitterwochen kommen, werden wir wie Wildkatzen im Käfig übereinander herfallen, dachte sie eines Morgens. Wieder war eine Nacht vergangen, in der sie sich in ihrem Bett unruhig hin und her gewälzt hatte, genau wie Lee im Zimmer nebenan. Doch aus Angst, er könnte sie verletzen, und weil er sich die Schuld daran gab, dass sie überhaupt angeschossen worden war, bestand er darauf, noch etwas länger zu warten.

Doc Westin verhielt sich wie eine zimperliche, alte Jungfer, die immer den Rat gab, nicht zu übertreiben, obwohl er den Verband abgenommen und befunden hatte, dass die Wunde sehr gut verheilt war. Irgendwie brachte sie es nicht über sich, sich bei ihm zu erkundigen, ob sie ihre ehelichen Beziehungen wiederaufnehmen konnten. Viel weniger Bedenken hatte sie, Obedience Oakley zu fragen. Ihre Freundin war jetzt schon seit einer ganzen Weile nicht mehr auf der Ranch gewesen. Nachdem sie gesehen hatte, dass sich ihr Schützling auf dem Weg der Besserung befand, hatte sie es Kai und Genia, denen sie vertraute, überlassen, für Melanie zu sorgen.

Doch wenn der Berg nicht zum Propheten, das heißt, zur Ranch, kam, musste der Prophet eben zum Berg gehen, fand Melanie schließlich. Natürlich würde Lee ihr den Po versohlen, wenn er wüsste, dass sie wieder im Sattel saß. Doch das wäre vielleicht gar nicht so schlecht, lachte sie in sich hinein. Sie musste allerdings zugeben, dass der Ritt in die Stadt anstrengend war. Aber wie der Zufall es wollte, kam ihr auf halbem Weg eine offene Kutsche entgegen. Die amazonenhafte Frau auf dem Kutschbock kam ihr sehr bekannt vor.

»Jessas! Weiß Lee, dass du auf diesem großen Teufelsgaul unterwegs bist?« Weil Obedience sah, wie blass Melanie war, wollte sie schon anfangen, sie zu schelten. Doch das Mädchen kam ihr zuvor und sprach offen über seine Misere und seine Pläne.

»Nun hör mir mal zu, Obedience! Der Arzt hat den Verband abgenommen, aber er ist zu zimperlich. Lee will mich dauernd schonen, und ich bin … nun ja, so rollig wie eine Katze und will meinen Mann endlich im Bett haben!«, gestand sie fest entschlossen.

Obedience schlug sich mit ihrer kräftigen Hand auf die Oberschenkel und brach in lautes Gelächter aus. »Deine Mutter hätte das nie so offen zugegeben – aber Charlee schon! Entschuldige, mein Mädchen, offenbar haben Charlee und ich einen wenig damenhaften Einfluss auf dich ausgeübt!«

»Dann wirst du also zur Ranch reiten und meinem Mann persönlich berichten, wie gesund ich bin?«

»Hmm! Noch besser: Wir zeigen es ihm. Also los! Wir haben keine Zeit zu verlieren. Ich werde Lee das Essen an den Corral bringen und beiläufig erwähnen, dass ich dich auf deinem üblichen morgendlichen Ausritt getroffen habe.«

Bei Melanies erschrockenem Gesichtsausdruck fügte Obedience augenzwinkernd hinzu: »*Nachdem* ich ihm erklärt habe, dass du so kerngesund bist wie an eurem Hochzeitstag.« Schon fuhr die Kutsche weiter. »Reite in die Nähe des Ranchhauses, an den kleinen Bach und den Teich«, rief sie über die Schulter zurück.

Eine halbe Stunde später war Melanie gerade dabei, sich mit dem frischen Wasser aus dem kleinen Teich abzukühlen, als sie Sangres donnernde Hufschläge vernahm. Als der zornige Reiter das Pferd zügelte und am Ufer des Teiches zum Stehen brachte, spritzte der Kies auf, und kleine Steinchen fielen in das klare Wasser.

»Noch ein paar Meter weiter, und du wärst jetzt ganz schön nass«, neckte Melanie ihn. Sie stand auf und blickte in seine zornigen Augen.

»Was, zum Teufel, machst du denn hier? Du reitest ohne meine Erlaubnis in der Gegend herum?«, stieß er hervor und packte sie bei den Schultern. Er war kurz davor, sie heftig zu schütteln, doch dann besann er sich noch einmal und ließ die Hände sinken.

»Ich bin letzte Woche jeden Tag geritten«, antwortete sie ganz besonders freundlich. »Was soll dieses leidige Gerede von *Erlaubnis* schon wieder? Ich dachte, das hätten wir hinter uns. Ich kann dich wohl kaum jedes Mal auf dieser großen Ranch suchen, wenn ich für Clarence eine Geschichte recherchiere, oder?« Sie beobachtete, wie er immer wütender wurde. Als er nach ihr griff, wich sie tänzelnd zur Seite aus und näherte sich Liberator.

»Mellie, ich warne dich! Du und Obedience, ihr habt das so arrangiert, stimmts?« Er hatte gerade die rhetorische Frage formuliert, da schwang sich seine wendige, zierliche Frau auf ihr großes schwarzes Pferd und ritt in Richtung Ranchhaus. »Fang mich doch, wenn du kannst!«

Das tat er denn auch. Sie war gerade um die Weidenbüsche geritten und strebte auf den nächsten Corral zu, als Sangre Liberator einholte. Lee streckte seinen starken Arm aus, holte Melanie vom Rücken ihres Pferdes und setzte sie vor sich, wobei er sie ganz dicht an sich presste. Sie schlang die Arme um seine Taille und barg das Gesicht an seiner Schulter. Lee zügelte Sangres wilden Galopp und ritt zum Haus zurück.

»Siehst du, wie gut es mir geht?«, flüsterte sie ihm ins Ohr, als er abstieg und sie vom Pferd hob.

»Da bin ich mir nicht so sicher. Ich habe dich gerade bei einem Pferderennen besiegt«, meinte er mit einem leichten Lächeln in den Mundwinkeln. Er trug sie ins Haus, an der *sala* vorbei, den Gang entlang und schnurstracks in das große Schlafzimmer des Hausherrn.

»An jenem ersten Tag nach unserer Hochzeit, als Kai meine Sachen in dieses Zimmer brachte und du ihm auftrugst, sie in das andere Zimmer zu bringen …«

»… da war ich ein Narr, der eine schlaflose Nacht verbrachte. Ich habe es sehr bereut, dass ich Kai nicht nach seinem gesunden Menschenverstand handeln ließ«, raunte er ihr ins Ohr. »Wir sind zwar heute nicht wie Braut und Bräutigam angezogen, aber ich denke, wir können improvisieren.«

Langsam ließ er sie zu Boden gleiten, immer noch dicht an sich gepresst. Sie umschlang seinen Nacken und hauchte Küsse auf seinen Hals. Ihre kleine Zunge kostete den salzigen Geschmack von männlichem Schweiß und Moschusgeruch. Sie spürte, wie seine Hände über ihre Hüfte zur Taille hinaufwanderten, nach oben glitten, ihre Brüste umfassten und sie zärtlich durch den dünnen Stoff hindurch streichelten.

Als er seine Hand nach oben streckte und ihre Bluse aufzuknöpfen begann, murmelte er: »Gelb! Genau so eine Bluse hast du auch an jenem Tag in Austin getragen. Mein Gott, wie sehr habe ich mich danach gesehnt, dich so zu berühren!« Damit streifte er ihr die Bluse von den Schultern, und sie half ihm dabei. Dann hakte er ihr Spitzenmieder auf und befreite ihre Brüste. Zärtlich nahm er sich der Brustspitzen an und rollte die dunklen Spitzen so lange zwischen den Fingern, bis Melanie vor Lust zu stöhnen begann und ihm die harten Spitzen in die Handflächen drückte. Er senkte den Mund herab und legte eine Spur feuchter Küsse von ihrem Hals zu ihren Brüsten.

Glückselig vor Wonne über seine Liebkosungen, drängte sich Melanie ihm entgegen. Eigenhändig löste sie seinen Gürtel und knöpfte sein Hemd auf. Während sie ihm das schlichte blaue Hemd von den Schultern streifte, fuhren ihre Finger forschend über seinen muskulösen Oberarm.

»Was jetzt? Es gibt nur einen Stiefelknecht in diesem Zimmer, und wir wollen beide unsere Stiefel loswerden, es sei denn, es macht uns nichts aus, wenn Genia über das verschmutzte Bettzeug schimpft«, meinte er neckend zu seiner ungeduldigen, kleinen Frau.

Flüsternd stieß sie einen keineswegs damenhaften Fluch aus, streckte ihm die Hände entgegen und küsste ihn voller

Verlangen. Das leidenschaftliche Spiel ihrer süßen Zunge ließ ihn für ein paar Augenblicke die Stiefel vergessen. Sie streichelten ihre Oberkörper mit quälender Langsamkeit, während sich ihre Hüften die ganze Zeit über kreisend aneinander pressten.

Plötzlich hob er sie hoch und trug sie mit schnellen Schritten zum Bett. »Ladies first!«, flüsterte er. Sanft ließ er sie auf das Bett gleiten und zog ihr Bein hoch. Achtlos ließ er zunächst den einen, dann den anderen kleinen Stiefel zu Boden fallen. Dann schob er sie in die Mitte des Bettes und begann, ihr den geschlitzten Reitrock auszuziehen. Mit heiserer Stimme raunte er ihr zu: »Als ich dich zum ersten Mal in diesem Reitrock sah, hat mir das ganz und gar nicht gefallen.«

»Und jetzt?« Aufreizend bewegte sie die Hüften hin und her, um sich aus dem Kleidungsstück zu winden.

»Es gefällt mir immer noch nicht – doch nur deshalb, weil es mich von etwas abhält.« Er ließ die Hände über ihre Schenkel und die geschwungenen Hüften gleiten, wobei er eine Hand auf den kleinen Hügel zwischen ihren Oberschenkeln legte. Schnell band er die Schlüpfer auf und schob die spitzenverzierte Unterwäsche über ihre Hüften. Dabei hörte er nicht auf, Melanie zu küssen und mit der Zunge zu liebkosen. Stöhnend wand sie sich vor Lust, während ihre Finger sein lockiges schwarzes Haar durchwühlten und sie ihn fest an sich zog. Als Lee bei ihren Oberschenkeln ankam, hielt er inne und küsste sie an der Stelle zwischen den Beinen.

Schnell spreizte sie die Schenkel, und sie spürte, wie sich ihr Körper spannte und ihm entgegendrängte, damit Lee aufs Neue seinen wunderbaren Zauber entfaltete. Die Empfindungen begannen als schwaches, warmes, pulsierendes Klopfen und wurden mit jeder Berührung seiner Zunge stärker. Schließlich bäumte sie sich wie wild auf, während ihre Hände seinen Kopf umfassten.

»Ich habe versucht, dich zu schonen. Ich will dich nicht verletzen, doch ich sehe, es hat keinen Sinn, Frau«, raunte Lee ihr zu. Er hielt ihre auf und ab wogenden Hüften fest und rollte katzenartig an den Bettrand, wo er sich schnell seiner Stiefel und Hose entledigte. Dann stand er auf und streifte seine Unterhose ab.

Mit halb geschlossenen Augen beobachtete sie ihn beim Ausziehen. Am liebsten hätte sie ihren dunklen, wunderschönen *Tejano* mit Blicken verschlungen. Als er sich aufs Bett kniete, streckte sie den Arm aus, nahm seine Hand und legte sie auf ihre verheilte Seite. »Sieh, es ist alles verheilt. Du wirst mich nicht verletzen. Also liebe mich so, wie du es willst. Bitte!«

»Wie immer es meiner Braut gefällt«, flüsterte er heiser. Er legte sich neben sie, nahm sie in die Arme und gab ihr einen langen, zärtlichen Kuss, während seine Hand durch die Fülle ihres langen, glänzenden Haars glitt.

Sie spürte, wie sich sein Körper an sie drückte. Es war zwar schon ein vertrautes Gefühl, aber es erregte sie immer noch, wenn seine behaarte Brust über ihre empfindlichen Brustspitzen strich und sie hart werden ließ. Und es war erregend, wie sich sein erigiertes Glied zwischen ihre Beine presste. Sie öffnete die Oberschenkel, nahm ihn auf und hielt ihn fest, bis er vor Begierde tief aufstöhnte. Sie stieß ein leises Lachen aus. »Jetzt weißt du, wie ich mich vor ein paar Augenblicken gefühlt habe, als du – zu meinem eigenen Besten – innegehalten hast.«

»Du kleine Hexe … neckst mich auch noch …« Er gab alle Versuche auf, zusammenhängend zu reden. Stattdessen schob er sie noch ein Stück zurück, während er sich vorsichtig über sie hob und in sie eindrang. Sie ersehnte es genauso heftig wie er, das wusste Lee.

»Langsam, meine Blume der Nacht, ganz sachte«, flüsterte

er, während er in fließenden, sicheren Bewegungen hinein- und hinausglitt.

Sie passte sich seinem Rhythmus an. »Langsam und sachte – zu meinem eigenen Besten«, raunte sie ihm zwischen zwei Küssen zu. Zum ersten Mal waren sie ihrer Liebe ganz sicher und bewegten sich, wie von einem Zauber gefangen: Ganz langsam, jeden Augenblick genießend, murmelten sie süße Koseworte. Sie teilten leises Lachen und kleine Augenblicke, in denen sie nach Luft schnappten und erstaunt Laute der Lust ausstießen, während sie sich drehten und wanden, als wären sie Tänzer, bei denen Körper, Geist und Seele in vollkommener Harmonie waren. Dann geschah es: Still und heimlich, langsam und ganz anders als bei den Malen zuvor beschleunigte er das Tempo und wechselte in einen wilden Rhythmus, der sie mitriss. Vor Erstaunen weiteten sich ihre Augen, und er sah in leiser Ehrfurcht auf sie hinab, während er die festen, gleichmäßigen Stöße beibehielt und die unerträglich süße, langsame Vollendung der Ekstase so lange hinausschob, bis auch er unversehens von einer Explosion in seinen Lenden erfasst wurde. Am ganzen Körper zitternd, ergoss er sich in sie und fand Erfüllung in ihren Armen. Dann wurde er ebenso still wie sie. Beide hielten sich eng umschlungen, bis er wieder zu Atem gekommen war, sich mit ihr sanft auf den Rücken rollte und sie auf ihm lag.

»Geht es dir gut?«, flüsterte er, während seine Hand zu den schmalen Narben an ihrer Seite glitt.

Sie legte die Fingerspitzen auf seine Lippen, ein Lächeln im Gesicht. »Wenn du die Verletzung meinst, ja. Ich habe sie überhaupt nicht gespürt … Aber das andere … Ich weiß gar nicht, was ich sagen soll. Es war so …«

Zärtlich küsste er ihre Nase, die Augenlider, die Brauen und Wangen, während er sich bemühte, Worte für das Wunder zu finden, das sie gerade miteinander erlebt hatten. »Auch für mich war es noch nie so wunderbar, meine Nachtblume. Ich liebe dich, Mellie, von ganzem Herzen und mit ganzer Seele. Ich *will* dich lieben, nicht weil wir verheiratet sind oder weil wir heiraten mussten, sondern um deiner selbst willen.« Er lächelte sie zärtlich an. »Habe ich dir schon einmal erzählt, warum ich diese Ranch so genannt habe?«, fragte er.

Auf einen Ellbogen gestützt, sah sie in sein geliebtes Gesicht. »Du hast gesagt, dass du die Nachtschlüsselblumen gefunden hast, die am Ufer des Baches blühten, genau an dem Tag, bevor ich dich für das Interview aufgesucht hatte. Du meintest, es sei ein Vorzeichen dafür gewesen, noch mal von vorne zu beginnen, und deswegen hast du genau an dieser Stelle dein Haus gebaut.«

Er hob eine Hand und strich zärtlich über ihre rosige Wange. »Das war es, was ich mir einzureden versuchte. Aber ich habe mich nur selbst zum Narren gehalten, Mellie. Schon damals haben mich die Blumen an dich erinnert – an deine Augen, an deine von der Sonne geküsste goldbraune Haut –, an ein texanisches Mädchen auf der Schwelle zur Frau, in einem gelben Seidenhemd.«

»Wie das, das ich heute getragen habe?«, hakte sie leise nach.

»Ja, genau.« Er lachte auf.

»Ich glaube, einiges ist ganz einfach Schicksal«, meinte sie und küsste ihn wieder. »Vielleicht habe ich auch deshalb auf dem Ball für Senator Houston die Blumen im Haar getragen. Ich hatte es gern, wenn du mich Nachtblume genannt hast, und ich wollte dich damals eigentlich verführen. Allerdings hatte ich keine Ahnung, wie ich es anstellen sollte.«

Er lachte traurig. »Du hast jedenfalls gewusst, wie du mich maßlos eifersüchtig machen konntest. So viel steht fest. Und jede Bewegung, jeder Blick, einfach alles, was du getan hast, ließ mein Begehren stärker werden. Genau wie jetzt.« Er begann, sie wieder zu küssen.

»Lee?«

»Hmm?« Er rollte sie beide auf die Seite und fuhr fort, sie mit seinen Händen und Lippen zu verzaubern.

»Was du vorhin mit mir gemacht hast … meinst du, du könntest das noch einmal wiederholen?«

Er unterdrückte ein Lachen, während er den Mund auf sie hinabsenkte. Langsam glitt er zu ihrem Nabel und dann noch tiefer. »Wir können es jetzt gleich noch mal versuchen«, flüsterte er. »Es gibt Variationen, die ich dir noch nicht gezeigt habe, und jede gute Reporterin verdient es, ihre Fragen beantwortet zu bekommen«, neckte er sie.

»Ach! Auch dann, wenn sie … die Geschichte … nicht drucken lassen kann?« Sie rang nach Luft, als seine Lippen sie fanden.

Einen Augenblick lang reizte und verwöhnte er sie mit der Zunge. Dann wechselte er sanft die Position, bis sein Körper umgekehrt neben ihr lag. Schnell hatte sie seine Absicht erkannt und streckte die kleine, weiche Hand nach seinem Penis aus. Von Lustgefühlen überwältigt, zog er scharf und plötzlich den Atem ein, was sie als Zeichen nahm weiterzumachen. Während er fortfuhr, sie liebkosend zu berühren, umschloss sie ihn langsam mit ihrem Mund. Es erschien ihr natürlich, ihn so zu lieben, und ihre Zärtlichkeiten empfand er ebenso schön wie sie seine. Das zeigte ihm ihre Reaktion, als sie begann, sich auf und ab zu bewegen.

Wieder liebten sie sich sehr langsam und sanft, während sie Seite an Seite lagen und einander Lust und Entzücken schenkten. Als er spürte, wie sie sich versteifte und vor Wonne erschauerte, vereinigten sie sich und erlebten Augenblicke höchster Lust und tiefster Befriedigung. Diesmal war es plötzlicher und heftiger als vorher, aber ebenso berauschend und wunderbar.

Er presste noch einen Kuss auf ihren lockigen Hügel, dann

hob er den Kopf, drehte sich zu ihr und nahm sie in die Arme. »Siehst du, ich habe dir doch gesagt, dass es Variationen gibt. Das ist eine …«

»Willst du damit andeuten, du kennst noch mehr?«

Als er die Ehrfurcht in ihrer Stimme hörte, musste er noch lauter lachen. »Immer noch die wissbegierige Reporterin? Oh, meine Gattin, ich liebe dich.«

»Und ich liebe dich, mein Gatte.« Diese einfache Erklärung kam ihr so leicht von den Lippen. Sie war sich sicher, dass sie diese Worte in den kommenden Jahren noch oft wiederholen würde.

Er zog die Bettdecke über sie und befahl ihr, sich auszuruhen. Erschöpft von den Anstrengungen, gehorchte sie ihm gern und fiel in einen tiefen, erquickenden Schlaf. Als sie erwachte, stand Lee im Hausmantel auf der Türschwelle. In der Hand trug er ein voll beladenes Tablett.

»Willst du den ganzen Abend verschlafen? Kai hat sich selbst übertroffen und ein besonderes Abendessen für meine erschöpfte Frau zubereitet, damit sie wieder zu Kräften kommt.«

Sie stieß einen spöttischen Laut aus, stand auf und zog sich ihren Hausmantel an, der auf einem Stuhl in der Nähe lag. Lee stellte das leckere Essen auf den kleinen Tisch neben dem Bett. Es bestand überwiegend aus Früchten und einfachen Lebensmitteln wie Käse, kleinen Fleischpasteten und einer Flasche Weißwein. Sie saßen auf der großen, zerwühlten Bettdecke, fütterten sich gegenseitig, lachten und redeten.

Plötzlich hielt sie inne und sah ihm in die Augen. »Wer hätte es sich träumen lassen, dass wir eines Tages so hier sitzen?«, sagte sie leise. »Es hatte doch so schlecht mit uns angefangen.«

Er lächelte. »Oh, zum Beispiel Charlee, Obedience, Lame Deer und Pater Gus – du weißt doch, sein Glaube kennt keine Grenzen.«

»Er hofft, dass wir nächstes Jahr um diese Zeit ein Baby haben, das er taufen kann. Glaubst du …«

Er unterbrach sie mit einem Kuss. »Wenn es nicht so kommen wird, dann ganz bestimmt nicht aus dem Grund, dass wir uns nicht bemüht hätten, meine Nachtblume. Wir werden dieses Haus mit frohem Kinderlachen erfüllen. Und der Traum meines Vaters wird in Erfüllung gehen.« Er hielt inne und streichelte zärtlich ihre Wange. »Das heißt, wenn du viele Kinder haben möchtest. Wenn du weiterhin beim *Star* beschäftigt sein willst, könnten wir nur eins oder zwei haben.« Ernst blickte er ihr in die Augen, gespannt auf ihre Antwort, denn er wollte nicht auf dem Vorrecht des Mannes bestehen.

»Mein arroganter *Tejano* ist bereit, sich mit einer Frau abzufinden, die einer geregelten Arbeit nachgeht und ihm nur einen Erben schenkt? Oh, Lee! Wenn du mich nicht schon auf andere Weise von deiner Liebe überzeugt hättest – dies allein hätte gereicht! Aber ich möchte Kinder von dir haben … viele Kinder. Clarence und der *Star* müssen sich ganz einfach mit dem zufrieden geben, was an Zeit übrig bleibt.«

Er strahlte übers ganze Gesicht. »Wenn ich bedenke, was Charlee noch alles schafft, während sie ihre Sprösslinge aufzieht, bleibt bestimmt noch viel Zeit übrig. Aber was die Bemühungen, ein Kind zu zeugen, betrifft, so …«

Epilog

August 1853

Im hohen Deckengewölbe der Kirche San Fernando hallten die überraschten Schreie eines Säuglings wider, als das kühle Taufwasser die dunklen Locken auf seinem Kopf benetzte. Ungerührt von diesem Ständchen, das er schon oft gehört hatte, fuhr Pater Gus mit dem Taufritual fort. Über die Menge der Versammelten blickend, konnte er kaum glauben, dass dies dieselben Menschen waren wie bei der Hochzeit von Lee und Melanie Velásquez: Der Unterschied in ihren Mienen und ihrem Betragen war einfach zu groß. Die ehemals bedrohliche Haltung Rafe Flemings hatte der Freude darüber Platz gemacht, dass er jetzt Großvater war. Auch seiner schönen Frau Deborah war der Stolz anzusehen. Obedience, seine Äbtissin, und ihr Mann Wash strahlten über das ganze Gesicht, während die Paten, Jim und Charlee Slade, kaum die Augen von dem kleinen Bündel abwenden konnten, das Charlee während der Taufe so liebevoll in den Armen hielt. Nur die Fleming- und die Slade-Kinder waren so fröhlich und ausgelassen wie beim letzten Mal.

Aber am wichtigsten war dem Priester, dass seine Gebete erhört worden waren: Denn vor ihm standen die jungen Eltern. Und aus ihren Augen leuchtete für alle deutlich sichtbar ihre Liebe zueinander und die Liebe zu ihren Kindern. »Ich taufe dich auf den Namen: Marie Deborah Charlene Velásquez …« Das stürmische Geschrei übertönte beinahe den altehrwürdigen Gesang.

Lee beugte sich zu seiner Frau und flüsterte ihr zu: »Ich hab dir doch gesagt, dass sie diejenige ist, die das Geschrei anstimmen wird. Jimmy wird die stoische Ruhe eines echten *Tejano* haben. Sie ist da ganz anders – genau wie ihre Mutter.« Lächelnd blickte er von dem roten Gesicht seiner schreienden Tochter zu seinem selig schlummernden Sohn James Alexander Thomas Velásquez, ihrem Zwillingsbruder, der wohl behütet in den Armen seiner Mutter lag.

Melanie lächelte gelassen. »Warte erst mal ab!«

Als James an der Reihe war, tauschten Charlee und Melanie die Babys, und das Ritual wurde wiederholt. Wieder ertönte entsetztes Geschrei, diesmal von dem Jungen. Selig schlief Marie in den Armen ihrer Mutter ein, während Jimmy strampelte und schrie. Mit einem selbstzufriedenen Schmunzeln blickte Melanie zu ihrem Mann auf.

Schließlich war die Taufe beendet, und Pater Gus segnete seine Schäfchen. Schon als man die Kirche verließ und in die warme Augustluft hinaustrat, waren die Zwillinge zufrieden eingedöst, Marie in den Armen ihres Vaters und Jimmy in den Armen seiner Mutter.

»Das habt ihr beide, du und Charlee, ausgeheckt«, meinte Lee zu seiner Frau, die ein Lachen unterdrückte.

»Wie hätten wir das bewerkstelligen sollen? Es ist ganz einfach: Keins von beiden mag es, wenn sein Kopf nass gemacht wird«, erklärte Melanie geduldig.

»Du willst es doch ganz bestimmt nicht damit begründen, dass ich keine Erfahrung im Halten von kleinen Kindern hätte, Lee?«, fragte Charlee und klopfte auf ihren gewölbten Leib. In zwei Monaten erwarteten die stolzen Pateneltern ihr viertes Kind.

Alle lachten, selbst Clarence Pemberton, dessen feierliches Benehmen etwas gezwungen wirkte. Amos und er waren ebenso bei dem Familienfest anwesend wie die Kinder aus Pater Gus' Schule. Lame Deer war Ehrenpate und beugte sich mit ehrfürchtiger Scheu über die beiden Babys. Er hatte sogar ein wenig Angst vor ihnen, was er aber natürlich nie zugeben würde.

Das Lachen der Kinder und die Gespräche der Erwachsenen auf der Plaza wurden von der sonoren Stimme Senator Houstons, des Ehrengastes, übertönt. »Meine herzlichsten Glückwünsche, Lee. Ich muss dich dafür loben, dass du direkt am Anfang die Chancen gleich verteilt hast. Leider sind in meiner Familie die Männer der Zahl nach unterlegen. Mrs. Houston hat mich mit vier Schwestern für Sam gesegnet. Deine Ausgangsposition mit Zwillingen ist in dieser Hinsicht sehr viel günstiger.«

»Nun, Senator, wenn man erst mit dreiundzwanzig Jahren das erste Baby bekommt, dann sollte man keine halben Sachen machen. Deshalb haben wir uns gleich für Zwillinge entschieden«, antwortete Melanie augenzwinkernd.

»Wenn man bedenkt, was dein Großvater Manchester während deiner politischen Phase alles ausgehalten hat, mein Schatz, dann wird verständlich, dass er sich mehr freut als alle anderen«, warf Deborah liebevoll ein.

Rafe legte den Arm um seine älteste Tochter, und ein Lächeln erhellte seine harten, markanten Züge. »Er hat sich das Bein gebrochen und wartet nun darauf, dass du ihn mit seinem Urenkel und seiner ersten Urenkelin besuchst, Prinzessin.«

»Wir haben unsere Reise bereits gebucht, Papa«, versicherte Melanie ihrem Vater.

»Ja, der *Star* hat seine beste Reporterin schon zwei Monate wegen Mutterschaftsurlaub entbehren müssen, und jetzt nimmt sie auch noch frei, um nach Massachusetts zu reisen«, warf Clarence mit gespielter Missbilligung ein. »Adam Manchester ist auch nicht älter als ich. Sagt ihm doch, dass er ebenfalls nach Texas kommen soll.«

»Jessas! Du alter Ziegenbock! Mr. Manchester hat sich doch

das Bein gebrochen ... Und wenn du nicht mit dem Meckern aufhörst, wird er nicht der Einzige bleiben, der sich was gebrochen hat«, warnte Obedience den Herausgeber, der vorsichtig von ihr abrückte, während alle anderen lachten.

Als Lee den Blick über Freunde und Familie wandern ließ, ging ihm das Herz auf. »Freust du dich schon auf die Reise, meine Nachtblume?«, fragte er seine Frau.

»O ja, Großvater wird es sehr gefallen, dich und Jimmy und Marie kennen zu lernen! Ich werde dich auch William Lloyd Garrison und Lucretia Mott vorstellen.«

Lee verdrehte die Augen und sah Jim Slade und Wash Oakley gespielt leidend an.

»Ich setze großes Vertrauen in diese junge Frau«, erklang Houstons sonore Stimme. »Da ich ja schon häufig in die östliche Metropole gereist bin, weiß ich, wie beschwerlich eine solche Reise ist. Aber ich habe auch gelernt, dass nichts schöner ist als der Augenblick, in dem man seinen Fuß wieder auf texanischen Boden setzt.«

»Dem stimme ich aus ganzem Herzen zu, Senator«, erklärte Melanie schlicht und drückte Lees Hand.

Lee sah auf seine Kinder und schaute dann in das wunderschöne Gesicht seiner Frau. »Meine Eltern wollten einen Traum verwirklichen, als sie nach Texas gingen.« Dann hob er den Blick und ließ ihn über die geliebten Gesichter der Versammelten schweifen: Es waren spanische, deutsche, angelsächsische, schwarze und indianische Gesichter. »In allen von uns wird ihr Traum weiterleben.«

Verfolgt von einem schmerzlichen Verlust, verbindet sie eine ungezügelte Leidenschaft

Sue-Ellen Welfonder
IM SÜSSEN BANN
DER VERSUCHUNG
Roman
336 Seiten
ISBN 3-404-18698-2

Kaum eine junge Dame wäre wohl weniger dazu geeignet, ins Kloster zu gehen, als die willensstarke Madeline Drummond. Doch verkleidet als Nonne begibt sie sich nach der brutalen Ermordung ihrer Eltern auf eine ungewöhnliche Pilgerreise durch Schottland. Angetrieben von dem Wunsch nach Vergeltung, trifft Madeline dabei auf den Pilger Iain MacLean, der die Rolle des reuigen Sünders ebenfalls nur vorzutäuschen scheint. Schon bald offenbart sich, was tatsächlich unter den keuschen Gewändern schlummert ....

Bastei Lübbe Taschenbuch

Mit der Kunst der Leidenschaft ist sie vertraut, doch die Liebe muss sie erst erlernen ...

Julia Ross
UMGEBEN
VON SEIDE
Roman
480 Seiten
ISBN 3-404-18699-0

Frances Woodard ist eine gesellschaftliche Außenseiterin. Als blutjunge Frau wurde sie in einen Harem verschleppt, und nun ist sie endlich nach England zurückgekehrt. Als einzige Überlebenschance bleibt ihr nur, sich von einem wohlhabenden Herrn aushalten zu lassen. Durch ein Glücksspiel landet sie bei dem notorischen Nigel Arundham, dem Marquess of Rivaulx. Der fühlt sich unwiderstehlich von der widersprüchlichen und verführerischen Frances angezogen, die einen Hauch von Exotik nach London mitgebracht hat. Auf der Suche nach Ehre, Mitgefühl und Liebe begeben sich die beiden in einen verführerischen Rausch der Sinne ...

Bastei Lübbe Taschenbuch

Sie waren die Fürsten der Nacht, seit Ewigkeiten auf der Suche nach ihrer Herrin des Lichts ...

Christine Feehan
DUNKLE SEHNSUCHT
DES VERLANGENS
Roman
432 Seiten
ISBN 3-404-18700-8

Die begabte Sängerin Desari hat eine magische Stimme, die alle Menschen fasziniert – vor allem aber Julian Savage, den einsamen Jäger. Julian will eigentlich sein Leben beenden, denn er ist verflucht, auf ewig allein zu sein. Nur seinen letzten Auftrag, Desari vor dem Tod zu bewahren, will er noch ausführen. Aber als er sie singen hört, wird er von tiefen Gefühlen und von Sehnsucht nach dieser Frau ergriffen: Desari ist für ihn bestimmt! Doch die schöne Sängerin widersetzt sich seiner Kraft und wird von einer Gruppe beschützt, die Julian feindlich gesinnt ist. Julian ist verrückt vor Verlangen, er muss diese Frau besitzen ...

Bastei Lübbe Taschenbuch